司汤达代表作
Chefs-d'œuvre
de Stendhal

LA
CHARTREUSE
DE PARME

巴马修道院

〔法〕**司汤达** ◊ 著
Stendhal

罗芃 ◊ 译

人民文学出版社

Stendhal
LA CHARTREUSE DE PARME

图书在版编目(CIP)数据

巴马修道院 / (法) 司汤达著；罗芃译. -- 北京：人民文学出版社，2024
(司汤达代表作)
ISBN 978-7-02-018461-3

Ⅰ.①巴… Ⅱ.①司… ②罗… Ⅲ.①长篇小说-法国-近代 Ⅳ.①I565.44

中国国家版本馆 CIP 数据核字(2024)第 016061 号

责任编辑　刘　彦
装帧设计　刘　远
责任印制　张　娜

出版发行　人民文学出版社
社　　址　北京市朝内大街 166 号
邮政编码　100705

印　　刷　北京盛通印刷股份有限公司
经　　销　全国新华书店等

字　　数　383 千字
开　　本　880 毫米×1230 毫米　1/32
印　　张　16　插页 2
印　　数　1—4000
版　　次　2024 年 5 月北京第 1 版
印　　次　2024 年 5 月第 1 次印刷

书　　号　978-7-02-018461-3
定　　价　78.00 元

如有印装质量问题，请与本社图书销售中心调换。电话：010-65233595

司汤达

1783—1842

作者简介

司汤达
1783 — 1842

◎ 法国十九世纪伟大的现实主义作家。原名亨利·贝尔，出生于格勒诺布尔一个资产阶级家庭。他以准确的人物心理分析和凝练的笔法而闻名，被誉为"现代小说之父"。司汤达在文学上的起步很晚，三十几岁才开始发表小说，却给后人留下了巨大的精神遗产：数部长篇，数十个短篇或故事，数百万字的文论、随笔、散文和游记。代表作有《拉辛与莎士比亚》《红与黑》《巴马修道院》等。

译者简介

罗芃
1945 — 2023

◎ 1968年毕业于南京大学外语系法语专业，1978年入北京大学西语系攻读研究生，师从罗大冈先生，后长期任教于北京大学西语系。主编《欧洲文学史》《狄德罗文集》等多部书系，译有《美学纲要》、巴尔扎克《舒昂党人》《纽沁根银行》、司汤达《巴马修道院》、狄德罗《哲学思想录》《宿命论者雅克》等多部作品。

司汤达代表作
Chefs-d' œuvre
de Stendhal

LA
CHARTREUSE
DE PARME

目　次

译本序 …………………………………………………… 001

告读者 …………………………………………………… 001

上　卷 …………………………………………………… 001
下　卷 …………………………………………………… 233

译 本 序

一

法国作家司汤达的小说在中国,《红与黑》有口皆碑,而《巴马修道院》的名字则不那么响亮。其中的道理,从司汤达作品在中国的接受这个角度说,《巴马修道院》的译介相对《红与黑》要冷清许多①,或许是一个因素。《红与黑》与《巴马修道院》的首次译介差不多同时。赵瑞蕻先生的《红与黑》作为第一个译本,最初发表于 1944 年。1949 年又有后来一度很流行的罗玉君先生的译本问世。至于《巴马修道院》,则有徐迟先生的译本,1948 年上海出版,书名定为《帕尔玛宫闱秘史》②。然而此后这两本书在中国的命运,反差就很明显了。《红与黑》一热再热,五十至七十年代,罗玉君先生的译本多次再版,七十年代以后,更是出现了翻译《红与黑》的狂潮,先后出现译本达数十种之多,令人目不暇接。与翻译同步,《红与黑》的研究很早就成为外国文学中的"红学"(这本书的研究与评论曾一度带有浓厚的政治色彩,尤其是 1957 年政治风浪后,它与《约翰·克利斯朵夫》一起被批判为教唆个人奋斗的大

---

① 其中的原因值得研究,不过本文不打算也不可能在这个问题上深入下去。
② 在 Parme 的中文译名上,译者颇费踌躇。"帕尔玛"合乎现在的翻译习惯,帕尔玛足球俱乐部也为青年们所熟悉。不过,《巴马修道院》这个译名毕竟已经是约定俗成的了,最后译者还是决定采用它。

001

毒草。不过，从后来的效果看，这种政治批判实际上扩大了这部小说的影响，起码极大地提高了它的知名度）。《巴马修道院》则没有这般幸运，不但在很长时间里没有新译本问世，连徐迟先生的旧译也未见再版。① 七十年代后，译本似乎也不多，笔者只见到上海译文版的本子，译者是著名翻译家郝运先生。对这部作品的研究当然也就单薄得很，与《红与黑》的研究规模不可等量齐观。② 其实，无论从作者自己对作品的评价来说，还是从历史的评价来说，《巴马修道院》之重要都丝毫不逊于《红与黑》。《巴马修道院》1839 年由巴黎市昂布鲁瓦兹·杜蓬出版社出版。翌年 9 月 25 日，巴黎《两世界评论》发表了巴尔扎克的长篇评论《贝尔先生研究》。据巴尔扎克文章称，《巴马修道院》发表后"没有一位记者报道、理解、研究、分析、称赞，甚至连暗示的话都没有"。换句话说，媒体是一片沉寂。这对作者来说无疑是巨大的悲哀，比遭到批评和攻击更令人沮丧。巴尔扎克对作品遭受的令人费解的冷遇深感不平，于是不顾可能遭到的种种误解与攻讦，以自己在文学界的声望为小说"正名"。巴尔扎克称赞《巴马修道院》"章章闪耀着精美之光"，是"一部只有真正杰出的心灵和认识才能欣赏的作品"。③ 他在赞扬小说"美不胜收"的同时，也对小说的结构等问题提出了批评意见。司汤达读到巴尔扎克的文章，立刻写信给巴尔扎克，对他的赞扬表示感激④，对他的批评则委婉地表达了自己的看法，同时坚定地表示，百年之后，现在很红的一些作家将被遗忘，而现在很落寞的《巴马修道院》将会受到公众的欢迎。这不由令人想起

---

① 笔者孤陋寡闻，姑妄言之。
② 《重庆师范学院学报》2000 年第二期发表了袁学敏的《论〈红楼梦〉与〈巴马修道院〉的共识性》，《巴马修道院》的研究也与"红学"挂上钩。
③ 二十世纪的伟大作家博尔赫斯也很喜欢《巴马修道院》。这种伟大心灵的呼应应该不是巧合。
④ 这封信有三份不同的底稿保存下来。

他谈到《红与黑》时曾经说过的话:"到 1880 年前后我将被人理解。"事实上,自从十九世纪末哲学家、批评家泰纳肯定了司汤达的文学成就之后,《巴马修道院》一直受到文学史家和批评家的高度评价。著名学者朗松编写的那本堪称经典的《法国文学史》从司汤达诸多作品中挑出了两部,推为杰作,这两部作品就是《红与黑》与《巴马修道院》。该书还把创作时间晚于《红与黑》的《巴马修道院》放在前面论述,《巴马修道院》在编著者心目中的地位,由此可见一斑。对司汤达作品的这种基本评断,得到后世多数学者的认同。例如司汤达与巴尔扎克的研究专家巴尔戴施在他的《小说家司汤达》中认为,《巴马修道院》标志着司汤达"超越"了《红与黑》等作品所取得的成就,在小说创作上"获得了自由",从这个意义说,《巴马修道院》是司汤达"创作历程的终点"。① 再如,当代美国哲学家 M.亨利主编的《西方世界名著》,司汤达选了三种,除去论著《情爱论》,另外两种就是《红与黑》与《巴马修道院》。

司汤达一生勤勉,笔耕不辍,创作的长篇小说不可谓不多,然而有一个现象很有意思,那就是司汤达生前真正完成的长篇并不多,仅三部,即《红与黑》《巴马修道院》以及司汤达的第一部小说《阿尔芒斯》。除却这三部,其他长篇作品都没有完成。描写一个出身大资产阶级的青年在外省与巴黎生活经历的《吕西安·勒万》②虽然接近杀青,却没有收尾,也没有得到最后的修改润色。自传体小说《亨利·布吕拉尔传》中途辍笔。与作家著名的意大利题材系列作品相关的《粉红与绿》残缺更多。唯一以女性为主

---

① 参见巴尔戴施《小说家司汤达》,圆桌出版社。
② 中国读者更熟悉的名字是《红与白》。司汤达曾经考虑采用这个书名。译者们在作者留下的几个未定书名中挑中了它,借《红与黑》"东风"的意图是很明显的,因为它可以给读者造成此书是《红与黑》续篇的错觉。

人公的长篇《拉米埃尔》两次动笔,又两次搁笔,最终未能完成。司汤达还留下了许多中短篇小说遗稿,其中不乏具有长篇潜质的作品,可惜有的未及展开,有的更只能算是初步构想。

一个赫赫有名的小说家,竟有半数以上的小说作品停留在未完成乃至构思阶段①,这在文学史上相当罕见,难怪引起了研究者的广泛注意。法国著名文学理论家杰拉尔·热奈特将这个现象称为司汤达小说的"残缺命运"。热奈特说:"未完成的作品在司汤达的作品中占有非常可观的比重。像《亨利·布吕拉尔传》《吕西安·勒万》《拉米埃尔》《自我主义者回忆录》这些重要的作品都在写作中途放弃了,有如流水淌进沙漠,消失其中。这样的作品还有《拿破仑传》、小说《社会地位》的初稿、好几部中短篇,其中包括《粉红与绿》——这部作品吸取了《米娜·德·法舍尔》的材料,本该写成一部长篇。如果再加上《巴马修道院》仓促的结尾、《绘画史》和《旅行者回忆录》的出版突然中断或压缩,那么说司汤达的作品从根本上说有一种残缺的命运,大概并不为过。"②究竟是什么原因造成了司汤达小说这种"根本上的残缺命运"呢?是作者缺乏才气吗?显然不是。《红与黑》从构思到完成,不到一年;《巴马修道院》的篇幅更大,实际写作时间却只用了五十二天。即便在"下笔千言,倚马可待"的快手,例如巴尔扎克看来,也要叹为神速了。既然如此,何以会有如此多的作品不了了之,情节刚入高潮便戛然而止,甚至刚刚开篇便"打入冷宫"?毫无疑问,作家突然去世是一个重要原因,正当司汤达处于创作巅峰的时候,脑溢血夺

---

① 1968年法国10/18书店出版的《司汤达:弃置的小说》收入中篇与短篇共十一部。

② 杰拉尔·热奈特,《辞格 II》,伽利玛出版社。显然,热奈特所谓的"残缺现象"覆盖面很宽,《巴马修道院》这样实际上已经完成的作品也包括进去。不过这是另外一个问题,这里暂不讨论。

去了他的生命①,使他的一切写作计划,无论是构思新书,还是改写续写旧稿,都化为泡影。然而突然去世的作家并不在少数,仅就十九世纪法国小说家来说,就有巴尔扎克、左拉这样的顶级人物,但是他们的作品并没有"根本的残缺命运"。所以不能把残缺现象完全归因于突然病逝,此外还有一个因素是不可忽视的,那就是司汤达的个性。了解这一点很重要,它不但可以帮助我们理解司汤达作品为何有这种奇怪的"残缺命运",而且可以为我们阅读司汤达的作品开启一扇窗户,放我们的目光进入作品深处。

司汤达是一个非常感情化的人,一个非常感性化的人。尽管他是十八世纪启蒙思想的信徒,把理性与科学看得高于一切,但是他骨子里却是一个感觉论者。鲜活的感觉,冲动的情绪,内心深处的激情,较之理性与理智,较之科学与逻辑,对他更具吸引力。他善于观察,有判断力,也不乏精辟独到的见解,但是对事物做深刻的分析和严密的思考,对未来进行精细的预测和设计,并非他所长。他听从的往往是心灵的声音。尽管从他的小说里不时看到孔狄亚克②式的论断,感觉到伏尔泰式的嘲讽,但是他在性情上也许更接近卢梭,而不是孔狄亚克或者伏尔泰。他感情充沛,感觉敏锐,而且心底质朴,整个一性情中人,喜欢以感觉接物,凭感情用事,这都与卢梭很接近。只有一点,他不喜欢白日梦似的遐想,这是与卢梭相左的。巴尔扎克说司汤达属于那种"喜爱速度、运动、简洁、冲突、行为、戏剧性,不喜欢议论,不欣赏梦想"③的作家,可以说是知人之论。司汤达的个性化入了他作品中几乎所有的重要

---

① 1842年3月21日,司汤达与《两世界评论》签订合同,准备发表另外一批关于意大利的短篇小说,其中包括《苏约拉·斯考拉斯蒂卡》和《置人于死地的恩宠》。不幸,两天后他突发脑溢血去世,否则这两部短篇断不会永远成为未完成的作品。
② 孔狄亚克(1714—1780),法国哲学家,感性学派的创始人。
③ 巴尔扎克《贝尔先生研究》,《巴尔扎克全集》第三十卷。

人物。法国批评家让-皮埃尔·理查尔说,司汤达笔下的人物都是那种"一切从感觉开始"的人。这些人物"一切从感觉开始。在接触事物之前,预先没有任何天赋观念、内心感觉、道德意识存在。司汤达的主人公面对世界,裸如赤子,不带任何成见,与上帝造物后头一天早上的人样子差不多"①。司汤达的个性不但化入了他塑造的人物,而且化入了他的写作方法,从而形成了他高度感性化写作的特点。司汤达写作首先凭的是情感与感觉,而不是理解、判断等智性因素。他不习惯于对小说进行通盘的思考与全面的酝酿、架构之后再动笔,他要么索性不拟提纲,要么即使拟了提纲,也十分简单,显然是担心过分理智的思考会抵消他的感觉力和想象力。这可以从司汤达自己的话得到印证。他在《吕西安·勒万》底稿的旁注中写道:"事先拟定提纲让我麻木。"司汤达的写作方式很接近他的旅行方式,他在《罗马漫步》中曾经表示"没有计划","完全听从一时的冲动"的旅行最合他的口味。这很自然地让我们联想到另一位高度感性化的作家:十六世纪的蒙田。无论旅行或写作,蒙田也是不喜欢事先拟订计划,而是凭兴之所至,信步走去或信笔写去。当然,司汤达写的是小说,毕竟不能完全像蒙田写随笔那样纵横恣肆,但是,正是这种没有周密的计划,"完全听从一时的冲动"的写作的策略(其实策略两个字对司汤达并不合适,因为这在他是本能,而不是经过筹划的策略),决定了他有了感觉便动笔,而一旦"一时的冲动"消失,写作就戛然而止,有时甚至是令人遗憾的终止。巴尔戴施在《小说家司汤达》里介绍了司汤达1838年底完成《巴马修道院》之后半年中的写作,他是这么说的:1839年新年伊始,司汤达创作了《科斯特罗女修道院院长》,小说完成,交付《两世界评论》发表后,着手写作中篇《苏约

---

① 让-皮埃尔·理查尔《感觉与文学》。

拉·斯考拉斯蒂卡》,未竟(三年后再写,仍未竟);重写以巴亚诺修道院为素材的一部旧稿,未竟;四月,写《圣-伊斯米埃骑士》,未竟;五月,写《拉米埃尔》,未竟;不久转而写中篇《费德》,也未竟。从这个简单的时间表,我们可以清晰地感觉到司汤达写作的个性气息。

二

二十世纪后期,结构主义文学批评竭力主张文学研究把注意力倾注于文本的结构分析,因为文本一旦生成,便是一个自足的符号体系,对它的认识应该从其自身的结构出发,无须关注作家主体的状况,如生平、个性、感情、思想等。这种曾经风行一时的观点后来受到了质疑,因为作品是作家意识的载体,割断作品与作家主体的联系,实际上是想用所谓的"客观""科学"的态度取代人文态度,这对文学研究未见得是一条康庄大道。当然,作品与作家主体的联系随不同的作家而有程度差异,有的作家的创作与个人的经历、个人的内心世界、个人的生活方式以及个人生存状态紧密相连,有的则若即若离;有的明若烛火,有的则晦暗幽曲。司汤达高度感性化并具有强烈自我意识的写作方式说明他正属于那种个人的主体生存状态、生存经验与作品丝丝相扣、息息相通的作家。

这一点首先反映在他经常将自我的情感、自我的经验和经历大量投射到作品中。非但自传体小说《亨利·布吕拉尔传》是如此,其他叙事作品也都包含了大量的亲身经验和感受。例如《红与黑》的于连和《巴马修道院》的法布里斯都有一个专横、令人反感的父亲,这显然是司汤达少年时代与父亲紧张关系的再现。又如《吕西安·勒万》中,吕西安与大使夫人的恋情来自司汤达本人在西菲塔-维切亚领事任上与大使夫人的一段暧昧关系。诸如此类的例子不胜枚举,司汤达研究者们早已做了大量翔实的考证,这里不详细介绍。我们要指出的是,在司汤达的创作中,自我在作品中的投射,不仅仅是自我经历或经验的移植,更重要的乃是作者个人对世界的感受和认知的再现,是作者个人生存状态的再现。在这方面,司汤达的小说是很有代表性的。司汤达在塑造吕西安·勒万这个人物时,在手稿页边写道:"模特儿——多米尼克自己。啊,多米尼克自己!"这个多米尼克不是别人,正是司汤达本人,是他为自己起的诸多别名、笔名中的一个。如此直截了当地宣布把自己作为小说主人公的模特儿,这在小说家中并不多见,可见司汤达进入创作状态后,观照自我,体验自我,成为他的一个重要创作审美需要。

读司汤达的小说,人们往往有一种感觉,几部小说的主人公,《红与黑》的于连,《巴马修道院》的法布里斯,《吕西安·勒万》的吕西安,面貌有些相近,有时竟仿佛孪生兄弟。其实,这几个人物的生活环境和生活条件相差十万八千里。于连出身下层手工业者家庭,生活贫困,父亲没有文化,粗暴贪婪;法布里斯出身上层贵族家庭,虽然没有继承权,却衣食无忧,虽然得不到父爱,却受到母亲、姑母、姐姐的溺爱;吕西安的家庭是富有的大银行家,母亲温柔体贴,父亲则不遗余力地为他进入上流社会创造条件。他们选择的生活道路,他们的生活经历,更是各不相同。就性格而言,这三个人物也有很大差异,简言之,于连多疑,法布里斯热情,吕西安简单。既然如此,我们何以会感到他们彼此互为影像呢?表面层次的解释是,三人都是英俊少年,富于才智,对女人都具有独特的吸引力,而且事实上他们的确都曾卷入多个爱情旋涡。不过这个解释虽然有一定的道理,却没有抓住事情的本质,应该做更深层次的挖掘。这里,法国两位十九世纪文学专家的观点对我们很有启发,他们认为:"于连、吕西安、法布里斯之所以相似,主要不是因为他们的性格,他们的性格其实存在很大差异。他们相似,是因为他们面对问题的态度。在一个充斥着怯懦和虚伪的世界上,怎样才能具有某种价值?怎样才能凭借这个价值而无愧于一个蔑视或无视社会评价的人的爱情?怎样才能做到既有一颗伟大的灵魂,又是一个幸福的人?对司汤达来说,这是生存的核心问题。"①两位专家提出了一个十分重要的问题,不仅揭示了这三个人物彼此相似的深层原因,而且触及了司汤达小说创作的一个根本特点,即司汤达笔下的人物,体现了他本人回答"生存核心问题"的方式,是他通过艺术手段对自己的生存状态和生存方式所进行的一种体验,是对如何既活得幸福又不丧失个人尊严这个重大人生课题的思索②。

司汤达在1832年发表的《自我主义者回忆录》中问道:"我曾是怎样一个人?""我现在是怎样一个人?"类似的问题他后来又在不同的场合,用不同的方式多次提出来。这种对自我价值、自我地位、自我生存状态的丰富性和可能性,以及在这种状态下寻求幸福的可能性、途径和过程的强烈关注,构成了司汤达创作的支撑点。这个支撑点,用司汤达喜爱的一个词来表达,就是égotisme。这个词是向英语借来的,按法语词典的解释,第一层语义是"自我夸大的情感,喜欢谈论自我,崇拜自我";另一层语义是"司汤达用语,指作家对自己人格的分析"。所以这个词有人译作"自我分析"。这个译法不能说不对,但是容易误导读者,使读者以为égotisme是一种理性的分析活动,并联想到心理分析和精神分析。其实正如这个词的基本语义所显示的那样,它是一种情感,而司汤达正是在

---

① 马克斯·米勒奈尔与克罗德·皮叔瓦《从夏多布里昂到波德莱尔》,阿尔多出版社。
② 关于司汤达小说的幸福主题,限于篇幅,本文不打算涉及,对此问题有兴趣的读者,可参阅郭宏安先生为其《红与黑》译本所作序言。

情感层次上使用这个词的。为了避免误解，笔者以为将 égotisme 译作"自我主义"或许更为确切。

司汤达重要作品的主人公，于连、法布里斯、吕西安，读者之所以感觉他们面貌相似，就是因为他们都是自我主义者。他们虽然性格不同，生活环境不同，生活经历不同，但是在具有强烈的自我意识，执着于自我体验与自我观照上却如出一辙。这一点，读过《红与黑》的读者一定有体会，阅读完本书时也一定会留下深刻印象，这里无须多言。我们想强调的是司汤达小说人物自我主义的一个重要特点，即表现与掩饰这一对矛盾。司汤达笔下的这些自我主义者沉湎于"自我夸大的情感，喜欢谈论自我，崇拜自我"，他们在自我感情与感觉的体验中膨胀，有时候会采取相当夸张的形式谈论自己或者表现自己，例如于连夜闯德·莱纳夫人的卧室，爬梯子进入玛蒂尔德小姐的房间；又如法布里斯的滑铁卢之行，他与自己并不爱的女艺人小玛丽埃塔、弗斯塔调情；等等。另一方面，他们又无时无刻不在有意无意地掩饰自己，生怕他人发现他们的真实自我，而且他们表现自我往往正是为了掩饰真实的自我。杰拉尔·热奈特说："自我主义的悖论在于，以最不加掩饰、最不顾廉耻的方式谈论自己，却可能是掩饰自我的最好办法。这个词从任何一个意义上说，都是一种躲闪。"[①]所谓躲闪，就是掩饰，就是回避，就是逃避别人的目光。瑞士著名文学批评家让·斯塔罗宾斯基对此也有论述。他说自我主义者期望，他人面对他，却不知道他是什么人，最令自我主义者沾沾自喜的是："我并不在你想发现我的地方。"[②]自我主义这个悖论构成了司汤达小说人物的一个重要特征。一方面，审视、体验、表现自身的经验以及经验感受，构成

---

① 杰拉尔·热奈特《辞格 II》，伽利玛出版社。
② 斯塔罗宾斯基《活的眼》，伽利玛出版社。

他们生存方式与生活价值的基石;另一方面,他们最不情愿、最害怕的是他人的目光深入到他们的自我经验和经验感受中,换句话说,他们害怕自我的真实被他人的目光穿透。因此,他们在表现自我的时候,往往刻意回避他人的审视。以本书主人公法布里斯到滑铁卢参战的一章为例。滑铁卢是法布里斯人生的起点,他抛开舒适安逸的生活,只身闯入烽火连天的滑铁卢战场。值得玩味的是,他还未到滑铁卢,便不得不以"另一个人"的面目出现在他人面前,也就是说,他戴着假面具踏上了生活的征程。这个假面具是一套法国轻骑兵制服。法布里斯穿上制服,骑上了一匹买来的骏马,操起不熟练的法语,混入了奈伊元帅的卫队,他真实的自我便隐藏起来。这样便出现了小说最精彩,也是最为评论者津津乐道的关于滑铁卢战役的描写。从小说叙事学的角度说,这一段描写采用了内聚焦的叙事技巧,把关于战役的描写限制在主人公法布里斯个人的感觉(主要是视觉)范畴之内,与当时许多作家习惯采用的全知全能式的宏大描写形成了强烈的反差。通过法布里斯的所见所闻,以及他对这些见闻的直觉反应,揭示了主人公的精神世界,叙事与心理分析融合得天衣无缝。从作家主体投射的角度说,法布里斯的心理活动恰恰是司汤达主张的自我主义的典型反映。法布里斯全神贯注于自我的种种新鲜感受,表现了一个自我主义者的生存态度。我们看到,法布里斯对周围实际发生的事情,具体说就是对关系到拿破仑、法国乃至整个欧洲命运的滑铁卢战役的进展和结果几乎毫不关心,尽管周围炮火纷飞,他却完全沉浸在自我的感觉与体验之中。正因为如此,他对英国士兵(红军装)的死,不像其他法国轻骑兵那样兴奋,对法国轻骑兵的死,他也不感到悲哀沮丧,他只是注意到有人短促地叫了一声(这里,小说的叙事手法表现出了高超的技巧)。身临历史性的决战,当着法国军队和英国军队即将开始其结果将会改变欧洲命运的铁与火的撞击的时候,唯一让这位意大利青年感兴趣的是法国统帅奈伊元帅的脸,而这张脸之所以引起他的注意,是因为"他发现元帅的头发是纯金黄色的,衬着一张通红的大脸。法布里斯心里说,我们意大利就看不到这样的脸。他又难过地想,我的脸那么白,头发又是栗色的,一辈子也甭想像他那样了。对于他,这些话的意思就是说一辈子成不了英雄"。

与此同时,法布里斯又随时随地小心翼翼扮演着与自己毫不相干的角色。他是意大利人,却要装成法国人;头一次见到战争场面,却要装作老兵;法语不熟练,却要费力拼凑地道的法语句子。凡此种种表现,都自觉不自觉地在掩饰真实的自我。所以,当他发现所有的轻骑兵都在注视他的时候,他人关注的目光立刻使他感到很"窘迫","脸发烧"。这不是一般的腼腆,而是自我主义者害怕自我被他人窥视的本能反应。

这就是司汤达笔下的主人公。他们沉湎于自我,同时对外界又十分敏感,甚至敏感过度,不管他人是否真有窥探他们内心世界的企图,他们都会迅速做出反应,并立刻将自我包裹起来,像蜗牛的触角一碰到什么东西,它便躲进坚硬的壳中。自我主义者心理上的这种悖论在《红与黑》的主人公于连身上已经有充分的表现,它是于连矛盾复杂的心理与性格的根源。在《巴马修道院》的主人公法布里斯身上,这种心理悖论也有种种表现,不过法布里斯与于连不同,如果说于连是以自己精心设计的言行将自己包藏的话,那么法布里斯则是一直生活在主动或被动选择的各种假身份之中。从滑铁卢战场上的法国轻骑兵,直到他生命最后几年中"圣徒"的假名声和主教的黑衣,这些都成了他的外衣、假面。在这些外衣与假面下,他一方面几乎以全部心智注视自我,有时还自觉不自觉地张扬自我;另一方面又包藏自我,逃避躲闪。他真实的内心体验,除了克莱莉娅(也许还应该除去布拉奈斯神甫),对任何人都是秘密,连他最亲密的朋友,姑母桑塞维利纳公爵夫人也是雾里看花,一知半解。

法布里斯与于连不同,大贵族出身和闲逸的生活使他缺乏于连的意志力,因为于连所追求的他已经拥有。所以,虽然他不乏勇气,却不像于连那样主动进取。让-皮埃尔·理查尔指出,司汤达小说中的人物为了逃避他人审视的目光,"为了让他人看见另外一个形象,或者对赋予自己的任何一种形象加以拒绝,他不是靠虚伪,就是靠羞怯"①。于连逃避他人目光的主要方法是"虚伪",就是说,通过"坚持不懈的努力,让行动之前便设计好的谎言不被戳穿,全部言行都是企图周密地抵御别人探究的目光"②。这种努力绝非法布里斯之所长。法布里斯的生活有一半由别人(桑塞维利纳公爵夫人和莫斯卡伯爵)在安排,对于这样一个在很长的时间里不谙世事的自我主义者,要求他像于连那样靠精心的算计和筹划来掩饰自己是不可能的,因而对法布里斯来说,假身份、假名、假面几乎成为逃避"他人探究目光"所必需。从这个角度说,小说第十三章法布里斯被情敌劫持游街的情节具有象征意味。在几十个火把的簇拥下,他被高高地抬在轿子上穿过大街小巷,这是何等张扬。然而围观的市民并不知道轿子上抬的是谁,而劫持他的人则以为他是"王子殿下"。这个情节可以说是法布里斯一生的写照。在小说里,法布里斯多次使用假身份和假姓名。滑铁卢一节不必再说,去滑铁卢的路上,他用的是商人瓦西的护照,从滑铁卢回来之后,从格里安塔去米兰,他冒充皮埃特拉内拉的儿子,而且冒用他哥哥的名字。他隐姓埋名向歌唱演员弗斯塔献殷勤,弗斯塔与弗斯塔的情人 M 伯爵为弄清他的真实身份煞费了苦心。他避难

---

① 让-皮埃尔·理查尔《文学与感觉》。
② 同上。

在博洛尼亚,公爵夫人和莫斯卡伯爵给他送来了正式的身份证明,然而其中所有的身份说明都是假的。更有意思的是,法布里斯还曾冒名顶替,假扮刚刚死于自己刀下的艺人吉莱蒂。在种种假名与假面的保护下,法布里斯关注着自己的内心世界。他站在布道的讲坛上,动情地向崇拜他的信徒宣讲基督教义,信徒们以为他为宗教情感所激动,也有人以为他暗恋着富商的女儿安奈塔·马利尼,实际上他正沉溺于对克莱莉娅的思念。反过来,当他与克莱莉娅单独相会,能够真正敞开心扉的时候,他却必须隐去自己的真实面孔——克莱莉娅要求他们必须在黑暗中相见。外在和内心的分裂与对立,这似乎是自我主义者的悲剧。

三

说到假名,我们不能不又回来谈司汤达。司汤达本人就有别名癖,假名癖。他使用过的别名、笔名超过百个。让·斯塔罗宾斯基在论及司汤达的假名癖时说:司汤达使用假名,是对"属于贝尔家族"的拒绝,而且"给自己起一个新名字,非但赋予了自己新面孔,而且赋予了自己新命运,新的社会地位,新的祖国……有的假名是德国名字,例如司汤达便是一个德国城市的名字。同时,幸福又只能在意大利寻找,年轻的亨利·贝尔凭借想象为母亲的家庭设计了意大利谱系。他热爱的母亲不可能属于格勒诺布尔,按他的回忆,母亲的家乡应该是风景秀丽、气候炎热的伦巴第。所以,司汤达每次出国旅行,都有回归自己的世界的感觉,他喜欢生活在国外,就好比喜欢以其他名字生活一样。爱好旅行,喜欢游荡,对司汤达来说,和他喜欢使用假名可以相提并论"[1]。让·斯塔罗

---

[1] 斯塔罗宾斯基《活的眼》,伽利玛出版社。

宾斯基说,使用假名是要割断"家族的根",也是要割断"社会的根"。司汤达对意大利的向往,不但是对贝尔家族的拒绝,而且是对法国社会的拒绝。早在1812年8月司汤达在给友人费力兹·弗尔的信里就说过:"自从我见过米兰和意大利以后,我看到的一切都粗俗得叫我厌恶……"他说自己好像置身于泥沼之中,一切荣誉对他来说都毫无意义。1814年拿破仑失败,波旁王朝复辟,巴黎上流社会弥漫着矫揉造作、虚伪浮华的空气,对法国社会现状的不满越发拉大了司汤达与法国社会的距离,他在《罗马、那不勒斯、佛罗伦萨》中宣布:"本书的作者在1814年之后已经不再是法国人。"①这个自外于法国的法国人,他需要寻找一个适合自我存在方式的地方,一个能够使他获得"新面貌"的地方,这个地方就是意大利。他说:"我真后悔没有生在意大利。"②司汤达死后,墓碑上按他生前多次表达的意愿,铭刻上了"米兰人亨利·司汤达",可见在司汤达心中,真正的故乡是意大利米兰,而不是他生于斯,长于斯的法国格勒诺布尔市。

《巴马修道院》的主人公法布里斯怀有和司汤达相同的愿望——不过是逆向的。司汤达生于法国,长于法国,却对意大利有更深厚的感情,法布里斯生在意大利的伦巴第,却一心向往法兰西。司汤达在小说中依他一贯简约含蓄的文风,以寥寥数语暗示法布里斯是法国军官罗贝尔中尉的私生子,就是说法布里斯身上有法兰西血脉(正如司汤达希望自己有意大利血脉),为法布里斯的滑铁卢之行做了些许铺垫。此外,小说从一开始便营造了一种政治氛围,并最后落实到法布里斯的一段话:当法布里斯得知拿破仑东山再起的消息的时候,"猛一抬头,只见右边天空中一只鹰在

---

① 莫里斯·巴尔戴施《小说家司汤达》。
② 同上。

高高翱翔,这是拿破仑的鸟,它威风凛凛,展翅向瑞士方向飞去,也就是朝巴黎飞去。在这一瞬间,我想到,我也要像这鹰一样飞越瑞士,为那位伟人尽绵薄之力,虽然微不足道,却是我的全部力量。他曾经想给我们一个家园,他爱过我姑父。说也奇怪,我还能看见雄鹰的时候,眼泪已经干了。我的主意是天意,证据就是,当时我没有多想就下了决心,而且连怎么走法都有数了。平日里,你是知道的,一股沉闷的空气毁了我的生活,尤其是星期天的生活,现在这股沉闷空气刹那间被一阵清风驱散。德国人把意大利拖入了泥潭,现在我看到伟大的意大利又从污泥中昂首挺立,他向他的君王,他的解放者,伸出伤痕累累、还没有完全挣脱镣铐的双臂。我暗自道,母亲不幸,我这个儿子又一事无成。我要离开这里,与这个命运坎坷的人同生共死。欧洲最低贱、最卑鄙的人都藐视我们意大利人,而这个人却愿意为我们洗刷羞辱"。这段话很有点政治宣言的味道,为法布里斯的行为投上了一层追求自由独立的思想光彩,使读者有理由把他的行为阐释为具有政治意义的英雄壮举。但是,如果我们将这个行为放在人物一生经历的整体中加以细心体察,我们不难发现法布里斯除了因为憎恶父亲而痛恨父亲为之效力的奥地利当局外,并没有任何实实在在的政治信念,他对法国革命和拿破仑也几乎一无所知。滑铁卢战役后他回到意大利,不久到了巴马,面对艾奈斯特四世的专制统治,他表现出一种类似麻木不仁的无所谓态度。诚然,小说用了不少笔墨描写巴马宫廷的政治斗争,后半部还通过费朗泰·帕拉这个人物触及了民众的反抗,但是,有两点我们应该注意。首先,尽管法布里斯被绞进了巴马的政治机器,成为巴马党争的砝码与牺牲品,他自己对此却浑然不觉,或者漠然置之。他身处政治齿轮的挤轧之中,却在自我感觉与自我体验的世外桃源里找到了生存空间。其次,小说着墨最多的党争,反映的是统治集团内部的利益争夺,在党争中扮演重要角色的莫斯卡伯爵与桑塞维利纳公爵夫人是对法布里斯影响最大的人物,他们强烈的贵族意识和反民主倾向明确地限定了巴马党争的政治意义。

法布里斯甘冒杀身之祸,潜出意大利,风尘仆仆跑到巴黎,又匆忙赶赴滑铁卢,归根结底并不是一次政治探险,而是在自我体验中的一次寻找新的自我的尝试,与司汤达"给自己起一个新名字,非但赋予了自己新面孔,而且赋予了自己新命运,新的社会地位,新的祖国"的愿望殊途同归。法布里斯从滑铁卢回到意大利,除了依旧憎恨父亲,而且因为哥哥出卖了他而开始憎恨哥哥之外,并没有任何政治上的觉醒。对拿破仑的命运,对法国军队的命运,他都毫不关心,更不用说意大利的未来了,这些在他心中都无足轻重。滑铁卢战役的结果对他来说并不重要,重要的是他可以关在房间里,兴致勃勃地向母亲、姑妈和两个姐姐讲述他的经历。他最关心的问题是,他参加的是不是一场战役,那战役是不是滑铁卢战役,他自己算不算真正上了战场,总之,是一个真正的自我主义者关心的问题。当然,不能否认法布里斯的行为潜含着某种政治意识,但是这种政治意识是很朦胧的,而且这种朦胧的政治意识也很快便烟消云散,化为乌有。滑铁卢之旅虽然是法布里斯生活的起点,但是他经历的并不是一场血与火的考验,而是一次特殊的自我感受的体验。就像司汤达向往意大利是想割断"贝尔家族的根"和"法兰西社会的根",法布里斯向往法兰西是想割断"台尔·唐戈家族的根"和"意大利社会的根"。对于他,重要的不是政治选择,而是自我的躲闪。

正如斯塔罗宾斯基指出的那样,躲闪与逃避他人"探究的目光",目的在于获得自我体验的自由。当法布里斯锒铛入狱,"验明正身",被关进高耸入云的法奈兹塔的牢房里,他无须也不可能以假身份出现,但是他却获得了自由,因为这里没有他人的目光,或者准确地说,除了克莱莉娅的目光,再也没有其他人的目光。在这黑暗的高塔之上,随时有生命之虞,他却把一切危险置之度外,在自我体验的自由中品尝爱情带来的新鲜感受。对法布里斯而言,这便是幸福的极致。

罗 芃
2004 年夏于燕园

告 读 者

这部小说写于距离巴黎三百里①的地方,是为 1830 年冬②。所以它与 1839 年发生的事风马牛不相及。

1830 年往前好多年,当时法国军队正横扫欧洲,我因着机缘得到一张住宿券③,搬进了一位议事司铎家。那是在意大利美丽的城市帕托瓦。住的时间长了,我与主人便交上了朋友。

1830 年我旧地重游,又到了帕托瓦。我匆匆赶往善良的司铎家,他已经不在了,这我知道,但是我想再看一看那间客厅,我俩在那间客厅里度过了许多愉快的晚上,以后常令我魂牵梦绕。我见到了司铎的侄子和侄媳,他们把我当作老朋友款待。后来又有几位客人来访,天色很晚了我们才分手。司铎的侄子从佩德罗提咖啡馆叫来了美味可口的桑巴荣④。我们之所以谈到很晚,主要是有人提到了桑塞维利纳公爵夫人,司铎的侄子看我的情面,把公爵夫人的故事从头到尾讲了一遍。

"在我要去的那个国家,"我对朋友们说,"很难得有这样的晚上。我要把你们的故事写成小说,聊以消磨漫漫长夜。"

---

① 这里的"里"实为古代长度单位,在法国一"里"约合四公里。为阅读方便起见,本书一律译作"里",下均同,不再注。另外,书中的"尺"也不是我国的"尺",而是法国的古尺,不过与我国的尺长度差不多。
② 小说实际上是在巴黎写的。据司汤达自己说,开始构思于 1838 年 9 月,11 月 4 日起口授,由秘书记录,大约在七周内完成,1839 年 4 月分两卷出版。
③ 法国军队发给官兵的住宿凭证。当时司汤达在军队供职。
④ 意式小吃。

"既然如此,"侄子道,"我可以把我大伯的札记给您,巴马这一篇涉及巴马官廷的内幕,其时公爵夫人正在那里呼风唤雨。不过,您得当心!这个故事绝对不符合道德,时下贵国正以福音主义的道德纯洁自诩,这个故事弄不好会叫您背上骂名。"

现在发表的这部小说对 1830 年的手稿未做任何改动。这样做有两个缺点:

第一个缺点是对读者而言的。小说的人物均为意大利人,读者可能不太感兴趣。意大利人的性格和法国人很不一样。意大利人率真,心肠好。只要没受什么惊吓,怎么想就怎么说。虽然也讲虚荣,却不过偶然有所表现,表现出来便化作激情,当地人称 puntiglio[①]。还有,在意大利人中间,贫穷没什么可笑。

第二个缺点与作者有关。

毋庸讳言,我冒昧地把人物粗野的性格保留下来,但是另一方面,我要声明,对他们的许多行为,我倾注大量笔墨从道德上加以谴责。何必要让这些人物像法国人一样道德高尚,文质彬彬?法国人爱金钱胜于一切,很少为仇恨或爱情而不惜背上罪名,这部小说中的意大利人则几乎反其道而行之。而且我觉得,从南向北每走两百里,就能看到不同的景色,也就有不同的小说。议事司铎可爱的侄媳认识桑塞维利纳公爵夫人,也很爱公爵夫人,她请求我不要把公爵夫人的经历做任何改动,尽管这些经历应该受到谴责。

1839 年 1 月 23 日

[①] 意大利文:尊严。

上　卷

Gia mi fur dolci inviti a empir le carte
　　　I luoghi ameni.

　　　　　　　ARIOST, SAT. IV. ①

---

① 意大利文：那些优美的地方曾经力邀我去描写它们。——阿里奥斯托《讽刺诗》第四首。阿里奥斯托(1474—1533)，意大利诗人。

第 一 章

1796 年的米兰

1796 年 5 月 15 日,波拿巴将军①率领一支年轻的军队进入米兰。这支军队跨过了洛迪桥②,向世界宣布,历经千百年,恺撒和亚历山大终于后继有人。数月之间,意大利耳闻目睹了勇气和智慧产生的奇迹,一个沉睡的民族苏醒了。就在法国人到达前一星

---

① 拿破仑·波拿巴,时为督政府将军,率军远征意大利,年仅二十七岁。
② 洛迪城的阿迈达桥,拿破仑军队在这里打败奥地利军。

003

期,米兰人还当他们是一帮土匪,一遇到皇帝兼国王陛下①的军队便会抱头鼠窜。起码那份用脏兮兮的纸印刷,只有巴掌大小的小报,一周三次喋喋不休对米兰人就是这样讲的。

中世纪,共和派的伦巴第②人曾经和法国人一般英勇,所以有资格目睹德意志的皇帝们将他们的城池夷为平地。可是自从他们变成顺民以后,每逢有富家小姐出嫁,在粉红丝绸手绢上印几首十四行诗,在他们就算大事业了。富家小姐在人生大事过去两三年之后,便要找一个侍从骑士。这个侍奉女人的人由男方家挑选,他的大名有时还要冠冕堂皇地载入婚书。法军从天而降激发的慷慨情绪,与这种纤弱习气有天壤之别,于是激动人心的新风尚应运而生。1796年5月15日,举国上下都发现,迄今为止他们所礼拜的东西,无不可笑至极,有的还丑陋至极。最后一团奥地利军队撤离,标志旧观念的崩溃。敢于出生入死成为时髦。人们看到,在数百年麻木迟钝之后,要想幸福,就必须以真爱去爱祖国,必须干出惊天动地的伟业。在查理五世和菲利普二世③连续两代嫉贤妒能的专制王朝统治下,他们陷入茫茫黑夜。现在他们推倒了暴君的雕像,一下子重又沐浴在阳光下。五十年来,《百科全书》和伏尔泰风行法国,而教士们却呵斥老实巴交的米兰人说,读书识字,习艺格物,都是吃力不讨好的事,只要规规矩矩向神甫缴纳什一税,老老实实向神甫坦白一切细小罪过,在天堂获得一席之地便十拿九稳。奥地利为了叫这个既凶狠又理智的民族彻底柔弱下去,还把免向奥军输送新兵的特权廉价卖给他们。

---

① 当时奥地利皇帝同时是匈牙利国王。
② 意大利北部地区,以米兰为行政中心。
③ 查理五世(1500—1558),德国皇帝,称神圣罗马帝国皇帝,帝国疆域包括意大利。菲利普二世(1527—1598),查理五世之子,西班牙国王,在位时曾占领米兰。

1796年的时候,米兰军队由二十四个痞子组成,他们身着红军装,和匈牙利掷弹手组成的四个精锐团队共同镇守城市。风俗倒是极端自由,真正的爱情却并不多见。而且,非但一切都得向神甫坦白,否则即便在尘世也不免身败名裂,更糟糕的是,老实的米兰人还不断受困于君主统治下的种种苛政。举例说,那位住在米兰,以皇帝堂兄的名义统治米兰的大公突然想做小麦生意发财,于是乎在殿下的谷仓装满之前,农民是不准卖粮的。

有一个年轻画家,擅长画小幅作品,名叫格罗①,随军来到米兰。此人有点狂放不羁,后来出了名。1796年5月,法国人进城第三天,他在宽敞的塞尔维咖啡馆(当时很红)耳闻大公的丰功伟绩,又听说大公肥硕无朋,便取过印在粗劣黄纸上的冷饮价目单,在反面先画上胖大公,又画了一个法国士兵朝大公肚子戳一刺刀,流出的不是血,而是数量惊人的小麦。我们所谓的讽刺画或者漫画,当时在这个狡猾的专制国家还鲜为人知。格罗丢在咖啡馆桌子上的画,大家以为是天降神迹,当晚就刻了版,第二天卖了两万份。

同一天贴出了告示,为法国军队征收六百万法郎军饷。法国军队刚刚打了六个胜仗,但是缺乏鞋帽衣裤。

随着穷得叮当响的法国人涌进伦巴第的,是幸福和欢乐,因此只有教士和少数几个贵族觉察到六百万军饷是沉重的负担,何况别的税收又接踵而来。法国士兵整天又乐又唱。他们都不满二十五岁,统率他们的将军也才二十七岁,却已经算是军队里的长者了。他们兴高采烈,朝气蓬勃,无忧无虑,这给了狂呼乱叫的教士们一个响亮的回答。半年来,教士们一直高高地站在神圣的讲坛上说,法国兵都是魔鬼,他们倘不烧光杀光,自己就会被处死,要不

---

① 即安托瓦·格罗(1771—1835),法国画家。

他们每个团在行进时前面何以都推着断头台呢。

在乡下,法国士兵在茅屋门口哄主妇的婴儿睡觉,差不多天天晚上都有鼓手拉起小提琴,临时搞起一场舞会。四组舞太精巧,太复杂,没法教给当地的妇女,再说士兵们自己也不太会。妇女们便给法国小伙子们跳"蒙费利诺""莎特莱罗"①和其他意大利舞。

军官们都尽量安排在有钱人家住。他们也的确需要好好养息。比如一个叫罗贝尔的中尉就领到一张住宿券,住到了台尔·唐戈侯爵夫人府上。这个年纪轻轻就应征入伍的军官是个机灵鬼,他住进侯爵府的时候,全部财产就是刚在皮亚琴察②领的一枚值六法郎的埃居③。过了洛迪桥,他从一个被炮弹炸死的英俊的奥地利军官身上剥下了一条崭新漂亮的米黄色布裤,这裤子来得再及时不过了。他的军官肩章是羊毛的,呢军服的袖子、面子缝在里子上,这样破烂的面子才拼在一起。更狼狈的是,他的皮鞋底也是过了洛迪桥以后用战场上捡的破帽子做的。胡乱拼凑的鞋底用细绳绑在皮鞋上,绳子看得清清楚楚,所以府里的总管来到中尉的房间,请他同侯爵夫人共进晚餐,他简直尴尬透了。他和士兵在要命的晚餐前两小时,动脑筋把军服又补缀补缀,把皮鞋上可怜巴巴的绳子用墨水染一染。揪心的时刻终于来到了。"我这辈子就没有这样难受过,"罗贝尔中尉对我说,"那些贵妇人以为我要吓唬她们,其实我比她们哆嗦得还厉害。我瞧着我的皮鞋,不知道怎么走才显得有风度。"他接着说,"台尔·唐戈夫人那时美得光彩照人。你是见过她的,眼含秋波,天使般温柔。美丽的深金黄色头发,把鹅蛋形脸蛋衬托得越发妩媚。我房间里有一张达·芬奇画

---

① "蒙费利诺"是意大利北部的民间舞蹈;"莎特莱罗"也是意大利民间舞蹈,有跳跃动作。
② 意大利北部城市。
③ 法国古币名,面值多为六法郎,亦有三法郎的。

的希罗底①,俨然就是她的肖像。上帝让我被她天仙般的美貌迷住了,竟然忘了自己这一身打扮。两年来在热那亚②的山里,看见的不是丑陋,就是灾难,因此我冒昧地跟侯爵夫人说了几句话,表达心中的喜悦。

"当然,我头脑还清楚,不至于把恭维话说个没完。我一面斟酌词句,一面就看到在铺满大理石的餐厅里有十几个跟班和仆人,他们的衣着当时在我看来,简直华丽至极。你想想,这些家伙穿着上好的皮鞋不说,居然还有银鞋扣呢。我从眼角睨见他们拿目光呆呆地盯住我的军服,说不定还有我的皮鞋,这真叫我心如刀割。我只消一句话,就可以叫这帮人发抖,但是怎样才能又让他们放规矩点,又不唬着夫人们呢?正如侯爵夫人事后一再对我说的,她为了给自己壮胆,已经派人到修道院去接在那里念书的小姑子吉娜·台尔·唐戈,也就是后来那位迷人的皮埃特拉内拉伯爵夫人。这个女人走红运时,那份快乐,那份对人的体贴,没人可以相比;交厄运时,那份勇敢,那份沉着冷静,也没人赶得上。

"吉娜当时大概十三岁,但是看上去有十七八,活泼,直爽,这你是知道的。她看见我那一身打扮,生怕扑哧一声笑出来,竟连饭也不敢吃了。侯爵夫人正相反,她竭力客客气气,倒叫我如坐针毡。她也肯定从我眼睛里看出我心里焦躁。总而言之,我就像个大傻瓜,别人的轻蔑我都吞下去,这对法国人来说真是勉为其难啊。临了,老天爷有眼,给了我一个主意,我对女人们讲起我的困苦,讲起那些蠢驴似的老将军让我们在热那亚山里受的两年罪。我告诉她们,我们在山里发的是本地不能流通的指券③,每天只有

---

① 《圣经》人物,美妇,先嫁叔父犹太王希律·腓力,又嫁腓力之弟,犹太王希律·安提普斯。
② 意大利北部港口城市。
③ 法国督政府期间发行的纸币。

三盎司面包。我讲了不到两分钟,善良的侯爵夫人眼里就涌起泪水,吉娜也变得严肃了。

"'什么,中尉先生,'她对我说,'三盎司面包!'

"'是的,小姐,而且一星期还少发三次。我们住的农民家比我们还要苦,我们总要分一点面包给他们。'

"吃完饭,我让伯爵夫人挽着我的胳膊,把她送到客厅门口,然后赶快回餐厅,把仅有的六法郎埃居赏给了伺候我吃饭的仆人。对于如何使用这个埃居,我做过许多美梦呢。

"过了一星期,"罗贝尔接着说道,"显然法国人并没有把什么人送上断头台,于是台尔·唐戈侯爵从科摩湖边的格里安塔城堡回来了。法军打来时,他把美丽的妻子和小妹留在炮火中,让她们听天由命,自己毫不犹豫地躲进了城堡。侯爵的胆子有多小,他对法国人的仇恨就有多深,也就是说,深不可测。他和我寒暄的时候,那张苍白的、假惺惺的肥脸看上去真可笑。他回到米兰的第二天,我从六百万军饷中分到了三奥纳①呢料和两百法郎。我装扮一新,成了侯爵府上两位贵妇的侍从骑士,因为又有舞会了。"

所有的法国人都有与罗贝尔中尉大同小异的经历,意大利人非但不嘲笑正直的法国士兵的贫穷,而且同情他们,喜欢他们。

幸福自天而降,叫人陶醉,可惜这段日子前后不到两年。人们何以普遍陷入极端的狂热,真有点说不清道不明,或许只有对历史做这样深刻的说明:"这个民族积愤已逾百年。"

南方国家觉得寻欢作乐是天经地义的事,过去在赫赫有名的米兰大公维斯贡迪和斯佛尔查②的宫廷里,这种风气就很盛。但是,1624年西班牙人征服了米兰公国,这批征服者寡言少语,又多

---

① 法国古尺,合1.18米。
② 维斯贡迪家族于1277—1447年间统治米兰,斯佛尔查家族于1447—1535年间统治米兰。

疑又傲慢，老是害怕有人造反，从此欢乐就消失了。米兰人也学会了统治者的风俗，动不动就拔刀报仇，及时行乐反而不怎么时兴了。

从1796年5月15日法国人进入米兰，到1799年4月他们在卡萨诺①吃败仗被赶走，这一段日子里，狂欢、取乐、享受，把忧郁的或者仅仅是合乎道理的情感抛到脑后，这一切发展到这种地步，我们甚至可以说出一些老富翁、老高利贷者和老公证人，连他们也忘掉了发愁，忘掉了赚钱。

只有少数几家显贵，大概是普天同庆，人人心花怒放叫他们看了生气吧，退隐到了乡下的府邸。不过，为法国军队筹饷，这些富贵人家摊派得多，心里恼火，这也是事实。

台尔·唐戈侯爵看大家兴高采烈心里恼火，头一批回乡下的就有他，他住回科摩湖对岸雄伟的格里安塔城堡，女眷们带罗贝尔中尉去过那里。城堡的位置，这世上大概是独一无二的，它建在一个一百五十尺高的山岗上，下临碧波万顷的科摩湖，可以俯瞰大部分湖面。城堡从前是个要塞，台尔·唐戈家族在十五世纪建造的，这从许多大理石上刻的纹章上得到证明。城堡有吊桥深沟。说实话，壕沟里没有水，不过凭着八十尺高六尺厚的围墙，有来犯者足可以抵挡一阵子。因为这个，生性多疑的侯爵很喜欢城堡。仆人有二三十个，侯爵一定认为仆人们个个忠心耿耿，道理很明显，因为他同仆人说话总是骂骂咧咧。有这样的仆人在身边，他不必像在米兰那样担惊受怕。

他害怕倒也不是毫无理由。奥地利在离格里安塔三里远的瑞士边境安插了一名暗探，他与这个密探频繁通消息，帮助战俘逃跑，这件事可能已经引起法国将军们的重视。

---

① 意大利北部城市，1799年4月法军在这里被俄奥联军打败。

侯爵把年轻的太太留在米兰,处理家务。这个女人面对摊到casa del Dongo①(这是当地话)头上的军饷,为了尽量降低份额,不得不去拜访担任公职的贵族,甚至还得拜访某些并非贵族但有权有势的人。这时,侯爵府上发生了一件大事。侯爵本来已经为妹妹吉娜考虑好婚事,对方出身名门,很富有,但是这个人往假发上扑粉,因为这个,吉娜每次见他都禁不住哈哈大笑,不久,她就干了一件傻事,嫁给了皮埃特拉内拉伯爵。老实说,这是个挺好的乡绅,相貌端正,可是家道在他父亲和他手里败落了,最糟糕的是,他狂热拥护新思想。他在意大利军团②任少尉,这也让侯爵生气。

两年时间在狂热和幸福中过去了,巴黎的督政府一副稳坐江山君临天下的样子,什么东西只要脱了庸俗气,督政府都恨之入骨。督政府派到驻意大利军队来的将军们昏庸无能,在维罗纳③平原连吃败仗,而就在两年前,这里曾出现了阿尔科和罗纳托④这样的奇迹。奥地利人逼近米兰。罗贝尔中尉此时已经当了营长,在卡萨诺战役受了伤,最后一次来台尔·唐戈侯爵夫人府上投宿。离别是忧伤的。罗贝尔走了,一起走的还有皮埃特拉内拉,他随法军撤向诺维⑤。伯爵夫人的哥哥拒绝把她名下的财产分给她,年轻的夫人便也坐一辆大车随军出发了。

这以后就开始了恢复旧思想的反动时期,米兰人称之为 i tredici mesi(十三个月),因为他们很幸运,老调重弹到玛伦哥⑥战役就终止了,前后不过十三个月。在那十三个月里,一应事务,领头的都是一班老朽、古板、无精打采的家伙,社会的领导权落到他

---

① 意大利文:台尔·唐戈府。
② 1796年法军占领意大利时建立的法国外籍军团。
③ 意大利北部城市。
④ 意大利两村庄,拿破仑曾在这里大败奥地利军队。
⑤ 意大利村庄,法国军队在这里被俄奥联军击溃。
⑥ 意大利村庄,1800年6月拿破仑二征意大利,在此地击败奥地利军队。

们手里。不久,忠实于正派思想的人便在村镇里散布消息,说拿破仑在埃及被马莫路克骑兵①绞死了,他十恶不赦,罪有应得。

在那批悻悻地回庄园,又怀着报复渴望重返城里的人当中,台尔·唐戈侯爵以其暴怒而出名。他凭着激奋的言行,自然而然成了这个党派的首领。这帮老爷倘若心里没有惧怕,个个都是谦谦君子,可惜他们始终惶恐不安,所以他们终于蒙蔽了奥地利将军。将军是个好人,可是他被这些人哄住了,相信严厉乃是治国之道,他下令逮捕了一百五十名爱国者,这些人当时都是意大利的精英。

他们很快就被押往卡塔罗河口②,投进地洞。洞里阴潮,又没有吃的,让这些坏蛋立刻得到应有的惩罚。

台尔·唐戈身居要津。他把极度吝啬算作诸多美德之一,所以他公开吹嘘说一个子儿也不寄给他妹妹皮埃特拉内拉伯爵夫人。伯爵夫人始终疯狂地爱着丈夫,不愿意离开他,跟着他在法国挨饿。最后好心的侯爵夫人终于从首饰盒里偷拿了几粒小钻石。她的夫君每天晚上把首饰盒收走,锁到他床下一只铁箱子里。她给夫君带来八十万法郎的嫁妆,自己每个月却只有八十法郎的零花钱。在法军退出米兰的十三个月里,这样一个谨慎的女人竟然找出种种借口,不脱下黑衣服。

我们承认,本书仿照大作家的作品,主人公的故事开始于他出生前一年。这个主要人物不是别人,正是法布里斯·瓦尔塞拉,照米兰人的称呼是台尔·唐戈 marchesino③。他恰好在法国人被赶走的时候生下来,而且命中注定成了大老爷台尔·唐戈侯爵的二公子。这位大老爷,您已经见识过他那张苍白的肥脸、虚伪的微笑

---

① 埃及骑兵队,1798年拿破仑在埃及作战,与这支军队交锋,将其击溃。
② 在亚得里亚海。
③ 读作"玛尔凯西诺"。当地借用德国风俗,用这个头衔称呼侯爵的公子,用 contino 称呼伯爵的公子,用 contessina 称呼伯爵的小姐,等等。——原注

和对新思想刻骨铭心的仇恨。全部家产都由长子阿斯卡尼奥·台尔·唐戈继承,他和父亲简直就是一个模子出来的。在他八岁,法布里斯两岁那年,所有出身高贵的人都以为早已被绞死的拿破仑将军从圣贝尔纳山上下来了,进了米兰城。便是到今天,这一历史时刻依然堪称空前绝后,老百姓欣喜若狂的情景,读者可以想象。没几天,拿破仑在玛伦哥战役获胜。其他事就毋庸赘言了。米兰人兴奋到了极点,不过这一次,兴奋中包含了复仇的情绪,善良的米兰人学会了仇恨。不久,流放到卡塔罗河口的那批爱国志士中的幸存者回来了。举国欢腾,庆祝他们归来。他们苍白的面容、枯槁的身体、惊奇的大眼睛,与大街小巷沸腾的欢乐情绪形成奇特的对照。他们抵达米兰,成了一个信号,嫌疑最大的人家闻讯逃之夭夭。台尔·唐戈侯爵头一批就跑了,躲到格里安塔城堡。这些阀阅之家中,当家的满怀仇恨和恐惧,但是他们的夫人和小姐,回想起法国人刚到米兰那些欢乐的日子,对不能参加玛伦哥战役后立刻开始在 Casa Tanzi① 举办的愉快的舞会深感惋惜。玛伦哥战役后没过多少日子,负责维持伦巴第治安的法国将军就发现,无论贵族佃户还是乡下老婆子,都把这个一天内连克十三座要塞,改变了意大利命运的玛伦哥大捷抛到了脑后,他们满脑子装的全是布里西亚②第一主保圣人圣乔维塔的预言。按照神谕,法国人和拿破仑好景不长,从玛伦哥战役起满打满算不过十三个星期。台尔·唐戈和其他所有躲在乡下生闷气的贵族,对这个预言信以为真,并没有耍什么花招,从这一点说,这些人还有可谅解之处。怪只怪他们一辈子没念过几本书。他们大张旗鼓做准备,十三个星期一过完就回米兰。但是,光阴荏苒,法国的事业蒸蒸日上。拿破仑回到

---

① 意大利文:唐西府。
② 意大利北方城市。

巴黎,颁布了许多贤明的决定,他在玛伦哥打败外敌,挽救了革命,现在又在国内挽救了革命。躲在城堡里的伦巴第贵族于是乎恍然大悟,原来他们误解了布里西亚主保圣人的预言,不是十三个星期,而是十三个月。然而等十三个月过去,法国的好景却有与日俱增之势。

从1800年到1810年这十年的进步和幸福,我们就长话短说了。头几年,法布里斯是在格里安塔城堡度过的,和村里农家的孩子在一起,动过拳头,也挨过拳头,什么也没学,连字也没认。后来,他到米兰,进了耶稣会的学校。侯爵父亲要求儿子学拉丁文,不过不能教那些动不动就扯上什么共和国的古代作家的文章,应该教他念一本以十七世纪艺术家百幅版画杰作为插图的精美的书,即巴马总主教法布里斯·台尔·唐戈1650年刊印的瓦尔塞拉·台尔·唐戈侯爵家族的拉丁文族谱。瓦尔塞拉家族素以武功著称,所以那些版画多是战争场面,而且上面总有家族的一位勇士在挥剑劈杀。这本书叫小法布里斯爱不释手。他母亲很宠爱他,常去米兰看望他。侯爵答应她去,不过从来不给她旅费,总是小姑子,可爱的皮埃特拉内拉伯爵夫人借钱给她。法国人回到米兰之后,伯爵夫人成了意大利总督欧仁亲王①宫廷出尽风头的女人。

侯爵一直自愿隐居乡下。法布里斯第一次领圣体之后,有几次伯爵夫人得到侯爵许可,把法布里斯接出学校。她觉得法布里斯这孩子聪明庄重,虽然有点特别,但是很俊俏,绝不会给一个风流女子的客厅丢脸。另外,她还发现这孩子什么都不懂,字也写不好。伯爵夫人的性子是干什么都一副热心肠,她答应支持校长,只要她侄子法布里斯能有长足进步,学年末能得到多种奖励。为了

---

① 欧仁亲王(1781—1824),拿破仑的继子,拿破仑1805年自称意大利国王,封欧仁亲王为总督。

使法布里斯当之无愧地获奖,她每星期六晚上都派人接他,星期三甚至星期四才把他送还老师。耶稣会的教士们虽然受到总督亲王的善待,却为王国的法律所不容,校长是个乖巧人,和一个在宫廷里极有影响的女人打交道能得到什么好处,他心里有数,才不会去指责法布里斯缺课呢。到了学年终,越发无知的法布里斯获得了五个一等奖。漂亮的皮埃特拉内拉伯爵夫人带着当近卫师师长的丈夫和总督宫廷里五六个大人物来参加颁奖仪式。校长受到了上级的夸奖。

伯爵夫人带侄子参加各种盛大的活动。和蔼的欧仁亲王短暂的统治时期正以这一类活动著称。她凭着自己的影响,给侄儿谋了个轻骑兵军官衔,于是,法布里斯刚十二岁就穿上了戎装。伯爵夫人看侄儿一表人才,心里欢喜。一天,她求亲王赏侄儿一个侍从的职位,这无异于表示台尔·唐戈家族归顺亲王。第二天她又不得不厚着面皮求亲王别把她的请求放在心上。这件事万事俱备,只缺未来侍从的父亲的允诺,而他是肯定会斩钉截铁拒绝的。侯爵本来就闷闷不乐,听说这件荒唐事他不寒而栗,找了个理由把小法布里斯叫回格里安塔。伯爵夫人极端鄙视她哥哥,认为哥哥是个小肚鸡肠的蠢货,而一旦权力在手,又会变得很狰狞。但是她太爱侄子了,尽管有十年不与侯爵通消息,她还是给他写了一封信,请他把儿子送回来。这封信如石沉大海。

法布里斯回到先祖中那些最崇尚武功的人修建的巨大府第,他什么也不会,只会出操和骑马。皮埃特拉内拉伯爵和他夫人一样宠爱这孩子,经常让他骑马,带他参加检阅。

法布里斯流着泪离开姑妈华丽的客厅,眼睛红红地回到格里安塔城堡。只有母亲和两个姐姐疼爱他,侯爵和大儿子阿斯卡尼奥小侯爵关在书房里,炮制那些很荣幸被寄往维也纳的密码信。这父子俩到吃饭时才露面,侯爵装模作样地叨叨说,他在教他的天生继承人用复式账记录各处田产的收入。事实上，侯爵把权力看作命根子，尽管儿子是全部田产的当然继承人，他也不跟儿子谈田产的事。他叫儿子做的事，是把十五到二十页的加急情报译成密码，派人送往瑞士，一周二三次，再由瑞士送到维也纳。侯爵的意图是把意大利王国国内的情况报告他合法的君主。他并不了解什么情况，然而他的信却很受重视。原因是这样的：他派可靠的密探到大路上统计调防的法国或意大利团队的兵力，在向维也纳宫廷报告时，他总是长个心眼，把兵力足足减掉四分之一。他的信固然荒唐，却能叫其他方面来的真实情报变成谎言，因此很受青睐。法布里斯回城堡前不久，侯爵刚获得一枚级别很高的勋章，这是佩戴在他侍从官服上的第五枚勋章。他不敢在书房外炫耀他的官服，这的确叫他懊丧，但是口授情报时，那是非穿上绣花制服，佩戴起全套勋章不可的，否则他就会觉得有失敬意。

侯爵夫人看到儿子风度翩翩，又惊又喜。不过她保留着习惯，每年要写两三封信给当了将军的 A 伯爵——罗贝尔中尉现在的名字，所以她考问儿子，却被儿子的无知搞得哭笑不得，而她又不愿意向她所爱的人撒谎。她自忖道：

"如果连我这样一无所知的人都觉得他学识有限，那么博学的罗贝尔一定会认为他的教育完全白费了。现在这个时候，没有本事是不行的。"还有一件事让她吃惊，那就是法布里斯把耶稣会学校教给他的宗教物事，件件都当真。她本人是很虔诚的，可是孩子的宗教狂热叫她害怕。"如果侯爵脑筋转到这方面来，想到利用这个办法施加影响，他肯定会夺走儿子对我的爱。"她流了不少眼泪，对法布里斯的爱越发强烈了。

在这座有三四十个仆人的城堡里，生活十分沉闷。法布里斯每天不是打猎，就是在湖上划船。他很快就跟车夫和养马人混在一起。这些人狂热拥护法国人，公开嘲笑忠心服侍侯爵和大公子的随从。这些不苟言笑的随从给人抓住的笑柄主要是他们模仿主人的样子，也往头发上扑粉。

第 二 章

……当暮色映入我们的瞳孔,
我心系未来,凝视苍穹,
天主用并不晦涩的字符,
把万物的命运写上天幕。
他既从天穹深处注视人群,
不免心动恻隐,指点迷津。
满天星斗就是上帝的文字,
将吉凶祸福向我们预示;
可惜世人身陷红尘,来去匆匆,

> 小看这部天书,不知诵咏。
>
> 龙沙①

  侯爵对思想恨之入骨,他说,是思想毁掉了意大利。他极端厌恶教育,可是他又希望儿子在耶稣会学校的学业能够善始善终,两方面如何兼顾,他感到很为难。为了尽量少惹麻烦,他请格里安塔的本堂神甫,善良的布拉奈斯教法布里斯继续学拉丁文。照理说神甫是必须懂拉丁文的,可是布拉奈斯神甫偏偏瞧不起拉丁文。他的拉丁文知识只限于背诵弥撒经里的祷文,祷文的意思,他给教友们讲解,也就讲个大概。尽管如此,神甫在当地照旧受到敬重甚至敬畏,他常说,布里西亚的主保圣人圣乔维塔的那句著名预言,不会在十三个星期内应验,也不会在十三个月内应验。和信得过的朋友谈话时他还说,如果让他直言不讳,那解释十三这个数字的方式一定会让世人大吃一惊(1813年)。

  事实上,布拉奈斯神甫是个正直,有先民之风又有头脑的人。他天天在钟楼顶上过夜。他酷爱天象学,白天计算星宿的位置和重合时间,然后夜里大半时间用来观察星辰的运动。他一贫如洗,全部仪器就是一架硬纸板做的长筒望远镜。一个人既然以毕生精力来研究什么时候帝国会崩溃,什么时候改变世界面貌的革命会发生,那么他如何瞧不起语言学习,就不难想象了。"人家教我,马在拉丁文叫 equus。"他对法布里斯说,"打那以后,难道我对马就多懂了点什么不成?"

  农民都怕布拉奈斯神甫,认为他是个大法师,而他呢,正好利用他在钟楼顶上转悠引起的恐惧防止农民盗窃。附近的本堂神甫,他的同行,对他的威信很眼红,都恨他。台尔·唐戈侯爵瞧不起他,原因很简单,侯爵认为地位如此卑微的人不该引起这样多的

---

① 龙沙(1524—1585),法国伟大诗人,学者。

议论。法布里斯崇拜神甫,为了讨神甫欢心,他有时整宿整宿地替神甫做庞大数字的加法和乘法。后来,他登上了钟楼,这是很大的面子,神甫还从来不曾对谁这么优待过呢。神甫喜欢这孩子天真无邪。"日后你要是不变成伪君子,"他对孩子道,"就能成为一条汉子。"

法布里斯玩起来兴高采烈,什么事都敢干,每年总有那么几次险些淹死在水里。格里安塔和卡代纳比亚一带农民的孩子每一次远征,都是法布里斯领头。这帮孩子弄到几把小钥匙,夜黑之后便把船与大石头或者岸边大树拴在一起的铁链子上的锁捣鼓开。有必要交代一下,科摩湖的渔夫捕鱼的办法,是在远离岸边的湖水中垂钩,鱼线的上端系一块贴了软木的小板,板子上插一根柔软的榛树枝,挂起一枚小铃铛,鱼儿咬钩,扯动鱼线,铃铛就会叮当作响。

法布里斯率领的深夜远征,伟大的目标就是趁渔民还没有听到铃声的时候,抢先光顾那些垂钩。他们专挑有暴风雨的天气,而且他们干这种危险的营生,常常在凌晨时分,天亮前一小时上船。这帮孩子上船的时候,觉得是去冒极大的风险,而这行动美好的一面正在于此。他们模仿父辈,虔诚地诵唱"圣母马利亚"。但是,经常出现这样的情况,刚唱完"圣母马利亚",正打算出发,法布里斯突然得到预兆。这是从他的朋友布拉奈斯神甫的占星术中学来的——然而神甫关于十三的预言他却并不相信。按照他少年人的想象,这兆头确凿地预示行动的成败。他在伙伴中说一不二,于是孩子们渐渐都养成了相信预兆的习惯,倘若上船的当口看见岸上有一个教士,或者有一只乌鸦从左边飞起,他们就赶紧把铁链子锁好,各自回家睡觉。可见布拉奈斯神甫虽然没有向法布里斯传授那门艰深的学问,但是不知不觉影响了法布里斯,使他对预示未来的征兆也深信不疑。

侯爵想到,万一密码信出了什么差池,他可能非指望妹妹搭救不可。所以每年一到皮埃特拉内拉伯爵夫人的命名日圣安琪节①，法布里斯就可以到米兰住一星期。他一年到头不是企盼这一星期，就是怀念这一星期。每逢这个重要时刻，侯爵都要给儿子四埃居，好让他完成这次政治旅行。对陪伴儿子的夫人，他照例一个子儿也不给。不过，一个厨子，六个仆人，还有一个车夫带着两匹马，在侯爵夫人和儿子登程的头一天晚上就出发到科摩去了。在米兰，侯爵夫人每天都有一辆马车供她使用，还可以摆上十二个人的晚餐。

台尔·唐戈侯爵过着闷闷不乐的生活，没有什么消遣，但是有一个好处，愿意过这种生活的家庭，都永久地阔起来了。侯爵每年收入二十多万里弗尔②，花掉的不足四分之一。他在期待中度日，从1800年到1813年这十三年中，他一直坚定地相信，用不了半年拿破仑就要垮台。想一想吧，1813年初，当他听说法军在别列金纳河溃败时③，他该多么兴奋！巴黎陷落，拿破仑下台，他更是忘乎所以，居然对妻子和妹妹出言不逊，话说得难听透顶。最后终于看到奥地利军队回到米兰，他为此等待了十四年，心中的欢喜难以用言辞来表达。遵照维也纳的命令，奥地利将军接见了台尔·唐戈侯爵，礼貌得近乎恭敬。人家很快就请他在政府里担任要职，他当仁不让地应允下来，好像收回一笔欠款。长公子在帝国最神气的军团里领中尉衔。人家又给二公子一个见习军官衔，二公子却坚辞不受。侯爵以罕见的傲慢领略胜利的滋味。可惜好景不长，几个星期后，得意便成了丢人的失意。他本来就不善理事，又在乡下过了十四年，只同仆人、公证人、医生打交道，加上说话间到了迟暮之年，性情也变坏了，这使他完全成了一个无用之辈。在奥地

---

① 圣安琪节是1月27日。
② 法国古记账货币，相当于一古斤银的价值。
③ 1812年12月，入侵俄国的法国军队在渡别列金纳河时被俄国军队击溃。

利,没有古老帝国那种拖沓、烦琐却又相当合理的行政管理所需要的才能,就休想身居要津。侯爵行政的种种差池,令属下怨声沸腾,甚至妨碍了公务。当局想叫老百姓昏睡不觉,麻木不仁,侯爵却用极端的专制言论激怒老百姓。终于有那么一天,他得知陛下开恩,圣心大悦地接受了他的辞职请求,同时任命他为伦巴第-威尼斯王国①的"王室副总管"。侯爵遭到如此骇人听闻的不公平待遇,气愤难平。他一向痛恨出版自由,这次却把自己写给朋友的信印出来。最后,他上书皇帝,说大臣们欺君罔上,统统是雅各宾党。办完这些事,他垂头丧气地回到格里安塔城堡。有一件事对他是个安慰。拿破仑下台之后,米兰一帮权势人物派人在街上打死了过去意大利国王的大臣,杰出的普利纳伯爵。虽有皮埃特拉内拉伯爵冒死相救,老大臣还是被人用伞生生击毙,折磨持续了五个钟头。有一个教士,就是台尔·唐戈侯爵的忏悔神甫,本来是可以救老大臣的,只要打开圣乔万尼教堂的栅栏门就行,那时可怜的大臣正在门外被拖来拖去,还被抛在街心的水洼里。但是,那教士却故意不开门。半年后,侯爵为这教士谋了一个美差,心里很得意。

侯爵恨死他的妹夫皮埃特拉内拉伯爵。伯爵一年收入不到五十路易②,居然活得很自在,还胆敢表示对毕生的追求矢志不渝,不成体统地宣扬对所有人一视同仁的正义精神——伯爵把这种精神称为可耻的雅各宾主义。伯爵拒绝到奥地利当差,有人就此大做文章,普利纳死后数月,花钱雇凶手的那帮人又获得许可,把皮埃特拉内拉将军下了大狱。将军的妻子伯爵夫人见此情景,立刻要了通行证,备了几匹驿马,打算到维也纳觐见皇上,面陈真情。杀害普利纳的那帮人害怕了。其中有一个人是伯爵夫人的表亲,

---

① 拿破仑帝国崩溃后,意大利的伦巴第和威尼斯被奥地利帝国吞并,成立伦巴第-威尼斯王国。
② 法国古金币,因铸有路易十三的头像而得名。

他深更半夜,在夫人动身前一小时送来了释放伯爵的命令。第二天,奥地利将军召见了皮埃特拉内拉伯爵,对他优渥有加,还向他保证,他的退休金很快就会以优惠的条件办下来。布伯纳将军为人正直、聪明、宽厚,说到普利纳之死和伯爵的囹圄之灾,脸上露出愧色。

多亏伯爵夫人性格坚定,才化险为夷。退休金经布伯纳将军过问,没有拖延就发下来。夫妻俩靠退休金生活,将就度日。

好在五六年以来,伯爵夫人一直和一个富有的年轻人过从甚密,年轻人和伯爵也称得上是亲密的朋友,少不了把有英国马驾辕、当时在米兰首屈一指的漂亮马车,还有他在斯卡拉戏院的包厢和乡间的庄园借给伯爵夫妇使用。伯爵这个人把勇气看得很重,他心灵高尚,容易冲动,激动起来便不免口无遮拦。有一天,他和几个年轻人一起打猎,有一个年轻人过去当过兵,与伯爵不在一个军队,这个人说起笑话,嘲弄内阿尔卑斯共和国①军队的勇气,伯爵扇了他一记耳光,他们立刻打起来。年轻人方面人多,伯爵势单力薄,被杀了。这样一种决斗引起满城风雨,当时在场的人都跑到瑞士旅行去了。

我们叫它逆来顺受的那种可笑的勇气,就是被人骗了还一声不吭的那种傻瓜勇气,绝不合伯爵夫人的脾气。她为丈夫的死感到愤怒,希望她的密友,那个富裕的年轻人利麦卡蒂也会奋然往瑞士走一遭,给杀害皮埃特拉内拉的元凶一枪,或者给他一记耳光。

可是利麦卡蒂认为这个想法荒唐透顶,伯爵夫人于是感觉到,在她心里轻蔑已经取代了爱情。对利麦卡蒂,她加倍殷勤。她要激起他的爱情,然后把他晾在那儿,叫他痛苦。为了叫法国人理解

---

① 内阿尔卑斯指阿尔卑斯山意大利一侧。1797 年拿破仑在意大利北部,即接近阿尔卑斯山的地区建立了共和国,1805 年改为意大利王国。

这种报复手段,应该指出在米兰这个远离法国的地方,人们还会为爱情而痛苦。服丧期间的伯爵夫人叫所有争风吃醋的女人都显得黯然失色。她向身居要津的年轻人卖弄风情,其中有一个 N 伯爵,过去就常说他觉得配伯爵夫人这样才智出众的女人,利麦卡蒂略嫌迟钝了,有点蔫乎乎的;现在他对伯爵夫人简直爱到痴迷的程度。伯爵夫人于是写信给利麦卡蒂:

愿不愿意当一次聪明人?只当从来没见过我吧。
我是你卑顺的仆人——也许带着几分鄙夷。

吉娜·皮埃特拉内拉

利麦卡蒂读完信,便住到乡下的一座庄园去了。爱情躁动起来,弄得他失魂落魄,甚至声称要开枪打碎自己的脑袋,在相信有地狱的国家这可非同寻常。回到乡下的第二天,他就写信给伯爵夫人向她求婚,还献上他二十万里弗尔的年金。伯爵夫人把信原封不动地交给 N 伯爵的马夫退回去。这一来,利麦卡蒂在庄园一住就是三年,虽然每隔两个月就回一次米兰,但是始终没有勇气长住,他那套如何爱伯爵夫人,伯爵夫人过去对他又如何情意缠绵的话,朋友们都听腻了。起初在这番话之后,他还要说伯爵夫人和 N 伯爵在一起会毁了自己,这样的关系叫她丢脸云云。

事实上伯爵夫人对 N 伯爵毫无感情,在她完全肯定利麦卡蒂陷入绝望之后,便对 N 伯爵明说了。伯爵是个明白人,只求她莫把这番令人沮丧的话传出去。"如果你能宽宏大量,"他又说,"继续接待我,表面上还把我当作你现在的情人另眼看待,那么我也许能够找到自己的位置。"

伯爵夫人既然勇敢地做了表白,便不再使用 N 伯爵的马和包厢。但是,十五年来,她已经过惯了考究的生活,现在便面临这样一个难题,或者毋宁说解决不了的问题:如何靠一千五百法郎的年金在米兰过日子。她搬出公馆,租了两个六层楼上的房间,将仆人统统辞退,连侍女也不留,换了一个穷老太婆做家务。我们会觉得这种牺牲很壮烈,很艰难,其实未见得;米兰人是不笑贫的,因此在担惊受怕的人眼里,贫穷算不得大灾祸。这种高贵的穷日子过了好几个月,这期间利麦卡蒂和N伯爵——他也想娶她——不断来信骚扰。一向吝啬得叫人恶心的台尔·唐戈侯爵一天突然想到,妹妹受穷,很可能会叫他的仇敌兴高采烈,瞧,台尔·唐戈家的一个女人竟落到靠维也纳朝廷发给将军遗孀的抚恤金度日的地步!这个朝廷对不起他地方太多了。

他给妹妹去信说,已经在格里安塔城堡为她预备下了与她身份相称的一套住房和一笔生活费。伯爵夫人的心动了,想到要过一种新的生活,她兴致勃勃地做了一番筹划。斯佛尔查时代栽种的一片老栗树之上巍然屹立的那座城堡,她已经二十年没去住了。"到那里,我可以得到休息,"她想,"在我这个岁数,算是福分了吧?(她三十一岁了,所以觉得该退隐了。)我出生在壮丽的湖水边,总算又从那里找回幸福安宁的生活。"

她是不是想错了,我说不好,但是有一点是肯定的,这个不久前刚刚拒绝了两笔巨额财产的热情女子,确确实实给格里安塔城堡带来了幸福。两个侄女欢喜得要命。侯爵夫人一边吻她,一边说:"你使我焕发了青春。你没来之前,我好像已经是百岁老人了。"伯爵夫人开始带着法布里斯重游格里安塔附近的名胜,在旅游者中间,这些名胜是有口皆碑的:湖对岸的麦尔吉山庄与城堡遥遥相望,是城堡的一个观赏点。高处是蔚为壮观的斯封德拉塔森林;雄伟的岬角,把湖水一分为二,科摩这边的湖面秀丽娟媚,伸向累科①的湖面庄严肃穆。景色如此壮阔而明丽,即便是举世闻名

---

① 意大利城市,附加的湖面亦称累科湖,是科摩湖的一部分。

的那不勒斯海湾,与之相比,也只能说各有千秋,而绝不能说更美。伯爵夫人回想起少女时代,思绪万千,便同眼下的感受比较起来。"科摩湖和日内瓦湖完全不同,"她想,"日内瓦湖周遭是按最先进的技术耕种、圈得严严实实的田园,叫人想到金钱和钻营。这里呢,层峦叠嶂,天然丛林绵延起伏,人力还没来得及破坏,没来得及开发盈利。奇峰峻岭拔地而起,雄视湖面,山势逶迤多姿,置身其中,塔索①和阿里奥斯托描写的景物恍若眼前。万千气象,高远而温馨,处处听到爱的絮语,丑陋的文明消失得无影无踪。山腰上,一个个村落掩映在高大的树丛中,山岗的树影后矗立起村落里美丽的钟楼,座座都修得别有风致。野栗树林和野樱桃林间或被五六十步宽的小块庄稼地隔断,地里的作物比别处长得苗壮茂盛,望去也是一种眼福。山顶上清寂幽深的所在,谁见了都会生出隐居的念头。再往远处看,巍峨的阿尔卑斯山终年积雪的群峰险峻森严,触目惊心,生活中经历的苦难不由得浮上心头,也就倍感当下的欢乐。远处树丛后面的小村落传来钟声,触动人的遐思,钟声飘过水面,越发柔和,带上了一种忧郁柔美的音调,仿佛在对人说:生活在流逝,不要挑剔眼前的幸福,行乐须及时呀。举世无双的美景蕴含的声息,让伯爵夫人恢复了二八少女的心。她想不通为什么这么多年来自己竟然没有回来看看这片湖水。她想:"莫非幸福和衰老注定同期而至?"她买了一条小艇,跟法布里斯和侯爵夫人一起自己动手装饰,因为眼下虽然门第光耀,却哪儿都缺钱花,自从台尔·唐戈侯爵失势以来,他的贵族排场摆得更大了。举例说,在卡代纳比亚,为了在著名的梧桐路附近的湖岸增加十步宽的土地,他派人修筑了堤坝,耗资高达八万法郎。堤坝尽头要建起一座

---

① 塔索(1544—1595),意大利诗人,长诗《耶路撒冷的解放》的作者。

小教堂,全部用大块花岗石做材料,由著名的卡纽拉侯爵①设计。教堂里面,由米兰红极一时的雕刻家马尔凯西②为他修墓,墓上的浮雕要显示他祖上的功绩。

法布里斯的哥哥阿斯卡尼奥小侯爵也想和夫人们一起游湖,但是他姑妈把水洒到他扑了粉的头发上,而且每天想出新花样,拿他严肃的面孔开玩笑。最后他总算放过了这群快乐的旅伴,那张白胖的脸不再出现。他在场,别人就不敢笑,怕他是老头子的探子,侯爵被迫辞职以后成了暴君,火气大得很,对他必须赔着小心。

阿斯卡尼奥发誓要报复法布里斯。

有一次他们遭遇上暴风雨,吃了惊吓。尽管他们钱少得可怜,却厚赏了两个船夫,免得他们告诉侯爵。侯爵对他们带他两个千金去游湖,早已耿耿于怀。有一天他们又遇上了风暴。这湖虽然秀丽,风暴却是说来就来,势头凶猛。狂风从对峙的两座山的山口忽地卷出,在湖面上恣肆暴虐。正当风狂雨骤雷电交加的当口,伯爵夫人却想下船。茫茫湖水中只见一块孤零零的岩石,只有一间小屋大小,伯爵夫人觉得站在上面,望着惊涛骇浪从四面八方涌来,一定有一番奇特情调。她从船里跃出,却跌落到水里,法布里斯跟着跳下水救她,两人被冲出很远。落水当然谈不上是美事,但是奇怪的是,古老城堡里的沉闷空气却随之一扫而光。伯爵夫人对布拉奈斯神甫的古朴性格和占星术着了迷,买船后剩下的一点钱便用来置了一架偶然碰到的便宜望远镜,差不多每天晚上都带着侄女和法布里斯到城堡一座哥特式塔楼的楼顶上待着。在这群人当中就数法布里斯懂得多。他们在楼顶一待就是几个钟头,欢天喜地,侦探们只能望楼兴叹。

---

① 卡纽拉侯爵(1762—1833),意大利建筑师。
② 马尔凯西(1783—1858),意大利雕刻家。

应该承认,有些日子伯爵夫人跟谁都不说话。她在高大的栗树下徘徊,心绪抑郁。她是个心智活跃的人,没有人交流思想,不免感到苦闷。不过,第二天她又欢笑如初。她天性爱说爱动,是她嫂子的怨言叫她闷闷不乐。

"我们剩下的青春,难道真就在这阴森的城堡度过吗?"侯爵夫人嚷道。

在伯爵夫人来之前,连发这种牢骚她都不敢。

1814 和 1815 年间的冬天就是这样度过的。伯爵夫人手头拮据,却还是去米兰住了几天。她是去看维加诺①精彩的芭蕾舞,在斯卡拉剧院演出。侯爵夫人与小姑子结伴同行,侯爵毫不阻拦。两个女人去领取了可怜的抚恤金,内阿尔卑斯共和国的将军穷困的遗孀借了几枚金币给富甲一方的台尔·唐戈侯爵夫人。她们玩得很开心,邀请老朋友吃饭,像小孩子似的为丁点的小事哈哈大笑,借以解脱烦恼。意大利人这种充满 brio② 的即兴而发的欢乐,使她们忘掉了在格里安塔侯爵和大公子两人的目光向周围散布的阴郁气氛。法布里斯刚满十六岁,在外面代表一家之长,已经很像个样子。

1815 年 3 月 7 日,她们在新近延伸到湖边的那条幽静的梧桐路上散步。两天前她们刚从米兰回来,这次到米兰小住很惬意。这时从科摩方向驶来一条小船,发出莫名其妙的信号。侯爵的一个密探跳上堤坝,他带来消息,拿破仑在胡安湾登陆了。全欧洲愕然了,如梦方醒,唯独侯爵早有成竹在胸,他上书皇上,直抒胸臆,献上自己的才能和万贯家财,同时重申皇上的大臣都是雅各宾党,和巴黎的叛匪沆瀣一气。

---

① 维加诺(1769—1821),意大利舞蹈家。
② 意大利文:热情。

3月8日凌晨六点,侯爵佩戴上勋章,叫长子给他念第三份政治情报的底稿,亲自用秀丽的字体一丝不苟地抄在有皇上水印头像的信纸上。与此同时,法布里斯求见皮埃特拉内拉伯爵夫人。

"我要走了。"他对伯爵夫人说,"去投奔皇帝,他也是意大利的国王。他过去对姑父多照顾呀!我从瑞士过去。昨天夜里,我在梅纳乔①的一个朋友瓦西,是做气压表生意的,他把护照给了我。你给我几个拿破仑金币吧,我自己只有两个。话说回来,就是走,我也要走去。"

伯爵夫人流泪了,又高兴,又担心。"天哪,你怎么生出这个主意来的?"她拉着法布里斯的手,叫道。

她站起身,从衣橱里翻出一个镶珍珠的钱袋。钱袋藏得很仔细,这是她的全部财产。

"拿着,"她对法布里斯说,"天主在上,你可千万别丢了性命。你要是抛下我们,你可怜的妈妈和我还有什么呢?至于拿破仑,可怜的朋友,他成不了的,那班大人先生会要他的命。一星期前,你不是在米兰听说了吗,以前搞过二十三次暗杀,每次都计划得很周密,他能死里逃生,全凭造化,而那还是在他不可一世的时候。你看到了,我们的敌人不除掉他是不会善罢甘休的。自打他下台,法国就一蹶不振了。"

伯爵夫人向法布里斯讲拿破仑未来的命运,语气激动不已。"放你去投奔他,在我就是为他做出世上莫大的牺牲了。"她说。法布里斯的眼睛湿润了。他拥抱伯爵夫人,禁不住洒下热泪,但是他出走的决心片刻也没有动摇。他动情地向这位亲密的朋友诉说决定出走的原因,在我们看来,这些理由不免有点可笑。

"昨天傍晚六点差七分,你知道,我们在湖边散步,就在索马

---

① 科摩湖边的村庄。

利瓦府①下面,沿着梧桐路往南走。在那里,我第一次看到有船从科摩方向驶来——那船原来带来这么重要的消息。我望着船,心里并没有想到皇上,仅仅想到出门游玩真是福气。忽然,我心底深处涌起一阵激动。船靠岸,那探子同父亲低语几句,父亲脸色大变。他把我们拖到一边,宣布了这个可怕的消息。我背过身,面朝大湖,不为别的,只为不让人看见我欢喜得热泪盈眶。猛一抬头,只见右边天空中一只鹰在高高翱翔,这是拿破仑的鸟②,它威风凛凛,展翅向瑞士方向飞去,也就是朝巴黎飞去。在这一瞬间,我想到,我也要像这鹰一样飞越瑞士,为那位伟人尽绵薄之力,虽然微不足道,却是我的全部力量。他曾经想给我们一个家园,他爱过我姑父。说也奇怪,我还能看见雄鹰的时候,眼泪已经干了。我的主意是天意,证据就是,当时我没有多想就下了决心,而且连怎么走法都有数了。平日里,你是知道的,一股沉闷的空气毁了我的生活,尤其是星期天的生活,现在这股沉闷空气刹那间被一阵清风驱散。德国人把意大利拖入了泥潭,现在我看到伟大的意大利又从污泥中昂首挺立③,他向他的君王,他的解放者,伸出伤痕累累、还没有完全挣脱镣铐的双臂。我暗自道,母亲不幸,我这个儿子又一事无成。我要离开这里,与这个命运坎坷的人同生共死。欧洲最低贱、最卑鄙的人都藐视我们意大利人,而这个人却愿意为我们洗刷羞辱。

"你知道,"他走上前,目不转睛地盯住伯爵夫人,双眸炯炯有神,放低声音道,"那棵小栗树,你是知道的,在离这里两里地的林子里,我出生的那年冬天,母亲亲手在那股大泉水边上栽的。我想在什么还没做之前先去那儿看看,心里说既然春天开始没多久,那

---

① 始建于1747年的建筑,当时为政治家索马利瓦的府第。
② 拿破仑帝国的军旗上有鹰徽。
③ 说话的人是个感情充沛的人,他把著名的蒙蒂的诗用散文说出来。——原注

好,如果我的那棵树长叶子了,对我就是一个征兆,我就应该振作起来,不再在冰冷阴沉的城堡里消沉麻木下去。这一堵堵发黑的老墙,过去是专制的工具,如今是专制的象征,你不觉得它们正是凄凉冬季的写照吗?它们摧残我,就好比冬天摧残我的小树。

"你信不信,吉娜?昨天晚上,我七点半到那儿,我的小栗树已经长叶子了,漂亮的嫩叶已经挺大的了!我小心地吻这些叶子,唯恐伤着它们。我恭敬地给可爱的小树一圈都松了土,立刻感到一阵激动。我翻过山,跑到梅纳乔。到瑞士必须有护照。时间飞似的,我到瓦西家门口的时候已经是半夜一点钟了。我以为不敲上半天门他是不会醒的,谁知他根本没睡,正和三个朋友在一起。我刚开口,他就大叫起来:'你要去投奔拿破仑!'他搂住我,其他人也都热情地拥抱我。有一个人还说:'我干吗要结婚呢!'"

皮埃特拉内拉夫人陷入沉思。她觉得应该表示一点异议才对。法布里斯哪怕有一点处世经验,就会发现伯爵夫人匆忙提出的反对理由连她自己也并不怎么相信。不过法布里斯虽然没有经验,却有决心,他根本不去听伯爵夫人的话。伯爵夫人立刻让步,只要求他把计划告诉他母亲。

"她会告诉我两个姐姐,这些女人会稀里糊涂泄露出去的!"法布里斯怀着一腔英雄气概嚷道。

"谈到女人,你无妨多几分敬意,"伯爵夫人一面掉泪,一面又露出微笑,"女人会给你带来好运,因为在男人那里,你永远会碰钉子。男人的心平淡无味,他们会觉得你热情太高。"

侯爵夫人听儿子讲了他异想天开的计划,哭得泪人似的,她看不出这里面有什么英雄气概可言,她要尽力留住儿子。等她终于明白除了监狱的高墙,什么也甭想阻拦儿子,才把自己的一点私房钱交给他。她又想起头一天侯爵给了她八九粒小钻石,让她带到米兰去镶首饰,大约值一万法郎。伯爵夫人正把钻石缝在我们的主人公的旅行服里,他的两个姐姐走进来。他把这些女人少得可怜的拿破仑金币还给她们。姐姐们得知法布里斯的计划,兴奋地拥抱他。她们闹得太凶,吓得他抓起还没藏好的钻石,立刻就要动身。

"你们这么吵,会坏了我的大事,你们都不知道。"他对姐姐说。接着他又说道:"我带了这么多钱,就不必带衣物了,哪儿都买得到的。"他同他最亲近的这几个人吻别,没回自己的房间就上路了。他大步流星往前奔,生怕被人骑马追上。当天晚上他到了卢加诺①。谢天谢地,总算到了一座瑞士城市,不必再像走在荒僻的路上总害怕被父亲雇来的宪兵逮住。他从卢加诺发了一封信给他父亲,措辞不由得婉转,这是孩子气的虚弱表现,只能给怒气冲冲的侯爵火上加油。法布里斯乘上驿车,穿过圣哥达山②,一路疾走,取道蓬塔利埃③进入法国。皇帝那时正在巴黎,而法布里斯的不幸也就从此开始了。他出发时满怀希望要面见皇帝,怎么也没想到竟会这么困难。过去在米兰,他一天见十回欧仁亲王,要同亲王说话也不难。在巴黎,他天天上午到杜伊勒利宫看皇帝在大院里阅兵,可是始终不能接近皇帝。我们的主人公以为法国人个个都像他那样为祖国的危难而热血沸腾。在他下榻的旅店的餐桌上,他对自己的计划和献身热忱毫不讳言。他遇到几个年轻人,和蔼可亲,而且热情比他还高,但是不几天就把他的钱偷得精光。幸好他纯粹因为不想炫耀,没有暴露母亲给他的钻石。一通大吃大喝后,第二天早上他发现自己被偷光了,于是买了两匹好马,雇了一个替马贩子赶马的老兵当仆人,怀着对巧舌如簧的巴黎青年的

---

① 瑞士小城,临近瑞意边境。
② 阿尔卑斯山脉中的一座高峰。
③ 法国东部小城,靠近法瑞边境。

031

蔑视,动身去找军队了。他没有任何消息,只知道军队集结在莫伯日①。他一到边境,立刻觉得士兵们露宿野外,自己却躲在屋子里,偎在舒适的壁炉前烤火,未免滑稽可笑。晓事明理的仆人怎么相劝也白费,他不管三七二十一,闯进了驻扎在通往比利时的大道旁,紧靠边境线的营地。他一走进路边的第一个团队,士兵们便都盯着这个衣着全然不像军人的年轻的城里人。夜幕降临,寒风凛冽,法布里斯走到一堆篝火旁,请求让他烤烤火,他可以付账。士兵们你瞅我,我瞅你,最叫他们奇怪的是这个人居然要付账,不过他们还是很友善地给他让了个位子。仆人为他遮住风。过了一个钟头,团里的副官从营地附近经过,士兵们跑去告诉他来了一个生人,操着蹩脚的法语。副官过来盘问法布里斯,法布里斯大谈对皇帝的热情,口音叫人生疑。于是副官请法布里斯随他去见住在附近农场的上校。仆人牵来两匹马,副官见到马,大为惊讶,立刻改变了主意,开始盘问仆人。仆人当过兵,马上看透了副官的小算盘,说他主人是有来头的,还说甭想把这两匹马"顺手牵羊"。副官一声令下,立刻上来一个士兵揪住仆人的衣领,另一个士兵牵住马。副官铁板着脸,命令法布里斯乖乖地跟他走。

他们摸黑走了足足一里路。远处旷野里到处映着篝火,眼前的黑暗显得更加深邃。副官把法布里斯交给一个宪兵军官。军官沉着脸问他要证件,法布里斯递过护照,上面说他是"随身携带商品"的气压表商。

"他们太蠢了!"军官嚷道,"欺人太甚了!"

他向我们的主人公提了几个问题,我们的主人公却用最热烈的言辞大谈皇帝和自由,军官听了哈哈大笑。

他厉声道:"算了吧,你还不够狡猾!派你这样的毛头小子过

---

① 法国北方城市,靠近法比边境。

来,胆子也太大了!"法布里斯说他确实不是卖气压表的,可是任凭他拼命辩解,军官还是派人把他押解到附近的小城 B 市的监狱。我们的主人公凌晨三点到那里,气得发疯,累得要死。

法布里斯起先是惊愕,后来是气愤,他搞不懂究竟是怎么回事。他在破烂的监狱里挨过了三十三个漫长的日夜,一封接一封地给城防司令写信,传信的是狱卒的婆娘,一个三十六岁的漂亮的弗拉芒女人。这女人不想害这样一个英俊少年吃枪子,何况少年手头又大方,就把信统统扔到火里去了。夜深人静的时候,她还跑来听法布里斯诉苦。她跟丈夫说这个毛头小伙子有钱,谨慎的狱卒便由她看着办。她一朝权在手,便捞到了几个拿破仑金币,因为当初那个副官只抢了马,而宪兵军官什么也没拿。六月的一个下午,法布里斯听到远处炮声隆隆,终于开仗了!他急得心口直跳。他又听得城里一片喧闹。外面确实有重大行动,三个师的军队从 B 市经过。夜里十一点,狱卒的婆娘又来听他诉苦了。法布里斯显得比平时更温柔,他握住女人的手说:"帮我出去吧,我以人格担保,仗一打完,我马上回来蹲监狱。"

"讲这些不管用!有码子没有?"法布里斯面露难色,他不懂什么叫码子。狱卒婆娘见他的表情,以为油水已经不多,便不像过去那样提出要金币,而是只要法郎。

"听着,"她说,"只要出一百法郎,我就能给晚上来换班的伍长每只眼上都盖上一枚金币,他就看不见你溜出监狱。如果他的团明天开拔,他肯定会答应。"

交易很快做成。婆娘索性让法布里斯藏在她房间里,这样第二天逃跑更便利。

第二天,天还没亮,柔情似水的女人对法布里斯说:"亲爱的孩子,你还小,怎么能干这种丢人的营生,听我的话,别再干了。"

"怎么,保卫祖国难道也有罪?"法布里斯颠倒地讲。

"好了,好了。别忘了我救过你的命。你的案子明明白白,是要枪毙的。不过,跟谁都别说,要不然我和我男人都要丢饭碗。你那个什么米兰贵族伪装气压表商人的故事就更不要再讲,蠢透了。你听好了,我把前天死在狱里的一个轻骑兵的衣服给你,你呢,尽量少开口,万一有什么班长或者军官查问,逼你回答,你就说你病了,住在一个农夫家,他看你发高烧,在路边的沟里打哆嗦,心里不忍,把你带回家。万一他们对你的回答还不满意,你就说你正要回团里去。你口音不对,所以可能被人抓起来,你就说你生在皮埃蒙特①,去年应征入伍,留在了法国。"等等。

法布里斯生了三十三天气,这才明白这一切所由何来,原来他被当成间谍了。他向狱卒的婆娘讲明缘由。那婆娘这天早晨特别温柔。她飞针走线,给他把军服改小,他向女人原原本本讲述自己的故事,女人听了很惊奇,一时也就信了。他的神情那么天真,穿上轻骑兵服装又那么英俊!

最后她半信半疑地说:"既然你这么想打仗,那么到巴黎就应该加入一个团。你找一个班长,请他喝一杯,事情就十拿九稳!"狱卒的婆娘对法布里斯的未来提出许多忠告。天蒙蒙亮时,她让他再三起誓,无论发生什么事都绝不泄露她的姓名,然后便把他送出了门。法布里斯出了城,胳膊下夹着轻骑兵的马刀,兴冲冲地没走几步,心头突然踌躇起来,暗忖道:"我现在穿着一个死在大牢里的轻骑兵的衣服,揣着他的路条,据说他偷了一头牛和几件银餐具,所以蹲了班房!我岂不成了他的替身……这完全出乎我的意愿,也出乎我的意料!我得小心蹲班房!……这兆头明明白白,看来我还会有不少牢狱之灾!"

法布里斯告别他的女恩人最多才一个钟头,天就下起大雨来,

---

① 意大利北方地区,拿破仑帝国时期曾属法国版图。

这位新轻骑兵粗笨的皮靴又不合脚,弄得他几乎寸步难行。他遇到一个农夫,骑着一匹驽马,他用手比画了一通以后,买下了这匹马。狱卒的婆娘叮嘱过他能不开口就不开口,因为他讲话带口音。

就在这一天,法国军队刚刚在里尼①取胜,正向布鲁塞尔进发。这是滑铁卢战役的前夕。中午,瓢泼大雨依然哗哗地倾泻,法布里斯听到了炮声,不禁大喜,把刚刚蒙受冤狱而度过的这段不堪回首的日子抛到了脑后。他马不停蹄,直走到夜深时分。这回他学聪明了,跑到远离大路的一家农户投宿。那农家哭哭啼啼,声称家里已经被洗劫一空,可是法布里斯给了他一埃居,他便抱了一些燕麦来。法布里斯心想:"我的马算不上好马,话虽这么说,说不定又会被什么副官相中。"于是索性到马棚睡在马旁边。第二天,离天亮还有一个钟头,法布里斯已经上路了,他百般哄那匹马,终于叫那马小跑起来。五点左右,他听了一阵炮声。这是滑铁卢战役的前奏。

---

① 比利时村庄。

第 三 章

不一会儿,法布里斯碰到了几个随军女商贩。他因为对 B 市狱卒的婆娘感激不尽,所以见到这几个女人便上前搭讪。他问其中一个女人,他所属的轻骑兵四团在什么地方。

"你这样着急又何苦呢,小老总。"女商贩说,法布里斯苍白的脸和秀美的眼睛叫她怜惜,"今天要刀对刀地干了,你没有这样的手劲呀。再说了,就算你有枪,能不能像别人那样把子弹打出去,我可不敢说。"

这番劝告法布里斯觉得很不中听,他紧催座下的马,可是白费劲,怎么也跑不到这群女人的前头。他太兴奋了,太陶醉了,不知不觉又同她们搭上话。炮声似乎越来越近,有时连讲话都听不清。

女商贩的话,字字句句都在教他懂得什么是幸福,他于是加倍有了幸福感。最后,除了他的真名实姓和他是从大狱里逃出来的,他把什么都一五一十告诉了这个慈眉善目的女人。女人很诧异,这个少年英俊的士兵说的事情她没法理解。

"我猜到了,"她终于得意地大声说道,"你小子是城里的公子哥,爱上了四团哪位官太太。这身军装一定是太太给你的,你正在找她。老天在上,你压根没当过兵,没错。不过,你是好样的,你那一团人上了火线,你不上去不甘心,生怕被人当作孬种。"

任她怎么说,法布里斯都点头,只有这样才能得到忠告。他暗忖道:"法国人为人处世之道我一窍不通,没人指点,我还得坐牢,马还得丢。"

女商贩说:"小家伙,你先得承认,你没有二十一岁,顶多十七岁吧。"她对法布里斯越来越亲切。

这是事实,法布里斯爽快地承认了。

"这么说,你连新兵都算不上。你来玩命,就为那女人眼睛迷人。见鬼,她倒开心。她给你的黄货,如果还有的话,首先应该另买一匹马。瞧你这宝贝马,炮声刚近了一点,那耳朵就支棱起来。这是干农活的马,骑它上火线,非送命不可。瞧见那股白烟了吗,小家伙,那片矮树后边,那是在放排枪。你要上去听子弹的尖叫,就得准备吓趴下。还有呢,趁着有时间,你应该好歹吃点东西。"

法布里斯答应吃点东西,他递过一个拿破仑金币,叫女商贩算饭钱。

"瞧你那模样,真叫人心疼!"女人叫道,"可怜的小家伙,连花钱都不会!冲你这傻样,我真该赶上克克特①飞跑,你的宝贝马要能撑上我才怪呢。傻小子,看见我溜了你怎么办?学着点吧,大炮

---

① 当是女商贩的马的名字。

一响,就千万别露出钱来。拿着,这是十八法郎五十生丁,"女人对他说,"扣去饭钱三十苏①。好了,待会儿就会有人卖马了。遇到小马,给他十法郎。管他什么马,不能超过二十法郎,哪怕埃蒙四兄弟②的神马也不行。"

吃罢饭,女商贩继续喋喋不休,这时,一个女人横穿田野走上大路,她打断了女商贩的话。

"喂,听着,"那女人喊着,"玛尔戈,你的轻六团在右边。"

"小家伙,我们得分手了,"女商贩对法布里斯说,"但是你让我牵肠挂肚,活见鬼,我喜欢你!老天在上,你懵里懵懂,少不了吃苦头!还是跟我一起到轻六团去吧。"

"我知道我什么也不懂,"法布里斯说,"但是我要打仗,我非到白烟那边去不可。"

"瞧瞧你的马吧,耳朵抖得多厉害!一到那边,它力气再小,你也勒不住它,它会玩命地奔,鬼知道会把你驮到哪里去,信不信?这样吧,等你碰到一群大兵,你就捡一支枪,一个火药袋,跟他们在一起,他们怎么做,你就怎么做。可是,天哪,我敢打赌,你连怎么撕开火药管都不会。"

话尽管难听,法布里斯还是承认他的新朋友猜个正着。

"可怜的小家伙!老天在上,你的小命说丢就丢,说话的工夫!你一定得跟我走。"女商贩俨然是法布里斯的长官。

"可是我要打仗。"

"不耽误你打仗。轻六团是鼎鼎大名的,知道吧?再说今天人人都有仗打。"

"你的团远不远?"

---

① 相当于一个半法郎。
② 据十二世纪武功诗《雷诺·德·蒙托邦》,埃蒙公爵有四公子,他们同骑一匹神马。

"顶多一刻钟。"

法布里斯心想,我虽然无知,可有这个好心女人介绍,别人不会把我当作间谍的,那样我也就能打仗了。这时,炮声越发急促,一声等不得一声。"就像一串珠子。"法布里斯想。

"已经能听到排枪声了。"女商贩抡鞭猛抽她的小马,那马听到枪炮声欢蹦乱跳。

女商贩朝右拐上一条横穿草地的小路。路上泥泞有尺把深,小货车有一次差点陷进去,法布里斯赶紧帮忙推车轮。他的马也两次失蹄。不一会儿,积水少了,路在草丛中蜿蜒,成了一条小道。法布里斯走出不到五百步,他的驽马蓦地站住,只见小道上横着一个死人,马受惊,骑马人也吓了一跳。

法布里斯那张原本苍白的脸,这时更明显地泛出青色。女商贩瞅瞅尸体,仿佛自言自语似的说:"不是我们旅的。"说完,她抬眼望望法布里斯,不禁发出一阵大笑。

"哈哈!小家伙!"她喊道,"这就是打仗的滋味!"法布里斯仍然怔怔的,最令他心惊肉跳的是尸体一双脏脚。鞋子剥走了,只剩下沾满血迹的破长裤。

"过来,"女商贩对他说,"下马,你得习惯一下。"她又喊道:"他脑袋上挨了枪。"

一粒子弹从鼻子侧面射入,从另一侧的太阳穴穿出,把脸毁得狰狞可怖,一只眼睛还睁着。

"下来,"女商贩说,"握一下他的手,看他会不会也握住你。"

法布里斯尽管恶心得要背过气去,却毫不犹豫地跳下马,拉起死人的手,使劲晃了晃。随后他愣在那里,仿佛散了架,感到连上马的力气都没有了。叫他厌恶透顶的是这只睁着的眼睛。

"女商贩保准以为我是胆小鬼。"他想,心里很苦涩。但是他感到动也不能动,一动就要瘫倒。他眼看着是不行了,此刻真好比到了鬼门关。女商贩见此情景,麻利地跳下小车,一句话不说,递过一杯烧酒。法布里斯一饮而尽,然后才总算能够爬上马,继续赶路。一路上他闷声不吭,女商贩不时拿眼角打量他。

"打仗明天再说,小家伙,"她先开了口,"今天你就和我待在一起。现在明白啦?你先得学学怎么当兵。"

"不行,我要打仗,马上就打。"法布里斯满脸阴沉,女商贩觉得这倒是好兆头。炮声更紧了,而且越来越近,汇成连绵不断的低沉的隆隆声,两声爆炸之间没有丝毫间隙。连绵不断的轰隆声仿佛闷雷,从天际滚滚而来,中间能够清楚地听到噼啪的排枪。

小路在这里进入一片小树林,女商贩看见三四个法国士兵飞也似的朝她奔来,她敏捷地跳下车,跑下小路二十来步远,一棵大树不久前被刨掉了,她便蜷缩到树坑里。法布里斯心想:"好吧,看我到底是不是胆小鬼!"他在女商贩丢下的小车旁立定,抽出战刀。那几个士兵却根本没瞧他,沿着树林一溜烟朝小路的左方跑。

"是我们的人。"女商贩一面说,一面气喘吁吁地走回马车,"你的马跑不动,要不然我会叫你到林子那头,看看平原上还有人没有。"不待女人说二遍,法布里斯就从杨树上折下一个树条,捋掉树叶,抡圆了抽打他的马。那劣马猛跑了一阵,但是很快又恢复了往常的小碎步。女商贩催马紧追,朝法布里斯高喊:"站住,听到没有,站住!"不一会儿两人都跑出了树林。他们刚刚进入原野,便听到一片嘶吼,四下里枪炮声大作,分不清前后左右。他们经过的这片林子地势比原野高出十来尺,所以他们清楚地看见了战场的一角。不过眼前这片旷野上空无一人。一千步开外的地方,有长长的一溜柳树,柳树枝叶茂密,一股白烟从柳树顶上冒出来,时而翻滚着升向高空。

"就是知道团队在哪儿也好哇!"女商贩有点不知所措,"不能就这样从地里愣穿过去呀。"她对法布里斯说:"对了,你要是看见了敌兵,用刀尖刺,千万别抡刀砍。"

这时,女商贩看见刚才讲到的那四个士兵从林子里钻出来,走上路左边的旷野,其中一个人骑着马。

"你的生意来了。"她对法布里斯说。"嘿,嘿!"她朝骑马的士兵高喊,"过来喝杯酒吧。"士兵们闻声向这边走来。

"轻六团在哪里?"她高声问。

"在那头,五分钟的路,顺着那行柳树有条渠,过了渠就到。不过马松团长刚被打死。"

"用你的马换五法郎,干不干?"

"五法郎?好大嫂,您逗乐呢。这是当官的骑的马,不出一刻钟就能卖五个拿破仑。"

"把你的拿破仑给我一个。"女商贩对法布里斯说。然后她走到骑马的士兵跟前。"快下来,"她对士兵说,"拿着你的拿破仑。"

士兵下马,法布里斯快活地纵身跃上马鞍,女商贩去解驽马背上的背包。

"你们几个,过来帮帮忙呀!"她对士兵们说,"女人干活,你们就这样看着!"

这匹截获的马刚一接触到背包,便立刻竖起前蹄,法布里斯尽管骑术高超,也费了好大劲才勒住它。

"好苗头!"女商贩说,"这位老爷还不习惯背包在身上磨蹭。"

"将军骑的,"卖马的士兵叫道,"卖十个拿破仑也不算多!"

"给你二十法郎。"法布里斯说。胯下有一匹生龙活虎的马,他兴奋得忘乎所以。

正在这时,一发炮弹斜飞过来,打中那一溜柳树,法布里斯眼前出现一幅奇特的景象,细柳条满天飞舞,仿佛有一柄大镰刀横扫而过。

"瞧,大炮过来了。"士兵说,一面抓过二十法郎。此时估摸是两点钟。

法布里斯还陶醉在那幅奇特的景象里,这时,几个将军带着二十来个轻骑兵纵马飞驰,从法布里斯眼前这片草地的一角横穿过去。他的战马发出嘶鸣,一连两三次直立起来,马头猛烈地摇晃缰绳。

"好吧,放你跑。"法布里斯想。

马得了自由,撒开四蹄奔跑,飞也似的追赶将军的卫队。法布里斯数了数,有四个人帽子带镶边。十五分钟之后,他从身旁一个轻骑兵的话里得知,将军里面有一个是奈伊元帅①,他高兴极了。不过,四个将军究竟谁是奈伊元帅,他猜不出来。只要能知道谁是奈伊元帅,他什么都可以放弃,不过他立刻想起自己不能开口说话。卫队在一条大沟前停下,准备过沟。一排大树顺着沟沿排开,沟里积满了头天夜里的雨水。法布里斯适才买马之后进入的那片草原,左侧就伸展到这里。轻骑兵纷纷下马。沟沿又陡又滑,水面比草地低三四尺。法布里斯只顾高兴,满脑子想的是奈伊元帅和战功,忘了胯下的马,那马欢蹦乱跳,竟跃到沟里,溅起很高的水花。一位将军沾了一身水,气得大骂:"妈的,该死……笨蛋!"法布里斯觉得深受侮辱,心里暗念道:"我得同他讲讲道理。"讲道理之前,为了证明自己并不是那么傻,他要骑马登上对岸。但是,岸边直上直下,足有五六尺高,他只得作罢,继续朝上游走,水一直淹到马头,好歹总算找到一块像是饮牲口的地方,没费什么劲就登上了对岸的田野。整个卫队里他第一个登上这片土地,很是得意,顺着沟沿来回小跑。沟里,轻骑兵们正在挣扎,许多地方水有五尺多深,把他们折腾得十分狼狈。有两三匹马受了惊吓,想泅水,结果不过是在水里乱扑腾。一个班长注意到了那个很不像军人的毛头

---

① 奈伊元帅(1769—1815),拿破仑的战将,被复辟王朝处死。

小伙子刚才的行动。

"朝上走！左边有饮牲口的地方。"他嚷道。所有的人最后都过了沟。

法布里斯到对岸的时候，看到只有那几个将军过了沟。他觉得炮声越发猛烈了。直到刚才被他溅了一身水的将军在他耳边喊叫，他才勉强听到他在说什么：

"这马从哪里弄来的？"

"L'ho comprato poco fa."（"我刚买的。"）

"你说什么？"将军嚷道。

此时法布里斯满耳轰轰响，根本不能回答将军的话。也许我们得承认，此时此刻我们的英雄①实在不怎么像个英雄。不过，对他来说，恐惧还是次要的，叫他最受不了的是炮声，震得他耳朵疼。卫队开始纵马飞奔，他们跑过一大片翻耕过的土地，离沟比较远，地里横七竖八躺着死尸。

"红军装！红军装！"卫队的轻骑兵喊叫着。法布里斯起先莫名其妙，后来他发现尸体的确差不多都穿红军装，他还发现这些可怜的红军装有不少还活着，这吓得他不禁浑身一哆嗦。这些人呻吟着，显然是在求救，但是没有一个人停下来救助他们。我们的主人公心肠特别好，他小心翼翼，不让自己的马踏到红军装身上。卫队站住了，可是法布里斯并不在意当兵的责任，而且眼睛正望着一个受伤的红军装，所以仍旧朝前奔。

"你给我站住，浑小子！"班长朝他喊。法布里斯这才发现自己已经到了将军们的右前方，跑出了二十来步，而且正好挡在将军们用望远镜瞭望的方向。他走回停留在将军们身后几步远的卫队

---

① 原文 héros，这里意谓"主人公"，但此词亦解作"英雄"，作者利用这个双关语嘲笑法布里斯。

中,同时他看到最胖的那个将军与旁边同样也是将军的那个人说话,威风十足,简直像是在训斥他,口里带着脏话。法布里斯克制不住好奇心,尽管他的朋友,那个狱卒的婆娘告诫他不要说话,他还是组织了一个地道的法语短句,开口对旁边的士兵说:

"向身边人耍威风的将军是谁?"

"什么,那是元帅!"

"哪个元帅?"

"奈伊元帅呀,蠢货!喂喂,你在哪儿当的兵?"

法布里斯是非常敏感的,这会儿挨了骂却没有发火。他凝视着这位著名的德·拉·莫斯克瓦亲王,天下头号勇士,像孩子似的沉浸在敬仰的感情中。

突然,这队人马又向前飞驰。少顷,法布里斯看到前方二十步开外,有一块田地奇怪地动起来。地里的垄沟积满了水,垄顶上的黑土却一小块一小块地在空中飞舞,离地面三四尺高。法布里斯注意到这个奇特的现象,随即从地边跑了过去,满脑子又在想元帅的战功。只听得身边一声尖叫,两个轻骑兵中弹落马。等他向他们望去,卫队已经把他们甩下二十来步远。叫他毛骨悚然的是一匹血淋淋的战马在田里挣扎,蹄子伸进炸开的肚子里,它还想追赶其他的马,血汩汩地流到泥浆里。

"啊!我终于上火线了!"法布里斯心里说,"我看见炮火了!我真成军人了!"他心满意足地唠叨这两句话。这时卫队在全力奔驰,我们的主人公终于明白,土块四处飞溅是炮弹炸的。他朝炮弹飞来的方向张望,其实是白看。他看见远处炮阵地冒出白烟,在均匀的、连续不断的隆隆炮声中,似乎听到近得多的地方在放枪。他整个蒙了。

这时,将军和卫队踏上一条小路,小路凹下去有五六尺,路面上全是水。

元帅停下,又举起望远镜。这一次,法布里斯得以从容地打量他。他发现元帅的头发是纯金黄色的,衬着一张通红的大脸。法布里斯心里说,我们意大利就看不到这样的脸。他又难过地想,我的脸那么白,头发又是栗色的,一辈子也甭想像他那样了。对于他,这些话的意思就是说一辈子成不了英雄。他望着那些轻骑兵,除一人外,个个蓄着黄髭须。他打量轻骑兵,轻骑兵也都在打量他,直望得他脸发烧,为了摆脱窘态,他把脸掉向敌兵方面。那边,红衣人的行列拉得很长很长,叫他大为惊讶的是,他们竟然那么小,好几个团或旅的士兵排成的散兵线,在他看来顶多有树篱高。一队红衣骑兵朝元帅和卫队刚才踏小步蹚着泥水前进的低洼小路奔来,他们的前方烟雾缭绕,什么也看不清,只见不时有人策马在白色烟雾中出没。

忽然法布里斯看见从敌人方向有四个人飞奔而至。"好,要交手了。"他心里说。他看见四个人中有两人向元帅报告,随行的一位将军立刻领着两个轻骑兵和这四个人出发了。法布里斯身旁是一个上士,面容特别和善,他想:"我得同这个人聊聊,也许他们就不会盯着我看了。"他思忖良久。

"先生,我头一次打仗,"他终于开口,"这真是一场大战吗?"

"差不多。哎,你是谁呀?"

"我是一个上尉的内弟。"

"他叫什么,这个上尉?"

我们的主人公慌了神,这个问题令他猝不及防。幸好恰在此时元帅和卫队又跑起来。"该用个什么法国名字呢?"他想。最后他想起在巴黎住旅店那老板的名字。他策马和上士并行,使劲喊道:

"默尼埃上尉!"炮声隆隆,上士没有听清,答道:"啊,特尼埃上尉?他被打死了。"法布里斯暗道:"太好了,就叫特尼埃上尉。

我得装出难过的样子。"怎么,天哪。"他脸上现出哀容。他们离开低洼的小路,穿过一片草地便开始飞奔,炮弹又飞过来。元帅朝一个骑兵旅奔去。卫兵们在尸首和伤兵中间穿行,不过眼前的景象已经不像刚才那样叫法布里斯感到触目惊心了,他在想其他的事。

卫队停下,这时法布里斯一眼便瞧见了一辆随军商贩的小车,他对这种可敬的小车有特别的感情,于是不顾一切策马朝小车跑去。

"别跑,请……"上士冲他叫。

"他能拿我如何?"法布里斯一边想,一边继续跑。他用马刺夹马,心里希望是上午碰到的那个女商贩。马和小车的确很像,人却全然是另一个。他觉得这个女人面目可憎。他走上前,只听得那女人说:"他还真是个美男子!"等着他的是一幕令人惊骇的场面,人们正在锯一个骑兵的大腿,这是个身高五英尺十英寸的英俊汉子。法布里斯闭上眼,接连灌下四杯烧酒。

"你还真能喝,小瘦猴!"女商贩叫道。烧酒给了他一个主意:我应该花钱买得卫队轻骑兵的好感。

"把瓶子里剩的酒都给我。"他对女商贩说。

"你知不知道,像今天这个日子,剩下的酒值十法郎。"

他跑回卫队,上士对他说:"啊哈,你带了喝的来,怪不得你要离队呢。拿来吧。"

酒瓶接连传下去。最后一个人喝完酒,把瓶子抛向半空,向法布里斯叫道:"兄弟,多谢。"一双双目光友好地望着他。这些目光卸掉了法布里斯心头的千斤重石,他的心是那种过于纤细的心,需要从周围得到好感。总之,伙伴们不再鄙视他,他们之间有了沟通!法布里斯深深吸了一口气,然后他语气自如地对上士说:"假如特尼埃上尉果真被打死了,我上哪儿能够找到我姐姐?"他能够如此坦然地把默尼埃换成特尼埃,觉得自己很像一个小马基雅维利。①

"这个嘛,晚上你就能知道了。"上士回答。

卫队又起步朝步兵旅奔去。法布里斯喝了太多的烧酒,感到醉醺醺的,在马鞍上左右摇晃。这时他想起母亲的马车夫经常念叨的一句话:"要是喝多了,就瞅着两只马耳朵中间,旁边的人怎么做,你就怎么做。"元帅在几个骑兵旅停留许久,随后把它们都派上战场。而我们的主人公在这一两个钟头里,对发生的事一无所知。他觉得很疲倦。他的马撒开蹄子奔跑时,他摔坐在马鞍上,仿佛沉重的铅块。

突然,上士对大家叫喊:

"你们没瞧见皇帝吗?见鬼!"卫队立刻使劲高呼:"皇帝万岁!"可以想象我们的主人公怎样睁圆眼睛四下张望,可惜他只看见几个奔驰的将军,这几个将军也带着卫队,轻骑兵头盔垂下的鬃型盔饰很长,使他看不清那些人的脸。"就因为这该死的烧酒,到了战场上,却没能看到皇帝!"这么一想,他一下子清醒了。

"过去的真是皇帝吗?"他问身边的人。

"当然了,就是军服没有绣花的那个。你怎么会没看见?"旁边的伙伴回答,口气很和善。法布里斯恨不得追上去加入皇帝的卫队,能跟随这位英雄奔赴沙场是何等的幸事!他到法国来,为的就是这个。他想:"我完全可以自己做主,我在这里并没有什么特别的原因,是马把我驮过来跟随这几位将军的,如此而已。"

叫法布里斯决定留下来的,是轻骑兵伙伴们对他都很友好。他同这些士兵一起骑马奔驰了几个钟头,他觉得自己已经成为他

---

① 马基雅维利(1469—1527),意大利政治家,提出君主为达目的可以不择手段的命题。

们亲密的朋友了。他从自己与他们之间看到了塔索和阿里奥斯托笔下的英雄人物之间那种高尚的情谊。假如他加入皇帝的卫队，又得重新结识人，何况人家很可能会给他脸色看，因为这些骑兵都是龙骑兵，而他和伙伴们一样穿着轻骑兵制服。现在轻骑兵们看我们主人公的眼神使他飘飘然，为了伙伴们他可以赴汤蹈火。他的感情和精神都飞到了云端上。他自从有了朋友，就觉得一切都变了样，许多事恨不能立刻问个明白。"可是我还有点醉，"他想，"不能忘了狱卒婆娘的话。"走出低洼的道路之后，法布里斯发现卫队已经不同奈伊元帅在一起。他们跟随的将军高大瘦削，面孔清癯，眼光严厉。

这位将军不是别人，正是 A 伯爵，1796 年 5 月 15 日的罗贝尔中尉，他要是能和法布里斯·德·唐戈相认，那会何等快乐啊。

炮弹把黑土地炸成碎片飞溅起来，法布里斯却久久没有感觉。他们来到一个铁甲骑兵团的后方，法布里斯清清楚楚听见霰弹击中铁甲的声音，还看见几个士兵倒下。

落日西沉，眼看就要隐没，一行人离开一条低洼的小道，登上一面四五尺高的斜坡，踏入一片耕地。法布里斯听见身旁有一种轻微而奇怪的声音，他回过头去，见四个士兵连人带马倒在地上；将军也被掀倒，他爬起来，浑身是血。法布里斯瞧着躺在地上的轻骑兵，三个人的身体还在抽动，另一个人嘶喊着"把我从底下拉出来"。上士和两名士兵已经跳下马去救护将军，将军倚着副官走了几步，打算离开倒在地上的坐骑，那马挣扎着，蹄子疯狂地乱踢。

上士朝法布里斯走来。这时，我们的主人公听见有人在他耳朵后面说"只有这匹还能跑"。他感觉被人抓住双脚，同时有人架住他的手臂，托起他来，举过马尾，然后撒手丢下，让他跌坐在地上。

副官挽住法布里斯马的缰绳，将军由上士扶着骑上马，飞奔而去,剩下的六名轻骑兵紧随其后。法布里斯气疯了,他从地上爬起来,一边追赶,一边骂道:"Ladri! Ladri!(强盗!强盗!)"在战场上抓强盗,这实在是一件很有趣的事。

卫队和将军即 A 伯爵转眼消失在一排柳树后面。气得发昏的法布里斯也赶到柳树前,眼前是一条很深的水渠,他蹚过水渠,刚上岸就又看见了将军和卫队,他们正远远地隐没在树丛里,他又大骂:"强盗!强盗!"不过这次用的是法语。他伤心极了,倒不是因为丢了马,而是因为受了骗。他感到劳顿,饥肠辘辘,一屁股坐在沟沿上。假如他的马叫敌人夺走,他想也不会去想;但是欺骗他,抢他的是他那么喜欢的上士和他视如兄弟的轻骑兵,这令他肝肠寸断。竟会发生这样卑鄙的事,他怎么也想不通,不禁靠在柳树上痛哭失声。他憧憬《耶路撒冷的解放》[1]中英雄之间那种高贵的骑士友情,如今这些美丽的梦一个个地破灭了。面对死亡算得了什么,只要有温柔勇敢的人相伴,只要周围有高尚的朋友,在生命的最后一刻他们能握住你的手!然而,你一副侠肝义胆,周围的人却猥琐狡诈,叫人何以能忍!!!法布里斯有点夸大其词,气急的人都这样。如此这般伤感了一阵,他才注意到,他正沉思默想,炮弹已经打到了他头顶上这排柳树。他站起来,努力辨明方向。他望着水渠环绕的草场和这排茂密的柳树,觉得已经找到了自己的方位。他看见前方大约四分之一里路开外,一队炮兵正越过水渠,进入草场。他心想:"我差一点迷糊了,要紧的是不要当俘虏。"他加快了步伐。待他往前走,认出了炮兵的军服,他担心会截断他后路的部队原来是法国人,于是他向右斜插过去与他们会合。

在经历了被人无耻地背叛和抢掠的精神痛苦之后,这会儿他感觉到另外一种越来越强烈的痛苦:饥饿难熬。因此,当他走了十

---

[1] 塔索的作品。

分钟,或者更准确地说是跑了十分钟之后,发现也在急速前进的炮兵的队伍停下来,估摸像是要布阵,他欢喜到了极点。几分钟后,他与队伍前面的士兵相遇了。

"兄弟们,有面包卖给我一片吗?"

"哈哈,这位把咱们当成卖面包的啦!"

这句尖刻的话和这句话引出的一片奚落,使法布里斯心灰意冷。看来战争并非他根据拿破仑的华美言辞想象的那样,是热爱荣誉的人集体的高尚行动。他坐在,或者不如说瘫倒在草地上,面如土色。那个和他搭腔的士兵在十步外的地方停下脚步,掏出手绢擦枪机,这时走过来,扔给他一块面包。见他不捡,就撕下一块塞到他嘴里。他睁开眼,吞下面包,却连说话的气力也没有。最后,当他用眼睛搜寻那士兵想付钱的时候,发现身边空无一人,离他最近的士兵也行进在百步以外了。他机械地爬起来追赶队伍。他走进一片树林,累得站不住,四下张望想找一块地方歇息,起先看见了那马,接着又发现了那小车,最后认出了上午见过的女商贩,那高兴劲就不用说了!女商贩朝他跑来,被他的脸色吓了一跳。

"小家伙,还能走吗?"她说,"受伤没有?那匹漂亮的马呢?"她边说边把法布里斯扶到小车旁,架着胳膊把他搡上车。我们的主人公刚一上车就酣睡起来。

第 四 章

枪声在小车旁乒乓炸响,马匹在女商贩挥鞭驱赶下飞蹄狂奔,法布里斯却酣睡不醒。普鲁士骑兵铺天盖地,风卷而至。整整一天里,法国军队的这个团都相信稳操胜券,现在却且战且退,或者干脆说是朝着法国方向逃命。

一个穿戴得"人模狗样"的英俊后生刚刚接替马松当了团长,就被马刀劈了。代替他指挥的是个白发老营长,他下令停止后退。"妈的,"他对士兵们说,"在共和国的年代,要撤也要等到非撤不可再撤……"他一边骂一边喊:"咱们得寸土必争,多杀敌人,现在普鲁士人已经打到我们祖国的土地上来了!"

小车戛然停下,法布里斯顿时惊醒。他惊奇地发现太阳早已下山,天已经擦黑了。小车两侧,士兵乱哄哄地奔跑,神色慌张,弄得我们的主人公莫名其妙。

"出了什么事?"他问女商贩。

"没事,孩子,咱们吃了败仗,普鲁士骑兵向我们挥舞马刀,就这个。那个笨蛋将军一上来还以为是自己人呢。快,克克特的套断了,帮我接上。"

十步开外响起枪声。我们的主人公此时神清气爽,心想:"说实话,这一天我根本没打仗,不过护卫了一个将军而已。"他对女商贩说:"我得去打仗。"

"放心吧,仗有你打的,你想不打都不行!我们惨了!"

"奥布利,小伙子,"她对走过车旁的一个伍长喊,"一定要时不时看看我的小车咋样了!"

"您准备打吗?"法布里斯问奥布利。

"不打,我要换上便鞋去跳舞。"

"我跟您去。"

"这个轻骑兵小伙子就托付给你了。"女商贩喊,"这个城里人很勇敢的。"伍长一声不吭,只顾走。七八个士兵跑上来跟着他。他把士兵领到荆棘环绕的一棵大橡树后面。一到那儿,他就命令士兵沿着树林边排开,一字儿拉得很长,彼此的距离少说有十步。

"喂,大伙都听好。"伍长说,这是他头一次开口说话,"没有命令不准开枪,记好你们每个人只有三发子弹。"

"到底出了什么事?"法布里斯思忖道。等剩他和伍长两个人时,他对伍长说:"我没有枪!"

"少说废话!到前面去,出林子五十步,那儿有团里刚被砍杀的士兵,拿一支枪和子弹盒。别动伤兵的枪,真的死了你再拿。动作快点,免得挨自己人的枪子儿。"法布里斯很快就回来了,手里拎着一支枪和一个子弹盒。

"装上子弹,躲到树后面。顶要紧的是没有我的命令不要开枪……"伍长打住话头,"我的上帝,这小子不会装子弹!……"伍长上来帮他,继续说,"要是一个骑兵冲过来砍你,你就绕着树跑,等他靠近,离你只有几步远,你的刺刀快碰到他的衣服时,再开枪。"

"把你的大马刀扔了,"伍长喊,"你想叫它害你摔筋斗吗?上帝啊,都给我们送了点什么兵来啊!"他一边说,一边抓过马刀,气冲冲抛到很远的地方。

"听着,拿手绢把枪上的火石擦干净。你压根没放过枪?"

"我打过猎。"

"谢天谢地!"伍长长长地舒了口气,说道,"没有我的命令千万不要开枪。"他走开了。

法布里斯心花怒放。他想:"总算要真刀实枪地干了,真要杀敌了。今天早上他们给我们送来不少炮弹,而我什么也干不了,唯有等死,要说这也算打仗,那是哄人。"他好奇地四下张望。过了一会儿,他听见身边爆出七八下枪声。因为没有命令,他一直静静地守在树后。天差不多全黑了,他觉得仿佛是埋伏在格里安塔后面的特拉梅吉纳①山上猎熊。他想起猎人常用的一个办法,便抓过子弹盒,取出弹夹,拿出子弹。他想:"如果我看见他,就不能让他跑了。"他把第二颗子弹也上了膛。只听得紧挨着大树有人开了两枪,也就在这时,他看见一个身着蓝色军服的骑兵自右向左从他面前驰过。他想,这家伙不在三步之内,不过这个距离我有把握击中。他转动枪口,瞄准骑兵扣动扳机,骑兵应声落马。我们的主人公以为真是在打猎,兴高采烈地冲到他的猎物旁。他已经触摸到奄奄一息的骑兵,说时迟,那时快,早有两个普鲁士骑兵挥舞马刀,旋风似的朝他扑来。法布里斯拔腿就朝树林奔,他扔掉步枪,

---

① 科摩湖附近的一个山区。

以便跑得更快。眼看普鲁士骑兵离他只有三步远了,他正好钻进了林子边一片小橡树丛,树身都只有碗口粗细。树丛把普鲁士骑兵挡了一会儿,但是他们很快就穿过树丛,在一片林间空地继续追赶法布里斯。他们又撵到了他身后,而他又钻到七八棵树中间。就在此时,他的前方响起五六声枪响,火光灼疼了他的面孔,他赶紧低下头,等他抬眼看时,见伍长正站在他面前。

"你打死了一个?"奥布利伍长问。

"打死了一个,可是我的枪丢了。"

"枪我们不缺。你是好样的,别看你一副蠢相,这一天倒没白过。追你的那两个人正面跑过来,这儿的人居然没打中。我呢,根本没瞧见。现在该开溜了。咱们团可能已经开出小半里路了。还有,前面有一个小草场,我们弄不好会被人家包抄。"

伍长一边说,一边领着他的六个人唰唰疾走。走出两百多步,到了伍长刚才说的草场,他们碰到一位将军,由副官和仆人抬着。

"给我四个人,"将军对伍长说,"叫他们把我抬到救护站去,我的腿断了。"

"一边待着去。"伍长答道,"你,还有所有的将军,今天你们全都背叛了皇帝。"

"反了你,"将军气急败坏地说,"胆敢违抗我的命令!知道我是谁吗,我是你们的师长 B 伯爵。"等等,等等,唠叨了不少话。他的副官朝士兵们扑过来,伍长一刺刀扎中了他的胳膊,然后带着士兵一阵小跑溜了。"他们都该和你一样断胳膊断腿。"伍长念念有词地咒骂,"一群没骨头的东西!全都卖给了波旁家,背叛了皇帝!"刻毒的咒骂让法布里斯听了心里惊悚不已。

晚上十点左右,他们一行人在一座大庄子的庄口赶上了团队,但是法布里斯注意到伍长和所有的军官都不说话。庄子里有几条街,都很狭窄。"简直没法走!"伍长嚷嚷。炮车、辎重车,加上步兵、骑兵,把几条街堵得水泄不通。伍长到三个街口走了走,没走上二十步就挤不动了。人们个个火气冲天,骂骂咧咧。

"又是卖国贼在指挥!"伍长喊道,"假如敌人包抄村庄,我们会被人家关门打狗。大伙听着,跟我走。"法布里斯看了看,只有六个士兵跟着伍长。他们走进一扇敞开的大门,里面是养鸡喂鸭的院子,很豁敞,随后来到一个马厩,马厩的小门通向一个花园。他们进得花园,从一侧走到另一侧,一时间辨不清东南西北。最后,他们穿过一道篱笆,来到一片宽阔的黑麦地,循着人的呼叫和乱七八糟的声音,不到半个钟头便走上了庄子另一头的大路。大路旁的沟里丢满步枪,法布里斯从中挑了一支。大路很宽,却还是挤满了撤退的部队和车辆,法布里斯和伍长走了半小时,才勉强挪动半里地。据说这条路是通向夏尔鲁瓦①的。庄子里的大钟敲响十一点,伍长喊道:

"还是从田里过去。"一行人却只剩下伍长、法布里斯和三个士兵。走出四分之一里路,一个士兵说。

"我不行了。"

"我也不行了。"另一个士兵说。

"我也一样。"又一个士兵说。

"好极了,咱们全垮了。"伍长说,"不过,你们必须听我的,对你们自有好处。"他望见辽阔的麦地里有一道水渠,水渠边长着五六棵树,他说:"到树那儿去!"到了树下,他又说:"就躺在这儿,千万别出声。先别急着睡觉,谁还有面包?"

"我有。"一个士兵说。

"拿来。"伍长神色威严地说。他把面包分成五份,自己拿了最少的一份。

---

① 比利时南方城市。

"天亮前一刻钟,敌人的骑兵肯定追上来。咱们不能等着别人砍。在这样的平川上,骑兵追上来,一个人肯定是死,但是五个人就能保住性命。跟我在一起,靠紧点,敌人不到跟前不开枪。我保证明天晚上把你们带到夏尔鲁瓦。"天亮前一小时,伍长把大家叫醒。大路上的嘈杂声一夜没停,现在仍旧人声鼎沸,听上去好像远方山洪在咆哮。

"活像一群逃命的绵羊。"法布里斯一脸天真地说。

"闭上你的臭嘴!"伍长怒喝道,一行的其他三个士兵也愤然地看着他,仿佛他亵渎了神明。法布里斯侮辱的是一个民族。

"法国人就是这副德行。"法布里斯想,"我在米兰时就从法国总督身上注意到这一点。不能说他们在逃,不能说。这些法国人,一旦触及他们的虚荣心,就不能对他们说实话。不过,他们那副凶巴巴的样子,我才不在乎呢,我得让他们明白这一点。"他们与大路上汹涌奔逃的人流一直保持五百步的距离。走出一法里路,他们横穿一条通向大路的小道,小道上躺了许多士兵。法布里斯花四十法郎买了一匹很不错的马,又从扔在路两旁的马刀中拣了一把又长又直的。他想,既然都说应该用刀尖刺,那这一把就是最好的。他装备齐当,纵马奔驰,转眼就赶上了已经先行一步的伍长。他脚踩马镫挺直身,左手握住马刀的刀鞘,对四个法国人说:

"这些人在大路上逃命就像一群绵羊……他们跑起来就像受惊的绵羊……"

绵羊这两个字法布里斯吐得特别重,但是他白费心思,他的伙伴已经忘记一小时前他们曾经为这两个字气恼。这里可以看出意大利人和法兰西人性格上的区别,法兰西人显然比意大利人活得潇洒,对生活中发生的事,他们点到为止,从不记仇。

我们也毋庸讳言,法布里斯接连说了几声绵羊,感到十分满足。他们一路走一路聊。伍长觉得一直没有看到敌人骑兵的影子

是件怪事,他对法布里斯讲:

"你是我们的骑兵,你跑进村子看看,就是小山坡上那个村子,找个农民问问,他愿意不愿意卖一顿午饭给我们,跟他讲好,我们就五个人。如果他不痛快,你就先垫五法郎。不过你放心,吃过饭我们自然会把钱原封不动地讨回来。"

法布里斯端详着伍长,他一副凛然的样子,确实显着在精神上有过人之处。他照伍长的话办了,一切都如这位指挥官所言,不过法布里斯坚决不同意把他给农民的五法郎强索回来。

"钱是我的,"他对伙伴们说,"我付的不是你们的饭钱,是他给我的马喂燕麦的钱。"

法布里斯的法语发音很糟,这使伙伴们从他的话里听出一种居高临下的味道来,他们觉得很难受。从这一刻起,他们就琢磨晚上要同法布里斯决斗。叫他们难受的是他们觉得法布里斯和他们大不一样,而法布里斯正相反,他觉到自己对他们的感情越发深了。

大家默默地走了两个钟头。突然伍长望着大路激动地喊:"咱们的团队!"他们很快到了路上,但是糟糕得很,团队的鹰旗下还不到两百人。法布里斯一眼就发现了女商贩。她在路上走,眼睛红红的,还不时地抽泣。法布里斯四下寻找小车和克克特,全无踪影。

"遭劫啦,被偷啦,全完啦!"女商贩迎着我们的主人公探询的目光大呼小叫。法布里斯一言不发,跳下马,扯住缰绳对女商贩说:"上马。"不等法布里斯说第二遍,她就依了他的话。

"帮我把马镫搞短一点。"她说。

到了马背上,她开始向法布里斯讲述头天夜里遭遇的种种不幸。话匣子一打开就没个完,不过我们的主人公却如饥似渴地听。老实说他绝对是什么也没听懂,但是对女商贩还是怀着一腔柔情。

"抢我,打我,害我的是法国人呀……"

"什么,不是敌人?"法布里斯一脸天真烂漫的神色,使他那张苍白严肃的脸显得很动人。

"小家伙,你真傻!"女商贩破涕为笑,"可话又说回来,你真可爱。"

"你说得不错,他消灭了一个普鲁士人,干得很漂亮。"奥布利伍长一旁说道。路上一片混乱,他碰巧走到了女人骑的马的另一侧。"但是他很傲气。"伍长又说,法布里斯耸了耸身体。"你叫什么名字?"伍长接着说,"要是写报告,得把你的名字写上。"

"我叫瓦西。"法布里斯回答道,做了一个古怪的表情,"我是说我叫布洛。"他又赶忙补充道。

布洛是B市狱卒的女人交给他的路条上的名字。前天他一面赶路,一面就熟悉了一下路条的内容。他已经多少学会了动脑子,对什么事也不再大惊小怪。他不但保存了轻骑兵布洛的路条,还小心收藏着他的意大利护照,有了这本护照,他就可以假冒气压表制造商瓦西的大名。刚才伍长说他傲气,他差一点说:"我,法布里斯·瓦尔塞拉,台尔·唐戈小侯爵,屈尊使用一个气压表制造商瓦西的名字,还说我傲气!"

法布里斯想着心事,暗自思忖道:"务必牢记自己名叫布洛,否则就得进班房,牢狱真是我的灾星呀。"这时伍长和女商贩正在一旁谈论法布里斯。

"您别怪我多事,"女商贩开口对他说,她改称了"您","问您几个问题,完全是为您好。您到底是什么人,说真的?"

法布里斯起初没有搭腔。他明白除了他们,他再也找不到更真心实意的朋友来替自己出主意了,而此时他迫切需要有人为他出谋划策。"前面会有军事要塞,要塞的司令会问我是什么人,假如我的回答叫人家发现我身穿第四轻骑兵团的制服,在团里却一个人也不认识,那我就得坐班房!"法布里斯身为奥地利的臣民,深知护照的重要。他一家人虽然门第高贵,虔诚信教,而且依附了奥地利人,在护照上却也屡屡遇到麻烦。所以对女商贩的问话,他倒并不生气,不过在回答之前,他要斟酌词句,用清楚的法语表达。女商贩熬不住好奇心,为了叫他快开口,又说道:"我和奥布利伍长会给你出些好主意,教你怎么办。"

"你的话我信。"法布里斯答道,"我名叫瓦西,是热那亚人。我姐姐美貌出众,嫁给了一位上尉。我只有十七岁,所以我姐姐叫我到她身边来,让我看看法国,受点教育。我在巴黎没有找到她,我知道她在这支军队,就到这儿来了。我到处找她都没找到。士兵怀疑我的口音,把我抓起来。当时我还有不少钱,我拿一点送给了宪兵,他交给我一张路条,一套军装,对我说:'滚吧你。你得发誓不说出我的名字。'"

"他叫什么?"女商贩问。

"我发过誓。"

"他做得对。"伍长说,"宪兵是个浑蛋,不过咱们的弟兄也不该讲出他的姓名。他叫什么?那个上尉,你的姐夫。知道他的名字,就能找。"

"特尼埃,轻骑兵第四团的上尉。"我们的主人公回答。

"就是说,"伍长的口气很婉转,"士兵听你的外国口音,把你当成密探了?"

"对,就是这个倒霉的字眼!"法布里斯双眼冒火,喊道,"我那么热爱皇帝和法国人民!这个侮辱叫我伤透了心。"

"什么侮辱不侮辱,你错就错在这里。士兵们搞错了是很自然的事。"伍长奥布利严肃地说。

于是伍长不厌其烦地向法布里斯解释在军队里必须隶属某个团,并且必须身着这个团的军服,要不别人当然会把你当成密探。

敌人派了许多密探过来,所以这一仗叛变的人太多。法布里斯有点开窍了,头一次明白两个月来他把什么事都弄糟了。

"我说,你得让小家伙兜底全说了。"女商贩说。她的好奇心越来越强烈。法布里斯听她的话刚把话说完,女商贩就正色对伍长说:

"看来,这个孩子压根不是当兵的。我们已经吃了败仗,遭到背叛,下面的仗打下去也不会有什么结果,他干吗要无缘无故地去送死?"

"他连装弹药都不会,"伍长说,"十二响的,任意响的,都不会。打中普鲁士人的那一枪还是我给他装上的呢。"

"再说,不管冲谁,他都把钱亮出来。"女商贩说,"他一跟我们分手,钱就会被偷掉。"

"他随便碰上哪个骑兵士官,就会被派去给士官买酒喝,说不定还会被当成密探抓起来,因为所有的人都背叛了。他不管碰上什么人,人家叫他跟着走,他就会跟着走。最好的办法是让他加入我们的团。"

"伍长,求你了,别让我到你们团。"法布里斯喊着,"骑马走路更方便,再说,我不会装弹药,但是你看见了,我马骑得很好。"

法布里斯对自己的这几句话很得意。伍长和女商贩拿法布里斯未来的命运商量个没完,这里不必细表。法布里斯留意到,他们几次三番提到他的故事中那些重要情节:士兵对他起疑心,宪兵卖给他路条和军装,头一天他糊里糊涂加入了元帅的卫队,皇帝在他们面前飞驰而过,他的马被人"敲"了,等等,等等。

女商贩出于女人的好奇心,把人家抢走她帮他买的那匹骏马这件事颠来倒去地说:"你感到有人抓住了你的脚,把你轻轻地举过马尾,然后你就被放到地上了!"法布里斯心想:"这些事我们三个都清楚了,干吗讲个没完?"他不知道法国老百姓就是这样想办法的。

"还有多少钱?"女商贩陡然问道。法布里斯毫不犹豫地回答,他深信这个女人心地高尚,这是法国光明的一面。

"一共可能还剩三十个拿破仑和五法郎的金埃居。"

"这样的话,你的路就宽啦!"女商贩高声说,"别待在这支败军里了。离开大路,看见右手有路的话,能走就走。马赶得越快越好,离军队越远越好。一有机会就买几件老百姓的衣服。估摸走出八九里路远,再也看不见当兵的了,你就搭上邮车,到一个像样的城里休息一星期,多吃点牛排。对谁都千万不要说在军队里待过,宪兵会把你当逃兵收容的。你虽说懂得礼数,但是与宪兵周旋还欠火候。一旦穿上城里人的衣服,立马把路条撕掉,还用你的真名实姓,说你叫瓦西。他说从什么地方来的好?"她问伍长。

"就说从埃斯科河边的康布雷来,那个城市不错,非常小,听到没有? 城里有大教堂,还有费纳隆①。"

"就这样。"女商贩说,"千万别说你来打过仗,别说 B 伯爵死了,也别说有宪兵卖给你路条。你要回巴黎的话,先到凡尔赛,从那边的关卡进巴黎,慢慢溜达,像是出来散步的。你把拿破仑缝在裤子里,最打紧的是,想买什么,该付多少钱就掏多少钱出来。我担心人家会用好话哄你,把你偷得精光。没钱了,你怎么办? 像你这样不懂事的人能怎么办?"如此这般。

好心的女商贩唠叨没完,伍长找不到空子插话,只能点头表示同意。突然间大路上的人群加快了步伐,随后一眨眼的工夫,人群就越过路左侧的沟,拔腿飞奔起来。四面八方响起呐喊:"哥萨克! 哥萨克!"

---

① 费纳隆(1651—1715),法国教士、作家,曾在康布雷任大主教,安葬在该市大教堂内。

"马还给你!"女商贩喊。

"上帝不会答应的!"法布里斯说,"快跑!快逃!马送你了。你想不想再买一辆小车?我的钱给你一半。"

"跟你说了,马还你。"女商贩高叫,想从马上下来。法布里斯抽出马刀,喊了声"坐稳了",拿刀面朝马身上拍了两三下,马奔跑起来,追上了逃跑的人群。

我们的主人公望着大路,刚才路上有三四千人摩肩接踵,匆匆赶路,那情景仿佛是成群结队的农民跟随迎圣体的队伍前进。然而一声"哥萨克",路上便立刻杳无人迹。人们争相逃命,把军帽、步枪、马刀等等都扔掉了。法布里斯觉得很奇怪。路右侧有一块地比路面高出二三十尺,他跑上去,朝两边和原野张望,却没有发现哥萨克的踪影。他暗道:"这些法国人真怪!"他又想:"既然应该向右走,那还是立刻就走的好,他们那样跑也许是有原因的,只是我不知道罢了。"他捡起一支步枪,确认已经上了弹药,拨弄拨弄枪机上的火药,擦干净火石,又挑了一个满满当当的弹药盒。他又朝四下看了看,刚才还人头攒动的旷野上,现在绝对就剩下他孤零零一个人了。极目眺望,逃兵们仍旧在奔跑,正逐渐消失在远方的树林后面。"真叫人摸不着头脑!"他心里想。他记起头天伍长采用过的法子,便跑到麦地中央坐下。他不想走远,因为他渴望再见到他的好朋友、女商贩和奥布利伍长。

他在麦地里查了查,只剩下十八个拿破仑,而不是他原来想的三十个。不过他还有几粒钻石,那天早上他在 B 市狱卒女人的房间里,把这些钻石放进了轻骑兵皮靴的夹层。他把拿破仑尽量藏得隐蔽些,心里对钱突然少了很犯嘀咕。他想:"这是不是一个坏兆头?"他最难过的是没有来得及问奥布利伍长:"我真的算打过仗了吗?"他自己觉得应该算,要是能够加以肯定,那就再幸福不过了。

他又想:"可是,我是顶着一个犯人的名字来打仗的,衣兜里揣着这个犯人的路条,这还不算,身上还穿着他的衣服,这对我的未来凶多吉少呀。布拉奈斯神甫知道了会怎么说?可怜的布洛死在狱中了!这些都是不祥之兆,我命中注定要进牢狱。"法布里斯想知道轻骑兵布洛是否果真有罪,为此他宁可舍弃一切。他在记忆中追索,B市狱卒的女人好像对他讲过,这个轻骑兵被收监,不但因为银餐具的事,他还偷了农夫的牛,并且把农夫打了个半死。法布里斯相信有一天他会因为犯下与布洛的罪过有某种关系的错误而下大狱。他想念朋友布拉奈斯神甫,要是能够向他请教该有多好!他又想起自从离开巴黎便没有给姑妈写过信。"可怜的吉娜!"他在心里说,眼里泛起泪花。这时,他听见身边有动静,原来是一个当兵的带了三匹马来吃麦子,缰绳都卸了,三匹牲口好像饿得要死。那当兵的牵着它们的嚼子。法布里斯像只鸟似的从地里蹿起,把当兵的吓了一跳。法布里斯发现当兵的很害怕,忍不住想再扮演一回轻骑兵的角色。

"里面有一匹马是我的,妈的!"他高声喝道,"不过,劳你不辞辛苦替我牵过来,我可以给你五法郎。"

"你要我呀。"当兵的说。法布里斯在离他六步远的地方举枪瞄准。

"把马放开,不然我就崩了你。"

当兵的肩头斜挎着枪,他歪了歪肩,想把枪取下。

"动一动就要你的命。"法布里斯喝道,一边往前走。

当兵的朝大路张望,路上连个人影也看不见,他无可奈何地说:"好吧,好吧,拿五法郎来,牵一匹马走。"法布里斯左手举枪,右手扔出三枚五法郎的埃居。

"快下马,不然我要你的命……给黑马套上缰绳,带着那两匹马滚蛋……你要动一动,我就崩了你。"

当兵的哭丧着脸服从了。法布里斯走上前,左胳膊揽住缰绳,眼光没有离开慢慢走远的士兵。他看那士兵走出有五十步远了,翻身上马,就在他还没有坐稳,右脚还在触寻马镫时,一颗子弹擦着他的身体呼啸而过。这是那士兵开的枪。法布里斯火冒三丈,策马去追,士兵撒腿就跑,没跑几步跳上一匹马,飞奔而逃。"算了,打不着了。"法布里斯想。他刚买的这匹马是匹好马,但是好像饿坏了。法布里斯回到大路上,路上仍旧空无一人。他横穿大路,放马疾跑,跑向左前方的一个小土坡,希望在那里能够碰到女商贩。他跑上坡顶,放眼望去,即便在一里之外也只有孤零零几个士兵。他叹了口气,心想:"这个正直善良的女人,命中注定再也见不到她了!"他远远瞥见路右手远处有一个村庄。他到了村里,没有下马就付了钱,叫人拿燕麦来喂他可怜的马。那马饿极了,连马槽也啃起来。一小时后,法布里斯又骑马走在大路上,他还依稀抱着希望,想找到女商贩,要不能找到奥布利伍长也好。法布里斯一边走,一边东张西望。他来到一条河边,河下一片沼泽,河上架着一座狭窄的木桥,桥头右首的路边孤零零立着一幢房子,招牌高悬,上写着"白马"。法布里斯自语道:"晚饭就在这里吃了。"一个骑兵军官骑马立在桥头,胳膊吊着绷带,脸上布满愁容。十步开外,三个徒步的骑兵正在装他们的烟斗。

法布里斯暗忖道:"来者不善,这些家伙看上去会买我的马,出的价一定比我刚才更低。"受伤的军官和三个徒步的骑兵望着他走近,似乎在等待他。"我也许不该过桥,应该沿着河边向右走,那大概才是女商贩指给我的路,麻烦会少点……"我们的主人公心里想,"没错。不过我要是溜走,明天我就会感到羞愧。再说了,我的马腿力好,军官那匹马很可能已经没力气了,他要是叫我下马,我就跑。"法布里斯心里盘算着,一边勒紧马,让马迈着小碎步往前走。

"轻骑兵,过来。"军官神色威严地叫道。

法布里斯往前走了几步便停住了。

"您想要我的马?"他高声问。

"谁要你的马。快过来。"

法布里斯打量这军官,他髭须已白,看神情世界上没有比他更耿直的人了。吊着左臂的大方巾浸透了血,右手也用一块沾满血迹的布包着。法布里斯想,跳上来抓我缰绳的一定是那三个没马的人了。但是他仔细一瞧,发现他们也都受伤了。

军官佩戴上校肩章,对他说:"你以名誉担保,留在这里站岗,见到龙骑兵、猎骑兵、轻骑兵,告诉他们勒·巴隆上校在那家旅店里,我命令他们全部到旅店和我会合。"因为痛楚,老上校的脸色很难看。他一开口便叫我们的主人公心服口服。法布里斯很冷静地回答:

"先生,我太年轻,他们不会听我的。得有您的一道手令才行。"

"你说得对。"上校上下打量法布里斯,"拉罗斯,你来写,你的右手没伤。"

拉罗斯一句话没说,从兜里摸出一个羊皮纸小本,写了几行字,撕下交给法布里斯。上校把命令向法布里斯复述了一遍,告诉他两小时后跟随他的三个骑兵中会有一个人按规矩来换岗,说完他便领着三个人进了旅店。法布里斯看着他们走开,伫立在木桥桥头久久没有动弹。他被这三个人默默忍受痛苦的忧郁神色深深打动了。他在心里说,活像中了魔法。他打开折叠的纸条,读到如下的命令:

> 第十四军团第一骑兵旅第二团指挥官,龙骑兵第六团勒·巴隆上校命令全体骑兵——龙骑兵、猎骑兵和轻骑兵,一律不准过桥,去桥头"白马"旅店内的团部向他报到。
>
> 勒·巴隆上校右臂受伤,命上士拉罗斯代笔。
> 1815 年 6 月 19 日于圣女桥头团部

法布里斯在桥上站岗刚半小时，便看见来了九个猎骑兵，六个骑马，三个步行。他向他们传达了上校的命令。四个骑马的猎骑兵说："我们一会儿就回来。"说罢便一溜小跑过了桥。法布里斯同另外两个骑马的骑兵交涉，他们争执起来，越争越激烈，就在这时，三个徒步的骑兵也过了桥。最后，两个骑马的骑兵中有一个声称要看看命令，然后抢过命令说：

"我把命令拿给兄弟们看，他们保准回来，你等着吧。"他纵马飞驰，他的同伴也尾随而去。这一切都发生在一眨眼的工夫。

法布里斯很气愤。三个受伤的士兵中有一个出现在"白马"旅店窗口，法布里斯看他佩戴上士的饰带，便朝他呼叫。他走出旅店，边走边喊：

"你是在站岗，把马刀拿出来呀！"法布里斯照办了，然后他对上士说：

"他们把命令抢走了。"

"他们对昨天的事耿耿于怀，"上士神色幽幽地说，"我给你一把手枪，要是还有人违抗命令，你就朝天开枪，我会来的，上校也可能亲自过来。"

法布里斯分明看到，当他说命令被抢走的时候，上士吃了一惊。他明白这是那些骑兵对他个人的侮辱，打定主意不再让人捉弄。

法布里斯接过上士的手枪，又雄赳赳地守在桥头，这时他看见过来七个骑着马的轻骑兵，他便拦在桥中央。他向骑兵们传达了上校的命令，骑兵们显出不快的神色，有一个胆大的索性要过桥。他想起女商贩从昨天晚上到今天早上反复说过的，马刀应该用刀尖刺，而不是砍，于是他垂下大马刀，刀尖冲前，摆出谁要抗命就刺谁的架势。

"哈，这个毛头小子想杀人啦，"轻骑兵们呐喊起来，"好像昨天人家杀得还不够！"他们个个抽出马刀,逼近法布里斯。法布里斯心想完了,但是他又想到上士刚才那惊诧的表情,他不愿意再次被人小瞧了,一边往桥后面退,一边连刺数刀。重骑兵使用的这种长马刀对他来说分量太重,使他舞刀的样子显得很滑稽,轻骑兵们很快就明白和他们对阵的是什么人。他们不想伤到他的身体,只想割破他的军服,因此法布里斯的手臂上轻轻地挨了三四刀。法布里斯一直遵循女商贩的教导,一个劲地猛刺。倒霉的是,他一刀刺中了一个轻骑兵的手,这个人因为自己居然被一个毛孩子兵扎伤,大为光火,回敬了一记长击,刀尖正中法布里斯大腿的上部。这一刀主要怪法布里斯的马,交手时它非但不知道躲闪,反而好像觉得好玩,面对攻击者迎面而上。轻骑兵们看见血顺着法布里斯的蓝色军裤往下淌,担心游戏玩过了头,他们把法布里斯逼到桥左侧栏杆上,一溜烟全跑了。法布里斯喘息刚定,便朝天放了一枪通知上校。

枪声响的时候,四个轻骑兵骑着马,另外两个步行,正朝木桥走来,离桥有两百步,他们和前面那伙人是一个团的。听到枪声,他们仔细观看桥上出了什么事,以为法布里斯在开枪打他们的伙伴,四个骑马的轻骑兵便高举马刀冲向桥头,这是一次货真价实的冲锋。勒·巴隆上校听到枪声,开门出了旅店,轻骑兵们冲到桥上时,他也赶到了。他亲自下命令,让他们停止前进。

"这会儿哪还有什么上校不上校！"一个士兵说,只管催马前进。上校勃然大怒,不再劝说他们,用受伤的右手抓住马左边的缰绳。

"站住,你这个兵痞子！"他对轻骑兵说,"我认识你,你是昂里埃上尉那个营的。"

"那好啊,叫昂里埃上尉自己来下命令好了。昂里埃上尉昨天已经阵亡了。"轻骑兵冷笑着说,"一边待着去。"

轻骑兵说着就想冲过桥,把老上校撞了个四脚朝天,摔倒在桥面的石头路上。法布里斯原来离他们有几步远,面朝旅店。当轻骑兵的马前胸把上校撞倒,上校拉过马缰绳不撒手的时候,法布里斯正拨马过来,他一气之下,朝轻骑兵重重刺出一刀。巧的是轻骑兵的马觉得上校扯住缰绳正把它向地面拉,就朝侧旁一趔,法布里斯这把重骑兵长刀的刀锋便从骑兵的坎肩前闪过。轻骑兵眼瞅着一把大刀整个从自己眼皮底下晃过去,勃然大怒,回转马来,朝法布里斯狠狠一刀,削掉了他的袖子,刀刃深深砍进了他的胳膊。我们的英雄落下马来。

　　一个徒步的轻骑兵见桥上把守的两个人都倒在地上,抓住顺手牵羊的机会,跳上法布里斯的马,想夺马过桥而去。

　　上士从旅店跑来,只见上校倒在地上,以为上校受了重伤。他追上法布里斯的马,把马刀狠狠地刺进偷马贼的腰,偷马贼落下马来。其他轻骑兵见桥上只有徒步的上士一个人,便飞驰过桥,转眼间全溜了。那个步行的轻骑兵则落荒而逃。

　　上士跑到两个受伤的人身边。法布里斯已经站起来,他并不觉得很疼,但是失血过多。上校起来得慢一点,他被摔得昏昏沉沉,不过并没有再受伤。

　　他对上士说:"我没什么,只是手上的老伤有点疼。"

　　被上士刺中的轻骑兵奄奄一息。

　　上校厉声说:"让他见鬼去吧!"又对上士和另外两个刚跑来的骑兵说:"照顾一下这个小伙子,我给他派的任务不合适。现在我自己守在桥上,我要尽力挡住那些疯子。你们把小伙子带到旅店去,给他包扎胳膊,拿我一件衬衫给他包。"

第 五 章

这场风波前前后后不到一分钟时间。法布里斯的伤没什么要紧,骑兵们把上校的衬衣撕成绷带为他包扎了胳膊,还打算在旅店二楼给他安排一个铺位。

"我在二楼享清福,"法布里斯对上士说,"我的马却独自待在牲口棚里,待腻了会跟另外一个主人跑掉的。"

"一个新兵能够这样,真不赖。"上士说。他们把法布里斯安排在马槽里,为他铺了新鲜干草,他的马就拴在旁边。

法布里斯感到很虚弱。上士端来一碗热酒,和他闲聊了一会儿。上士赞扬了我们的主人公几句,捧得他身子骨发轻。

法布里斯一觉睡到第二天天亮才醒。只听得马群嘶叫,乱哄哄一片喧哗。牲口棚里烟雾弥漫。起初法布里斯不明白这嘈杂声是怎么回事,也弄不清楚自己是在什么地方。后来他被浓烟呛得喘不过气来,终于明白是房子着火了,他猛地冲出牲口棚,骑上马。抬头看,牲口棚上面的两扇窗户冒出浓烟,旅店屋顶上黑烟翻腾。头天夜里,百来个溃逃的士兵到了"白马"旅店,这会儿他们吼叫着,咒骂着。法布里斯分辨出身边有五六个兵,好像都喝得酩酊大醉,其中一个企图拦住他,嚷道:"你要把我的马弄到哪儿去?"

法布里斯跑出四分之一里路,回头一看,没有人跟着,旅店在熊熊燃烧。他看见木桥,想起自己的伤,感到右臂被绷带缠得很紧,灼烧得厉害。"老上校不知怎么样了?是他拿出了衬衫,我的胳膊才包上了。"今天早上,我们的主人公冷静得出奇,大量失血使他性格中的浪漫成分也流失了。

"向右!"他自言自语道,"离开这里!"他从容地沿着河边走,河水从木桥下淌过,流到大路的右侧。他想起女商贩这个好人的建议。"多么真诚的友情!"他想,"多么直爽的个性!"

走了一个小时,他感到身体十分虚弱。"坏了,莫非要晕倒?"他想,"万一晕过去,马会丢,衣服弄不好也会被偷走,那就连钱和钻石也丢了。"他已经没有力气驾驭坐骑,连保持身体平衡也很费劲了。大路边的地里,正有一个庄稼人在锄地,见他面无血色,就拿了一杯啤酒和一块面包递给他。

庄稼人对他说:"我看您脸色这么苍白,猜想您一定是大战里受伤的兵。"这真是雪中送炭啊。法布里斯咀嚼着黑面包,觉得朝前看的时候眼睛很疼。他感到稍微好一些,便谢过那庄稼人,问道:"这是什么地方?"庄稼人告诉他再走三里路便是宗戴镇,在那里他可以得到很好的照料。法布里斯到了宗戴镇,糊里糊涂往前走,每走一步都只有一个念头,就是当心莫从马上摔下去。他看见一个大门敞开着,便进了门。这里是"马刷子"旅店。老板娘立刻迎上,这个胖胖的女人叫人来帮忙,因为心疼法布里斯连声音都变了调。两个姑娘搀扶法布里斯下了马,双脚刚触到地面他就不省人事了。旅店叫来外科大夫,大夫给法布里斯放了血。第二天以及以后的几天里,法布里斯昏睡不醒,根本不知道别人为他做了什么。

法布里斯大腿上中的一刀有溃烂的危险。当他清醒的时候,他托付好生照看他的马,口口声声讲他会厚谢,这令好心的老板娘和她的两个女儿很伤心。他在这几个女人无微不至的照顾下过了半个月,开始恢复意识。一天晚上,他发觉女主人们神色不对,紧接着就有一个德国军官走进房间。老板娘她们回答军官讲的话他不懂,不过他明白他们在谈自己。他假装睡着了,估摸军官已经出去,就把女主人们叫来:

"那个军官是不是登记我的名字,要把我抓走?"老板娘点头说是,泪水涌上眼眶。

"那好,我的上衣里有钱,"他从床上坐起,高声说,"帮我买几件老百姓的衣服,今天夜里我就骑马走。我差一点从马上摔下来死在街上,你们收留我,搭救了我,现在请再救我一次,让我有办法回到母亲身边。"

这时老板娘的女儿哭得泪人似的,她们为法布里斯担惊受怕。她们略懂一点法语,便来到法布里斯床头问长问短。她们用弗拉芒语跟母亲商量,不过不断掉转充满柔情的目光注视我们的主人公。法布里斯理解那意思是他逃跑一定会牵累这母女,但是她们决心碰碰运气。他激动得双手相抱表示感谢。当地的一个犹太人提供了全套服装,可是晚上十点前后,犹太人把衣服送来,两个小姐发现和军上衣相比,这套衣服的上装必须剪短许多才行。时间已经耽误不得,她们立刻动手。法布里斯告诉她们军装里有拿破仑金币,请她们缝在新衣服里。和衣服一道送来的还有一双漂亮的新靴子,法布里斯毫不犹豫地叫两个好姑娘按他指的地方割开

071

轻骑兵的靴子,取出钻石藏到新靴子的里子下面。

　　法布里斯流血过多,加上因此而造成的身体虚弱,产生了一个奇怪的结果,就是他几乎把法语忘光了。他用意大利语同女主人们说话,而女主人们说的是弗拉芒语的一种方言,因此他们只有借助手势来交流。当姑娘们——她们是毫无私心的——看见钻石,对法布里斯的那份感情便一发而不可收了。她们以为法布里斯是乔装打扮的王子。妹妹阿妮肯更是天真,她毫不扭捏地亲吻了法布里斯。法布里斯也觉得这姐妹俩很可爱,将近半夜,外科大夫因为他要赶路,准许他喝一小杯酒,这时他倒情愿不走了。待在这里也许会更好一点?不过,到两点钟他还是穿上了便装。他走出房间,老板娘告诉他几个小时前,那个德国军官到旅店检查之后牵走了他的马。

　　"这个浑蛋!"法布里斯叫骂,"抢劫一个受伤的人!"这个意大利青年还不够明智,他忘记自己买这匹马花的什么价钱了。

　　阿妮肯哭着对他说,已经为他租了一匹马,不过她真舍不得他走。他们依依惜别。老板娘的亲戚,两个高大的小伙子把法布里斯搀上马鞍,一路上扶着他。另外还有一个小伙子走在前面,距离他们几百步远,观察路上有没有可疑的巡逻队。走了两个钟头,他们在老板娘的一个表姐的家歇息。法布里斯说破了嘴皮,几个小伙子也不愿意离开,他们说没有人比他们更熟悉树林里的道路了。

　　"可是,明天早上人家发现我逃走了,又发现你们不在镇上,你们就会受到牵连。"法布里斯说。

　　他们又上路了。很幸运,天快亮的时候,原野上大雾弥漫。早上八点前后,他们来到一座小城附近。一个小伙子先走一步,到驿站看看马被抢光没有。抢劫前,驿站管事的已经得空把驿站的马藏起来,另外找了几匹歪歪倒倒的劣马放在马棚里。驿站的人到藏马的低洼地牵回两匹马。三小时后,法布里斯登上了一辆双轮小马车,车子很破旧,不过却套着两匹好马。法布里斯的体力已经得到恢复。同老板娘的亲戚,这几个小伙子告别的时刻很伤感。不论法布里斯说出什么动听的理由,几个小伙子都不肯收他的钱。

"先生,以您现在的处境,您比我们更需要钱。"几个正直的年轻人始终这么说。最后,他们揣着法布里斯的几封信走了。信是写给旅店几位女主人的。一路奔波使法布里斯很亢奋,他在信中表达他对她们的感情。信是含泪写成的,在给小阿妮肯的信里,当然还透露了爱慕之意。

以后的旅途平平常常,没发生什么事。法布里斯到亚眠①之后,大腿上的刀伤疼痛难忍。乡下的外科大夫没有想到清洗伤口,所以尽管放了血,依然出现脓块。他在亚眠的一家旅店住了半个月,开店的一家人殷勤而贪婪。这期间联军②侵入法国,而法布里斯也仿佛变了个人,对近来的遭遇,他想了很多,也想得很深。他仅仅在一个问题上还没有脱离稚气:他目睹的确实是一场大战吗?其次,这场大战确实是滑铁卢战役吗?他生平头一次觉得读书看报有趣味了,他希望从报纸上,从关于滑铁卢战役的记事里,找到他先跟随奈伊元帅,后跟随一个将军所经过的那些地点。在亚眠的日子里,他天天给"马刷子"旅店那几位好心的女友写信。他的伤刚好,就回到巴黎。他在原来住过的旅店看到二十封信,都是母亲和姑母写来的,求他尽快回家。皮埃特拉内拉伯爵夫人最后一封信口气神秘兮兮的,叫法布里斯坐卧不安。这封信让法布里斯把所有的情梦都抛开了。法布里斯是这样一种人,这种人凭借一句话就能够轻易地预感到要有大祸,至于灾祸骇人的细节,他们凭借想象可以洞若观火。

---

① 法国北方城市。
② 指以英、普、奥、俄等国反拿破仑联盟的军队。

"写信谈你的情况,当心不要落款。"伯爵夫人说,"回来的时候,不要径直回科摩湖,在瑞士境内的卢加诺停留一下。"法布里斯到卢加诺要用卡维这个名字。在市中心旅店,他会遇见伯爵夫人的侍从,侍从会告诉他怎么做。姑母写道:"你要想一切办法隐瞒你干的这件傻事,身上不要留任何印的或写的材料。到瑞士以后,你身边经常会出现圣-玛格丽特①的党羽。"伯爵夫人还说:"我如果能找到钱的话,会派人到日内瓦的'天秤'旅店。有些细节信里不便讲,来人会告诉你,你回来之前务必知道这些事。总之,看在上帝的分上,在巴黎一天也不要多待了,你会被这边派去的暗探认出来的。"法布里斯想象中开始浮现各种离奇古怪的事,他对其他的事都失去了兴趣,满脑子想的都是姑母会有什么特别的事告诉他。他在法国境内两次遭到盘查,不过都化险为夷。麻烦的起因是他的意大利护照,怪里怪气的气压表商人的身份和他稚气的面容很不相称,用三角巾吊着的胳膊也叫人怀疑。

他在日内瓦终于见到了伯爵夫人的仆人。仆人向法布里斯转达了伯爵夫人的口信,有人向米兰警察局密告,说他见了拿破仑,并且带去了前意大利王国一个庞大的阴谋组织拟定的建议。告密者说,如果不是这样,他为什么要用假名呢?他母亲竭力证明事实是:

一、他从来没有离开瑞士;

二、他匆忙离开城堡是因为和哥哥吵了一架。

听罢,法布里斯心里油然生出一股自豪感。"我成了晋见拿破仑的使者,我还有幸与这位伟人谈话!"法布里斯不由想起七世

---

① 这是米兰市的街名,这条街上有法院和警察局的拘留所。佩里科先生让这个名字全欧闻名。——原注
佩里科(1789—1854),意大利爱国者、作家,著有《我的狱中生活》一书。

以上的一位曾祖,即跟随斯佛尔查①到米兰的那位先祖的孙子,他在给瑞士各大州郡送达建议书,并且在瑞士招募兵勇的途中,遭到米兰公爵敌人的袭击,被光荣地砍下了首级。家谱里有关这个故事的版画在法布里斯的心头浮现。法布里斯询问伯爵夫人的仆人时,发觉有个细节仆人总在回避,最后尽管伯爵夫人再三叮嘱仆人不许说,他还是讲了真话。原来,告密者不是别人,就是法布里斯的亲哥哥阿斯卡尼奥。这句话如晴天霹雳,叫我们的主人公气得七窍冒烟。从日内瓦回意大利须取道洛桑,尽管到洛桑的驿车两小时后就发车,法布里斯却拿定了主意立即动身,宁可徒步走十到十二里路。还没出日内瓦城,他先在一家破旧的小咖啡馆里和一个年轻人争吵起来。据他说,这个年轻人看他的眼光阴阳怪气的。这是实话。那个日内瓦青年冷静理智,关心的只有钱,在他看来法布里斯简直就是个疯子,走进咖啡馆时目露凶光,眼珠乱转,还把他要的咖啡打翻在他裤子上。两人争斗,法布里斯一上来就拿出十六世纪的做法,没有提出和日内瓦青年决斗,而是抽出匕首扑上去,要给对方来个透心凉。他感情冲动,把平日里学的荣誉训条全都抛到九霄云外,他回归了人的本能,或者更准确地说,像不懂事的幼儿那样行动。

法布里斯在卢加诺会见了心腹朋友,朋友告诉他一些新的细节,更令他怒火中烧。他在格里安塔深得民心,倘若不是他哥哥耍乖巧,谁也不会揭发他,谁都会假装以为他在米兰,米兰警察当局也绝不会注意到他不在家。

"边境卡子上的人肯定已经得到命令注意你,"姑母派来的人对法布里斯说,"走伦巴第-威尼斯王国边境的大路,你会被

---

① 斯佛尔查,意大利著名家族,以战功立家。此处当指弗朗索瓦·斯佛尔查(1401—1466),1441年由米兰公爵招赘为婿,1450年公爵去世,他获得权力,成为米兰公爵。

捕的。"

横在卢加诺和科摩湖之间那座山里的路,哪怕最小的路,法布里斯和他的人都了如指掌。他们装扮成打猎的,就是说,装扮成走私贩。他们有三个人在一起,而且神色镇定自若,所以关卡的人和他们打个招呼就放他们过去了。法布里斯把回城堡的时间安排在半夜,这时他父亲和那些头发扑粉的仆人都睡了。他们没费什么力气便下到壕沟底,然后从地窖的一扇窗户进入城堡,他母亲和姑母已经等候在那里,两个姐姐很快也跑来了。他们又是亲热得难解难分,又是抽泣流泪,折腾了半天,当初露的晨曦告诉这些自以为很不幸的人时间在流逝时,他们才刚刚开始谈正事。

"但愿你哥哥没有生疑心想到你回来。"皮埃特拉内拉夫人说,"自打他干了那件好事,我绝少搭理他,他居然因此觉得自尊心受到伤害,真使我荣幸之至。今天晚餐时,我同他搭讪了几句,为了掩饰兴奋的心情,我必须有个托词,免得他疑神疑鬼。他以为我同他和解了,得意扬扬,我趁机让他多喝了几杯,叫他忘掉暗探的职业,不要探头探脑地窥视。"

"我们的轻骑兵得藏在你的房间里。"侯爵夫人说,"他暂时不能走。眼下的问题是要想办法瞒过凶狠的米兰警察,而我们还都不能冷静地动脑筋。"

大家依了侯爵夫人的想法。不过第二天,侯爵和大儿子还是注意到,侯爵夫人不断往她小姑的房间跑。这一天里,这几个人都很兴奋,被温情与欢乐弄得心神不定,这些我们就不细说了。和法国人相比,意大利人活跃的想象所产生的怀疑和疯狂念头,更容易使他们在感情上受折磨,但是同时他们的快乐也比我们更加强烈,更加持久。这一天,伯爵夫人和侯爵夫人完全失去了理智,她们一遍又一遍地要求法布里斯讲述他的经历。最后她们决定到米兰去分享这份欢乐,因为在这里,长久地逃避侯爵和阿斯卡尼奥的监视太困难了。

她们坐家里那只普通的小船到科摩,其他的办法都会引起没完没了的猜疑。可是,她们刚抵达科摩港口,侯爵夫人便想起一些极端重要的证件忘在格里安塔了,她立刻派几个船夫回去取,对于这两位夫人在科摩究竟做些什么,船夫们自然一无所知。科摩城的米兰门旁高耸着一座中世纪的塔楼,塔下总是有许多马车揽生意,她们一到,便随便租了一辆,随即出发,车夫都没有时间跟人打招呼。走出四分之一里路,她们遇到一个认识的年轻猎人,他也到米兰去,一路上打打猎。年轻人见车上没有男子汉,自告奋勇充当骑士的角色,陪伴夫人们到米兰城门口。一路顺利,夫人们和年轻人谈得兴高采烈。到了优美的圣-乔万尼山岗和树林边,大路转了一个弯,就在转弯处,扑地跳出三个穿便衣的宪兵抓住马缰绳。"啊,我丈夫把我们出卖了!"侯爵夫人叫道,昏厥过去。落在后面的一个上士踉踉跄跄走到马车前,用好似刚从小酒店里出来的人那种带着醉意的嗓音说道:

"本人完全是执行公务,法比奥·康蒂将军,您被捕了。"

法布里斯以为上士喊他"将军"是要笑他,心想,我会找你算账的。他望着便衣宪兵,等待时机跳车,穿过田野逃跑。

伯爵夫人嘻嘻一笑——依我看是为了未雨绸缪,随后对上士说:

"亲爱的上士,您莫非把这个十六岁的孩子认作康蒂将军不成?"

"您不就是将军的女儿吗?"上士说。

"那您就看看我父亲吧。"伯爵夫人指指法布里斯。宪兵们捧腹大笑。

"少废话,把护照拿出来。"上士看大家都乐了,很恼火。

"这两位夫人到米兰去从来不带护照。"车夫一脸沉静,不慌不忙地说,"她们从格里安塔城堡来,这位是皮埃特拉内拉伯爵夫人,那位是台尔·唐戈侯爵夫人。"

上士很尴尬,走到车前和他的人商量。五分钟后,他们还没商量完,于是伯爵夫人请他们允许马车往前走几步,挪到树荫下,虽说才上午十一点钟,太阳已经炙热难挨了。法布里斯留神地四面张望,琢磨逃跑的办法,却只见从田野的一条小道上过来一个十四五岁的小姑娘,由两个穿军装的宪兵夹着,走上尘土蒙蒙的大路,姑娘捂着手绢羞怯地啼哭。他们身后三四步,另外两个宪兵夹着一个又高又瘦的男人,这个男人做出气宇轩昂的样子,架势好像省长参加什么仪式。

"在哪儿发现的?"上士说,他已经完全醉了。

"在田里,正逃跑呢,又没带护照。"

上士看上去完全晕了。他应该抓两个人,而面前却有五个人。他走到一旁,留下一个宪兵看守那个趾高气扬的男人,另一个宪兵拦住马车。

"别动。"伯爵夫人对已经跳下车的法布里斯说,"事情很快会了结的。"

只听一个宪兵喊:

"管他呢,他们没有护照,就不能算抓错。"上士却似乎不像他那样坚决。皮埃特拉内拉伯爵夫人的名字叫他忐忑不安。他认识皮埃特拉内拉将军,但是他不知道将军已经去世。他想:"如果我错抓了将军夫人,将军可不是那种不记仇的人。"

宪兵们商量个没完。伯爵夫人和小姑娘攀谈起来。小姑娘站在尘土飞扬的路上,和马车近在咫尺,她娇俏的容貌叫伯爵夫人惊叹不已。

"小姐,你会被太阳晒坏的。"伯爵夫人又指着马车前面的宪兵说,"这位军爷肯定会让你上车待一会儿的。"

法布里斯正绕着马车溜达,他上前搀扶姑娘上车。姑娘由法布里斯托着胳膊,已经踩到马车的踏板上,正在这时,那个威严的男人,站在六七步开外,用一种为了显示尊严而压低的嗓音喝道:"待在路上,不许上别人的车。"

姑娘于是不往车里钻,相反却要下车,而法布里斯没听到男人的断喝,继续托住她,姑娘因而仰倒在了法布里斯怀里。法布里斯乐了,姑娘羞红了脸。两人对视了一会儿,姑娘从法布里斯怀里挣脱出来。

"蹲牢房有这样一个迷人的姑娘做伴多好!"法布里斯想,"这样美丽的额头后面一定有深邃的思想。她一定知道怎样去爱。"

上士威风凛凛地回到车旁:

"几位女士,谁叫克莱莉娅·康蒂?"

"我。"姑娘说。

"还有我,"上了年纪的男人喊道,"我是法比奥·康蒂将军,巴马大公殿下的侍从官。我认为,以我的身份,竟然像小偷似的被追捕,简直不成体统。"

"前天您在科摩港上船的时候,一位警官问您要护照,您不是叫他一边溜达去吗?那好,今天这位警官决定不让您溜达。"

"那时我的船已经离岸,暴风雨就要来了,我很着急。一个人没穿制服,从岸上对我喊,叫我回去,我告诉他我的名字,然后就赶我的路。"

"然后今天早上您就从科摩溜出来?"

"像我这样身份的人,从米兰来游湖,没有必要带护照。今天早上在科摩,有人对我说港口有人要抓我,我就带着女儿走出城,想在路上搭车到米兰。到米兰以后,第一件事就是去拜会将军,省卫戍司令,向他控告你们。"

上士松了口气,似乎卸下了重负。

"那好吧,将军,您被捕了,我送您去米兰。那您呢,您是什么人?"上士对法布里斯说。

"我儿子阿斯卡尼奥,"伯爵夫人说,"皮埃特拉内拉旅长的儿子。"

"没带护照吗,伯爵夫人?"上士的口气缓和了不少。

"在他这个年龄,压根没带过护照,他从来不单独出游,总是和我在一起。"

这时候,康蒂将军正对宪兵们发脾气,显示他的尊严受到了侵犯。

"别那么多废话,"一个宪兵对他说,"您被捕了,还有什么可说的!"

"您够幸运的啦,"上士对他说,"我们还让您租一匹农家马,要不然,灰再大,天再热,您再有什么巴马大公侍从的头衔,也得夹我们的马中间用两条腿跑。"

将军破口大骂。

"闭上你的臭嘴!"刚才那个宪兵说,"你的将军制服哪儿去啦?要说自己是将军谁不会说?"

将军更加怒不可遏。这时,马车里却是另一番景象。

伯爵夫人把宪兵们支使得团团转,犹如支使她的下人。她看见二百步开外的地方有一座小屋,就拿出一埃居交给一个宪兵,叫他去买点酒,更要紧的是弄点凉水。在此之前,她已经劝住了一心想逃到山岗林子里去,声称"我有好手枪"的法布里斯。她让怒气冲冲的将军好歹同意他的女儿坐到马车上来。将军素来喜欢显摆自己和他的家庭,他趁这个机会告诉两位夫人他女儿是1803年10月27日生的,今年十二岁,但是人人都说她有十四五岁了,因为她非常懂事。

伯爵夫人向侯爵夫人递了个眼神:"一个大俗人。"事情商量了一个钟头,在伯爵夫人的周旋下,总算安排停当。有一个宪兵正好到邻村有事,伯爵夫人说"给你十法郎",他便把马租给了康蒂将军。上士独自带将军走了,留下四个宪兵躲在一棵树下,与四个像小坛子似的大酒瓶为伴。这是刚才伯爵夫人派去的宪兵在一个农民的帮助下搬来的。克莱莉娅·康蒂得到神气十足的侍从官的同意,与夫人们同车而行。没有人想到逮捕正直的皮埃特拉内拉伯爵的儿子。起初,大家客气地寒暄,议论刚才发生的事,然而随后克莱莉娅·康蒂便发现,伯爵夫人这个绝色女子对法布里斯讲话时感情非同寻常,可以肯定,她不是他的母亲。尤其是他们含蓄地讲到法布里斯不久前干的一件极端英勇、鲁莽、冒险的事,更是引起了克莱莉娅的注意。可是小克莱莉娅尽管很聪明,却无论如何猜测不出他们说的是什么。

她用惊羡的目光注视着这位青年勇士,他的眼睛似乎还迸射着行动的火花。而法布里斯呢,他被这个十二岁小姑娘的美艳弄得有点魂不守舍,专注的目光叫小姑娘脸上飞起红晕。

"倘若有一天我了却了麻烦事,"他对克莱莉娅说,"我一定要到巴马去欣赏那些美丽的图画,那时,不知是否能蒙您记得这个名字:法布里斯·台尔·唐戈?"

"好极了!"伯爵夫人说,"你还真知道不暴露身份。小姐,请您记住,这个坏小子名叫皮埃特拉内拉,不是台尔·唐戈。"

法布里斯到达米兰时天色已经很晚了。他从伦萨门进城,城门里面是时下米兰人很喜欢的一条散步大街。侯爵夫人和他的小姑子派两个仆人到瑞士,已经花尽了她们的积蓄。幸好法布里斯还有几个拿破仑和一粒钻石。他们决定把钻石卖掉。

这两个女人在米兰很有人缘,全城的人都认识她们。亲奥地利和教会的一派有几个大人物在警察局长宾德尔男爵面前为法布里斯说情。他们说,他们搞不懂,一个十六岁的孩子同兄长吵架之后离开家,不过是使性子,怎么能够当真。

"把什么都当真是我的本分。"宾德尔男爵不慌不忙地回答。这个人沉静阴郁,在米兰建立了那个赫赫有名的警察局,防止再发生像1746年把奥地利人赶出热那亚的那场革命。在佩里科和安德里亚内①事件之后,米兰警察局声名远播,不过说它残酷倒也未必,它不过是合理而无情地实施严峻的法律罢了。弗兰茨二世皇帝决心用恐怖来打击意大利人过于放肆的想象。

"年轻的台尔·唐戈侯爵这些日子每天究竟干什么,请诸位拿一份材料来,材料必须有根有据。"宾德尔男爵对法布里斯的几位保护者说,"从他3月8日离开格里安塔开始,一直写到他昨天晚上到达米兰,藏在他母亲的房间里为止。我当然乐意把他看作米兰市最淘气可爱的青年,但是如果诸位不能证明他离开格里安塔后的日子里到了哪些地方,那么他出身再高贵,我对他家的朋友再充满敬意,是不是也必须下令逮捕他,让他待在监狱里,直到他能够证实伦巴第某些不满皇帝兼国王陛下的臣民没有派他去给拿破仑送信的时候为止?请诸位还要注意一点,即便这年轻人能够为自己洗刷这方面的罪名,他没有官方发放的护照就到外国去也是有罪的。而且他改名换姓,明知故犯地使用一个匠人的护照,这个匠人比他所属的阶级要低下得多。"

这番话说得既冷酷无情,又合情合理,而且处处显示出警察局长很尊重台尔·唐戈侯爵夫人的地位和这些为侯爵夫人说情的重要人物。

侯爵夫人听到宾德尔男爵的话,心急如焚。

"法布里斯要进监牢了,"她哭着说,"一旦进去,天知道什么时候能够出来,他父亲会把他赶出门的!"

---

① 安德里亚内(1797—1863),法国革命家。

皮埃特拉内拉夫人和嫂子找了两三个密友来商量,不管朋友们怎么说,侯爵夫人都坚持叫法布里斯第二天夜里就离开。

"可是你想想,"伯爵夫人说,"宾德尔男爵知道你儿子在这里,这个人并不坏。"

"是不坏,可是他要讨好弗兰茨皇帝。"

"他要是觉得把法布里斯投进监狱对他升官有好处,法布里斯已经在监牢里了。你叫法布里斯逃走,这是不相信他,是对他的侮辱。"

"但是他既然说他知道法布里斯在哪里,那意思就等于说:让他快走!不行,一想到我儿子转眼间就有可能被关进高墙,我就没法活下去。"侯爵夫人接着说,"不管宾德尔男爵有什么野心,他还是觉得,迁就一下我丈夫这样身份的人,对他在这里的地位有好处。他不寻常地坦诚相见就是证明,他居然告诉我们他知道从哪里能抓到法布里斯,而且他还那么详细地谈了法布里斯卑鄙的哥哥揭发他的两项指控,告诉我们这两项指控都能送他进监狱,这难道不等于说,如果我们宁愿让法布里斯逃亡的话,可以考虑这么做?"

"如果选择逃亡,"伯爵夫人再三说,"那这一辈子也甭想再见到他。"她们商量的时候,法布里斯和侯爵夫人的一位老朋友一直在场。这位老朋友在奥地利设立的法庭当顾问,他坚决主张逃走。于是,当晚母亲和姑妈到斯卡拉剧院去,法布里斯就上她们的马车。对车夫他们不大信得过,当车夫照例在一家小酒店停车,一个可靠的仆人看着马的时候,法布里斯便装扮成农夫模样混出了城。第二天,他再次兴奋地越过边界,到母亲在皮埃蒙特的一处领地安顿下来。那地方离诺瓦腊不远,就在拜亚尔[①]阵亡的罗玛尼阿诺。

[①] 拜亚尔(约1475—1524),法国贵族,弗朗索瓦一世时参加意大利战役,阵亡。

伯爵夫人和侯爵夫人进入包厢之后,会不会有心思看戏,这不难想象。她们到剧场去,完全是为了同几位自由党的朋友商讨对策。这些人如果出现在台尔·唐戈府,肯定会引起猜测。大家在包厢里决定,还得再找宾德尔男爵。不过,送钱怕是不行,这位官员洁身自好。再说,两位夫人手头已经很不宽裕,变卖首饰剩下的钱,她们让法布里斯全带走了,一点没留。

但是,无论如何得探探宾德尔男爵的口风。伯爵夫人的朋友提醒她,可以去找一个叫作鲍达的议事司铎,这是一个风度翩翩的年轻人,曾经追求过她,不过使用的手段有点见不得人。他追求不成,便到皮埃特拉内拉将军面前挑唆,说夫人与利麦卡蒂相好,结果被当作无赖赶走。如今,他天天晚上陪宾德尔男爵夫人打塔罗①,自然成了男爵的密友。要去见他,叫人好生为难,但是伯爵夫人还是决定走一遭。于是,第二天一早,趁议事司铎还没有出门,伯爵夫人便到了他府上。

议事司铎家仅有的仆人向他通报皮埃特拉内拉伯爵夫人到了,他大为激动,一时竟然语噎,身上那件随便的晨装也没顾得上归置一下。

"请她进来,没你的事了。"他的嗓子发涩。伯爵夫人走进来,鲍达跪下了。

"一个不幸的疯子,只能用这样的姿势听候您的吩咐。"他对伯爵夫人说。这天早上,伯爵夫人因为不想让人认出来,身着便服,显得别有一番风韵,令人倾倒。法布里斯逃亡叫她忧心如焚,来见这个背信弃义之徒又叫她实在感到勉为其难,这些事情交织在一起,倒为她的双眸增添了惊人的光彩。

"我就用这样的姿势听候您的吩咐。"议事司铎朗声说道,"您

---

① 一种纸牌。

保准有事找我,否则,您的大驾哪能光临一个不幸的疯子寒酸的家。过去这个疯子怀着爱和嫉妒,看到讨不到您的欢心,就可耻地伤害了您。"

这番话语是肺腑之言,何况议事司铎如今有了权势,听起来就越发感人,伯爵夫人激动得不禁流下眼泪。刚才屈辱和畏惧冻僵了她的心,此时温情和希望忽地涌上心田。刚才她还萎靡不振,霎时间却满心欢喜起来。

"吻我的手。"她对议事司铎说,一边伸出手去,"你起来吧(要知道,在意大利,称呼'你',非但表示诚挚的友谊,而且表示一种更温柔的感情)。我来找你,是为我侄子法布里斯求情。我要讲的,全是实话,没有半点虚妄,就像平时跟老朋友讲话。我这个侄儿才十六岁半,不久前干了一件荒唐事。当时我们在科摩湖边的格里安塔堡,一天晚上七点钟,从科摩来了一条小船,听船上的人讲,皇帝在胡安湾登陆了。第二天,法布里斯拿了他的平民朋友,一个叫瓦西的卖气压表的人的护照,就到法国去了。他的模样根本不像气压表经销商,所以到法国没走多远,就叫人看出他不对头,被抓起来。他兴高采烈,法语却说不好,肯定也叫人生疑。过了些日子,他逃出来,跑到日内瓦,我们派人到卢加诺去接他……"

"您是说日内瓦。"议事司铎笑道。

伯爵夫人把故事说完。

"为了您,我愿效犬马之劳。"议事司铎很激动,"赴汤蹈火,在所不辞。"他又说道,"您光临寒舍,有如仙子下凡,是我一生莫大的荣幸,说吧,您走后,我该干些什么。"

"您去见宾德尔男爵,对他说,您喜欢法布里斯,法布里斯出生时,您正好在我们家,他是您看着出生的。以宾德尔男爵对您的友谊,您请他调动他所有的密探,查一查法布里斯到瑞士之前,和他监视的任何一个自由党是不是有半点往来。哪怕得到些许真消息,他都会发现,法布里斯的所作所为,不过是年轻人瞎折腾。您知道,我在杜格纳尼府的那套漂亮房间里,有许多描绘拿破仑打胜仗的版画。我侄子就是念版画上的故事学识字的。他刚刚五岁,我丈夫就给他讲这些战役。我们给他戴上我丈夫的头盔,他拖着大马刀。好啦,这么一天,他听说我丈夫的上帝,拿破仑皇帝回到法国了,便莽莽撞撞要去见皇帝,结果白费劲。问问男爵,对这样的任性胡闹,他打算如何处置。"

"差点忘掉一件事。"议事司铎嚷道,"您看,您原谅我,而我也并非不值得您原谅。"他在桌子上一堆文件里寻找:"有了,有了,这就是那个 coltorto① 的告密信,瞧,签名是阿斯卡尼奥·瓦尔塞拉·台尔·唐戈,整个案子,就从这封信开始。昨天晚上我从警察局得到这封信,然后就到斯卡拉剧院去了,想找一个经常出入你包厢的人,把这事告诉你。这封信的抄件早就到了维也纳。这才是我们要对付的人。"议事司铎把信念给伯爵夫人听,约好当天就派可靠的人给伯爵夫人送一份抄件。伯爵夫人满心欢喜地回到台尔·唐戈府。

"这人过去是个无赖,现在成了天底下最有情有义的人。"她告诉侯爵夫人,"今天晚上在斯卡拉,等剧院大钟指到十点四十五分,我们把包厢里的人都打发走,熄灭蜡烛,关上门,十一点,议事司铎会亲自来告诉我们他做了什么。为了不把他牵扯进去,我们商量只有这个办法最稳妥。"

议事司铎精明得很,绝对不会爽约。会面时他百般殷勤,心里有什么说什么。若非在虚荣心还未成为情感主宰的国度里,这是办不到的。他当年向皮埃特拉内拉将军揭发伯爵夫人,成为平生

---

① 意大利文:伪君子。

最大的一件憾事,现在他终于找到了弥补遗憾的办法。

"她爱上她侄儿了。"这天早上,伯爵夫人离开他家以后,他辛酸地暗忖——因为他心里还酸苦着呢。"她那样高傲,竟然跑到我家里来!……可怜的皮埃特拉内拉死了以后,我向她献殷勤,彬彬有礼,还是通过她过去的情人斯考蒂上校,却都被她残酷地拒绝了。皮埃特拉内拉漂亮的寡妇仅仅靠一千五百里弗尔过日子!"议事司铎又想,一边在房间里激动地踱来踱去,"后来居然跑到格里安塔堡,和台尔·唐戈侯爵那个可恶的 secatore① 住在一起!……现在全清楚了!不过,这个法布里斯倒的确风度翩翩,高大健美,脸上笑容可掬……哼,还不止这些,他的眼光风情万种……像科勒乔②笔下的人物。"司铎心里又酸楚起来。

"年龄相差……不会太多……法布里斯出生的时候,法国人已经打进来,98 年前后吧,我觉得。伯爵夫人现在大概二十七八岁,找不到更漂亮、更迷人的女人了。意大利美人多,但是她有倾国倾城之貌,什么玛利尼、盖拉尔蒂、鲁嘉、阿莱西、皮特拉格鲁亚,都不在话下……他们躲在科摩湖畔,何等快活,那小伙子却要投奔拿破仑……任凭你怎么做,意大利还是不乏有血性的人啊,可爱的祖国!……"这颗妒火中烧的心灵继续想,"她宁可在乡下受罪,宁可每一天,每一顿饭,都忍受着台尔·唐戈那张丑恶的面孔,还有阿斯卡尼奥小侯爵那副卑鄙的嘴脸——他会比他父亲更坏,她这样做不可能别的理由……好,我一定全心全意帮助她,这样至少我从望远镜里看到的她会是另一副样子。"

鲍达议事司铎把事情给两位夫人讲得明明白白。实际上,宾德尔的态度是再好不过了。他听说法布里斯打算不等维也纳下达

---

① 意大利文:老东西。
② 科勒乔(1489—1534),意大利文艺复兴时期的画家。

命令,先行远走高飞,感到很宽慰,因为他自己什么也决定不了,一应事务,包括这桩案子,都唯维也纳之命是从。他每天把公事一字不差地抄报维也纳,然后就静候回音。

法布里斯逃亡到罗玛尼阿诺,必须做到:

第一,天天参加弥撒,找一个忠于君主政体的聪明人做忏悔师,忏悔的时候,不是无可指责的感情绝不吐露。

第二,但凡被看作有头脑的人,概不与之接触。碰到有人谈论犯上作乱,一定要表示厌恶,说那是大逆不道。

第三,绝对不在咖啡馆露面,要读报就只读都灵和米兰的官方报纸。一般说要表示对阅读不感兴趣。切莫读书,1720年以后出版的书尤其禁读。倘说有什么例外,无非瓦尔特·司各特的小说罢了。

第四,最后议事司铎耍了个小心眼,又补充说,法布里斯必须公开追求当地的一位美妇人,当然是贵妇人,这可以显示他不像年轻阴谋家那样满脑门子官司和怨气。

伯爵夫人和侯爵夫人临睡前,各自给法布里斯写了一封长信,把鲍达的劝告一五一十告诉他,焦虑与疼爱之情跃然纸上。

法布里斯根本没有心思搞什么阴谋。他热爱拿破仑,但是他身为贵族,自认为生下来就应该比别人幸福,而资产阶级,在他看来是愚蠢的。自打离开学校,他压根没有翻开过一本书,即便在学校里,他读的书也都是耶稣会教士挑选的。他住的地方距离罗玛尼阿诺有一段路,房子很气派,是著名建筑师桑米凯利的代表作。不过近三十年来,房子一直空闲着,结果没有一个房间不漏雨,没有一扇窗子关得牢。他把经理人的马据为己有,终日骑着闲逛。他沉默不语,心里却在盘算。在极端保王党的家庭找一个情妇,这个劝告他觉得很有趣,便一丝不苟地照办。他挑了一个年轻的教士当忏悔师,这教士很有心计,想着日后能爬上主教的位置(好比斯皮尔堡的那位忏悔师)①。法布里斯跑上三里路,为的是去读《立宪报》,装得神秘兮兮的,认为别人猜不透他。他觉得《立宪报》实在了不起,"简直和阿尔菲耶里②和但丁的作品一样美!"他经常这样赞叹。法布里斯有点像法国青年,对思想正统的情妇并不怎么在意,他关心的是自己的马和报纸。不过,对这颗天真而坚定的心灵而言,随波逐流还谈不上,所以虽然罗玛尼阿诺也算个大集镇,法布里斯却始终不与人交往。他的单纯,别人看来是高傲。对他的性格,谁都感到无话可说,按本堂神甫的意思:"他是次子,没成为长子,心里委屈。"

---

① 可参阅安德里亚内的回忆录,这部回忆录很有趣,像小说一样引人入胜,必将和塔西陀的著作一样流芳青史。——原注
② 阿尔菲耶里(1749—1803),意大利诗人。

第 六 章

或许得承认,鲍达议事司铎心怀醋意不是全然没有道理。法布里斯自打法国回来,在皮埃特拉内拉伯爵夫人眼里就活脱脱成了一个与她似曾相识的英俊外国少年。如若法布里斯谈到爱,她就会爱上他。他的人品,他的举止,不是已经叫她喜欢得紧,甚至无妨说喜欢不尽了吗?但是,法布里斯和她拥抱,真真切切地流露出纯洁的感恩之情和真诚的友谊,倘若她要从这种近乎儿子对母亲的感情中寻找另一种感情,她自己都会瞧不起自己的。她想:"说到底,六年前欧仁殿下宫廷里的老朋友,现在还可以说我有姿色,甚至说我还年轻,可是对于法布里斯,我不过是一个值得尊敬的女人……假如不顾及我的自尊心,直说是一个老女人也可以了。"伯爵夫人对自己抵达的生命旅程还有幻想,不过,幻想的方式与一般女人不同。她又想道:"在法布里斯这样的年纪,对人生易老不免想得多,换一个稍微年长一点的男人……"

伯爵夫人在客厅里踱来踱去。她在一面镜子前停下,笑了笑。应该交代一下,数月来皮埃特拉内拉夫人正经有了心事,勾起她心事的男人可不是等闲之辈。法布里斯动身到法国去不久,伯爵夫人心里就老惦着这个男人,不过,她自己不十分情愿承认这一点。当时,她忧心忡忡,什么事都打不起精神,甚至无妨说,觉得什么事都索然无味。她想,拿破仑为了笼络意大利人,说不定会让法布里斯当他的副官。"我失去他了,"她痛苦地说,潸然泪下,"再也见不到他了。他会给我写信,可是再过十年,我在他眼里算什么呢?"

她怀着这样的心情到米兰走了一趟,指望直接听到拿破仑的消息,而且谁知道呢,说不定还能得到法布里斯的消息。她生性活泼,尽管自己不承认,实际上乡下无所事事的生活已经叫她腻烦了。她暗忖道:"这是苟延残喘,算不得生活。"那些扑粉的脑袋——!她哥哥、侄子阿斯卡尼奥,还有随从——每天在你面前晃动!唯一的慰藉是她和侯爵夫人的感情。不过,侯爵夫人比她年长,又对生活感到绝望,因此近来这份感情也不那么叫人觉得贴心了。

法布里斯走了,感到希望渺茫,心灵需要慰藉,需要新鲜事物,这就是皮埃特拉内拉夫人此时此刻的心境。到了米兰,她迷上了新歌剧,独自泡在斯卡拉剧院,在老朋友斯考蒂将军的包厢里一待就是好几个钟头。她要找的那些人,那些能够提供拿破仑及其军队消息的人,她感到他们个个都透着俗气,缺乏教养。回到住地,她就在钢琴上即兴弹奏,直弹到凌晨三点。一天晚上,她到斯卡拉剧院一个女朋友的包厢里去打听法国的消息,有人介绍她认识了莫斯卡伯爵,巴马的一位大臣。此人和蔼可亲,谈起法国和拿破仑,无论让她心里燃起希望还是让她惊惧不安,都叫她感到有见地。第二天她又跑进那个包厢,那个聪明人也来了,他们一边看演出,一边聊天,十分投机。自从法布里斯离家,她还从来没有度过这么痛快的夜晚呢。这个叫她开心的人是莫斯卡·台拉·洛维雷·索莱查纳伯爵,赫赫有名的巴马亲王艾奈斯特四世的国防、警务和财政大臣。艾奈斯特四世的名气来自他的铁腕——米兰的自由党则称之为暴政。莫斯卡四十到四十五岁光景,相貌堂堂,没有一点大人物的架子,神态轻松自然,叫人感到好接近。他那位亲王有个怪癖,非叫他往头发上扑粉不可,说是可以证明他政治感情没问题,否则他的风度会更好。在意大利,我们毋庸担心戳伤别人的虚荣心,所以交谈间,用不了三言两语,语气便亲昵起来,而且可以触及私事。这种习俗有一种匡正的办法,那就是倘若有人觉得自己受到冒犯,那彼此就不再见面好了。

"您说说看,伯爵,您为什么要扑粉呢?"皮埃特拉内拉夫人第三次见到伯爵,便这样问道,"像您这样的人,和蔼可亲,岁数不算大,还同我们在西班牙打过仗,扑粉干吗!"

"因为我在西班牙一个子儿没抢,而我又必须生活。在西班牙的时候,我想建功立业都想疯了。指挥我们的法国将军古维庸-圣西尔说我一句好话,对我来说就是一切。我效忠拿破仑一直是花自己的钱。我那位富于想象力的父亲以为我当上将军了,所以拿破仑垮台时,他正在巴马为我建造宅第。于是,1813 年,除了一幢没有造好的宅第和一笔退休金,我已经一无所有。"

"退休金,三千五百法郎,跟我丈夫一样?"

"皮埃特拉内拉伯爵是师长、将军,而我不过是个小小的营长,退休金不过区区八百法郎。再说,我在当上财政大臣之前,一个子儿的退休金也没领到过。"

包厢里除了他俩,便只有包厢的主人,一位看问题相当接近自由主义的夫人,因此他俩谈起话来没有什么顾忌。既然伯爵夫人问起,莫斯卡便谈到巴马的生活。"在西班牙,在圣西尔将军的指挥下,我出入枪林弹雨,眼里望的是十字勋章,然后希望挣个一官半职。现在呢,我穿戴得活像一个喜剧人物,为的是让家里能撑个体面的外表,也为挣几千法郎薪金。卷入官场的游戏,碰到上司傲慢无礼,少不了生气,于是我决心爬到最高层。我成功了。不过,最开心的时候,还是能不时到米兰走走的这些日子。在这里,我觉得,你们意大利军团的心灵还在跳动。"

艾奈斯特亲王令人谈虎色变,而他的臣子说起话来竟如此坦率,如此 desinvoltura①,伯爵夫人觉得很有意思。光看这个大臣的头衔,伯爵夫人料想他一定是个学究,架子十足,不想却是个普通人,而且因为自己地位显赫而感到愧怍。莫斯卡向她保证,但凡有法国的消息,会一五一十转告她。滑铁卢战役前的一个月里,他这样做在米兰是很不谨慎的,因为对意大利来说,这是生死存亡的关头,米兰人个个走火入魔,不是希望之火,便是恐惧之魔。在这风雨飘摇之际,伯爵夫人却忙于了解一个男人。这个男人有人人垂涎的职位,这个职位是他唯一的生活来源,而他谈论起这个职位来却漫不经心。

各种离奇古怪的故事传到皮埃特拉内拉夫人的耳朵里。有人对她说,莫斯卡·台拉·洛维雷·索莱查纳伯爵眼看就要成为欧洲最富有的亲王,巴马专制君主拉努斯-艾奈斯特四世的首相和毋庸置疑的宠臣了。他倘若肯把面孔稍稍板起来,说不定早就位极人臣了,据说,为此亲王曾经数落过他。

"只要我把事情办好了,"他满不在乎地回答,"殿下又何必在意我的行为方式呢?"

---

① 意大利文:随便。

"这个宠臣尽管春风得意,却也并非没有芒刺在背。"又有人说,"他得让君主欢心。这位君主嘛,当然是个聪明人,有头脑,可是自从坐上专制宝座以来,好像昏了头,比如说吧,他疑神疑鬼的,简直和小女人差不多。"

艾奈斯特四世只有在打仗的时候才勇敢。他像骁勇的将军一样身先士卒,冲锋陷阵,这为许多人亲眼所见。可是,父王去世,他回来执政,手握无限的权力,便开始疯狂攻击自由党和自由。不久,他觉得别人都仇恨他。再后来,他下令绞杀了两名自由党人,罪名是莫须有的,一来是他当时心情不好,二来是受到一个地位相当于司法大臣,名叫拉西的小人的怂恿。

自这个悲惨的时刻起,亲王的生活就变了,各种无端的猜疑令他坐卧不宁。他还不到五十岁,但是恐惧使他,怎么说呢,变得猥琐了。一说到雅各宾党,说到雅各宾巴黎总部的计划,大家就发现他的脸苍老得好像有八十岁。童年时代莫名其妙的恐惧重又缠绕着他。他的宠臣,税务总监(或者大法官)拉西正是利用主子的恐惧心理,才得以飞扬跋扈。拉西一旦感觉有失宠的危险,便迫不及待地去破获一桩什么最毒辣,其实也是最无稽的阴谋。有三十来个人不小心聚在一起读《立宪报》,拉西就会宣布他们图谋不轨,把他们统统投进巴马有名的要塞,在伦巴第省全境,提起这座要塞,无人不胆战心惊。要塞很高,据说有一百八十尺,巍峨矗立在辽阔的平原上,远远就能看见。关于这座监狱,有种种骇人的传闻,从米兰到博洛尼亚,在这片广袤的平原上,它凭借恐怖成为至高无上的主宰。

"您信不信?"还有一个客人对伯爵夫人说,"艾奈斯特四世住在宫里的四楼,夜里有八十名哨兵护卫,每隔十五分钟,哨兵还要喊一句什么话。就这样,亲王还在房间里瑟瑟发抖。房间的门上了十道锁,上下左右的房间全是士兵,他还是害怕有雅各宾党。哪条地板一发出咯吱的声音,他立刻抢过手枪,疑惑床下藏着自由党。霎时间,城堡里警铃声大作,亲王的副官便会去唤醒莫斯卡。警务大臣到了城堡,当然不会说什么刺杀阴谋是子虚乌有,相反他全副武装,独自陪同亲王把所有的房间搜个遍,还趴到床下查看。一句话,做出一连串婆婆妈妈的可笑事。如此风声鹤唳,放在过去亲王亲征沙场,只开枪杀人的快活日子里,他自己都会觉得大丢颜面。亲王是个绝顶聪明的人,这样严加设防,他也感到羞愧;虽然他这样做了,心里却也觉得可笑。莫斯卡之所以能够深得亲王信赖,原因就在于他处心积虑不让亲王在他面前感到难堪。是他,警务大臣莫斯卡,坚持要把家具底下逐一查看到,甚至——按巴马有些人的说法——连低音提琴的盒子也要打开看看,而亲王是反对的,亲王还取笑警务大臣吹毛求疵的劲头。'这是一场赌博,'莫斯卡回答亲王,'请您想一想,假如您被杀害,那些雅各宾党会写出多少十四行诗挖苦我们啊!我们捍卫的不仅仅是您的生命,还有我们的荣誉。'但是,对莫斯卡的话,亲王似乎半信半疑,因为,如果城里真有什么人胆敢说城堡里折腾了一夜,大总监拉西就会立刻把这个嚼舌头根的浑蛋关进要塞,一旦到了这个耸立在半空中的去处,除非出现奇迹,否则不会有人再想起他。莫斯卡是军人,在西班牙曾经多次遭到袭击,凭着一支手枪,终于死里逃生。所以,比起拉西,亲王更看重莫斯卡,拉西太卑顺,也太无耻。要塞里那些可怜的犯人受到最严密的单独囚禁,关于他们,传说纷纭。据自由党人讲,狱卒和忏悔神甫都接到命令,他们必须让犯人相信,差不多每个月都要处死一个犯人。这么做是拉西的创造,到这一天,犯人们就获准登上一百八十尺的高塔,从塔顶上望着一队人走过,队伍中有一个探子,即将命赴黄泉的可怜虫就由他装扮。"

这些传说,还有诸如此类许多真实性毫厘不爽的故事,皮埃特拉内拉夫人听得兴味盎然。第二天,她向莫斯卡伯爵打听细节,还拿莫斯卡取笑。她觉得他很风趣,咬定说他是个怪物,只是他自己没有意识到罢了。一天,伯爵回到旅馆,心想:"这个皮埃特拉内拉伯爵夫人真是个尤物。而且在她的包厢里过一个晚上,巴马那些叫人想起来就烦恼的事,我全能丢到脑后。"这位大臣,虽说神态潇洒,举止风度翩翩,却缺少法兰西人的灵魂,他不知道如何忘却忧烦。如果他床上有根刺,他就非得用他的血肉之躯去压断它,磨钝它不可。请原谅,这句话是从意大利文翻译过来的。伯爵心有所思,第二天他发现虽然他在米兰有许多事务需要处理,这一天却好生漫长,他在什么地方都待不住,驾车的马因此受了累。大约六点,他骑马到 Corso①,指望遇到皮埃特拉内拉夫人,可是没见到人。他又想起斯卡拉剧院八点开门,于是跑进剧院,结果发现偌大个剧院里只有十来个人。他感到难为情,心想:"我都四十五岁了,真要干出连一个少尉军官也会脸红的傻事不成?幸亏没人看出什么。"他溜出剧院,想到四周漂亮的街道上走走,来打发时光。这些街道上咖啡馆鳞次栉比,这个时候正赶上顾客盈门。每家咖啡馆门前都有许多爱热闹的人,坐在当街摆放的椅子上,一边啜着冷饮,一边对过路人评头论足。过路的人当中,伯爵算个头面人物,所以有幸被人认出来,上来同他攀谈。三四个不识趣,却又开罪不得的人抓住机会,硬让有权有势的大臣洗耳恭听,其中两个人递交了请愿书,另一个人则对他的施政方略大发议论。

"聪明的人,不睡觉。②"他说,"有权势的人,不散步。"他回到剧院,想到何不在四楼租一个包厢,这样三楼的包厢尽收眼底,伯爵夫人一到剧院就能瞧见,又不招人注意。他等了足足两个钟头,可是对恋人来说,却也并不显得太久。没有人看见他,这一点他有

---

① 意大利文:大街。
② 语出拉封丹寓言。

把握,他可以陶醉于自己的荒唐行为。"什么叫作老?"他思忖,"首先,孩子们爱玩的把戏,再也玩不出来了,那不就是老了吗?"

伯爵夫人终于到了剧院。莫斯卡拿着望远镜仔细打量,兴奋不已。"年轻,光艳,像小鸟一样轻盈。"他暗道,"顶多二十五岁。容貌姣好,可是真正的魅力并不在于此。做事从来不知道三思而行,一有了感觉,就全听感觉支配,除了迷恋新东西,别无所求,像这样率真的心灵,别处上哪儿找?我现在明白纳尼伯爵①何以会神魂颠倒了。"

伯爵一门心思要把握住近在咫尺的幸福,便寻找冠冕堂皇的理由为自己的神魂颠倒开脱。他想到自己的年龄,想到自己生活中充满了烦恼以至忧虑,便找到再好不过的理由了。"一个精明强干的人,因为恐惧失去了头脑,让我当他的大臣,给了我地位和金钱,可是明天,他可能请我滚蛋,那我就只剩下衰老和贫穷,两件最为世人鄙夷的东西。把这样一个人物奉献给伯爵夫人,真不错啊!"这些念头太伤感了,他于是又去望皮埃特拉内拉夫人,看多长时间也不厌倦。他不愿意下楼到夫人的包厢去,在这里想她更有意思。"刚听人说,她没有挑选纳尼,纯粹是为了捉弄利麦卡蒂,这蠢家伙当初不答应给杀害她丈夫的凶手当胸一剑,或是派人去捅他一刀。换了我,叫我为她决斗一百次,我也心甘情愿!"剧院的大钟上发亮的数字,衬着黑色的底盘,十分显眼,隔五分钟就知会一遍观众,什么时候可以到朋友的包厢去。伯爵每看一次大钟,就在心里说道:"我和她刚刚认识,在她的包厢里顶多待半个钟头,待长了就会惹人注意。像我这样的年纪,加上头发上还扑了粉,一副卡桑德拉老爹②的形象,招眼得很。"但是,另一个念头又

---

① 此人物在第二章中,以N伯爵的名字出现。
② 意大利即兴喜剧中的类型人物,受年轻情侣哄骗的老头子。

促使他下了决心:"万一她离开包厢去看什么人,我倒在这里像吝啬鬼似的,不让自己享受这份快乐,那可就是自作自受啦。"他站起来,跑下楼,朝他看见伯爵夫人所在的那间包厢走去,可是突然间他又不想在那里露面了。"真有意思!"他在楼梯上停下脚步,嘲笑自己道,"怎么真的怕羞啦!有二十五年没有出现过这种事了!"

他勉强说服了自己,才走进伯爵夫人的包厢。他是个机灵人,懂得利用眼下的处境,既不摆出泰然自若的样子,也不讲什么有趣的故事来显示才气,而是大胆地显示自己的羞怯,巧妙地让人既觉察到他的窘态,又不觉得他可笑。"她要是从别的方面理解,"他想,"那我可就完蛋了。她可别说什么:头发扑满了粉,不扑粉就露出花白头发,还羞答答的,真是好笑!得了,管他呢,这是事实,是事实就没什么可笑的,除非我自己渲染它,或者拿来炫耀。"其实,伯爵夫人在格里安塔城堡,那些扑粉的脑袋,有他哥哥、侄儿,还有几个叫人讨厌的思想正统的邻居,早已经让她感到无聊,所以刚认识的这位崇拜者头发什么样,她根本没在意。

莫斯卡伯爵进了包厢,伯爵夫人由于脑子里早有准备,所以并没有笑,她关心的是法国的消息。莫斯卡每次到包厢来,都有专门的消息带给她。也说不定他是在杜撰。今天晚上,她同他讨论这些消息,发现他的眼睛又漂亮,又温柔。

"我猜想,"伯爵夫人说,"在巴马你那些奴才面前,你不会有这样温和的眼神,不然的话,那就把什么都搞糟了,他们会产生希望,以为不会被你送上绞架。"

这个人,人家说他堪称意大利的一流外交家,可是他却完全没有大人物的架子,这在伯爵夫人看来很不寻常,而且她觉得他温文尔雅。说到底,他很会说,热情洋溢。他可能觉得逢场作戏地担当一个晚上情人角色无伤大雅,而伯爵夫人也完全没有受到冒犯的感觉。

这当然是向前迈出了一大步，然而也是危险的一步。在巴马从来没有遭过冷遇的这位大臣很走运，伯爵夫人离开格里安塔到米兰没有几天，心还停留在乡村单调生活造成的僵化状态。她似乎忘记了什么是玩笑，高雅安逸的生活方式中的一切，对她来说都罩上了新鲜事物的光彩，因而也就显得神圣。她什么都不会嘲笑，甚至不会嘲笑这位四十五岁的有情人。再过一个星期，倘若伯爵还这样莽撞，他受到的接待可能就完全是另一番光景了。

在斯卡拉剧院，包厢里的短暂拜访习惯上不超过二十分钟，伯爵却在有幸与皮埃特拉内拉夫人相会的包厢里待了整整一个晚上。"皮埃特拉内拉夫人，"他心里说，"这个女人让我找回了年轻时代的狂热。"不过，他依然感觉到危险："我是四十里外的地方权力炙手可热的帕夏①，我这样不知轻重，她能原谅我吗？可是我在巴马实在闷得慌！"话虽这么说，他还是每过十五分钟都下决心马上离开。

"夫人，我得承认，"他笑着对伯爵夫人说，"我在巴马烦得要死，好不容易遇到了开心事，让我陶醉一下不算什么吧。所以，请允许我充当您的情人，就一个晚上，然后一切照旧。说来可怜，再过几天，我就要远离这个包厢，正是它让我忘却了烦恼，您还可以说，忘记了社交礼仪。"

莫斯卡伯爵在斯卡拉剧院这次破天荒的拜访，以及一些小故事——恕不一一赘叙——发生一周之后，莫斯卡已经彻底陷入情网。而在皮埃特拉内拉夫人这边，她也在想，年龄差距应该不会成为障碍，再说，莫斯卡毕竟是一个很可爱的人。就在他们转着心思的时候，一封信把莫斯卡召回了巴马，可能是因为亲王一个人有点

---

① 过去埃及、土耳其、苏丹等伊斯兰国家地区行政首脑的称呼。

害怕吧。伯爵夫人也返回格里安塔。她不再用想象点缀这地方，于是感觉这里与荒漠无异。她想："莫非以后我真要和这个人在一起了？"莫斯卡给皮埃特拉内拉夫人写信，他无须拿腔作态，与伯爵夫人分在两地，他也就没这么多顾虑了。他的信很有趣。台尔·唐戈侯爵向来不乐意为送信人掏腰包，为了避免他说闲话，莫斯卡想出一个特别的办法，而且没遇到什么麻烦，他叫送信人在科摩湖四周那些美丽的小城把他的信投寄出去，例如科摩、累科、瓦莱泽等等。他的目的是让送信人把回信带给他，这个目的达到了。

不久，邮差上门的日子成了伯爵夫人生活中的大事。邮差捎来鲜花、水果、不值钱的小礼物，收到这些东西，她和嫂子都很开心。想起伯爵，便想到他的权势，她很想知道别人怎么议论伯爵，连自由党人都钦佩他的才干呢。

伯爵的口碑也有不好的地方，主要原因是他被看作巴马宫廷里极端保王党的首领。自由党方面领头的是拉威尔西侯爵夫人，一个富甲天下的女阴谋家，什么事都干得出来，而且都能干成。亲王很当心，不让两党中在野的那个太失意，他心里有数，即便拉威尔西侯爵夫人的座上客来组阁，他也照样君临天下。在格里安塔，这些钩心斗角的事，伯爵夫人听了不少。照大家的描述，莫斯卡是一个才干出众的大臣，一个敢说敢干的人物，而他既不在眼前，象征愚钝和沉闷的扑粉头发也就不再纠缠着伯爵夫人的思想。这毕竟是个无关痛痒的小事，又是宫廷的规矩，何况他在宫廷里是个举足轻重的人物。伯爵夫人对侯爵夫人说："宫廷嘛，可笑，但是又有趣。宫廷就是一场游戏，好玩，可必须接受游戏的规则。惠斯特纸牌的规则很可笑，可是有谁想过要破坏这些规则吗？只要熟悉了这些规则，把对手逼得认输，那是何等惬意。"

伯爵夫人常常思念那个写了一大沓赏心悦目信件的人。每逢收信的日子，她就感到心情舒畅。她登上小舟，到湖畔找一个风景秀丽的去处,像普里尼亚纳、贝朗①、斯封德拉塔森林,去那里读信。法布里斯不在跟前,这些信对她多少是个安慰。不管怎么说,莫斯卡伯爵热恋她,她阻止不了。过了不到一个月,她想起伯爵来,心里浸润开丝丝温情。莫斯卡伯爵说他可以辞职,离开内阁,到米兰或者其他什么地方和她共同生活。他是真心实意的。他还说,他有四十万法郎,这样他们每年就可以有一万五千法郎的收入。伯爵夫人心想:"又可以有包厢,有马啦!"这些美梦叫人舒坦,科摩湖秀丽的风光也重新显得妩媚动人了。她在湖边憧憬着回到绚丽而奇妙的生活中去,尽管表面上看不出来,她可能又可以过这种生活了。她想象自己在米兰的大街上,快活得好比总督时代。"青春,至少可以说朝气蓬勃的生活,对于我,又重新开始啦!"

伯爵夫人炽热的想象有时会使她看不清现实,但是她从来不曾因为怯懦而有意沉湎于幻想。这个女人很有自知之明。"如果我年龄已经偏大,不能做傻事的话,"她想,"那么,嫉妒和爱情一样,既能够制造幻觉,也能够毁掉我在米兰的生活。我丈夫去世后,我成功地过着清贫但是有尊严的生活,我也成功地把两个大富翁拒之门外。可怜的小莫斯卡的财产,不及那两个傻瓜,利麦卡蒂和纳尼,奉献在我脚下的财富的二十分之一。费了九牛二虎之力才把遗孀抚恤金争到手,加上遣散仆人,一时弄得很轰动。住在六楼的一套小房间,却引来二三十辆大马车停在大门外。这一切都曾经是独特的景观。可是,倘若到米兰,全部财产就是遗孀抚恤金,莫斯卡辞职后每年仅仅一万五千法郎的收入,虽说过小康日子没问题,那也一定会有难处,想什么办法都不管用。还有一个难以逾越的障碍,到嫉妒的人手里可能会成为可怕的武器,那就是伯爵

---

① 普里尼亚纳、贝朗,均为市镇名。

和夫人虽然早已分居，但是他毕竟是有妇之夫。他们夫妇分居在巴马人所共知，可是在米兰却是新闻，人家会认为我是罪魁祸首。那样的话，美丽的斯卡拉剧院，风景如画的科摩湖……就永别了，永别了。"

伯爵夫人虽说有种种顾虑，但是哪怕她有一点财产，她也会同意莫斯卡辞职。她认为自己已经是个半老女人，宫廷让她感到害怕。不过，在阿尔卑斯山的那边①，有一件事在我们看来简直不可能，那就是伯爵真的会高高兴兴递交辞职书，至少他已经让伯爵夫人相信这一点。封封信里他都恳求和伯爵夫人再见一次面，伯爵夫人答应了。"如果我赌咒发誓说，我爱你爱得发疯，那是假话。"到了米兰，伯爵夫人对他说，"我已经年过三十，能够照二十二岁光景去爱，当然很幸福。但是原以为天长地久，后来却一朝破灭，这样的事情我见得多了！我对您的感情无比亲密，我对您无限信任。所有的男人，我顶喜欢的就是您。"伯爵夫人以为自己的话很诚恳，不过到最后却不免显出几分矫情，因为法布里斯要是愿意，肯定能够独占她的心。然而在莫斯卡眼里，法布里斯不过是个毛孩子。这个小冒失鬼跑到诺瓦腊三天后，莫斯卡到了米兰，迫不及待地找宾德尔男爵，为法布里斯说情。不过他认为，既然人已经逃跑，事情就无可挽回了。

莫斯卡来米兰不是一个人，他的马车里还有一个人，那便是桑塞维利纳-塔克西斯公爵，一个六十八岁的小老头，很精神，花白头发，彬彬有礼，干净利索，巨富。可就是门第不够高贵，到他祖父这一辈才靠着做巴马的总包税人，聚敛了几百万的家产。他父亲自荐当上了巴马驻某国宫廷的大使，提出的理由是："殿下派到某国宫廷的使臣，您一年付他三万法郎，可他还是一副寒酸相。如蒙

---

① 指意大利。

殿下恩允,给我这个位置,我只要六千法郎的薪俸。我在某国宫廷,每年的实际开销不会少于十万法郎,而且我的总管每年还会向巴马的外交账户交纳两万法郎。用这笔钱,可以在我身边安排一个大使秘书,想派谁,就派谁;如果有什么外交机密,我绝不会打探。我只想光宗耀祖,用国家的一个显赫位置为我年轻的家族争光。"

眼下这位公爵,就是大使的儿子。他傻乎乎地摆出半个自由党人的样子,两年来搞得十分狼狈。拿破仑时代,他执意滞留国外,结果损失了两三百万。待到欧洲恢复秩序,他却并没有得到父亲画像上的那种大绶带,而没有这大绶带,他眼见得形容憔悴。

在意大利,两个情人之间,经过互相爱慕而至披肝沥胆的地步,便不再会有虚荣心来作祟。所以,莫斯卡对他崇拜的女人讲话再直截了当不过了:

"我有两三个办法供您考虑,每个办法都经过周密设计。三个月来我满脑子想的都是这件事。

"第一、我辞职,然后我们到米兰、佛罗伦萨、那不勒斯,随便您上哪儿,安安稳稳过日子。我们有一万五千法郎的收入,另外,亲王会给一点津贴,一年半载应该不成问题。

"第二、委屈您到巴马去,我在那里还有一点办法。您买一块地,比如说买下萨卡,那里房子很漂亮,四周是森林,面临波河。地契一周内就能签妥。亲王会让您成为宫里的常客。不过有一个大麻烦。宫廷会欢迎您,谁也不敢当我的面说风凉话,而且王妃总觉得自己很不幸,为了您,我最近为她办了几件事。但是我得提醒您,有一个很大的麻烦,亲王非常虔诚,而我,正如您知道的,天不遂人愿,我是有妇之夫,这会生出数不清的苦恼。您是寡妇,这个身份不错,可以用来交换另一个身份,我的第三个建议便同这一点有关。

"可以替您再找一个不碍事的丈夫。不过头一条,必须是上了年纪的,因为,早晚我得取而代之,这点盼头,您有什么理由不给我?这件事有点别出心裁,不过我已经跟桑塞维利纳-塔克西斯公爵谈好了。当然啦,他并不知道未来的公爵夫人姓谁名谁,他只知道,未来的公爵夫人可以让他当上大使,可以让他佩戴上他父亲那样的大绶带,没有这个大绶带,他觉得天底下没有比他更倒霉的人。除此而外,这位公爵倒也并不太蠢,他的服装和假发都是从巴黎买的。他绝不是成心干坏事的那种人,他确实认为自己的脸面全靠大绶带来维持,对于财产他反而羞于提起。一年前,他曾经跟我提到,想建一所医院来争取获得绶带。我取笑他,不过,我向他提出结婚的建议,他倒没有取笑我。我的头一个条件,不说也知道,就是他再也不回巴马。"

"可是,您知道吗,您的建议是很不道德的?"伯爵夫人说。

"比起巴马宫廷和其他许多宫廷所干的事,算不得有什么特别不道德。专制政权的方便之处,就在于它在老百姓眼里把一切都神圣化了。只要谁也不知道,荒唐事又何成其为荒唐?今后二十年,我们的政策将建立在对雅各宾党的恐惧之上。这是何等的恐惧啊!每一年我们都会感觉已经到了93年的前夜。我希望以后您会亲耳听到我在招待会上就这个问题发表的讲话!妙不可言哪!在贵族和虔诚的教徒看来,无论干什么,但凡能够减轻恐惧,哪怕一点点,毋庸置疑都是道德的。而在巴马,不是贵族和虔诚的教徒,全都进了班房,没进去的,也在打点行囊准备进去。您尽管放心,巴马人不会对这桩婚事大惊小怪,除非我在宫廷失宠了。我认为,最重要的是,这样安排对谁都算不上骗局。我们得仰仗亲王的关照,而亲王已经同意了,只有一个条件,就是未来的公爵夫人必须出身贵族。去年,满打满算,我靠职位挣了十万七千法郎,全部收入是十二万两千法郎,有两万存在了里昂。好吧,请您选择,

一、过阔绰日子,因为有十二万两千可以花销,巴马的十二万两千,在米兰至少抵上四十万。不过您必须结婚,改用男方的姓氏,男方人还可以,您只要在神坛前见他一面就永远不必再见他了。二、要不然就在佛罗伦萨或者那不勒斯,靠一万五千法郎过资产阶级的小日子,不能在米兰,因为我同意您的意见,您在米兰太受人尊敬了。我们会受到嫉妒的折磨,最后可能会闷闷不乐。尽管您目睹过欧仁亲王的宫廷,我希望,巴马阔绰日子在您的眼里也会有几分新鲜感,您最好先见识一下,别忙把门关死。我这么说,不是要左右您的意见。就我个人来说,我已经做了选择,我宁可和您一起住在六楼上,也不愿孤零零地过阔绰日子。"

这对情侣每天商议这桩离奇婚姻的可行性。伯爵夫人在斯卡拉剧院的舞会上见到了桑塞维利纳-塔克西斯公爵,觉得相貌还不错。他们最后又商量了几次,有一次莫斯卡是这样归纳他的建议的:"假如我们希望愉快地度过后半生,不想未老先衰,那就该拿定主意了。亲王已经同意,桑塞维利纳人也不坏。他的府邸很漂亮,在巴马首屈一指,家产不计其数。他已经六十八岁,又疯狂地迷上了绶带。不过,他有一个大污点,给他招了麻烦。他花一万法郎,买了卡诺瓦①的一个拿破仑胸像。还有一条罪状,你若不救他,他就死路一条,他借了二十五个拿破仑给费朗特·帕拉。这个费朗特·帕拉是巴马的一个疯子,人倒是有几分才气,后来被我们判了死刑,好在是缺席审判。他写了两百多首诗,可以和但丁的诗相媲美,其他人的诗都望尘莫及,我以后再背诵给您听。亲王要派桑塞维利纳到某宫廷去,他可以在启程前娶您。出国的第二年,也就是他称之为出任大使的第二年,他会得到没有它就活不下去的什么绶带。对于您,他就好比兄长,不会给您带来什么不愉快,我

---

① 卡诺瓦(1757—1822),意大利雕塑家。

需要什么文件,他都会事先为我签好。再说了,您不用常见他,也可以根本不见他,都由您。他其实巴不得不在巴马露面,他那位当过包税人的祖父和他自以为有的自由思想,叫他在巴马感到不自在。我们那位刽子手拉西,认为公爵通过诗人费朗特·帕拉秘密订阅了《立宪报》,这个无中生有的罪名,成为严重的障碍,叫亲王久久不同意这桩婚事。"

史家把别人告诉他的故事,照直而书,再小的细节也不放过,这难道算罪过吗?故事里的人物为激情所诱惑——很不幸,史家自己并没有感受到这些激情,做下了不道德的事,这难道是史家的过错吗?换一个除却热衷于以金钱赚取虚荣,其他激情概不存在的国家,故事里这种事自然是不会发生的。

上述的这些事过去三个月后,桑塞维利纳-塔克西斯公爵夫人在巴马大出风头,凭的是她为人随和,好接近,生性雍容高贵。全巴马城就数她的府邸叫人觉得自在,哪儿都比不上。这些都是莫斯卡伯爵向亲王保证过的。桑塞维利纳-塔克西斯公爵夫人由巴马最有身份的两位夫人引荐,被在位的拉努斯-艾奈斯特四世和王妃当作上宾接待。亲王主宰着公爵夫人钟爱的男人的命运,她自然一心想看看亲王究竟什么模样。她要讨得他的欢心,结果大获成功。亲王身材高大,略微发福。头发、胡子、连鬓大须,照廷臣的说法,是美丽的金黄色,然而换到别人身上,这种暗淡的颜色会叫人想到"亚麻色"这个不中听的字眼。他的脸很大,中央微微隆起一个相当女性化的小鼻子。不过公爵夫人发现,这些部位虽然丑,却并不显眼,除非你仔细端详。从整个人看,倒是一副有头脑、有性格的样子。他的仪表和举止,要说没有威严,绝对不对,但是他老想着叫别人敬畏,反而把自己搞得很紧张,两条腿几乎不停地轮换支撑身体。除此而外,他的目光锐利,透着威风,手势很气派,说话简洁而有分寸。

莫斯卡原已告诉公爵夫人,亲王会客的大书房里挂着一幅路易十四的全身像,还有一张佛罗伦萨产的漂亮的 scagliola① 桌子。她发现,亲王确实在刻意模仿,学路易十四的眼神和高雅的谈吐,而他斜倚在大理石桌面上,则想让人觉得他有约瑟夫二世②的风范。他跟公爵夫人没说几句话便坐下了,以便让公爵夫人顺势在以她的身份该坐的那张凳子上落座。在这个宫廷里,只有公爵夫人、王室女人和西班牙命妇才可以不请自坐,其他的女人,必须等亲王或王妃发话才能就座。来的贵妇若不是公爵夫人,为了显示地位的悬殊,两位尊贵的人物在发话让她就座之前,一般是要拖宕片刻的。公爵夫人发现,亲王对路易十四的模仿有时过于直露,比如他仰面微笑,做出友善的样子就是如此。

艾奈斯特四世穿了一件在巴黎定做的燕尾礼服。他憎恶巴黎,然而月月都从巴黎定做一套燕尾礼服、一套常礼服、一顶帽子。他接见公爵夫人这天,服装搭配得有点不伦不类,穿的是一条红套裤、一双丝袜和一双高脚面皮鞋。这副装束在约瑟夫二世的画像里能够看到。

他接见桑塞维利纳夫人时礼貌周全,谈话风趣文雅。不过,桑塞维利纳夫人明显感到这次接见虽然无可挑剔,但是太中规中矩。"你知道是什么道理吗?"她回去之后,莫斯卡对她讲,"因为米兰市比巴马大得多,漂亮得多,亲王大概是害怕如果他像我期待的,或者说像他让我所期待的那样接见你,他就会像外省人看到京城的美夫人,显出神魂颠倒的样子。此外还有一个原因,我不敢跟你说。他的宫廷里没有一个女人的容貌可以与你相比,他好像非常恼火,昨天晚上临睡前和侍卫长谈话,絮絮叨叨说这件事。侍卫长

---

① 意大利文:大理石。
② 约瑟夫二世(1741—1790),奥地利大公,神圣罗马帝国皇帝。

叫佩尼切，对我不错。我预料宫廷的礼节将要出现细微变化。我在这宫廷里的头号敌人，是一个叫作法比奥·康蒂将军的蠢货。你想象一下，有这么一个怪人，一辈子也许就打过一天仗，可是从此一举一动便模仿起腓特烈大帝来。还有，他还一心要学拉法耶特将军温文高雅的样子，因为他是此地自由党的领袖。（天知道是什么自由党！）"

"我认识这个法比奥·康蒂，"公爵夫人说，"我在科摩附近与他有一面之识，他当时正在和宪兵吵架。"她把那段经历讲了一遍。对那段经历，读者也许还有印象。

"夫人，有一天你熟悉了巴马那些深奥的礼仪，你就会知道，小姐们结婚前是不能在宫廷抛头露面的。但是亲王希望巴马能够压倒其他所有的城市，这方面他有强烈的爱国精神，所以我敢打赌，不用多久，亲王就会找个理由召见我们的拉法耶特的千金，小克莱莉娅·康蒂，老实说她确实迷人，一周前还算得上公国里最美的女人。

"亲王的敌人散布种种流言，污蔑亲王，"伯爵接着说，"我不知道您在格里安塔堡是不是也有所耳闻，大家把他说成怪物，食人魔头。事实上艾奈斯特四世身上的小优点还是不少的，我甚至敢说，假若他能够像阿喀琉斯[①]一样刀枪不入，或许能够继续做天下君王的楷模。可惜偏偏有一阵子他心情烦躁，此外他多少也有点想模仿路易十四。投石党叛乱五十年后，凡尔赛宫附近发现了一个投石党的风云人物，正在一个庄园里过得优哉游哉，路易十四下旨砍了他的脑袋。亲王也下令绞死了两个自由党。据说，这两个胆大妄为的家伙定期相聚，咒骂亲王，起劲乞求上天降下一场瘟疫

---

① 阿喀琉斯，古希腊神话人物，出生后母亲抓住他的双脚在冥河中浸泡，除脚踵外刀枪不入。

到巴马城,好替他们除掉暴君。说'暴君',还真就有了暴君。拉西说他们是搞阴谋,判处他们死刑,其中L……伯爵行刑的场面叫人毛骨悚然。这一切都是我来巴马之前的事。"伯爵压低声音接着说,"自打那个悲惨的时刻以后,亲王就惶惶不可终日,哪里像个男子汉大丈夫。可是话又说回来,这倒成了我得到他信任的唯一原因。这个宫廷充塞着无能之辈,亲王要是不这样疑神疑鬼,那我的声望就不免显得太突兀,太刺眼。你信不信,亲王每天睡觉前都要查查寝室的床下。他花费一百万法郎——在米兰就相当于四百万法郎——维持一个强大的警察局,警察局的首脑,夫人,远在天边,近在眼前。我依靠警察局,换句话说,依靠威吓,才当上了国防大臣和财政大臣。警察局属内政大臣管辖,从道理上说内政大臣是警察局长的上司,因此我建议把警察局长的职位给了祖尔拉-康塔利尼伯爵,这是一个蠢家伙,就知道工作,每天的乐趣是写八十封信。我今天就收到了这样一封信,祖尔拉-康塔利尼伯爵还很得意地亲手在信上写下了编号20.715。"

桑塞维利纳公爵夫人由人引见,拜会了忧郁的巴马王妃克拉拉-帕奥丽娜。因为丈夫有一个情妇(巴尔比侯爵夫人,很有几分姿色),王妃便把自己看作天底下最不幸的人。这样一来,她大概也就成了天底下最没意思的人了。公爵夫人发现这个女人生得高大瘦削,实际年龄不足三十六岁,看上去却年近半百了。她的相貌娴淑端庄,本来称得上一个美人,虽然一双又大又圆的眼睛显得暗淡无神,却并无大碍。偏偏她懒于梳妆打扮。她接见公爵夫人的时候,怯生生的,与莫斯卡伯爵不和的廷臣竟然说,王妃好像是来觐见的,公爵夫人倒俨然成了王妃。公爵夫人毫无精神准备,弄得很有点不知所措,她不知道该说些什么,才能把自己摆在比王妃更谦恭的地位上。为了让这位并不缺乏才智的王妃镇定下来,公爵夫人万般无奈之下便以植物学作话题,口若悬河地谈起来。巧得很,王妃在这方面学识丰富。她有很漂亮的温室,种植了大量热带植物。公爵夫人本来不过是希望摆脱尴尬局面,没想到却叫克拉拉-帕奥丽娜王妃从此对她另眼相看。接见开始的时候,王妃很羞怯,很拘谨,到谈话快要结束的时候,她已经完全放松了,结果这头一次接见便违反了礼仪规矩,进行了足足一小时十五分钟。第二天,公爵夫人打发人买了一些奇花异草,以显示她的确爱好植物学。

王妃经常和德高望重的巴马总主教朗德利亚尼神甫在一起,朗德利亚尼总主教学识丰富,甚至可以说才智出众,为人是极正直的,但是当他坐在紫红色绒布椅子上(那是他的权利),与坐在扶手椅里由众多侍女和两个伴娘簇拥着的王妃面对面的时候,那情景却让人大开眼界。满头银色长发的老主教,简直可以说比王妃还要腼腆。他俩天天见面,然而每次见面都以长达十五分钟的沉默开始。正是在这一点上,伴娘阿尔维奇伯爵夫人成了王妃的心腹,因为她有本事让他们打破沉默,鼓励他们打开话匣子。

公爵夫人还拜会了王储殿下,介绍公爵夫人的过程到此结束。王储殿下比他父亲还高大,比他母亲还腼腆。他十六岁,通晓矿物学。看见公爵夫人进来,脸立刻涨得通红,窘迫到极点,面对这位美夫人,竟然说不出一句话。他长得一表人才,喜欢掂着锤子在树林里逛游。当公爵夫人站起来,打算结束这场无言的谈话的时候,王储殿下高声叹道:"上帝啊,夫人,您太美了!"在公爵夫人听来,这句话却也并不倒胃口。

桑塞维利纳公爵夫人到巴马前两三个月,巴尔比侯爵夫人,一个二十五岁的少妇,还可以看作意大利美女的典范。如今,虽然说她依然有绝世的美目,娇媚之态也依然举世无双,但是,倘若凑近了看,就会发现她皮肤上布满了数不清的小皱纹,这使得年轻的她有了几分老相。不过远远地看,比如说在剧院里,坐在包厢里的侯爵夫人依然光彩照人,楼下池座里的观众依然觉得他们的亲王眼力不错。亲王每天晚上到侯爵夫人家,却经常一言不发。这个可怜的女人见亲王心情郁闷,愁得形销骨立。她自以为有用不完的小聪明,脸上老是挂着阴阳怪气的笑容。一张嘴是天底下最坏的,而且不论什么情况,本来没有什么深文大义,她却要露出诡谲的微笑,叫人觉得她话中有话。莫斯卡伯爵说,正是因为没完没了地微笑,心里却在打哈欠,她才生出了一脸的皱纹。不管什么事情,巴尔比都要插一手,国家哪怕做一千法郎的生意,也要有侯爵夫人的一份小意思(这是巴马人的婉辞)。传说她在英国投资了一千万法郎,其实她的财产新近才积攒起来,不会超过一百五十万法郎。莫斯卡伯爵当财政大臣,就是为了防备她的小聪明,同时叫她听自己摆布。侯爵夫人除了害怕受穷,没有其他的情感,所以她小气得叫人作呕,她曾经对亲王说:"我会死在草褥子上。"亲王听了很不高兴。公爵夫人发现,巴尔比公馆的前厅金碧辉煌,却只点着一支蜡烛,放在昂贵的大理石桌上,蜡油直流。客厅的门也被仆人的手摸得漆黑。

公爵夫人对莫斯卡说:"她接待我的那样子,好像等我赏她五十法郎似的。"

一帆风顺的公爵夫人在会见朝廷里最精明的女人,大名鼎鼎的拉威尔西侯爵夫人的时候,遭遇了小小的挫折。这个女人是不折不扣的阴谋家,莫斯卡反对派的魁首。她处心积虑要搞垮莫斯卡,近几个月来这个愿望越发强烈,因为作为桑塞维利纳公爵的外甥女,她很害怕公爵夫人的魅力对她应该继承的财产构成威胁。"拉威尔西这个女人,千万不可小瞧了她,"莫斯卡对公爵夫人说,"我认为她什么事都干得出来。我之所以离开我妻子,就因为我妻子怎么着也要和本蒂弗格里奥骑士相好,而这个骑士又是拉威尔西的朋友。"拉威尔西是个悍妇,高挑身材,头发乌黑,大清早就佩戴上钻石，涂脂抹粉，十分惹眼。她事先就嚷嚷和公爵夫人是敌人，会见公爵夫人时满脑子想的自然都是点燃战火。从桑塞维利纳公爵从某国写来的信上看，他对当上大使，尤其是对有希望得到大绶带感到喜不自禁。他的亲属都很担心，生怕他会把一部分家产留给不断接受他小礼品的那个女人。拉威尔西尽管总是那么丑陋，她的情人巴尔比侯爵却是宫廷里头号美男子。一般说来，拉威尔西想做什么，就一定可以做成。

公爵夫人把家里布置得富丽堂皇。桑塞维利纳公馆在巴马城本来就是数一数二有气派的，公爵又借当上大使并且有可能获得大绶带的机会，花一大笔钱进行装修。工程由公爵夫人安排。

伯爵猜测得一点不错，公爵夫人被介绍到宫廷以后没几天，年轻的克莱莉娅·康蒂当上了议事修女，也来到宫廷。克莱莉娅受宠幸，可能让人感到是对莫斯卡伯爵威信的制约，于是公爵夫人借府邸花园落成的机会举办一个晚会，算是一种应对之策。她以优雅的风度，让被她叫作"科摩湖的年轻朋友"的克莱莉娅成为晚会的王后。克莱莉娅姓名首字母组成的图案好像纯属偶然地出现在主要的透明画①上。年少的克莱莉娅有一点内向，不过她谈起科摩湖边的遭遇，表情很可爱。她表达了诚挚的谢意。据说她非常虔诚，极爱独处。伯爵说："我敢打赌，她那么聪明，肯定为有这样一个父亲而羞愧。"公爵夫人和姑娘成了好朋友，她觉得自己对姑娘有一种天生的好感。她可不愿意叫人觉得她嫉妒，所以每逢家里有消遣娱乐的聚会，总要叫上克莱莉娅。说到底，公爵夫人这一套安排，目的都是要减少人家对伯爵的敌视。

公爵夫人万事如意。宫廷生活随时可能起风浪，而公爵夫人

---

① 透明画是当时流行的装饰，画幅是透明或半透明的纸或者布料，后面点上灯，天黑时显得晶莹剔透。

却如鱼得水。生活又重新开始了。她对伯爵情意绵绵,而伯爵真的快活得要发狂。形势对他很有利,这使他在处理那些仅仅与其宏图大志相关的事情时,表现得极其冷静。因此公爵夫人来了刚两个月,莫斯卡伯爵便获得了首相委任状和首相应有的各种称号,与亲王本人各种称号也仅仅一步之遥。在左右亲王的思想方面,伯爵可以说神通广大。有一个例证,巴马人听了无不惊诧。

出巴马城向东南行十分钟,便可以看见意大利那座有名的要塞巍然耸立,要塞的塔楼高达一百八十尺,老远就能看见。十六世纪初,教皇保罗三世第三代的法奈斯家仿照罗马亚德里安①陵寝的样式建造了这座塔。塔身宽阔,于是后来又在塔顶的平台上为要塞司令修了官邸。此外还建了一座新牢房,起名法奈斯塔,是专为拉努斯-艾奈斯特二世的长子盖的,因为他和继母双双坠入爱河。在巴马,人人都夸这牢房盖得漂亮别致。公爵夫人便很好奇,想去看看。那天,巴马热得叫人招架不住,但是在高高的塔顶上,公爵夫人却感到清风徐来,心里好生畅快,竟然在上面待了好几个钟头。人家不敢怠慢,为她把牢房一一打开。

公爵夫人在塔顶遇到一个可怜的自由党犯人,牢里允许他每隔三天到塔顶散步半小时。在专制宫廷里必须小心行事,但是公爵夫人还没有学会这一套,一回巴马便拿那个犯人跟她讲述的遭遇说给别人听。拉威尔西知道了,如获至宝,大肆张扬,寻思公爵夫人这些话,亲王闻说肯定光火。艾奈斯特四世确实经常说,打击捕风捉影的传言是当务之急,他说:"一贯这个字眼最是夸大其词,在意大利比在其他地方显得更可怕。"所以,他从来没有赦免过什么人。然而公爵夫人参观要塞才一个星期,便收到了一份由亲王和首相联署的赦免书,犯人的名字空着,由她填写。犯人获准

---

① 亚德里安(76—138),罗马帝国皇帝。

收回财产,到美洲去度过余生。公爵夫人写上了塔顶上同她谈话的那个人的姓名。不幸得很,那个人是个软骨头,说无赖也可以,有名的费朗特·帕拉被判处死刑,依据的就是这个人的口供。

这次例外的赦免,使桑塞维利纳公爵夫人的地位越发叫人羡慕了。莫斯卡伯爵乐不可支,他一生中,这段日子过得最是春风得意,这对法布里斯的命运也产生了决定性影响。法布里斯一直住在诺瓦腊附近的罗玛尼阿诺,忏悔,打猎,不读书,追贵夫人,一切都遵嘱而行。对最后这一条嘱咐,公爵夫人一直耿耿于怀。还有一件事,对伯爵也不是好消息,那就是公爵夫人在所有的事情上对他都坦诚相见,心里怎么想,嘴上就怎么说,唯独一谈到法布里斯,她便字斟句酌起来。

"如果你愿意,"一天伯爵对公爵夫人说,"我可以给科摩湖你那位可爱的兄长写封信。我和某地的几位朋友略施力气,就能促使台尔·唐戈侯爵要求赦免你可爱的法布里斯。倘若比起米兰街头骑英国马游荡的青年,法布里斯的确胜出一筹的话——对此我素来不愿意怀疑,那么对一个十八岁的人来说,眼下什么也不干,以后也不打算干点什么,这算哪门子生活!假如老天爷真给了他一种热情,哪怕是钓鱼的热情呢,我也会敬重他。可是,像他现在这样,就算被赦免了,在米兰又能做什么呢?不外乎一会儿要骑英国马,一会儿又闲得无聊,跑到情妇家去,而他对情妇的感情还不及对他的马……话又说回来,你若是吩咐一声,我自会尽力让你的侄儿过上这种生活的。"

"我想叫他当军官。"公爵夫人说。

"莫非你真想跟君王提议,把不定哪一天变得很重要的职位交给一个年轻人?这个年轻人,第一,惯于心血来潮;第二,他曾经心血来潮,跑到滑铁卢去投奔拿破仑。想一想,假如拿破仑在滑铁卢赢了,我们会怎么样!不必惧怕什么自由党了,不错,可是出身古老家族的君主们倘若想保住地位，就必须迎娶拿破仑那些元帅的千金小姐。所以军人这一行，对法布里斯来说好比松鼠关在笼子里，笼子在转，松鼠不停地跑，可是没有前进一步。他会痛苦地发现，所有随波逐流的老百姓都跑到了他的前面。如今，也就是说大约五十年内，只要还有恐惧，只要宗教尚未重建，年轻人身上最要紧的品质，就是既无热情，也无头脑。

"我想到一个主意，你听了一准会嚷嚷。其实它会在不短的时间里给我带来数不清的麻烦，不过为了你，我甘愿干这件傻事。等你知道了是什么事，你说说看，为了博得你一笑，还有什么样的傻事我不敢去做。"

"到底是什么事？"

"听着。你家族中有三个人当过巴马的总主教：阿斯卡涅·台尔·唐戈，在16××年写过书；法布里斯·台尔·唐戈，1699年任总主教；另一个阿斯卡涅·台尔·唐戈，1740年任总主教。如果法布里斯愿意进入高级神职人员的行列，以高风亮节赚得名声的话，那么只要我权势还在，我就想法子让他先到什么地方当主教，然后再回巴马当总主教。真正的困难在于实现这个计划需要好几年，可是谁知道我这个首相能不能当这么久？亲王有可能去世，也有可能不分青红皂白罢免了我。不过说来说去，我能为法布里斯想到的，只有这个办法，同时又不委屈了你。"

他们商量了好半天。公爵夫人对这个主意很反感。

"再跟我讲讲，为什么法布里斯别的什么也不能干。"公爵夫人问。伯爵把道理又讲了一遍，补充道："你还在留恋漂亮的军服，可是在这方面，我无能为力。"

公爵夫人要求考虑一个月。一个月过后，她叹了口气，依了首相明智的意见。"要么在哪个大城市里端着架子骑英国马，"伯爵又说了一遍，"要么做点什么和他的出身不冲突的事。中间道路是没有的。没办法,一个贵族既不能当医生,又不能当律师,而我们这个时代是属于律师的。

"夫人,你务必记住,"伯爵说,"你为你侄儿安排的命运,米兰街道上那些看上去最幸运的年轻人正梦寐以求呢。他获得赦免之后,你给他一万五法郎还是两万都无所谓,不论你或我都不打算攒什么钱。"

公爵夫人是个荣誉感很强的人,她不愿意看到侄儿成为彻头彻尾的寄生虫,于是又回过头来讨论伯爵的计划。

"注意一点,"伯爵对她说,"我要让法布里斯做的,不是你常见的那种模范教士,不,他首先是贵族大人。只要遂他的意,他完全可以什么也不学,照样当主教,当总主教,盼就盼亲王还能认为我是有用之人。

"如果你愿意下命令,使我的建议变成不可更改的决定,"他接着说道,"那么我们保护的人在地位低微的时候,万不可让巴马人看见。如果今天巴马人见到的不过是一个普通教士,将来他发达了便会招嫉恨。等他穿上紫袜子①,车马侍从也像样子了,才能在巴马露面,那时人人都猜到你侄儿要当主教,就不会有人不服气了。

"你要是相信我的话,就送法布里斯去学神学,到那不勒斯待三年。神学院放假的时候,可以去游览巴黎或者伦敦,随他的便,不过千万不要到巴马来。"这番话叫公爵夫人不寒而栗。

她差人给侄儿送信,约好在皮亚琴察见面。送信人还带去了各色钱物和各种必需的通行证,这毋庸细表。

法布里斯先到了皮亚琴察,便去迎公爵夫人,他激动地拥抱公

---

① 在意大利,年轻的被保护人或者年轻学者当上"主教大人"或"高级教士",并不意味着有主教职务,这时要穿紫袜子。"主教大人"无须起誓,可以脱掉紫袜子,也可以结婚。——原注

爵夫人,令她泪流满面。她庆幸伯爵不在,和伯爵相爱以来,她还是头一回有这样的感觉呢。

法布里斯听了公爵夫人为他所做的安排,先是深受感动,继而神色黯然,他一直抱着希望,以为滑铁卢的事平息之后能够当上军人。有一件事叫公爵夫人很震动,也使她对法布里斯所持的浪漫看法有增无减,那就是法布里斯拒绝到意大利的大城市过泡咖啡馆的日子。

"你想想,在佛罗伦萨或那不勒斯的大街上,骑着英国纯种马!"公爵夫人说,"晚上有马车,有精致的公寓,等等,等等。"她津津有味地描写这种凡夫俗子的幸福,法布里斯却不屑一顾。"有出息。"她想。

"这种舒适生活过上十年,"法布里斯说,"然后干什么呢?我会成为什么人?人还年轻,但是已经老气横秋,风头就得让给刚刚进入社交界,照样骑英国马的英俊后生。"

对于进入教会这个意见,法布里斯起先根本不理睬,声称要去纽约,当美国公民,当共和国的士兵。

"太荒唐了,你的想法!那儿不会有仗打的,还是得泡咖啡馆,不同的是没有高雅的气氛,没有音乐,没有爱情。"公爵夫人反驳道,"相信我,对于你和我,美国的生活太沉闷了。"她给他解释,美国如何崇拜美元"上帝",如何要尊敬街上的手艺人,这些人通过选举决定一切。于是他俩又回到进教会这个计划上来。

"你别急着反对,"公爵夫人说,"先了解一下伯爵要你做什么。绝不是要你当一名高尚而贫穷的模范教士,像布拉奈斯神甫那样。想一想你那些当过巴马总主教的先辈吧,在家谱的附录里,你可以读到他们的事迹。按你的姓氏,最要紧的是成为大贵人,慷慨大度,护持正义,注定要成为业内的领头人,一生中只风流一次,而这一次还是有用的。"

"这样一来,我的理想都付之东流了!"法布里斯深深叹了口气,"我得承认,我真没有想到,如今在欧洲的专制君主们中间,惧怕热情和思想居然蔚然成风,也不管这热情和思想是不是对他们有利。"

"你想啊,一个有热情的人,一篇宣言,一次心血来潮,就能叫他离开平生为之服务的一方,匆忙地跑到对立的营垒去。"

"你是说我?有热情的人?"法布里斯重复道,"这个批评不着边际,我连爱都不会爱呢。"

"什么意思?"公爵夫人叫将起来。

"我如果有幸追一个女人,她再美,再虔诚,出身再高贵,见不到她我便不会想她。"

这句话给公爵夫人留下的印象说不上是什么滋味。

"给我一个月时间,"法布里斯说,"我得和诺瓦腊的 C 夫人告别,更要命的是,我得和我的梦想告别。我要给母亲写信,约她到贝尔吉拉特①见面,就在马乔列湖皮埃蒙特那一边。她很爱我,一定会来。三十天后,我会神不知鬼不觉到巴马去。"

"你可别去。"公爵夫人喊道,她可不愿让莫斯卡看到她同法布里斯谈话。

他俩在皮亚琴察又见了一次,这一次公爵夫人心绪纷乱,因为宫廷里风云变幻,拉威尔西侯爵夫人一党眼看就要占上风,法比奥·康蒂将军可能顶替莫斯卡伯爵,他是巴马人所谓"自由党"的首领。公爵夫人除了没有把与伯爵在亲王面前争宠的这个人的名字说出来,其余什么事都对法布里斯讲了。她同他重新估量了他的前途,甚至讨论了如果失去了伯爵有力的庇护应该怎么办。

"我就在那不勒斯神学院待上三年吧。"法布里斯高声说,"既

---

① 意大利小镇,位于马乔列湖畔。马乔列湖在意大利北部,湖北端在瑞士境内。

然我首先应该是一个青年绅士,您又不强迫我过神学院学生循规蹈矩的苦日子,那么那不勒斯的生活就没什么可怕的了,总不至于比罗玛尼阿诺的生活还差吧。这里的贵族已经开始把我看作雅各宾党了。我在流亡期间深感自己什么都不懂,甚至不懂拉丁文,不会正确拼写。我原本就想在诺瓦腊补补课,现在很乐意到那不勒斯去学神学,这是一门挺复杂的学问。"公爵夫人满心欢喜。"如果我们被撵出宫廷,"她说,"我们就到那不勒斯去看望你。既然你同意在没有新安排之前,按紫袜子计划做,那么熟悉意大利现状的伯爵转告你的话,我就该告诉你了:人家教给你的东西,你信也罢,不信也罢,都不要反对。你想想,如果人家教你玩惠斯特牌,你莫不成要对牌规表示异议?我告诉伯爵你信奉上帝,伯爵听了很高兴。无论在这个世界上还是另一个世界上,信奉上帝都是有用的。不过倘若你真的信,那也不必随波逐流,恶狠狠地咒骂谈论伏尔泰、狄德罗、雷纳尔[1],以及其他所有法国狂人,两院制的这些倡导者。这些名字最好不要常挂在嘴边。如果非得谈论这些先生不可,那也要用一种平和的嘲讽口气。好在这些人已经被人骂了很长时间了,攻击他们倒也不会惹什么是非。在神学院,人家说什么,你都一股脑儿听下来就是了。别忘了,你稍有异议,有人就会给你一五一十地记录下来。你有风流事,只要干得漂亮,人家可以原谅,但是有疑问,人家就不会放过。而随着年龄的增长,风流事会减少,疑问却会增多。在忏悔室里,就照这个原则行事。我们会给你一封推荐信,是写给一个主教的,他是那不勒斯总主教的总管。你到过法国,6月18日到过滑铁卢附近这些事只能对他讲,而且,要打折扣,简短地说,告诉他的原因是叫他不能怪你隐瞒什么,毕竟你那时还太年轻啊!

---

[1] 雷纳尔(1713—1796),法国历史学家,哲学家。

"伯爵转告你的另一个忠告是,同别人谈话,如果有了绝好的机会能够驳倒对方,使谈话出现转机,这时务必保持沉默,千万莫动卖弄之心。明细人自会从你的眼睛里看出你的才智。等你当上主教之后,再表现你的才干不迟。"

法布里斯开始在那不勒斯生活。身边只有一辆简朴的马车和四个随从,随从是公爵夫人派的,都是老实的米兰人。学习一年之后,没有人说这个贵族老爷有才智。大家都说他学习勤奋,为人慷慨,只是稍微有一点不拘小节。

这一年法布里斯过得轻松愉快,对于公爵夫人却是一个凶年。伯爵有三四回已经到了下台的边缘。这一年亲王患病,变得越发胆小,以为把伯爵打发走,便可以洗刷伯爵任首相之前处决人犯的恶名。拉西是心腹,无论如何要保住。伯爵有难,公爵夫人对他关护有加,对法布里斯便想得不多。既然可能离开宫廷,他们想好了,就顺水推舟说巴马的空气对伯爵的健康不利。事实上巴马的空气的确和伦巴第其他地方一样有点潮湿。伯爵数次失宠。失宠期间,他身为首相,居然二十天不能单独见主子。然而最后还是伯爵赢了。他让所谓的自由党人法比奥·康蒂将军当上了要塞司令,那里关着拉西抓来的自由党。"如果康蒂善待他的犯人,"伯爵对公爵夫人说,"人家就会把他当成雅各宾党,认为他死守政治立场,忘掉了将军的职责,他就会失宠。如果他铁面无情——我认为他多半会这么做,那他就当不成党派领袖,凡有亲人关在要塞的家庭都会疏远他。这个可怜虫,见到亲王会装出恭恭敬敬的样子。但凡有必要,一日之间能变换四次面孔。关于礼仪问题他也能说上几句。但是,需要找一条逃生之路的时候,他就束手无策了。不管怎么说,我在这儿坐稳了。"

法比奥·康蒂的任命结束了内阁危机,第二天,巴马就传开了,说是要出版一份极端保王的报纸。

"那会引发多少争吵啊。"公爵夫人说。

"这个主意,"伯爵微微一笑,说道,"也许是我最得意的手笔呢。以后我再让极端狂热分子从我手里把报纸的领导权一点一点夺走。我把编辑的报酬定得很高,各方面都会有人来求职。有了这件事,我们能安然过一两个月,然后我遭受的挫折就会被淡忘了。像P先生和D先生这样严肃的人物都已经在求职者之列。"

"不过这样一份报纸只会胡言乱语呀。"

"这我知道。"伯爵回答,"这份报纸亲王会天天读,对我这个创办人的基本观点他会赞不绝口。至于细节嘛,他可能同意,也可能反感,反正他每天办公的时间就少了两小时。这份报纸麻烦少不了,不过八九个月怨声沸腾的时候,它已经完全落到极端狂热分子的手里。挡我的路的就是这帮人,让他们去应付吧。而我呢,也会对报纸提出异议。总之,我宁可看到一百篇荒唐文章,也不愿看到一个人上绞架。一份官方报纸出版两年之后,刊登过的那些荒唐文章谁还记得?这总比有人被绞杀,他的子女和家庭怀恨在心,直到我死才罢休,甚至抢先要了我的命要好吧。"

公爵夫人总有事情要做,总是很忙,片刻也闲不住。论聪明才智,整个巴马宫廷加起来也不及她,但是她缺乏耐性,缺乏城府,宫廷里钩心斗角她应付不了。不过她对宫廷不同派别的利益已经了如指掌,而且已经开始得到亲王的信任。王妃克拉拉-帕奥丽娜极尽荣华,却也受到最陈旧的宫廷礼仪的羁绊,所以她自认为是世上最不幸的女人。桑塞维利纳公爵夫人向她献媚,竭力证明她绝不像她想象的那么不幸。这里有必要说明,亲王与克拉拉-帕奥丽娜除去晚餐时间一般不见面,而晚餐通常仅仅持续三十分钟,而且亲王经常好几个星期也不同他夫人讲上一句话。桑塞维利纳夫人想改变这个局面。她能逗亲王开心,这在很大程度上靠的是她知道如何保持独立地位。可是宫廷里傻瓜白痴多如牛毛,公爵夫人想不冒犯他们中间任何一位根本做不到。因此那班顶着伯爵或侯爵的头衔,通常拿五千法郎年金的平庸廷臣都厌恶起她来。公爵夫人从一开始就意识到这是一个大麻烦,她便竭力讨好亲王和王妃。王储是绝对听从王妃的。公爵夫人知道怎样逗亲王开心,而亲王又对她的只言片语都很留意,她就利用这一点,在亲王面前嘲讽那些仇恨她的廷臣。拉西让亲王干了糊涂事,而杀人这种糊涂事又无法弥补,打那以后,亲王便有时惴惴不安,经常闷闷不乐,而且因此而生出可怕的嫉妒心。他觉得自己再也开心不起来了,所以当他以为别人开心的时候,脸上立刻阴云密布。看到别人幸福,他怒火中烧。公爵夫人对伯爵说:"我们相爱必须隐蔽点。"她让亲王觉得,她对伯爵只是一般的倾慕,再说,伯爵也的确是个值得尊敬的人嘛。

这个发现让亲王殿下着实高兴了一两天。公爵夫人时不时露出只言片语,说她有一个计划,想每年都休息几个月假,利用这段时间到意大利各地走走。她对意大利还太不了解,要去看看那不勒斯、佛罗伦萨、罗马。她这样公开表示要离开巴马比什么都更叫亲王伤心。亲王有一个非常突出的弱点,但凡他认为别人的行为是瞧不起他的京城,他就感到心如刀绞。他想挽留桑塞维利纳夫人,可是又感到无能为力。桑塞维利纳夫人是整个宫廷最光彩照人的女人哪。每逢星期四,大家都从周边的乡村赶回来参加她家里的聚会,这和意大利人的懒惰一样,堪称独一无二。这聚会真像过节似的,公爵夫人总有叫人兴奋的新花样。亲王对星期四聚会神往很久,可是,怎么个去法呢?到一个普通的臣民家里去,这可是先王和他本人都从来不曾做过的事啊!

又是一个星期四,天下着雨,很冷。晚上,亲王不断听到马车从王宫前的路上隆隆驶过,驶往桑塞维利纳夫人家。他感到一阵烦躁。别人都在作乐,而他,一国之君,万人之上,理应是世界上最快乐的人，却在品尝愁苦的滋味。他打铃叫来副官。从王宫到桑塞维利纳夫人公馆的路上，安排十来个可靠的人，这需要时间。一个钟头对亲王来说好似一百年，有好几次，他恨不得壮着胆子出宫，不要任何戒备，不管有没有刺客的短刀在等候他。最后，他终于出现在桑塞维利纳夫人的前厅。一个霹雳在客厅里炸开也不及亲王的到来叫大家吃惊。亲王往里面一走，喧哗欢乐的客厅顿时鸦雀无声，客人个个目瞪口呆，拼命睁大眼睛看着亲王，廷臣们不知所措。只有公爵夫人没有现出惊慌的神色。最后大家镇定下来，重新开始交谈，在场的人关心的都是同一个重要问题：对亲王来访，公爵夫人是事先就知道呢，还是和大家一样感到很突然？

亲王玩得很开心。大家马上就可以知道，公爵夫人的性格真是想怎么做就怎么做。还可以知道，她巧妙地透露出要离开巴马的那些闪烁的口风，真的让她获得了无限的勇气。

公爵夫人送亲王驾离，亲王说了许多恭维话。公爵夫人突发奇想，她大胆地把想法说出来，好像是说一件很平常的事。

"尊敬的亲王殿下刚才的这些话，我深受感动，也深感荣耀，如果这些话能够让王妃听见，哪怕只有三四句呢，那也比说我美丽更叫我高兴，您对我如此垂幸，我无论如何也不愿意王妃产生误解。"亲王死死盯住她，冷冷地说：

"好像我是这里的主人，爱上哪儿就能上哪儿吧。"

公爵夫人脸红了。

"我不过是不想叫殿下白跑一趟，"停了一会儿，她说，"今天是最后一次星期四聚会，不久我就要到博洛尼亚或者佛罗伦萨住一段时间。"

她回到客厅。大家都认为她受到的宠幸已经登峰造极，不过她刚才做的事，在巴马人的记忆里却是从未有人敢做的。她朝伯爵打了个招呼，伯爵离开惠斯特牌桌，随她走进一间点着灯但是没有人的小客厅。

"你刚才的举动太大胆,"伯爵说,"我是不会叫你这么做的。"他又笑着说,"不过,恋爱的心越感到幸福,爱得就越深。你若是明天早上出发,我晚上就跟过去。我必须晚走几个钟头是因为财政大臣差事的拖累,我担任财政大臣真是太傻了。不过不要紧,工作安排得好,有四个小时许多账目就能做出来。好,回到客厅去吧,自由自在,尽情地摆一摆当官的虚架子,这也许是我们最后一次在巴马表演了,要是那个人觉得自己受到冒犯,他是什么事都干得出来的。他把这叫作杀一儆百。等客人走了,我们商量一下今天夜里如何给你筑一道防线。你最好立刻动身,住到波河岸边你的萨卡去,那儿最大的好处是距离奥地利只有半个小时路程。"

一时间,爱情和自尊使公爵夫人觉得如饮甘露,她瞅着伯爵,眼睛湿润了。他身为首相,大权在握,廷臣们簇拥左右,对他的逢迎不逊于对亲王的逢迎,他却能够抛弃这一切,而且这样举重若轻。

她欢欢喜喜地回到客厅,客人都对她鞠躬致意。

"幸福叫公爵夫人变了模样,"四下里廷臣们交头接耳,"简直认不出来了。这颗浪漫的、高高在上的心终于领会君王对它的特殊恩宠了。"

晚会快要结束时,伯爵走近公爵夫人,对她说:"我有话对你讲。"聚在公爵夫人周围的人立刻散去。

"亲王回到宫里,"伯爵继续说,"叫人到王妃那里通报他到了。想想看,这叫人何等惊奇!亲王对王妃说:'我今天晚上是在桑塞维利纳夫人家度过的,非常愉快。桑塞维利纳夫人叫我给你详细描述一下,她是如何布置她那幢发黑的老公馆的。'于是亲王坐下,把你的客厅一间间说给王妃听。"

"他在王妃那里待了不下二十五分钟。王妃高兴得哭了,她是个聪明人,却找不到一句话来轻松地应答亲王,亲王其实希望她能够放松一点。"

不管自由党人怎么说,亲王其实并不坏。他的确把许多自由党关起来,但是那是因为他害怕。他经常唠叨这么一句话,仿佛是为了宽慰自己,好摆脱某些可怕的记忆:"倘若魔鬼要我们的命,不如我们先杀了魔鬼。"刚才讲的晚会第二天,亲王心情舒畅,因为他做了两件漂亮事:一是参加了星期四聚会;二是同夫人谈话了。用晚餐的时候,他又同夫人交谈了。总之,桑塞维利纳夫人家的星期四聚会引发了一场内部革命,在全巴马反响强烈。拉威尔西很慌乱,而公爵夫人则是喜上加喜,既帮了伯爵的忙,又发现伯爵对她的感情比以往任何时候都深。

"这一切都来自一个突发的奇想。"她对伯爵说,"我在罗马或者那不勒斯肯定更自由,但是能有这样的好戏唱吗?肯定不会有。亲爱的伯爵,你给了我幸福。"

第 七 章

　　以后四年里发生的事,无非宫廷琐事,和刚才讲的事情一样,实在没什么要紧的。每年春天,侯爵夫人都带着两个千金到桑塞维利纳公馆或者波河边的萨卡庄园过上两个月。有时候大家心情好,话头便会转到法布里斯身上。但是伯爵始终不许法布里斯到巴马来,一次也不让。虽然公爵夫人和伯爵不得不为法布里斯惹的几次祸收拾残局,但是总的来说法布里斯是照着他们定的规矩行事的:做一个钻研神学的贵族,摆出全然不想靠才智有所进取的样子。法布里斯在那不勒斯对研究古代文化产生了浓厚兴趣,搞了一些考古发掘,兴致很高,对马的兴趣倒淡薄了。于是他卖掉了英国马,以便继续在米赛诺①进行发

---

① 那不勒斯附近的海角。

掘。他发现了一尊提贝里乌斯的胸像,是青年时代的提贝里乌斯,堪称文物中的精品。这个发现是法布里斯在那不勒斯最大的乐事。他心高气盛,不愿意跟其他青年学,比如说,不愿意像他们那样一丝不苟地扮演恋人的角色。他并不缺女人,但是对他而言,都不过逢场作戏而已。他年龄不算小了,对爱情却一无所知,不过女人因此反倒更爱他。不论在什么情况下,他都冷静得出奇,因为对他而言,这一个年轻漂亮的女人和另一个年轻漂亮的女人并没什么两样。不过,新认识的女人在他看来总是最刺激的。他在那不勒斯最后一年,当地很受敬重的一个女人为了他,做了一些蠢事。他起先很得意,后来就烦了,所以离开那不勒斯最叫他高兴的,就是能够摆脱 A 公爵夫人的纠缠。1821 年,他成绩平平地通过了各门考试,他的指导老师或者说师父得到了一枚十字勋章,而他则终于动身前往巴马,这是他向往的城市。他现在是"主教大人",乘坐四匹马拉的车。不过到了巴马前的一个驿站,他只换上了两匹马。他吩咐在圣彼得教堂前停车,那里有他曾叔祖父,拉丁文《家谱》的作者阿斯卡涅·台尔·唐戈总主教豪华的墓。他在墓前做了祈祷,然后步行前往公爵夫人的府邸。公爵夫人以为他要过几天才到呢。她府上高朋满座,不过客人很快都告辞了,只剩下他俩。

"怎么样,对我还满意吧?"法布里斯扑进公爵夫人张开的双臂,说道,"多亏了你,我才能在那不勒斯快活了四年,要不然非得在诺瓦腊同警察当局许可的那个女人在一起不可,那日子过得就无聊了。"

公爵夫人见到法布里斯,着实吃了一惊,好大一会儿才醒悟过来。她觉得他算得上意大利一流的美男子,走在街上都认不出来了。法布里斯的确一表人才,容貌特别迷人。她送他到那不勒斯的时候,他还是个莽撞的毛头小子,整天提着马鞭,仿佛那是他天生的一部分。现在当着外人的面,他显得气质高贵,举止得体。私下里,公爵夫人更发现他少年人的热情完好无缺。这是一颗虽经打磨却毫无损伤的钻石。法布里斯来了不到一个小时,莫斯卡伯爵突然到了,到得稍微早了点。对于授予自己的师父巴马十字勋章,法布里斯说了许多好话,又对自己受到的其他优待表示感谢。至于是什么优待,他没有明说。他的话说得很有分寸,伯爵一听,对他不禁刮目相看。"你侄子生来就是干大事的,"他低声对公爵夫人说,"你准备栽培他,他会争气的。"到此为止,一切都很顺利,首相对法布里斯很满意。他一直全神贯注地注视法布里斯的举止,但他突然朝公爵夫人扫了一眼,发现她的眼神很特别。他暗忖道:"这个年轻人在这里的影响非同小可。"这是一个很苦涩的念头。伯爵年近半百,"半百"是个残酷的字眼,个中的酸甜苦辣,不是爱得发疯的人是体会不到的。除却身为首相,作风严厉之外,伯爵是个不坏的男人,完全有资格被女人爱,但是"半百"这个残酷的字眼给他的生活投下了阴影,说不定会叫他因为替自己算计,也变得残酷起来。从他让公爵夫人住到巴马来的五年里,公爵夫人经常让他产生醋意,却从来没有让他真正找到吃醋的理由,而且他相信——事实也的确如此——公爵夫人之所以特别接近宫廷里的几个美少年,是为了确保能够得到他的心。他知道,比如说,亲王对公爵夫人献殷勤,就吃了闭门羹,当时她说了一句意味深长的话:

"如果我接受了殿下您的好意,"她笑着说,"我怎么有脸见伯爵呢?"

"我会同您一样难堪,伯爵毕竟是我的朋友嘛!不过,难堪归难堪,却也很好办,我已经想好了!伯爵可以在要塞里度过余生。"

法布里斯来了之后,公爵夫人太兴奋了,完全没有想到她的眼神可能会告诉伯爵什么。后果是严重的,伯爵的怀疑已经无法消弭。

法布里斯到巴马才两小时便受到亲王的接见。公爵夫人早就料到这种临时决定的接见在公众中会产生良好效果,所以两个月以来她一直在为此而筹划。如此特殊的礼遇立刻使法布里斯成为非同凡响的人物。公爵夫人要求立即接见的理由是,法布里斯是途经巴马,他要去皮埃蒙特探望母亲。起初公爵夫人呈上一封动人的短笺,告诉亲王法布里斯等候他的吩咐,亲王很有点不耐烦。"要我见一个傻乎乎的小圣徒,"他想,"一张了无生趣的脸,一张狡黠诡诈的脸。"法布里斯参拜他叔祖总主教墓地的事,城防司令已经报告他。但是,走进来的却是一个高大的青年,要不是那双紫袜子,亲王准以为是一名青年军官。

亲王稍感意外,厌烦随之消失。"好精神的小伙子!"亲王想,"天知道会要我开什么恩,我能给的恩典大概都会要的。这小子刚到,一定很激动,我问他一点雅各宾党的政治问题,且看他如何回答。"

亲王客气地寒暄了几句,便说道:"主教大人,那不勒斯的老百姓生活好吗?国王受到爱戴吗?"

"尊敬的殿下,"法布里斯片刻没有犹豫,作答道,"我走在那不勒斯的街上,很欣赏国王陛下士兵的仪容。那里的体面社会懂得尊卑上下的规矩。至于下等人,我得承认,平时我几乎不同他们交谈,除非谈我出钱叫他们干的活儿。"

"该死!真滑头!"亲王暗忖道,"好一只调教有素的小鸟,简直就是桑塞维利纳的幽灵。"亲王继续这场游戏的兴致更高了,他拐弯抹角,要引诱法布里斯进入他那个布满荆棘的话题。年轻人因为看到危险而抖擞起精神,应答如流,头头是道。"宣称自己爱戴国王,这有不敬的嫌疑,"他说,"应该有的态度是盲目的服从。"

亲王看他小心谨慎，不禁悻然："看来，从那不勒斯来了个聪明人，我可不喜欢这混账东西。一个聪明人，思想再端正也不行，哪怕是诚心诚意的吧，也总有某些方面与伏尔泰、卢梭连在一起。"

刚从神学院出来的青年举止得体，问题回答得也无懈可击，却拂了亲王的意，他希望看到的情况并没有出现。突然，他把口气放温和些，三言两语说到了社会与政府的法则上来。他引用了几句费纳隆的话，这些话他小时候人家就教他了，以备公开场合用，现在随机应变派上用场。

"这些法则叫你吃惊，年轻人，"他对法布里斯说（谈话开始，他称呼法布里斯"主教大人"，打算在法布里斯退下时再称呼他一次"主教大人"，但是谈话中他发现，用亲切随意的字眼相称更聪明，更有利于表达情感），"这些法则叫你吃惊，年轻人。我承认，这些法则和我的官方报纸每天刊登的'专制主义废话'（这是他的原话）风马牛不相及……嘿，天哪，我在说什么呢，官方报纸的作者你是很熟悉的。"

"请尊贵的殿下原谅，我天天读巴马的报纸，觉得写得很好，而且我和它持相同的见解，自从1715年路易十四去世后，人们做的事桩桩是罪恶，而且愚不可及。人的根本利益，在于灵魂得救。在这个问题上，此亦一是非，彼亦一是非，那是不对的。灵魂得救，是永恒的福分。自由、正义、多数人的幸福，这是一些可鄙的、罪恶的字眼，叫人染上争论与怀疑的习惯，因此才有下议院向议员们所谓的内阁发难这样的事。由于人类自身弱点作祟，一旦沾染上这个可怕的毛病，就会处处有所表现，而且会发展到怀疑《圣经》，怀疑教会，怀疑传统，等等，这个人也就算完了。即便——这是完全错误的，讲出来都是罪恶——对神授君权的怀疑，在我们每个人都可以指望的二三十年的生命中，可能会给我们带来幸福，然而五十年，乃至百年的幸福，相对永恒的苦难，由于人类自身弱点作祟，岂非过眼烟云?"云云。

从法布里斯的神情看,他竭力把思想理顺,好让亲王听明白。显然,他不是在背书。

年轻人直率而严肃的态度,令亲王很不自在。不一会儿,亲王就没有心思和他斗智了。

"再见,主教大人,"亲王突然说,"看来,那不勒斯神学院的教育很出色。出众的人物接受了出色的思想,成果可观啊!再见吧。"他转过身,背朝法布里斯。

"这畜生一点也不喜欢我。"法布里斯想。

"现在我们要看看,这个翩翩少年对某些事是不是还有热情。"客人走了之后,亲王说,"如果还有的话,他就近于完美了。有谁能够把他姑妈的教诲复述得更精彩呢?刚才真像是她在讲话。倘若我这里发生革命,那么领导《箴言报》的就是她,就像过去那不勒斯的拉桑费里斯①。不过,拉桑费里斯尽管只有二十五岁,花容月貌,却有点忘乎所以。这是对聪明过头的女人的警告。"亲王以为法布里斯师从他姑妈,他错了。人只要生于国王家或者王室家,再聪明也会迅速丧失敏锐的感觉。这些人不喜欢身边有人自由地交谈,认为这是粗野的表现。他们宁愿看面具,却又想评价肤色的美丑,可笑的是他们还自诩感觉敏锐。比如说,我们刚才听到的那番话,法布里斯自己其实是信的;当然,在他头脑里,这些思想每个月里未必出现两次。他有强烈的爱好,有头脑,但是他也有信仰。

热爱自由和时尚,崇拜多数人的幸福,叫十九世纪沉迷的这些思想,在法布里斯的眼里都是邪说,和其他邪说一样长不了。自

---

① 拉桑费里斯(1764—1800),侯爵夫人,被那不勒斯保王政权视为共和派而处死。

然,就像瘟疫在一个地方流行会夺走许多人的肉体,这种邪说在过时之前也会夺走许多人的灵魂。不过,他阅读法国报纸的兴趣却不减,为了得到法国报纸甚至不惜鲁莽行事。

法布里斯晋见过亲王从宫里回来,心乱如麻,把亲王对他的试探都告诉了姑妈。

"你必须立刻去见朗德利亚尼神甫,"姑妈对他说,"他是一位了不起的总主教。你得步行去,上楼要轻,在前厅不要弄出声音,如果叫你等,那再好不过,再好不过。总之,要像个使徒的样子。"

"我知道,"法布里斯说,"他是个达尔丢夫①。"

"完全不对。他是美德的化身。"

"帕朗萨伯爵被处死,"法布里斯很惊奇,"依他的所作所为,能算美德的化身?"

"是的,朋友,能够算。总主教的父亲过去是财政部的普通职员,一个小资产者,这一点说明了一切。朗德利亚尼主教大人思想敏捷、开阔、深刻。他真诚、崇尚道德,我相信,如果德西乌斯②皇帝再世,他会像上周上演的歌剧中的波里厄克特一样殉道。这是好的一面。另一面呢,他一到亲王的面前,甚至见到首相,就被权势弄花了眼,头脑就犯糊涂,面红耳赤,口舌发僵,说不出个'不'字。所以他就做出了那些事,让整个意大利戳他的脊梁。不过,大家不知道的是,舆论使他看清了帕朗萨伯爵案的真相之后,他忏悔了十三个星期,只吃面包,喝白水。十三正好与戴维德·帕朗萨名字的字母数相合。巴马宫廷有一个精明透顶的浑蛋,名叫拉西,又是大法官,又是总检察长,帕朗萨伯爵被判死刑,是他欺骗了朗德

---

① 达尔丢夫,莫里哀同名剧中的人物,后成为伪君子的代名词。
② 德西乌斯(约201—251),古罗马帝国皇帝,曾经迫害基督徒,法国十七世纪著名剧作家高乃依有剧作《波里厄克特》描写这段历史。这里讲的歌剧,应是根据高乃依的剧本改编的。

利亚尼神甫。在神甫忏悔的十三个星期里,莫斯卡伯爵出于怜悯,多少也有点想捉弄他,每星期请他吃一两次晚饭,他呢,为了讨好伯爵,每次都和其他客人一样用餐,也许他觉得为亲王亲自批准的死刑来忏悔,公开出去,有犯上作乱和雅各宾党之嫌。但是大家知道,每次为了表示忠诚,不得不随大家吃喝之后,他都要求自己再忏悔两天,食物是面包加白水。

"朗德利亚尼主教大人有超人的才智,是一流的学者,却有一个弱点,就是希望别人喜欢他。所以你眼睛望着他要有感情,第三次见面就要真的喜欢上他。再加上你的出身,足以让你立刻赢得他的崇拜。要是他送你到楼梯口,你不要有诧异的神色,要显出理所当然的样子:这人见到贵族就膝盖发软,天生如此。此外,要坦诚、虔诚,不要卖弄精神,显露才智,不要对答如流,只要你不吓着他,他会跟你愉快相处的。别忘了,必须让他自己乐意点你做他的代理总主教。伯爵和我,对这么快晋升,要表示出乎意料,甚至表示气恼。为了应付亲王,这是关键所在。"

法布里斯奔赴总主教府。巧得很,可爱的总主教的仆役耳朵有点背,没有听到"台尔·唐戈"这几个字,只口称有一个年轻神甫叫法布里斯的求见。总主教正同一个本堂神甫谈话,这个神甫品行不端,总主教找他来训斥。这时他正在斥责神甫,对他来说这是件苦差事,他不想让心头老是戚戚地惦着这事,便让伟大的阿斯卡涅·台尔·唐戈总主教的侄孙儿等候了三刻钟。

总主教把本堂神甫送到第二前厅,折回来看见了等候的人,问他"有什么需要效劳的",这时他瞥见了紫袜子,又听到了法布里斯·台尔·唐戈的名字,他的歉意和绝望,实在难以描写。法布里斯觉得很有趣,于是刚见面便大胆地、温情十足地吻了总主教的手。总主教绝望地叨叨:"我竟然让台尔·唐戈家的人等我。"为了表示他的歉意,他觉得有必要把本堂神甫的事情,神甫的过错和辩解,原原本本告诉法布里斯。

"促使提前处死可怜的帕朗萨伯爵的,"法布里斯在回桑塞维利纳公馆的路上想,"难道真是这个人?"

"阁下有何感想?"莫斯卡伯爵见法布里斯回到公爵府,笑问道(他却不让法布里斯称他"阁下")。

"万万没有想到。我对人的性格真是一无所知呀。若不知道他是谁,我会打赌说他连杀鸡都不敢看。"

"那你赢定了。"伯爵说,"不过也就是在亲王面前,或者当我的面,他不敢说不。说实话,为了让他完全听我的,我必须在外衣上套上我的黄绶带,要是穿普通礼服,他就敢同我论短长,所以我接见他从来都穿大礼服。权力的影响用不着我们来摧毁,法国报纸每天都在这么做。'敬畏病'顶多勉强在我们这辈人存在,到你那辈人肯定就完了,你将成为一个普通老百姓。"

法布里斯很喜欢和伯爵来往,在身居高位的人中间,伯爵是头一个放下架子,同他推心置腹交谈的人;更何况他俩有共同爱好:古代文化和考古发掘。从伯爵方面说,法布里斯听他讲话聚精会神,他感到很受用,但是他有一桩大心事:法布里斯在公爵府里占有一套房子,与公爵夫人朝夕相处,而且他很率真,让人知道这种亲密关系是他的幸福;他的眼睛和肌肤,洋溢着叫人绝望的青春气息。

拉努斯-艾奈斯特四世是情场老手,可是公爵夫人虽说以美德著称于宫廷,却居然不肯为他破个例,他心里很不是滋味。我们已经知道从头一天起,法布里斯的思想,还有他的精明,都让亲王不舒服,而他与姑妈很不谨慎让人知道的亲密关系,也叫亲王很恼火。廷臣们议论纷纷,亲王则竖起耳朵,非常仔细地听他们讲些什么。年轻人到了巴马,又受到亲王特别接见,这事成了一个月里宫廷的大新闻,人人感到震动。听到这些,亲王想出一个主意。

亲王的卫队里有一个士兵,叫卡尔罗纳,喝酒称得上海量。这家伙整日泡在酒店,把当兵的在想什么直接报告亲王。卡尔罗纳没读过什么书,不然早就升官了。他的差事是每天中午大钟敲响十二点的时候出现在王宫大门外。这一天,十二点之前,亲王殿下来到他更衣室旁边一间小二层,把百叶窗调到一定的位置。待十二点过了片刻,他又回到小二层,那士兵已经在那里了。亲王口袋里装了一张纸和一个文具盒,向士兵口授了下面这封信:

阁下的才干无可怀疑,仰仗阁下的睿智,本国治理得井然有序。但是,亲爱的伯爵,有优异的政绩,免不了就有嫉妒,以阁下的睿智,倘若居然没有想到一个相貌堂堂的年轻人已经很幸运地勾起了一桩特别的爱情——可能并非他的本意,那么我担心阁下真要成为天下人的笑柄了。这个幸运儿年仅二十三,事情因此越发棘手,因为你我已经远远超过这个年龄两倍。晚上从远处看,伯爵您风度翩翩,精神焕发,踌躇满志,可爱得不能再可爱了。但是,早上面面相对,平心而论,新来的年轻人更加可人。我们女人是十分看重青春活力的,过了三十岁更是如此。不是已经有人在讲要让这个年轻人在宫里待下去,给他寻一个好职位吗?时常同伯爵您谈这件事的又是谁呢?

亲王取过信,给了士兵两埃居。

"这是额外赏你的。"亲王阴沉着脸,"不管对谁都闭上你的嘴,不然就滚到要塞最阴暗潮湿的地牢去。"亲王的书桌里放了许多信封,都写好了地址,宫廷里大多数人的地址都有。这些信封都是卡尔罗纳写的,大家还以为他不会写字呢。亲王从中挑出了他需要的那个信封。

数小时后,莫斯卡伯爵收到邮差送来的一封信。送信的时间经过了周密计算,就在大家看见邮差拿着一个小信封走进伯爵府,又从府里出来的当口,亲王殿下召见了伯爵。这位宠臣的脸从来不曾这样阴沉沉的。为了尽兴地拿伯爵的忧伤取乐,亲王一见到伯爵就高声说:"我需要放松一下,找你来不是和首相谈公务,而是和朋友随便聊聊。今晚上我头疼得要命,心里很郁闷。"

我们的首相,莫斯卡·台拉·洛维雷伯爵获准离开他伟大的主人之后,心情之恶劣毋庸赘言。拉努斯-艾奈斯特四世善于折磨人的心灵,技巧之高超,达到出神入化的境界。我将他比作玩弄猎物的老虎,大概不会失之公允。

伯爵乘车飞奔回府。他边往里走,边大声吩咐不许任何人上楼,又吩咐告诉当值的,今天晚上放他的假(知道在听到他声音的地方有人,这太可怕了),然后就走进大画廊,闭门不出,在那里他可以尽情地发泄满腔怒火。他度过了一个没有光亮的夜晚,在屋里乱窜,仿佛失去了理智。他竭力让心里平静下来,集中注意力思考怎么办。他被焦虑所折磨,那样子最恨他的人见了都可能生出恻隐之心。他心里说:"我厌恶的人就住在公爵夫人家,无时无刻不同她在一起。我是不是应该想办法把她的女佣找一个来问问?太危险,她的心好,给她们的报酬也多,这些女人都崇拜她(又有谁不崇拜她呢?)。

"问题在于,"他的怒火又上来了,"是让她猜出我被嫉妒折磨,还是只字不提?我如果什么也不说,他们就不会对我隐瞒什么。我了解吉娜,她这个人干事全凭冲动,灵机一动就做,连自己都没有准备。倘若事先安排好角色,她反而会犯糊涂。经常是刚要行动,她又有了新主意。一腔热情去做,自以为是最好的办法,其实肯定坏事。

"对我的痛苦只字不提,他们对我就不会有所隐瞒,看看究竟会发生什么……

"但是,倘若我说了,就会出现不同的情况,我就能叫他们多动动脑子,就能防止可怕的事情发生……也许我可以叫他走得远远的(伯爵舒了口气),那样的话,我就算赢了。到时候她也许会使点小性子,我可以让她的火气平息下来……她使性子也是再正常不过了……十五年来,她像爱儿子似的爱他。'像爱儿子似的',我的全部希望都在这句话里……他溜到滑铁卢去以后,她就没有见过他,但是他从那不勒斯回来,变成了'另外一个人',她更有这种感觉。'另外一个人',"伯爵愤愤重复道,"这'另外一个人'很有魅力呢。特别是他那种天真温柔的神情,那双笑盈盈的眼睛,多少幸福尽在其中了!这样的眼睛,公爵夫人在宫廷里是看不到的!……她看到的都是阴郁嘲讽的眼睛。我自己呢,整天忙于公务,官居极品,靠的是我对一个人的影响,而这个人又总是想叫我出丑,我的眼睛平日里会是什么样呢?罢了,不管我怎么注意,我身上最显老态的,恐怕就是我的眼神了!我得意的样子不是与嘲笑人的样子差不多吗?……也许可以进一步说——应该老实承认这一点,人家从我得意的样子中看到的,难道不就是独裁政权,不就是心狠手辣,而且觉得这些东西就在他们身边?有时候,尤其是当别人把我惹恼了的时候,我不是也对自己说,我想做什么就能做什么吗?我甚至还加上这么一句蠢话:我应该比别人活得更好,因为我拥有别人没有的东西,我在多数事情上掌握着至高无上的权力。好了,平心而论,习惯于这样的思维,我的微笑肯定走了样,我的神态肯定是一副自私相……还趾高气扬……而他的微笑令人心醉!叫人感觉到青春年少无忧无虑,而且这种幸福感还能感染其他人。"

伯爵很不走运,这天晚上天气闷热,预示着暴风雨将至。简单说,在这个国家,这是那种叫人做出极端决定的天气。伯爵是怎么推理的,对于在要命的三个小时里发生并且把这个多情的人置于水火之中的这些事,他究竟如何看待,所有这些都不能一一讲述了。总之,最后是谨慎占了上风,道理很简单,因为他想:"我多半是疯了,我以为自己在思考,其实并没有思考。我思前想后,想让自己的处境不那么被动,关键的原因却没有发现。既然极度的痛苦蒙蔽了我的眼睛,那么我就应该采取所有智者都赞同的办法,就是谨慎。

"再说了,倘若我说出嫉妒这两个字,那么我的角色就永久划定了。相反,假若今天我什么也不说,那么明天我还可以说,一切都还在我的掌握之中。"这个波折太大,再陷在里面,伯爵真要发疯了。他松弛了一下,注意力落在那封匿名信上。是从哪儿寄来的呢?他开始排名字,对每一个人都揣摩一番,这也是一种消遣。最后他记起来,晋见亲王的最后,亲王眼睛里闪过狡黠的光,说道:"亲爱的朋友,你我都应该同意,雄心大志带来的快乐和忧虑,甚至无限权力带来的快乐和忧虑,与友情和爱情带来的内心欢乐相比,简直不足挂齿。我首先是人,然后才是亲王。倘若我有幸获得爱情的话,那么我的情人面对的是活生生的人,而不是亲王。"伯爵把亲王意味深长的得意神情与信里的这句话联系起来:"仰仗阁下的睿智,本国治理得井然有序。"这是亲王的话,哪个大臣要是说出这样的话来,未免太不知深浅。信是亲王殿下写的。

问题有了答案,猜测有了结果,伯爵不免有点高兴,但是他的高兴转瞬即逝,因为法布里斯迷人的风采重又残酷地浮现在他脑海里,仿佛一块大石头重又压上了可怜人的心头。"管他匿名信是谁写的呢?"伯爵气恼地说,"信里讲的事实难道会因此减去半分吗?"他又说,"她这么任性,改变了我的一生。"仿佛是在为自己过分激动来开脱。"如果她以某种方式爱上他,她会立刻与他同去贝尔吉拉特、瑞士,去世上随便哪个地方。她有的是钱,再说,就算她每年只能花几个金路易,她又会在乎吗?就在一个星期之前,她不是还对我说,她的公馆尽管布置得富丽堂皇,却叫她厌倦吗?她的心灵还太嫩,需要新鲜事物滋养,而新的幸福就这么自然而然地来到面前,她根本来不及思考有没有危险,来不及想到怜惜我,就被卷走了。我真是太不幸了!"伯爵高叫,泪水纵横。

他赌咒发誓今天晚上不去公爵夫人家,可是他管不住自己,而且越发强烈地渴望见到公爵夫人。午夜时分,他出现在公爵夫人家。家里只有她同侄子,她十点钟就送走了客人,关上了大门。

看到他俩亲密无间的样子,看到公爵夫人笑得那么天真,一个大难题在他面前冒出来,弄得他措手不及。他今天晚上在大画廊里想了很多,却没有思考这个问题:怎样掩盖自己的嫉妒?

他不知道找什么借口好,便说他发觉今晚亲王对他十分反感,他说什么亲王都反对,等等,等等。他痛苦地发现公爵夫人爱听不听的,对他的处境漠不关心,便是在昨天她也一定会关切地问个没完的啊。伯爵看了看法布里斯,他那张伦巴第人的英俊面庞今晚显得格外朴实,格外高贵!对他的苦恼,法布里斯听得比公爵夫人仔细。

"千真万确,这张脸融合着善良与纯朴温柔的幸福表情,这表情具有无法抗拒的力量。"伯爵暗道,"它似乎在说:只有他给予的爱情和幸福才是世上的真价值。不过话题一触及需要靠智慧来解决的具体问题,他的眼神就蓦地放出光来,叫人吃惊,久久迷惑不解。

"在他眼里,样样事情都简单,因为他看什么都居高临下。天啊,这样的对手,怎么和他斗?说到底,失了吉娜的爱,生活还有什么意思?她听这个年轻人讲俏皮话,听得好开心!这样的风华少年在一个女人眼里,今生今世绝无仅有!"

一个凶狠的念头好似一阵痉挛攫住伯爵的心:当她的面用匕

首刺杀他,然后自杀,怎么样?

他在房间里转了一圈,快要站不住了,手里紧张地攥着短刀的柄。那两个人都没有注意他想干什么。他说他要去吩咐听差一件事,他们好像根本没听见,法布里斯说了一句什么话,公爵夫人多情地笑起来。伯爵来到前厅,走到一盏灯下,瞅瞅刀口是不是锋利。他回到他们身边,心想:"对这个年轻人要客气,处处周全才是。"

他越来越狂躁,仿佛看到他们把身子俯向对方,竟在他的眼皮底下接吻了!"当我的面,这不可能。"他想,"我的头脑气糊涂了。别着急上火,如果我太生硬,公爵夫人即便出于自尊心,也会同他跑到贝尔吉拉特去。在那里,弄不好还在路上,一个偶然的机会就会让他们互相倾吐感情,然后转眼之间,水到渠成,瓜熟蒂落。

"单独相处会让他们相互表白得一字千斤重。再说,公爵夫人一旦与我远离,她会如何?即便我费尽九牛二虎之力,离开亲王,让我这张苦歪歪的老脸出现在贝尔吉拉特,夹在这两个快活得发疯的人中间,我算干什么的?

"就说在这里吧,我又算什么呢,最多算个 terzo incomodo(美丽的意大利语啊,简直就是为谈情说爱发明的),terzo incomodo(招人嫌的第三者)!"发觉自己在扮演这样一个讨厌的角色,对一个聪明人来说,是何等的悲哀,何况他又下不了狠心站起来,一走了之!

伯爵快要爆发了,至少他脸上扭曲的表情眼看要暴露内心的痛苦了。他装作在厅里踱步的样子,挨到门口,用自然而亲切的口气高声说:"二位,再见!"一边就出了门。他暗道:"不能流血!"

这是一个可怕的晚上。夜里,伯爵一会儿细细列举法布里斯超过他的地方,一会儿在撕心裂肺的嫉妒中苦熬。第二天,他想出一个办法。他把一个仆人唤到跟前,这个仆人正在向公爵夫人宠爱的侍女,一个叫谢奇娜的姑娘求爱。说来也巧,这个年轻的仆人办事老成,而且有点贪心,正惦记着在巴马哪个公共机构里找个守门的工作。伯爵吩咐年轻人立刻把他的意中人谢奇娜找来。年轻人遵命去办。一个小时后,伯爵突然闯进房间,姑娘和她的追求者正在那里等他。他给了他们一笔金币,数量之大,让他们害怕。然后,他直勾勾地盯住浑身哆嗦的谢奇娜的双眼,嘴里蹦出几个字:

"公爵夫人和主教大人相爱了吗?"

"没有。"姑娘沉默了一会儿,拿定主意答道,"没有,还没有。不过他常常吻夫人的手,总是笑着,真的,不过很激动。"

在这个证言之后,伯爵又问了上百个火气十足的问题,谢奇娜一一回答。伯爵感情上的担忧,让这两个可怜人把伯爵扔给他们的钱牢靠地挣到了手:伯爵终于相信了谢奇娜的话,痛苦减少了几分。"假如公爵夫人对今天的谈话听到一点风声的话,"伯爵对谢奇娜说,"我就把你的情人送进要塞监狱,等你再见到他,他头发都白了。"

又过了几天。这些天里,轮到法布里斯开心不起来了。

"我敢肯定,"他对公爵夫人说,"莫斯卡伯爵不喜欢我。"

"那该他阁下大人倒霉。"她答道,心中略有些不快。

其实,这并不是叫法布里斯感到不安,心中不快的真正原因。"命运替我安排的这个地方靠不住,"他想,"我有把握,她绝不会开口,她害怕一句露骨的话就像害怕乱伦一样。可是,万一有一天她忘乎所以,头脑发昏,到晚上却又叩问自己的良知;如果她以为我已经猜测到了她对我的感情,那么我在她眼里算什么呢?一个不折不扣的 casto Giuseppe(意大利俗语,指约瑟夫在与阉奴波提乏的妻子的关系上扮演的滑稽角色①)。

---

① 典出《圣经·创世记》。约瑟夫是埃及阉奴波提乏买来的仆人,波提乏的妻子勾引约瑟夫遭拒,反诬约瑟夫调戏她,波提乏将约瑟夫关进牢房。

"索性坦白地告诉她,我不是一个能够认真恋爱的人?可是,又要讲实话,又要避免把话说得整个是在冲撞她,这份机灵劲,我少了点。只有一个办法,说我在那不勒斯还有一段未了情,得回去一天。这样走,名正言顺,但是麻烦太多!也许还有一个法子,在巴马弄出一段与下层女人的风流情,这很可能惹她不快,然而好歹也强似充当蒙起眼睛的男人这个倒霉角色。这个办法可能会影响我的前程,的确有可能,我得小心行事,再花钱封住一些人的嘴,这样风险就会小一些。"法布里斯想了很多,顶可怜的是,他真的很爱公爵夫人,远远超过这世上任何人。他又气恼地想:"我这么害怕人家不相信事实,可真够傻的!"他因为缺少手腕,摆脱不了眼下的处境,不免垂头丧气起来:"天哪,假如我和这世上唯一依恋的人闹翻了,会有什么结果?"再说,法布里斯也不忍心拿一句冒冒失失的话毁掉这有滋有味的幸福生活。他现在的处境多么诱人啊!这个温柔的绝色佳人对他的友情多么甜蜜啊!即便说得庸俗些,亏了这个女人对他的保护,他才在宫廷里如鱼得水呀!宫廷里的钩心斗角,经这个女人说道,就像是一出喜剧那么逗乐!"但是,我随时可能被一声霹雳惊醒!和如此迷人的女人单独在一起消磨的这些夜晚,多么快乐,多么甜蜜,可是再这样下去,她会把我当作情人的,她需要我有激情,需要我狂热,而我呢,除却热诚的友情,是没有爱情可言的。我的禀性决定了我不可能狂热到这地步。在这方面,什么样的责难我没有挨过!A公爵夫人的话还在我耳边回响,而当时我根本没把什么公爵夫人当回事!她会以为我不爱她,其实我心里压根就没有爱。她永远也不会理解我。她以她独具的优雅和热情讲完一段宫廷逸事之后——这些事对我大有益处,我经常吻她的手,有时甚至吻她的脸,倘若有一天,她以某种方式抓住我的手,那该怎么办?"

法布里斯天天进出巴马城最显赫也是最阴郁的两座府邸。他按照公爵夫人聪明的建议,巧妙地向亲王父子和克拉拉-帕奥丽娜王妃,还有总主教大人献媚。他有所收获,但是他害怕与公爵夫人闹翻的忐忑心情一点也没有因此而平静下来。

第 八 章

因此,法布里斯到宫廷刚刚一个月,做廷臣的烦恼他便件件都有了,给他以生活乐趣的友情也受到影响。一天晚上,他心事重重地出了公爵夫人的客厅——在这里他太像个受宠爱的情人了,在城里漫步,经过剧院看见里面亮了灯,就走了进去。身为教士,这样冒失很有点莫名其妙。他到巴马之后一直力戒鲁莽行事,因为这毕竟是个仅有四万人口的小城。当然,他到巴马的头几天里就脱掉了正式的教士服,晚上只要不出现在大庭广众之中,他就简简单单着一身黑衣,像个服丧的人。

他在剧院拣了一间三等包厢,以免被人注意。上演的戏是哥尔多尼[①]

[①] 哥尔多尼(1707—1793),意大利喜剧作家,代表作有《女店主》《一仆二主》等。

的《女店主》。他欣赏着剧院的建筑,几乎不看舞台。但是观众席里不断爆发出笑声,法布里斯的目光便转到了扮演女店主的戏子身上。他觉得这个女戏子挺滑稽,仔细瞧了几眼之后,却又发现她怪可爱的,特别是自然之态可掬。这是一个天真烂漫的姑娘,哥尔多尼精彩的台词从她嘴里说出来,她头一个先笑,而且仿佛很惊奇。法布里斯打问她的名字,人家告诉他,她叫玛丽埃塔·瓦尔塞拉。

"她和我同名①,很有意思。"法布里斯有了主意,不过他还是等戏演完了才离开剧院。第二天他又到剧院来。三天后,他打听出了玛丽埃塔·瓦尔塞拉的住址。

就在他费了一番周折打听到住址的那天晚上,他发觉伯爵对他非常亲热。这个可怜的醋坛子吃了好大的苦才管住自己,谨慎行事。他派了几个探子跟踪法布里斯,年轻人偷偷上剧院的事让他很高兴。头一天,他拿定主意要善待法布里斯,第二天他就听说法布里斯穿了一件长长的蓝色礼服,算是简单的掩饰,跑到剧院后面的一幢老房子,进了五楼玛丽埃塔·瓦尔塞拉寒酸的家。伯爵心花怒放,难以言表。他的兴奋还不止于此,他又听说法布里斯见玛丽埃塔·瓦尔塞拉用的是假名,而且还有幸让一个叫吉莱蒂的无赖大吃其醋,这家伙在城里专演不起眼的仆人角色,到乡下就表演走钢丝。玛丽埃塔这个大情人破口大骂法布里斯,声称要白刀子进,红刀子出。

在意大利,歌剧团通常由一个 impresario② 来搭建,他东拼西凑拉人入伙,有的人准备付报酬,有的人他觉得反正无所事事。这样拼凑起来的剧团,一般只能坚持一两个季度。喜剧团的情况就不一样了。喜剧团尽管从一个城市到另一个城市,每隔两三个月

---

① 法布里斯的全名是法布里斯·瓦尔塞拉·台尔·唐戈。
② 意大利文:戏班子的班主,经理人。

就要换一个地方,但却像个大家庭,所有的成员要不相互爱护,要不就相互仇恨。团里通常有若干结对的男女,若想拆散他们,即便演出的城市里那些纨绔子弟也往往无计可施。我们的主人公碰到的正是这种情况。小玛丽埃塔很爱他,可是她怕吉莱蒂怕得要死。吉莱蒂声称是她唯一的主人,与她寸步不离。吉莱蒂到处放风说要杀掉主教大人,他已经盯过梢,打听出了主教大人的名字。这家伙身材高得离奇,瘦骨嶙峋,一脸细麻子和微微斜乜的目光十分惹眼。作为演员他身手不凡,演员聚集的后台,他经常翻着筋斗进去,要不然就玩点其他什么花样。扮演那种上台要用面粉把脸涂白,不断挨棍棒或者不断用棍棒打人的角色,他得心应手。这个情敌与法布里斯可谓棋逢对手。他每月收入三十二法郎,自认为算得上有钱人了。

  探子们把这些事一五一十,言之凿凿地告诉莫斯卡伯爵,他大有绝处逢生的感觉。他又恢复了和蔼可亲的性情,在公爵夫人的客厅里,他比往常更快乐,更殷勤。让他死而复生的这一段小插曲,他当然对公爵夫人守口如瓶。而一桩桩已经发生的事,他想了一点办法,让公爵夫人知道得越晚越好。一个月来理智一直在告诉他,当一个情人的身价看跌的时候,他就应该到外地走走,原来他听不进去,现在他终于有勇气听从理智的声音了。

  因为一件重要的公务,他到了博洛尼亚。内阁的信使一天给他送两次邮件,大多不是他办公室的公文,而是关于小玛丽埃塔怎么谈情说爱,凶狠的吉莱蒂怎么发火,法布里斯怎么应对等等,诸如此类的消息。

  伯爵几次派人要求上演《骨瘦如柴的阿尔莱基诺和馅饼》,这是吉莱蒂的拿手好戏(情敌布里盖拉①切开馅饼,阿尔莱基诺从中

---

① 阿尔莱基诺和布里盖拉都是意大利假面喜剧中的类型人物,在剧中多为仆役,憨厚笨拙。

跳出来,用棍棒揍他),这样就有理由给他送去一百法郎。这笔外快,债台高筑的吉莱蒂对人当然绝口不提,但是他却因此变得趾高气扬了。

法布里斯起初是一时的兴致(在他这个年纪,忧烦已经让他只能有一时的兴致了),后来却关系到他的自尊了!虚荣心驱使他依然到剧院去,姑娘把戏演得很活泼,他很喜欢。戏演完,他做上一个小时的情人。后来法布里斯真的有危险了,伯爵一听说,立刻赶回巴马。吉莱蒂过去在拿破仑的龙骑兵团里干过,他说要杀法布里斯绝不是戏言,而且他已经在为逃到罗玛尼阿诺做准备。如果我们的读者是个青年,他一定对我们赞赏伯爵的品质很恼火。但是,对伯爵来说,从博洛尼亚回来,这毕竟不能只算小小的壮举,因为早上他的面色显得那么疲倦,而法布里斯却那么精神焕发,那么宁静安详!法布里斯死在他不在巴马的时候,而且死得那么不值,有谁会责备他呢?然而伯爵有一颗与众不同的心灵,他会为能够做而没有做的好事抱憾终身。何况他想到公爵夫人会悲伤心里就不忍,更甭说如果悲伤的原因是他的过错了。

他回到巴马,发现公爵夫人寡言少语,情绪低落。原来是这样:侍女谢奇娜自从收了伯爵一大笔钱,总觉得自己犯了大错,心里悔恨痛苦,结果得了病。公爵夫人很喜欢谢奇娜,一天晚上她到楼上的房间里去看望谢奇娜,姑娘经不起这样的关心,失声痛哭,想把剩下的钱交给夫人,到最后终于鼓足勇气将伯爵提的问题和她的回答都讲了。公爵夫人赶紧跑去把灯灭掉,对姑娘说可以原谅她,条件是这件怪事对谁也不许吐露半个字。夫人又轻描淡写地说:"可怜的伯爵害怕被人取笑,男人都这样。"

公爵夫人三步并作两步跑下楼,刚一关上门就大哭起来。法布里斯是她看着出生的,与他相爱,她总觉得有什么东西不对头,可是他的所作所为究竟为何?

这就是伯爵发觉公爵夫人心情阴郁的主要原因。他回来之后,公爵夫人对他很不耐烦,对法布里斯也差不多。她不想再看到伯爵,也不想再看到法布里斯。伯爵像心里藏不住话的忠实情人那样把事情和盘托出。公爵夫人觉得法布里斯在小玛丽埃塔身边扮演的角色很可笑,叫她气不打一处来。她的偶像居然有缺陷,这个灾难她适应不了。在她与伯爵关系比较融洽的时候,她向伯爵讨主意,这在伯爵真如天降甘霖,他匆忙赶回巴马。高尚的行为总算有了报答。

"没有比这更好办的了!"伯爵哈哈一笑,说道,"年轻人嘛,见一个女人爱一个,转回头就抛到脑后。法布里斯是不是该回贝尔吉拉特看看台尔·唐戈侯爵夫人啦?那好,叫他去。他走了以后,我给剧团一笔钱,让它带着那些天才演员远走高飞,旅途的费用我来出。用不了多久,你我就会看到,法布里斯又爱上了命运带到他跟前的第一个漂亮女人:这很正常,我倒不希望他是另一个样子。如果需要,可以让侯爵夫人给他写信嘛。"

公爵夫人正害怕吉莱蒂呢,伯爵装作完全是局外人的样子提出的建议令她眼前一亮。晚上,伯爵似乎漫不经心地说有一个信使去维也纳,路过米兰。三天后,法布里斯收到母亲的信。他出发了。小玛丽埃塔通过一个 mammacia,即当她干妈的老妇人向他表示了爱慕之意——这倒要感谢吉莱蒂的嫉妒,很遗憾,他只能坐失良机。

法布里斯在贝尔吉拉特见到了母亲和一个姐姐。贝尔吉拉特是皮埃蒙特境内的一个大庄子,位于马乔列湖右岸。湖左岸属于米兰,也就是说,属于奥地利。湖在科摩湖西二十里,与科摩湖平行地从北向南延伸。山里清新的空气,浩渺而平静的湖面,都让法布里斯回忆起童年的情景,蕴含怒火的痛苦于是变成了淡淡的忧伤。公爵夫人的形象在说不尽的温情中浮现在他脑际。两相分离,他对公爵夫人似乎产生了对哪个女人都不曾有过的爱,倘要他与公爵夫人永久分离,那是再痛苦不过的事。在这种情况下,设若公爵夫人玩一点点女人的小把戏,比如让法布里斯有一个情敌,她就能赢得法布里斯的心。然而她非但没有迈出这关键的一步,相反却对自己惦记着年轻人的行踪感到内疚。她责骂自己,说自己想入非非,似乎这是桩大丑事。她对伯爵关心体贴有加,伯爵被她的万种风情迷住了,理智的声音他已经听不进去,按理说他应该再到博洛尼亚去一次的。

台尔·唐戈侯爵夫人的大小姐要嫁给米兰的一位公爵,婚期迫在眼前,侯爵夫人和她心爱的儿子只能在一起住三天。她觉得儿子比以往任何时候都要温柔。法布里斯的心情越来越忧郁,这当儿他脑子里闪出一个念头,一个奇怪甚至滑稽的念头,却挥之不去。我们直说吧,他是想找布拉奈斯神甫讨主意。一颗心灵徘徊在纯真而同样强烈的感情之间何以会郁郁寡欢,这一点,杰出的老人绝对无法理解。何况不说别的,单让老人搞清楚法布里斯在巴马有哪些利害关系,没有七八天恐怕是不行的。但是,法布里斯一想到与老人商量,少年时代新鲜敏锐的感觉就恢复了。信不信由你,法布里斯要找布拉奈斯神甫聊一聊,不仅仅是把神甫看作哲人,也不仅仅是把神甫当作绝顶聪明的朋友。不过他究竟为什么要跑去找神甫,路途上五十多个小时里究竟有哪些感情在冲击他,这些都说不清,道不明,考虑到叙事的需要,倒不如隐而不语。我担心法布里斯的轻信会叫读者少了几分对他的好感。但是说到底,他本性如此,为什么对别人不专拣好听的说,单单对他这样?对莫斯卡伯爵也好,对亲王也好,我都没有这样做过呀。

法布里斯——既然有什么说什么,那就说吧——陪母亲到了拉威诺港。港口在马乔列湖左岸,也就是属于奥地利的部分。晚上八点左右他母亲下了船(马乔列湖是中立区,只要不下船,就不需要护照)。然而夜色刚刚降临,法布里斯便让人用船送他到伸到湖中的一片小树林,从那里登上了属于奥地利的湖岸。他租了一辆sediola,一种乡下用的速度很快的双轮马车,紧随母亲的车,保持着五百步的距离。他装扮成台尔·唐戈府的仆役,警察局和海关人固然多,却没有谁会想到问他要护照。在距离科摩还有四分之一里的地方,他母亲和姐姐停下来过夜,他拣了路左侧一条小道,绕过维克镇,驶上刚修的一条紧贴湖边的小路。时交子夜,法布里斯觉得不会再碰到宪兵。小路从一丛丛小树林中穿过,树木的枝叶在星空里勾画出团团黑影,在薄雾中若隐若现。水面与天空一派浩渺静谧。法布里斯面对这庄严的美景,不禁心旷神怡。他停下来,找了一块岩石坐下。岩石突出在湖水中,好似一个小岬角。万籁俱静,只有涛声有节奏地打破沉寂,细浪卷上沙滩后便销声匿迹。法布里斯有一颗意大利人的心灵,对此我很抱歉,要不是这个缺点,他本来可以更可爱一点。这个缺点主要表现在,他的虚荣心忽隐忽现。一望见美丽庄严的景色,他便立刻柔情绵绵,胸中块垒的那些锋利坚硬的棱角立刻被削平。他坐在孤零零的岩石上,不再需要提防警方的密探,深邃的夜和无垠的静庇护着他,甘甜的泪水湿润了他的眼睛,在这里不需什么代价便寻回了很久未曾体验过的无比幸福的时光。

他拿定主意不对公爵夫人说谎,此时此刻他爱她是崇拜她,所以他发誓决不对她说他爱她,今生今世不会向她说爱这个字,因为人们称作爱的感情与他的心不沾边。此时此刻他心中激荡着高贵的情感和道德激情,感到无比幸福,决心一有机会就把一切都告诉公爵夫人:他的心从来没有体验过爱情。决心一下,他便觉得如释重负。"她也许会同我讲到小玛丽埃塔,那好,我永远不再见玛丽埃塔就是了。"他高兴地自语道。

晨风吹拂,白天里弄得人精疲力竭的酷热开始消退。在黎明淡淡的白光中,科摩湖东北阿尔卑斯山脉高高耸立的群峰已经隐约可见。即使在六月,大山也覆盖着积雪。山后,蔚蓝的天空永远清澈明净,衬托出山峰白色的轮廓。山脉的一支朝着幸福的意大利①向南延伸,把科摩湖的坡岸和加尔达湖的坡岸隔开。法布里斯纵目眺望大山的条条山脉,曙光渐渐升起,山脉间的谷地看得分明了,山隘里升腾起薄雾,在曙光中显得很明亮。

　　法布里斯已经重新上路。越过形成杜里尼半岛的丘地,格里安塔村的山岩便出现在眼前。他曾经常常在这里和布拉奈斯神甫一道观察星空。"我那时太无知!"他想,"师父翻看的那些星象学论文,我连它们蹩脚的拉丁文都看不懂,那时心怀敬畏,恰恰是因为我只零零星星懂几个字,想象便尽量赋予这些论文以某种浪漫含义。"

　　他心绪起伏,渐渐想到另外一个问题。"星象学里究竟有没有真实的东西?它为什么与其他学问大不一样?一群白痴和一群滑头串通一气,说他们懂什么什么,比如说墨西哥文吧。他们以此为本钱在社会上招摇撞骗,让政府为他们掏钱。他们之所以有享不尽的荣华,就因为他们根本没有思想,当政者完全不必担心他们会用高贵的感情来哗众取宠,煽动民众! 就说巴里神甫吧,艾奈斯特四世最近赐给他四千法郎的年金,还有他那个级别的十字勋章,就为了他为一首希腊酒神歌辨正了十九行诗!

　　"但是天哪,我有资格嘲笑这些事吗?该我来发牢骚吗?"他突然想,一边就站住了,"颁发给我那不勒斯师父的不也是这种十字勋章吗?"法布里斯从心底里感到不自在。刚才他还为高尚情操激动得心跳,这会儿那份热情却渐渐蜕变成分得大笔赃物的卑劣快感。最后像所有对自己生气的人那样,他双眸黯然失神,暗

---

①　当时意大利南方未被奥地利占领。

道:"罢了罢了,既然我的出身使我有权从这些龌龊事中捞到好处,那么不拿走我那份未免太吃亏。不过我再不敢当众骂这些事了。"他这么想不能说没有道理,不过一个小时前他感觉登临到一种崇高的幸福境界,现在却从上面跌落下来。特权思想把人们称作幸福的这株嫩草给晒蔫了。

"如果星象学不可信,"他又想,竭力排解心中的不快,"如果它和大多数与数学无关的学问一样,纠集了狂妄的傻瓜和那些拿谁的钱就为谁做事的狡猾的伪君子,那么那一幕不祥的场景为什么总是在我脑子里盘旋,叫我不得平静呢?早年我的确从 B 城监狱脱身了,但是穿的衣服,拿的路条,却是属于一个应该坐牢的士兵的。"

法布里斯的思想无论如何深入不下去了,他围绕这个难题左思右想,却始终不得要领。他毕竟年幼,每逢无所事事,便想象出各种情境,津津有味地品尝身临其中的滋味,全然想不到莫如用这些时间去耐心观察一个个现实事件,然后推测产生这些事件的缘由。在他看来现实既无聊又肮脏。有人不喜欢面对现实,这可以理解,但是既然不愿面对现实,那就不要胡乱分析现实,尤其莫拿无知的种种怪论来非议现实。

法布里斯并不愚钝,但是他却没有看到,多少有点相信预兆来自幼年时代留下的深刻印象,对他来说俨然如一种宗教。想到这种信仰,就是去感觉,就是幸福。他固执地想知道对预兆的信仰如何能够成为一门经过证明的学问,一门有如几何学那样的真学问。他急切地在记忆中搜寻,看有没有一些预兆,他注意到似乎在预示某种好结果或者坏结果,后来却并没有应验。然而尽管他认为自己的思想有条理,自己是想廓清事实,可是他一发现有些预兆所指示的好运或者厄运,后来大都应验了,他的注意力便马上集中到这样的事例上,心里边就悚然,而且很有些激动。此时若有人否定预兆,尤其是那人若用了嘲笑的口吻,他一定会嗤之以鼻。

法布里斯也不知走了多远,正茫然理不清思路的时候,猛抬头却已经到了自家花园的围墙下。围墙在路右侧,高出路面四十多尺,墙顶是一个精致的高台。紧靠栏杆一溜边砌着一块块方石,居高临下,使高台很有几分雄姿。"很不错,"法布里斯想,"是个出色的设计,有点罗马风格。"他把关于古代的学问用上了。随后他又厌恶地掉转头,父亲的冷面孔,尤其是他从法国回来之后哥哥阿斯卡尼奥告发他这件事,又浮上心头。

"我现在的处境全因为他丧尽天良告发我。我可以恨他,可以看不起他,可是到头来我的命运已经改变了。我被打发到父亲在诺瓦腊的生意人那里,除了痛苦还是痛苦,要是姑妈没和一个有权势的大臣相爱,要是姑妈心地不温柔,没有感情,没有以让我吃惊的热情爱着我,而是像一般人那样干巴巴的,那我会有什么下场?要是公爵夫人的心地一如她哥哥台尔·唐戈侯爵,我现在又会如何?"

往事的回忆痛苦地压在法布里斯心里,他步履迟疑起来。来到壕沟边,眼前便是城堡雄伟的正面。对这个因日久天长已经发黑的高大建筑,他连瞧都没瞧一眼,建筑的设计尽管值得称道,他却无动于衷。想起父亲和兄长,任何美感都打动不了他的心。这两个虚伪凶狠的敌人,他必须全神贯注提防他们。1815年前他住在四楼的一间卧室,他朝卧室窗户凝视片刻,心里愤愤不平。童年的回忆本来是美好的,但是被他兄长丑恶的本性破坏了。"3月7日晚八点以后,"他暗道,"我再也没有进过这个房间。当时我离开城堡去拿瓦西的护照,因为害怕密探,第二天便急急忙忙上了路,到法国走了一遭。好不容易回来了,却连上楼看我的版画的时间都没有,这都要感谢我的兄长告发我呀。"

法布里斯愤然转过脸去。"布拉奈斯神甫已经过了八十三岁,我姐姐告诉我,他已经基本上不到城堡来了。到了风烛残年,谁都难免呀。他的心灵原是那么坚强,那么高尚,却也被岁月冻结。天知道他已经有多少时间没去过钟楼了!我先藏在酒窖里,躲在酒桶下面,要不然就躲在压榨机下面,等他醒过来再说。我不能搅了一个老人的清梦。说不定他连我的模样都记不清了呢,在他这个年纪,六年时间非同小可啊!弄不好我只能看到一个朋友的坟墓也难说!"他又暗忖道,"跑到这里来看父亲的城堡,自找恶心,真是孩子脾气!"

法布里斯来到教堂的小广场,却见老钟楼三层一扇狭长的窗户里闪出亮光,他大吃一惊,差点喊出声来。这亮光正是布拉奈斯神甫的小灯。神甫平时来到充当观象台的这间小木屋,习惯把灯放在窗户上,以免灯光刺眼,妨碍他看天象图。天象图张挂在一个大瓦罐上,瓦罐原是城堡里栽橘树用的,神甫在罐底的洞口点一盏很小的灯,灯上有一根很细的白铁管,把油烟引出瓦罐,铁管的影子正指向天象图的北方。想起这些拙朴的东西,法布里斯心里万分激动,洋溢着幸福感。

他想也没想便合拢双手,吹出一声低沉而短促的口哨,过去这是他要进楼的信号。他立刻听到从观象台垂下的绳子拉了几下,钟楼的门闩打开了。他飞奔上楼,激动得难以自持。只见神甫仍坐在老地方一张木扶手椅里,一只眼凑近墙上子午仪的小望远镜。神甫的左手打了个手势,盼咐不要打断他的观察。移时,他在一张纸牌上记下一个数字,然后从扶手椅上转过身来,张开双臂,我们的主角扑到他怀里,潸然泪下。布拉奈斯神甫才是他真正的父亲。

神甫诉说了几句衷肠之后,说道:"我在等你。"神甫是要显示他无所不知呢,还是他时常想念法布里斯,因而有某种天象纯粹偶然地向他宣示了法布里斯要回来?

"我的死期不远了。"布拉奈斯神甫说。

"怎么会呢!"法布里斯激动地喊道。

"真的。"神甫口气严肃,却没有丝毫的悲戚,"又见到你,生命又多享受了一份福气,再过五个半月或者六个半月它就该熄灭了。

Come face al mancar dell alimento. ①

"在崇高时刻来临之前,我也许有一两个月不说话,然后天父的怀抱就会接纳我——如果他觉得在他为我指定的位置上,我还算恪尽职守的话。

"你累过了头,也太激动,要打瞌睡的。从我开始等你的那天起,我就放了一块面包和一瓶酒在大工具箱里。你用这些来恢复体力。待养足了精神,就再听我絮叨一会儿。在黑夜完全被白昼替代之前,我必须跟你讲几件事。这几件事现在我看得清清楚楚,明天也许就看不真切了。因为,孩子啊,人是很虚弱的,必须把我们的虚弱估算在内。明天我躯体中的这个耄耋老人,这个肉身凡胎,或许就要准备迎接死亡了,而你明天晚上九点必须离我而去。"

法布里斯默默照办,他习惯如此。

"这么说来,"老人重又开口,"你想看看滑铁卢,结果先进了牢房,这是真的。"

"没错,神甫。"法布里斯惊奇地说。

"那好,真是难得的福气。听了我的话,你的灵魂就能再经历一次牢狱之灾。这一次遭的罪不同,却要苦得多!要想出牢房,看来非得犯下一桩罪行不可。好在谢天谢地,犯罪的不是你。任有多强烈的诱惑,都不要卷入暴力犯罪。我想我已经看到了,这里涉及的是杀一个无辜的人,他无意中侵害了你的权利。你受到的强

---

① 意大利文:犹如灯油已经耗干。

155

烈诱惑从荣誉观来看固然不无道理,但是你如若不受诱惑,那你的日子照一般人看来就是非常幸福的,"他想了一想又说道,"在智者看来也够幸福的。我的孩子,你会像我一样死在一张木椅上,身边没有奢华,而且从心里厌恶奢华,会像我一样没有真正需要自责的地方。

"好,有关未来的事情我们就谈到这里吧。没有什么特别要补充的了。我很想知道你在牢里关多久,半年,一年,还是十年,但是白费力气,什么也看不出来。显然,我有罪,上帝惩罚我,才让我看不清楚,心情沮丧。我只看到过了这场牢狱之灾——说不准是不是就在你出狱的时候,会出一件事,我把它叫作罪行。幸好犯罪的不是你。但是你如若太软弱,牵涉到里面,我下面的测算就全错了,对你来说就谈不上带着平静的灵魂死去,也不会穿白衣死在木椅上。"布拉奈斯神甫边说,边想站起来,到这时候法布里斯才发觉岁月真是不饶人,神甫用了将近一分钟才站立起来,转向法布里斯。法布里斯没有搀他,动也不动,一声不吭。神甫几次依到法布里斯怀里,无限柔情地搂住他。随后又恢复了往常乐呵呵的神情。"你自己想法子在我这些仪器中间好好睡一觉,盖上我的皮大衣。你会发现有好几件呢,都很贵重,是四年前桑塞维利纳公爵夫人派人送来的。她让我为你算算命,我没给她回话,却留下了这几件大衣,还有这个精致的子午仪。宣布未来如何如何,这不合规矩,弄不好会改变事态。出现这种情况,这门科学就会像儿童积木似的坍塌。再说,有些坏消息也不忍心告诉美丽的公爵夫人。顺便告诉你,早七点祷告的钟声敲响,就在你耳朵边上,那声音震耳欲聋,你在睡梦中可别被吓着。过一会儿他们还会摇下面一层的大钟,我这里的仪器全都会晃动。今天是殉道者和武士圣乔维塔日。你是知道的,格里安塔这个小村子和布莱西亚这个大城市都以圣乔维塔为守护圣人。说到这里,有一段有趣的小插曲。因为守护圣人相同,我的老师,腊万纳有名的雅克·马利尼就搞错了,他以为我会成为雄伟的圣乔维塔教堂的本堂神甫,所以好几次跟我说我在神职界前途无量,他哪里知道,我只是一个七百五十户的小村庄的本堂神甫。不过幸亏如此,过了不到十年吧,我就看到,如果我当了布莱西亚的本堂神甫,我的命就是关进莫拉维亚山上的监狱斯皮尔堡。明天,附近的本堂神甫都要来为我的大弥撒唱诗,晚餐很丰盛,我会从美味的菜肴中偷一点给你送过来。我送到楼下,但是你不要见我,听见我走出去之后再下去取那些美味。白天你不能和我见面,明天太阳落山的时间是七点二十七分,将近八点钟时我来拥抱你。当时间还以九计算时,也就是说,时钟敲响十点之前,你必须离开这里。千万别叫人家从窗口看见你。宪兵都了解你的容貌特征,而且他们多少听命于你哥哥。这个暴君真非同一般。台尔·唐戈侯爵一天天衰老了,"布拉奈斯神甫神色忧郁地说,"假如他看见你,或许会亲手送给你一点东西,但是对你这样的人,这种骗人的小恩小惠并不合适,他早晚会明白你的可贵。侯爵很讨厌阿斯卡尼奥这个儿子,可是他拥有的五百万或六百万家产迟早要落到这个儿子手中。这就是公正。他死后,你会得到四千法郎年金,还有五十奥纳①的黑布,给你的仆人做丧服。"

---

① 长度计量单位,一奥纳约合 1.2 米。

第 九 章

老人的话让法布里斯的心里翻江倒海,再加上精神集中和过度疲劳,好不容易才入睡,而且不断做梦,恍惚都和未来的命运有关。上午十点,整个钟楼开始晃动,法布里斯醒来,听到巨大的声响,好像是从外面传进来的。他惊恐地跳起身,以为世界末日到了,然后又觉得置身于牢房中。过了好大一会儿才醒悟,这是四十个庄稼汉摇晃大钟发出的声音,为的是纪念圣乔维塔。其实有十个人就足够了。

法布里斯寻找一个合适的角落,既能看出去又不会被人看见。他发现在这高塔之上,自家城堡的花园,乃至城堡里面的院落都尽收眼底。他居然把这给忘了。想到父亲已经到了风烛残年,他的感情起了变化。就连几只麻雀在饭厅外的平台上啄面包渣他也看得一清二楚。"是我过去驯服的麻雀的后代。"他心里说。和其他大宅邸一样,这里的平台上也摆着许多橘树,都栽在挺大的瓦盆里。这景象使他很感动。院子这么一布置,加上耀眼的阳光投下了醒豁分明的阴影,看起来很气派。

他又想到父亲衰弱的身体。"真有点奇怪,"他想,"父亲只比我大三十五岁。三十五加二十三,他才五十八岁呀!"他凝视着父亲卧室的窗子,这个板着面孔的人从来没有爱过他,但是他的眼睛还是泛起了泪花。猛然间一股寒气袭遍全身,他不禁打了一个寒战,因为他恍惚看见父亲从与卧室平行,摆满橘树的高台上走过。结果那不过是一个仆人。钟楼下,一群群身着白衣的姑娘在忙碌着,她们用红、黄、蓝各色鲜花在街心拼出图案,准备迎接仪仗队。不过,最震撼法布里斯心灵的,是从高塔上极目眺望,几里外大湖展现两个水面,雄浑的景色使他慨然释怀,心里升腾起最崇高的情感,童年的回忆纷至沓来。关在高塔上的这一天成了他一生中最幸福的一天。

幸福感使他的精神上升到一个按其秉性本不应有的高度。他本是少不更事的,可是他对纷繁生活的看法,却俨然像是走到了人生终点的人。"说实话,"他又想,"刚到巴马,我曾经有过几小时沁人心脾的遐想,可是以后呢,我在那不勒斯领略到的那种静谧、完美的欢乐,比如在沃美洛的小路上骑马,在米赛诺的海岸奔跑,都不曾享受过了。巴马这个小宫廷钩心斗角,凶险得很,把我也带坏了⋯⋯可是我从仇恨里根本得不到快乐,我觉得,羞辱敌人——如果我有敌人的话,倘要算幸福,那也是一种可悲的幸福。我真的没有敌人⋯⋯不对,"他蓦地想起,"我有敌人,就是吉莱蒂⋯⋯说来也怪啊。"他想,"我真想看到这个丑八怪一命呜呼,那种乐趣要比我对小玛丽埃塔淡漠的感情更长久呢。那不勒斯的 A 公爵夫人不能和玛丽埃塔相比,有天壤之别。我对 A 夫人说我爱她,那就非爱她不可了,天哪,这个美人每次约我相会,没完没了,腻味透了。小玛丽埃塔在她破破烂烂的厨房兼卧室里见过我两次,每次不超过两分钟,那感觉完全不同。

"哎呀,这些人吃的什么呀?天可怜见!我应该给她和那老妈妈一笔钱,好让她们每天能买三份牛排……"他又想,"宫廷周围的人教我邪念,有了小玛丽埃塔我才得以解脱。

"也许我应该按公爵夫人说的,过咖啡馆生活①。她自己似乎就意于此,何况她远比我有才干。有她相助,或者就靠我自己每年四千法郎收入也行,加上母亲为我存在里昂的四万法郎,一辈子有一匹马,有点钱搞挖掘,建一间工作室,应该都不成问题。既然看起来不会有爱情,那么幸福就只能来自这些方面了。死之前,我要再去看看滑铁卢战场,寻觅那片草地,我在那里被人从马上拽到地下,还挺高兴。旧地重游之后,我要时常回来看看这片壮阔的湖水,这么美的景致别的地方怕是难找,起码对我的心灵来说是这样。幸福远在天边,近在眼前哪!

"不行,"法布里斯说,似乎是反驳自己,"警察会把我从科摩湖撵走的。不过我比那些指挥警察的人要年轻。"他想,竟呵呵乐起来,"这里没有 A 夫人,不过那边街上摆花的姑娘可以找一个,我会像爱 A 夫人那样爱她。即便在爱情上,假正经也叫我心烦。那些贵夫人眼界都太高,拿破仑教给了她们太多的道德观和贞节观。

"见鬼!"他蓦地暗叫,将脑袋从窗口闪开,好像害怕被人认出来,尽管给大钟挡风雨的百叶窗很大,很遮光。"来了一群宪兵,穿得够帅的。"确实有十个宪兵,其中有四名下士,出现在村头的大路上。班长让他们百步一岗,沿游行队伍的线路排开。"这里

---

① 意谓悠闲生活。

的人都认得我,万一被人看见,我就得从科摩湖边一头栽进斯皮尔堡,两只脚戴上一百一十斤的铁链子,公爵夫人知道了会好伤心哪!"

过了几分钟,法布里斯才醒悟自己站在八十尺高的地方,再说和其他地方比起来很暗,就算有人往这边望,也会被耀眼的阳光刺得睁不开眼,何况人们都瞪眼瞧着街道两旁为迎接圣乔维塔日而粉刷一新的房屋呢。话虽然这么说,他要不是扯了一块旧布钉在窗户上,把自己和宪兵隔开,只在窗帘上撕开两个小孔往外看,那么任什么有滋味的事,他那颗意大利人的心都欣赏不下去了。

钟声在空中激荡足有十分钟,然后圣体游行队伍从教堂出来了,mortaretti 也响起来。法布里斯掉转头,发现了他儿时常去的那座临湖的小台子。台子有围栏,他在那里冒险看 mortaretti 从自己胯下发射,因此每到节日的早上,母亲都想把他留在身边。

需要说明的是,所谓 mortaretti(又叫小炮),就是枪管锯短的步枪,留下四寸长。所以农夫们拼命地搜集步枪,1876 年之后,欧洲的政治使得丢弃的枪支在伦巴第平原上俯拾皆是。枪管截短到四寸,往里面填上药,直填到枪口,然后一支支竖在地上,用一根引线连起来。这些枪排成三行,数量大约两三百,有如一个作战方队,离游行队伍要经过的地方不远。当圣体游行队伍走近了,把引线点着,一连串清脆的枪声便炸响。世上没有比这更杂沓也更可笑的枪声了。女人们都乐不可支。枪声掠过湖面,在涛声中减弱了,远远听起来带着无可比拟的喜庆气。少年时代经常给他带来欢乐的这种特别的枪声,把困扰他的沉重思想驱散了。他搬过来一架天文望远镜。跟在队伍后面的男男女女,他大都能认出来。他十一二岁上告别的漂亮小丫头,如今个个亭亭玉立,正当青春年华,好似绽开的鲜花。看到这些姑娘,我们的英雄勇气倍增,差一点不顾宪兵在跟前,跑出去和她们说话。

队伍从教堂前经过,又折回来,从法布里斯看不见的一个侧门进入教堂。不大会儿工夫,天便热起来,连待在钟楼上也热得难耐。村民纷纷回家,村子里变得一片寂静。几只小船载着庄稼人返回贝拉乔、梅纳乔和湖边其他一些村镇。一下一下的桨声,法布里斯听得分明,虽然是平常的小事,却叫他心旷神怡。他此时的快乐,隐含着复杂宫廷生活的全部痛苦和不安。湖面一平如镜,映照着深邃的苍穹,倘若能够在湖上荡舟,那该多美啊!钟楼下传来开门声,来的是布拉奈斯神甫的女仆,挎着一个大篮子。法布里斯费了很大的劲才忍住没有同她说话。"她对我的感情不比她主人差,"法布里斯想,"再说,我晚上九点就走,我的秘密她会发誓不说的,何至于连几个小时都守不住?"他又想,"不过要是同她说话,会惹恼我的朋友,而且可能给他把宪兵招来!"吉塔走了,他终于没有同她说话。他吃了一顿丰盛的晚饭,然后收拾一下准备睡一会儿。他一觉睡到晚上八点半,布拉奈斯神甫摇晃他的肩膀,他醒了,天已经黑了。

　　布拉奈斯疲惫不堪,比头天仿佛苍老了五十岁。他没有再谈什么紧要的事。他在木椅上坐下,对法布里斯说:"拥抱我。"他搂抱了好几下法布里斯,终于开口道:"我们的分离,比我漫长生命的结束更叫我难过。我有一点钱,存放在吉塔那里。我说了,她需要钱就从里面拿,剩下的,如果你问她要,就给你。我了解她。既然我这样说了,她为了替你节省,一年里可能买不上几回肉,除非你明确发话。你自己也指不定会穷困潦倒,那时你老朋友对吉塔的吩咐就派上用场了。别指望你哥哥,他只会害你。想办法找一份对社会有益的工作吧,自己挣钱。我预计会有大风暴降临,也许五十年以后就容不得游手好闲的人了。你母亲和姑妈早晚会离开你,你两个姐姐又得听她们丈夫的……走吧,走吧!快跑!"神甫急促地叫道,他听到时钟发出一声响,马上就要报时,法布里斯想最后拥抱他一下他都不让。

"快！快！"神甫对法布里斯嚷，"下楼最少要一分钟。千万别摔倒，那可是不祥之兆。"法布里斯冲下楼梯，到得广场便撒腿飞奔。刚跑到父亲的城堡，大钟便敲响十点了。钟声记记敲在他心上，让他感到说不出的烦乱。他停下脚步，想理一理思绪，也许更想任这座大厦在他心里激起波澜，尽管昨天这大厦还让他感到冷冰冰的。他正胡思乱想，被一阵脚步声惊醒，他抬眼一瞧，周围有四个宪兵。他衣兜里揣了两支上好的手枪，晚饭时刚刚换了引信。他扣动保险栓，发出的细微声音惊动了一个宪兵，眼看自己有被捕的危险。在这千钧一发之际，他心里琢磨是不是应该抢先开火。他有这个权利，因为这是对付四个全副武装汉子唯一的办法。万幸的是，宪兵们巡逻的目的是把各家酒店清空，他们在几家可爱的酒店里受到礼遇，因此也不想表现得太不知趣，所以是不是要履行自己的职责，一时间他们拿不定主意。法布里斯说逃就逃，撒腿狂奔。宪兵随后追了几步，高喊："抓住他！抓住他！"然后四周便又恢复了寂静。跑出三百步远，法布里斯站住喘口气。"手枪的声音差一点害我被捕。这正应了公爵夫人的话——但愿我还能看见她美丽的眼睛，她说我的心灵喜欢关注十年后的事，却忘记观察眼下身边发生的事。"

法布里斯想到刚才躲过的这一劫，不禁打了个哆嗦。他加快脚步，不一会儿又禁不住地狂奔起来。这未免有点大意，因为有几个庄稼人正在回家的路上，他一跑便引起了他们的注意。直到进了山，离开格里安塔好几里远了，他才稳住神，停下脚步。虽然站定了，想到斯皮尔堡，身上还是沁出冷汗。

"好可怕呀！"他自言自语。听到"怕"这个字，他又有点羞愧。"好了，姑妈不是说过，我最需要的是学会原谅自己吗？我总爱为自己树一个完美的榜样，然而这个榜样根本不存在。既然如此，害怕也就情有可原,因为话说回来,我是打算捍卫自己的自由的。如果他们四个要送我进监狱,那么肯定地说,他们谁都甭想直挺挺站着。"他又想,"我现在的做法,不像个军人。在完成了任务,而且可能已经引起敌人注意之后,我非但没有迅速撤退,反而自得其乐,想入非非,比好心的神甫预想的都还要可笑。"

法布里斯的确没有走最短的路线回马乔列湖边,他的小船正在那里等他。他绕了一个大圈子去看他的树。读者也许还记得,法布里斯母亲二十三年前栽了一棵栗子树,他对这棵树很有感情。"如果哥哥叫人把树砍了,那不奇怪。"他想,"不过,他们那些人心思没那么细,想不到这上面。假如果真没砍,倒也不算一个坏兆头。"然而两小时之后,法布里斯的目光呆滞了,只见这棵树的一个主枝被坏人或者被暴风雨折断了,耷拉在那里,已经干枯。法布里斯小心翼翼地用匕首把枝条割断,又把切口处削平,以防止水渗进主干。尽管天就要放亮,时间很宝贵,他仍旧花了足足一个小时给可爱的栗树松了土。干完这些傻事,他重新上路,往马乔列湖赶。总的来说,他并不感到难过,树长得不错,比以往茁壮了许多,五年中长高了一倍。断了一个枝杈,只是一个小损失,影响不大,砍掉之后,对树没有什么损害,而且树可能因此长得更高,因为会从更高的地方分杈。

法布里斯走出不到一里路,东方就显出明亮的白色,把当地著名的雷塞贡·迪·雷克山映衬得分明。路上庄稼人来来往往,可是法布里斯非但没有临战意识,相反却满怀激情地欣赏科摩湖一带时而雄浑、时而精巧的森林景色。"这么美的森林,堪称世界之最,不是瑞士人说的最能赚新埃居,而是最能和心灵沟通。"以法布里斯目前的处境,随时可能被伦巴第-维也纳的宪兵老爷们盯上,他居然还有心思聆听森林的声音,真是够天真的了。"离边境还有半里路,"他想,"早上有海关的人和宪兵出来巡逻,要是给我撞上,这套细毛呢衣服一准引起怀疑,他们会跟我要护照。护照上的名字,白纸黑字写着,我非进监狱不可。我现在正处在被迫动杀机的微妙时刻。如果宪兵按平常那样两个一组,那么我只有等其中一个上来抓我领子的时候才能开枪,他倒下时哪怕抓住我一小会儿,那就斯皮尔堡见了。"法布里斯很紧张,想到要首先开枪,而且打的可能是皮埃特拉内拉伯爵叔叔的老部下,他越发害怕。于是他寻了一棵大栗子树,将身体掩藏在树洞里。他正给手枪换火药,就听得树林里有人走来,一边还有滋有味地唱着梅卡唐塔①的一首歌。这首歌当时在伦巴第很流行。

"这是好兆头!"法布里斯暗忖道。他专心听着歌曲,刚才他思绪纷乱,不觉有点上火,现在倒平静下来。他小心地朝两边的大路张望,阒无一人。"唱歌的一定是从哪条斜路上过来的。"他想。然而就在这时,他看见一个随从,穿一身英国制服,显得很利索,骑一匹差人的马,却牵了一匹纯种马。马很漂亮,可能稍微瘦了点。

"哎,莫斯卡伯爵老跟我说,一个男人有权对周围的人做什么,全看他遇到什么样的危险。"法布里斯暗道,"要是我像他那么想,我就该把这个随从的脑袋打开花,只要骑上这匹瘦马,什么宪兵都不在话下了。回到巴马,我再寄一笔钱给他,或者给他的寡妇……可是,这未免太残酷了!"

---

① 梅卡唐塔(1795—1870),意大利作曲家。

第 十 章

　　法布里斯一边责备自己,一边已经蹿到路上。这是从伦巴第到瑞士的大道,这段路面比林子的地面低四五尺。法布里斯想:"如果这人吓着了,定会一溜烟跑掉,那我就像木桩子似的栽在这儿了。"说话间那随从已经到了十步开外,他不再哼歌,法布里斯从他眼睛里看出他很紧张。似乎准备拉马往回走,法布里斯不假思索,纵身上前揽过瘦马的缰绳。

　　"朋友,"他对那随从说,"我不是一般的小偷,我会先给你二十法郎,可是我非得借你马不可,如果我不赶紧跑……我会没命的。有四个利瓦人在追我,你肯定知道这些人都是好猎手。他们把我堵在他们妹子的房间里,我跳窗户才逃出来。他们追到林子里来了,带着狗和枪,我看见他们有一个人穿过大路,所以躲在栗树洞里。他们的狗很快就会嗅到我。我骑你的马,过了科摩还要走一里路,我要到米兰求总督开恩。你好好听我的,我会把马留在驿站,另外赏你两个金拿破仑。你要是有一点点反抗,我就用手里这把枪结果了你。你回去以后要是叫宪兵来追我,我的堂兄,那位天不怕地不怕的阿拉里伯爵,会想着叫人敲碎你的骨头的。"

法布里斯一边不慌不忙地说,一边现编词。

"再说了,"他笑道,"我的姓名也无须保密,我是阿斯卡尼奥·台尔·唐戈小侯爵,我家的城堡不远,就在格里安塔。"他又提高声音说:"咦……松开马呀。"随从目瞪口呆,一个字也说不出。法布里斯把手枪换到左手,趁随从松手的当口扯过缰绳,飞身上马,扬长而去。走出三百步,想起许诺的二十法郎没给,又站定了。大道上依然空荡荡的,只有那个随从骑马跟在后面。他甩了甩手绢,示意随从上前。等随从到了五十步开外,他往路上扔了一把零钱,又策马而去。他远远看见随从在路上拾钱,心想:"是个晓事的家伙,没说一句废话。"他纵马朝南直奔,在一幢孤零零的房子里停留了几个小时,然后再次上路。清晨两点来到马乔列湖边,很快就看见自己的小船在水波中荡漾,他按约定打了个暗号,小船便驶上前来。找不到一个庄稼人,马交不出去,只好任这匹高贵的牲口自己跑了。三个钟头之后他到达贝尔吉拉特,到这里便到了安全地带。他休息了片刻。他心里高兴,因为这趟旅行十分顺利,不过高兴的真实原因,我们还是应该帮他说出来。他的树长势喜人,而且在布拉奈斯神甫的怀抱里,他感受到了深切的友情,心灵重又变得年轻。"他为我预测的那些事,"他想,"莫非他真的相信?或许不过是因为我哥哥到处说我是雅各宾党,无法无天,什么坏事都干得出来,布拉奈斯神甫担心有哪个畜生陷害我,我会忍不住要打碎他的脑袋,便提醒我不要轻举妄动?"又过了一天,法布里斯回到巴马。他与往常一样把旅行的经过向公爵夫人和伯爵原原本本讲了一遍,他们听得津津有味。

他到桑塞维利纳府上的时候,就发现车夫和仆人个个都戴着重孝。

"咱们什么人不在了?"他问公爵夫人。

"那个好人,人家叫作我丈夫的,刚刚在巴登去世了。他给我留下这宅子,这是原先约定好的,可是他为了表示好意,还留下了三十万法郎的遗产,这让我很为难,可我又不能放弃,不然就便宜了他外甥女拉威尔西侯爵夫人。这女人真卑鄙,天天跟我耍花招。你懂艺术,帮我找一位好雕刻家,我要花三十万法郎为公爵修坟。"于是伯爵讲了拉威尔西的一些事。

"我给好处,想哄着她,可是全没用。"公爵夫人说,"至于公爵的几个外甥,我让他们个个当上了上校、将军。可是他们呢,却没有一个月不写匿名信过来,恶毒极了。我不得不雇个秘书专门读这些匿名信。"

"写匿名信还算轻的,"莫斯卡伯爵接着说,"他们索性下流地开起了造谣铺子。这群家伙,我好几次可以把他们送上法庭。"他朝着法布里斯说:"阁下您想一想,我那些好法官能不能判他们罪。"

"哎呀,依我看,下面的事情就会坏在这里。"法布里斯抢着说,一副天真烂漫的神情,要是在宫廷里,一定显得很滑稽,"我希望看见有良知的法官来审判他们。"

"你周游四方,见多识广,你要是能够告诉我几个这样的法官的地址,那不胜荣幸,我今晚就寝前就给他们写信。"

"可我要是首相,找不到正直的法官,我的自尊心不知往哪里放。"

"可是依我之见,"伯爵答道,"阁下那么爱法国人,还以万夫不当之勇助过他们一臂之力,怎么就忘了法国人的一句名言:与其被魔鬼所杀,莫如杀掉魔鬼。我很想知道,那些整日里就知道读法国革命史的狂热之徒,阁下该如何治理他们,和他们一起读《法国革命史》的还有那些法官。我起诉的人,他们可以无罪开释,十恶不赦的恶棍,他们能够放掉,还自认为是一群布鲁图斯①。不过我倒要同您争论一下,您的感情既然如此细腻,那么您在乔马列湖畔放掉那匹骏马,那匹瘦马,难道不内疚吗?"

"我想好了,"法布里斯一脸严肃地说,"准备派人给马的主人送一笔钱,作为他刊登寻马启事和其他费用的补偿。启事登出去,找到马的农民自然会把马送还他。我会仔细阅读米兰的报纸,看有没有招领马的启事,我很熟悉那马的特征。"

伯爵对公爵夫人说:"他真有初民之风。"他又笑着说:"如果阁下骑着借来的马飞奔的时候,马失了前蹄,那么阁下将会怎样?亲爱的侄儿,年轻人,你已经进了斯皮尔堡了。那时,我再有办法,也顶多能够给你脚上的镣铐减少三十斤的分量。你得在这个温柔乡熬上十年,说不定你的脚会浮肿,生疽坏死,那就不得不狠心剁掉……"

"哎呀,行行好,这惨兮兮的故事别再说下去了。"公爵夫人眼泪汪汪地说,"他刚回来……"

"他回来我比你还高兴,你信不信?"伯爵十分严肃地答道,"然而,关键是既然他要到伦巴第去,为什么不让我为他准备一本姓名合适的护照呢?那样,只要一听到他被捕的消息,我立刻就去米兰,我在那边的朋友可以睁只眼闭只眼,只当宪兵抓了巴马亲王的一个臣子。"然后,伯爵稍稍缓和一下口气说:"我从心底里觉得你的旅行故事很生动,很有趣,你从树林里跳到大路上,我也很欣

---

① 布鲁图斯(约公元前85—前42),古罗马政治家,共和派首领,曾任山南高卢总督、法官,参与刺杀了恺撒。

赏,但是,咱们私下里说,既然那个随从捏着你的命,你就完全有权要他的命。我们正准备给阁下您安排一个好前程,起码夫人是这样吩咐我的。我相信,即使是我的死对头,怕也不能说我曾经违背过夫人的要求,倘若这趟骑瘦马看钟楼的旅行,你的马稍有闪失,那夫人和我的悲痛将是刻骨铭心的。"伯爵又加上一句,"那样的话,还不如让马摔断你的脖子。"

"我的朋友,今天晚上你总是把事情讲得这么凄惨。"公爵夫人说,显得很激动。

"那是因为环顾四周,凄惨的事太多。"伯爵回答,他也很激动,"我们这里不是法国。在法国不管出什么事,几首歌就能了结①,要不顶多蹲一两年监狱。其实我真不该笑着跟你们说这些。得了,不说也罢!年轻的侄儿,我想总有一天我能够让你当上主教,我说主教是因为我不能像咱们的公爵夫人所希望的那样,一上来就叫你当巴马的总主教。好吧,等你当上主教,就听不到我们的明智的建议了,说说看,你准备怎么干?"

"就像法国朋友说的,除掉魔鬼,而不是被魔鬼除掉。"法布里斯答道,两眼放出炽热的光,"想尽一切办法,包括动枪,保住您为我争得的位置。我读过台尔·唐戈家的族谱,了解修建格里安塔城堡的那位先人的经历。他晚年的时候,挚友加雷阿佐②,米兰公爵,派他去视察一个要塞,当时他们担心瑞士人会再次攻击这个要塞。米兰公爵说,我得给要塞司令写一封礼节性的短笺,说着便请我们这位祖辈先退下。公爵写了几个字,把信交给他,接着又要回去,封上信口,说这样礼貌更周全些。维斯帕西安·台尔·唐戈上路了,但是,他乘船走在湖上的时候,想起希腊的一个古老的故

---

① 语出法国剧作家博马舍的《费加罗的婚礼》最后一场。
② 从下文看,指加雷阿佐·斯佛尔查(1444—1476),米兰公爵,以残暴著称。

事——他很博学的,于是他拆开了好上司的信,发现信上写的是,命令要塞司令等他一到就处死他。这个斯佛尔查,一心只想着在我们这位先人面前演戏,结果在信的最后一行和签字之间留下了很大的空白。维斯帕西安·台尔·唐戈就在空白的地方写上委任他为湖区各要塞的总司令,又把信头裁掉。到了要塞,人家真把他当成了总司令。他把要塞司令扔到一口井里,然后便向斯佛尔查宣战。几年后,他用要塞换了大片土地,这些土地成了我们家族各房的产业,有一天也会给我带来每年四千法郎的收入。"

"你高谈阔论,俨然是个大学者。"伯爵笑着说,"你讲的虽是美谈,却是意气用事,这种吊胃口事可遇不可求,十年未见得有一次机会。有的人虽然笨,但是肯用心,善于韬光养晦。和喜爱想象的人较量,这种人常常占上风,品尝到胜利的快乐。拿破仑向谨慎的约翰牛投降,却不想办法跑到美国去,这是因为他太富于想象力。其实约翰牛待在钱庄里,看到拿破仑在信里提到特米斯托克勒斯①,已经乐了。不管什么时代,久而久之,不起眼的桑丘·潘萨就超过了高贵的堂吉诃德。只要你别和稀奇古怪的事沾边,我相信,你能够成为一名受人尊敬的主教,哪怕不是真的值得尊敬也罢。不过我还是要提醒您,在抢马的事情上,阁下的举动太轻率了,距离终身监禁只有半步之差。"

这句话让法布里斯打了个寒噤,他深受震动。他想:"说我有牢狱之灾,莫非就是指这件事?莫非这就是我不应犯的罪过?"布拉奈斯的预测,法布里斯原本当作谶语,根本没有当回事,现在在他眼里都成了真正的预言,变得十分重要了。

"喂,你怎么啦?"公爵夫人很奇怪,对他说道,"伯爵讲的悲惨

---

① 特米斯托克勒斯(约公元前524—约前459),雅典执政官,被贵族放逐,在雅典宿敌波斯国找到栖身之地。

171

景象把你吓住啦。"

"我是看到了真相,心里豁然开朗。我不但不反感,而且从心底里接受了。真的,我与没有尽期的牢狱之苦擦肩而过!不过,那个随从穿着英国服装真的很帅!杀掉他叫人不忍呢!"

首相看到法布里斯乖顺的模样,心里很满意。

"不论怎么说,他还是不错的。"他望着公爵夫人说,"我的小朋友,我要告诉你,你征服了一个人的心,而且可能是最令人想去征服的心呢。"

法布里斯想:"得,这是在拿小玛丽埃塔说笑。"

他错了,因为伯爵接着说:"你的纯朴态度,符合福音书的要求,赢得了尊敬的大主教朗德利亚尼神甫的心,不出几天,我们就可以让你当上代理主教。这有点像开玩笑,不过中间也有动人的事。现任的三位代理主教,都是德高望重、勤勉努力的人,其中两位,我想在你出生前就已经是代理主教了,他们准备给大主教写信,要求让你当代理主教的首席。他们的理由,首先是说你德行嘉美,其次是说你是鼎鼎大名的阿斯卡涅·台尔·唐戈大主教的侄孙。我听说他们对你的品德称赞有加,便立刻给资格最老的那位代理主教的侄子授了上尉衔。自从苏差元帅围攻塔拉戈纳[①]以来,他一直还是个中尉。"

"你立刻走,就穿你这身便服,去向大主教表示感激。"公爵夫人大声说,"告诉他你姐姐要出嫁了。他知道你姐姐要成为公爵夫人之后,会觉得你越发像个使徒。还有,伯爵刚才对你说不久要得到任命什么的,你要装着一无所知的样子。"

法布里斯奔向大主教府。他在那里显得又纯朴,又谦恭,这种

---

① 苏差(1770—1826),法国元帅,1811年曾率领拿破仑的军队攻打西班牙城市塔拉戈纳。

态度他做起来得心应手,倒是摆大贵人的架子,他得花一番力气才行。朗德利亚尼主教的话有点长,他一边听,一边在心里想:"我真的应该向牵着瘦马的随从开枪吗?"他的理智对他说是的,但是在感情上他接受不了年轻人从受到惊吓的马上跌下来这个血淋淋的场面。

"如果马摔倒了,我要蹲的监狱,会不会就是许多预兆说的那所监狱?"

这个问题,对他来说,变成了头等重要的问题。而大主教则对他专心致志的神情很满意。

第十一章

　　法布里斯从主教府出来,直奔小玛丽埃塔的家。老远就听见吉莱蒂粗大的嗓门。吉莱蒂叫人送来了酒,正和他的朋友,剧团的提词人和负责剪烛花的人在举杯畅饮。法布里斯打了暗号,回答他的只有那个算作玛丽埃塔妈妈的老太太。

　　"你走了之后,出事啦。"老太太高声大嗓地说,"剧团里有几个演员被人家告啦,说是在拿破仑命名日那天饮酒作乐,庆祝来着。可怜的剧团也被人家骂成雅各宾党,已经接到命令,叫剧团离开巴马。拿破仑万岁!首相付了一笔钱,听说罢了,不过可以肯定的是,吉莱蒂阔了。有多少钱我不清楚,但是我亲眼看见他抓了一把埃居在手里。玛丽埃塔从老板那里拿到五个埃居,算是到芒托瓦①和威尼斯的盘缠,我只拿到一个埃居。她一直爱你呀,可是吉莱蒂让她害怕。三天前,最后一场演出的时候,他真的要杀她呢,扇了她两个大耳光,更下流的是撕破了她的蓝披肩。你要是肯送她一条蓝披肩,那你就真是个好孩子。我们会说披肩是摸彩摸到的。宪兵的鼓手长明天和人比剑,大街小巷贴满了告示,上面有比赛的钟点。你来看我们吧。如果吉莱蒂去看比剑,我们看情况,假如他有可能在外边多待会儿,我就到窗口,打招呼叫你上来。给我们带点好东西来,尽量吧,玛丽埃塔对你可是一片痴心啊。"

法布里斯从肮脏的破房子曲里拐弯的楼梯走下来,心里好不懊悔。"我还是老样子。"他想,"在湖边的时候,我观察生活的眼光那么有哲理,下的决心,条条都好,可是现在都化为乌有了。我的心灵当时超凡脱俗,结果一切都好比一场春梦,一碰到残酷的现实便烟消云散。也许确实到了行动的时候了。"法布里斯一边想,一边往回走。晚上十一点钟他回到桑塞维利纳府,可是怎么也壮不起胆子,坦坦荡荡把事情说个明白,而在科摩湖边的晚上,这似乎是轻而易举的事。"我会激怒这世上我最爱的人。如果我讲了,我会像一个蹩脚的演员。我有时确实还像个人物,可惜非在我兴奋的时候不可。"

他把到总主教府拜访的情况告诉了公爵夫人,然后说道:"伯爵对我真不错。我发觉我并不怎么讨他喜欢,他能这样待我,很不容易,我对他也就应该以礼相待。他在桑规那②搞考古发掘,至少从他前天来回奔波上看,他是很着迷的。他骑马奔了十二里路,和挖掘工只待了两小时。他刚发现了一座古庙的遗址,如果找到雕

---

① 意大利北部城市。
② 意大利村庄,在那里曾有重要考古发现。

像的残片,他肯定害怕有人偷盗。我想跟他提出,让我到桑规那去守三十六小时。明天下午五点,我还要去见总主教,我可以晚上出发,趁夜里凉快好赶路。"

公爵夫人起先没有吭声。

后来她开了口,语气极端柔和:"你好像在找借口躲着我,你刚从贝尔吉拉特回来,却又找理由要走。"

"现在是跟她明说的好机会。"法布里斯暗忖道,"可是我在湖边的时候,有点发昏,一味想真诚坦率,竟然没想到,要讨好她,到头来却可能冒犯她。也许应该这样说:'我对你怀着最诚挚的友情,等等,但是我的心里是不可能有爱情的。'可是这岂不等于说,我看出来你爱我,但是请注意我对你不可能投桃报李?假如公爵夫人果真爱我,那么她的感情被窥探出来,她肯定很恼火。可是假如她对我的感情仅仅是一般的友情,那么我话语鲁莽,岂不要冲撞她……受到这样的羞辱,谁也不会善罢甘休。"

这些想法都关乎大局,法布里斯放在心里反复掂量。他在客厅里踱来踱去,仿佛一个大难临头的人,表情庄严肃穆。

公爵夫人钦佩地望着他。这已经不是她看着降生的那个娃娃,也不再是那个对他百依百顺的侄儿,这是一个严肃的男子汉,倘能够获得他的爱,那有多美妙啊。她从长沙发上站起来,神情激动地投入他的怀抱。

"你是想躲开我,对不对?"她说。

"不对,"他回答,表情就跟罗马皇帝似的,"但是我想做个明智的人。"

这句话可以有不同的理解。法布里斯觉得自己没有勇气说得更明白,他唯恐伤害这个可敬的女人。他还太年轻,太容易动感情,竟然想不出一句婉转的话,好让人家明白他的意思。他不由得激动起来,顾不上脑子里是怎么想的,便搂住这个妩媚的女人,吻了她好几下。这时,他们听见伯爵的马车驶进院子,几乎就在同时,伯爵已经跨进客厅。他显得很兴奋。

"你叫人产生的热情非同小可。"他对法布里斯说。法布里斯听了这句话,脸上快要挂不住了。

"总主教今天晚上见到了亲王殿下,这是周四的例行接见。刚才亲王跟我说,总主教滔滔不绝,引经据典地讲了一通,词是事先背熟的,表情不怎么自然。起先亲王感到莫名其妙,最后朗德利亚尼明白地说,任命法布里斯·台尔·唐戈大人为他的首席助理主教,然后在满二十四岁之后再任命为他的副总主教,并且赋予未来继承权,这对于巴马教会来说很重要。

"说实话,亲王的话吓了我一跳。"伯爵说,"这未免操之过急了。我生怕亲王心里有什么想法。可是他笑眯眯地望着我,用法语对我说:先生,这是你的主意!

"我尽量做出诚恳的样子,高声说我可以在天主和殿下面前起誓,我根本不知道有未来继承权这个词。然后我说了实话,讲了几个小时前我们在这里谈的事,我又顺水推舟地说,殿下如果恩准先赏一个小教区,那我就感到对我恩宠有加了。亲王肯定信了我话,因为他觉得应该做得大方些,他非常干脆地对我说:'这是总主教和我之间的公事,你不必过问。这老先生的话就像一份报告,又长又枯燥,到末了才提出正式建议。我冷冷地回答说,这个人太年轻,在宫廷里又是新来乍到,他是皇帝治下伦巴第-威尼斯王国一位高官的儿子,倘若我把这么一个显赫的前程给了他,那么我简直就好像是为了兑现皇帝开的一张汇票似的。总主教急忙否定,说不曾有人向他推荐。这样的话拿来对我讲,实在**蠢**得很,而且从他这样聪明练达的人嘴里说出来,我是没想到。其实呢,他跟我说话,一向有点颠颠倒倒,今天晚上他显得格外紧张,这告诉我他热切希望事情能够成功。我对他说,我比他还清楚,没有人推荐过台

177

尔·唐戈，宫廷里也没有人怀疑他的能力，对他的品德，人们的议论也还可以。但是这个人容易冲动，而我打定过主意，绝不把这样的疯子提拔到重要职位上来，有了他们，君主就什么也把握不住了。于是，'殿下接着说，'我不得不再忍受一次慷慨陈词，和第一次差不多同样冗长。总主教向我颂扬了教会的热忱。真拙劣，我心里说，你好糊涂，我快要同意的任命，倒被你弄砸了。你应该立刻收场，好好谢我一番才对呢。可是没有，他继续说教，胆子大得可笑。我琢磨怎么答复他才能对小台尔·唐戈不是太不利。我还真想出来了，是不是很精彩，你听听看：主教大人，我对他说，庇护七世是个伟大的教皇，也是一个大圣人，所有的统治者中间，只有他敢于对那个把欧洲踩到脚下的暴君说不字①！可是，他容易冲动，这就让他在伊莫拉主教任内写了著名的公民红衣主教恰拉蒙蒂教士信则，支持内阿尔卑斯②的共和政体。

"'可怜的总主教张口结舌。我索性叫他张口结舌到底，以非常严肃的神情对他讲，主教大人，再见吧，我会用二十四小时考虑你的建议的。可怜的家伙又笨口拙舌地说了一番恳求的话，很不合时宜，因为我已经说过再见了。现在呢，莫斯卡·台拉·洛维雷伯爵，你替我去对公爵夫人说，这件事既然会令她高兴，我就不想拖延二十四小时了。你坐下，给总主教写一封批准书，把这件事了结。'我写了信，亲王签了字，对我说：立刻送给公爵夫人。夫人，给你信。这一下我也有了理由，今天能荣幸地再次见到你。"

公爵夫人读罢信，欣喜若狂。伯爵细细讲述的时候，法布里斯已经恢复了平静。对伯爵讲的事，看不出他有一点意外，他待人接物，全然是大贵族的姿态，自然地认为自己完全有资格得到破格晋

---

① 暴君指拿破仑。庇护七世曾反抗拿破仑对教会权力的限制。
② 内阿尔卑斯指意大利。

升,完全有资格获得好运的垂青。假如放在一个小市民身上,是不免要得意忘形的。他表示感谢,措辞不由得很得体,最后对伯爵说:

"要当好廷臣,就要知道投人所好。昨天您谈到桑规那,说工人发现了雕像残片,可能会顺手牵羊,您有些担忧。我也很爱好考古发掘,如果您同意,我可以去监视工人干活。明天晚上,我先到宫里和总主教府礼节性地表示感谢,然后我就赶赴桑规那。"

"总主教怎么突然对法布里斯那么关照,"公爵夫人问伯爵,"你猜得出原因吗?"

"用不着猜。我把他兄弟提升为上尉的那位副主教昨天对我说,朗德利亚尼神甫做事依据这样一条公理,正职比副职高,有一个叫台尔·唐戈的人听他吩咐,由他摆布,他自然高兴得不知怎么才好。说明法布里斯高贵出身的一切也都叫他窃喜:有这样一个人当自己的副手,这是什么滋味!另外,法布里斯主教大人很讨他喜欢。他在法布里斯主教大人面前一点也不感到羞怯。还有,十年来,他对皮亚琴察的主教一直恨得牙痒痒的。皮亚琴察的主教不过是一个磨坊主的儿子,却公然宣称要继承他总主教的职位。正是为了将来能够当上总主教,皮亚琴察的主教和拉威尔西侯爵夫人建立了亲密的关系,这种关系现在令总主教很不放心,唯恐他的妙计受阻,弄得台尔·唐戈进不了他的参谋部,不能听他指挥。"

第三天一大早,法布里斯已经开始指挥桑规那的挖掘,地点就在科罗尔诺(这是巴马王室的凡尔赛)对面。挖掘工作在田野上展开,紧挨着一条大道,大道从巴马通到最近的奥地利城市卡萨尔-马乔列附近的一座桥梁。工人们在地里挖了一条八尺深的狭长的沟,沿着罗马古道寻找第二座庙宇的遗址。据当地人说,中世纪时这座庙宇还存在。虽然亲王颁布了命令,许多庄稼人瞅着这些沟壑从他们的田地穿过,心里还是嘀嘀咕咕。不论你怎么说,他们都觉得你是在挖宝呢。法布里斯的出现,正好可以防止小骚乱。他一点也不感到厌烦,饶有兴趣地望着工程向前进展。不时有人发现一枚古钱币,有法布里斯在,工人们根本甭想有时间串通藏匿钱币。

天气晴朗,大约是早上六点。法布里斯借了一支单发老枪,射了几只云雀。其中一只受伤后坠落在大道上,他追过去拾鸟,瞥见远处从巴马驶来一辆马车,前往卡萨尔-马乔列的边界。他刚往枪里填上药,破烂不堪的马车就慢慢驶近了,他认出了小玛丽埃塔,两边是瘦长的吉莱蒂和玛丽埃塔认作母亲的老太太。

吉莱蒂见法布里斯手持步枪站立在路中央,以为法布里斯想羞辱他,甚至可能企图劫掠小玛丽埃塔。他雄赳赳地跳下马车,左手紧握一支锈迹斑斑的大号手枪,右手抓着一把带鞘的剑。剧团为了应急,迫不得已让他演一个什么侯爵的时候,他就佩带这把剑。

"哈哈,狗强盗!"他喊道,"在这里遇到你,离国界只有一里路,好不快活。让我来好好收拾你。到了这儿,你的紫袜子也救不了你啦。"

法布里斯正跟小玛丽埃塔挤眉弄眼,根本没有留意妒火中烧的吉莱蒂嚷嚷些什么,却蓦地看到生锈的手枪正对着他,离他的胸脯只有三尺远。匆忙中他只得像挥舞棍棒似的拿手里的枪一磕,正打在手枪上,手枪响了,不过没有伤着人。

"站住,他妈的。"吉莱蒂向 vetturino① 喊。同时他敏捷地跳上前,抓住法布里斯的枪筒,把枪口推开。法布里斯和他两个人使劲把枪往自己怀里拽,吉莱蒂力气大得多,他双手交替向前往扳机的

---

① 意大利文:马车夫。

方向抓,眼看要把枪夺过去,法布里斯害怕枪落到他手里,便开了一枪。开火前他已经看到,枪口高出吉莱蒂的肩膀有三寸。枪声正好在吉莱蒂耳边炸响,他吓得一愣,但是转眼间又镇定下来。

"好哇,想打碎我的脑袋,王八蛋!我跟你没完。"吉莱蒂把他的侯爵剑抽出来,扔掉剑鞘,以迅雷不及掩耳之势扑过去。法布里斯已经手无寸铁,眼看无法抵挡。

法布里斯为了逃命,向停在吉莱蒂身后十步开外的马车奔去。他跑过车的左侧,用手抓住车的弹簧,身体飞快地一转,便闪到了开着的右车门旁边。吉莱蒂撩开长腿奔去,却没有想到抓住弹簧好刹住脚步,冲出好几步才停下来。就在法布里斯转到开着的车门旁的时候,他听到玛丽埃塔压低嗓门对他说:

"当心,他要杀你。拿着!"

与此同时,法布里斯看见从车门里扔出一把大猎刀。他弯腰拾刀,就在这时,吉莱蒂刺出的一剑击中了他的肩膀。法布里斯挺起身,发觉和吉莱蒂相距不过半尺,吉莱蒂又飞起剑柄狠命一击,正打在他脸上。这一记力量非常大,把法布里斯打得七魂出窍,眼看性命难保,幸好吉莱蒂离他太近,无法用剑尖挑他。等他稍一回过神来,立刻拼出全身力气逃跑。他一边跑,一边扔掉刀鞘,然后猛然转过身,跟在后面追他的吉莱蒂已经到了三步远的地方。吉莱蒂扑上来,法布里斯以刀尖相迎,吉莱蒂迅速用剑把猎刀挡开,但是左脸颊上已经挨了一下。他逼近法布里斯,法布里斯感觉大腿被刺中,原来吉莱蒂趁机打开了小刀。法布里斯往左首一跃,转过身,两人之间的距离正好便于交锋。

吉莱蒂破口大骂:"来呀,我要割断你的喉咙,该死的教士。"他一声接一声地骂,而法布里斯已经气喘吁吁,说不出话来。脸上挨剑柄的地方依然火辣辣地疼,鼻子流了好多血。他用猎刀挡开了好几剑,也糊里糊涂回敬了好几刀。他隐隐约约觉得像是在公开比武似的,他之所以有这个印象,是因为他的二三十个工人都跑过来,围绕在四周,看见他们奔来奔去,相互扑打,便恭恭敬敬地与他们保持一定的距离。

厮杀似乎慢下来,刀剑舞得不那么快了。这时法布里斯想:"脸好疼,他一定把我破相了。"想到这里,他不禁怒气冲天,挺起猎刀,朝着吉莱蒂一跃而上。刀尖从吉莱蒂的右胸插入,直刺穿他的左肩。同时,吉莱蒂的剑也刺中法布里斯的上臂,整个剑身都划过去,好在仅仅穿透了表皮,伤势不重。

吉莱蒂歪倒了。法布里斯挨上前去,眼睛却盯着他左手的刀,只见那只手机械地松开,刀子落了出来。

"恶棍死了。"法布里斯暗道。他朝吉莱蒂脸上望去,鲜血从吉莱蒂的嘴里往外涌。他向马车跑去。

"你有镜子没有?"他对玛丽埃塔嚷道。玛丽埃塔脸色惨白,只是望着他,没有答话。老太太却很镇定地打开一个绿色的针线包,递给法布里斯一面带柄的小镜子,有手掌大小。法布里斯摸着脸,往镜子里瞅自己。"眼睛没事。"他自言自语,"谢天谢地。"他瞧瞧牙,牙没有碎。"那我感到这么疼是怎么回事?"他嘟嘟囔囔地说。

老太太回答他:"那是因为吉莱蒂的剑把儿砸在你的脸上,底下偏偏有骨头垫着。你的脸发青,肿得厉害。赶紧找几条蚂蟥放在上面,就不碍事了。"

"噢,赶紧找蚂蟥。"法布里斯笑着说。他恢复了镇静,看见工人都围着吉莱蒂,都只顾瞅着,谁也不敢碰他。

"救救这个人吧,"他朝工人们喊,"脱掉他的外衣……"他还想往下说,猛一抬眼,却见三百步开外,大路上过来五六个人,迈着整齐的步伐,正往出事的地点走。

"是宪兵。"他想,"这里出了人命,他们肯定要逮捕我,那我可就有幸大张旗鼓地开进巴马城了。那些廷臣,拉威尔西的党羽,和姑妈作对的,知道这事还不如获至宝!"

蓦然间他迅疾如闪电,把衣兜里的钱全数掏出来扔给愣在那里的工人,飞身上了马车。

"别让宪兵追我。"他冲工人们喊,"我不会亏待你们的。跟宪兵说我是无辜的,是这个人攻击我,要杀我。"

"喂,说你呢,"他对车夫说,"还不赶马快跑。要是能在宪兵追上来之前赶到波河对岸,我给你四个金拿破仑。"

"您瞧好吧!"车夫说,"不用害怕,那些家伙靠的是两条腿,我这些小马慢慢溜达,也能把他们甩得远远的。"他一边说,一边催马疾驰。

我们的主人公听到"害怕"这两个字从车夫嘴里说出来,心里很不是滋味。脸挨挨剑把儿砸了一下之后,他确实怕得要命。

"前面要是有骑马的,我们会跟他们打照面,"车夫说,他很仔细,而且惦记着那四个金币,"后面追的人可能会嚷嚷,叫他们截住我们。这就是说,您得把枪装上火药了……"

"哎呀,我的小神甫,你真勇敢!"玛丽埃塔搂着法布里斯吻,叫道。老太太从车门探出脑袋张望,过了一会儿她把脑袋缩回来。

"先生,没人追我们。"她不慌不忙地对法布里斯说,"前面的路上也没有人。您是知道的,奥地利的警察可爱找碴了。他们在波河河堤上瞧见您飞也似的奔过来,保险要抓您,您可别不信。"

法布里斯从车门往外望了望。

"慢一点。"他对车夫说。"你们谁有护照?"他问老太太。

"不是谁有,是三个人全有。"老太太回答,"每个人都花了四法郎。对我们这些常年走南闯北卖艺的可怜人,四法郎是不是太过分啦?这是吉莱蒂先生的护照,演戏的艺人,现在就是您了。这是我和玛丽埃塔的护照。可是,我们的钱全在吉莱蒂的兜里,现在

183

怎么办？"

"有多少钱？"法布里斯问。

"值五法郎的埃居有四十个呢。"老太太说。

"其实也就六个，还有点零钱。"小玛丽埃塔笑道，"谁要诓我们的小神甫，我可不干。"

"先生，我想从您身上揩三十四埃居的油，"老太太若无其事地说，"这有什么值得大惊小怪的呢？三十四埃居对您来说算什么？可我们呢，保护我们的人没了，谁来给我们找地方住，出门谁来替我们和车夫讨价还价，谁来吓唬人？吉莱蒂不帅，可是他能派上用场。假如咱们这小妞儿不是缺心眼，先爱上你，那吉莱蒂什么也看不出来，你呢，还可以不断送埃居给我们。跟你实说，我们穷得很。"

法布里斯听得心酸。他掏出钱袋，递给老太太几个金拿破仑。

"你瞧，"他对老太太说，"只剩十五个了。从现在起，你再讹我也没用了。"

小玛丽埃塔扑过来搂住他，老太太吻他的手。马车一直不紧不慢地前进。他们远远看见了标志奥地利地界的画着黄底黑条的关卡，老太太对法布里斯说：

"您最好把吉莱蒂的护照揣在兜里，步行过去。我们稍停一会儿，就说要打扮打扮。再说，关卡上还要检查我们的行李。听我的话，您不慌不忙地穿过卡萨尔－马乔列，还可以到咖啡馆喝杯酒，可是一出庄子就赶紧溜。奥地利的警察鬼得很，他们很快就会知道出了人命。您拿的护照不是您本人的，就这一点，不坐两年牢，也差不多。出了庄子之后，右拐，到波河，租一条船，躲到腊万纳或者费腊拉去。离开奥地利的地界，越快越好。花上两个路易，就可以从关卡的人手里另买一份护照，这个护照对您太危险，别忘了您杀人了。"

184

法布里斯朝卡萨尔-马乔列的浮桥走去,路上又把吉莱蒂的护照仔细看了一遍。我们的主人公非常紧张,他清楚地记得莫斯卡伯爵告诉他回到奥地利的地界上会有哪些危险。前方二百步远就是那座可怕的桥,过了桥就进入那个国家,在法布里斯看来,斯皮尔堡就是那个国家的都城。可是,又有什么别的办法吗?巴马国的南面与莫德纳公国交界,两国间有明确的协定,莫德纳必须向巴马引渡逃犯。热那亚那边,边界线在山里,太远了,还没等他进山,他闯的祸事巴马就知道了。没有其他的路,只有到波河左岸的奥地利去。人家发文给奥地利当局,请奥地利逮捕他,也许需要三十六个小时,或者两天。法布里斯左思右想之后,用雪茄烟烧掉了自己的护照。在奥地利境内,对他来说,与其做法布里斯·台尔·唐戈,倒不如当一个流浪汉。人家可能要搜查他的。

且不说把生命维系在可恶的吉莱蒂的护照上,法布里斯有多不情愿,这护照本身也有不少破绽。法布里斯身高顶多五尺五寸,而不是护照上说的五尺十寸①;他二十四岁,看上去还要少相,而吉莱蒂已经三十九岁了。老实说,法布里斯在波河浮桥旁边的护堤上足足徘徊了半个小时之后,才下定决心过桥。"假如有人处在我的情况下,我会怎么劝他?"最后他思忖道,"显然是劝他过河。留在巴马太危险,这会儿可能已经派出宪兵追捕杀人犯,谁管是不是自卫。"法布里斯重新翻看了一遍衣兜,把所有的证件都撕了,只留下手绢和烟盒。必须缩短在关卡的检查时间,这一点很要紧。他想到万一人家问他一个问题,他的回答肯定牛头不对马嘴,这个问题就是他说他叫吉莱蒂,为什么他的衣服上都标有 F. D. 这两个字母②?

---

① 这里的尺和寸都是法国古代计量单位,一尺有十二寸。
② 这是法布里斯·台尔·唐戈的缩写。

有一种人很不幸,他们被自己的想象力所折磨,法布里斯就是这种人。意大利的聪明人大都有这个毛病。一个法国士兵,和法布里斯有同样的胆气,甚至还不如他,会立刻到关卡过河,法布里斯担心的这些麻烦,事先他一个也不会去想,因此他会镇定自若。而法布里斯呢,在桥头,当一个穿灰色制服的小个子对他说"到警务室去验护照"的时候,他可就完全谈不上镇定了。

办公室的墙很脏,有许多钉子,警员们把烟斗和脏兮兮的帽子挂在上面。他们面前放着一个很大的松木办公桌,桌面满是墨水迹和酒渍。两三本厚厚的绿皮封面的登记簿也沾上了五颜六色的斑点,纸边被手摸得漆黑。登记簿摞在一块,顶上面放了三个漂亮的花冠,是头天为了庆祝皇帝的一个什么日子用的。

这些情景叫法布里斯很震动,心里不由得一阵紧缩。在桑塞维利纳府,他住着精致的套房,豪华气派,到处整洁清新,现在轮到他付出代价了。他非得走进这间肮脏的办公室不可,还得像个下等人。他准备接受盘问。

一个警员伸出一只焦黄的手接他的护照,这个警员长得又矮又黑,领带上戴着一枚黄铜别针。"这家伙脾气不好。"法布里斯心里嘀咕。那人接过护照,露出十分惊讶的表情,把护照看了足足五分钟。

"你出了点事。"他指着外国人的脸颊说。

"怪赶车的,我们的车翻到波河河堤下面去了。"又是沉默,警员不时狠巴巴地瞅法布里斯一眼。

"完了,"法布里斯想,"他就要跟我说,他很遗憾,有坏消息告诉我,我被捕了。"各种各样的荒唐念头在我们主人公的脑子里翻腾着。此时此刻,他的脑袋已经不那么有条理了。比方说,他想到从办公室开着的门逃跑。"我脱掉衣服,跳进波河,保险能够游过去。无论如何总比斯皮尔堡强。"警员目不转睛地望着他,而他却在估量冒险行动有多大的胜算。两张面孔的表情很奇怪。身临险境的时候,理智的人能够获得大智大慧,而耽于幻想的人只会想入非非,主意可能很大胆,但是往往荒唐不堪。

应该看看我们主人公的眼睛,在戴铜别针的警员探究的眼光下,他的眼睛冒出火来。"如果杀了他,"法布里斯想,"我就会因谋杀罪被判处二十年苦役,甚至死刑,那也不像关进斯皮尔堡,每只脚戴上一百二十斤重的镣铐,每天的食物只有八盎司面包那么可怕,而且一关就是二十年,出来就四十四岁了。"法布里斯的推理忘了一点,他既然已经把自己的护照烧了,那么警员根本无从知晓他就是法布里斯·台尔·唐戈那个叛逆。

看得出来,我们的主人公吓得够呛,倘若他知道了那个警员在想什么,那他更要惊慌失措了。这个人是吉莱蒂的朋友,看见吉莱蒂的护照在另一个人手里,他有多么吃惊,我们可以想象。他第一个反应就是把这个人抓起来,跟着他又想,吉莱蒂可能把护照卖给了这个漂亮的年轻人,小子没准在巴马犯了事。"如果把这个人抓起来,"警员想,"吉莱蒂就会受到牵累,很容易发现是他把护照卖了。可是话又说回来,如果发现明明是别人冒用吉莱蒂的护照,而我,吉莱蒂的朋友,却发了签证,上司会怎么说?"警员站起来,打了个哈欠,对法布里斯说:"先生,请稍候。"然后他出于警察的习惯,又说道,"发生了一点问题。"法布里斯暗道:"还有一个问题是我要逃跑。"

警员真的离开了办公室,把门敞着,护照就留在松木办公桌上。"肯定出了问题。"法布里斯想,"我应该拿起护照,慢慢从桥上走回去,要是宪兵盘问我,我就说我在巴马境内最后一个镇子忘了请警官给我的护照签字。"法布里斯已经把护照拿到手,却突然听到戴铜别针的警员在讲话,他感到说不出的诧异:

"天哪,我真的受不了啦,热得喘不过气来。我到咖啡馆去喝一小杯。你抽完烟到办公室去一下,有一份护照要办签证,那个外国人在那儿等着呢。"

法布里斯蹑手蹑脚往外走,与一个俊俏的年轻人迎面撞上,年轻人正像哼歌似的自言自语道:"好吧,咱们就给这份护照办个签证吧,照样签个带花饰的字。"

"先生这是要到哪里去?"

"到芒托瓦、威尼斯、费腊拉。"

"费腊拉,好的。"警员答道,一面还吹着口哨。他抓起一个戳子,蘸上蓝印油,在护照上盖了一个签证章,在印章旁边的空白上飞快地写下芒托瓦、威尼斯、费腊拉,然后手在空中比画了好几下,签了字,又蘸了墨水写花饰,慢吞吞地精描细绘。法布里斯把他的一举一动都看在眼里。警员得意地看了看他描的花饰,又加了五六个点,终于把护照递到法布里斯手里,说道:"先生,一路平安。"

法布里斯往外走,恨不得三步并作两步,却又不敢让人看出来。这时,他感到左臂被人抓住,他本能地握住匕首把,幸亏他注意到四周全是房屋,否则他真可能干出莽撞事。抓住他左臂的人看他一脸惊愕,带着歉意说道:

"我叫了先生三遍,先生都没搭理。先生有什么要报关的吗?"

"我除了一条手绢,一无所有。我到附近一个亲戚家去打猎。"

倘若人家问起亲戚的姓名,他就尴尬了。天气很热,他心里又惶惶不安的,弄得浑身大汗淋漓,好像刚从波河里爬出来。"和戏子们打交道我不乏胆量,可是戴铜别针的警员却叫我六神无主。拿这个题材可以写一首诙谐的十四行诗,给公爵夫人看看。"

一进卡萨尔-马乔列村,法布里斯马上向右拐,踏进一条坎坷不平的街道,径直向波河走去。"我急需巴克科斯和科瑞斯①的帮助。"他心里说。他走进一家店铺,店外长杆上悬挂着一块灰色破布,上写 Trattoria②。一条破旧的床单,用两个很细的木环固定,倒垂下来,离地面三尺高,给"饭铺"门首遮挡住直射的阳光。店里面一个半裸的女人,很有姿色,客气地招呼我们的主人公。这令他十分欢喜,赶紧对女人说,他饿得要命。女人正给他做午饭,这当儿进来一个三十岁上下的汉子,也不跟人打招呼,随随便便一屁股坐在长凳上。突然他站起来,对法布里斯说:"Eccellenza, la riverisco(阁下,我有礼了)。"此时法布里斯心里正高兴,所以非但没有生出可怕的念头,反而含笑回答:

"你怎么会认识'阁下'我的?"

"怎么,路德维克,桑塞维利纳公爵夫人的车夫,阁下不认识啦?以前我们每年都要到萨卡乡下的房子去,我在那里总是发烧。我跟公爵夫人求了一笔养老金,就不再干了。我现在有钱了,按说我的养老金,每年顶多只能拿到十二个埃居,可是公爵夫人说,为了让我有工夫写十四行诗——我会写打油诗,她每年给我二十四个埃居。伯爵先生也说了,哪天我有了难处,只管去找他。主教大人作为好基督徒,到韦莱雅修道院静修的时候,我还有幸为大人赶过一站车呢。"

法布里斯端详这汉子,依稀认了出来。在桑塞维利纳府里,衣着讲究的车夫中就有他一个。他说如今有钱了,却只穿了一件破旧的粗布衫和一条麻布套裤,裤子原先染的是黑色,勉强齐膝,加上一双鞋和一顶劣质帽子,就是他的全部行头。此外,他已经有半个月没有刮胡子了。法布里斯一边吃炒鸡蛋,一边和他称兄道弟

---

① 巴克科斯,希腊神话中的酒神;科瑞斯,希腊神话中的谷神。
② 意大利文;饭铺。

地闲聊。他认为路德维克爱恋着饭铺的女掌柜的。他草草吃罢午饭,低声对路德维克讲:"我跟你说句话。"

"阁下尽可当她的面讲,这个女人心肠可好啦。"路德维克温和地说。

"那好,朋友们,"法布里斯毫不犹豫,"我遭难了,需要你们帮忙。先说一句,我的事和政治不沾边。很简单,我杀了一个人,我同他的情妇说了几句话,他就要杀我。"

"可怜的年轻人。"女掌柜的说。

"阁下,包在我身上!"车夫嚷道,他一腔子报效热忱,两眼放出光来,"阁下打算到哪儿去?"

"费腊拉。我有护照,可是我希望最好别碰上宪兵,说不定他们已经知道了。"

"您什么时候把那个人解决掉的?"

"早上六点。"

"阁下衣服上没沾上血迹?"女掌柜的问。

"我也想到这一点。"车夫说,"另外,您这身衣服料子太细,在我们乡下很少见,招眼得很,我去找犹太人买几件衣服,阁下您的身材跟我差不多。"

"行行好,别再叫我阁下了,别人会注意的。"

"是,阁下。"车夫回答,一边迈步出了店门。

"等一等! 等一等!"法布里斯喊道,"给你钱,回来!"

"说什么钱不钱的!"女掌柜的说,"他有六十七埃居,您都拿去用就是了。"她又压低声音说,"我也有四十几个埃居,全给您,我心里乐意。碰到这样的事,谁也不会带许多钱在身上。"

法布里斯进了"饭铺"之后,因为太热,早就把外衣脱了。

"您身上这件坎肩哪,要是进来什么人,一准要惹祸。质地这么好的英国料子太扎眼了。"她递给我们的逃亡者一件黑色背心,看来是她丈夫的。一个高个子年轻人从里屋的门走进铺子里,衣着比较讲究。

"我丈夫。"女掌柜的说。然后她朝着丈夫道:"皮埃尔-安东尼,先生是路德维克的朋友,今天早上他在河那边出了点事,想到费腊拉躲一躲。"

"行呀,我们送他,"丈夫彬彬有礼地说,"夏尔-约瑟夫的船可以用。"

既然我们说过在桥头警务室里,我们的主人公害怕了,那么现在自然也就应该承认,他还有另外一个弱点,由于这个弱点作祟,他的眼睛湿润了。这些庄稼汉对他这么披肝沥胆,他被深深打动了。他又想到了姑妈的善良禀性。他多么想叫这几个人发笔财啊。路德维克回来了,带了一个包袱。

"这位可以走了。"丈夫说,看得出他同路德维克很熟。

"现在还不能走。"路德维克说,语气很紧张,"外面已经在议论您啦。有人看见您迟疑了一阵才离开大街,拐进了我们的 vicolo①,像是想找个地方藏起来。"

"赶快上楼进卧室。"丈夫说。

卧室很宽敞,也很漂亮,两扇窗户上没有玻璃,却蒙了灰布。屋里摆了四张床,每张床都有六尺宽,五尺高。

"快,要快!"路德维克说,"这里新来了一个宪兵,人模狗样的,老想调戏下面那个俊娘儿们,我警告过他,让他到街上巡逻的时候,当心别碰上枪子儿。这个狗东西要是听到什么风声,和阁下有关的,准定要让我们难堪,想着点子也要在这里抓住您,好让泰奥多琳达饭铺背上坏名声。"

"怎么!"路德维克看见法布里斯的衬衫上沾满血迹,还有用

---

① 意大利文:小街。

手绢包扎的伤口,便又说道,"那头 porco① 跟您拼命来着?这样就更有一百条理由抓您了。一件衬衣我也没买。"他毫不客气地打开那丈夫的衣柜,递给法布里斯一件衬衣。一会儿工夫,法布里斯就打扮成了一个富裕的乡下人。路德维克从墙上摘下一个兜子,把法布里斯的衣服放在一个鱼篓子里,奔下楼,急匆匆出了后门。法布里斯紧随着他。

"泰奥多琳达,"他经过店铺时嚷道,"把上面的东西拾掇起来。我们在柳树林子里等。皮埃尔-安东尼,你尽快给我们找条船,价钱好说。"

路德维克领着法布里斯跨过了二十多道沟。最宽的沟上横着长长的木板,忽悠忽悠的,算是过沟的桥。他们走过去,路德维克就急忙把木板搬开。"现在可以喘口气了。"他说,"那个狗宪兵不赶上两里路,休想撵上阁下。您脸色不好,正好我没忘了带上一小瓶酒。"

"我正想喝一口呢:大腿上的伤口开始有感觉了。在桥头的警务室我被吓得丢了魂。"

"这话我信,"路德维克说,"我真想不出来,穿着这件满是血污的衬衣,您怎么敢到那种地方去。伤口嘛,我有办法。待会儿给您找一个凉快地方,您好好睡他一个钟点。船找到的话,会到这儿来接我们。如果没找到,等您歇过来,我们再走两小里路,那儿有个磨坊,我可以自己去找船。阁下您比我更有见识,您知道,夫人她很快就会知道这件事,她一准伤心死了,也许还会有人说您伤很重,快死了,甚至还可能说您杀人的手段很卑鄙。拉威尔西夫人少不了要散布这样的谣言,夫人听了,会很难受的。阁下您可以写封信。"

---

① 意大利文:猪。

"怎么送出去？"

"我们要去的那个磨坊，伙计们每天挣十二个苏。一天半他们就能到巴马，盘缠四法郎，鞋子磨损两法郎。要是为我这样的穷鬼跑腿，六法郎够了，现在是为一位贵人，我给他们十二法郎。"

他们进了一片林子，全是榛树和柳树，到了休息的地方，枝叶茂盛，凉爽宜人，路德维克去找纸和墨水，要走一个多小时。"天哪，这地方真舒服！"法布里斯高声说道，"荣华富贵，永别了！永远别想当什么总主教了！"

路德维克回来，见法布里斯睡得很香，不忍心叫醒他。太阳落山的时候船才到，路德维克远远瞧见小船出现了，便叫醒了法布里斯。法布里斯写了两封信。

"阁下您比我更有见识，"路德维克说，面有难色，"我要是再多说一句，不管您嘴里怎么说，只怕您心里还是不乐意。"

"我不像你想的那么蠢，"法布里斯回答，"随你说什么，在我眼里你都是姑妈的忠实仆人，是尽全力救我出虎口的好汉。"

法布里斯费了许多口舌让路德维克开口。最后路德维克终于下了决心，可是先来了一段开场白，又足足讲了五分钟。法布里斯有点耐不住性子了，可是他又在心里说："这怪谁呢？只能怪我们的虚荣心。他坐在高高的车夫座上，看得明白着呢。"路德维克毕竟古道热肠，到头来还是大着胆子直说了。

"谁知道拉威尔西夫人会不会花重金买通您派到巴马送信的人，把您的信拿到手。那是您的笔迹，打起官司会成为不利于您的证据。阁下您一定会认为我这个人好奇心太重，第二呢，把我这个车夫鬼画符的字送到公爵夫人眼前，您一定觉得没面子。但是您的安全要紧，就算您觉得我不懂规矩，我还是非说不可。这两封信，阁下您能不能口授，让我来写？这样呢，扯进去的只有我一个。而且没什么了不起，必要时我可以说，我是在田里撞见您的，您一手拿牛角文具盒,一手持枪,逼我写的。"

"握握手,亲爱的路德维克,"法布里斯朗声说道,"我要让你知道,对你这样的朋友,我没有秘密可言。你就把信原样抄一遍吧。"路德维克明白,法布里斯这样做,可以说肝胆相照,心里十分感动。他写了几行,看见小船飞快地驶来,便说道:

"如果阁下您愿意口授的话,信可以写得快一点。"信写完了,法布里斯在最后一行下面写上 A 和 B,又在一张小纸片上用法文写了"请相信 A 和 B",然后把纸片揉成小团,准备让送信人把纸团藏在衣服里。

小船靠近了,已经可以听见说话声,路德维克呼喊船夫的名字,这并不是他们的真名。船夫并不作答,往下游五六百米远的地方揽了船。他们东张西望,生怕被关卡的人发现。

"我听您的吩咐,"路德维克对法布里斯说,"您是想叫我亲自去巴马送信呢,还是要我送您到费腊拉?"

"要说送我到费腊拉,我本来还真不好意思劳驾你,可是我得上岸,还得想办法不拿护照进城。老实说,一路上使用吉莱蒂的名字,我感到太恶心,我看只有你能够给我另外买一份护照。"

"您在卡萨尔-马乔列怎么不说呢!我认识一个密探,他可以卖给我很地道的护照,还不贵,四五十个法郎就行。"

两个船夫中有一个生在波河右岸,所以出境到巴马不用护照,信就由他送。路德维克会使桨,自称可以和另一个船夫一起划船。

"到了波河下游,"路德维克说,"我们会碰上警察的武装艇,我有办法避开他们。"有十好几次,他们不得不藏到与水面齐平,有柳树遮蔽的小岛中间去。还有两三次,他们不得不上岸,让空船从警察的小艇旁漂过。路德维克趁着长时间没事干,拿他的十四行诗给法布里斯读了几首。感情有点意思,但是表达出来反倒平淡了,似乎就不值得写。奇怪的是,这个当过车夫的人有激情,眼光新鲜活泼,富于诗意,可是一拿起笔来,他就变得冷静而平庸了。"和我们上流社会的人正相反。"法布里斯心里想,"我们谈什么都谈得很美,可是心灵里却空空如也。"他发现顶叫这个忠实的仆人开心的,是帮他改正十四行诗里的拼写错误。

"我把本子给人家看,人家老是笑话我。"路德维克说,"阁下您要是肯把这些词一个字母一个字母地拼给我,那些忌妒我的人就没话可说了,他们只能说:光靠拼写正确,还算不得天才。"到第三天夜里,法布里斯才平安登岸,藏进一片榛树林。距离奥斯古洛湖桥还有一法里路程,整整一天他都躲在大麻地里。路德维克先去了费腊拉,向一个穷犹太人租了一间小屋子。这个犹太人立刻心领神会,只要不声张就有钱挣。晚上,天擦黑的时候,法布里斯骑一匹小马进了费腊拉城。他必须依靠这个脚力,因为他在河上受了热,大腿上挨的那一刀,以及刚开始厮打时肩头挨的那一剑留下的伤口都发炎了。他发起烧来。

第十二章

犹太房东帮他们请来了一个谨慎可靠的外科大夫,这个大夫像房东一样,也明白他们钱袋里有钱。他对路德维克说,他得凭良心,照路德维克称作兄弟的这个年轻人的伤势,他必须向警察局报告。

"法律是说一不二的。"他对路德维克说,"显而易见,您兄弟绝对不是自伤,绝对不像他自己说的那样从梯子上摔下来,手里正好握把刀,刀还是打开的。"

路德维克冷冷地回答这位正直的外科大夫说,如果大夫决意听从良心的呼唤,那么他路德维克在离开费腊拉之前,将有幸让大夫摔一跤,大夫手里的刀也正好打开着。路德维克把事情告诉法布里斯,法布里斯将他好一顿骂。他们一分一秒也耽误不得,必须火速离开。路德维克对犹太人说想领他兄弟出去透透风。他找了一辆车,两人出了犹太人的房子,不再回来。读者一定觉得我的叙述太啰唆,老是没有护照便必须怎么怎么做呀。在法国,确实已经没有人为护照伤脑筋,可是在意大利,尤其在波河一带,人人都把护照的事挂在嘴上呢。他们装作兜风的样子,毫无阻碍地出了城。路德维克把马车打发走,自己绕另一个城门回到城里,租了一辆sediola①,说好要赶十二里,然后他又折回去接法布里斯。快到博洛尼亚时,我们这两个朋友叫车夫横穿荒野,走上从佛罗伦萨到博洛尼亚的大道,寻了一家破得不能再破的小旅店住下。第二天,法布里斯气力恢复了一点,他们便大摇大摆进了博洛尼亚城。吉莱蒂的护照已经烧掉了。戏子丧命的消息肯定已经都传开,索性没有护照,万一被捕,也比带着死人的护照少一点麻烦。

路德维克在博洛尼亚认识两三个在大公馆当差的人。他跟法布里斯商量,决定去找这几个人探探风声。他对他们说,他同一个小弟弟结伴从佛罗伦萨来,他兄弟贪睡,他便在天亮前一个钟头独自上了路。说好到一个村子与他兄弟会合,他打算在村子里歇歇脚,挨过最热的几个钟头。可是他兄弟老不来,他便往回走,结果发现他兄弟被人用石头砸伤了,还被刺了好几刀,是几个寻衅的人干的,还抢了他的东西。他这个兄弟人长得帅,会刷马赶车,会读会写,很想到一个好人家当差。等以后有机会,路德维克还想再告诉他们,法布里斯受伤倒地之后,那几个强盗掠走了他的小包,里面有他们的换洗衣物,还有他们的护照。

法布里斯到了博洛尼亚之后,感到很疲惫,没有护照,又不敢进旅店,便走进了宏伟的圣彼得罗纳教堂。他感觉到一股凉意沁

---

① 意大利文:轻便马车。

人心脾,不久就觉得精神好多了。他突然自语道:"我进教堂就像进咖啡馆似的,只想着寻个地方坐坐,好不知好歹。"他扑通跪倒,心情激动地向天主谢恩。很明显,他不幸杀了吉莱蒂以后,主一直在庇护他。在卡萨尔-马乔列警务室,他有可能已经被认出来,到现在还让他不寒而栗。"那个警员,他的眼睛说明他一肚子狐疑,"法布里斯暗忖,"他把护照翻来覆去地看,怎么会没发现我没有五尺十寸高,没有三十八岁①,也不是个大麻子呢?啊,主啊,我受了您多大的恩惠啊!却竟然延宕到今日才将我的尘泥之躯奉献于您的脚下!我竟然狂妄地认为,能够幸运地逃脱张开血盆大口要吞噬我的斯皮尔堡,靠的是世人徒劳无益的防范!"

法布里斯沉浸在天主无限的慈爱中,万分激动地度过了一个钟头。路德维克走过来,站到他面前,他竟然都没有听到。法布里斯把头埋在手里,当他抬起头来的时候,他忠实的仆人看见他脸上热泪纵横。

"过一个钟头再来。"法布里斯对他说,口气很生硬。

路德维克看他一脸的虔诚,没有同他计较。法布里斯把他记得的七首忏悔诗默诵了好几遍,但凡背到的诗节与他眼下的处境有关,他都要停顿良久。

法布里斯想起许多事请天主宽恕,不过值得注意的是,在他想到的种种过失中,并没有当总主教的计划。他当总主教,仅仅是因为莫斯卡伯爵是首相,而莫斯卡伯爵认为,公爵夫人的侄子配得上这个职位以及这个职位带来的显赫地位。法布里斯自己并没有渴求这个职位,这不假,但是他毕竟想过,正如想过当大臣或者当将军。他压根没有想过公爵夫人这一番筹划会拖累他的良心。这是他宗教信仰的一个突出特点,得之于米兰耶稣会教士的教育。这

---

① 前文写的是三十九岁。

种宗教信仰使人没有勇气去思考习惯之外的事物,特别是不容许自我反省,认为自我反省,罪莫大焉。这是向新教迈出的重要一步。要想知道我们有什么罪过,应该询问神甫,要不就去读《告解圣事备忘录》这类书里记载的罪恶录。法布里斯熟记拉丁文的罪恶录,他在那不勒斯神学院就学过了。他背诵着罪恶录,背到杀戮罪这一条时,他向天主痛切地谴责自己为了保护自己的生命而杀了一个人。有关西门罪①(用金钱谋取高级神职)的几条,他却无动于衷,匆匆念诵过去。倘若有人提议,他拿出一百个金路易就能当上巴马首席代理主教,他肯定拒之唯恐不及。可是尽管他并不愚钝,特别是不缺乏思维逻辑,他却一次也没有想到过,莫斯卡伯爵运用自己的影响为他谋职,就是一种西门罪。耶稣会教育的高明之处正在于此:教你养成习惯,不去注意明如白昼的事情。一个法国人,在巴黎那样充塞着个人利益,流行冷嘲热讽的环境里长大,他在法布里斯无比虔诚、无比激动地向天主敞开心扉的时候,肯定要指责他——倒不一定有恶意——伪善。

法布里斯走出教堂的时候,已经把第二天要做什么忏悔准备好了。他看到路德维克坐在宽阔石廊的台阶上,从那里可以俯视圣彼得罗纳教堂门前的大广场。宛如一场暴雨之后空气变得澄净,法布里斯的心灵现在也变得静谧、融和、清新。

"我觉得好多了,伤口不怎么疼了。"他走到路德维克身旁,对他说,"我得向你道歉,你在教堂同我说话的时候,我态度太生硬了。我正在对自己的良心进行反省。好了,我们的事怎么样啦?"

"有进展。我租到一间屋子,说实话,与阁下您的身份不太匹配。我向一个朋友的太太租的,她人漂亮,而且和一个警察头子关

---

① 典出《圣经·使徒行传》。撒马利亚的西门看见使徒彼得和约翰把手放在人头上,人就受灵,便想用钱换取这种力量。

系密切。明天我就去申报,说我们的护照如何如何被抢了,他们一定会相信我。不过我得付邮资,警察局要发函到卡萨尔-马乔列,查询当地是否有一个叫路德维克·圣米凯利的人,这个人是否有个兄弟叫法布里斯,为巴马的桑塞维利纳公爵夫人当差。等一切都办妥了,siamo a cavallo(意大利谚语:我们就得救了)。"

法布里斯的神色突然凝重起来。他让路德维克等他一会儿,自己返回教堂。他一路小跑,刚一进教堂便抢身跪倒,谦卑地亲吻石板地面。"主啊,真是奇迹。"他高声说道,眼里含着泪水,"您看见我的灵魂准备重归本分,就拯救了我。伟大的主,说不定哪一天我会因为什么事被杀,在我死去的时候,您千万别忘了此时此刻我的灵魂所达到的境界。"法布里斯怀着极大的喜悦,把七首忏悔诗篇又背诵了一遍。步出教堂之前,他向一个老妇人走去,那妇人正坐在一幅巨大的圣母像前,旁边有一个铁三脚架笔直竖在铁座上,三脚架的边缘立着许多尖头,虔诚的信徒们在契马布埃①那幅著名的圣母像前把蜡烛点燃,插在上面。法布里斯走过来时,七支蜡烛零星地插在架子上。他把这幅场景印在脑海里,准备以后有空再仔细回味。

"蜡烛什么价?"他问老妇人。

"两个巴约克②一支。"

这些蜡烛不及笔管粗,不满一尺长。

"你的架子上还能插多少蜡烛?"

"六十三支,已经点了七支了。"

"嗯,六十三加七是七十,"法布里斯说,"这也应该记住。"他付了钱,亲手先插上七支,点着,然后跪下,表示呈献给圣母。他站

---

① 契马布埃(约1240—1302),意大利画家。
② 意大利古币,合二十分之一里拉。

起来,对老妇人说:

"感谢神恩。"

法布里斯找到路德维克,对他说:"我饿死了。"

"酒店去不得,还是回我们租的房子。午饭想吃什么,女房东会去买的。对新房客,她会占二十个苏的便宜,不过态度也就更殷勤。"

"照你的话做,无非是叫我饥肠辘辘,再受一个钟头罪。"法布里斯像孩子似的朗声笑道,说着便进了教堂旁一家小酒店。坐定后,他发现邻座上坐的竟是姑妈的亲随佩佩,佩佩以前曾经到日内瓦去接他,这可让他大吃一惊。他暗示佩佩不要吭声。他狼吞虎咽地吃完饭,唇边浮现出满意的微笑。他站起来,佩佩跟着他,于是我们的主人公三进圣彼得罗纳教堂。路德维克则在广场上溜达,以防不测。

"哎,天哪,主教大人,您的伤不碍事吧?公爵夫人急坏了,一整天她都认为您肯定死了,被抛在波河哪个岛上。我这就派人给她送信。我找您找了六天,三天在费腊拉,大小旅店都跑遍了。"

"给我带护照来了吗?"

"带了三种不同的护照。一种护照上是阁下您的姓名和职务,第二种只有您的姓名,第三种是假名字,叫约瑟夫·博西。每种护照都是双份,阁下愿意说从佛罗伦萨来还是从莫德纳来,都随便,只要出城转一圈。伯爵的意思是要您住在台尔·佩雷格里诺旅店,老板是他的朋友。"

法布里斯好像信步闲逛似的进入右侧殿,殿里插着他的蜡烛。他凝视了一会儿契马布埃的圣母像,对佩佩说:"我要谢恩。"说着就跪下了。佩佩也随着跪下。他们走出教堂,佩佩看到,第一个上来乞讨的穷汉,法布里斯给了他一个二十法郎的硬币[①]。乞丐很

---

① 即一个拿破仑金币。

感激,嘴里便叫唤开。平日里都在教堂广场上聚集的各色穷人,一下子都被吸引过来,成群结队跟在大善人身后,个个都想从这个拿破仑金币中分一份。女人们挤不到人群中去,气急败坏地冲到法布里斯跟前,对他喊叫说他拿出这个金币,不就是想让仁慈天主的穷人们平分吗?佩佩挥舞他的金柄手杖,叫他们让大人安静。

"哎呀,大人哪,"所有的女人都叫嚷起来,声音尖厉得吓人,"可怜可怜穷女人吧,也给一个金币吧!"法布里斯加快脚步,女人们大呼小叫着跟在身后。穷汉们从大街小巷蜂拥而至,跟发生了骚乱似的。肮脏而又躁动不安的人流呼喊着"大人",法布里斯费了九牛二虎之力才突出乱哄哄的人群。这个场面把他从想象拉回到地上。"我惹了穷小子,"他自言自语,"这叫自作自受。"

他从萨拉高斯门出城,有两个女人一直跟踪到那里。佩佩舞动手杖,摆出样子真要揍她们,又扔给她们几个小钱,她们才罢休。法布里斯登上秀丽的桑米凯利·安·博斯柯山冈,在城外绕城转了半圈,沿小路走了五百步,踏上从佛罗伦萨过来的大道,然后返回博洛尼亚。他庄重地把护照递给警察,他的特征,护照上记载得明白无误。按这份护照,他名叫约瑟夫·博西,是神学院的学生。法布里斯注意到,在护照右下角有一个红墨水点,好像是无意溅上去的。两个钟头之后他便被一个密探盯上了。问题出在"大人"这个称呼上。他的同伴当着圣彼得罗纳教堂穷人的面口称大人,可是他的护照上却找不到任何可以这样称呼的头衔。

法布里斯发现了密探,可是完全没往心里去。什么护照,什么警察局,他都不再想。他看到什么都兴致勃勃,活像个小顽童。佩佩得到的吩咐是留在法布里斯身边,可是他看法布里斯对路德维克很满意,觉得倒不如先回去,把好消息告诉公爵夫人。法布里斯给他最亲爱的两个人分别写了信,想了想,又写了第三封,给可敬的朗德利亚尼总主教。这封信的作用非同小可。信里如实地讲述了与吉莱蒂打斗的经过。总主教很受感动，免不了把信拿去念给亲王听。亲王倒是有兴趣听，因为他很好奇，想知道年轻的主教大人如此残忍地杀了人，还怎样为自己辩白。拉威尔西侯爵夫人的朋党们，还有亲王乃至整个巴马城都认为，法布里斯招了二三十个庄稼人，硬把那个不争气的戏子给活活打死，而这戏子错就错在不该和法布里斯争夺小玛丽埃塔。在一个专制朝廷里，谁权术玩得好，谁的话就是对的，就好比在巴黎，谁最时尚，谁就是对的。

"怎么搞的，真见鬼！"亲王对总主教说，"这种事叫别人干就行了，自己动手，这不合习惯。再说了，戏子可以收买，何必杀呢。"

巴马发生了什么事，法布里斯是无论如何想象不出的。事实上现在的问题是，生前每月挣三十二法郎的戏子之死，是否会导致极端保王党内阁和首相莫斯卡下台。

公爵夫人为人清高，这使亲王很气恼，因此他在得知吉莱蒂死亡的消息之后，便下令总检察长拉西来办这个案子，好像犯案的是个自由党似的。而法布里斯呢，他以为按地位他是凌驾在法律之上的，他没有考虑到虽然在有些国家，法律对门第显赫的人无可奈何，但是权术却无所不能，照样可以惩罚他们。法布里斯经常对路德维克说自己绝对是清白的，这一点很快就会水落石出，他的主要理由是他并没有犯罪。对此，路德维克有一天对他说：

"阁下聪明过人，读书明理，我搞不懂您为什么要跟我说这些事，我不过是您的一个忠诚走卒。阁下您考虑得未免太多了。这些话您应该跟公众说，或者在法庭上说。"法布里斯暗道："这个人相信我是杀人犯，不过他依旧爱我。"他感到很沮丧。

佩佩走后第三天，法布里斯收到一个大信封，像路易十四时代那样拿一根丝带扎住，收信人是"巴马教区首席代理主教，议事司铎，尊敬的法布里斯·台尔·唐戈主教大人"，他心里好不奇怪。

"我现在还有这些头衔吗?"他笑着想。朗德利亚尼总主教的信堪称逻辑严密、文笔清晰的典范,洋洋洒洒写了至少十九大张,把吉莱蒂死后巴马发生的事交代得清清楚楚。

好心的总主教在信里写道:

> 即便奈伊元帅率领法国军队兵临城下,也不会如此沸沸扬扬。亲爱的儿子,除却公爵夫人和我本人,人们无不以为你杀死戏子吉莱蒂是蓄意为之。虽然祸事已然降临,花费两百金路易,离开半年时间,亦能化解。然而拉威尔西侯爵夫人欲利用此事整垮莫斯卡伯爵。公众谴责你的,并非杀人流血,而仅是你的笨拙,说得更确切些,是你的傲慢,竟然不肯找 bulo (雇用的打手)代劳。我在这里把周围之议论明确传达给你。自从发生了这件令人终身抱憾的事件,巴马最高贵的门第我每天出入三家,盼望有机会为你申辩。上天赐我口才,如今之用才最合天意。

法布里斯这才恍然大悟。公爵夫人的许多信情意缠绵,对事实却闭口不谈。她起誓说如果不能很快让他平安返回,她就永远离开巴马。在与总主教的信同时送达的信里,她说:"凡人力所及,伯爵都会为你办的。至于我本人,你闯的祸已经改变了我的性格,我现在很吝啬,和银行家童波纳①差不多。我辞退了所有的仆人,不但如此,我还请伯爵帮我列了财产清单,看来远不像我想的那么多。自从杰出的皮埃特拉内拉伯爵去世之后——你与其和吉莱蒂这样的人纠缠,倒不如去为伯爵报仇——我每年有一千二百法郎的收入,债务却高达五千法郎。我回想起许多事,其中有一件是,我当时从巴黎买了两打半的缎子鞋,可是能上街走路穿的只有

---

① 是否历史人物,未详。

一双。我打算收下公爵留给我的三十万法郎,原来我计划全部用来为他修一个豪华墓地的。此外,跟你作对的主要是拉威尔西侯爵夫人,跟我作对的也主要是她。如果你一个人待在博洛尼亚感到无聊,只要说一声,我就来陪你。随信再寄给你四张汇票。"云云。

巴马的舆论如何看待法布里斯的事情,公爵夫人只字不提,她觉得首先应该安慰法布里斯,而且她觉得不管怎么说,死了个把像吉莱蒂这样无足轻重的人,不至于就来对台尔·唐戈家兴师问罪。她对伯爵说:"台尔·唐戈家的祖先不知把多少吉莱蒂打发到另一个世界去了,没有人对他们有半句怨言。"

法布里斯在吃惊之余,第一次发现了事情的真相,于是仔细琢磨起总主教的信。糟糕的是,总主教以为法布里斯了解情况,实际上法布里斯知道得并不多。按法布里斯的理解,拉威尔西侯爵夫人之所以占了上风,是因为这场流血冲突的目击证人都找不到了。法布里斯的亲随虽然是第一个往巴马报信的,但是事情发生的时候他正在桑规纳村的旅店里。小玛丽埃塔和她认作母亲的那个老太太失踪了,而给她们赶马车的车夫,拉威尔西侯爵夫人把他收买了,做了险恶的证词。好心的总主教用他的西塞罗[①]笔法写道:"此案笼罩在层层迷雾之中,审理此案的总检察长是拉西,看在基督教仁慈为本的分上,我不愿有所訾议。然而他之发迹,实因对可怜的被告,有如猎狗撕咬野兔般凶狠;此人之卑劣贪婪,我以为,纵有天大的想象力,亦未能窥其全貌。虽然有此不利,我却看到了车夫的三次证词。此人的证词颠三倒四,这实为一大好事。我现在既与我的代理主教讲话,与将要接替我管理教区的人讲话,那就再告诉你,我曾召见那个迷途羔羊所在教区的本堂神甫。亲爱的儿

---

① 西塞罗(公元前106—前43),罗马政治家、演说家,文体以雄辩著称。

子,我告诉你,不过你务必守口如瓶,一如倾听忏悔,车夫从拉威尔西侯爵夫人处获利多少,本堂神甫已由车夫妻子之口得知。侯爵夫人是否令他诬陷你,虽不敢断言,却有七八分把握。收买之钱经一个卑鄙的教士之手转交。这个教士常助侯爵夫人行鸡鸣狗盗之事,我不得不第二次禁他做弥撒。其他举措,都是你可能希望我做,也是我分内该做的,这里不一一赘述。有一位议事司铎,与你在大教堂共事,应上天的安排,家族财产由他一人继承,不免他过分看重财产的作用,居然在内政大臣祖尔拉府上称这桩小案(他说的是吉莱蒂不幸被杀一案)证据确凿,你实有罪。他既称成竹在胸,敢加罪于教堂的同事,我便唤他来,借三位代理主教、我的忏悔师和两个等待接见的本堂神甫在场之机,命他向我们,他的兄弟们陈述理由。这个可怜人列举的理由均似是而非,众人起而驳斥,我虽只说了寥寥数语,他却痛哭失声,坦承谬误。我以自己的名义和全体在场人的名义担保不将此事泄露,但半月来他散播荒言村语,留下的错误印象,他务必不遗余力加以纠正。

"有一件事也许你已知晓,无须赘言,莫斯卡伯爵雇用挖掘古迹的三十四个农民,亦即侯爵夫人称为你使钱帮凶的人,当时在沟中者有三十二个。当你抓猎刀,与突然袭击者自卫格斗之时,农民们正在做活,有两人在沟上,对其他人喊道:有人要杀主教大人。仅此叫声,便足以证明你的清白。然而,拉西总检察长竟称二人失踪了。此外在沟中者找到八人,首次听证,称听到'有人要杀主教大人'喊声者有六,而我经间接渠道得知,昨日第五次听证时,居然有五人称记不清是自己听到,抑或听同伴所说。我已然吩咐探问挖土工的住址,他们的本堂神甫会告诉他们,倘为区区数埃居,便随波逐流歪曲事实,那么非遭报应不可。"

我们从上面的摘录便可以看出,好心的总主教信写得十分翔实。然后他用拉丁文继续写道:

"此事无他,意欲改换内阁而已。你若被判刑,则非苦役即死刑,我将进行干预,以总主教之尊宣布,我知道你是清白的,你不过是在遭暴徒袭击时捍卫自己的生命而已。最后我要宣布,我已经下令禁止你返回巴马,除非你的敌人失去势头。我拟对总检察长提出谴责。仇恨此人者多而又多,敬之者少而又少,谴责他在情理之中。他若不顾公正,宣布逮捕你,那么公爵夫人肯定会在前一天就离开本城,也许索性离开巴马国境,在这种情况下,伯爵无疑会辞职,法比奥·康蒂将军就会入阁,拉威尔西侯爵夫人则胜利了。此案最大的失算,在于未委派一个干练的角色,采取必要的步骤证明你的无辜,并挫败收买证人的企图。伯爵认为他在担任此角色,但是他权高位重,对具体的事鞭长莫及。何况他是警务大臣,刚一发案,他就不得不针对你发出了十分严厉的命令。最后,是不是该说呢,我们的君主是相信你有罪的,至少他假装相信。这使此案变得更加棘手。"("我们的君主"和"假装相信"几个字是用希腊文写的,法布里斯知道,主教写下这几个字是很需要一点胆量的,他用小刀把这几个字裁下来,立刻销毁了。)

法布里斯念这封信,停下了二十回。深切的感激之情在他心里奔涌起伏。他立刻回信,写了整整八页纸。他不时昂起头,以免泪水滴落在信纸上。第二天,他正打算把信封上,却又觉得信写得社交口吻太重。"用拉丁文写吧,"他想,"对高贵的总主教这要更合适一些。"可是当他竭力模仿西塞罗的笔法,构思漂亮的拉丁文长句的时候,他想起有一天总主教跟他谈到拿破仑,有意说布奥拿巴[①],头天让他热泪盈眶的激情顿时消失得无影无踪。"啊,意大利王啊,"他朗声说道,"您生前对您誓言尽忠的不计其数,我却要

[①] "布奥拿巴"是拿破仑的姓"波拿巴"的意大利读音。称"波拿巴"(布奥拿巴)一般含有蔑视的意思。

在您死后矢志效忠。总主教爱我,这没有疑问,可是这仅仅是因为我是台尔·唐戈,而他不过是一个市民的儿子。"为了使那封用意大利文写的优雅的信不至于浪费,他做了若干必要的修改,然后寄给了莫斯卡伯爵。

就在当天,法布里斯居然在街上与小玛丽埃塔邂逅。玛丽埃塔兴奋得脸都红了,打手势叫他跟着她,但不要走近。她快步走到一处僻静的柱廊下,把按当地风俗盖在头上的黑纱拉下来,以免被人认出,然后蓦地转过身来:

"你怎么就这样大模大样在街上走?"她问法布里斯。法布里斯把事情的来龙去脉讲了一遍。

"天哪!你到过费腊拉!我找你找得好苦!你知道,我和老太太吵翻了,她要带我到威尼斯去,我知道你是永远不会到威尼斯去的,因为你在奥地利的黑名单上。我卖掉了金项链,我有一种预感,能在博洛尼亚找到你,于是我就到这儿来了。过了两天老太太也来了,所以我不能叫你到我那儿去,老太太又要向你讨钱,太无聊,叫我下不了台。打从你知道的那晦气的一天起,我们过得还可以,你给老太太的钱,我们花了不到四分之一。我不能到佩雷格里诺旅店去看你,那太招摇了。想办法找一条僻静的小街,租一间屋,在 Ave Maria① 的时候(天黑的时候),我会到这里来,就在这个柱廊下。"说完,一溜烟地走了。

---

① 拉丁文:万福马利亚。晚祷时念三遍,借以表示晚间。

第十三章

　　可爱的人儿意外出现,让法布里斯把正事全都抛到了脑后。他太平无事地在博洛尼亚过起了无忧无虑的日子,感到生活事事顺心如意。这种天真的态度在写给公爵夫人的信里流露出来,终于成了公爵夫人的一块心病,可是法布里斯却几乎没有察觉。他仅仅在怀表的面上用缩写符号写上:"给 D① 夫人写信,切莫说'当我是教士的时候','当我在教会供职的时候',那会惹她生气的。"他买了两匹小马,自己很满意。每次小玛丽埃塔去博洛尼亚郊区哪个名胜游玩,法布里斯就租一辆四轮敞篷马车,套上两匹小

---

① D 是"公爵夫人"的首字母。

马。差不多每到傍晚,他就驾车带玛丽埃塔去看雷诺瀑布。回来的路上总爱在和蔼可亲的克莱桑蒂尼①家停留,克莱桑蒂尼待玛丽埃塔就像父亲一样。

"说真的,假如这就是过去我以为有身份的人觉得可笑的咖啡馆生活,那我拒绝这种生活是大错特错了。"法布里斯心里说。他忘了他并不上咖啡馆,除非为了读《立宪报》,而博洛尼亚上层社会没有一个人认识他,所以他现在的幸福与虚荣的享乐丝毫不沾边。他若不跟玛丽埃塔在一起,就一准在天文台上天文课。教课的先生对法布里斯很友好,每逢星期天,法布里斯就把两匹马借给他,让他和夫人到蒙塔涅奥拉大街去风光一下。

不论给谁造成痛苦,即使是小人,法布里斯也会感到难受。玛丽埃塔坚决反对法布里斯与老太太见面。可是有一天小玛丽埃塔到教堂去了,法布里斯就跑上楼去看老太太。老太太一见法布里斯进屋,气得脸通红。法布里斯想:"现在是摆出台尔·唐戈的派头的时候了。"

"玛丽埃塔有戏演的时候,每个月挣多少钱?"他大声问,好像一个讲派头的年轻人走进了巴黎意大利歌剧院。

"五十埃居。"

"你又撒谎了。跟我说实话,否则老天在上,你一个子儿也得不到。"

"好吧,好吧。我们晦气,认识了你。她在巴马的剧团挣二十二埃居,我挣十二埃居。我们收入的三成交给吉莱蒂,我们的保护人。这样呢,吉莱蒂每个月都送东西给玛丽埃塔,也能值到两埃居。"

"你还在撒谎。你每月只能挣四埃居。你要是对玛丽埃塔

---

① 克莱桑蒂尼,未详。

好,我可以像 impresario① 那样雇用你,你每个月能拿到十二埃居,玛丽埃塔能拿到二十二埃居。但是,假如让我看见她眼圈红了,那我就没钱了。"

"摆你的架子吧你。够啦,你倒慷慨,可是害得我们身无分文。"老太太气冲冲地说,"我们的 avviamento(雇主)没了,哪天阁下您不保护我们了,任哪个剧团都不认识我们,剧团个个满了,没人雇我们,我们只有饿死,罪魁祸首就是你。"

"见鬼去吧。"法布里斯边说,边往外走。

"我不会去见鬼的,不信神的臭东西!我要去警察局,告诉他们你是个还了俗的主教大人,你根本不叫约瑟夫·博西,就像我不叫这个名字一样。"法布里斯已经下了几级楼梯,又转回来。

"首先,我的真名实姓,警察局比你清楚。不过你要是敢告我,真这么下流,"法布里斯阴沉着脸对她说,"路德维克会来跟你谈谈的,你这把老骨头挨的可就不止六刀,而是二十四刀了。你要在医院躺上半年,想抽烟都没有。"

老太婆脸唰地白了,她扑过来要吻法布里斯的手。

"多谢您为我和玛丽埃塔做的安排,我不反对。您是厚道人,怪我把好心当作驴肝肺。可是您想想,搁别人也会犯这个错的。我要给您提个醒,平日里您最好把谱拿得更大些。"接着她又厚颜无耻地说,"您思量一下,我的劝告是不是有道理。冬天快到了,您给我和玛丽埃塔送个礼吧,就送我们两件上等英国料子的外衣,圣彼得罗纳广场那家大店里就有卖的。"

美丽的玛丽埃塔的爱情,让法布里斯领略到了柔情蜜意的魅力,他不免想到,在公爵夫人身旁他也许能享受到同样的欢乐。

有时候法布里斯想:"那种专一热烈的眷恋,大家称之为爱

---

① 意大利文:剧团经理。

情,可我居然就与之无缘,这岂非一件有趣的事?在诺瓦腊和那不勒斯,我也和一些女人偶有来往,但何曾遇到一个女人,我愿意和她在一起,而不去骑一匹没骑过的好马?哪怕是在认识的头几天?"他又想,"所谓的爱情,莫非是一句谎言?我当然会爱,就好比在六点钟会有好胃口。不过这个要求多少有点粗俗,莫非谎话家们就是拿它编造出了奥赛罗的爱情、唐克莱德①的爱情?要不然也许该理解为,我的体质和别人不一样?我心里没有激情,这是怎么回事呢?我的命竟这样乖蹇!"

在那不勒斯,特别是在最后的日子里,法布里斯结识了几个女人。这几个女人觉得自己出身高贵,容貌出众,那些在法布里斯之前拜倒在她们石榴裙下的人又个个都是社交圈里的头面人物,于是乎她们得意扬扬,认为法布里斯也一定可以被她们玩弄于股掌之间。可是法布里斯一发现她们的意图,立刻毫无顾忌地与她们一刀两断。他想:"现在,我如果任自己沉浸在与桑塞维利纳公爵夫人这个美丽女人卿卿我我的快乐之中,那么我与那个宰了下金蛋的母鸡的法国人②岂不同样糊涂。只有公爵夫人以她温柔的感情让我体验到了幸福。我对她的友情就是我的生命,再说,没有她,我会怎样?还是那个逃亡者,躲在诺瓦腊郊外一座破败的城堡里苟延残喘。我记得,秋雨绵绵的夜晚,我害怕有什么意外,只好在床顶上撑一把伞。我骑的是城堡托管人的马,他看在我蓝血③(我的权势)的分上,才让我骑,但是他已经开始觉得我住的时间太长了。我父亲一年才给我一千二百法郎,还觉得供养一个雅各宾党简直就是犯了天条。可怜的母亲和姐姐节衣缩食,只为我能

---

① 唐克莱德,意大利诗人塔索的长诗《耶路撒冷的解放》中的人物。
② 典出拉封丹寓言《下金蛋的鸡》,某人养鸡一只,日下金蛋,以为鸡腹内有不尽的宝藏,杀鸡取之,结果可想而知。
③ 蓝血指贵族出身。

够有钱给相好的女人买点礼物。她们这么宽厚,让我肝肠寸断。我拮据的窘况被人家看出来,附近一帮年轻的贵族已经觉得我可怜了。早晚会有人神气活现地表示,他看不起一个穷困潦倒一事无成的雅各宾党,在这些人眼里,我就是这样一个人。我没有别的出路,要么给人家一剑,或被人家刺一剑,被关进弗奈台尔要塞,要么再次流亡瑞士,靠一年一千二百法郎为生。我没有走到这一步,亏了有公爵夫人,这是我的福分。而且,她对我感情这么深,我对她也应该怀有同样的感情。

"过那种可悲可笑的生活,我会变成畜生、傻瓜,可是我逃过了,四年来我生活在大城市里,有漂亮的马车,无须体会外省人的忌妒和卑劣的感情。姑妈经常责怪我没有在银行支取更多的钱,她待我实在太好了。我能让这种优越的处境毁于一旦吗?我能失去世上唯一的朋友吗?对这个仪态万方,在这个世上也许是绝无仅有的女人,我对她只有深厚的友情,什么是爱情之爱,我并不懂,却只要打一诳语,说一句'我爱你'也就行了。她也许会数落我一整天,责怪我缺乏爱的热情,可是那对我实在很陌生。玛丽埃塔不同,她看不见我的心,把亲热当作发自心底的冲动,认为我爱她爱得发疯,觉得自己是最幸福的女人。

"事实上,我仅有一次多少体验到了这种温情脉脉的眷恋,我想,那应该就是人们所说的爱情。那是在比利时边境,在宗戴镇的小旅店里碰到了阿妮肯那个小姑娘。"

我们很遗憾,下面要讲述法布里斯一段不光彩的经历。法布里斯的生活本来很平静,可是他虚荣心恶性发作,搅乱了他那颗一向抗拒爱情的心,而且大有不可收拾之势。与法布里斯同时住在博洛尼亚的,有鼎鼎大名的弗斯塔·F。这个女人毋容争辩地是我们这个时代的一流歌唱家,却也可能是最任性的女人。威尼斯杰出的诗人布拉蒂有一首著名的十四行诗,讽刺的就是她。上至王公,下至街头顽童,一时争相传诵。

在同一天里,她一会儿要,一会儿不要,一会儿爱,一会儿不爱,她反复无常,自己觉得很快乐。世人喜欢,她偏讨厌。弗斯塔的毛病,还不止这些,世人却个个喜欢她。所以,千万不要去看这条毒蛇。莽汉子,你如果去看了她,你就会忘掉她的任性胡闹,你如果听她歌唱,你就会忘掉你自己,她的爱情会使你一下子变成喀尔刻把尤利西斯的伙伴变成的东西①。

当时,这位绝色美人被年轻的 M 伯爵的美髯和不可一世的气度迷住了,连伯爵可憎的嫉妒心都没有引起她的恶感。法布里斯在博洛尼亚的街上见过这位伯爵,当时伯爵从街心招摇而过,炫耀自己的风采,高傲的神气叫法布里斯恶心。年轻的伯爵拥有万贯家财,以为自己可以为所欲为。由于他 prepotenze(蛮不讲理),自然招来许多怨恨,所以他出门总有七八个 buli(打手一类的人)前呼后拥。这些人是从他布莱西亚郊外的庄园找来的,穿着他家的制服。法布里斯的目光与凶狠的伯爵的目光相遇了一两次,此后不久法布里斯就偶然听见弗斯塔唱歌。天使般柔和的嗓音令他心里一惊,想不出有什么可以与之比拟。他有一种无限幸福的感觉,这种感觉与他平实的生活形成明显反差。"莫非这就是爱情?"法布里斯想。我们的主人公渴望体会爱情,同时他也想与这个长相比鼓手长还难看的伯爵较劲,于是他孩子气十足地经常在 M 伯爵为弗斯塔租住的塔纳利府前走来走去。

一天在塔纳利府门口,法布里斯想吸引弗斯塔的注意,结果招来的却是伯爵那群打手的哄笑。他飞奔回住处,拿了几件顶用的

---

① 典出古希腊神话。特洛伊战争后,尤利西斯返回,途经埃埃厄岛,他的伙伴被岛上精通巫术的喀尔刻变成了猪。这里所谓十四行诗,原文里就是像译文这样的散文。

武器,回到塔纳利府。弗斯塔闪在百叶窗后面等法布里斯回来,心里也就连人带事记下了。M伯爵是无人不防的,现在最嫉妒的当然就数约瑟夫·博西了,盛怒之下说话不免失态。我们的主人公抓住伯爵的这些话,每天早上给他发一封信,里面总是这样一句话:

约瑟夫·博西先生专治害虫,现寓拉尔加大街七十九号佩雷格里诺旅店。

M伯爵仗着他巨大的家产、蓝血和三十个剽悍的仆人,走到哪儿都被人另眼相看,他已经习惯如此。法布里斯短笺的这种语言,他可听不下去。

法布里斯还给弗斯塔写信。M伯爵在情敌的周围布下探子,也许这个情敌不那么令人讨厌呢。他首先打听到了法布里斯的真名实姓,然后又知道法布里斯现在回不了巴马。没几天,M伯爵、打手、马,还有弗斯塔都去了巴马。

法布里斯决心一赌。第二天他便跟着动身。忠实的路德维克苦口婆心地规劝,可是法布里斯听不进去,让他一边歇着。路德维克是个好汉,所以因此倒很钦佩法布里斯。再说呢,到巴马,离他在卡萨尔·马乔列的情妇就近了。经过路德维克一番张罗,七八个拿破仑部队的老兵来到约瑟夫·博西家,名义上是他家的仆人。法布里斯想:"只要我跟警务大臣莫斯卡伯爵和公爵夫人都不联系,出什么事就全由我一个人担着。以后可以对姑妈说,我这样做是追求爱情,这种我从来没有体会过的感情。事实是,即使我看不见弗斯塔的时候,我也思念她……可是我思念的究竟是她的歌声,还是她这个人?"法布里斯已经不再把担任神职的事放在心里,蓄起了胡髭和颊髯,浓密程度不下于M伯爵,多少成了一种伪装。他没有把大本营设在巴马,那样未免太不谨慎,而是设在巴马郊外的一个村庄里,四周是大片的林子,前面是一条大道,通往有姑妈城堡的萨卡。法布里斯听从路德维克的意见,在村子里自称是一个英国大老爷的亲随。这位英国老爷性情古怪,每年花费十万法郎打猎取乐,过不了几天就会从科摩湖过来;他想钓鳟鱼,所以在科摩湖流连不舍。说来也巧,M伯爵为美丽的弗斯塔租的小公馆在巴马的尽南头,也临着去萨卡的大道。窗外是几条树木葱茏的林荫道,从那著名要塞的高塔下通过。法布里斯住的地方很偏僻,没有什么人认识他。他少不了要跟踪M伯爵。一天伯爵刚离开女歌唱家,光天化日之下法布里斯便大胆地出现在街上,他骑了一匹上等马,还带着武器。几个歌手把低音提琴架在弗斯塔窗下,先演奏了一段序曲,然后唱了一首康塔塔向她致敬。意大利有许多这样的歌手,来往于大街小巷,有的相当有水平。弗斯塔走到窗前,一眼就看见一个彬彬有礼的年轻人骑在马上,当街而立,先朝她敬个礼,然后几次举目张望,丝毫也不掩饰目光中的含义。尽管法布里斯捡了一套风格夸张的英国服装,弗斯塔依然立刻看出他就是写那些热情洋溢书信的人,不是这些信,她还不会离开博洛尼亚呢。"这个人很有意思。"她暗道,"我似乎有点喜欢上他了。我有一百金路易,完全可以让那个讨厌的伯爵靠边站。老实说,伯爵这个人没有才气,更没有意趣,要说他还有点意思,那就是他手下人那些狠巴巴的面孔。"

第二天法布里斯打听出来,弗斯塔每天十一点左右到市中心教堂去听弥撒,也就是有他叔祖父阿斯卡尼奥·台尔·唐戈大主教坟墓的那个圣约翰教堂,他大着胆子跟了去。路德维克为他准备了一个漂亮的英国假发套,鲜艳的红色,为了这种火焰般的颜色,法布里斯还写了一首十四行诗,说火焰如何在他心中燃烧。也不知是谁把这首诗放在了弗斯塔的钢琴上,弗斯塔读了觉得很动人。这场小战役持续了一个星期,最后法布里斯发现,虽然能用的法子都试了,却谈不上有什么实在的效果。弗斯塔不愿意见他,他有点太特别,弗斯塔后来说她有点怕他。法布里斯没有放弃,不过仅仅因为他还抱着希望,想体验一下所谓的爱情。然而他也不时觉得有点厌倦了。

"先生,咱们走吧,"路德维克不断地叨叨,"您根本不像恋爱的人,我看得出来,您太冷静了,太理智了。再说也没有什么结果。撒吧,免得丢人。"法布里斯情绪开始低落。他正盘算走,却听说弗斯塔要到桑塞维利纳公爵夫人家演唱。"也许她绝妙的声音最终会让我心里燃起热情呢。"他思忖道。他乔装打扮一番,鼓足勇气进了人人都认识他的公爵夫人府。音乐会即将结束的时候,公爵夫人猛然发现大客厅的门边立着一位先生,身着猎装,举手投足间使她想起了一个人。我们可以想象她心里是何等激动。她走到莫斯卡伯爵身边,莫斯卡伯爵这才把法布里斯令人难以置信的冒失举动告诉她。他把这件事看得很开,法布里斯爱的不是公爵夫人,而是别的女人,他感到很高兴。伯爵是十足的君子——政治上除外,他的座右铭是,只有公爵夫人幸福了,他才能得到幸福。"我必须救他,帮他脱离自己造成的险境。"他对公爵夫人说,"假如人家在你家里抓住他,想想看,咱们的敌人会多高兴! 所以我在这里布置了百十号人,要不然我干吗跟你要水塔的钥匙? 按他做的事说,他好像爱弗斯塔爱得发疯,不过到现在也没有把她从 M 伯爵手里夺过来。这个疯癫癫的女人跟 M 伯爵一起过日子,俨然是个王后。"公爵夫人脸上现出痛苦的表情:法布里斯原来真是个浪荡子,根本不懂什么是真感情。

"居然不来看我们! 这一点我怎么也不能原谅他!"她最后说道,"我还每天给他往博洛尼亚写信呢!"

"我倒很欣赏他有分寸。"伯爵回答,"他在冒险,所以不想牵累我们。要是听他自己叙述这件事,一定有趣得很。"

弗斯塔是个缺心眼的人,有什么事心里根本存不住。音乐会上她的目光说明,她把所有的歌都献给了猎装青年;第二天她与伯爵谈话,说有一个陌生人对她很注意。"在哪儿见到的,你说的这个人?"伯爵火冒三丈,问道。"街上,教堂里。"弗斯塔不知该怎么说,不过她立刻想对自己的失言加以弥补,起码不能让伯爵往法布里斯身上想。于是她侃侃而谈,描写这个青年,说他个头高大,红头发,蓝眼睛,估计是英国人,很阔也很笨,要不就是什么王子。M伯爵的观察力谈不上出色,他听了弗斯塔的话,竟异想天开,让自己的虚荣心大为满足,他以为这个青年不是别人,正是巴马的王储,一个忧郁可怜的年轻人,身边有五六个师傅、助理师傅、教师之辈管着,要出门非同他们商量不可。允许他接近的女人,但凡有点姿色,他都要用古怪的眼光瞟人家。在公爵夫人的音乐会上,他坐在一张单放的扶手椅上,突出在其他听众的前面,离弗斯塔只有三步远,他的眼神叫M伯爵看了很不舒服。跟一个王子角逐情场,这个疯狂而又甜美的虚荣念头叫弗斯塔觉得很滑稽,她便故作天真地说了许多细节来证实M伯爵的想法。

"您的家族,"她问伯爵,"和这个年轻人的法奈兹家族是不是一样古老?"

"说什么呢?一样古老!我们家族可没有私生子①。"

M伯爵阴错阳差,老是没能从容地看看假象情敌的模样,这就让他益发肯定自己有一个王子做对手,心里很是得意。至于法布里斯,当他觉得在巴马没什么意思的时候,他就待在离萨卡和波河岸不远的树林里。自从M伯爵以为正在跟一名王子争夺弗斯塔的心,他便不但越发得意,也越发小心起来。他非常认真地要求

---

① 法奈兹家族的第一位君主皮埃尔-路易,德高望重,但是众所周知,他是教皇保罗三世的私生子。——原注

弗斯塔行为举止要尽量克制。他跪在弗斯塔膝下,一副打翻了醋坛子却也情深似海的情人模样,直截了当地宣称,弗斯塔是否上年轻王子的当,关系到他的名誉。

"对不起,我若爱他,也就谈不上上不上当了。我还从来没有看见过一个王子跪在我脚下呢。"

"假如你跟了他,"伯爵傲慢地看着她,"我也许不能找王子算账,但是账总是要算的。"他走出去,抡胳膊把一扇扇门摔得砰砰响。如果法布里斯恰好在这个时候露脸,那么伯爵肯定不会善罢甘休。

"你要是想活命,"晚上演出之后他与弗斯塔告别时说,"那就别让我知道年轻的王子进过你的门。我不能把他怎么样,妈的,可是当心别让我想起来我可以随便摆布你!"

"啊,小法布里斯,"弗斯塔叫道,"上哪儿能找到你呢!"

一个年轻人,有钱,打从摇篮里就被阿谀奉承之徒簇拥,虚荣心一旦受到刺激,就可能走得太远。M伯爵对弗斯塔曾经动过真情,如今这份感情又迸发出来。他要和一位君主的独生子较量,而他自己又在这个君主的国度里,瞻前顾后,荆棘丛生,但是他决不退缩。而且他竟然完全没有想到应该找机会与王子见一面,至少应该派人去跟踪王子。要想袭击王子,M伯爵没有什么招,他便大胆地想叫王子丢一次丑。他想:"我可能被驱逐出巴马国境,管他呢!"其实他只要打探一下情敌的情况,就会了解到,王子出门,必定有三四个老先生,就是那几个烦人的司礼官跟着的。他还会了解到,人家允许而王子又能选择的唯一乐趣,就是研究矿物学。弗斯塔居住的小公馆里经常有巴马上层人士聚会,公馆周围却不分昼夜有人盯着。弗斯塔在干什么,特别是她周围的人在干什么,每小时都有人向M伯爵报告。嫉妒的伯爵精心防范,起初弗斯塔竟然浑然不知,就此而言,伯爵的措施很值得称道。监视的人向伯爵报告，说有一个少年，戴红色假发，经常溜到弗斯塔的窗户下面去，每次装束都不同。"显而易见，就是年轻的王子，"M伯爵心里想，"要不然干吗化装？哼哼，休想叫我这样的汉子向他屈服。要不是威尼斯共和国篡了权的话，我现在也是一国之君呢。"

圣斯特法诺节那天，探子们报告的消息更糟了，似乎在说，弗斯塔开始和陌生人眉目传情了。"我马上就带这个女人走！"M伯爵想，"不行，不行！在博洛尼亚，我躲台尔·唐戈，到巴马又躲王子！这个年轻人会怎么想？他一定以为我害怕了！见鬼，我的家世又不比他的差。"M伯爵气得要命。最可怜的是，他知道弗斯塔心地刻薄，因此不想暴露嫉妒心，让弗斯塔看笑话。这一天，他和弗斯塔一起过了一个钟头，弗斯塔对他很殷勤，不过在他看来完全是装模作样。十一点左右，弗斯塔更衣去圣约翰教堂听弥撒，伯爵便与她分手。他回到家，换上神学院年轻学生破旧的黑衣，然后直奔圣约翰教堂。他在右侧第三个偏殿里的坟墓后面拣了个位子，从墓上一尊跪姿的大主教雕像的手臂下望出去，教堂里发生的事全能看见。雕像挡住了光线，使得偏殿里面很昏暗，正好让他藏身。不一会儿，他看见弗斯塔来了，穿着盛装，比平时更加妖艳，上层社会的二三十个崇拜者拥在她身后。她的眼睛和嘴唇都荡漾着笑意，显得很开心。"很清楚，"不幸的嫉妒汉心里说，"她指望在这里遇到她的心上人，因为我的关系，她可能很久没见到他了。"突然，弗斯塔的眼神里那种无比幸福的感情似乎越发暴露了。"我的情敌就在这里。"M伯爵想，他的虚荣心猛烈爆发，"我在这里扮演的算什么角色，给一个化了装的年轻王子当陪衬？"但是不论他如何寻找，饥渴的双眼如何搜寻每一个角落，他也没发现他的情敌。

弗斯塔充满爱的目光在教堂里巡视，每次到最后都盯住M伯爵藏身的这个昏暗角落。在一颗感情强烈的心里，爱情往往夸大一些极其细微的差别,得出的结论不免可笑至极。可怜的 M 伯爵最后竟然相信,弗斯塔看见了他。虽然他竭力掩饰,她还是洞察了他要命的嫉妒心,她温柔的目光是在责备他,也是在安慰他。

M 伯爵躲在后面偷看的大主教墓,高出教堂的大理石地面四五尺。通行的弥撒一点钟左右结束,信徒们纷纷散去,弗斯塔请城里的那些公子哥先走,她自己说是要虔诚礼拜,跪在椅子上没起来。她的眼睛变得越发亮,越发温柔,一直注视着 M 伯爵。教堂里已经没有多少人,她的目光也不再向四下张望,而是很满足地停留在大主教的雕像上。"真有心哪!"伯爵暗道,他认为弗斯塔是在看他。最后弗斯塔站起身,做了几个奇怪的手势,匆忙走出教堂。

M 伯爵陶醉在爱情中,狂乱的嫉妒心几乎完全抛开了。他离开座位,准备到情妇的家去,向她反复地表示感谢。可就在他从墓前经过时,他看见了一个黑衣男子。这个幽灵似的人一直紧贴墓碑跪着,所以嫉妒的情人到处寻找的时候,眼光从他头顶掠过,没有发现他。

年轻人站起来快步离去,立刻就有七八个汉子围上前来。这些人很粗笨,古里古怪的,看起来是年轻人的手下。M 伯爵疾步向前,可是刚到大门口木头挡风门的狭窄过道里,保卫他情敌的那些粗人就把他拦下了,而且做得没有多大动静。他尾随他们到了街上,只见一辆外表寒碜的马车关上了车门,特别显眼的是,拉车的却是两匹好马。一眨眼工夫,马车就不见了。

M 伯爵回到家,气得直喘粗气。不一会儿,探子们就来向他报告了。他们不紧不慢地说,这一天那个神秘的情人化装成教士,在圣约翰教堂一个偏殿入口处,靠着一座坟墓虔诚地跪下。弗斯塔直到教堂里的人几乎走光了还待在那里,她跟陌生人两下里很快地比画了几下,她好像是用手画了几下十字。M 伯爵奔到负心女人家。女人头一次掩盖不住心头的慌乱。她像任何一个热恋的女人那样故作天真地说,她跟平日里一样到圣约翰教堂去了,并没有看见那个纠缠她的人。M伯爵气得发疯,觉得这个女人是世上最下贱的人,他把他看见的全说了。可是不管他怎么骂,女人都放肆地抵赖。他气得抓起匕首,逼到女人身边。弗斯塔不动声色地对他说:

"好吧,你刚才骂的都是事实。我是瞒你了,因为我害怕你生出歹心,疯狂报复,结果把我们俩全毁了。你好好听着,据我看来,死命纠缠我的人生来就没有人敢于违背他的意志,至少在这个国家里是这样。"弗斯塔巧妙地提醒M伯爵,说到底他对她并不享有任何权利,最后却又说她可能再也不会到圣约翰教堂去了。M伯爵狂热地爱着弗斯塔,认为这个年轻女人还是很规矩的,不过心里边可能有一点想卖弄风情而已。伯爵觉得自己泄了气,他想离开巴马。年轻的王子尽管有势力,还不至于追他,再说即使追上来,至多跟他打个平手。可是他的傲气又让他想,离开无异于逃跑,所以他又竭力阻止自己往这方面考虑。

"他没有想到这里面有小法布里斯。"女歌手得意地暗忖道,"现在我们取笑他,可以玩得高雅一点了。"

这样的好运气,法布里斯完全没有想到。第二天他看到女歌手的窗户关得严严实实,任哪儿都找不到她,他开始感到这场游戏拖得太久了,心里有点懊悔。"我这样做,把莫斯卡伯爵置于极其困难的境地,他是警务大臣啊!人家会说他和我是同谋,那我到这里来岂不是来毁他的前程吗!可是这事已经这么长时间,如果半途而废,将来我同公爵夫人说我曾经尝试寻找爱情,她会怎么说呢?"

一天晚上,法布里斯一边在心里这样责备自己,一边在弗斯塔府邸和要塞之间的那片大树下溜达,盘算着就此罢手。这时他发觉一个身材极其矮小的探子在盯他的梢。他绕了好几条街,想甩掉这个探子,却总是甩不掉,那探子好像粘在他身后似的。他急了,跑进巴马河边一条僻静的街道,他的人就埋伏在街里。他一个手势,他的人立刻冲到可怜的小探子面前。小探子忽然跪倒了,原来是弗斯塔的侍女贝蒂娜。百无聊赖地在屋里关了三天之后,她决定出来找法布里斯,化装成男人是为了躲避 M 伯爵的匕首,那是她和女主人都很惧怕的东西。她告诉法布里斯,女主人热恋着他,恨不得立刻就能见面,不过圣约翰教堂不能再去了。"终于等来了,"法布里斯心里道,"坚持万岁!"

弗斯塔的女仆非常漂亮,法布里斯见到她,所有的道德沉思都抛开了。她告诉法布里斯,他当天晚上散步的地方和他走过的所有街道,都被 M 伯爵的探子严密监视着,不过旁人看不出来。探子们租了一些一层或者二层的房间,躲在百叶窗后面,不出一点动静,查看这些看起来很僻静的街道上发生了什么事,听街上的人说些什么。

"万一这些探子听出了我的声音,"小贝蒂娜说,"那我一回家就会被人狠狠地扎一刀,可怜的女主人弄不好和我有同样的下场。"

她害怕的模样,法布里斯见了,觉得很可爱。

"M 伯爵气得发疯,"她又说,"夫人知道他什么事都干得出来……她让我跟您说,她想和您一起远走高飞。"

她把圣埃蒂安日[①]那天发生的事讲了一遍,说 M 伯爵很恼火,那天弗斯塔一心恋着法布里斯,与他眉目传情,全叫伯爵看在眼里。伯爵拔出了匕首,抓住了弗斯塔的头发,要不是她头脑冷静,早就完了。

---

① 当是圣斯特法诺日。

法布里斯把漂亮的贝蒂娜带到附近楼里的一个小套间,对她说他是都灵人,父亲是个大人物,眼下正好在巴马,所以他必须事事小心才行。贝蒂娜回答说,他是个大老爷,比他说的还要大。法布里斯费了点工夫才明白,原来这个可爱的姑娘把他看成和王储一般有地位的人了。弗斯塔爱上了法布里斯,却也感到害怕,所以她长了心眼,没有把法布里斯的真实姓名告诉她的侍女,只说是个王子。法布里斯最后对姑娘说,她猜得不错。"但是,假如人家知道了我的名字,"他接着说,"那么,不管我已经证明我多么爱你的主人,我也不能再去看她,我父亲的大臣们——我总有一天要把这些可恶的家伙统统撤职——肯定会命令你的主人离开这个地方,她不在了,这地方还有什么意思呢。"

快天亮的时候,法布里斯和小侍女商量妥了好几个与弗斯塔见面的方案。他派人把路德维克和一个机灵的手下人唤来。趁他们跟贝蒂娜合计的时候,他给弗斯塔写了一封信,极尽渲染之能事。按此时的情势,悲剧的各种夸张手法都有了用武之地,法布里斯当然不会失去这个机会。破晓时分法布里斯才同小侍女告别,她对年轻王子所做的一切很满意。

有一件事人家对法布里斯再三叮咛,那就是既然他和弗斯塔商量定了,那么就不要再到弗斯塔小府邸的窗下去,除非弗斯塔可以在府邸接待他,那时自然会有暗号。但是法布里斯已经爱上了贝蒂娜,他觉得和弗斯塔的关系快到头了,因而他根本不可能老老实实待在巴马城外两里路的这个庄子里。第二天他骑上马,带上他的人,跑到弗斯塔窗下唱了一首流行歌曲,歌词做了修改。"谈情说爱的人都这样做吧?"他心里想。

自从弗斯塔表示渴望与法布里斯约会,他就觉得这场游戏玩得太久了。"不,我根本不爱。"他一边想,一边在小公馆的窗户下面胡乱唱着,"我看贝蒂娜要比弗斯塔强百倍。此时此刻,我倒宁愿是她来同我见面。"法布里斯觉得很无聊,便回身往村子走,在距离弗斯塔的府邸五六百步的地方,突然有十几二十人朝他围过来,四个人抓住了马缰绳,另外两个人架住了他的胳膊。路德维克和法布里斯的bravi①也受到攻击,但是他们逃脱了,还开了几枪。这一切都是一瞬间的事。突然,像变魔法似的,街里闪出五十个明亮的火把,所有的人都带着枪。法布里斯挣脱了抓他的人,从马上跳下来想冲出去,但是一个人的手像钳子似的掐住他的胳膊,他打伤了这个人,令他诧异的是,这个人却恭恭敬敬对他说:

"为了这点小伤,殿下一定会给我一大笔赡养费的。这比我拿剑对着王子、犯下弑君罪好得多。"

"我干了蠢事,这是对我的惩罚。"法布里斯心里想,"为了一桩我自己都觉得无聊的罪行,我把自己推进了地狱。"

交手的架势刚刚收起,就有好几个穿着套装的仆人抬来一乘金色的轿子,漆得很古怪,是狂欢节戴假面具的人乘坐的那种滑稽轿子。上来六个人,手里提着短刀,请殿下入轿,口称夜深风凉,对殿下的嗓子不利。人人都做出无限卑恭的样子,"王子王子"的不离口,而且几乎是吼出来的。队伍开始行进。法布里斯数了一下,街上有五十多人举着火把。约莫是深夜一点钟,人们都挤到窗口观看,场面很有几分隆重。"我担心M伯爵跟我动刀子,"法布里斯想,"结果他却拿我耍笑,没想到他还这么有情趣。莫非他真以为我是王子?万一他知道我是法布里斯,那就真要当心刀子了!"

五十个拿火把的和二十个拿武器的在弗斯塔的窗下面停留了很久,然后从城里那些豪华府邸前面招摇而过。几个管事的跟在轿子两侧,不时问殿下有什么要吩咐的。法布里斯一点也不惊慌,借着火把的光亮,只见路德维克和其他人正尽量尾随着队伍。法

---

① 意大利文:勇敢的人、好汉。

布里斯想:"路德维克只有八九个人,他不敢动手。"他从轿子里看得很清楚,搞这场恶作剧的人个个全副武装。他故意同照顾他的管事们一起哈哈大笑。大张旗鼓地走了两个小时之后,他发现队伍走到了桑塞维利纳府所在街道的路口。

就在队伍往街里拐的时候,法布里斯忽地推开轿子前面的门,从轿杆上一跃而过,一个武装的汉子拿火把直逼到他眼前,被他一刀砍翻,他自己的肩头也挨了一刀,另一个汉子又挺起火把燎了他的胡子。最后法布里斯冲到了路德维克跟前,对他喊道:"杀,把举火把的都杀了!"路德维克刺了几剑,从两个穷追不舍的人手里救下法布里斯。法布里斯跑到桑塞维利纳府的大门口。守门人好奇,正好打开了大门上的一扇三尺高的小门,他见门外一片火把,惊得目瞪口呆。法布里斯一步抢进去,随手关上小门,然后直奔花园,从通往僻静街道的一扇门逃了出去。一个钟头后他已经到了城外,天亮时分越过边境,到了莫德纳,终于安全了。晚上他进了博洛尼亚城。"好一次远征。"他自语道,"都没跟我的美人说句话。"他急忙给莫斯卡伯爵和公爵夫人写信表示抱歉,信的措辞不由得很谨慎,谈了心里的感受,但又不让敌人抓住什么把柄。"我这一回是想有爱情之爱,"他对公爵夫人说,"我尽了全部力量去体会它,但是看起来,我的心生来就不会爱,不会感伤,要我超越粗俗的享受,我做不到。"等等。

这件事在巴马引起的轰动很难描述。它越是神秘,人们越是好奇。亲眼看见火把和轿子的人不计其数,但是被劫持,而表面上又受到种种礼遇的人究竟是谁呀?第二天,城里有名气的人一个也不少啊。

被劫持的人逃跑的那条街道上的老百姓,都说看见了一具尸体。可是到白天,居民们壮着胆子出门张望,除了看见街上留下一处处血迹之外,什么打斗的痕迹也没有。那一天里,因为好奇来看这条街的人足有两万。诸如此类的场面，在意大利的城市里是司空见惯的，但是通常大家都知道为什么和怎么样。这一回叫巴马人感到别扭的是，莫斯卡伯爵守口如瓶。一个月后，火把游行事件已经不再是街谈巷议的唯一话题了，可大家还是猜不出要从M伯爵手里抢走弗斯塔的究竟是何许人也。而那个睚眦必报的醋坛子，游行刚开始就逃之夭夭了。照莫斯卡伯爵的命令，弗斯塔被关进要塞。伯爵还干了一件有欠公允的事，目的是想叫亲王的好奇心立刻打住，否则亲王很可能想到法布里斯身上去。

当时巴马城有一位学者，从北方来的，想写一部中世纪史。他进出各个图书馆，寻觅手抄本，伯爵也尽可能地为他提供便利。不过，这位学者年轻气盛，性格暴躁。譬如说吧，他觉得全巴马城的人都想着法子取笑他。街头小顽皮有时爱跟在他后面，这是事实，原因是他得意地披着浅红色长发。这位学者还认为旅店里每样东西要钱都要得太离谱。再小的东西要他付钱，他都得先到什么斯塔克夫人的游记里去查查价，这本书已经出到第二十版，里面为谨慎的英国人把火鸡、苹果、牛奶等等的单价都列了出来。

法布里斯被挟持游街的那天，这位红发学者在旅店里发火，从兜里掏出小手枪，要和cameriere①算账，一个破桃子竟敢要他两个苏。结果他被捕了，因为持有小手枪是大罪过！

这位坏脾气的学者又高又瘦。事发的第二天上午，伯爵就有了主意，他要让亲王觉得这个学者就是想从M伯爵手里抢走弗斯塔，结果被人捉弄的那个莽撞人。在巴马，挟带小手枪要处以三年苦役，不过这条刑法从来没有施行过。学者在牢里关了十五天，只见到一位律师，律师告诉他怯懦的当权者痛恨暗藏武器的人，制定了残酷的法令，这把学者吓得要死，十五天后牢里来了第二位律

---

① 意大利文：侍者、招待。

师,跟他讲起M伯爵挟持情敌游街,那个情敌至今不知道是谁。警察当局不便向亲王承认没有查出底细。"你就承认说,你想讨弗斯塔欢喜,你在她窗户底下唱歌的时候,五十个强盗把你抓起来,用轿子抬着你游街游了一个钟头,除了一些客气话,什么也没有对你讲。承认这些,没有什么丢脸的,不过就是一句话。你承认了,就让警察当局摆脱了困境,警察当局会立刻让你坐上驿车,送你到边境,在那里跟你道声再见。"

学者抗拒了一个月。亲王好几次想发话把他提到内务部审问,自己亲自去听。后来他不再想这件事,而那个历史学家却终于腻烦了,决定把什么都认下,他也就被递解到边境。亲王到头来都认定M伯爵的情敌有一头红发。

游街的第三天,躲藏在博洛尼亚的法布里斯和忠实的路德维克想方设法寻找M伯爵,最后终于打听到M伯爵跟他一样,也藏在一个小村庄里,身边只有三个打手。第二天伯爵散步回来,被八个蒙面人带走了,这些人自称是巴马的警察。他被蒙上眼睛押到山里,走两里路,进了一家旅店,在那里他受到应有的款待。晚餐非常丰盛,给他上了意大利和西班牙的上等葡萄酒。

"怎么,我是政治犯?"伯爵问。

"您说哪儿的话。"蒙面的路德维克彬彬有礼地回答,"您得罪了一个人,让人用轿子抬他游街。明天早上,他要同您决斗。如果您把他杀了,您可以得到两匹好马,还有钱,到热那亚的路上还为您准备了替换的马。"

"这个冒充好汉的家伙是谁?"

"他叫蓬巴斯。用什么武器,由您挑,证人也由您选,都是好人。不过你们俩,非死一个不可。"

"这是谋杀。"伯爵说道,他有点张皇。

"您别逗了!什么谋杀,一场生死决斗罢了,和您半夜在巴马街上游街的那个年轻人决斗。如果您活在世上,他就太没面子了。您和他两个人,总有一个在这世上是多余的,所以怎么着您也得杀了他。剑、枪、刀,几个钟头内能给您备下的武器,都会给您备下。说几个钟头,是因为得快,博洛尼亚的警察精着哪,这您是知道的,这场决斗对遭您戏弄的年轻人太重要了,不能让警察给搅了局。"

"可是,要是这个年轻人是王子……"

"他是个普通人,和您一样,还没有您阔气,但是他要来个鱼死网破,您怎么着也得决斗,我警告您。"

"我有什么好怕的!"伯爵高叫。

"您的对手热切盼望的正是这个。"路德维克说,"明天天大亮的时候,您就准备拼个死活吧。跟您玩命的人恼火得很,他有他的理由,他对您不会客气。我再说一遍,武器由您挑。现在您准备遗嘱吧。"

第二天早上,约莫六点钟,有人来到关M伯爵的房间,服侍他吃了早饭,然后打开房门,把他带到一家乡村旅店的院子里。院子四周是树篱和高墙,所有的门都牢牢关着。

院子的角落里放了一张桌子,人家叫他走到桌子前。只见上面有几瓶葡萄酒和烧酒、两把手枪、两把剑、两把马刀,还有纸墨。旅店朝院子的窗户后面站了二十来个庄稼汉。伯爵求他们可怜他。"有人要杀我,"他喊道,"救命啊!"

"您在骗自己,要不您就是想骗别人。"法布里斯厉声叫道。他在对面的院角里,身旁也有一张桌子,上面放了武器。他已经脱去外衣,脸上戴了击剑厅里常见的那种铁丝面罩。

"请您戴上面罩,就在您身边。"法布里斯又说,"然后拿剑或者拿手枪,朝我走过来,昨晚上已经跟您说了,武器由您挑。"

M伯爵说了一大堆不能决斗的理由,似乎很不情愿动手。法布里斯则很担心惊动警察,虽然说起来这是在山里,距离博洛尼亚又足有五里路。他用最难听的话辱骂对手,最后总算把M伯爵给激怒了。伯爵抓起一把剑,朝法布里斯走来,决斗无精打采地开始了。

刚打了几分钟,响起一阵嘈杂声,决斗停下来。原来我们的主人公想到,他做的这件事可能留下一辈子遭唾骂的话柄,起码会惹出许多风言风语,便吩咐路德维克到乡下去找些证人来。路德维克找到一群在附近林子里干活的外地人,给了他们钱,这群人呐喊着跑过来,以为是要替付钱的人杀掉仇人。等他们到了旅店,路德维克跟他们说,只动眼睛不动手,请他们瞅着,看两个决斗的年轻人中有没有人下毒手,或者出手不规矩。

决斗被这些庄稼汉的喊杀声打断之后,迟迟不能重新开始。法布里斯又大骂伯爵狂妄自负。"伯爵先生,"他大叫道,"人要不讲理,就得有种。我知道,这有点难为您,您更喜欢花钱雇有种的人替你动手。"伯爵再一次被激怒了,对法布里斯喊道,他在那不勒斯经常去著名的巴蒂斯丹击剑厅,他会给法布里斯一点颜色看看,叫他别那么放肆。伯爵暴跳如雷,出手相当有力。不过,法布里斯还是很漂亮地在他胸口刺了一剑,害得他在床上躺了好几个月。起初是路德维克照顾他,路德维克在他耳边低语道:"决斗的事您要是向警察局告发,我就叫人把您刺死在床上。"

法布里斯逃到佛罗伦萨。他在博洛尼亚的时候一直藏着,所以公爵夫人责备他的信,他到佛罗伦萨以后才全部收到。公爵夫人说不能原谅他在音乐会上不找机会跟她接触。莫斯卡伯爵的信叫他很开心,信里充满了真诚的友情和高尚的情感。他猜测莫斯卡伯爵给博洛尼亚写了信,以免在决斗的事情上怀疑到他头上。博洛尼亚警察当局非常公正:它表示,两个外地人用剑决斗,在场有三十来个农民,决斗接近结束时,村里的本堂神甫来了,想把决斗的人分开,没有做到。两个决斗的人只查明一个,即那个受伤的人(M伯爵)。由于约瑟夫·博西的名字没有被提到,法布里斯就大着胆子返回了博洛尼亚,他越发相信,爱情中最高贵也是最理智的部分他无从理解,这是命中注定的。他把这一点向公爵夫人详详细细做了解释。形单影只的日子他过够了,从心底里期盼重新享受与伯爵和姑妈一起度过的那些迷人的夜晚。和他们分手之后,他再也没有体验过与亲朋好友聚会的乐趣。

"对我想寻找的爱情,对弗斯塔,我都已经心灰意冷。"在给公爵夫人的信上他说,"现在,即使弗斯塔还任性地爱着我,我也不会跑二十里路要她兑现诺言。所以,你不必担心,虽然我知道她在巴黎崭露头角,我也不会像你说的那样,跑到巴黎去找她。可是如果是为了和你,和对朋友那么重感情的伯爵共度良宵,那么再远的路我也在所不辞。"

下　卷

共和政体喋喋不休地叫嚷，
有可能妨碍我们享受最好的君主政体。

第二十三章

第十四章

　　法布里斯在巴马旁边的小村庄里追逐爱情的时候,总检察长拉西并不知道法布里斯与自己近在咫尺。他一直在审理法布里斯的案子,把法布里斯当作自由党人看待。他假称找不到被告证人,或者毋宁说他恐吓被告证人,不让他们做证。他很内行地工作了将近一年。法布里斯最近一次回博洛尼亚约莫过了两个月,一个星期五,拉威尔西侯爵夫人在她的客厅兴冲冲地宣布,对小台尔·唐戈的判决书已经在一个钟头前拟定,明天就呈递亲王签字批准。几分钟后,公爵夫人就知道了政敌的这番话。

　　"伯爵的探子办事未免太不得力!"公爵夫人暗道,"今天上午他还认为判决在一星期内下不来。把年轻的代理主教从巴马赶走,他可能并不觉得恼火。"她又唱道:"可是我们一定会看到他回来的。总有一天他会成为我们的总主教。"公爵夫人打铃叫人。

"把全体仆人召集到候见厅,"她对亲随说,"叫厨子也来。到城防司令那里要一张四匹驿马的许可证,半个钟头之内把这些马套上我的马车。"府邸里的女人都为收拾行李忙活起来。公爵夫人急匆匆地穿上了旅行服装。她没有透露半点消息给伯爵。想到不必拿伯爵太当回事,公爵夫人心里很兴奋。

"朋友们,"她对召集来的仆人说,"我刚才听说,我不幸的侄子就要受到缺席审判,理由是他有胆量与一个暴徒格斗,捍卫自己的生命。是吉莱蒂要杀掉我的侄子。你们每个人都亲眼看到,法布里斯的性格是多么温和,多么谦让。对这样蛮横的侮辱,我忍无可忍,我马上到佛罗伦萨去。我给你们每个人留下十年的俸银,以后有什么难处,也可以给我写信,只要我还有一个子儿,就有你们一份。"

公爵夫人心里想的,嘴里就照直说了。说到最后,仆人们全体痛哭流涕,她的眼睛也湿润了。她声音颤抖地说:"求主保佑我,保佑法布里斯·台尔·唐戈主教大人,他是教区首席代理主教,明天就要被判服苦役。要不就是死刑,那样可能还不算太愚蠢。"

仆人们呜咽得越发厉害,最后竟号啕呼喊起来,像是宣泄不满。公爵夫人登上马车,到了亲王府。尽管不是接见时间,她还是恳请亲王的副官冯塔纳将军通报一声。她没有穿宫廷礼服,让这位副官吓了一大跳。可是亲王听说公爵夫人请求接见,却并不感到突然,而且一点也不生气。"这一下可以欣赏美目洒泪了。"他搓着手暗忖道,"她来乞求宽恕了,这个高傲的美人终于低头了!她原来那孤傲不驯的样子真叫人难以忍受!一点小事冒犯了她,她那双会说话的眼睛就好像在对我说:住在那不勒斯或者佛罗伦萨,自有您这座小城没有的乐趣。没错,我不是那不勒斯或者佛罗伦萨的君主,但是有些事非得听我的不可,这位高贵的夫人要想得

236

到,还是得来求我。我一直在想,她那个侄子到巴马,对我是天赐良机。"

亲王脑子里转着这些念头,这些令他开心的猜测,脸上不禁绽出一丝笑容。他在大书房里踱来踱去,冯塔纳将军站在书房门口,直挺挺的,仿佛站岗的士兵。将军看到亲王两眼放光,再想到公爵夫人穿着旅行服装,真以为巴马王国要瓦解了。他听到亲王说"请公爵夫人稍候一刻钟",更是感到说不出的惊讶。这位将军副官像接受检阅的士兵那样来了个向后转,亲王更开心了。"叫骄傲的公爵夫人等一等,冯塔纳还不习惯呢。"他暗忖道,"他一脸惊愕的样子去对公爵夫人说'稍候一刻钟',她就更容易在我的书房里洒下感人的眼泪了。"这一刻钟对亲王来说真是妙不可言。他迈着坚定而均匀的步伐来回走着,拿出了君王派头。"现在重要的是不要说出什么不得体的话。我再不喜欢公爵夫人,也不能忘了她是朝廷命妇。路易十四对女儿不满意的时候,同这些公主是怎么说话的来着?"他的目光停留在这位伟大君王的画像上。

事情的滑稽之处在于,亲王压根就没有考虑是否应该宽恕法布里斯,以及怎么宽恕法布里斯。二十分钟后,忠实的冯塔纳又出现在门口,不过一句话也没说。"桑塞维利纳公爵夫人可以进来了。"亲王像演戏似的喊道。"眼泪马上就要流出来了。"他一边心里想,一边掏出了手绢,仿佛已经在准备应对女人流泪的场面。

公爵夫人今天显得格外轻盈,格外容光焕发,宛若妙龄少女。可怜的副官看她迈着轻快的小碎步从地毯上飘过,几乎足不沾地,差一点被迷倒。

"企望尊贵的殿下见谅,"公爵夫人说道,细小的嗓音清脆而快乐,"我斗胆服饰不整地来拜会殿下,不过殿下对我一向宽厚,希望殿下今天仍旧能够不加苛求。"

公爵夫人把话说得慢条斯理,这样她就有时间欣赏亲王的表情。亲王大感意外,可是仍旧挺着脑袋,架着胳膊,那神态真是妙不可言。他遭了雷击似的愣在那里,不时用尖细的嗓子惊慌地高声道:"怎么啦!怎么啦!"咬字含混不清。公爵夫人说罢客套话,像是表示尊敬似的停顿片刻,好让亲王答话。她接着又说:

"我斗胆请殿下原谅我服饰上的失礼。"她嘴里这般说道,嘲笑的眼神却闪出咄咄逼人的光芒,叫亲王不敢正视。他仰望天花板,这是他窘迫到极点时的动作。

"怎么啦!怎么啦!"他反复说,然后好不容易想出了一句话,"公爵夫人,您请坐。"他十分殷勤地亲自端过一把椅子。他这样客气,公爵夫人自然不会没有感觉,她尖锐的目光变得温和一些。

"怎么啦!怎么啦!"亲王还在咕哝,在扶手椅上辗转扭动,仿佛找不到一个稳当的姿势。

"我准备趁夜晚凉快,多赶些路。"公爵夫人说,"这次出门,可能要耽搁些时日。五年来殿下待我不薄,在我离开殿下的国家之际,不来向殿下致谢,那就太说不过去了。"亲王听见这些话,如梦方醒,脸色唰地白了。发觉自己估猜得根本不沾边,这种难堪在亲王身上要超过任何人。不过他立刻振作起来,威风的样子还真配得上他面前那张路易十四画像。"好极了。"公爵夫人想,"这才像个男子汉。"

"您这么仓促动身,为的什么?"亲王问,口气相当强硬。

"我早就有这个计划。"公爵夫人回答,"现在又有人想给台尔·唐戈主教大人一点小小的颜色看,明天他就要被判死刑或者苦役,在这种情况下,我决定立刻动身。"

"打算去哪个城市?"

"我想是那不勒斯,"公爵夫人说着便站起来,"现在我没有别的事了,就此向殿下告别,衷心感谢殿下多年来对我的照顾。"公爵夫人毫不迟疑地准备告辞。亲王明白,只消两秒钟,一切就都完了。他知道,她既然这么大肆宣扬地走,那么再说什么都不管用了,她不是那种说话不算数的人。亲王赶紧跟着站起来。

"公爵夫人,您心里明白,"他拉住公爵夫人的手说道,"我一向对您有感情,以朋友相待,只要您乐意,这种感情还可以换个叫法嘛。出了人命,这是谁也否认不了的,我已经把案子交给我最优秀的法官审理……"

听了这些话,公爵夫人猛然挺直身躯,尊敬和谦卑的神色刹那间消失得无影无踪,取而代之的明明白白是一张遭受侮辱的女人的面孔。这个遭受侮辱的女人很清楚,自己在跟一个心地险恶的人说话。她带着极度愤怒甚至有些轻蔑的表情,字斟句酌地对亲王说:

"我将永远离开尊敬的殿下的国土,我不想再听见有人谈起检察长拉西,也不想再听见有人谈起其他那些卑鄙的刽子手,他们判处我侄子死刑,还处死了许多人。这是我在一个不受蒙蔽时又聪明又明礼的亲王身旁度过的最后时光,如果尊敬的殿下不想往里面掺和苦涩的感情,那么我就恭请他不要叫我想起那些无耻的法官,这是一些为了一千埃居或者一枚十字勋章就能出卖自己的人。"

公爵夫人的话铿锵有力,掷地有声,叫亲王不由得一阵战栗。一时间,他很害怕会听到更加直截了当的责难,让他下不了台。不过在大面上,他的感觉很快又轻松起来:他崇敬地端详公爵夫人,她整个人此时达到了一种崇高的美的境界。"天哪,她太美了!"亲王心里道,"对这样的倾城倾国之色,在整个意大利也许是绝无仅有的女子……无论如何得容忍着点。得了,跟她玩点小策略,说不定哪一天她会成为我的情妇呢。这个女人跟纯粹是个摆设的巴尔比夫人相比,差别何止天壤,何况巴尔比夫人每年还要从我可怜的臣民身上搜刮三十万法郎……不对呀,我没听错吧?"他突然想,"她刚才说,判处我的侄子和许多人。"他的怒气腾地又蹿上来。他沉默了一会儿,以处于至尊地位的高傲神气说:"应该怎么做,夫人才不走呢?"

"应该做的,可惜您办不到。"公爵夫人回答,语气中透着尖刻的讽刺,而且轻蔑之意溢于言表。

亲王十分光火。不过他毕竟坐惯了专制君王的位置,控制冲动的能力还是有的。"我不能辱没君王的身份,"他想,"一定要得到这个女人,然后再叫她死于我的轻蔑之下……可是如果她走出书房,我就再也见不到她了。"但是像亲王眼下这样又气又恼,如痴如醉,要想找到一句话,既不辱没他的身份,又能叫公爵夫人暂时不离开他的宫廷,谈何容易?"不能老是做同一个动作,"他想,"也不能做得太可笑。"于是他走过去,站到了公爵夫人和书房门之间。少顷,只听得门上轻轻敲了几下。

"是哪个呆鸟,"他憋足了力气骂道,"是哪个呆鸟在这个时候傻乎乎地要见我?"可怜的冯塔纳将军苍白的面孔伸进来,一脸尴尬相,带着半死不活的神气有气无力地说:"莫斯卡伯爵阁下求见。"

"叫他进来!"亲王大叫。

莫斯卡行礼的时候,亲王说:"你瞧,桑塞维利纳公爵夫人在这里,她马上就要离开巴马,住到那不勒斯去。她还出言不逊呢。"

"什么?"莫斯卡脸都白了。

"怎么,你不知道她要走?"

"一无所知。我六点钟和夫人分手,她高高兴兴的呀。"

伯爵的话在亲王身上产生了出人意料的效果。亲王瞅了瞅伯爵,见伯爵脸色越来越难看。这证明他说的是实情,是公爵夫人一时头脑发热,并不干伯爵什么事。"如此说来,这个女人走定了。

什么取乐,什么报复,全都泡汤。她到了那不勒斯,保准会跟她侄子一道写些歪诗,嘲笑我这巴马的小君王。"他望望公爵夫人,看出她心里忽而充满十分强烈的蔑视,忽而又充满愤恨。公爵夫人的眼睛正盯住莫斯卡伯爵,线条细腻的漂亮的嘴流露出极度的不屑,脸上刻着几个字:一钱不值的佞臣!"看来,"亲王打量公爵夫人,心中暗想,"把她拖在巴马的法宝也完了。此时此刻她走出这屋子,就算一去不复返。天知道她在那不勒斯会怎样议论我的法官……老天爷给了她那么灵活的头脑,那么一副伶牙俐齿,谁不信她的话才怪呢。她会到处说我的坏话,让大家知道我是个可笑的暴君,半夜爬起来看床底下有没有人……"亲王灵机一动,仿佛为了平息激动的心情,他踱了几步,复又站到门前。伯爵站在他右手三四步开外,脸色煞白,垂头丧气,身体哆嗦得厉害,不得不倚在扶手椅的靠背上。正是公爵夫人刚进来时坐的那张扶手椅,后来亲王发脾气,把它推到了一边。伯爵恋着公爵夫人,心想:"如果公爵夫人走,那我也走。不过,我跟她走,她愿意吗?这可是个问题。"

公爵夫人站在亲王的左手,双臂交叉合抱在胸前,十分无礼地瞅着亲王。美丽的脸庞刚才容光焕发,现在却从里到外透着惨白。

亲王和这两个人相反,脸涨得通红,神色慌张。左手神经质地玩弄挂在礼服下君王大绶带上的十字勋章,右手抚摸着下颏。

"该怎么办?"他问伯爵。他心里并不很清楚自己在做什么,这样问是出于习惯,因为他遇事一向是向伯爵讨教的。

"尊敬的殿下,说实话,我也不知道。"伯爵回答,他看上去好像是个快要咽气的人,费了好大的劲才吐出这句话。伯爵的声音和语气,使亲王在谈话中受到伤害的傲气第一次得到了些许抚慰。他心里略一兴奋,便想起了一句可以维护自尊的话来。

"这样看来,"他说道,"我们三个人,就我脑子清醒。我愿意把我的地位先放在一边,以朋友的身份说话。"他仿效路易十四称心如意的时候那样面带优雅宽容地微笑说道,"像朋友与朋友讲话。公爵夫人,"他接着说,"怎样做可以让您忘掉一个不合时宜的决定?"

"说实话,我也不知道。"公爵夫人回答,长叹了一口气,"说实话,我也不知道,巴马实在让我寒透了心。"话中没有半点讥讽意味,可以看出她心里的话自然流露到嘴边。

伯爵忽地转过身望着公爵夫人,作为大臣,他的心被刺痛了。他朝亲王投去恳求的目光,亲王面沉似水,默然不语。少顷,亲王才转身望着伯爵。

"我看得出来,"他说,"你这位迷人的朋友现在头脑不大清醒。这很好理解,她疼爱她的侄子。"他又转向公爵夫人,眨巴着媚眼,同时像背诵喜剧台词似的说道:"应该怎样做,才能讨这样漂亮的眼睛喜欢?"

公爵夫人已经思考成熟,她仿佛在口授最后通牒,坚定而缓慢地回答:"殿下给我写一封您很在行的那种雅体信,就说您完全不相信代理主教法布里斯·台尔·唐戈有罪,判决书呈报上来之后,您决不会签字,这次不公正的审判到此为止。"

"什么,不公正!"亲王大叫,又恼火起来,连眼睛都气红了。

"还有呢!"公爵夫人如罗马人一般高傲地说,"今天晚上,"她望望挂钟,已经是十一点一刻,"今天晚上,尊敬的殿下就派人告诉拉威尔西侯爵夫人,说殿下劝她到乡下去散散心,她家晚聚会开始的时候她在客厅里谈到的那个案子,让她太操心了。"亲王发疯似的在书房里踱步。

"这样的女人,有谁见过?"他高声说道,"对我太不敬了。"

公爵夫人彬彬有礼地回答:

"我有生以来,从未有过对尊敬的殿下不恭的念头。是殿下您降尊纡贵,说要像朋友对朋友似的讲话。"她又补上一句,"何况,我根本不想留在巴马。"她一边说,一边极其轻蔑地望着伯爵。虽然说公爵夫人刚才的那些话似乎是允诺了什么,但是人家说什么,亲王一向是不当真的,所以他举棋不定。然而公爵夫人望着伯爵的那道目光却让他拿定了主意。

他们又谈了几句,最后莫斯卡伯爵奉命写下了公爵夫人要求的那封雅体信。他略去了"这次不公正的审判到此为止"这句话,心想:"判决书呈上来,亲王保证不签字,这就足够了。"亲王在信上签了名,很感激地望了伯爵一眼。

伯爵完全想错了。亲王已经累了,给他什么他都会签字的。亲王觉得这件事他应对得不错,在他看来,整个事情的关键就是一句话:"如果公爵夫人走了,不出一星期,我就会觉得我的宫廷索然无味。"伯爵注意到,亲王把日期改为第二天,他望望挂钟,时针快指向午夜了。首相以为,亲王改日期是书生气的表现,无非想显示一下自己一丝不苟,勤政贤明。至于流放拉威尔西侯爵夫人,这没有问题,亲王特别喜欢流放人。

"冯塔纳将军。"亲王推开门叫道。

将军进来了,脸上的表情显得又惊讶又好奇,公爵夫人与伯爵两人高兴地对看了一眼。这一看,两人的气全消了。

"冯塔纳将军,"亲王说,"你坐我的车——车在柱廊下面,到拉威尔西侯爵夫人府上,叫人给你通报一声。如果拉威尔西夫人已经睡下,你就说是我派你去的。你到她的房间,无须多言,就把下面的话一字不差地告诉她:拉威尔西侯爵夫人,尊敬的殿下请您明天早上八点之前动身,到您的韦莱雅庄园去。您何时能回巴马,殿下自有晓谕。"

亲王的眼睛向公爵夫人的眼睛瞟过去,满以为公爵夫人会感激涕零,然而公爵夫人只是十分恭敬地朝他行一礼,然后便匆匆而去。

"这个女人!"亲王转身对莫斯卡伯爵说道。

流放拉威尔西侯爵夫人,伯爵很高兴,这一下他施政便利多了。他遵照一个好臣子的为官之道,又和亲王谈了半个多钟头。他觉得应该抚慰一下亲王的自尊心。直到他感到亲王已经相信,在路易十四的逸事里找不到一件比亲王的史官将要记录的这件事更动人,他才告辞出来。

公爵夫人回到家,关上房门,吩咐谁也不让进,连伯爵也不见。她要一个人待一会儿,想一想如何看待刚才发生的事。刚开始行动时她并没有多想,只图一时痛快,但是既然走出了第一步,她就决不动摇。现在冷静下来,她毫不责备自己,更不后悔。她禀性如此。到三十六岁上她还是宫里最美丽的女人,这个禀性起了大作用。

这会儿她又对留在巴马的种种乐趣充满憧憬,好像她不过是出了趟远门,刚刚回到家。而从晚上九点到十一点,她已经坚信自己将要永远离开这里了呢。

"可怜的伯爵,在亲王那里他知道我要走,脸色好难看……不管怎么说,这个人还是挺可爱的,这么好心的人实在不多见!我要离开的话,他肯定会辞官跟我走。不过整整五年里,我也没有什么心猿意马的地方让他责备啊。就是正式出嫁的女子,又有几个能够对她们的夫君说这句话?应该承认,他一点不摆架子,一点也不迂腐,叫人绝对不想欺骗他。在我面前,他好像总是为他的地位高而不好意思……在他的君主面前,他的模样就显得很滑稽了。假如他在这里,我要吻他。不过,我说什么也不会去陪伴一个丢了官的大臣,丢官,这是一个到死也治不好的病,而且……是一个置人于死地的病。年纪不大就当上大臣,真是不幸!我必须给他写信,在他和亲王闹翻之前,必须让他确切地知道这一点……哎呀,我把仆人们给忘了。"

公爵夫人拉了拉铃。女仆们还在忙着收拾行装,马车已经停在大门口,正在装车,没事做的仆人全都眼泪汪汪地围在车旁。谢奇娜进来,向公爵夫人报告了准备情况。每逢发生大事,唯有她可以进出公爵夫人的房间。

"叫他们都上来。"公爵夫人说。片刻后她来到候见厅。

"我已经得到承诺,"她对仆人们说,"主上(意大利人是这样说的)不会在我侄子的判决书上签字。我暂时不走了。我们要看看敌人是不是有本事改变这个决定。"

仆人们先是一片沉寂,随即高呼:"公爵夫人万岁!"一边狂热地鼓掌。公爵夫人已经走回隔壁房间,又走出来,像谢幕的演员那样优雅地微微行礼,对仆人们说:"朋友们,谢谢你们。"这时候只要她一句话,仆人们就会朝王宫开去,发起攻击。她朝车夫招招手,示意他过来。这个车夫干过走私贩,是个血性汉子。

"你装扮成有钱的乡下人,想办法出城,然后你租一辆轻便马车去博洛尼亚,越快越好。你从朝佛罗伦萨方向的城门进城,一定要不慌不忙的。待会儿谢奇娜会给你一个包裹,你到佩雷格里诺旅店去找法布里斯,把包裹交给他。法布里斯不敢轻易露面,他在那边的名字是约瑟夫·博西,千万别冒冒失失把他暴露了,不要让人看出你认识他。我的敌人可能会派探子跟在你后面。法布里斯会派你回来,可能过几个钟头,也可能过好几天。回来的时候更要提防着点,别暴露他。"

"哼,拉威尔西侯爵夫人的人!"车夫嚷道,"咱们走着瞧。只要夫人您愿意,他们立马完蛋。"

"会有这么一天的!不过千万记住,没有我的命令,什么也不许干。"

公爵夫人要给法布里斯送去的是亲王那封信的抄件,她按捺不住,急于让法布里斯高兴。她还顺便把信的来龙去脉讲了一下,这一讲就写了十张信纸。她把车夫叫回来。

"你四点钟再走,等城门开了。"她对车夫说。

"我想从下水道出去,虽然水很深,能淹到我下巴,但是我能出去。"

"不行,"公爵夫人说,"我不能让我最忠实的仆人冒发烧的危险。你认识总主教手下什么人吗?"

"他的第二车夫和我是好朋友。"

"这是给总主教的一封信。你悄悄进总主教府,让人带你去见他的亲随。我不想叫醒大人。如果大人真的已经睡了,你就在他府里过夜。他习惯天一亮就起床,四点钟你让人给你通报,就说是我派你去的。你向大人乞求祝福,然后把这个包裹交给他,他可能会有信给博洛尼亚,你把信带上。"

公爵夫人把亲王的信的原件转给总主教。她的意思是,这封信既然和总主教的首席代理主教有关,就请总主教把信存入教区的档案。她希望侄子的诸同事,各位代理主教和议事司铎也能知道信的内容。不过一切都应该绝对保密。

公爵夫人给朗德利亚尼总主教写了一封口气亲切的信,这位市民阶级出身的好心人看了一定喜欢。公爵夫人的签名占了三行。这封友好的信落款是:桑塞维利纳公爵夫人,安吉莉娜-科奈莉娅-伊索拉·瓦尔塞拉·台尔·唐戈。

"和可怜的公爵签订婚约以后,"公爵夫人想,"我还没有写过这么长的名字呢。不过这些人就信这一套。在市民阶级的眼里,滑稽就是美。"就寝前,她忍不住又给可怜的伯爵写了封信揶揄他,她说"为了给他处理与头戴王冠者的关系提供参考",她向他正式宣布,她觉得自己不可能陪伴一位失宠的大臣。"亲王叫你害怕,那么当你再也见不到他的时候,是不是该由我叫你害怕呢?"她立刻差人把信送走了。

再说亲王,第二天早上七点钟,他就召见了内务大臣祖尔拉伯爵。"再给各村镇行政长官发一道死命令,"亲王对祖尔拉说,"要他们务必把法布里斯·台尔·唐戈先生抓捕归案。有消息说,他可能再次出现在我们国家。这个逃犯目前在博洛尼亚,对我国法庭的起诉似乎置若罔闻。你们派一些见过他的探子,首先布置在博洛尼亚到巴马沿途的村庄里;其次布置在桑塞维利纳公爵夫人的萨卡庄园,以及她在卡斯台尔诺佛的府邸附近;再次布置在莫斯卡伯爵的庄园附近。伯爵先生,我信任你的才智,你的君主的这个命令,你肯定有办法不让精明的莫斯卡伯爵有所察觉。记住,我是要逮捕法布里斯·台尔·唐戈先生。"

内务大臣刚走,从一个暗门走进拉西总检察长。他弯弯地屈着身体,一步一个礼。这个坏蛋的相貌很值得描绘,它使他所有的卑鄙勾当都有了说法。一双眼睛滴溜溜乱转,表明他很清楚自己的作用。嘴巴高傲地紧抿着,不时撇两下,看得出来他知道怎么对付别人的轻蔑。

这个人物在法布里斯的命运中将要起大作用,所以我们对他略表几笔。他身材高大,眼睛很好看,很机灵,可惜脸庞被小麻子毁了。他不缺才智,而且可以说非常精明。据说他精通法学,但是他的真功夫还是随机应变的本领。一个案子,不论什么情况,他都能够在顷刻间轻而易举地从法理上找到理由,或是判刑,或是无罪开释。论头脑的精细,他在检察官中首屈一指。

巴马亲王有这么一个人才,连大国的君主都不免眼红。此人据说只有一个爱好,那就是与大人物私下交谈,出些丑让他们开心。有权势的人取笑他说话,取笑他这个人,或者拿他夫人开一些令人难堪的玩笑,他都不在乎,重要的是他看见人家乐了,对他亲热,他就心满意足了。亲王有时候不知道怎样才能叫这个大法官丢面子,便踢他几脚;真踢疼了,他便哭。他本能地太想逗人乐,所以他宁可天天待在拿他开心的大臣家的客厅里,也不愿意留在自家客厅对全国的法官颐指气使。最蛮横粗野的贵族也休想使他感到屈辱,从这一点说,他确实给自己营造了一个特殊地位。每天他受到了侮辱,报复的办法就是讲给亲王听,在亲王面前他有这个特权,可以无话不说。确实,有时候亲王的回答是一记结结实实的耳光,可是他一点也不生气。亲王情绪不好的时候,这个大法官在旁边可以消愁解闷,于是乎亲王就拿羞辱他来开心。可见在宫廷里,拉西的为人几近完美:既没有廉耻,也没有脾气。

"最要紧的,是保守秘密。"亲王对他嚷道。亲王对任何人都很客气,对拉西却连招呼也不打,完全把他看作一个杂役。"你们的判决书是什么时候下的?"

"尊敬的殿下,昨天上午。"

"几个法官签名?"

"五个法官全签了。"

"怎么判的?"

"照尊敬的殿下您的吩咐,在要塞监禁二十年。"

"死刑可能会惹出事来。"亲王仿佛自言自语地说,"很遗憾!这对那个女人影响太大了!不过,毕竟是台尔·唐戈家的人嘛,这家人差不多接连出了三个总主教,他家的姓氏在巴马是受到敬重的……你刚才是说在要塞关二十年?"

"是的,尊敬的殿下。"检察长拉西回答,他一直哈腰站着,"监禁前先在殿下您的像前公开认罪。此外,每逢星期五和重要节日的头一天必须斋戒,只能吃面包,喝白水,因为犯罪主体轻慢宗教人所共知。这是为将来考虑,为了叫他的前程从此完蛋。"

"你写。"亲王说,"尊敬的殿下以仁慈为怀,垂听了犯人之母台尔·唐戈侯爵夫人与姑母桑塞维利纳公爵夫人之乞求,乞求者称其子(侄)犯罪时年尚幼小,因迷恋被害人吉莱蒂之妻而迷失本性。殿下以为此命案令人发指,但仍开恩将法布里斯·台尔·唐戈之刑减为十二年要塞监禁。"

"拿来给我签字。"

亲王签了字,把日期写成头一天。他把判决书还给拉西,说:"紧接着我的签字写上:桑塞维利纳公爵夫人后又跪请亲王殿下,殿下恩允罪犯每周四在俗称法奈兹塔的方塔顶层平台散步一小时。"

"你在下面签字。"亲王说,"重要的是,不管在城里听到什么,都把嘴巴闭紧。你去对评议官台·卡皮塔尼说,我让他再好好读一读法律和法令,他居然投票主张两年要塞监禁,还把这个荒唐的意见说得天花乱坠。再说一遍,封上你的嘴。再见。"总检察长非常缓慢地深深三鞠躬,亲王却并不理睬。

这是早上七点钟的事。几个钟头之后,放逐拉威尔西侯爵夫人的消息便传得满城风雨,咖啡馆里议论纷纷,大家都在谈论这件大事。放逐侯爵夫人,把任何一个小城市和小宫廷里都有的那个敌人,即郁闷,暂时赶跑了。本来以为自己可以当上大臣的法比奥·康蒂将军推说痛风发作,好几天连要塞的大门都不出。资产阶级,连带着普通老百姓,从这件事得出结论,认为亲王已经决定把巴马总主教的职位交给台尔·唐戈主教大人。咖啡馆里那些聪明的政治家甚至断言,有人已经给现任总主教朗德利亚尼神甫放了话,劝他装病,然后辞职,这样就可以从烟草税里给他拨一大笔年金。据说消息很可靠。消息最后传到总主教耳朵里,他深感恐慌,有好几天对我们的主人公也不那么热情了。两个月后这个奇妙的消息在巴黎见诸报端,不过稍有出入,说将要就任总主教的是桑塞维利纳公爵夫人的侄子莫斯卡伯爵。

在韦莱雅庄园,拉威尔西侯爵夫人气得暴跳如雷。不过她绝不是那种把敌人臭骂一顿便觉得大仇已报的小女人。她失宠的第二天,黎斯卡拉骑士和侯爵夫人的另外三个朋友,便按她的意思去见亲王,请求亲王允许他们到庄园去看望她。亲王很客气地接见了这一行人。他们抵达韦莱雅,使侯爵夫人颇感宽慰。不到半个月,庄园里就聚集了三十个人,都是要在自由党内阁里任职的。每天晚上,侯爵夫人照例要和他们中间消息灵通的人士一起开会。有一天,从巴马和博洛尼亚来了很多信,侯爵夫人便早早地离开了会场。侍女先领来了她现在的情人巴尔蒂伯爵,年轻人长得很俊,却是草包一个。然后领来了以前的情人黎斯卡拉骑士,此君个子短小,脸和心一般黑,起先在巴马的贵族学校当几何课学监,如今当上了枢密官,骑士勋章得了好几个。

"我有一个好习惯,"侯爵夫人对这两个人说,"什么文件都不扔,现在好处就来了。这儿有九封信,都是桑塞维利纳写的,写信的原因各不相同。你们俩到热那亚跑一趟,在苦役犯里找一个当过公证人的人,此人和威尼斯的大诗人布拉蒂同名,要不就叫杜拉蒂。巴尔蒂伯爵,请你坐到书桌前,我说你写。

"我想起一件事,于是写这封信。我准备到卡斯台尔诺佛附近的陋舍去,如果你愿意过来半天,我会很高兴的。我以为经过最近的事,你过来不会有什么大危险。乌云正在散去。不过快到卡斯台尔诺佛的时候,你最好停一下,路上有我的人等你,他们都很爱你。在这次不长的旅途中,你还是用博西的名字为好。据说你蓄了胡子,活像地道的方济各会修士,在巴马的时候,我们只见过你身为代理主教的端庄面容。

"你懂了吗,黎斯卡拉?"

"完全懂。不过,到热那亚是多此一举。在巴马我就认识一个人,他还没去服苦役,不过早晚跑不掉。他可以把桑塞维利纳的笔迹模仿得惟妙惟肖。"

听到这话,巴尔蒂漂亮的眼睛瞪得圆圆的,他这才明白是怎么回事。

"巴马的这个人才你既然认识,而且希望他能有点出息,"侯爵夫人对黎斯卡拉说,"那么显然他也认识你。他的情妇、忏悔师、朋友都可能被桑塞维利纳收买。我以为这个小玩笑还是推迟几天为好,我可不想冒风险。两小时后,你俩给我乖乖地上路,到了热那亚别跟任何人见面。尽快回来。"黎斯卡拉骑士笑着往外走,像波里奇涅拉①那样用鼻音哼道:"该准备行李啦。"边说,边做着怪样跑了。他想让巴尔蒂和夫人单独在一起。五天后,黎斯卡拉把伤痕累累的巴尔蒂伯爵带回来,交给侯爵夫人。为了少走六里路,黎斯卡拉领他骑骡子越过一座大山。他诅咒发誓,再也不跟人做长途旅行了。巴尔蒂递给侯爵夫人三份她口授的信,另外还给了她六封同样笔迹的信,由黎斯卡拉起草,以备以后万一有什么用处。其中一封信开了一些俏皮的玩笑,讥讽亲王夜里提心吊胆,嘲笑亲王的情妇巴尔比侯爵夫人瘦得可怜,据说巴尔比侯爵夫人在椅垫上坐上片刻,就会留下双月形的痕迹。谁读了这些信,都会发誓说肯定出自桑塞维利纳夫人的手笔。

"现在我确切知道她的心上人法布里斯在博洛尼亚,"侯爵夫人说,"或者在附近什么地方……"

"我感到很不舒服,"巴尔蒂伯爵打断她,嚷道,"求你开恩,别让我跑第二次。要不然,我至少得休息几天,养养身体。"

"我来帮你求个情。"黎斯卡拉说。他站起来跟伯爵夫人低声说了几句话。

"好吧,就这样,我同意。"侯爵夫人笑道。

"放心吧,你不用去了。"她对巴尔蒂说,神情中带着几分瞧

---

① 意大利即兴喜剧中的仆人。

251

不起。

"多谢。"巴尔蒂从心底发出这声喊叫。黎斯卡拉果然一个人上了驿车。他到博洛尼亚刚两天,就发现法布里斯和玛丽埃塔同在一辆马车上。"妈的!"他暗道,"看起来我们未来的总主教满不在乎啊。应该让公爵夫人知道,她一定欢喜得很呢。"黎斯卡拉尾随法布里斯,不费什么劲就知道了法布里斯住的地方。第二天早上,法布里斯收到了那封在热那亚伪造的信。他觉得信有点短,不过完全没有起疑心。想到要和公爵夫人与伯爵相见,他欣喜若狂,不顾路德维克的劝阻,从驿站租了一匹马,飞奔而去。他万万没想到,黎斯卡拉骑士就跟在他后面不远的地方。到了卡斯台尔诺佛前面一个距离巴马六法里的驿站,黎斯卡拉看见当地拘留所前的广场上拥着一大群人,他心中大喜。我们的主人公刚刚被带到这里来,他在驿站换马,被祖尔拉伯爵选派的两个密探认了出来。

黎斯卡拉骑士的两只小眼睛高兴地闪着光。他不慌不忙把小村子里发生的事都打听清楚了,这才派人给拉威尔西侯爵夫人送信。然后他在街上跑来跑去,假装想参观当地那座稀奇的教堂,接着又假装寻找据说在当地的一幅巴米加尼诺①的画。他终于遇见了地方官。地方官看见一位枢密官,忙不迭地行礼。对他走运抓到了乱党,却没有立刻押往要塞,黎斯卡拉显得很惊讶。

"有件事叫人担心,"黎斯卡拉冷冷地说,"前天他的许多朋友在找他,想帮他越过尊敬的殿下的领土,就怕宪兵和他们遭遇上。这帮乱党有十二到十五个人,都骑着马。"

"Intelligenti pauca②!"地方官带着会意的神气嚷道。

---

① 巴米加尼诺(1503—1540),意大利画家,出生在巴马,原名弗朗西斯科·玛佐拉。
② 拉丁文:聪明人一点就明白。

第十五章

两个钟头之后,可怜的法布里斯上了一辆轻便马车,解往巴马要塞。他戴着手铐,被一根长铁链拴在马车上,由八个宪兵押送。宪兵得到命令,把驻扎在沿途村镇的宪兵都带上了。卡斯台尔诺佛的地方官亲自跟随押送要犯。晚上七点左右,轻便马车由巴马街头的顽童和三十名宪兵簇拥着,穿越美丽的散步街,经过几个月前弗斯塔住过的小公馆,驶进要塞第一道大门。要塞司令法比奥·康蒂和他的女儿正好要出去,他的马车还没有上吊桥,便停下来让拴着法布里斯的轻便马车先进。康蒂将军随即吆喝关上大门。他匆匆下车,到大门口的办公室看看是怎么回事。他认出犯人,心中一惊。漫长的路程中犯人一直拴着,四肢都僵直了,四个宪兵把他抬起来,架进了收押室。"落到我的手心里了,"爱虚荣的要塞司令暗忖道,"这个鼎鼎大名的法布里斯·台尔·唐戈,快一年了,整个上流社会简直像中了邪似的,只想着他一个人!"

将军见过法布里斯不下二十次,在宫里,在公爵夫人府上,在别的地方。但是他很小心,不让人家看出来他认识法布里斯,生怕给自己惹麻烦。

"写一份详细的报告,"他对监狱的书记员叫道,"说明卡斯台尔诺佛可敬的地方官把犯人押来的经过。"

书记员巴博纳满脸络腮胡子,举止像武夫,是个可怕的角儿。他显得比平时更加神气,俨然一个德国狱卒。他听说主要就是因为桑塞维利纳公爵夫人作梗,他的上司要塞司令才没当上国防大臣,所以他今天对犯人格外粗暴。他跟犯人说话用 voi,在意大利这是和下人说话的称呼。

"我是神圣罗马教会的高级教士,"法布里斯态度强硬地对他说,"是本教区的代理主教。单凭我的出身,我就有权得到尊重。"

"我一无所知!"书记蛮横地回答,"你口口声声把这些重要头衔安在头上,那就把证书拿出来给大家开开眼吧。"法布里斯什么证书也没有,便不说话。法比奥·康蒂将军就站在书记旁边,他盯着书记,看他写字,却不抬眼看犯人,以免不得不说出这个犯人真是法布里斯·台尔·唐戈。

克莱莉娅·康蒂在车里候着,突然听到警卫室里传出喧哗。书记员巴博纳正在傲慢地详细描写犯人的特征,他命令犯人把衣服脱掉,以便查验犯人在吉莱蒂命案过程中受了几处皮肉伤,伤势如何。

"我做不到,"法布里斯苦笑道,"先生的命令我无法服从,我戴着手铐呢!"

"什么!"将军一脸天真地说,"犯人戴着手铐!在要塞里面还戴手铐！这不合规矩,有特别命令才能戴手铐。给他把手铐拿掉。"

法布里斯望着将军。"好一个耶稣会士！"他想,"他看我戴着手铐,行动很不方便,已经有一个钟头了。真会装蒜！"

宪兵把手铐取下来。他们听说犯人是桑塞维利纳公爵夫人的侄子,争先恐后献殷勤,更衬得那书记员粗暴无礼。书记员很恼火,看法布里斯还站着不动,便说:"好啦！快一点！让我们看看,可怜的吉莱蒂擦伤了你几下,让我们瞧瞧,你不是要杀他嘛。"法布里斯一个箭步蹿上去,狠狠地抽了巴博纳一个大耳光,打得他从椅子上跌落在将军脚下。宪兵上来捉住法布里斯的胳膊,他没有挣扎。将军和他身边的两个宪兵赶紧把书记员搀起来,他脸上流了许多血。旁边还有两个宪兵,他们害怕犯人要逃跑,急忙跑过去关上办公室的大门。宪兵头目觉得年轻的台尔·唐戈已经到了要塞里面,不可能想逃跑,不过他还是走到窗前,叫宪兵们不要本能地慌乱。窗户外面两三步远的地方停着将军的马车,克莱莉娅缩在马车里,不愿意看办公室里的惨象,听到有动静,她才往外张望。

"出了什么事？"她问宪兵头目。

"小姐,是台尔·唐戈这个小伙子,他打了高傲的巴博纳一记响亮的耳光。"

"什么！刚才押进来的是台尔·唐戈先生？"

"千真万确。"宪兵头目回答,"就因为这可怜的小伙子出身高贵,才有这么多事啊。我以为小姐您知道呢。"克莱莉娅趴在车门上,等宪兵从办公桌前散开,她看见了犯人。"我在科摩湖边遇见他的时候,谁想得到再见到他竟然在这样凄凉的地方？他把我搀上他母亲的马车,那时他已经和公爵夫人在一起了,他们的爱情莫非就是从那时候开始的？"

这里要交代一下,在拉威尔西侯爵夫人和康蒂将军领导的自

255

由党内部,大家有意显示出对法布里斯与公爵夫人之间的暧昧关系毫不怀疑的样子。他们都憎恨莫斯卡伯爵,所以伯爵上当受骗就成了永恒的笑柄。

"这一下他真成了阶下囚。"克莱莉娅想,"被他的敌人关起来了!尽管有人说莫斯卡伯爵是天使,说到底,他听说法布里斯被捕还是会高兴的。"

警卫室里爆发出一阵大笑。

"雅各布,"克莱莉娅问宪兵头目,口气显得很焦急,"又出了什么事?"

"将军严厉责问犯人为什么打巴博纳,法布里斯主教大人冷冷地回答,他叫我杀人犯,那叫他拿出头衔和证书来,证明他有权利这样称呼我。大家都笑了。"

一个会写字的看守替下了巴博纳。克莱莉娅看见巴博纳从警卫室出来,用手绢擦着脸,脸上还在流血,模样很吓人。他像个异教徒似的破口大骂。"狗日的法布里斯,"他扯着嗓子喊,"早晚死在我手里,成我的刀下鬼。"等等。他走到办公室的窗户和将军的马车之间,往里看着法布里斯,越骂越凶。

"该干什么干什么去,"宪兵头目对他说,"有你这样当着小姐面骂脏话的吗?"

巴博纳抬头朝车里看,他的目光和克莱莉娅的目光相遇,克莱莉娅发出一声恐怖的尖叫,她从来没有见过如此狰狞的面孔。"他会杀了法布里斯的。"她暗忖道,"我得预先给唐·恺撒打个招呼。"唐·恺撒是克莱莉娅的叔父,巴马城里最受爱戴的教士之一,仗着他哥哥康蒂将军通融,当上了监狱事务长兼忏悔师。

将军回到车里。

"你是回家还是在王宫的院子里等我?要等很久的。"他对女儿说,"我得把这里的事向君王报告。"

三个宪兵押着法布里斯走出警卫室,领他往准备好的牢房走。克莱莉娅从车门里望着他,与他近在咫尺。她回答父亲说:"我跟你去。"法布里斯听到耳边有人说话,抬起眼睛,正好与姑娘的目光碰到一起。姑娘脸上忧伤的表情使他心头一震。"自打上次在科摩湖边相见,"法布里斯心里说道,"她越发漂亮了!她的表情说明她的思想很深沉!……难怪有人拿她和公爵夫人相比,好一张天使般的脸庞啊!"脸上淌血的巴博纳刚才挨到马车跟前来并非无意。他挥手叫押送法布里斯的三个宪兵站住,自己从马车后面绕到将军一侧的车门旁:

"既然犯人在要塞里面行使了暴力,"他对将军说,"那么是不是可以根据第一百五十七条狱规,给他戴三天手铐?"

"滚开!"将军厉声喝道。法布里斯被捕,他一直感到很为难,因为他觉得无论对公爵夫人还是对莫斯卡伯爵,都不能逼得太紧。再说伯爵会怎么看待这件事呢?说到底,杀死一个什么吉莱蒂毕竟是小事一桩,因为有人要借题发挥,才搞得这么轰动。

就在巴博纳和将军简短谈话的时候,法布里斯站在宪兵中间,真如鹤立鸡群,表情显得傲然而高贵,清秀的面庞以及嘴角泛起的轻蔑微笑,同周围那些粗俗的宪兵形成鲜明的对照。但是无妨说,这一切不过是外表而已。法布里斯被克莱莉娅天仙般的容貌吸引住了,内心的惊讶从眼光里流露出来。而克莱莉娅呢,她完全陷入沉思,竟没有想到把头从车窗缩回来。法布里斯十分谦恭地向她微微一笑,稍停片刻后说道:

"小姐,我似曾有幸在湖边与您相遇,当时您有宪兵不离左右。"

克莱莉娅脸红了,她窘得一句话也说不出来。法布里斯开口讲话时,她正在想:"在这些粗人中间他显得好高贵啊!"她陷入深切的同情之中,甚至无妨说陷入了柔情蜜意之中。她心不在焉,自

257

然什么话也想不出来。而她的默然,她自己也意识到了,于是脸越发红了。这时要塞大门的铁栓哗啦啦开了,司令大人的马车少说也等了一分钟了吧?拱门下铁栓的声音震天价响,就算克莱莉娅回答了一两句话,法布里斯也听不到。

一过吊桥,马就撒开四蹄奔跑。克莱莉娅坐在车里想:"他一定觉得我很可笑!"她又突然想道:"岂止可笑,他还会觉得我没心肝,以为我不回礼,是因为他是犯人,而我是司令的女儿。"

姑娘心地高尚,想到这里,心里便怅然若失。"我刚才的举止太可耻了,"她念道,"我们头一回见面,就像他说的,也有宪兵不离左右,那时我是犯人,他却帮了我的忙,我当时狼狈极了,是他帮我摆脱了困境……没错,我得承认,我的举止糟糕透了,既显得极端无礼,又显得极端忘恩负义。唉!不幸的年轻人!现在他遭难了,人人都会落井下石。难怪他当时对我讲:'你回到巴马还会记得我的名字吗?'现在他该有多么瞧不起我啊!说两句客气话,有什么难的!哎,我非承认不可,我刚才对他太残忍了。当时要不是他慷慨地让我上了他母亲的马车,我就得跟在宪兵后面,在灰土中蹒跚;要不就更糟糕,我得贴着一个宪兵,骑在马屁股上。当时我父亲被捕,我孤立无援!没错,我的行为糟糕透了。像他这样的人,马上就会感觉到的!他气宇轩昂,而我卑鄙龌龊,何等鲜明的对比!他多么高贵!多么沉着!他神情就像个大英雄,把周围的敌人都比下去了!现在,我明白为什么公爵夫人这么爱他了,他在大祸临头的危难之际尚且这样从容,想想他顺心如意的时候,会是怎样一个人!"

要塞司令的马车在王宫的院子里等了不下一个半钟头,但是当将军走下王宫的台阶时,克莱莉娅却并不觉得他在里面耽搁了很久。

"殿下怎么说?"克莱莉娅问。

"他嘴里说监禁,眼睛却在说死刑!"

"死刑!伟大的主啊!"克莱莉娅叫道。

"行了,闭嘴!"将军恼了,"我真蠢,回答毛孩子的话!"

与此同时,法布里斯正在登上通往法奈兹塔的那三百八十级台阶。这是一个新修的监狱,造在巨大塔楼的平台上,高高耸立,令人目眩。命运发生如此大的变故,法布里斯却根本不去想,至少没有明确地想。"好迷人的目光!"他在心里说,"里面藏着多少话啊!多么深沉的怜悯之情啊!她的表情在说:生活就是由苦难交织而成的!不要为你的遭遇太伤感!人生在世不就是受苦受难来的吗?即便在马车轰隆隆从拱门下驶过的时候,她那双美丽的眼睛还那样依依不舍地盯着我!"

法布里斯把自己的苦难抛到了九霄云外。

克莱莉娅跟着父亲到了几家客厅。晚聚会刚开始的时候,还没有人知道要犯被捕的消息。不过两个钟头之后,廷臣们就用这个称呼来谈论这个冒失可怜的年轻人了。

当晚大家注意到,克莱莉娅的表情显得比平时活跃。平日里这个美人总是显得缺乏生气,对周围的事情缺乏热情。大家拿她的美貌和公爵夫人的美貌相比较,使得天平向对手方面倾斜的,恰恰就是她对什么都无动于衷的那种神情,超然于万事之上的那种处世态度。在英法等崇尚虚荣的国家,流行的眼光或许正相反。克莱莉娅·康蒂这个姑娘年纪还小,身材还略嫌瘦削,有点像基多①笔下的美妇人。毋庸讳言,按照希腊美女的标准,还可以挑剔说她脸上的线条有的过于显著,比如嘴唇吧,尽管非常妩媚,却有点太饱满了。

克莱莉娅的脸上透着天真烂漫,无比高尚的心灵在那里留下

---

① 基多(1575—1642),意大利画家。

了印记。这张脸最叫人赞叹的,是尽管它的美世所罕见,无与伦比,但是和希腊雕像的面庞却毫无共同之处。公爵夫人正好相反,她的美与大家熟悉的理想美太吻合了,典型的伦巴第面孔,让人不由得想到列奥纳多·达·芬奇笔下美丽的希罗底那妖艳的微笑和温柔的忧郁。公爵夫人活泼,才华和心机都很外露,不管什么话题,这么说吧,只要被她心灵的一双慧目捕捉到了,她就兴味盎然地抓住不放。而克莱莉娅外表娴静,不容易激动,究其缘故,不是对周围的一切不屑一顾,就是还在回味某个梦境。很长时间里,大家都以为这姑娘最后会进修道院。她二十岁上就讨厌参加舞会,随父亲参加舞会,纯粹唯父命是从,她不愿意看到父亲的野心遭受挫折。

"老天爷把主上的国家最美丽、最贤惠的女人赐给我做闺女。"心思粗俗的将军经常暗忖道,"可是利用她打开仕途,看来是没指望了!我生活中只有这个闺女,孤立无援。我第一需要的是有一个家族,这个家族能够在社交界支持我,让我在若干沙龙里出入,在这些沙龙里我可以显示我的价值,尤其是我当阁员的能力,这可是一切政治宣言不可动摇的基础啊。唉!我这宝贝闺女,这么漂亮,这么听话,这么虔诚,可是宫廷里哪个有地位的年轻人一来求婚,她马上就不高兴了;求婚的碰一鼻子灰,她又立刻变得不那么阴沉了,我看简直可以说是欢天喜地了,直到又有一个竞争者来求婚。宫廷里头号美男子巴尔蒂伯爵找上门,她不中意,然后是殿下的国家里头号阔佬克莱申基侯爵,她又说侯爵会给她带来不幸。

"我闺女的眼睛,"将军有时候又想,"绝对要比公爵夫人的眼睛漂亮,特别是我闺女的眼神,偶尔会显得更加深沉。可是什么时候能看到这种美妙绝伦的眼神呢?在沙龙里绝对看不到,尽管这种眼神可以让她大出风头。只有在她单独同我散步,被什么事感动的时候才能看到,比如说遇到一个蓬头垢面、一副穷苦潦倒模样的乡下人。我有时候跟她讲,把你这绝妙的眼神留一点下来,带到今晚的沙龙去。没用。即使她委屈自己跟我出入沙龙,她高贵而纯洁的面孔也总是显出消极服从的表情,太高傲,叫人望而却步。"可以看出来,将军为了找一个乘龙快婿,真是绞尽脑汁。不过他说的也是实情。

廷臣们的内心一片空白,故而他们对外界的任何风吹草动都很留意。他们注意到,越是在克莱莉娅不能摆脱遐想而假装对什么事感兴趣的时候,公爵夫人越是喜欢靠近她,逗她说话。克莱莉娅的头发是浅金黄色的,配上肤色细腻,总的来说有点苍白的面颊,别有一番温柔的情致。只要细心观察,光看她的额头就能够发现,她高贵的神情,以及远非一般的风韵所能企及的仪表,来自她对一切俗物的深深的冷漠。这是对物事没有兴趣,而不是产生不了兴趣。自从她父亲当上了要塞司令,她待在高悬空中的房间里觉得很开心,至少免除了忧烦。司令的府邸建在大塔楼的平台上,要到那里,先得爬长得怕人的台阶,这叫许多烦人的来访者知难而退。由于这个现实的原因,克莱莉娅享受着修道院般的自由。她理想中的幸福差不多就是这个样子。早先有一段时间,她曾经打算到隐修生活中去寻求这种幸福。她一想到要把这份珍贵的孤独,以及自己隐蔽的思想交到一个年轻男子手里,这个男子仅仅凭丈夫这个名义就有权闯进她的内心生活,她就不寒而栗。在孤独中,她即使不能得到幸福,至少不必感受太大的痛苦。

法布里斯被押到要塞的那天晚上,公爵夫人在内务大臣祖尔拉伯爵家的聚会上遇到了克莱莉娅。大家簇拥在两个女人周围。这个晚上,克莱莉娅显得比公爵夫人更美。姑娘的眼神太奇特,太深沉,以至于好像要说什么。她的眼神里有怜悯,也有义愤和恼怒。公爵夫人却很轻松,妙语连珠,这让克莱莉娅一阵阵地感到难

261

受,甚至感到恐惧。她想:"等这个可怜的女人知道她的情人,一个心地高尚、仪表堂堂的年轻人刚才被投进了牢房,她的哭泣和呻吟会多么可怕啊!还有亲王的目光,里面藏着一个字'死'!啊,卑鄙的专制,什么时候你才不再骑在意大利头上!唉,人有多么肮脏下流!我偏偏是一个监狱看守的女儿!我竟然不肯向法布里斯答礼,我这清高的性格一点也没变!而他过去曾经照顾我!这会儿,他独自在牢房里伴着一盏孤灯,他会怎样看我?"想到这里,克莱莉娅心潮翻腾,她睨视着内务大臣灯火辉煌的客厅,眼光里充满了厌恶。

廷臣们众星捧月似的围着两个美人,搭讪着想加入她们的谈话。有人已经在想,从来没见过她俩谈得这么投机,这么亲密。公爵夫人一向很注意消弭首相惹起的怨恨,莫非她为克莱莉娅寻了一门好亲事?这个猜测似乎言之成理,因为有一个现象,宫廷里的人从来没有见过,那就是姑娘的眼睛比美丽的公爵夫人的眼睛更热情,换个说法,就是更富有激情。公爵夫人看到一向孤独的姑娘突然精神焕发,也感到困惑不解;我们为了赞美公爵夫人,也可以说她感到欢欣鼓舞。她欣喜地望着姑娘,望了一个钟头。一般看到与自己争风的人难得会有这种感觉。"究竟是怎么回事?"公爵夫人自问道,"克莱莉娅从来没有这么漂亮过,也可以说从来没有这么动人过,她是不是动了春心?……如果是这样的话,那么这肯定是一段不幸的感情,她这样激动,内里却藏着阴郁和痛苦……痛苦的爱情总是缄默不语的!她莫非想借在社交场出一次风头,吸引一个负心人回心转意?"公爵夫人专心环视周围的年轻人,倒没有发现什么特别的表情,无非是一派自鸣得意的浅薄神气。"这里面肯定有什么名堂。"公爵夫人暗忖道,她越是猜不透,越是有兴趣。"莫斯卡伯爵这个细心人跑到哪里去了?不对,我肯定没有弄错。克莱莉娅定定地望着我,好像对我突然产生兴趣似的。

难道是她父亲那个下作的大臣跟她说了什么？我一向认为这姑娘心地高尚，不会为金钱弯腰。法比奥·康蒂将军是不是对伯爵有所求？"

十点左右，公爵夫人的一个朋友走到她身边，低声嘀咕了几句。公爵夫人顿时脸色惨白。克莱莉娅拉起她的手，大胆地紧紧攥住。

"谢谢您，现在我明白了……您的心真好！"公爵夫人努力克制自己，费了很大气力才吐出这么两句话。她再三朝女主人微笑，女主人站起来，把她送到顶外面一间客厅的门口。这是对真正王族女人的礼遇，然而以公爵夫人眼下的处境，给予这种礼遇，倒像是尖刻的反语。她对祖尔拉伯爵夫人一个劲地赔笑脸，但是不论她如何努力，就是连一句话也说不出来。

克莱莉娅望着公爵夫人从社会头面人物济济一堂的客厅中间穿过，泪水不禁涌上眼眶。"不幸的女人，"她想，"她一个人上了马车之后，会怎么样呢？可我要是陪她回去，未免有点张扬！我不敢……那个可怜的犯人，住在一间肮脏的牢房里，形单影只，假如晓得有人这么爱他，一定会好受一点！他现在孤苦伶仃，好惨呀！我们却在灯火辉煌的客厅里作乐！太可怕了！有没有法子给他送封信？伟大的主啊，我要这样做，对父亲就太不孝了！我父亲在两个党的夹缝里，求生难啊！国家大事大部分由首相掌管，而首相又完全听公爵夫人的，假如父亲惹恼了公爵夫人，岂会有好下场！可是另一方面，亲王又不断过问要塞的事，在要塞的事情上，他容不得半点戏言，恐惧让他变得很残酷……不管怎么说，法布里斯（克莱莉娅不再说台尔·唐戈先生）也是很值得同情的！……对他来说，不是有可能丢掉一个肥差的问题！……还有公爵夫人，爱情真是一种可怕的感情！……世上那些爱说谎的人谈起爱情，倒好像那是幸福的源泉！大家同情上了年纪的女人，因为上了年纪的女人既感受不到爱情,也激发不了爱情!……刚才看到的情景,我一辈子也忘不了。变得太快了!N侯爵过来把那个坏消息告诉公爵夫人,她那双眼睛本来又美丽,又明亮,刹那间就变得暗淡无光!……法布里斯一定是很值得爱的!……"

克莱莉娅想得很认真,整个心沉浸其中。她觉得周围的人说的那些奉承话显得格外讨厌。为了避开这些聒噪,她走到一扇敞开的窗户前,塔夫绸的帘子半掩着窗户。她希望她这样避开众人,应该不会有人再跟在后面。窗下是一片露天的橘林,到了冬天这些橘树都得搭上棚子。克莱莉娅愉快地嗅着橘子花香,心里似乎稍许平静……"我觉得法布里斯真是气宇轩昂。不过,能够叫这么一个杰出的女人这样动情,也不容易啊!……这个女人真棒,亲王追求她,她都拒绝了。她是不愿意,要不然她就是巴马的王后了……父亲跟我说过,亲王对她爱慕不已,一旦自由了,真想娶她呢!……她爱法布里斯爱了这么久!我们在科摩湖边相会已经有五年了!……"她想了一下,又自语道,"没错,就是五年。那时我还是个孩子,许多事情我都没留意,可是有一件事给我的印象太深了,那两位太太看上去好喜欢法布里斯啊!……"

克莱莉娅高兴地看到那些抢着跟她说话的年轻人,没有一个敢走到窗口来。其中的一个,就是克莱申基侯爵,他朝这边走了几步,就在一张牌桌前停下了。"要塞的官邸里,只有我那扇小窗子下有一点绿荫。"她想,"如果也能有这么一片美丽的橘林,我的心思也不至于这么郁闷哪!可惜,看出去只有一块块巨大方石砌成的法奈兹塔……啊!"她惊叫一声,身体一耸,"他可能就被关在那儿!得赶紧找唐·恺撒谈一谈!他不会像将军那么不讲情面。回到要塞,父亲肯定什么也不会对我讲,不过通过唐·恺撒,我什么都能知道……我有点钱,可以买几棵橘树,放在我那间鸟笼似的房间的窗下,挡住法奈兹塔的高墙。现在我知道塔里阳光照不到的地方,关着一个我认识的人,我就更厌恶这座塔了!……是的,这是我第三次见到他。一次是在宫里,王妃生日舞会上;今天是一次,三个宪兵押着他,那个凶神恶煞巴博纳想给他戴手铐;还有一次就是在科摩湖边……整整五年了。他那时还像一个毛头小伙子!瞧他瞅着那些宪兵的眼神!他母亲和姑妈望着他的目光也很特别!那天他们肯定有什么秘密,有什么不同寻常的事情。当时我就想到,他也怕宪兵呢……"克莱莉娅哆嗦了一下,"唉,我那时真懵里懵懂!当时公爵夫人已经对他有意思了……过了一会儿,两位太太虽然心思都在他身上,却也逐渐适应有我这个外人在场,他让我们笑得好开心啊!……可是今天傍晚,他跟我说话,我居然不回答!……唉,讨厌的无知,讨厌的腼腆!你们总是跟没心没肺那么像!我好歹也过了二十多岁了!……我想进修道院,还是有点道理的,我天生就应该过隐修生活!他一定在心里说,不愧是监狱看守的女儿!他瞧不起我,一旦他能够写信,他一定会写信给公爵夫人,告诉她我如何无礼,公爵夫人准以为我是个假惺惺的女孩子,因为今天晚上她觉得我对她的不幸还是很富于同情心的。"

克莱莉娅感觉到有人走过来,而且显然是想到窗户的铁栅栏前,跟她站在一块儿。她心里很不痛快,不过也在责备自己不该有什么不痛快。她的思绪被打断了,这些思绪也不能说不包含几分甜蜜。"这个人很不知趣,我得给他一点难堪。"她想。她转过脸,傲慢的眼光往后一扫,看见的竟是大主教怯生生的面孔,他正蹑手蹑脚地朝窗口靠过来。"这个圣人好不懂规矩。"克莱莉娅暗忖道,"干吗跑来打扰一个像我这样不幸的女孩子?我现在除了安静已经一无所有了。"她恭敬地,却也略含矜持地向大主教施礼。大主教对她说:

"小姐,那可怕的消息,你听说了吗?"

姑娘的眼神立刻变了。不过,她想起父亲上百遍叮嘱过的话,便做出一脸茫然的样子,尽管她眼睛说的话正相反。

"我什么也没听说,大人。"

"我的首席代理主教,可怜的法布里斯·台尔·唐戈,在博洛尼亚被人劫持了。他在博洛尼亚用的是假名,叫约瑟夫·博西。对于那个强盗吉莱蒂的死,他要是有罪,那我也有罪了。人家把他关进了你们的要塞,用铁链拴在马车上送去的。有个叫巴博纳的看守,犯过弑兄罪,后来被赦免了,竟然想对法布里斯动粗。我那个年轻的朋友不是甘受羞辱的人,他把这个无耻小人打翻在地,因此给戴上手铐,关进了地下二十尺深的地牢。"

"没有戴手铐。"

"噢,你原来知道一点!"大主教高声说,老人脸上沮丧的表情消失了,"不过有人可能到窗口来,打断我们的谈话。你肯不肯亲手把这枚主教指环交给唐·恺撒?"

姑娘接过指环,可是不知道放在哪里才保险不丢。

"戴在拇指上。"大主教说,他亲手给克莱莉娅戴上,"你肯定能把指环交给他吧?"

"大人,我肯定。"

"我下面要说的事,即使你觉得不便答应我的要求,是不是也能保证严守秘密?"

"大人,当然能。"姑娘回答。她见老人的脸色突然变得阴郁而严肃,不禁打了个哆嗦……

"尊敬的主教大人,"她又说道,"您的吩咐,一定会既合乎您的身份,也合乎我的身份。"

"你对唐·恺撒讲,我的养子就托付给他了。我知道,劫持法布里斯的警察没让他去取日课经,请令叔唐·恺撒把他的日课经给法布里斯,如果明天他派人到大主教府去的话,我会惦着还他一本的。另外,请唐·恺撒把现在戴在你美丽的手上的这枚指环交给台尔·唐戈先生。"大主教说到这里被法比奥·康蒂将军打断了。将军来找女儿,带她上车。大主教和将军聊了几句。这次谈话,从大主教方面说,不乏机智。对刚来的囚犯,大主教绝口不提,但是他左右着谈话,以便恰如其分地在道德和政治上发表高见,诸如宫廷生活中有一些关键时刻,长时间决定着最上层人物的命运啦;政治差异往往只是因为立场不同,倘把这种差异变成私仇,那未免太草率从事啦;等等。法布里斯被捕,大主教完全没有料到,他不免有点伤心,竟又说道,已经有的地位,固然应该维护,却也犯不上因此就莽莽撞撞去做一些叫人家刻骨铭心的事情,招致人家的深仇大恨。

等将军和女儿上了马车,他对女儿说道:

"他这是在威胁……竟来威胁我这样的人!"以后的二十分钟里,父女俩互相一言不发。

克莱莉娅从大主教手里接过指环的时候,心里盘算一上车就把大主教叫她做的事告诉父亲。但是她听到父亲咬牙切齿地说出"威胁"两个字,她感到父亲肯定不会让她去完成这项使命。她拿左手捂住指环,激动地握住它。从内务大臣的官邸到要塞,一路上她都在想,瞒着父亲是不是有罪。她是很孝顺的,而且很胆小。她的心平常沉静似水,这会儿却怦怦直跳。直到马车驶近要塞,大门顶上哨兵从墙头发出一声响亮的"口令",克莱莉娅也没有想出什么话能让父亲不反对她,她太害怕遭到父亲的拒绝了。在爬上通往司令官邸的三百六十级台阶的时候,克莱莉娅还是一筹莫展。

她急忙把事情对叔父讲了。叔父骂了她一顿,而且什么也没答应。

第十六章

"咱们走着瞧!"将军见到他兄弟唐·恺撒,高声大嗓地说,"公爵夫人肯定会花费十万埃居来算计我,好把那个囚犯救出去!"

不过目前我们不得不让法布里斯先待在他的牢房里,待在巴马要塞的最顶端。监狱把他看得严严实实。等我们再来谈他,他也许会有稍许变化的。我们先来看看宫廷。那里有一连串错综复杂的阴谋,还有一个不幸的女人在奋力抗争,法布里斯的命运将取决于此。法布里斯在要塞司令注视的目光下,爬上通向法奈兹塔牢房的三百九十级台阶,他过去曾经特别害怕这个时刻,现在却发现并没有时间去想自己的苦难。

公爵夫人从祖尔拉伯爵府的晚会回到家,挥一挥手,将所有的女仆都打发走,然后和衣瘫在床上。"法布里斯落到了敌人手里,"她大声喊道,"因为我的缘故,他们可能会给他下毒。"说完这番话,这个缺少理智,听从一时的感情,尽管自己不承认实际上疯狂爱上了我们的囚犯的女人,此时此刻的绝望情绪,什么语言能够描绘?她含混不清地喊叫,狂躁不安,动作惊惊乍乍,却就是没有一滴眼泪。她把女仆打发走,是不想见到她们,她以为剩下她一个人,她一定会痛哭失声。但是,眼泪,这个痛苦的第一味解药,却偏偏毫无踪影。愤怒,怨恨,在亲王面前不得不低头的感觉,全都堵在这颗高傲的心里。

"我够丢脸的了!"她不停地喊叫,"他们侮辱我,这还不算,他们想要法布里斯的命!还认为我不会报复!亲王,够了!你想杀我,行,你有这个权力!不过下面就该我要你的命了。唉!可怜的法布里斯,要他的命对你又如何呢?跟我要离开巴马那天相比,变化有多大呀!那天我还觉得很不幸呢……好糊涂啊!我以为无非是把舒适生活的习惯变一变,唉,却没料到触及了一件大事,改变的是我一生的命运。亲王出于虚荣心,给了我那封重要的信,假如伯爵不是有阿谀逢迎的坏毛病,从信里删掉了不公正的审判这几个字,我们现在就有救了。亲王很珍视他的巴马城,应该说我在这个问题上拿他的自尊心做筹码,与其说是聪明,莫如说是运气。我威胁说要离开巴马,那时我多么主动!伟大的主啊,现在落到受人摆布的地步,跌进了臭水沟!法布里斯被铁链拴在要塞里,对许多有身份的人来说,那里就是死神的接待室啊。用离开他的窝来吓唬亲王这只恶虎,叫他服帖,这办法已经不管用了。

"他聪明得很,不会看不出来,只要我的心还被那丑恶的高塔拴住,我是不会离开的。眼下这家伙虚荣心见长,很可能生出古怪的念头,又花哨,又残忍,结果会刺激他那少有的虚荣心更加不安分。倘若他把那套无聊的花言巧语又搬出来,如果他说:要么你接受你的奴隶的爱,要么法布里斯去死,那好,无非再演一出犹底特①的老故事……是的,可是如果我的结果是自杀,那么法布里斯的结果就是遭到杀害。我们的王子,那个继位的蠢货,还有刽子手拉西会拿法布里斯当作我的同谋处死。"

公爵夫人发出几声吼叫。她左右为难,找不到解脱之计,感到心如刀绞。她脑袋昏沉沉的,展望前程,看不到还有其他什么出路。她犹如一个狂人烦躁不安。十分钟后她疲倦了,困意袭来,在几分钟里替代了躁狂状态,生命枯竭了。但是几分钟后,她又突然惊醒,从床上坐起,她恍惚觉得,当着她的面,亲王下令砍下了法布里斯的首级。她向四周张望,眼神里一片茫然!最后,她终于意识到眼前既没有亲王,也没有法布里斯,她仰面倒回床上,神志已经有些不清了。她觉得浑身疲软,连翻身的力气都没有。"伟大的主啊,我索性死掉也罢了!"她想,"不行,哪能这么怯弱!法布里斯还在遭罪,我怎么能丢下他!我昏了头……好了,回到现实中来,我既然不经意之间落入了这样的困境,那就冷静地正视它。真是晦气,冒冒失失跑到一个专制君主的宫廷里来!这个暴君,死在他手里的人,他都认识,他们的每一个眼神,对他来说都表示藐视他的权力。唉,我离开米兰的时候,伯爵和我都没有想清楚。我想的是来领略一个优雅宫廷的风范,我知道肯定会有不尽如人意的地方,却以为那也不过和欧仁亲王统治的鼎盛时代一样罢了。

"这个专制君主认识所有的臣属。他拥有什么样的权势,从远处看,我们没有什么概念。表面上专制政府跟其他政府没什么两样,比如说它也有法官,不过它的法官全都是拉西。拉西这个魔

---

① 传说中的犹太女子,寡妇,以美色迷惑了围城的巴比伦军队统帅,趁其熟睡时砍下他的头,逃回城里,巴比伦军队因此溃败。

鬼,亲王叫他绞死亲生父亲,他都不会觉得有悖常理……他称之为责任……必须拉拢拉西!我怎么这么不幸!我没有拉拢他的办法。我能给他多少钱?也许能给十万法郎!可是据说上天对这个卑鄙的国家很恼火,上次让拉西从匕首下死里逃生,亲王用匣子装了一万西昆①赏给他。得多少钱才能让他动心哪!这个下作的东西,他从旁人的眼睛里看到的全是蔑视,现在在这里,他看到了恐惧,甚至看到了尊敬。他可能当上警务大臣,为什么不会?那时,全国四分之三的人都得对他低三下四,在他面前瑟瑟发抖,像他在君主面前瑟瑟发抖一样。

"既然不能躲开这块是非之地,那就得为法布里斯做点什么。老是一个人孤零零生活在绝望中,对法布里斯又有何益?就这样,不幸的女人,干吧,履行你的职责。回到社交场去,假装不再想法布里斯!假装忘了这个可爱的天使!……"

想到这里,公爵夫人潸然泪下。她终于哭出来了。刚才的一个钟头里,她被人的弱点所支配,这会儿她感觉到一点安慰,因为她的头脑清亮起来。"找一块飞毯,"她暗暗思忖,"把法布里斯救出要塞,然后跟他一道藏到一个不会遭到追捕的福地去,比如说巴黎吧。起先我们可以靠一千二百法郎生活,这笔钱他父亲的总管一向算准时间交给我,准得叫人好笑。我还可以从剩下的财产里凑出十万法郎!"公爵夫人想象着在距离巴马三百法里远的地方生活,种种景象历历在目,心里一阵阵感到说不出的高兴。她想道:"在那里,他可以用假名字参军……加入勇敢的法国人的军团,用不了多久,年轻的瓦尔赛拉就会名声大振,最终一定能过上幸福日子。"

想到这些欢乐的情景,她再次泪如泉涌,不过这一次流下的是

---

① 古代威尼斯金币。

高兴的泪水。"看起来,幸福就在什么地方等着我!"不幸的女人在这种心境中徜徉许久,简直就不敢再回来正视可怕的现实。最后当晨曦在花园的树梢抹上一道白色时,她终于控制住自己。"再过几个钟头,"她想,"我就要上战场了,就该行动了。假如发生什么叫人气愤的事,假如亲王跟我讲起法布里斯,我是不是能够镇定自若还真说不好。所以从现在起必须打定主意,不能再拖延了。

"如果宣布我是国事犯,拉西就会彻底查封府里的东西。好在这个月一号,我和伯爵已经按照惯例,烧掉了警察局可能利用的所有文件。说来也可笑,伯爵自己就是警务大臣。我有三颗钻石,还值几个钱,明天我就叫过去在格里安塔当船夫的弗尔冉斯把钻石送到日内瓦,存到保险的地方。假如法布里斯逃出来(伟大的主啊,保佑我吧!公爵夫人画了个十字),那个卑鄙透顶的台尔·唐戈侯爵肯定觉得,养活一个被合法君主追捕的人是罪过,那时法布里斯就能把钻石拿去,还可以有饭吃。

"和伯爵断交……发生了这件事,单独同他在一起,对我来说已经不可能了。可怜的人,他并不坏,相反他是好人,只是有点懦弱,他平庸的心灵没法同我们相比。可怜的法布里斯,你要是能跟我在一起待一会儿,那该有多好,我们就能够一块商量,怎么应对眼前的灾难了!

"伯爵为人总是小心翼翼,他会妨碍我的计划,再说也不应该拖累他……谁能保证这个爱面子的暴君不会把我投进牢房?他可以说我搞阴谋,欲加之罪,何患无辞?假如他把我关进要塞,假如我能够使钱买通,和法布里斯联系上,哪怕只讲几句话呢,我们就能一块儿大义凛然地走向刑场。算了,别做梦了,抓他的那个拉西会叫他跟我一块儿服毒的。囚车拉着我出现在街头,那会牵动多少他心爱的巴马人的心啊……怎么搞的,又做梦了!唉,一个现实命运很悲惨的女人,想入非非也是情有可原的!不管怎么说,可以肯定的是,亲王不会让我去死,但是把我关进牢房,不让我出来,却是再方便不过了。他只要在我家里什么犄角旮旯放几张有问题的文书,就像对待可怜的L那样。那时,只要找三个还不算太混账的法官——因为所谓的物证已经有了,再找十二个假证人,就齐了,可以拿阴谋罪判我死刑。亲王会说念及我曾经是宫廷的座上客,宽厚为怀,把死刑减为十年徒刑。但是,我这个人生性倔强,这一点曾经让拉威尔西侯爵夫人和其他敌人说了我许多怪话,我本性难移,结果无所畏惧地服毒自尽。起码善良的公众会相信这个说法。我肯定,拉西会亲自到牢房里来,以亲王的名义给我送去一小瓶番木鳖碱或者佩鲁贾①的鸦片。

"是的,必须跟伯爵公开闹翻,我可不想拖累他,那样的话我就太不像话了。这个可怜人,爱我的那股真诚劲没得说!我蠢就蠢在以为一个货真价实的廷臣,他的灵魂里还有爱情的位置。亲王很可能找借口把我关起来,他害怕在法布里斯这件事情上,我会毒化舆论。伯爵是个要面子的人,他会立刻干出宫廷里那些蠢货惊讶之余称为发疯的事,就是离开宫廷。我向亲王索要信件的那天晚上,我已经冒犯了他的威望,他的自尊心受到伤害,不管他做什么,都在意料之中。一个生在王侯家的人,还能把我那天给他的感觉忘掉?再说和我分手之后,伯爵的处境对法布里斯反而可能更有利。不过,要是我的决定让伯爵感到绝望,他要报复怎么办?……不会的,他绝对不可能想到报复,他绝对没有亲王那种丑恶的灵魂。他可能会一边唉声叹气,一边在一道卑鄙的命令上副署上自己的名字,但是他会讲尊严。再说了,他有什么可报复的?我爱了他五年,没有丝毫对不起他的地方,然后对他讲,亲爱的伯

---

① 意大利城市。

爵,我能爱你,深感幸福,现在爱的火焰熄灭了,我不再爱你了,不过我了解你的内心,我仍旧十分敬重你,永远是你最好的朋友,他难道能报复我对他讲这些话?

"对于如此推心置腹的一番话,一个正人君子能说什么?

"我再找一个情人,起码要让人觉得有这么回事。我对这个情人说,说到底亲王惩罚法布里斯的胆大妄为,有他的道理,不过等我们大度的君主命名日那天,他一定会放了法布里斯。这样我可以赢得六个月时间。这个情人要小心挑选,比如选那个出卖灵魂的法官、可耻的刽子手,那个拉西……他有可能被封为贵族,而我确实可以为他打开上流社会的大门。可是亲爱的法布里斯,原谅我,这样的事是我力所不能及的。天哪,那个魔鬼,身上沾着P伯爵和D的鲜血,他走近我,真叫我恨得要晕过去,也许我会抓起刀子,插进他的黑心……不要叫我去做我做不到的事吧!

"对,务必忘掉法布里斯!千万不要显出对亲王不满,跟往常一样高高兴兴的,这样更讨那些龌龊的灵魂喜欢。首先因为这样显得我老老实实听他们君主的;其次因为我非但不嘲笑他们,相反还殷勤地让他们有机会卖弄那些小小不言的优点。比如说,我可以夸奖祖尔拉伯爵帽子上的白羽毛如何漂亮,那帽子是从里昂买来的,他得意得不得了。

"在拉威尔西的党羽中挑一个情人……如果伯爵辞职,那么自由党将主阁,权力将在他们手里。掌握要塞的一定是拉威尔西的一个朋友,因为法比奥·康蒂将会担任首相。亲王有教养,又聪明,已经习惯于伯爵那样办事漂亮,他怎么能和这头笨牛,这个天字第一号傻瓜在一起处理政务?这个傻瓜一辈子只考虑一件大事,那就是殿下士兵的军装上衣是七个纽扣好,还是八个纽扣好。恰恰就是这些嫉妒我的畜生——亲爱的法布里斯,危险正在这里啊,就是这些畜生将要决定你我的命运!唯其如此,不能让伯爵辞职！得叫他留下,哪怕他因此遭受侮辱也在所不惜！他总是以为,身为首相,没有比辞职更大的牺牲了。他每次照镜子,见自己老了,便向我允诺要做出这样的牺牲。对,一定要跟他彻底闹翻,除非只有重归于好能够阻止他辞职。当然要尽可能友好地分手,不过他讨好亲王,从亲王的信里删除了不公正的审判这几个字,我即便不恨他,也至少要几个月不见他。那天晚上,我根本不需要他耍小聪明,他只要照我讲的写就成,只要把我靠天性获得的那两个字写上就成,可惜低三下四的廷臣习惯占了上风。第二天他对我说,没办法叫亲王在一个荒唐的文件上签字,应该争取的是赦免书。嘿,善良的主啊,跟这样的人打交道,跟人称法奈兹家族的这些又虚荣,又记仇的魔鬼打交道,能搞到什么就搞什么嘛。"

想到这里,公爵夫人的怒火又烧起来。"亲王骗了我,"她思忖道,"而且手段极其卑鄙!……这家伙不可饶恕,他本是个聪明人,又精细,又讲道理,卑劣就卑劣在感情上。我同伯爵注意过很多次了,凡是他的思想变得平庸的时候,就一定是他觉得人家有意冒犯他。可是法布里斯的罪过与政治毫不相干,这种命案无关紧要,在他可爱的国度一年里面要发生上百起。何况伯爵向我保证过,他把情况摸得再准确不过了,法布里斯完全无罪。那个吉莱蒂可不是胆小怕事的人,他发觉离边境不远,便突然萌发杀心,想干掉一个有魅力的情敌。"

公爵夫人想了许久,琢磨法布里斯是不是可能真的有罪。倒不是因为她认为对于像她侄儿这样的贵族,为了自卫杀死一个狂妄的戏子是什么了不起的罪过,而是因为她在绝望中开始隐约地感到,为了证明法布里斯无罪,她将不得不亲自去进行斗争。"他没有罪,"最后她自语道,"现成就有一个关键的证据。他跟可怜的皮埃特拉内拉一样,平常总是揣着枪,可是那一天,他只有一把破旧的单发步枪,而且是向一个工人借的。

"我恨亲王,因为他欺骗了我,而且是用最卑鄙的手段欺骗了我。他写了赦免书,却又派人把可怜的年轻人从博洛尼亚抓走……这笔账迟早要算的。"到凌晨五点钟,公爵夫人叫绝望折磨了这么久,早已经精疲力竭。她打铃叫来女仆。她们进来,不禁发出一声尖叫。只见公爵夫人和衣躺在床上,戴着钻石首饰,脸色和被单一样白,好像已经死了,被放在灵床上。要不是她们想起是夫人打铃叫她们的,她们真以为夫人昏厥了。眼泪稀疏地从她没有知觉的脸颊上滴落。她打了个手势,仆人才明白是要她们服侍她睡下。

内务大臣祖尔拉家的聚会结束后,伯爵到公爵夫人府上来了两次,两次都被挡了驾,于是他留下一封信,说是他本人有事要征求公爵夫人的意见。信里说人家竟敢这样羞辱他,在这种情况下,他还有恋栈的必要吗?又说:"年轻人是清白的。即使他有罪吧,怎么能够不通知我就抓人?谁都知道我是他的保护人哪。"公爵夫人第二天才看到信。

伯爵是不言道德的,甚至还可以说,自由党人所谓的道德(追求大多数人的幸福)在伯爵看来纯属欺骗。他认为自己首先要追求的,是莫斯卡·台拉·洛维雷伯爵的幸福。不过他说要辞职,却不乏荣誉感,而且是一片诚心。他从来没有向公爵夫人扯过谎。公爵夫人并没有把这封信当回事。她已经做出决定,一个痛苦的决定,假装忘掉法布里斯。既然下了这样的决心,一切都无所谓了。

伯爵到桑塞维利纳府跑了十来趟,第二天中午时分终于和夫人见了面。他看到公爵夫人,吓了一跳……"她看上去有四十岁了,"伯爵暗道,"昨天她还那么光艳!那么年轻!……人人都说,她跟克莱莉娅说了半天话,她显得同克莱莉娅一样年轻,而且另有一番风韵。"

公爵夫人说话的声音和语气,同她的外表一样变了形。语气里完全没了激情,没了人生追求,没了愤怒。伯爵一听,脸都青了。他想起了一个朋友,几个月前这个朋友到了弥留之际,已经领了临终圣事,同他说话时就是这副神情。

过了几分钟,公爵夫人开了口。她望着他,但是眼睛暗淡无光。

"亲爱的伯爵,我们分手吧。"她的声音很微弱,但是很清晰,而且尽力显得温和,"分手吧,必须分手!老天在上可以证明,五年来我待你无可挑剔。多亏了你,我活得很风光,不至于在格里安塔的古堡里黯然度日。没有你,我好几年前就衰老了……就我而言,也只想着一件事,就是让你得到幸福。因为我爱你,所以我提出分手,像法国人说的,友好分手。"

伯爵没听懂,公爵夫人只好重复了好几遍。伯爵脸色白得跟死人差不多,他扑到公爵夫人床前。一个热恋中的聪明人,在大惊恐和大绝望的时候能够想到的话,他都说了。他不断许愿,说要辞职,和公爵夫人双双离开巴马,到千里以外的地方过隐居生活。

"法布里斯还在这里,你居然跟我讲什么离开巴马!"她总算提高了嗓门,并且从床上欠起身。她发觉法布里斯的名字叫伯爵很难受。停了片刻,她又轻轻拉住伯爵的手说:"不,亲爱的朋友,我不能对你说,我爱你爱得热烈,爱得发疯,我觉得人到了三十岁,就没有这份感情了,而我已经远远超过这个年龄。一定有人跟你说过,说我爱法布里斯,我知道在这个邪恶(说到'邪恶'两个字,她的眼睛从谈话开始以来第一次闪出光芒)的宫廷里有这种流言。在主的面前,我以法布里斯的生命发誓,在我与他之间,没有发生过一星半点见不得外人的事。我也不能对你说,我爱他就像姐姐爱兄弟。可以这么说,我爱他是一种本能的爱。我爱他的勇气,那么单纯,那么完美,他自己可能都没有觉察。我记得这种爱慕之情是他从滑铁卢回来后产生的。那时他虽说已经十七岁了，却还是个孩子。他最惦记的事情是，他算不算上过战场，如果算，那么在没有参加对敌方任何一个炮队或者步兵方阵进攻的情况下，他算不算亲身打过仗。我们一起认真讨论这个大问题，就在这个时候，我看出他身上有一种完美的魅力，他高尚的心灵袒露在我面前。任何一个有教养的青年处在他的地位，都会扯出许多高明的谎言！说到底，如果他不幸福，我就不可能幸福。对，这句话画出了我的心态。就算这并非全部事实，至少我看见的事实是这样。"伯爵听她说得这么诚恳，这么推心置腹，很受感动，想吻一下她的手，可是她受惊似的把手抽了回去。"这样的时光结束了。"她说，"我已经三十七岁了，眼看要老了，我已经感到心灰意冷，也许行将就木。这个时刻，据说很痛苦，我倒觉得我在期盼着这个时刻。我已经感觉到了最坏的衰老兆头：我的热情被这个可怕的灾难扑灭了，我再也爱不起来了。亲爱的伯爵，我在你身上看不到别的，只看到一个我曾经爱过的人的影子。我甚至可以说，我同你讲这番话，仅仅是出于对你的感激。"

"那我怎么办？"伯爵一个劲地说，"我觉得我比当初在斯卡拉刚见到你的那几天还要爱你啊！"

"亲爱的朋友，我得跟你讲实话，说到爱情，我就烦，而且觉得无聊。好了，振作一点！"她想笑一笑，但是笑不出来，"做一个精明人，一个有眼光的人，一个在任何情况下都有办法的人。在外人眼里，你是几百年来意大利数一数二能干、伟大的政治家，在我面前，你也应该做这样一个人才对。"

伯爵站起来，默默地踱了一会儿。

"不可能，亲爱的朋友，"他对公爵夫人说，"强烈的感情煎熬我的心，而你却要我听理智的！我已经没有理智可讲！"

"请别再谈什么感情。"她生硬地说。谈了两个钟头，她的声音头一次带上了一点表现力。虽然伯爵自己也很伤心,却还努力安慰她。

"他欺骗了我,"她喊道,不管伯爵说出多少还有希望的理由,她都不理会,"他用最卑鄙的手段欺骗了我!"她脸上的惨白色暂时消退了,尽管她很冲动,伯爵却注意到她连抬胳膊的力气都没有。

"伟大的主啊,"他想,"她是不是病啦?万一真的病了,那一定病得不轻,这才是开始。"他很紧张,建议把鼎鼎大名的洛查利请来,他是巴马乃至整个意大利最高明的医生。

"你想让一个外人知道我伤心绝望到什么程度?这是要帮我还是要害我?"她拿很奇特的眼神望着他。

"果不其然,她不再爱我了。"他伤心地想,"不但不爱我了,而且已经不把我当作一个普通的绅士。"

"我跟你说,"伯爵急忙接上去讲,"从一开始,我就想把将我们逼进绝境的抓捕经过弄个水落石出,可是真奇怪!到现在我连一点确凿的消息都没有。我派人问过附近检查站的宪兵,他们讲犯人是从卡斯台尔诺佛那边的路上过来的,他们得到命令跟着押解法布里斯的马车。我随即又把布鲁诺派出去,这个人肯干、忠诚,你是知道的。他的任务是一个检查站一个检查站地问过去,弄清楚法布里斯到底是在哪里,又是如何被捕的。"

公爵夫人听到法布里斯的名字,不禁微微抽搐了起来。

"请原谅,朋友,"等到她能说话了,便开口道,"我很想知道具体情况,统统告诉我,让我把细枝末节都了解清楚。"

"好吧,夫人,"伯爵做出随意的表情,希望让公爵夫人松弛一下,"我打算派一个亲信去找布鲁诺,命令布鲁诺一直查到博洛尼亚。他们说不定就是在那里抓住我们年轻的朋友的。他最后一封信是几号写的?"

"星期二,是五天前。"

279

"信在驿站被拆过吗？"

"没有一点拆开的痕迹。我要告诉你的是，信纸很不像样，信封上的字是女人的笔迹，写的是我使女的一个亲戚的名字，一个洗衣服的老太太。谢奇娜除了偿还她邮费外，什么也没说，老太太还以为是一桩风流事。"伯爵已经换了办公事的口气，他努力想通过与公爵夫人的谈话，搞清楚法布里斯在博洛尼亚被捕究竟是哪一天。他一向感觉敏锐，可是这一次直到此时他才发现，他早应该用现在的口气说话。这些事，可怜的女人很感兴趣，她的情绪好像稍有好转。倘若伯爵不是爱恋着公爵夫人，这么简单的办法，他一进门就应该想到。公爵夫人催他快走，以便毫不拖延地给布鲁诺发出新指令。他们的谈话触及一个问题，不知道亲王在签署给公爵夫人的信之前，判决书是否已经下了？公爵夫人立刻抓住这个机会对伯爵说："你起草他签字的信里，没有写上不公正的审判这几个字，我倒也不责怪你，廷臣的本能迷住了你的心窍。你自己可能都没有意识到，你到底是把主人的利益看得高于朋友的利益。亲爱的伯爵，很久以来，你都对我唯命是从，但是你的本性，你改变不了。你有干首相的大才大智，你也有干首相的天性。你删掉了不公正的，把我葬送了。不过我并不想责备你，这是天性造成的，不是你想不想的事。

"你要记着，"她变了口气，神情凛然地说，"法布里斯被捕，我并不太伤心，我根本没有想过要离开这个国家，我对亲王充满敬意。你对别人，就应该这样讲。下面是我要对你讲的：因为以后我要独自行动，所以我要跟你友好地分手，就是说，我们还是好朋友，老朋友。你就当我已经六十岁了吧。那个年轻的女人已经死了，我对什么都不可能再兴味盎然，我不可能再爱。假如我再把你牵连进去，坏了你的前程，那么我的痛苦又会再加一等。按我的计划，我可能会找一个情人，希望你不要因此而难过。我可以拿法布里斯的幸福发誓，"说到这里，她停了半分钟，"我从来不曾做过对不起你的事，整整五年都这样，够长久的。"她想笑一笑，两腮抽动了一下，嘴唇却没有张开，"我甚至可以发誓，我从来没有这样的打算，这样的愿望。我就说这些，你走吧。"

伯爵垂头丧气地走出桑塞维利纳府。他看出来，公爵夫人是拿定主意和他分手了，而他却从来没有像现在这样热烈地爱她。这个话头，我可能得不断重提，因为只要出了意大利，哪儿都看不到这种事。伯爵回到家，一下子派出了六个人，分头登上了通往卡斯台尔诺佛和博洛尼亚的大路，每个人都带了信。"这还不够，"不幸的伯爵自语道，"亲王说不定会感情用事，下令处决可怜的孩子。那天写那封要命的信，公爵夫人的口气唐突无礼，亲王会寻仇的。当时我觉得公爵夫人破了不该破的规矩，为了弥补一下，我删掉了不公正的审判，结果干了件始料不及的蠢事，只有这几个字才对亲王有约束力啊！……罢了，罢了，这种人，什么东西能对他有约束力？这可能是我一生犯的最大错误，我在拿构成我生命价值的东西冒险。现在必须靠行动和手段来弥补我的草率。如果到头来我一无所获，甚至还牺牲了我的尊严，那我就和这家伙一刀两断，看他用谁来代替我，还有谁能让他实现他远大的政治抱负，成为伦巴第的立宪君主……法比奥·康蒂是个傻瓜，论拉西的才干嘛，也只能把当局不喜欢的人合法处死，如此而已。"

如果对法布里斯的处罚超过了简单的羁押，那就辞掉首相职位。伯爵下定这个决心之后，自语道："如果这家伙觉得自己受到冲撞，虚荣心发作，我的幸福会毁于一旦，可是至少我的名誉保住了……况且我既然把首相的职位看淡了，那么今天早上我还觉得办不到的许多事，现在我都可以去做了。比如我可以在力所能及的范围内帮助法布里斯越狱……伟大的主啊，"他突然顿住，眼睛瞪得老大，好像看见什么好运自天而降，"公爵夫人没跟我提及越狱,莫非她此生头一次没说实话,她和我分手,莫非只是要我背叛亲王? 天哪,这一下有了。"

伯爵的眼光又带上了那种包含几分嘲讽的精明表情。"可爱的检察长拉西领了主子的钱,胡乱判决,让我们在欧洲丢尽了脸。不过我要是出钱,叫他出卖主子的秘密,他这种人也不会拒绝。这个畜生养着一个情妇,还有一个忏悔师。他那个情妇太下作,不能找她,第二天她就会把什么都告诉附近卖水果的女人。"伯爵看到了一线希望之光,精神振作起来。说话间他已经走在去大教堂的路上,他脚步轻快,自己也不免惊奇。虽然他心里还很忧伤,却不由得微微一笑。"这就是无官一身轻啊!"他说。这座大教堂同意大利其他许多教堂一样,是两条街道之间的一个通道,伯爵老远就看见一名代理主教正从大殿下穿过。

"碰到您太好了,"伯爵对他说,"劳驾跑一趟,免得我这个痛风病人拼着命上楼去见大主教大人。如果大人肯下楼到圣器室来,我将感激不尽。"大主教听了信,欢喜不已,关于法布里斯,他正有许许多多的事要对首相说呢。不过,首相估摸着这些事无非都是些空话,便一句也不想听。

"圣保罗教堂的代理主教杜涅阿尼为人怎么样?"

"才干小,野心大。"大主教答道,"肆无忌惮,穷得伤心。说到底,孰能无过!"

"天哪,大人!"首相叫道,"您描写起来真有塔西佗①之风。"他笑着告辞。一回到首相府,他便派人把杜涅阿尼神甫找来。

"我的好朋友,检察长拉西的良心在您的指引之下,他难道没有什么要对我说的吗?"说罢,他没有再说别的,也没有什么客套,便把杜涅阿尼打发走了。

---

① 塔西佗(约55—约120),古罗马历史学家,文体简洁优美。

第十七章

伯爵觉得自己已经不在内阁了。"我要是辞职,人家会说那是失宠,"他心里想,"那就来看看,我失宠以后能养几匹马吧。"伯爵计算了一下他的财产。他入阁之际,资产相当八万法郎。叫他大吃一惊的是,现在把什么都算上,财产总共还不到五十万法郎。"这就是说,我的年金充其量只有两万法郎。"他自语道,"看来我这个人太不上心。巴马的市民没有不认为我有十五万法郎年金的;而亲王在这个问题上,又比哪一个市民都更市民。哪一天他们看我穷得叮当响,肯定说我把钱藏起来了。"他叫起来:"瞧着吧,我要是再干三个月首相,我的财产就能翻三番。"想到这里,他发现这可以当作给公爵夫人写信的理由,于是立刻动笔。不过以两

283

人目前的情况,为了让公爵夫人能够原谅他写信,他在信里堆砌了一大堆数字和算式。他对公爵夫人说:"你、我、法布里斯,我们三个人将来在那不勒斯生活,只有两万年金,我和法布里斯得合用一匹马。"首相刚派人把信送走,就听到报告说检察长拉西到了。他接见拉西的态度相当倨傲,几乎有点无礼。

"先生,怎么搞的,"他对拉西说,"您派人到博洛尼亚抓一个阴谋分子,他是在我的保护之下的,而且您还准备砍下他的脑袋,可是对我却只字不提!您至少应该已经知道谁来接替我吧,是康蒂将军还是您本人?"

拉西不知所措。他不大习惯与上流社会的人打交道,不知道伯爵是不是认真的。他涨红了脸,嘴里嘟嘟囔囔不知说什么。伯爵望着他,欣赏他的狼狈相。突然,拉西身子一挺,像被阿尔马维瓦当场抓住的费加罗①那样,坦然高声道:

"说实话,伯爵先生,跟阁下您我不打算绕弯子,我可以像对忏悔师那样,一五一十回答您的问题。您打算给我什么?"

"圣保罗勋章(这是巴马的勋章),也可以给您钱,只要您让我觉得给得值。"

"我愿意要圣保罗勋章,因为它可以给我贵族身份。"

"怎么,亲爱的检察长,您对我们可怜的贵族身份还有点兴趣?"

"如果我出身贵族,"拉西以他这个行业的厚脸皮作答道,"被我绞死的那些人的亲属就只会恨我,而不会蔑视我。"

"那好,我可以让他们不蔑视您。"伯爵道,"那您就别让我蒙在鼓里啦,你们打算怎么处置法布里斯?"

---

① 情节见法国十八世纪剧作家博马舍《费加罗的婚礼》第五场,阿尔马维瓦公爵把与伯爵夫人换装的女仆、费加罗的未婚妻苏珊误当作自己的妻子,得意地抓住正在与"妻子"见面的费加罗,以为从此就可以逼费加罗就范。

"说实话,亲王感到很为难。他担心您被阿米达①美丽的眼睛迷住了。对不起,这话有点重,却是亲王的原话。他自己对那双美丽的眼睛也有点动心,所以担心您被迷住,给他来个大撒手,而伦巴第的事务又非您管着不行。我还可以告诉您,"拉西又压低声音说,"您有一个绝好的机会,完全抵得上您给我的圣保罗勋章。亲王打算从他的领地里划出一块价值六十万法郎的好地,作为国家奖赏赐给您,或者赐给您一笔三十万法郎的津贴,只要您答应不掺和法布里斯·台尔·唐戈的事情,至少除了在公开场合,不同他谈这件事。"

"我期望的可不止这些,"伯爵道,"不掺和法布里斯的事,就等于和公爵夫人翻脸。"

"对呀,亲王就是这么说的。咱们关起门来说,亲王对公爵夫人的确恨得要死,可是您现在是个鳏夫,他又害怕您同公爵夫人翻脸以后,为了求得补偿,会向他堂妹伊索塔老公主求婚。伊索塔公主才五十岁呀。"

"叫他猜中了,"伯爵喊道,"我们的主子真精明,举国第一。"

把这个老公主娶进门,这个怪念头伯爵从来没有动过。在一个对宫廷礼仪厌烦透顶的人看来,恐怕没有比这个念头更不合时宜的了。

伯爵扶手椅旁边有一张小桌子,他在大理石桌面上把弄起自己的鼻烟壶。拉西通过这个不自然的动作,发觉自己有可能时来运转,眼睛便放出光来。

"伯爵先生,我求阁下您了,"他高声说道,"阁下愿意接受六十万法郎的土地也好,现金津贴也好,请务必挑选我来当中间

---

① 阿米达,意大利文艺复兴时期诗人塔索的长诗《耶路撒冷的解放》中的女主人公,美艳出众。

人。"他又压低嗓门说,"我保证能够提高津贴的数额,也能够在赐给您的土地之外,再添上一大片树林。如果阁下谈到在押的那个小家伙,态度能够温和一点,策略一点,那么作为国家奖赏赠给您的土地,变成公爵领地也说不定呢。我跟阁下您再说一遍,此时此刻,亲王很厌恶公爵夫人,但是他又显得举棋不定,我有时甚至怀疑他有什么难言之隐不敢让我知道。说到底,这是一个大金矿,他最隐秘的事我都可以告诉您,而且可以放心大胆地说出来,因为大家都知道我是您的死敌。说到底,他虽说对公爵夫人恼火得要命,可是他和我们一样,认为这世上只有您能够完成与米兰人有关的那些秘密行动。阁下您能够准许我原原本本地复述主上的话吗?"拉西说道,他有些激动,"用词的先后常常有深文大义,随便转述,就传达不出来。您听了之后,体会可能比我深。"

"我什么都准许。"伯爵说,一边继续拿他的金鼻烟壶敲打大理石桌面,显得心不在焉,"我什么都准许,而且感谢您。"

"如果除了勋章,您还给我世袭贵族证书的话,我就更满意了。我和亲王讲过封我贵族的事,他回答说:'你这样的无赖,还想当贵族!你当了贵族,第二天巴马就得关张歇业,巴马还有谁愿意当贵族。'还是说米兰人的事吧。三天前亲王对我说:'我们的事,来龙去脉只有那个机灵鬼清楚。我要是把他撵走,或者他跟公爵夫人走了,那就意味着我的希望落空,受全意大利崇拜的自由党领袖就当不成了。'"

听到这些话,伯爵松了口气。"法布里斯死不掉了。"他暗忖道。

拉西这辈子还从来没有跟首相有过亲密接触,现在他高兴得忘乎所以了。丢掉拉西这个姓氏,在他看来指日可待。这个姓氏在当地已经成了一切下流卑鄙事情的代名词。老百姓管疯狗叫"拉西";不久前,几个士兵和同伴决斗,起因就是这个同伴喊他们

"拉西"。还有,哪个星期这个倒霉的姓氏不在一首尖刻的十四行诗里出现呢。就说他儿子吧,一个青年学生,才十六岁,一说他叫拉西,就被赶出咖啡馆。

他在巴马的地位给他带来这么多"乐趣",他一想起来就如坐针毡,正因为如此,他做了一件欠考虑的事。

"我有一块地,"他挪挪椅子,离首相的扶手椅近一点,"叫作里瓦,我想做里瓦男爵。"

"可以呀!"首相说。拉西更晕乎了。

"说到这儿,伯爵先生,我要放肆了,斗胆揣测一下您期待什么。您想娶伊索塔公主,您确实有雄才大略。您成了皇亲国戚,就不会失宠,咱们这一位就算被您套住了。我不想瞒您,他很害怕您同伊索塔公主结婚,但是您如果能够把事情托付给一个能干的,多给些报酬,那就不会没有成功的希望。"

"亲爱的男爵,我倒不抱多少希望。我有言在先,您以我名义传的话,我一概不承认。不过,万一有那么一天,我如愿以偿,结下这桩显赫的婚事,在国内高居要位,我一定从我的钱里送您三十万法郎,或者建议亲王对您表示一种恩典,只要您自己更愿意要这个恩典而不要钱。"

读者一定觉得他们的谈话太长了。不过为照顾读者起见,我们已经省略了一大半。谈话又进行了两小时。拉西从伯爵府出来,欣喜若狂。伯爵待在家里,觉得搭救法布里斯大有希望,同时更坚定了辞职的决心。他认为,由拉西和康蒂将军这样的人掌权,对于恢复他的信誉很有利。他刚刚发现了报复亲王的办法,心里喜不自禁。"他可以把公爵夫人打发走,"伯爵高声道,"可他就得死了在伦巴第当立宪君主的那条心。"(亲王的这个梦很可笑,他是聪明人,可是老惦着这件事,不免被搞得疯疯癫癫。)

伯爵兴奋得什么都忘了,他跑到公爵夫人府上去,要把谈话的内容告诉夫人。但是他吃了个闭门羹。看门的都不大敢跟他说,这是女主人亲口吩咐的。伯爵垂头丧气地回到首相府。刚才遭遇的尴尬,把他同亲王的亲信谈话得到的快乐几乎全冲散了。他干什么都提不起精神,便在画廊里徘徊。过了十五分钟,他收到一封信,信中写道:

> 亲爱的好朋友,你我现在既然的确仅仅是朋友了,那么你每星期就只能来看我三次。我很珍视你的来访,不过半个月后还是减到两次为宜。如果你想让我高兴,那就把你我断绝关系这件事公开吧。如果你愿意把我过去对你的爱全部奉还给我,那你就为自己另外挑一个意中人吧。我个人有许多重大的娱乐计划,我打算经常出入社交场,甚至有可能找一个聪明男人,好忘怀痛苦。当然,你作为朋友,将永远占据我心中最重要的位置,但是我再也不想听到人家说,我的行为是你的智慧教出来的,我更希望大家知道,我对你的决定也不再有任何影响。总之,亲爱的伯爵,请相信你永远是我最亲密的朋友,但是也永远如此而已。请不要抱有重修旧情的希望,一切都结束了。祝友谊长存。

这个打击太沉重了,伯爵丧失了勇气。他给亲王写了一封措辞讲究的信,请求辞去一切职务。他把信送给公爵夫人,请她转交宫廷。过了不多久,他的辞职信被退回来,撕成了四片,其中一片的空白处公爵夫人写了"不行,绝对不行"!

可怜的首相心中的绝望,难以用笔墨形容。"我承认,她是对的,"他反复对自己说,"我没有写不公正的审判是个大灾难,有可能让法布里斯丧命,法布里斯死了,我也活不成。"君王没有召他,他也就不想到宫里去。他心如死灰,却还是亲手拟写了授予拉西圣保罗骑士勋章,领世袭贵族衔的 motu proprio①,还给亲王写了半页纸的报告,说明国家需要采取这个步骤的理由。他把两份文书工工整整各抄了一份,送给公爵夫人。抄的时候心里又高兴,又郁闷。

他苦思冥想,提出种种假设,想猜出心爱的女人未来的行动计划。"说不定连她自己也说不好。"他想,"可以肯定的只有一件事,她只要告诉了我她怎么行动,山崩地裂她也不会退却。"更叫伯爵难受的,是他找不到公爵夫人有什么可以指责的地方。"她爱我是对我开恩,不再爱我是因为我的过失,过失固然是无心的,可是后果可能很严重。我没有丝毫理由抱怨。"第二天,伯爵听说公爵夫人已经重返社交场,头天晚上,凡是招待客人的人家,她都去了。假如跟她在同一家的客厅碰面了,怎么办?怎么和她讲话?用什么口气讲话?要不和她说话,又该怎么办?

第二天是个不吉利的日子。传言法布里斯即将被处死,全城哗然。还有消息说亲王念及他出身高贵,决定以斩首处死。

"是我害了他。"伯爵自语道,"我还有何脸面再见公爵夫人。"话虽然这么讲,他却忍不住往她门前跑了三次。为了不引起人们注意,他是步行去的。他在绝望中,鼓起勇气给她写了信。他两次派人去叫检察长拉西,他却始终不露面。"这个坏蛋出卖了我。"伯爵暗道。

又过了一天,三条重大新闻轰动了巴马的上流社会,甚至轰动了市民阶级。处死法布里斯的消息更确切了。与这条消息相关的一条消息却令人费解,说公爵夫人并不显得很悲伤。从外表看,对于年轻的情人,她仅仅有一点惋惜的表示。法布里斯被捕的时候她正好害了一场大病,病后苍白的脸色被她巧妙地利用了。市民

---

① 拉丁文:诏书。

们从这些细微的表现看出了一个宫廷贵妇的铁石心肠。与此同时,出于体面,她又同莫斯卡伯爵断绝了关系,以此告慰年轻的法布里斯的亡灵。"太不道德了!"巴马的冉森教徒①们高喊。但是公爵夫人看起来已经准备好,要去听宫廷里漂亮公子哥们的花言巧语了,真不可思议!奇事多多,其中一桩是,大家注意到有一次公爵夫人同拉威尔西夫人现在的情人巴尔蒂伯爵谈得很投机,还一个劲地取笑伯爵往韦莱雅庄园跑得太勤。小资产者和普通老百姓对法布里斯的死愤愤不平,这些善良的人认为这是莫斯卡伯爵嫉妒心作的孽。宫廷里的人也对伯爵议论纷纷,不过他们是嘲笑伯爵。我们刚才说有三大新闻,这第三大新闻不是别的,就是伯爵辞职。大家都取笑这个五十六岁的情人,一个女人离他而去,他就伤心到要放弃显赫的地位,而那个女人喜欢的并不是他,是一个年轻伯爵。只有大主教有头脑,或者说心肠好,他猜到是荣誉感让伯爵感到不能在首相位置上再待下去了,他是这个国家的首相,而这个国家要砍一个受他保护的年轻人的头,居然都不跟他商量。伯爵辞职的消息治好了法比奥·康蒂将军的痛风症,等讲到将军的时候再回过头来说这事。我们还会讲到,正当全城都在打听可怜的法布里斯死刑时间的时候,他本人是怎样在要塞里打发时光的。

第二天伯爵见到了派往博洛尼亚的那个忠心耿耿的探子布鲁诺。这汉子走进伯爵书房,伯爵心中一阵酸楚,他想起派布鲁诺到博洛尼亚去的时候,他同公爵夫人的想法还是很投机的。布鲁诺从博洛尼亚来,他在那里什么也没有发现,也没有找到路德维克。卡斯台尔诺佛的地方官把路德维克关进了村里的牢房。

"我要派你回博洛尼亚,公爵夫人一直忧伤地怀着愿望,想知

---

① 冉森教是天主教中的一个派别,建立于十六世纪,十七世纪在法国形成一定的势力,主张严格的道德修行。十八世纪初被压制,但其思想仍有影响。

道法布里斯遭难的具体情况。去找驻扎在卡斯台尔诺佛驿站的宪兵队队长……

"不,不,"伯爵说了一半就叫起来,"马上动身到伦巴第去,给所有的线人都发钱,多发一点,我要从这些人嘴里得到有价值的报告。"布鲁诺明白了这趟差事的目的,便动手开汇票。伯爵正叮嘱最后几句话,来了一封信。信写得虚情假意,但是文笔很漂亮,像一个人请朋友帮助似的。写信的不是别人,正是亲王。亲王听说他的朋友莫斯卡伯爵有退隐的打算,恳求他继续担任首相。他以友谊和危难中的祖国的名义恳求他,也以主人的身份命令他。亲王还说,某国的国王刚送来这个国家的两条绶带,他自己留一条,另一条送给亲爱的朋友莫斯卡伯爵。

"这个畜生坑了我!"伯爵当着布鲁诺的面大喊起来,把布鲁诺弄得一怔,"还想用这些甜言蜜语来迷惑我,这些话我跟他一起不知编了多少回,是糊弄傻瓜的。"他拒绝了亲王送来的绶带。回信中他说到健康状况,说以他的身体,继续长时间担任繁重的首相之职希望渺茫。伯爵气愤难平。过了一会儿,有人通报拉西检察长来了。伯爵接见他的态度,就好像对待一个黑奴。

"好哇!我让您当了贵族,您这就摆起谱来了!您昨天怎么不来谢我?这是您非做不可的,没教养的先生。"

拉西对侮辱他的话充耳不闻,亲王每天接见他,都用这种口气说话。不过他想当男爵,便巧妙地为自己辩解。对他来说,没有更便当的事了。

"昨天一整天亲王把我死死地看在桌边,没办法出宫。殿下叫我用我那一手检察官的丑字,抄写了四十多份外交文书,全都又臭又长,说实话,我觉得他没有别的目的,就是想看住我。最后,下午五点左右,我饿得要命,总算可以告辞了,可是亲王又命令我直接回家,晚上也不许出门。我还真看见亲王的两个密探,我都认识的,半夜了还在我家的街口溜达。今天早上,一有机会,我就叫了一辆马车,坐到大教堂门口,我不慌不忙地下了车,然后一路小跑,穿过教堂,这才到您这儿。阁下您现在是这世上我最想巴结的人呀。"

"不过,小丑先生,您编造的这些瞎话,虽然像那么回事,却蒙不了我!前天您闭口不谈法布里斯,我尊重您的谨慎态度,也尊重您保守秘密的誓言,尽管我知道,对于像您这样的人,誓言充其量不过是一种遁词。今天您得跟我说实话。外边风传法布里斯是杀害演员吉莱蒂的凶手,判了死刑,真可笑,这是怎么搞的!"

"关于这些传言,除了我,谁也不能给阁下说清楚,因为这些传言是我散布出去的,我呢,又是奉亲王之命。我就想了,昨天他把我留了一整天,大概就是不让我告诉您这件事。亲王不会认为我是傻瓜,肯定猜到我会把勋章带到您这儿来,请您给我挂在扣眼上。"

"说事情,"首相嚷道,"别说废话!"

"亲王当然愿意判法布里斯·台尔·唐戈死刑,但是实际上,这您也一定知道,只判了二十年监禁。判决书下达的第二天,又由亲王减为十二年要塞监禁,每周五持斋,只能吃面包,喝清水,还有其他一些宗教上的把戏。"

"就是因为我知道判处的是监禁,可是满城风雨地传遍了,说很快就要处死,我才非常担心。我想起了帕朗萨伯爵的死,被您掩盖得天衣无缝。"

"那时候我就应该得到勋章了!"拉西叫道,他一点也不感到难堪,"箭在弦上,不得不发嘛。再说,是他想要伯爵死。我当时太傻了,正是因为有了那次的经验,我今天才敢奉劝您别学我。"(他这么比附,伯爵听来却觉得很倒胃口,他好不容易才克制住自己,没有踹拉西两脚。)

"首先,"拉西以法学家的逻辑和荣辱不惊的自信接着说道,"首先,根本谈不上处死那个台尔·唐戈,亲王他不敢!时代变了!而且,我已经是贵族,还想仰仗您当上男爵,我自然不会推波助澜。阁下您是知道的,处死要犯,没有我的命令,刽子手不能行刑。我向您保证,拉西骑士绝不会下达不利于台尔·唐戈先生的命令。"

"您这么做,很识时务。"伯爵一边说道,一边严厉地打量他。

"话得说清楚!"拉西微微一笑,说道,"我只对正式的死刑负责,倘若台尔·唐戈先生死于肠绞痛,那可别怨我!亲王对桑塞维利纳(放在三天前,他还会说公爵夫人,现在满城的人都知道公爵夫人和首相断交了)很生气,我也不知道为什么。"连这样一个人都不提公爵夫人的爵位了,伯爵不由心头一震,而且他看出来,这样说拉西很高兴。他狠狠地瞪了拉西一眼。"可爱的天使啊!"他在心里说,"我只有对你唯命是从,才能表白我对你的爱。"

"我跟您实说,"伯爵对检察长说,"对公爵夫人怎么使性子,我并没有多少兴趣,不过她既然把法布里斯这个倒霉鬼介绍给我,我就希望在我任期内,不要处死他——其实他就应该待在那不勒斯,不该到这里来搅和。我可以向您保证,法布里斯出狱一周后,您就可以成为男爵。"

"照您这么说,我得等上十二年才能当上男爵,因为亲王火气难消。他对公爵夫人恨得咬牙切齿,有时便不得不尽力掩饰。"

"殿下心肠真好!既然他的首相已经不再保护公爵夫人,他又何苦要掩饰他的恨?不过呢,我不想让人骂我下作,骂我嫉妒,毕竟是我叫公爵夫人到巴马来的,如果法布里斯死在牢里,您就休想当男爵,说不定还会被人刺一刀。算了,这些小事先不说它,我要说的是,我把我的财产算了一下,勉强够两万法郎的年金,所以我打算悄悄地向亲王提出辞职。我希望能够在那不勒斯国王跟前

293

谋个一官半职,这个大城市能够让我散散心,眼下我需要有一点消遣,这在巴马这个弹丸之地是做不到的。我也不是不能留下,除非您能让我娶伊索塔公主……"在这个事情上,他们又聊了许久。拉西站起身,伯爵很不在意地说道:

"您知道,有人说法布里斯欺骗了我,所谓欺骗就是说他是公爵夫人的一个情人。这些传言我根本不信。为了戳穿这些谎言,我请您叫人把这袋钱送给法布里斯。"

"伯爵先生,这……"拉西惊慌失措地望着钱袋,"这钱太多了,牢里有规矩……"

"亲爱的,对您来说,确实不少,"伯爵以居高临下的神情说道,"像您这样的市民,给牢里的朋友送钱,拿出十个西昆就好像倾家荡产了。我需要法布里斯收到这六千法郎,而且我需要牢里对此一无所知。"

惊恐不安的拉西还想分辩,伯爵已经不耐烦了,当他的面关上了大门。"这些人,"伯爵心里说,"不给他们点颜色看,就不知道厉害。"说罢,伟大的首相竟然做出了一件非常可笑的事,我们都有点难以启齿。他跑过去,从书桌里找出一帧公爵夫人的小画像,在上面狂热地亲吻。"亲爱的天使,"他叫道,"这个妄自尊大的家伙,他居然敢用轻薄口吻谈起你,我之所以没有亲手把他从窗户扔出去,之所以那么压着性子,都是为了听你的啊!他躲得了今天,躲不了明天!"

伯爵同画像唠叨了半天,觉得心如死灰。突然他想起一件荒唐事,立刻就像孩子似的迫不及待地行动起来。他吩咐准备一套礼服,挂上勋章,他要去拜访伊索塔老公主。他这一辈子除了元旦,是从来不到老公主家去的。只见公主打扮得花枝招展,连去宫里才佩戴的钻石首饰都用上了,旁边围了一大群狗。伯爵说看来殿下正准备出门,他可不敢坏了殿下的雅兴;殿下回答首相说,巴马的公主应该经常这样穿戴。自从出事以来,伯爵头一次感到一阵欣喜。"我来这里来对了,"他暗忖道,"今天就得来一番表白。"公主见家里来了一个赫赫有名的聪明人,一位首相,自然十分欢喜。伯爵的开场白说得很得体,说一个普通的贵族和王室成员之间的距离何止天壤。

"这可得分开说。"公主道,"比如说法国国王的女儿,永远也没有登基为王的希望,然而在巴马事情就完全不一样。所以我们这些法奈兹家族的其他成员,我们必须时刻保持仪表尊严。您瞧我,确实是一个可怜的公主,可是我就不能说,您绝对不可能在某一天成为我的首相。"

公主竟能说出这样的怪想法,大出伯爵的意料,他又一次感到一阵心满意足。

伊索塔公主涨红了脸听着首相倾诉情愫。首相从公主府出来,碰到宫里的一个差官,亲王急着要见他。

"我病了。"首相回答,他很高兴能够捉弄一下亲王,"呸!呸!你把我逼到死路,还想让我替你卖力!"他愤然朗声道:"听着,亲王,在这个时代,光有造物主赋予的权力是不够的,还得才思敏捷,性格坚强,才能成为专制君主。"

宫里的差官看到这个所谓的病人生龙活虎的样子,简直给弄糊涂了。伯爵打发他回宫后又想到,看望一下对法比奥·康蒂将军最有影响的两位宫廷人物一定很有趣。特别叫他不寒而栗而且灰心丧气的是,有人指控要塞司令曾经为了报私仇,用佩鲁贾的aquetta[①]除掉了一个上尉。

伯爵知道一个星期以来,公爵夫人流水般地花钱,想同要塞里面通消息。不过照他看来成功的希望很渺茫,因为现在所有的人

---

① 意大利文:水。指一种有毒液体。

都把眼睛睁得大大的。这个可怜的女人怎样行贿,我们就不给读者一一讲述了。公爵夫人决定破釜沉舟,又有形形色色无限忠诚的人在辅助她。但是在专制小朝廷里,也许只有一件事可以说办得无可挑剔,那就是对政治犯的关押。公爵夫人的金子起的唯一作用,就是让七八个不同军阶的人被赶出了要塞。

第十八章

因此，尽管公爵夫人和首相为法布里斯竭尽了全力，做成的事情却微乎其微。亲王怒气难平，宫里的人和老百姓也都有点烦法布里斯，看到他出事不免幸灾乐祸：他过去的日子过得太好了。公爵夫人大把大把掷金子，却没有能够进入要塞一步。拉威尔西侯爵夫人或者黎斯卡拉骑士没有一天不来给法比奥·康蒂将军出主意。将军太软弱，需要支持。

前文说到，法布里斯关进来的那天，先被带到了要塞的司令官邸。这幢房子小巧玲珑，是十八世纪凡维泰利①设计的，坐落在巨型圆塔的平台上，距离地面一百八十尺，犹如一具驼峰，孤零零耸

---

① 凡维泰利（1700—1773），意大利建筑师。

立在塔顶。法布里斯从官邸的小窗户看见一片原野和远处的阿尔卑斯山。朝塔底望去,只见巴马河水有如山洪,汹涌奔泻,在距城四里的地方向右一拐,滚入波河。在碧绿的原野上,河水宛若一串巨大的白色光斑。他的视线越过河左岸,直抵屏障般屹立在意大利北部的阿尔卑斯山,座座山峰历历在目。峰顶终年积雪,眼下虽然是八月,依旧白皑皑的,给灼热的原野送来凉爽的回忆。尽管与巴马要塞相距三十多里,山峰上的景物却清晰可辨。长官官邸的视野很开阔,只可惜南墙角被法奈兹塔遮蔽了。塔里正在为法布里斯收拾牢房。读者可能还记得,这第二座塔也建在大圆塔的平台上,是为一位王储修建的。这王储和忒修斯的儿子希波里忒①不一样,没能抵御住年轻后妈的温存。王后在数小时里就死了。十七年后老王去世,王储才获得自由,登上王位。法布里斯在下面待了三刻钟,然后被押上法奈兹塔。这座塔从外表看相当丑陋,比大塔的平台高出五十尺,上面装了许多避雷针。那位对妻子不满意的亲王下令修造了这座监狱,从四面八方都能看见,可是他又异想天开地想叫臣民相信监狱早就存在,于是硬给监狱取名法奈兹塔。造塔的事是禁止谈论的,可是无论在巴马城,还是在周边的田野里,哪个地方的人都能清清楚楚看见泥瓦匠们往这个五角形建筑上砌石块。为了证实这是一座古塔,在两尺宽四尺高的大门门楣上还砌了一块精致的浮雕,刻的是名将亚历山大·法奈兹在巴黎击退亨利四世的那段故事。位置得天独厚的法奈兹塔,一楼的宽度至少四十步,进深差不多也有四十步。柱子很多,显得又短又粗,因为房子面积大得出格,高度却不超过十五尺。警卫室就在一楼,中央是楼梯,环绕一根柱子盘旋而上。铁制的小楼梯两步宽,

---

① 希腊神话中雅典王忒修斯之子。忒修斯久出不归,传言遇难,后母淮德拉向他表白爱慕之情,被他拒绝。

有空心镂花。法布里斯由几个看守押着拾级而上,几个人的分量加在一起太重,压得楼梯直摇晃。二楼有许多大房间,高二十多尺,颇为气派。过去这里陈设着豪华家具,年轻的王储就在这里度过了韶光岁月。有人指给法布里斯看,这一层的尽头有一间华丽的小教堂。教堂的墙壁和穹顶铺满黑色大理石。大小匀称的柱子,沿着黑色的墙壁却又不挨着墙,一字儿排开,也是黑色的。墙壁上装饰着巨大的白色大理石死人头像,雕工精美,下面有两根交叉的骨头。"心里有恨,又不能杀,才有这样的创意。"法布里斯暗想,"叫我看这些东西,打的什么鬼主意!"

一道轻巧的镂花铁楼梯,同样绕着一根柱子,通向监狱的三楼。一年来,就是在三楼的这些高约十五尺的房间里,法比奥·康蒂将军发挥了他的才智。首先,在他的指挥下,这些过去是王子仆人住的房间,窗户上全都装上了结实的铁栅栏。从窗户到巨型圆塔平台的距离有三十多尺。每个房间有两扇窗。要去这些房间,必须先通过塔楼中央一条阴暗的过道。法布里斯注意到,过道前前后后总共装了三道铁门,很粗的铁栅栏,直达拱形房顶。两年间,多亏有这些发明的平面图、断面图和投影图,法比奥·康蒂将军才得以一周见上一回主子。一个阴谋分子关进了这样的牢房,要向舆论控诉自己受到非人待遇,可能说不出口,但是他也休想和世界上任何人通消息,休想有什么动静别人会听不见。将军吩咐在每间牢房里铺上又长又厚的橡树板,离地三尺。好像一条条长凳,这是将军的主要发明,借此他可以名正言顺地当上警务大臣。按他的吩咐,在这些长凳上搭建起回声很响的木屋,十尺高,除了靠窗子的一面,其余三面都不靠墙。在用大石块砌成的监狱墙壁与木屋的板墙之间,留了四尺宽的狭窄通道。木屋的墙板用了八层胡桃木板、橡木板和松板,再拿铁螺钉和不计其数的钉子牢牢固定在一起。

这些房间是一年前搭建的。关押法布里斯的那间是法比奥·康蒂将军的杰作,起了个好听的名字,"被动服从"。法布里斯走到窗前,这些安了铁栅栏的窗口景色倒很美,只有东北角一小块天地被漂亮的长官官邸船台式的屋顶挡住了。官邸只有三层,一层是司令部的几个办公室。法布里斯的视线立刻被三层的一扇窗户吸引住。几个精致的鸟笼里养了各式各样的鸟。法布里斯听着鸟语啁啾,望着小鸟向落日的最后一抹余晖撒欢,觉得很惬意。这时几个看守却忙成一团。鸟屋的窗户离他的一扇窗户不到二十五尺,却要低五六尺,因而法布里斯是居高临下望着这些鸟。

　　这一天有月亮。法布里斯关进牢房的时候,月亮正好从右侧地平线冉冉升起,悬挂在阿尔卑斯山特雷维佐①一带的上方。这时刚刚八点半,地平线的另一端,太阳落山,橙红色的晚霞把维佐峰②以及阿尔卑斯山其他峰峦的轮廓衬托得格外清晰。阿尔卑斯山从尼斯③起,绵延伸展到瑟尼山口④和都灵。法布里斯陶醉于眼前壮丽的景色,把自己的不幸丢在一旁。克莱莉娅·康蒂就生活在这样美妙的世界里!她生性深沉,喜爱思索,一定比谁都更会享受这片美景。住在这里,仿佛住进了距离巴马百里远的深山。法布里斯在窗口欣赏辽阔的天地,心灵与天地喃喃细语。他的目光间或也扫向精致的司令官邸。过了两个钟头,他忽然叫道:"这里真是监狱吗?我过去那么害怕的就是这个地方?"我们的主人公非但没有感觉到万事都困难,叫人心情烦恼,反而迷上了监狱里甜美的宁静。

　　突然,一阵巨大的喧闹一下子把他拉回到现实中来:回音特别

---

① 意大利北部城市。
② 阿尔卑斯山一山峰名。
③ 法国南部城市,临地中海。
④ 位于法国境内,是连接法国和意大利的交通要道。

响的木屋有如一个笼子剧烈摇晃起来,这声音很奇怪,中间还夹杂着狗吠和细小尖厉的叫声。"怎么回事!逃跑的机会这么早就来啦!"法布里斯想。过了片刻,他大笑起来,这监狱里大概还没有人这么笑过。原来,遵照将军的命令,与看守同时派上来的还有一只凶狠的英国犬,专为看守要犯用的。夜里,这狗就守在法布里斯牢房四周设计巧妙的过道里。狗和看守要睡觉的话,必须睡在牢房原来的石板地和木屋的地板之间那三尺高的空间里,这样犯人哪怕挪动一下步子,他们也能听见。

法布里斯进来的时候,占据牢房的上百只硕大的耗子四散逃窜。这只狗是长毛猎犬和英国猎狐的杂交狗,不中看,但是非常警觉。它被拴在石板地上,正好在木屋地板下,觉察到有耗子从身边跑,便使劲挣扎,居然将头从项圈里挣脱出来,于是就发生了一场激战,巨大的响动把法布里斯从无忧无虑的梦境中惊醒。从犬牙的第一次攻击中侥幸逃生的耗子都躲进木屋,英国犬随后也蹿上了从石板地面通往法布里斯木屋的六级阶梯,这回更加热闹,连木屋的底部都摇晃起来。法布里斯笑得像个疯子,眼泪都流出来了。看守格里罗也哈哈大笑。他把门关上,狗在屋子里追耗子,没有任何家具碍事,因为屋里空荡荡一无所有,只有墙角的一个铁炉子妨碍它扑跳。猎狗把敌人扫荡干净之后,法布里斯把它唤到跟前,抚摸它,得到了它的好感。"如果有一天这畜生看见我从墙里跳出去,"法布里斯想,"它应该不会叫了。"不过,这样精心筹划,对法布里斯来说,只是未雨绸缪,按他眼下的心境,逗狗只是开开心罢了。他心底里暗暗感到一种喜悦,这有点古怪,不过连他自己也没有深究。

他带着狗跑来跑去,直跑得上气不接下气。他对看守说:

"你叫什么名字?"

"格里罗,只要狱规允许,愿为阁下效劳。"

"听着！亲爱的格里罗,一个叫吉莱蒂的人拦在路上要杀我,我自卫了,杀了他。如果再来一遍,我还会杀他。不过既然成了这里的客人,我也希望过得快活一些。请你跟上司要求批准你到桑塞维利纳府取些换洗衣服。另外,多给我买点'阿斯蒂的奈比约'①。"

在皮埃蒙特,阿尔菲耶里的家乡产的酒是一种上等起沫葡萄酒,尤其为包括监狱看守在内的瘾君子所称道。七八个看守从二楼王子的房间搬来几件金晃晃的老式家具,摆到法布里斯的木屋里。他们都把关于阿斯蒂酒的那句话虔诚地记在心里了。不过不论他们怎么做,头一个晚上法布里斯的牢房还是布置得很寒酸。但是法布里斯却似乎只为一件事不快活,那就是缺一瓶好的奈比约。"这孩子看起来不坏……"看守们走的时候说,"只有一件事让人惦着,但愿老爷们允许给他送钱来。"

牢房里剩下法布里斯一个人。经过这一阵折腾,他微微平静下来。"难道真是在监狱里,"他想,眼睛望着从特雷维佐到维佐峰这片广袤的天地,还有绵延不断的阿尔卑斯山脉、积雪的山峰、星辰,等等,"而且还是在牢里的第一夜! 我猜想克莱莉娅·康蒂一定很喜欢这个又高又孤寂的地方,远远离开那个蝇营狗苟、尔虞我诈的尘世。倘若我窗户下的那群鸟是她的,那我就能看见她……她看见我会脸红吗?"法布里斯念叨着这个重大问题,到夜深时分才入睡。

法布里斯在狱里度过了第一个夜晚,整整一夜他没有感到片刻的焦躁。第二天他却只能和英国犬福克斯说话了。看守格里罗的目光仍旧很友好,但是有命令不许同犯人说话,他既没有带衣

---

① 阿斯蒂是意大利北部城市,盛产葡萄酒,尤以奈比奥罗这个地方的葡萄酒最为有名。奈比约是奈比奥罗的另一叫法。

服,也没有带奈比约。

"我会见到克莱莉娅吗?"法布里斯醒来的时候,心里想,"那些鸟真是她的?"小鸟开始叽叽喳喳地叫,在这么高的地方,周围只能听到这个声音。高塔四周笼罩着一片寂静,这种感觉对法布里斯来说,充满了新奇和快乐。听着小鸟邻居活泼的鸣啭声忽起忽落,迎接黎明的曙光,他心里充满喜悦。"如果这些鸟真是她的,待会儿她一定会到我窗下的房间里来。"他眺望阿尔卑斯山的层峦叠嶂。巴马要塞拔地而起,如前沿工事般与第一层山峦对峙。他不时收回视线,转而向那些用柠檬木和桃花心木制作的鸟笼子望去。笼子都装饰了金丝,十分华贵,摆在明亮的专供养鸟的房间中央。法布里斯后来才知道,官邸三楼只有这个房间从十一点到四点有阴凉,法奈兹塔为它遮住了阳光。

"如果我没有看到我期盼的那张沉思的、仙女般的面孔,那张看到我说不定会泛起红晕的面孔,"法布里斯想,"进来的是替小姐侍弄小鸟的普通女仆粗俗的脸,那该多扫兴哪!话又说回来,就算我看见了克莱莉娅,她肯正眼瞧我吗?对,要叫她注意我,非得搞出点动静来不可。既然到了这地方,就不必有太多的顾忌。再说这里只我和她,其他人都远在天边!我是犯人,显然也就是康蒂将军和他那班下流坯所谓听喝的……不过,她那么聪明,或者像伯爵说的,心地那么高尚,她说不定,按伯爵的说法,瞧不起她父亲干的这一行,所以她郁郁寡欢!忧伤的原因很高尚啊!说到底,对她来说我并不完全是陌生人。昨天晚上她对我的态度多么高雅,又多么恭敬!我记得很清楚,上次在科摩湖边见面,我对她说:有一天我会到巴马去看您那些美丽的画的,到时候您还能记得法布里斯·台尔·唐戈这个名字吗?她该不会忘掉吧?她那时还是个小姑娘!

"哎呀,想起来了,"法布里斯突然打断了自己的思路,惊讶地

303

自语道,"我竟然没有气愤!难道我真像古代的豪杰,是无所畏惧的好汉?我难道真是个英雄,只是自己没有意识到?怎么搞的,我原来怕监狱怕得要命,现在进了监狱,反倒想不起来伤心!这正好证明恐惧比不幸糟百倍。怎么,为了让自己伤心,我还得给自己讲一番道理不成?布拉奈斯讲了,这次入狱,少则十个月,多则十年。是不是刚到一个地方,有点新鲜感,把本该有的悲伤忘了?这种不由自主的、说不清道理的好心情,说不定会戛然而止,说不定一眨眼的工夫,我就会陷入巨大的痛苦,而这是我本来就应该感受到的。

"不管怎么说,进了监狱,却不得不说道理来叫自己伤心,岂非咄咄怪事!真的,我还得回到刚才的假设,我或许真有坚强的性格呢。"

法布里斯的沉思被要塞的木匠打断了,他来量窗子的尺寸,准备安装挡板。这间牢房是头一回启用,忘了给它装上这个重要设施。

"这样一来,壮丽的景色就看不见了。"法布里斯心想,他寻思可以拿这个理由让自己伤感起来。

"这是干什么!"他突然对木匠高声喝道,"我看不见那些漂亮的小鸟了!"

"噢,小姐的那些鸟。她可爱这些鸟呢!"木匠和颜悦色地说,"鸟也得遮住,挡掉,消失,和其他的一样。"

木匠和看守一样,严禁与犯人说话,可是这个木匠看犯人那么年轻,心生怜悯,便告诉他,这个巨大的挡板固定在两扇窗子的窗台下方,由墙面向外,再向上,最后留给犯人观望的只有天空。"安这个玩意是为了犯人的思想,"他对法布里斯说,"好让犯人心里多一点有益的忧伤,多一点悔过自新的愿望。"木匠又说,"将军还有一个发明,他命令把窗玻璃都取下来,换上油纸。"

法布里斯很喜欢他说话揶揄的口气,这在意大利不多见。

"我很想要一只鸟解解闷,我喜欢那些鸟喜欢得发疯,你去找克莱莉娅·康蒂小姐的女仆,给我买一只来。"

"怎么,您认识她!"木匠叫道,"她的名字您说得这么顺口!"

"这么个大美人,谁没有听说过?说实话,我在宫里有幸见过她几次。"

"可怜的小姐,她在这里闷得慌,"木匠接着说,"鸟就是她的伴儿。今天早上,她叫人买了几棵橘子树,按她的吩咐放在塔楼门口,就在您窗子下面。没有挡板的话,您就可以看见了。"木匠的话有几句对法布里斯很珍贵,他很客气地给了木匠一点钱。

"我一下子犯了两个错误。"木匠说,"我跟阁下讲话,还收了阁下的钱。后天我来安装挡板,带一只鸟来,放在衣兜里,如果有人在,我就假装放它飞走。假如有可能,我还给您带一本日课来,您不能做祈祷,一定难受。"

"这么说,鸟确实是她的。"剩下法布里斯一个人之后,他寻思道,"可是两天后,我就看不见了!"想到这里,他的眼神流露出痛苦的光。中午时分,在他等待许久,张望许多次之后,克莱莉娅终于来侍弄她的鸟了。法布里斯兴奋得无法用语言来形容。他站在窗前,紧紧贴着铁栅栏,一动不动,屏住了呼吸。他注意到,她并不抬眼望他,可是动作显得有点拘谨,就像人们感觉有人注视自己的时候那样。宪兵把犯人带进警卫室的时候,犯人嘴角浮现的那种高雅微笑,她是见到了的。可怜的姑娘,即便她想忘掉,她也做不到。

表面上看上去,她在聚精会神地做自己的事,但是当她走近鸟屋的窗口,脸却明显地红了。法布里斯紧挨着窗子的铁栅栏,他的第一个念头是干一件孩子气的事,用手敲打铁栅栏,搞出一点响动。但是他想到这样做很不礼貌,便又讨厌这个想法了。"我要那样做，一个星期里她都会叫女仆来喂鸟，那才叫报应呢。"他在那不勒斯或者诺瓦腊的时候，从来不曾有过这样精细的考虑。

他的目光动情地跟随着她。"她肯定马上就要走出房间，连看也不看我这可怜的窗子。"法布里斯想，"窗子就在她对面啊。"但是法布里斯毕竟站得高，所以他分明看见了，克莱莉娅折回房间里面的时候，一边走，一边忍不住朝上瞟了他一眼。这一眼就足以让法布里斯觉得可以向她致意了。"在这里，整个世界不就我们俩吗？"他心里说道，给自己打气。姑娘看到法布里斯向她致意，动也不动，垂下了眼睛。接着法布里斯看到她的眼睛又慢慢抬起来，显然她在努力控制自己。她以极其庄重、极其疏远的姿态跟他打了个招呼，但是她不能阻止自己的眼神说话。她自己可能都不知道，她的一双眼睛刹那间表达了最强烈的同情。法布里斯注意到，她脸红了，红晕迅速扩散到脖根——她刚才进屋时，因为觉得热，把黑披纱从肩头拿掉了。法布里斯的眼光不自觉地回答了姑娘的问候，这使姑娘越发慌乱。"假如那个不幸的女人看到他这副神情，"她暗忖道，想到了公爵夫人，"她该多幸福啊！"

法布里斯心里抱着希望，姑娘离开房间的时候会再向他致意，但是克莱莉娅却想回避。她很聪明地一步一步往外挪，从一个鸟笼踅到另一个鸟笼，好像最后还要喂喂紧靠门口的那些鸟似的，最终走出了房间。法布里斯呆呆地望着她从门口消失。他变成了另外一个人。

从这一刻起，法布里斯脑子里只转着一件事，就是如何能够再看到克莱莉娅，不管朝向司令官邸的窗子是不是安上挡板。

头天夜里临睡前，法布里斯把身上的钱分别藏在房间的几个耗子洞里，这是他强迫自己干的一件费时又费心的事。"今天夜里，我得把表藏起来。不是有人说过吗，凭着耐心，再凭一根有缺口的发条，就能锯断木头，连铁条也不在话下。到时候我可以锯开挡板。"他为了藏表，花费了足足两个钟头，自己却觉得时间并不长。他琢磨达到目的的几种方法，寻思自己在木工方面知道些什么。"我要是会干，"他想，"就把挡板上的橡树板，靠窗台那地方，方方正正锯下一块，需要时随时可以拿下安上。我把钱倾囊送给格里罗，让他假装看不见这个小机关。"于是法布里斯的全部快乐都与这件事付诸实施的可能性联系起来，其他的事全然抛到脑后。"只要能看见她，我就高兴……"他想，"不对，还得让她看见我在看她。"整整一夜，他脑子里装的全是各种木匠活儿，大概一次也不曾去想巴马宫廷、亲王发怒等诸如此类的事。我们得承认，对公爵夫人的痛苦，他想得也不多。他急切地等待第二天。但是第二天木匠并没有出现。监狱里显然把法布里斯当作自由党对待了。新派来的人面目可憎，不论法布里斯想出什么高兴的事跟他讲，他一律咕哝一声，叫人觉得凶多吉少。公爵夫人想方设法同法布里斯联系，可是她的多次努力都被拉威尔西侯爵夫人众多的探子发现了。法比奥·康蒂将军每天都受到侯爵夫人的警告与恐吓，自尊心天天受煎熬。一楼的百柱大厅里有六个士兵站岗，八小时一轮换。过道的三道铁门，将军都派了看守，能够见到犯人的只有可怜的格里罗。他一周只准出法奈兹塔一次。他十分不满，向法布里斯流露了心中的不快，法布里斯很聪明地只回答了几个字："朋友，多喝点阿斯蒂的奈比约。"他给了格里罗一点钱。

"您瞧，就连这个，给咱哥们儿消愁解闷的玩意儿，人家也不许我们接收。"格里罗愤愤地对法布里斯说。他把嗓门稍稍提高了一点，好让法布里斯听见："我本不该要，可是我偏要。不过您这可是白给，我什么也不能告诉您。直说吧，您的罪一定不轻，要塞上上下下为您折腾得底朝天。公爵夫人那些小动作已经害得我们三个兄弟丢了饭碗。"

中午之前挡板装得好吗？漫长的上午，这个问题一直让法布

307

里斯心惊肉跳。要塞的大钟每十五分钟报时一次,法布里斯一次一次地数。等到十一点四十五分,挡板依然没有送来,克莱莉娅却出现了,她来侍弄她的小鸟。法布里斯身陷险境,走投无路,胆量反而陡增,而且最要命的是他可能再也见不到克莱莉娅了。情急之下,他望着克莱莉娅,翘起手指表示要锯挡板。克莱莉娅见他在监狱里竟敢胆大包天做这样的动作,立刻微微一鞠躬,退出了房间。

"这是怎么啦!"法布里斯很诧异,心想,"她不至于那么糊涂,把我情急之中做的动作当作轻薄可笑吧?我是想央求她侍弄小鸟的时候看几眼牢房的窗子,哪怕她发现窗子已经被巨大的木板遮住了呢。我想告诉她,为了能够看到她,我会不遗余力。天哪,她该不会为了我这个轻率的手势,明天就不来了吧?"法布里斯忐忑不安,一夜没有睡安稳。他的担心成了事实:第二天三点钟,直到两个巨大的挡板在法布里斯窗前安装完毕,克莱莉娅也没有出现。挡板的材料是用固定在窗子铁栅栏上的绳索和滑轮,由窗外从大塔的平台上吊上来的。实际上克莱莉娅就藏在百叶窗后面,焦虑地望着工人做活儿。她清楚地看见法布里斯急得像热锅上的蚂蚁,但是她并没有因此失去恪守诺言的勇气。

克莱莉娅是自由主义的小信徒,很小的时候就把从父亲社交圈里听到的自由主义言论信以为真。可父亲却只想谋个一官半职,因此她对父亲卑恭的秉性很是看不起,甚至厌恶。她对婚姻也连带着起了反感。法布里斯入狱之后,她一直感到内疚。她暗道:"我好没出息,这些人与父亲是对头,我的心却向着他们!他竟敢跟我打手势要锯门!……"可是她立刻觉得心里难受,想道,"他快要死了,城里人人都在议论!保不准明天就是死期!统治我们的这群魔鬼,什么事情干不出来!这双眼睛多么温柔,多么镇定自若,也许很快就要永远闭上了!主啊!公爵夫人心里该有多着急!

听说她已经完全绝望了。要是我,我会像勇敢的夏洛特·柯尔戴①那样,把亲王刺死。"

法布里斯在牢房里度过了第三天。一整天他都怒气冲冲,原因只有一个,就是没有再看见克莱莉娅。"生气归生气,我该告诉她我爱她。"他高声道,他终于发觉了这一点,"不,我没有把蹲监狱当回事,使布拉奈斯的预言落了空,并不是因为我心灵高尚。这种美誉,我担当不起。我只是不由自主老在想克莱莉娅充满柔情和怜悯的目光。宪兵把我带到警卫室,她向我投来这样的目光,把我过去的生活一笔勾销了。谁会想到,在这样一个地方,我竟然能看到这样一双眼睛!而且是在巴博纳和将军那臭德行玷污了我双眼之后。这群无耻之徒中间居然闪出一片蓝天。这般的美,怎能不去爱,怎能不想再看到?不,我对监狱里折磨人的小伎俩之所以不在乎,绝对不是因为有高尚的心灵。"法布里斯把可能出现的结果飞快想象了一遍,最后他的思想落到获得自由这个可能之上,"凭公爵夫人对我的友情,她肯定能够为我创造奇迹。不过她让我获得自由,我的感谢大概只能停留在口头上。监狱这种地方,鬼才想再回来呢,但是一旦出狱,我和克莱莉娅分属不同的社会,就甭想再相见了!其实,监狱对我又有什么不好呢?只要克莱莉娅不再跟我赌气,对老天爷我还能有什么要求?"

白天他没有看到美丽的女邻居,夜里他想出一个主意。他拿入狱时发给犯人的念珠上的铁十字架在挡板上钻孔,居然成功了。"这么做也许很冒失,"钻孔之前他心里想,"木匠们不是当我的面说了吗,明天他们不来了,来的是油漆工。万一油漆工发现挡板钻了孔,他们会怎么说?但要是不冒这个险,明天就见不到她了。唉,一整天没见到她,都怪我自己不好!更何况她是赌气离开

---

① 夏洛特·柯尔戴(1768—1793),刺杀法国大革命领袖马拉的凶手。

的。"法布里斯固然鲁莽，却有收获，他干了十五个小时，终于看到了克莱莉娅。更叫他喜出望外的是，克莱莉娅完全没有想到他能看见她，正一动不动目不转睛地望着巨大的挡板，他因而有充裕的时间体会她眸子中深切的怜悯之情。她是来看鸟的，但是最后她显然忘了侍弄她的鸟，有好几分钟时间纹丝不动，望着窗子出神。她的心被彻底搅乱了。她想到了公爵夫人，公爵夫人的痛苦令她万分同情，不过她开始有点恨她了。她完全不明白自己的心情何以会被一种深沉的忧郁压抑着，对自己也有点不满了。克莱莉娅看鸟的工夫，法布里斯急得好几次想晃动挡板，他觉得不让克莱莉娅知道他看见了她，他就高兴不起来。"不过呢，"法布里斯又想，"假如她知道我毫不费劲就看见了她，照她那个又害臊又矜持的个性，肯定会从我的视线里逃走。"

第二天法布里斯越发高兴了（有什么样的不幸，爱情不能把它变成幸福！）。克莱莉娅正闷闷地望着巨大的挡板，法布里斯想办法从十字架钻的孔里探出一截铁丝。他把铁丝摇了几下，那意思克莱莉娅显然明白了。起码她懂得那意思是说："我在这里，我看见你了。"

以后的几天，法布里斯却高兴不起来了。他盘算从挡板上弄下巴掌大的一块，还要能够随时安回去。这样他就能够向外望，还能让克莱莉娅看见他，也就是说，至少可以靠手势说出心里话。可是他发现，用十字架在手表发条上磨出的小锯条很不好使，发出的声音惊动了格里罗，惹得他跑进牢房待了半晌。他自信确实看到，随着他和克莱莉娅之间的交流遭遇到越来越大的实际困难，克莱莉娅生硬的态度逐渐缓和下来。他观察到，他每次拿细铁丝向克莱莉娅发出他在窗口的暗号，她不再假装顺下眼睛，也不再假装望小鸟。他欣喜地看到她一天不落地在十一点三刻按时来到鸟屋，法布里斯甚至有点得意地觉得她这么按时按点，为的就是他。为什么？这个想法好像很不理智，但是爱情能够洞察局外人看不到的细节，而且由此引出无穷无尽的故事。譬如说吧，自从克莱莉娅看不见法布里斯了，她每次一进屋就抬眼看法布里斯的窗子。这一切发生在那些阴沉沉的日子里，当时巴马人无不相信，法布里斯的死期已经迫在眉睫，只有法布里斯蒙在鼓里。这个悲惨的念头压在克莱莉娅心头，她还能责备自己过分关心法布里斯吗？他就要死了！他是为自由而死的！说一个台尔·唐戈家的人因为刺了一个戏子一剑而被处死，简直太荒唐。确实，这个可爱的青年是和另一个女人连在一起的！克莱莉娅非常不幸。她虽然没有想清楚自己对法布里斯命运的关心所为何来，却在心里暗忖道："他要是被处死，我就进修道院。一辈子也不再进宫廷社交界，它让我恶心。这些道貌岸然的杀人狂！"

法布里斯入狱第八天，发生了一件事，让克莱莉娅无地自容。那天她正定睛望着遮住法布里斯窗子的挡板，心乱如麻。法布里斯一直没有发出他在窗口的暗号。突然一块比巴掌还大的板子被法布里斯从挡板上拿掉了，他一脸欣喜地望着她，眼神分明在同她说话。这事来得太出乎意料，她承受不了，赶紧转身去侍弄她的小鸟。但是她颤抖得太厉害，喂鸟的水泼洒到了地上。她这么激动，法布里斯自然看得明白。这情势她实在撑不住，便横下心跑了出去。

对法布里斯来说，这是他一生中最美好的时刻，没有任何时刻可以比拟。倘若此时让他获得自由，说什么他也不会答应。

第二天是公爵夫人彻底绝望的一天。满城的人都认定法布里斯完了。克莱莉娅横不下心来，没有勇气向法布里斯摆出冷面孔，这不是她的天性。她在鸟屋里逗留了一个半钟头，瞧着他发出各种暗号，时不时做出回应，至少表现出热烈而真诚的关切。有时她躲到一旁偷偷流泪。女人的多情使她感觉到他们现在使用的这种语言太受局限,倘若他们能够开口说话,用来揣测法布里斯与公爵夫人之间究竟是什么感情的办法她有的是!克莱莉娅几乎不再有什么幻想,她的确憎恨桑塞维利纳夫人。

一天夜里,法布里斯终于有点认真地想到了姑妈。他很吃惊,他已经有点想不起姑妈的模样了。姑妈留在他记忆中的形象完全变了,这会儿她的模样已经有五十岁。

"伟大的主啊!"他朗声说道,心里很激动,"我不曾对她说我爱她,真是天意啊!"现在他有点弄不懂,过去他怎么会觉得她很美呢。相比之下,他觉得小玛丽埃塔的变化反倒不那么明显。这是因为他从来不曾感到自己的心灵介入了对小玛丽埃塔的爱情,但是他却经常觉得自己的心灵整个属于公爵夫人。现在,A公爵夫人和玛丽埃塔在他看来就像两只小鸽子,迷人之处就在她们的柔弱和单纯,而克莱莉娅·康蒂的形象却很高大,占据了他整个的心,甚至让他感到畏惧。他明确感觉到,自己的终身幸福就寄托在要塞司令女儿的身上;想要叫他变成天底下最不幸的男人,她是有这个能力的。每天他都紧张得要命,生怕他在克莱莉娅身边度过的这些奇特而又甜蜜的日子,会因为克莱莉娅突然使性子,无可挽回地中断。不过,他在狱里的头两个月,亏了克莱莉娅,才过得很开心。也正是在这两个月里,法比奥·康蒂将军每周两次晋见亲王:"殿下,我以我的名誉向您保证,犯人台尔·唐戈没有跟任何人说过话,他绝望透顶,无精打采地过日子,要不然就睡大觉。"

克莱莉娅来看鸟,一天要看两三回,有时候会逗留片刻。倘若法布里斯不是爱得太深,理应发现克莱莉娅是爱他的。可是他疑心太重。克莱莉娅叫人搬了一架钢琴放在鸟屋里。她一面弹奏,让琴声告诉法布里斯她在这里,也让窗下巡逻的哨兵把注意力放在她这边,一面使眼神,回答法布里斯的问题。不过,有一个问题她坚决不理睬,到了紧要关头便溜走,有时候索性一整天不再露面,因为对法布里斯用手势表达的感情,想表示不懂其中的含义未免太难了。在这个问题上她是铁了心的。

因此,法布里斯尽管被关在一个狭小的笼子里,动弹不得,生活却过得很紧张。他的日子全都消磨在寻找一个重要问题的答案上:她爱我吗?他不断地观察到新的迹象,又不断地提出怀疑,如此循环往复上百次,最后的结论是:"她每一个有意识的动作都在说不,可是她无意识流露出来的眼神里却似乎承认她对我有感情。"

克莱莉娅希望永远也不要弄到非祖露心迹不可的地步,正是为了避免这个危险,法布里斯多次提出的一个请求,她都恼怒地拒绝了,恼得有点过分。可怜的法布里斯能够使用的办法极其有限,这一点似乎应该博得克莱莉娅更多的同情。他在牢房的炉子里发现了一块煤,视若珍宝,他拿这块煤在手心里写上字母,想这样和克莱莉娅沟通。他一个字母一个字母地写,组成一个一个的词。这个办法能够表达一些精确的意思,就此而言,可以增加谈话的手段。法布里斯的窗子距离克莱莉娅的窗子大约二十五尺,他们这样在司令府门口巡逻哨的头顶上谈话,得全靠运气。法布里斯总在怀疑克莱莉娅是否爱他。倘若他在爱情上有一点经验,本不至于这样疑神疑鬼,但是从来没有一个女人占据过他的心。而且,有一个秘密他绝对想不到,要是他知道了,非伤心死不可。克莱莉娅·康蒂与宫廷首富克莱申基侯爵的婚事已经广为人知了。

第十九章

不久前,莫斯卡首相的官运出现波折,而且似乎预示着他即将下台,这一来,法比奥·孔蒂将军的野心便一发而变得疯狂了。他和女儿大吵大闹,怒气冲冲地唠叨说,如果她再不拿定主意,挑一个夫婿,就把他的前程给断送了;她已经过了二十岁,该拿主意了;她老这么不通情理,固执己见,使将军陷入了孤立无援的境地,这种局面应该结束了,等等,等等。

克莱莉娅最初就是为了避开将军时不时发作的坏脾气,才躲到鸟屋里来的。到鸟屋来必须上一道小木楼梯,很不方便,对患痛风症的将军来说,这实实在在是个障碍。

几个星期以来,克莱莉娅心绪纷乱,她自己也不清楚应该怎办,所以虽然她并没有向父亲承诺什么,但是几乎就算听任他的安排了。将军有一次大发脾气,厉声说他完全可以把她送进巴马最凄凉的修道院,尝尝苦闷的滋味,让她在那里苦熬苦盼,直到她愿意挑一个夫婿为止。

"你知道,咱们家虽说也是世家,可是每年的收入杂七杂八不足六千法郎,而克莱申基侯爵的财产,每年收入就高达十万埃居。在宫廷里,人人都说他性子好极的,从来不惹是生非。他人长得英俊,年轻,很受亲王赏识。依我看,除非你彻底疯了,才会把侯爵拒之门外。假如你是头一次拒绝人家,我还能忍,可是你已经拒绝了五六个人,都是宫里的头面人物,你简直就是个小傻瓜。你说说,假如我退休了,薪金减了一半,你会落到什么地步?我这个人,人家常说有可能进内阁,假如住进了哪幢楼的三楼,那对我的敌人来说是多大的胜利呀!不行,见鬼!我心太软,卡桑德拉①这个角色我已经扮演够了。你看不中克莱申基侯爵,那你得给我说出站得住脚的理由来,人家娶你可以不要嫁妆,还可以预赠一笔三万法郎的年金,靠这笔钱,我起码可以找个安乐窝。你得给我把话说清楚,要不然,见鬼,过两个月你就嫁给他!……"

将军一席话,只有一句话触动了克莱莉娅,那就是他扬言要将她送进修道院,也就是说她要离开要塞,而且是在法布里斯的生命危在旦夕的时候离开。没有哪一个月法布里斯即将被处死的消息不在城里和宫廷里传得沸沸扬扬。不管克莱莉娅给自己说多少道理,她都下不了决心去尝试与法布里斯分开的可能,况且现在她正为他的生命担惊受怕呢!在她看来,与法布里斯分开是莫大的灾难,至少是迫在眉睫的灾难。

其实,即使不和法布里斯分开,她心里也未见得存着什么幸福

---

① 卡桑德拉是意大利喜剧里的人物,后来成了轻敌的好心老头的代名词。

前景。她认为公爵夫人爱法布里斯,致命的忌妒令她撕心裂肺地痛苦。她经常想到这个受到许多人崇拜的女人那些过人之处。她强迫自己对法布里斯拿捏着分寸。她生怕自己言语失当,所以就限制法布里斯,只准许他用手势交谈。所有这些都使她自己无法搞清楚法布里斯跟公爵夫人究竟是什么关系。因此,想到法布里斯心中有自己的情敌,她的痛苦一天天加剧,而冒险给法布里斯机会说出心中真实感情的勇气则一天天消退。不过,真要是听到法布里斯吐露真实的情感,那是何等的快事!对克莱莉娅来说,能把那些使她终日惶惶然的疑窦一一解开,那该多叫人欢欣鼓舞!

法布里斯为人轻浮,他在那不勒斯就有换情妇如弃敝屣的名声。自从克莱莉娅当了议事修女,频频出入宫廷,尽管以闺秀之身,她的行动必须有所克制,不过她虽说从不打听,却知道竖起耳朵,结果把先后向她求婚的那些年轻人的口碑逐渐摸得一清二楚。结果是,跟这些青年相比,法布里斯在感情关系上是最轻浮的。他进了监狱,心情烦闷,便向唯一能够说上话的女人献媚,这道理再简单不过了!也再平常不过了!而叫克莱莉娅伤心的就是这个。即使法布里斯能够有一番完整的表白,告诉她他已经不爱公爵夫人了,这些话又有几分可信呢?即使她相信他说的是实话,她又能够相信他不会变心吗?最后一点,叫克莱莉娅彻底绝望的是,法布里斯入狱前不是已经担任重要的神职了吗?不是就要受到终身誓愿①的约束了吗?他在神职生活中不是前途无量吗?"如果我还有一点点理智的话,"可怜的克莱莉娅想道,"难道我还不应该离开这里?还不应该央求父亲把我关进一座偏僻的修道院?可是,最糟糕的是,我现在的所作所为,偏偏就是因为害怕离开要塞,害怕被关进修道院!因为害怕,我才不得不遮遮掩掩,不得不丢人现

---

① 神职人员须许下终身誓愿,包括永不成婚之类的誓言。

眼地欺骗,在公开场合假装接受克莱申基侯爵的眷顾和温存。"

克莱莉娅从骨子里说是很理性的,有生以来没有做过一件可以自责的荒唐事,而这一次,她的行为却完全丧失了理智,她有多么痛苦,我们可想而知!……她对自己不再抱幻想,因此她的痛苦越发强烈。她爱上了一个男人,可是这个男人却被宫廷里最美的女人疯狂地爱着,这个女人在许多方面都不是她克莱莉娅可以相比的!这个男人,就算有了自由,又何尝懂得严肃的爱情,而她自己,她心里有数,此生此世只会爱上一次。

所以,克莱莉娅每天到鸟屋来,心里都因为悔恨而惴惴不安。她神差鬼使似的往鸟屋跑,在这里她的忧虑换了对象,也不那么沉甸甸的了,悔恨暂时从心里隐退。她拿眼瞟着,心口怦怦直跳,等候法布里斯从遮在窗口的巨大挡板上打开他锯出来的那个气窗似的小洞。看守格里罗经常到牢房里来,他一出现,法布里斯就不能打手势和克莱莉娅交谈了。

一天晚上,约莫十一点钟,法布里斯听到要塞里传来一阵非常古怪的声音。他趁着夜色,趴在窗户上,把脑袋从气窗似的小洞伸出去。他听出来,在被称作三百磴的大台阶上明显有动静。这个台阶从圆塔内第一个天井通往石头平台,司令公馆和关押他的法奈兹监狱就建在这个平台之上。

大台阶上到一百八十级,差不多就在半截高的地方,有一个大天井由南折向北,这里架了一座轻巧狭窄的铁桥。桥中间设一道岗,每六个小时一换。遇到有人过桥,守桥的岗哨必须站起来,闪开身子才行。这是通往司令公馆和法奈兹塔的唯一通道。只消把一个机关转两圈,铁桥就能快速降到一百尺深的天井里。机关的钥匙一直带在司令身边。这个关卡很简单,可是启用之后,司令的公馆便万无一失,想进入法奈兹塔也难于登天,因为整个要塞仅此一座楼梯,而且每到半夜,便有一名副官把各个天井的绳索统统送到司令家里来,存进一间小屋,而进入这个小屋必须通过司令的寝室。所有这些,法布里斯入狱当天就注意到了,后来格里罗又跟他讲过好几回。格里罗像其他看守一样,喜欢吹嘘自己的监狱。所以,越狱的希望是没有的。不过法布里斯又记起了布拉奈斯神甫的一句名言:"丈夫想看住妻子,情夫更想与情妇幽会,看守想把门关严,犯人更想逃出牢门。所以,险阻再大,情夫和犯人都能如愿以偿。"

这天晚上,法布里斯听得很清楚,有许多人走过铁桥,或者说奴隶桥,因为过去曾有达尔马提亚①的一个奴隶把看守从桥上推下天井,逃跑了。

"有人劫狱,要不也可能是来送我上绞架,反正有可能出现混乱,应该抓住机会。"他抓起武器,从几个藏钱的窟窿里把钱掏出来。可是他猛然停住了。

"人真是古怪的动物。"他放声说道,"这一点不得不承认!要是有人躲在旁边看我东抓西抓,他会怎么讲?莫非我真想越狱?就算我能回到巴马,第二天又怎么办?我会不会不顾一切要回到克莱莉娅身旁?如果真有乱子,应该抓住机会溜进司令官家,也许能有机会跟克莱莉娅谈话,也许我可以趁乱吻她的手。"康蒂将军生性多疑,又非常虚荣,派了五个哨兵守护他的房子,一个墙角一个岗哨,还有一个看大门。不过,好在今天夜里很黑。法布里斯蹑手蹑脚走过去,望望看守格里罗和他的狗在干什么。格里罗睡在一张用四根绳子吊在天花板上的牛皮里,外面还套了一层网子,睡得正香。那只狗福克斯睁着眼,它看见法布里斯就站起来,走过来同他亲热。

法布里斯轻捷地迈上六级台阶,回到木牢房。法奈兹塔下面

---

① 克罗地亚一地区。

越发喧哗得厉害,声音已经到了大门口。法布里斯估摸格里罗肯定要被吵醒。他带上所有的武器,准备行动,心想今天夜里要大干一场了。可是蓦地,他听到了优美的、无与伦比的音乐,有人在演奏小夜曲,献给将军或者将军的女儿。法布里斯爆发出一阵狂笑。"我准备动刀子了,居然没有想到,在一座监狱里,演奏小夜曲,比起需要八十个人的劫狱,比起一场骚乱,要现实千百倍!"几个星期以来,法布里斯的心与娱乐相隔绝,所以这音乐在他听来,真是妙不可言。他不由得流下了快乐的泪水。心旷神怡之际,他暗自向克莱莉娅献上了许多动情的话。可是第二天晌午,他发现克莱莉娅阴沉得可怕,面色苍白,望他的眼神里冒着火,以至于他觉得不便问小夜曲的事,生怕有什么不周到。

克莱莉娅闷闷不乐是有原因的。小夜曲是克莱申基侯爵献给她的,他这样张扬,无异于正式公布了他们的婚事。直到这一天,直到晚上九点,克莱莉娅还坚决不从,可是她父亲扬言要立刻送她进修道院,她屈服了。

"天哪!我可能再也见不到他了!"她哭叫道。可是,她的理智又说道:"我不再见他了。无论如何这个人都会给我带来痛苦,他又是公爵夫人的情人。这个纨绔子弟在那不勒斯公开的情妇就有十个,又将她们一一抛弃。这个年轻的野心家即便在判决后侥幸活下来,也会去担任神职的!等他出了要塞,我再看他就是罪过了。再说他在感情上那么轻薄,我也不想再见他。对于他,我算什么?不过是个玩物,好让他在狱中每天少一点苦闷。"克莱莉娅一边恨恨地想,一边却又回忆起法布里斯从关押室出来,微笑地瞧着押解他的宪兵时候的模样,泪水模糊了她的眼睛:"亲爱的朋友,为了你,我可以赴汤蹈火!你会毁掉我,我知道,这是我的命。今天夜里我听了可恶的小夜曲,已经狠心地毁掉了我自己。不过,明天中午,我还可以看见你的眼睛。"

这一天,克莱莉娅为她深爱的年轻犯人抛弃了一切,她尽管洞悉他的缺点,却愿意为他牺牲生命也在所不惜。可是第二天,法布里斯却因为她冷淡的态度而伤心欲绝。其实,哪怕只用简单的手势语,他只要往克莱莉娅的心上施加哪怕一星半点的压力,她很可能就控制不住自己,泪水会夺眶而出,而她对他的真实感情,他也就全知道了。可惜他没有勇气,他害怕得罪克莱莉娅,怕得要死,因为克莱莉娅可以惩罚他,让他大吃苦头。换句话说,对于心爱的女人让他产生的那种情绪,他全然没有经验;这种感觉,他过去从来没有经历过,连最细微的体验都没有。小夜曲之后过了一星期,他才同克莱莉娅恢复了以往的友好关系。可怜的姑娘担心暴露自己的真实感情,老是板着面孔。法布里斯觉得,他同克莱莉娅的关系一天不如一天。

法布里斯在牢里待了将近三个月,和外界一直没有联系上,不过他倒并不感到伤心。一天上午,格里罗磨磨蹭蹭不离开牢房,他不知道怎么把他支走,觉得很无奈。直等到十二点半钟声敲过,他才有机会打开从可恶的挡板上锯开的那两个一尺长的小洞。

克莱莉娅站在鸟屋的窗前,目不转睛地盯住法布里斯的窗子,她颦眉蹙额,看得出心里十分绝望。她一看见法布里斯,立刻向他打手势说一切都完了。她疾步奔向钢琴,假装咏唱流行歌剧中的一首宣叙调。她很悲伤,又担心窗下巡逻的哨兵听懂她的歌词,因此唱得断断续续:

"伟大的主!你还活着吗?苍天在上,不胜感激!你入狱那天教训过的那个粗野的看守巴博纳,本来已经走了,不在要塞里了,可是前天他又回来了。从昨天起,我有理由相信他想毒死你。他在为你做饭的官邸小厨房里转来转去。我还说不准,不过我的女仆相信,这个相貌狰狞的家伙跑到官邸厨房去,除了想要你的命,不会有别的目的。我看不到你出现,急得要命,以为你已经死了。在我给你新消息之前,你什么东西也别吃。我会想尽一切办法给你送一点巧克力。不管怎么样,如果老天有眼,你有一根线,或者你能够用衣服结成一根带子的话,那就在今天晚上九点从窗口放下来,垂到橘子树上,我在上面系一根绳子,你把绳子拉回去。有了这根绳子,我就可以给你送面包和巧克力。"

法布里斯从炉子里找到的那块煤,还像宝贝似的藏着。他趁克莱莉娅正心慌意乱,赶紧在手心写了一串字母,连起来就是这么一句话:

"我爱你。除非我看见你,生命才可贵。一定要给我送纸和笔啊。"

法布里斯预料得很准。他从克莱莉娅脸上看出她非常紧张,因此在他冒失地说出"我爱你"之后,她并没有中断谈话,仅仅表现出很生气。法布里斯很聪明地补充道:"今天风向不对,蒙你不弃用歌声告诉我的事,我听不太清楚。钢琴声又盖过了歌声。比如,你说的毒药是指什么?"

看到这句话,姑娘又同刚才一样紧张起来。她急忙找了一本书,撕下几页来,用墨水在上面写下粗大的字母。法布里斯高兴得不得了,三个月来,他一再要求克莱莉娅采用这个办法,但每次都没有下文,现在他们终于用这个方法谈话了。他刚才那个小计谋,既然大获成功,他自然就不轻易放弃,他暗自希望能够写信联系,于是一个劲假装看不懂克莱莉娅陆续亮出的字母组成的话是什么意思。

克莱莉娅不得不先离开鸟屋,到父亲那里去。她最怕的就是父亲到鸟屋来看她。他生性多疑,倘若他发现鸟屋的窗户同犯人窗口的挡板竟然离得这么近,肯定很恼火。其实,刚才法布里斯半天没有出现,克莱莉娅心急如焚,那时她就想到,可以拿一个小石子裹上纸,从挡板的上面扔进法布里斯的牢房。假如碰巧看守不在,这倒不失为一个可靠的联系方法。

法布里斯连忙拿衬衣结成一根带子。晚上,刚过九点钟,他清楚地听见窗下有人轻轻在橘子树货箱上敲了几下。他把带子悄无声息地放下去,收回来时带上来一根很长的绳子,他用这根绳子先提上来一点巧克力,然后又提上来一卷纸和一支铅笔,这叫他感到说不出的高兴。他再把绳子放下去,这一回却什么也没拿到,显然是因为哨兵走到橘子树附近了。不过,他还是兴奋得如痴如醉。他立刻给克莱莉娅写了一封很长的信。刚一写完,他立刻系到绳子上吊下去。他白白等了好几个钟头,没有人来取信。为了做一些修改,他把信收回来好几次。"克莱莉娅还在为毒药的事心神不安,"法布里斯暗道,"如果这时候她都不看我的信,明天早上她兴许连收信的念头都没有了。"

实际情况是,父亲要进城,克莱莉娅推却不掉,只好跟着去了。半夜十二点半,法布里斯听到熟悉的马蹄声,心知是将军的马车回来了,他就大致猜到了缘由。他听到将军从平台走过,哨兵举枪敬礼,几分钟后,他感到缠在手臂上的绳子在动,他高兴极了!有人在绳子上坠了很沉的东西,把绳子晃了两下,示意他往回拉。窗户下面有一个高高突起的檐口,他费了九牛二虎之力才把东西拉上来。

他好不容易拉上来的是一个长颈瓶,盛满了水,外面裹了一个披肩。可怜的年轻人很长时间彻底生活在孤独中,因此他情不自禁,捧起披肩一阵狂吻。经过许多天枉然的期待之后,这一次他终于发现披肩上别了一张小纸片。至于他如何激动,这里就不多费笔墨了。

"只许喝瓶子里的水,以巧克力充饥。明天我想尽一切办法给你送面包。我在面包上上下下都做上十字记号。有一件事骇人听闻,但是你必须知道,巴博纳毒杀你可能是受人指使。你怎么会感觉不到,你用铅笔写的信,谈到的事情使我不愉快。所以不到危急时刻,我不再给你写信。我刚见到了公爵夫人,她身体很好,伯爵身体也很好。不过公爵夫人很瘦。那件事不要再谈了,你真想叫我发火吗?"

写这封信倒数第二句话,在克莱莉娅是费了很大的道德力量的。宫廷社交界里,人人都认为桑塞维利纳夫人对拉威尔西侯爵夫人过去的情人,美男子巴尔蒂伯爵很有好感。确定无疑的是,巴尔蒂伯爵已经和侯爵夫人翻脸,两人闹得不可开交。过去的六年里,侯爵夫人曾经像母亲一样照顾他,帮助他在社交界立住脚。

克莱莉娅的信写得很仓促,还不得不重写一遍,因为第一稿里,她透露了新近传说的关于公爵夫人的一些风流韵事,大都是居心叵测的捕风捉影。

"跟法布里斯讲他心爱女人的坏话,"克莱莉娅喊道,"这太可耻了!"

翌日,离天亮尚早,格里罗走进法布里斯的牢房,放下一个沉甸甸的包裹,一句话没说就走了。包裹里有一个大面包,四边都用笔画了小十字架,法布里斯在十字架上吻了又吻:他坠入了爱河。面包旁边有一个长卷,用纸裹了一层又一层,打开来,里面是六千法郎的西昆。最后,法布里斯找到了一本崭新的日课,很精美,书页的空白上写了下面这些话,笔迹他已经能够认出来:

"毒药!当心水、酒,什么都要当心。吃巧克力充饥。饭菜不要动,想办法让狗吃。但是不要让人看出你起了疑心,否则敌人会想别的点子。看在上帝的分上,千万别大意,别掉以轻心!"

法布里斯旋即将这些宝贵的词句撕下来,以免连累克莱莉娅。他又从日课上撕下一沓纸,蘸上用酒调的炭末,工工整整写成几套字母。十一点三刻,克莱莉娅出现在距离窗子两步的地方,这时字母已经晾干。"现在最重要的,"法布里斯心想,"是她同意使用这个方法。"事有凑巧,关于下毒的事,克莱莉娅正好有一肚子话要对法布里斯说,女用人养的狗吃了为法布里斯做的饭以后便死了。克莱莉娅非但不反对使用字母块,而且自己已经用墨水写好了一套精致的字母。通过这种方法来对话,开始不免感觉很别扭,他们谈了足足一个半小时,也就是说,花费了克莱莉娅能够在鸟屋逗留的全部时间。有两三次,法布里斯触及了克莱莉娅忌讳的话题,克莱莉娅根本不理睬,暂时走到一旁去照顾她的小鸟。

克莱莉娅答应法布里斯晚上给他送水的时候,给他一套她亲自用墨水写的字母,比他的字母清楚得多。他写了一封长信,小心翼翼不谈感情。至少他赔着小心,避免冒犯克莱莉娅。他成功了,信被克莱莉娅收下。

第二天,他们继续用字母交谈。克莱莉娅没有责备法布里斯,她告诉他,放毒的危险减小了。有些人正在追求司令公馆那些女用人,巴博纳被他们揍了,打得半死,估摸着是不敢再去厨房了。克莱莉娅承认,为了法布里斯,她偷了父亲的解药,以后给他送过去。要紧的是,一旦发现食物有异味,就不要再吃。

克莱莉娅盘问过唐·恺撒,并没有打听出法布里斯收到的六千西昆是怎么来的。不管怎么说,这是好兆头,说明对法布里斯的看管有所松懈。

经过了下毒这个小插曲,法布里斯的事情反倒大有进展,不过他仍旧没有得到一丁点类似爱情的表示。然而他同克莱莉娅亲亲密密,日子过得倒也舒坦。每天上午他们都用字母交谈,谈话时间很长,晚上也经常谈。每天晚上克莱莉娅都收到一封长信,有时她也回复几句话。她给法布里斯送报纸和书。格里罗最终愿意帮忙,甚至答应把面包和酒送给法布里斯。克莱莉娅的女仆每天把面包和酒交到他手里,他从这一点看出,司令官和派巴博纳毒杀年轻主教大人的那些人不是一伙。他很高兴,其他看守也欢喜,因为狱里流传的一句话说得好:"只要面对面地望一眼台尔·唐戈主教大人,他就会给你钱。"

法布里斯变得很苍白,缺乏锻炼损坏了他的身体。撇开这一点,可以说他从来不曾像现在这般快乐。他与克莱莉娅谈话,语气亲热,有时还非常轻松。在克莱莉娅的生活中,唯有和法布里斯谈话的时候,她才能摆脱萦绕心头的不祥预感和悔恨懊恼。有一天,她一大意,竟对法布里斯说:"我很佩服你的精细。我是司令官的女儿,可是你却从来没有说过你想获得自由!"

"这是因为我根本不让自己产生这种荒唐的愿望。"法布里斯答道,"一旦回到巴马,我还能见到你吗?假如我不能把心里话跟你说,生活立刻会变得难以忍受……不,说是心里话并不准确,因为你有禁令在先。不过,说到底,尽管你很严厉,可是如果不能每天看到你,那就跟蹲监狱一样受罪!我的生活还从未像现在这样幸福过!……我竟然在监狱里得到了幸福,这是不是很有意思?"

"说到上面,要讲的话多得很。"克莱莉娅道,她的脸色倏地变得极其严肃,甚至说阴沉也不过分。

"怎么!"法布里斯猛地警觉起来,高声道①,"难道连我在你心里好不容易占据的那一点点位置也保不住吗?它是我在这个世界上唯一的欢乐啊。"

"是的,"她对他说,"虽说上流社会的人都说你很多情,我却有充分理由怀疑你对我缺乏诚心。我今天不打算谈这个问题。"

谈话这样开始,以后就变得非常别扭,两人的眼睛里都不时泛起泪花。

总检察长拉西一直惦记着更名改姓。现在的姓氏叫他腻烦透

---

① 原文如此。他们既然是"笔谈",当然不会"高声道"。且看成人物的主观感觉吧。

325

了,他想成为里瓦男爵。至于莫斯卡伯爵,他使出了全身解数,一方面让卑躬屈膝的法官当男爵的热情愈烧愈旺;另一方面让亲王当伦巴第立宪君主的疯狂希望与日俱增。他认为只有这个办法能够延宕法布里斯的死期。

亲王对拉西说:

"半个月的希望,半个月的绝望,这个办法只要耐心坚持下去,我们早晚能够打掉那个高傲女人的锐气。再野的马,对它软硬兼施,最后也能驯服它。这味烈性药,要坚定不移地用下去。"

果然,每隔十五天,巴马就谣言四起,说法布里斯很快就要处死了。谣言叫公爵夫人惶惶不可终日。她咬紧牙关,坚决不拖累伯爵,所以每个月只见伯爵两次。但是,她狠心对待可怜的伯爵,自己也遭了罪,不得不周而复始地在幽幽的绝望中生活。莫斯卡伯爵看到美男子巴尔蒂伯爵对公爵夫人献媚,妒火中烧。可是他压抑住忌妒心,见不到公爵夫人的时候,便给她写信,把他从未来的里瓦男爵那里得到的消息告诉她。不过,他的苦心都白费了。关于法布里斯的流言,一波又一波,传得可怕,公爵夫人若想挺得住,本应和一个像莫斯卡伯爵这样有头脑、心地好的人在一起。巴尔蒂是个窝囊废,他任公爵夫人胡思乱想,使公爵夫人的生活变得一团糟,而伯爵又没有办法把应该抱希望的道理告诉她。

莫斯卡首相巧妙地编造种种借口,终于让亲王同意将一批与种种阴谋勾当相关的档案存放在伦巴第中心萨罗诺郊区一个可靠的庄园里。拉努斯-艾奈斯特四世靠着这些勾当,才生出癫狂的野心,想在这块美丽的土地上当立宪君主。

这些牵涉面很广的档案,有二十份是亲王的亲笔,或者有他的签名。伯爵的计划是,万一法布里斯的生命受到威胁,他就向亲王殿下宣布,他要把这二十份文件交给一个大国,这个大国只要一句话,就能叫亲王身败名裂。

莫斯卡伯爵觉得，未来的里瓦男爵还是靠得住的，他担心的是有人下毒。巴博纳的企图让他从内心深处警觉起来，最后他决定冒一次险。他的行动从表面上看近乎疯狂。一天上午，他经过要塞的大门口，让人请法比奥·康蒂将军下来。将军到了大门顶上的棱堡，伯爵客气地邀他一同散步。伯爵礼貌地、话里带刺地寒暄几句之后，便单刀直入地对将军说道：

"假如法布里斯死得可疑，就会赖到我头上，因为大家都认为我在吃醋。对于我，这个罪名太荒唐，我绝对不能接受。所以，如果他得病死了，为了洗清我自己，我会亲手杀了你。你要三思而行。"法比奥·康蒂将军的回答冠冕堂皇，他还称自己是有胆量的。不过伯爵的眼神已经印在他脑子里。

几天后，仿佛与伯爵约好了似的，检察长拉西也干了一件莽撞事，就他这样一个人来说，很不可思议。老百姓一直不把他的姓氏当回事，拿来用在粗话里，自从他觉得摆脱这个局面有了切实的希望之后，他真的感到如芒刺在背了。他给法比奥·康蒂将军送去了判处法布里斯十二年监禁判决书的正式抄件。按照法律，这件事应该在法布里斯入狱的翌日甚至当天就办好。不过，在巴马这个秘密行事的国家，没有君王的特令，司法当局居然擅自把事情办了，这倒真是闻所未闻。事实上，判决书的正式抄件一旦从司法的最高机关发出，那还怎么能够指望每隔十五天就叫公爵夫人担惊受怕一次，照亲王的说法，制服这个桀骜不驯的女人？法比奥·康蒂将军收到检察长拉西的公文后第二天，听说文书巴博纳回要塞稍迟了一点，便狠狠地挨了一顿揍。他由此认为，无须再去考虑在什么地方除掉法布里斯。他在收到法布里斯判决书正式抄件后第一次晋见亲王时，觉得还是小心为妙，故而对判决书的事三缄其口，这便使拉西逃脱了他的大胆举动可能带来的直接后果。伯爵发现——可怜的公爵夫人这下可以安心了——巴博纳打算干的蠢事,只是报私仇。上文已经说到,伯爵派人向文书发出了警告。

法布里斯在窄小的牢房里关了一百三十五天。这一天是星期四,善良的忏悔师唐·恺撒来看他,带他到法奈兹塔瞭望台上去散步,这使他又惊又喜。法布里斯在那里待了不到十分钟,便因为吹了风感觉很不舒服。

唐·恺撒以此为理由,为法布里斯争取到了每天半个钟头散步的权利。这实在是干了一件傻事。经常散步使我们的主人公消耗的体力迅速得到恢复。

要塞里又演奏了几次小夜曲。司令官素来一丝不苟,他之所以容忍这种演奏,是因为这样一来,女儿就算许给克莱申基侯爵了。女儿的性格叫他担忧。他隐隐约约感到自己跟女儿毫无共同点,他整日提心吊胆,生怕女儿头脑发热干出傻事。如果女儿躲到修道院去,他可就只能干着急了。将军还有另外一层担心,那音乐声传得很远,一直飘进深深的地牢。那是专门关押自由党人的,他害怕音乐声里有什么暗号。乐师们也叫他放心不下。因此,小夜曲一演奏完,乐师们就被锁进公馆那个白天用作司令部办公室的低矮大厅里,第二天天大亮才开门放行。司令官站在奴隶桥上,亲自监督搜查乐手,然后才放他们走。他还颠来倒去地说,假如他们当中有什么人胆敢帮助犯人,哪怕是做一件很小的事,他司令官也要立刻把他绞死。大家都知道,将军害怕惹恼亲王,这时候他是说一不二的。于是克莱申基侯爵只好拿出三倍的工钱,付给那些对在监狱里过夜耿耿于怀的乐师。

公爵夫人好不容易才让一名胆小如鼠的乐师答应做一件事,把一封信交给司令官。信是写给法布里斯的,信里抱怨说命不好,法布里斯入狱已经五个月了,外面的朋友也没能跟他通上一点消息。

公爵夫人收买的乐师一进要塞,立刻跪倒在法比奥·康蒂将军面前,坦白说有一个他不认识的教士死乞白赖要他带一封信给台尔·唐戈先生,他不敢拒绝,但他是个有责任感的人,所以立刻把信呈交大人。

"大人"好不得意。不过他知道公爵夫人足智多谋,生怕上当受骗,于是在得意之余,把信呈给了亲王,亲王看了也很高兴。

"这么看来,我秉政坚毅,终于得以报仇雪恨!五个月来,这个高傲的女人忍气吞声!过两天派人搭一座断头台,她想象力丰富,不会想不到这是为小台尔·唐戈备下的。"

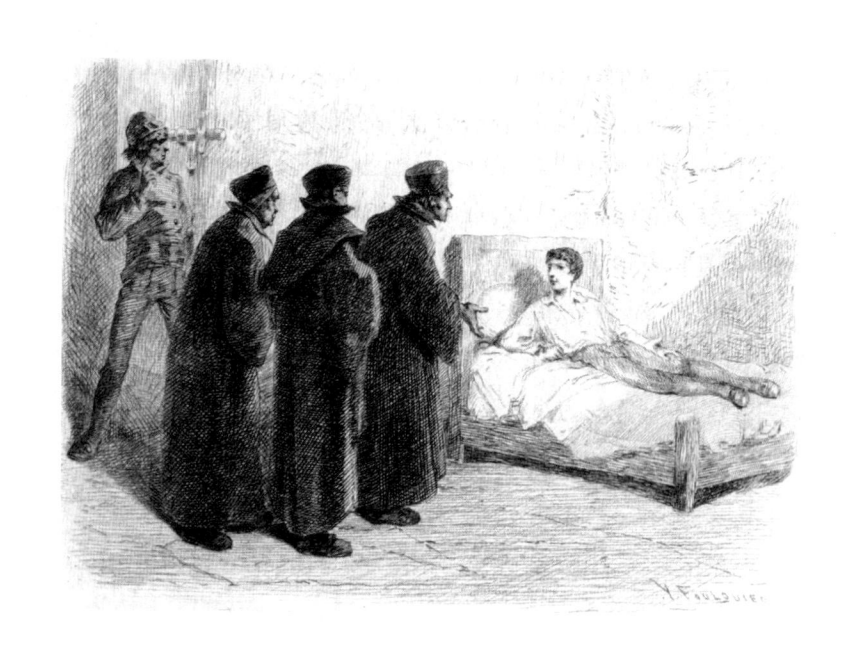

第二十章

　　一天半夜,一点钟光景,法布里斯趴在窗口,把脑袋从挡板上开的洞口探出去。他从高耸的法奈兹塔上默然凝望着星空和辽阔的地平线,感到心旷神怡。他的视线扫过波河下游与费腊拉一带的原野,不经意中看到一星极其细小、却又十分明亮的光,好像是从一座塔楼上发出的。"这火光在平原上肯定看不到,"法布里斯心里想,"塔楼有厚度,从底下看,光就被挡住了。好像是给远处什么地方发信号呢。"突然,他发现那光忽明忽灭,间隔很短。"是哪个姑娘和邻村的情人通话呢。"他数了数,光亮了九下。"这是I。"他说道。I是字母表的第九个字母。停顿片刻,又闪了十四下。"这是N。"然后,又停顿片刻,闪了一下。"这是A。"这个字是 INA。

连续的闪光被片刻的停顿分开,最后组成的话是:

INA PENSA A TE.

显然是说:"吉娜想你!"

法布里斯又惊又喜。他连忙取过自己的灯,在打开的小洞口上连续闪动,作为回答:

"法布里斯爱你!"

信号一应一答,持续到天亮。这是法布里斯入狱第一百七十三天。对方告诉他,四个月来每天夜里都在发信号。这些信号谁都看得见,谁都能懂,因此这一夜他们约定了一些简码:连续快速亮三下代表公爵夫人,四下代表亲王,两下代表莫斯卡伯爵。连续快速亮两下,然后慢速亮两下,意思是"越狱"。他们约定使用古代 alla monaca① 字母表,改变正常的字母编号,任意规定字母顺序,以防好事人猜出信号内容。比如,A 成为第十个字母,B 成为第三个字母,就是说,连续闪三下表示 B,连续闪十下表示 A,等等。短暂的黑暗表示词与词之间的间隔。他们约好第二天半夜一点再联系。第二天,公爵夫人来到这个离城四分之一里的高楼。当她看见她多次以为已经不在人世的法布里斯发出的信号,眼眶里充满了泪水。她亲自用闪烁的灯光对法布里斯说:"我爱你。鼓起勇气,保重身体,不要泄气! 在牢房里锻炼体力,你需要臂力。"公爵夫人自语道:"弗斯塔的音乐会上,他身穿猎装站在客厅门口,打那以后,我还没有见过他呢。当时有谁会想到,以后竟遭遇这样的命!"

公爵夫人吩咐发出信号,告诉法布里斯他即将获释,"这要感谢仁慈的亲王"。(这一串信号别人能看懂)然后她自己又说了许

---

① 意大利文:修道院的。

多缠绵缱绻的话。她舍不得离开法布里斯,直到天蒙蒙亮了,在路德维克再三劝告下,她才停止发出这些可能引起歹人注意的信号。路德维克帮过法布里斯,所以公爵夫人让他当了总管。即将获释的信号重复了好几遍,反使法布里斯深陷于忧伤。第二天,克莱莉娅注意到他情绪低落,情不自禁问他为什么。

"有一桩大事,我感觉自己要开罪公爵夫人。"

"她让你做什么,你不答应啦?"克莱莉娅急于知道是什么事情,她嚷道。

"她想叫我出狱,"法布里斯答道,"这我决不能答应。"

克莱莉娅说不出话来,她望着法布里斯,眼泪潸然而下。可惜法布里斯这会儿不能挨到她身边说话,否则她很有可能向他袒露衷肠,他也就不至于因为不能确定她是否对自己有感情而垂头丧气了。法布里斯有一种很强烈的感觉,没有克莱莉娅的爱,生活对于他就只能是一连串苦涩的忧伤,一连串无法忍受的苦闷。在他有了爱的经历之后,再为寻找过去吸引他的那些乐趣而生活,他觉得太不值得了。尽管在意大利自杀还不是一种时髦,法布里斯却已经想到,假如他命里注定要和克莱莉娅分手,那自杀未始不是一种解决办法。

第二天,他收到克莱莉娅的一封长信。

"朋友,有必要让你知道真相。自从你进入要塞,巴马人常常以为你的末日近在眼前。确实,你只判了十二年监禁,但是毋庸置疑,有一股非常强大的仇恨你的势力对你穷追不舍。不知多少次我吓得发抖,害怕毒药夺去你的生命。所以,你无论如何要设法从这里出去。我大着胆子告诉你一些事情,这些事情本不该经我的口道出,危险何等紧迫,你自己判断。你看,为了你,我已经置神圣职责于不顾。如果必须逃走,除此而外别无他法,那就逃走吧。你在要塞每一分钟,都可能遭遇不测。别忘了宫里有这么一帮子人,休想指望他们害怕犯罪而不下毒手。你难道没觉察,多亏莫斯卡伯爵机敏过人,才挫败了这帮人一次又一次的阴谋?然而,他们已经想出一计,十拿九稳可以把伯爵从巴马撵走,这就是让公爵夫人绝望。而一个年轻犯人的死,可以把她逼进绝境,难道不是确凿又确凿的事吗?这个问题,无须答案,足以让你对自己的处境做出判断。你说对我有感情,但是你首先得想一想,我们俩之间的感情会遭遇无法逾越的障碍,不可能有结果。我们相遇在少年时代,危难中互相伸出援助之手。在这个虎狼之地,有我来为你减轻痛苦,这是天意。但是,倘若你心存幻想——无论现在或将来这个幻想都毫无根据,不抓住一切机会,以求死里逃生,那我会悔恨一辈子的。我与你在若干次信号中交流了情感,这要怪我太轻率,我甚感不安。倘若幼稚的字母游戏令你产生了不切实际而且贻害无穷的幻想,那么就算我记起了巴博纳的图谋,也不足以为自己辩解。我以为帮你躲过了眼前的危险,却可能把你拖进更加可怕也更加现实的灾祸。倘若由于我的冒失,你萌生儿女之情,不听从公爵夫人的劝告,那么我就犯下了不可饶恕的罪过。因为你的缘故,我不得不反复申说,望详察。走为上策,我命令你……"

这封信极长。有些地方,比如刚才抄录的"我命令你"之类,间或给法布里斯的爱情带来美好的希望,他觉得措辞不由得固然相当谨慎,但是内里的感情却亲切温柔。不过有的时候,法布里斯因为对爱情浑浑噩噩,彻底无知,便吃了亏,他在克莱莉娅这封信里看到的,只是一般的友情,甚至是普普通通的同情而已。

另一方面,克莱莉娅告诉他的一切,并没有让他改变主意。就算她描写的那些险象都绝无虚妄,拿眼前的危难换取每天与她见面的快乐,也不算过分吧?倘若从要塞逃出去,他休想待在巴马,可是躲避到博洛尼亚或者佛罗伦萨,那日子又怎么过呢?再退一步讲,即使亲王变了,放他出去(这种可能性几乎没有,因为他法布里斯已经成了一个强大的党派推翻莫斯卡伯爵的工具），两个党派不共戴天，他和克莱莉娅天各一方，便是留在巴马，那生活又有什么意思？一个月里，或许有两三回他们碰巧到了同一个沙龙，可是他能跟她说什么呢？现在他每天享受好几个钟头的这种喁喁细语，再想找回来，谈何容易？和他们的字母交谈相比较，沙龙里的谈话算什么？"为了换取现在这种快乐的生活，这种千载难逢的幸福机遇，即便必须冒点小风险，那又何妨？冒点风险，寻找稍纵即逝的机会向她证明我的爱情，这要不算幸福，那什么是幸福？"

法布里斯觉得，克莱莉娅的信无非是给他提供了一个机会，他可以要求同她见一面。他的全部欲念，无时无刻不集中于此。他仅仅跟她说过一次话，而且没说几句，那是他刚进监狱的时候，已经是两百多天前的事了。

为了与克莱莉娅会面，他自己琢磨出一个简单的法子。好心的神甫唐·恺撒准许他到法奈兹塔平台上散步半小时。每个星期四是在白天，其他的日子，万一被巴马和附近的居民看见，司令可开罪不起，所以都在夜幕降临之后。登平台只有一道楼梯可走，在小钟楼里。钟楼连着那个用黑白两色大理石胡乱装饰起来的小教堂，读者可能还有印象。格里罗把法布里斯带到小教堂，打开钟楼，让法布里斯上楼梯。从职责讲他应该跟着法布里斯，可是晚上天气凉了，格里罗便让法布里斯自己上去，把通往平台的钟楼锁上，然后自己回房间里暖和去了。"哎，让克莱莉娅找一天晚上，叫侍女陪着，到黑大理石小教堂里来，岂不大妙？"

法布里斯写了一封长信回复克莱莉娅，他在信上费了许多脑筋，好让克莱莉娅赞成他的办法。此外，就决计不离开要塞，他把心里话和盘托出，好像谈的与自己不相干，倒是另一个人。

"我每天甘冒死上千百回的危险，为的是有幸靠字母表和你谈心。字母表你我使用起来已经得心应手,而你却叫我装糊涂,逃到巴马去,或许还应该跑到博洛尼亚,乃至佛罗伦萨!你希望我远走高飞,离开你!你要明白,这件事我绝对办不到。就算我答应你也白搭,这种诺言我不能恪守。"

他要求与克莱莉娅会面,结果克莱莉娅少说有五天没露面。这五天里她照样到鸟屋来,不过专拣法布里斯不能使用挡板小洞的时间。法布里斯很伤心。克莱莉娅不露面,法布里斯推断,尽管她有时候对他很关心,使他想入非非,但是他在她心里唤起的,仅仅是普通的友情。"既然如此,"他想,"活不活又有什么关系?亲王想要我的命,拿去好了。这又是一条不离开要塞的理由。"他每天夜里回答灯光信号,心里烦透了。早上,路德维克把记录拿给公爵夫人看,她看到的尽是些令人费解的话:"我不越狱,我要死在这里!"她觉得法布里斯简直疯了。

这五天里,法布里斯度日如年,克莱莉娅比他还痛苦。她想出一个令她高尚的心灵针扎般疼痛的主意:"我应该做的是远离要塞,躲进修道院。等我让格里罗和其他看守告诉他,我已经不在要塞了,他一定会下决心准备越狱。"可是,进修道院,这意味着永远不再见法布里斯。他已经用显而易见的事实证明,他过去对公爵夫人的感情如今不复存在,偏偏在这种时候下决心不再见他,合适吗?一个年轻人在爱情上,还能给出更加触动人心的证据吗?他在监狱里待了七个月,身体每况愈下,可是偏就不愿意重获自由。如果法布里斯真的像宫廷里的人对克莱莉娅描绘的那样,是个轻薄之徒,那他为了早一天离开要塞,哪怕放弃二十个情人也会在所不惜;监狱里每天都有性命之虞,为了出狱,他什么事做不出来!

克莱莉娅缺乏勇气。她没有躲进修道院,犯了一个她这样的人本不该犯的错误。其实,躲进修道院还可以自然而然地断绝与克莱申基侯爵的关系。这个错误既然犯下了,对一个可爱、率真、温柔，仅仅为了能够得到隔窗相见这点福分就置生命于不顾的小伙子，还能拒之于千里之外吗？五天里她内心的斗争十分激烈，有时候还夹杂着对自己的轻蔑，最后她还是决定，给法布里斯要求在黑大理石小教堂会面的那封信写一封回信。她拒绝了法布里斯的要求，措辞不由得还非常严厉。不过，从这时候起，她就失去了心灵的宁静，脑子里不断幻化出法布里斯中毒的惨象。她每天急不可耐地往鸟屋跑七八趟，待亲眼看见法布里斯了，才敢肯定他还活着。

"只要他还在要塞里，"她暗忖道，"怕就难逃拉威尔西一伙人为赶走莫斯卡伯爵设下的毒计。怪我优柔寡断，没有进修道院！他知道我已经远走高飞，那还有什么理由留在这里？"

这个姑娘生性又腼腆，又孤傲，却居然求到了看守格里罗头上，她不怕被人回绝，甚至不怕格里罗对她反常的行为说三道四。她顾不得体面，派人把格里罗找来。她对他说话时声音禁不住地颤抖，把内心的隐秘暴露无遗。她说道，出不了多少天，法布里斯就会获得自由；公爵夫人为此四处活动，现在已经想出了一些办法，但必须了解法布里斯的意见；请格里罗高抬贵手，让法布里斯在窗外的挡板上开一个洞，这样她就可以把从桑塞维利纳夫人那里得到的消息，一日数次通过信号告诉法布里斯。

格里罗微微一笑，说自己一向尊敬小姐，听从小姐吩咐。他没有多说一句话，克莱莉娅非常感激。显而易见，对过去几个月里发生的事，他心如明镜一般。

格里罗刚走出房间，克莱莉娅就按约定发出了紧急情况下使用的信号，召唤法布里斯，把自己刚才做的事情告诉他，然后说道："既然你愿意中毒而死，那我希望自己有勇气躲到一个偏远的修道院去，这是我欠你的。以后但凡有了救你出去的计划，我就盼望你不要再推阻。只要你在这里，我的日子就过得提心吊胆，颠颠倒倒。我这一生从来没有给谁带来不幸,可是你要是死了,我觉得根子就在我。哪怕是一个素不相识的人,我若觉得他的死与我有关,那也够我难受的。当我想到一个朋友,尽管他任性胡来,叫我吃够苦头,可是许久以来毕竟天天见面的,眼下正受到死亡痛苦的煎熬,你想一想我心里会是什么感受。有时候我甚至感到,只有你本人才能证实你还活着。

"这种剜心的痛,我实在受不了,这才顾不得身份,求一个底下人帮忙;他既可能拒绝我,也可能出卖我。不过,如果他真的向我父亲告发,我倒觉得高兴,从我动身去修道院那一刻起,我就不必在你那些狂妄的行为上勉强充当你的同谋了。相信我的话,你再狂妄,也撑不了多久,早晚得按公爵夫人的意志办。我竟然叫你背叛我父亲!狠心的朋友,这一下你满意了吧?你把格里罗叫来,送点东西给他。"

法布里斯爱得神魂颠倒,克莱莉娅简单表达一下意愿,都能叫他疑神疑鬼,以至于克莱莉娅说出这样异乎寻常的话来,他还觉得克莱莉娅是不是爱他,完全不能确定。他把格里罗找来,给了他不少钱,感谢他过去的支应照顾。至于以后,法布里斯对他讲,只要他允许法布里斯天天使用挡板上的洞,天天都能得到一个西昆。格里罗听罢,十分欢喜。

"大人,我跟您说句掏心窝的话。您能不能委屈一下,每天让饭凉了再吃?为了避免中毒,这是一个简单易行的办法。不过,我求您口风紧一点,看守看守,只能看,不能猜……一只狗不行,我会多带几只狗来,您自己呢,要吃的东西都先让狗尝一尝。至于酒,我把我的酒给您,只有我喝过的酒您才能动。如果阁下您把这些话告诉别人,哪怕是告诉克莱莉娅小姐,那我就彻底完蛋了。女人毕竟是女人嘛。假如明天她跟您翻脸了,后天她为了报复,就会把这些事一股脑儿告诉她父亲。她父亲最喜欢干的事情,就是找看守的碴,送他上绞架。这要塞里面,除了巴博纳,大概就数她父亲凶狠。以您的处境,真正的危险就在他。他对下毒很在行,这一点您不要有任何怀疑。我想多养几只狗,他万一知道了,绝对饶不了我。"

要塞里又演奏了一次小夜曲。现在格里罗跟法布里斯已经无话不谈。不过他叮嘱自己要小心谨慎,莫泄露克莱莉娅小姐的秘密。照他看来,克莱莉娅小姐虽然眼看就要嫁给巴马最大的富翁克莱申基侯爵,但是只要监狱的高墙没有把他们隔开,她照样愿意跟可爱的台尔·唐戈大人谈情说爱。最后法布里斯问起小夜曲是怎么回事,格里罗回答之后,不小心多说了一句:"看来他就要娶她了。"话虽然平常,对法布里斯会有什么影响,大家不难想象。夜里,他回答灯光信号的话很简单,只说他病了。第二天上午,约莫十点钟,克莱莉娅来到鸟屋,他问她为什么不直接告诉他,她爱克莱申基侯爵,而且就要嫁给侯爵了。他的口气客气得有点造作,在他们之间听起来很是生分。

"因为你说的这一切都不是真的。"克莱莉娅焦躁地回答。不过,她下面的回答就没有这么干脆,这也是事实。法布里斯向她指出这一点,并借机再次请求见面。克莱莉娅眼见自己一片好心,却遭到猜疑,便立刻答应了,同时又要法布里斯明白,她这么做,在格里罗的眼里是很失体统的。晚上天黑之后,克莱莉娅由侍女陪伴,来到黑大理石小教堂。她站在教堂中央长明灯附近,侍女和格里罗则退出三十步,站在门边。克莱莉娅很紧张,她事先备下了一篇漂亮的说辞,目的是无论如何不吐露心迹,以免给自己找麻烦。但是爱情的力量是不容分说的,她既然从心底里急切地想知道真相,就休想保持矜持的态度;同时她既然对心爱的人一片赤诚,当然也就不怕说出什么难听话。法布里斯一上来就被克莱莉娅的美貌惊呆了。八个月来,在这么近的距离里,他看到的无非都是看守。但是克莱申基侯爵的名字让他非常恼火,他见克莱莉娅回答问题小心翼翼,心里的火苗更是呼呼地往上蹿。克莱莉娅也觉察到,她越是想消除他的疑惑,他的疑惑就越大。这种感觉让她痛苦万分。

"我有分内的责任,难道你要我连这都不顾,你才满意?"她气愤地说,眼里噙着泪花,"去年八月三号之前,那些向我献媚讨好的人,我觉得同他们很疏远,我瞧不起宫里那些人的做派——也许有点过分。八月三号,一个犯人送进要塞,我从他身上看到了与众不同的品质。一开始我就受到忌妒的折磨,我自己却没有意识到。一个我认识的女人,很迷人,她的万种风情像刀子一样扎我的心,因为我觉得那个犯人依恋她,到现在我多少还这么想。不久,克莱申基侯爵向我求婚,而且盯得越来越紧。他腰缠万贯,而我和父亲一文不名。我自作主张,拒绝了他一次次的纠缠,后来我父亲便拿修道院这个不祥的字眼压我。那个犯人的命运让我牵肠挂肚,我明白,如果我离开要塞,我就不能继续保护他的生命。我步步防范,最大的成果是,他到目前为止还全然没有意识到,他的生命危如累卵。我许过愿,不背叛父亲,也不泄露自己的秘密。但是那个女人,她是犯人的保护人,为人刚毅,聪慧过人,又会上下左右疏通,据我猜测,她向犯人交代了越狱的办法。可是犯人全都不赞成,而且还想叫我相信,他不离开要塞是因为不愿离开我。这个时候,我铸下了大错。五天里,我感到很为难,其实我应该立刻离开要塞,躲进修道院,这样我就可以轻而易举地和克莱申基侯爵断绝关系。我既然没有勇气离开,也就不可救药了。我爱上了一个薄情郎,他在那不勒斯做了什么,我一清二楚,我有什么理由相信他会变了禀性?牢房里的日子刻板无味,他便跟唯一可以看见的女人调情,对于他,这个女人不过用来解闷罢了。他跟这个女人谈话,当然有许多阻碍,谈话在表面上便带上了几分激情。他在上流社会原本以胆大著称,现在又想证明他的爱情并非一时的兴头,于是为了能和他自以为爱上的女人继续见面,便拿生命去冒险。等他一回到大城市,重新被社会上的种种诱惑包围,他就会立时故态复萌,重新成为一个纵情声色的男人,而他那被监禁的可怜伙伴将在修道院里度过余生,为曾经向他吐露心声而悔恨不已。"

这番回顾往事的讲话,大家可以想象得到,一而再,再而三被法布里斯打断。我们这里只引述了主要内容。法布里斯爱得神魂颠倒,深信自己在遇到克莱莉娅之前不曾有过爱情,此生此世命中注定是为克莱莉娅活着。

法布里斯说了哪些甜言蜜语,读者不难想象。他正说着,侍女提醒小姐道,十一点已经敲过,将军随时可能回来。他们依依不舍地分了手。

"我可能是最后一次和你见面。"克莱莉娅对法布里斯说道,"有一项措施,对拉威尔西一伙很有利,不过也给你一次机会,让你证实你并非薄情寡义的人。"克莱莉娅同法布里斯告别,她抽泣得厉害,差点背过气去。当着侍女的面,特别是当着看守格里罗的面,她羞愧得无地自容。下一次会面只有当将军宣布晚上有社交活动的时候才有可能。自从法布里斯关进监狱,而宫里的人对这件事又津津乐道,将军为谨慎起见便经常称病不出,说痛风症犯了,遇到有官场应酬必须进城,他也到临上马车前才决定。

在黑大理石小教堂夜晚会面之后,法布里斯生活得有滋有味。当然,要获得幸福似乎还有许多阻碍,不过说到底,朝思暮想的那个尤物是爱他的,他已经得到了一种未曾料到的大欢喜。

见面后的第三天,灯光信号结束得很早,午夜时分就停了,恰在这个时候,一只大铅球从窗户挡板的上方扔进来,撞破了窗纸,落在房间里,差一点把法布里斯的脑袋砸开。

这球虽然很大,但是远没有看上去那么重。法布里斯没费什么劲就把它打开了,里面有公爵夫人的一封信。公爵夫人跟大主教说了许多好话,由大主教帮忙,收买了要塞里的一个卫兵。这个卫兵是个投弹好手,他能把铅球扔进来,要么是蒙过了司令公馆墙角和大门的岗哨,要么就是和他们串通好了。

"你必须用绳索越狱。这个主意有点匪夷所思,我向你提出来,自己也不寒而栗。两个月以来我犹豫不决,不知道是不是应该跟你讲这句话。不过官方的态度一天比一天堪忧,而且有可能出现更坏的情况。说到这里,你立刻用灯再发一次信号,让我们确定你收到了这封危险的信,按修道院字母表发出 P、B 和 G,就是说,闪四下,十二下,两下。我看到这个信号才能透过气来。我在塔楼上,我们回答你 N 和 O,七下和五下。看到我们的回答,你不要再发任何信号,一心一意去领会我的信。"

法布里斯急忙照办,按约定发出信号,立刻收到了信里说的答复。然后他又回过头来读信。

"可能出现更糟的情况,这是我最信任的三个人对我说的,我让他们向福音书起誓,保证对我说实话,不管他们的话对我有多么残酷。第一个人曾经在费腊拉吓唬那个要告发你的外科大夫,说要握着刀扑到他身上。第二个人在你从贝尔吉拉特回来之后曾经对你说,要是他碰见那个唱着小调,牵一匹瘦马到林子里来的仆人,他为了更保险起见,会照仆人的脑袋来一枪。第三个人你不认识,也是我的朋友,曾经是剪径的贼,敢作敢为,世所罕见,和你一样有胆量,因此我对他,主要是问你应该怎么做。三个人都不知道我跟其他两个人商量,却都说下毒是很有可能的,与其在惶恐不安中挨过十一年零四个月,倒不如冒一次险,哪怕摔死也值。

"你在牢房里拴一根绳子,必须练一个月的上下攀缘。然后,等一个过节的日子,要塞的卫队分到了犒赏的酒,你就开始这个重大行动。你会得到三根掺了丝的麻绳,粗细和天鹅羽毛管相仿。第一根绳子有八十尺,用它从窗口攀下,到橘子树,距离是三十五

341

尺。第二根绳子长三百尺——它的重量是个麻烦,用来攀下大塔的墙壁,高度是一百八十尺。第三根长三十尺,爬下围墙时用它。我所有的时间都用来打量大塔的东墙,就是朝向费腊拉的那面墙。墙上有地震造成的一个裂缝,后来用墙垛子修补起来,形成了一个坡面。那个剪径的贼说,他认为从这里爬下来不会太难,可以沿着墙垛的坡面滑下,顶多蹭破一点皮。垂直的部分只有二十八尺,完全在墙的下半部。这边的防卫也最松。

"但是,这个贼——他曾经三次越狱,你见到他一准会喜欢他,不过他很讨厌你这个阶层的人——我要说的是,这个剪径的贼和你一样灵活敏捷,他认为,全面考虑下来,从西边下来更好,也就是面对过去弗斯塔住的,你很熟悉的小公馆的那面。他选这一边的原因是,这面墙虽然不陡,但是几乎长满了小灌木。一些小枝杈有小拇指粗细,不当心会被刮伤,但是身体攀附正用得着。今天上午,我用一架很好的望远镜观察了西面的墙,地点应该选在塔顶栏杆一块新砌的石头下方,石头是两三年前砌上去的。在这块石头的正下方,是一面光秃秃的墙,大约二十尺高,在这里必须非常小心(你可以感觉到,在给你指点这些情况时,我的心怦怦直跳。然而所谓勇敢,就是既善于选择困难最小的路,又不畏惧依然存在的艰险)。爬过这段秃墙,下面八十到九十尺覆盖着很粗的小灌木,有鸟飞来飞去。然后是三十尺的墙,只长着茅草、紫罗兰、墙草。再往下,离地面不远是二十尺的灌木带。最后二十五到三十尺,是新近粉刷过的一段墙面。

"我之所以选择这面墙,是因为顶部栏杆那块新砌的石头正下方有一间茅屋,是一个士兵在他菜地里盖的,要塞聘来的工兵队长正吵着要他拆掉。茅屋有十七尺高,顶上盖了厚厚的茅草,上沿紧靠着要塞的墙。让我动心的就是这个草顶,万一出了什么意外,摔下来的话,它可以起缓冲作用。下到茅屋,你就到了看守很马虎的围墙里侧。万一有人抓你,你就放几枪,抵挡几分钟。你在费腊拉结识的朋友,还有另外一个好汉,就是我说的那个剪径的贼,他们有梯子,会毫不犹豫地爬上并不算高的围墙,飞奔救你。

"围墙只有三十三尺高,而且斜度很大。我会带着我的人全副武装在这最后一道墙下等你。

"我希望能够通过同样的办法再给你递五六封信。我会用不同的说法,把同样的事再讲几遍,好让我们彼此完全理解。主张朝仆人开一枪的那个人,说到底是个难得的好人,他现在懊悔得要命,他说你能逃出来,不过可能会摔断一只胳膊。我把他的话告诉你,我心情如何,你可以想象。那个剪径的贼经验丰富得多,他认为你爬得慢一点,千万别慌忙,那你为自由付出的代价顶多是几处擦伤。最大的困难是搞到绳索。半个月来,我全部时间都花在这次行动上,绳子是唯一使我伤脑筋的问题。

"你从小到大说的最不动脑子的一句话就是:'我不想越狱。'对这句傻话,我不想说什么。主张朝仆人开枪的人惊呼,说苦闷把你逼疯了。我不打算瞒你,我们很担心近日就要出事,所以你越狱的日子可能会提前。灯光连续闪出下面这句话就是告诉你有危险:'庄园失火了!'

"你回答:

"'我的书烧光了吗?'

"下面还有五六页纸,讲行动的细节,用蝇头小字写在很薄的纸上。"

"计划很不错,考虑很周全。"法布里斯自言自语道,"伯爵和公爵夫人对我的恩情,没齿难忘。他们可能会以为我害怕,随便吧,反正我不越狱。谁会抛下他觉得无比幸福的地方,去过颠沛流离的生活?那种生活什么都没有,连喘息的空气都没有。我要是到了佛罗伦萨,一个月以后会干什么?我会乔装打扮,到要塞大门口徘徊,寻找熟悉的眼神!"

第二天,法布里斯吃了一惊。快到十一点钟的时候,他正站在窗前,凝视雄浑的景色,等待克莱莉娅出现的幸福时刻,格里罗气喘吁吁跑进牢房:

"快!快!大人,赶快躺到床上装病。有三个法官上来了!他们要来问您话,您一定要想好了再说,来者不善啊。"

格里罗一边说,一边赶紧堵上遮板上的小洞,把法布里斯推上床,还朝他身上扔了两三件披风。

"您就说病得很重,少说话,最要紧的是叫他们把问题重复几遍,您好有时间思考。"

三个法官走进牢房。"不像法官,"法布里斯看他们相貌鄙俗,不禁在心里想道,"倒像三个在逃的苦役犯。"他们穿着黑色长袍,神情严肃地朝法布里斯行了一礼,一声不吭地在牢里的三张椅子上落座。

"法布里斯·台尔·唐戈先生,"最年长的那位开口说道,"我们来看您,负有艰难的使命。我们来是向您宣布,令尊大人,伦巴第一威尼斯王国副总管,某等级大十字骑士勋章获得者,台尔·唐戈侯爵先生阁下去世了。"等等,等等。法布里斯泪如泉涌。法官继续说道:

"令堂大人,台尔·唐戈侯爵夫人送了一封急信,通知您这个消息。但是除了告知事实,她还说了一些不适当的话,故而法庭昨天发出裁决,要求只告诉您信的节录,现在由文书巴博纳先生给您宣读。"

信读完之后,法官走到一直躺在床上的法布里斯身边,把刚才按抄件读的节录下来的部分,从他母亲信里找给他看。法布里斯从信里看见了"不公正的监禁""以莫须有的罪名实行残酷惩罚"之类的话,明白了法官来看他的缘由。他素来瞧不起这些鲜廉寡

耻的法官,只说了几句干巴巴的话:

"先生们,我病了,虚弱得要命,请原谅我不能起床。"

法官们走了,法布里斯又哭了许久。他心想:"我这么哭是不是有点假?我原来觉得我一点也不爱他的呀。"

这一天以及后来的几天,克莱莉娅一直闷闷不乐,她叫了好几次法布里斯,然而鼓了半天的勇气却只同他说了几句话。第一次会面过了五天,这天上午克莱莉娅告诉法布里斯,晚上她到大理石小教堂去。

"我只能跟你说几句话。"她走进教堂后对法布里斯说。她哆嗦得厉害,不得不倚在侍女身上。她吩咐侍女退到门口,接着说道:"你以你的名誉起誓,"她的声音勉强可以听得见,"你以你的名誉起誓,保证听从公爵夫人的意见,按她说好的日子和教你的方法越狱。否则我就退隐到修道院去,发誓一辈子再也不理你。"

法布里斯一言不发。

"说话呀。"克莱莉娅眼里含着泪水说,看上去焦躁不安,"要不然,这就是我们最后一次谈话。你让我过的是怎样揪心的日子啊。你留在这里是为了我,可是这里的每一天都可能是你生命的终点。"这时,克莱莉娅感觉疲惫不堪,不得不倚住一张大扶手椅。放在教堂中央的这张扶手椅过去是被囚禁的太子坐的。她快要支撑不住了。

"你要我说什么?"法布里斯一副垂头丧气的样子。

"你自己知道。"

"我发誓立刻去自投苦海,自我惩罚,抛弃这世上我爱的一切。"

"说得具体点。"

"我发誓听从公爵夫人的意见,按她指定的日子和她希望的方式逃跑。离开你了,我怎么办?"

"你发誓越狱,不管出什么事。"

"怎么!你决定我一走你就嫁给克莱申基侯爵?"

"主啊!你以为我是什么人?……你发誓吧,否则我的心灵一刻也得不到安宁。"

"好吧!我发誓从现在起,公爵夫人吩咐哪天越狱,我就哪天越狱,不管发生什么事。"

克莱莉娅听法布里斯起誓完,感到周身无力,说了几句感谢的话,便不得不离开教堂。

"如果你执意留下,"她对法布里斯说,"明天一大早我就走,我都准备好了,我已经向圣母明志,此刻就是我此生与你最后一次见面。行了,等能够走出房间,我立刻就去查看一下栏杆新石头下面那段危险的墙面。"

第二天,法布里斯看到克莱莉娅脸色苍白,心里很不是滋味。她站在鸟屋的窗口对他说:

"亲爱的朋友,你我都不要抱什么幻想。我们的友情中藏着罪恶,所以我毫不怀疑,这样下去你我早晚要遭难。你逃跑的时候,可能被发现,那样你的命就没了,也许还会出现更坏的情况。但是,小心地趋利避害是人之常情,所以我们必须尽一切努力。你从大塔外面攀缘下去,必须有一根结实的绳子,得超过两百尺长。我得知公爵夫人的计划之后,就到处搜寻,可是找到的绳子结起来刚够五十尺。按照要塞司令定的规矩,要塞里发现的绳子一律烧掉,井里打水的绳子晚上必须收起。再说这些绳子都很不结实,连打水上来,那么轻也常常会绷断。请求上帝宽恕我吧,我这个不肖之女,我背叛了父亲,我所做的会使他郁闷而亡。为了我向上帝祈祷吧,如果你保住了性命,你要立志为上帝的荣耀奉献你的每分每秒。

"我想出了一个主意。一个星期以后,我要离开要塞,参加克莱申基侯爵妹妹的婚礼。晚上我当然要回来,但是我尽量拖延,到半夜再回来,那时巴博纳可能不敢太仔细地查我。宫里的贵妇人都会参加侯爵妹妹的婚礼,桑塞维利纳夫人当然也会出席。求主保佑!找一位夫人,叫她给我带一包绳子,绳子要编得很紧,不要太粗,包扎得越小越好。哪怕赴汤蹈火,我也要把绳子带进要塞,冒再大风险也在所不辞,这样做,我放弃了自己的责任,但有什么办法呢!假如我父亲知道了,我就永远见不到你了。但是不管等待我的是什么命运,只要能够帮助你越狱,尽到了作为姊妹的情谊,我也就心满意足了。"

当天夜里,通过灯光联络,法布里斯通知公爵夫人,有一次千载难逢的机会,可以把足够数量的绳索带进要塞。不过他请求公爵夫人保守秘密,对伯爵也不要说,这使公爵夫人很纳闷。"他疯了,"她想,"监牢生活把他改变了,什么事都往坏处想。"第二天,投弹手扔进一个铅球,送来的信中说可能要出大事,那个自告奋勇把绳索运进要塞的人真的在千钧一发之际救了他的性命。法布里斯急忙把消息告诉克莱莉娅。铅球还送进来一张精确的西墙图形。他应该顺着西墙,从大塔爬下来,直到棱堡中间的空地上。从这个地方逃跑就很容易了,围墙仅仅三十三尺高,而且警卫很松懈。在图形的反面,用纤细精致的字体写了一首绝妙的十四行诗。一个宽厚仁德的人鼓励法布里斯越狱,如果再忍受十一年牢狱之苦,他的心灵将会变质,他的肉体将被彻底摧残。

说到这里,暂且按下这个大胆的行动不表,有一个重要的情况必须先说一说,然后就可以明白公爵夫人何以敢于劝法布里斯冒这么大的风险越狱逃跑。

所有的在野党都不是铁板一块,拉威尔西的党也不例外。黎斯卡拉骑士对检察长拉西心存怨愤,他恨拉西叫他打输了一场重要的官司,其实理亏的是他自己。他写了一封匿名信寄给亲王,禀告亲王法布里斯宣判书的抄本已经正式送达要塞司令。拉威尔西侯爵夫人是个精明的党魁,她对黎斯卡拉这个无聊的行动感到非常恼火,便立刻通知了她的朋友总检察长。她认为既然莫斯卡还在台上,拉西想从莫斯卡那里捞一点好处无可厚非。拉西毫无惧色地进了宫,心想被踢上几脚就可以了事。亲王身边少不了一个精通法律的人,而拉西已经把仅有的两个可以替代他的人,一个法官,一个律师,都加上自由党的罪名给放逐了。

亲王气急败坏地迎头一阵臭骂,还冲上来要动手。

"好啦,都怪文书一时大意。"拉西不慌不忙地回答,"法律上写得明白,台尔·唐戈关进要塞的第二天,这件事就应该做的。那文书太热心,以为是自己忘了,肯定会把送达书作为例行公事交给我签字。"

"你以为我会相信你这些胡编乱造的谎话?"亲王恼怒地吼道,"还不如直说你卖身投靠莫斯卡那个无赖。难怪他授你勋章。他娘的,你别以为挨几下揍就没事了,我要把你送上法庭,撤你的职,叫你脸面扫地。"

"我谅您不会送我上法庭。"拉西答道。他胸有成竹,要让亲王平静下来,最有效的莫过于这样应付:"法律是向着我的,像我拉西这样善于钻法律空子的人,您找不到第二个。您不会撤我的职,因为您有时候性情刻薄;您需要杀人,但是您同时又希望维护您在通情达理的意大利人中的好名声;这个好名声是您实现野心的 sine qua non①。一旦您的性情需要采取苛刻严厉的措施,您就会召我回来的。我会一如既往找几名畏畏葸葸但不失正直的法官,为您做出合法的判决,满足您的欲望。和我同样有用的人,想在您的国度里再找一个,那就试试吧!"

---

① 拉丁文:必要条件。

说罢,拉西抽身离去。事情就这样了结了,代价是五六脚,外加重重的一尺子。他出了宫,便直奔里瓦的庄园。刚才他多少有点发怵,生怕亲王在气头上会舞动刀子,不过他也毫不怀疑,不出半个月就会有信差来召他回都城。在乡下度过的这段时光,他积极筹划与莫斯卡伯爵联系的可靠办法。他想当男爵就像害了相思病。他想,过去至高无上的贵族身份,在亲王眼里依然非同小可,不会答应赐给他的。至于伯爵,他因出身高贵而傲睨一切,只看重有证据可以上溯到1400年以前册封的贵族。

总检察长的预测完全灵验了。他回到庄园刚一个星期,就有亲王的一个朋友偶然路过这里。此人劝他返回巴马,一刻都不要耽搁。亲王笑眯眯地接见他,随后又沉下脸来,叫他指着福音书发誓,对亲王马上要告诉他的事情严守秘密。拉西神色庄重地起了誓。亲王眼睛里喷出仇恨的火,厉声说道,只要法布里斯·台尔·唐戈还活在世上,他就算不得这个国家的主人。

"我既不能驱逐公爵夫人,又不能容忍她待在这里。"亲王又说,"她的目光逼视我,使我没法过日子。"

拉西任亲王滔滔不绝地自说自话,他摆出一副无可奈何的模样,最后大声道:

"臣理当奉旨。不过,这件事有一大难处,因为杀了一个什么吉莱蒂就判台尔·唐戈家的人死刑,大面上有点说不过去。为了这个案子,判十二年监禁已经叫人叹为观止了。此外,我还听说公爵夫人已经找到了在桑规那挖掘场干活的三个庄稼人,那个贼人吉莱蒂攻击台尔·唐戈的时候,他们仨正好在沟上面。"

"这三个证人在哪儿?"

"我猜想是藏在皮埃蒙特。最好判一个谋杀殿下性命的罪名……"

"这个办法也有它的危险。"亲王说,"它会叫人真往这上

349

面想。"

"可是,合法的办法我能想到的都想到了。"

"还有下毒……"

"谁来下毒呢？叫那个笨蛋康蒂下毒不成？"

"我听人说,他不是头一回干这个了……"

"要他下毒,得逼他发火才行。"拉西说,"而且,他打发那个上尉的时候,还不到三十岁,当时他陷入了情网,而且不像现在这样畏首畏尾。当然啦,国家的利益高于一切。不过,您猛然问起,我现在能想起来的,只有一个叫巴博纳的人,他是监狱的文书,台尔·唐戈先生刚进监狱的时候,曾经一记耳光把他打翻在地。"

亲王气顺了,话也就多起来。谈到最后,他给了总检察长一个月的限期。按拉西的意思,是想要两个月的。第二天,他收到了一千西昆的秘密津贴。他绞了三天的脑汁,第四天转回到原先的思路,他觉得还是这个思路清朗。"只有莫斯卡伯爵说话算话,因为他给我男爵头衔,在他看来这个头衔并不是什么有价值的东西。其次,我把事情告诉他,我很可能就和一桩罪行划清了界限,反正报酬差不多已经都给我了。再次,我为拉西骑士头一次挨打受辱报了仇。"他当夜就把与亲王的谈话原原本本通知了莫斯卡伯爵。

伯爵一直不露痕迹地讨好公爵夫人。他每个月到公爵夫人府上看望她的次数的确不过两三回,但是他善于创造机会商量法布里斯的事情,所以实际上公爵夫人每个星期都要在夜深人静的时候由谢奇娜陪伴到伯爵的花园逗留片刻。公爵夫人甚至连忠心耿耿的车夫也瞒过了,车夫还以为她是到邻居家串门去了呢。

大家可以想到,伯爵从总检察长那里获知那个惊人的秘密之后,立刻按约定给公爵夫人发出信号。虽然已经是午夜时分,公爵夫人还是叫谢奇娜请伯爵立刻到家里来。伯爵见公爵夫人做出这样亲密的表示,自然像所有的情人一样心花怒放,但是要不要把事情全部告诉她,伯爵却很迟疑,生怕她过分伤心。

一上来,伯爵为了使这个坏消息不至于过分令人紧张,支支吾吾,闪烁其词,可是到最后还是如实相告。只要公爵夫人一问,他便什么秘密也甭想藏掖。九个月来公爵夫人历经磨难,火热的性格发生了很大变化,她变得坚强起来。听到消息,她既没有哭泣,也没有哀叹。

第二天晚上她派人向法布里斯发出了大难临头的信号。

"庄园着火了。"

法布里斯回答得一字不差。

"我的书烧掉了吗?"

当夜,公爵夫人又设法让人用铅球给法布里斯送去一封信。过了一星期,克莱申基侯爵的妹妹举行婚礼,在婚礼上公爵夫人闯下了一个大祸,这且待写到婚礼时再表不迟。

第二十一章

公爵夫人遭难之前,约莫有一年光景吧,她有过一次奇遇。那天,按照当地人的说法,她犯了 luna①。天色已晚,她却心血来潮,跑到萨卡庄园去。那庄园在科罗尔诺的另一边,坐落在波河边一座小山丘上。她以不断修缮萨卡庄园为乐。她喜欢庄园附近山丘顶上那片大林子,叫人先后在林子里开了不少小道,通往不同的风景点。

"美丽的公爵夫人,强人会把你劫走的。"有一天,亲王曾经对她说,"传出去说您在这林子里散步,这林子里人就少不了。"亲王

---

① 意大利文:月亮。过去欧洲人认为人的心情与月亮的阴晴圆缺有关,犯了月亮,意思是心血来潮。

地斜了伯爵一眼,企图挑动他的嫉妒心。

"尊敬的殿下,我在自己的林子里散步,有什么可担心的?"公爵夫人神情坦然地回答,"我心里踏实,因为我是这么想的,我没有害过谁,谁又会来害我?"这话在亲王听来够大胆的,他想起了国内自由党人,那些乱臣贼子咒骂他的话。

回到开头说的那一天,公爵夫人正在林子里散步,突然看到一个衣衫褴褛的人,在林子里远远尾随着她。亲王的话从她脑子里蹦了出来。她继续朝前走,猛地朝斜刺里一插,那陌生人几乎就到了她跟前。她的心往下一沉,惊慌之中,她呼叫起看林人。看林人是照她的意思留在庄园附近的花坛里的,跟她相距足有千步。这当儿陌生人已经到了近前,咕咚一声跪倒在她脚下。这人很年轻,相貌不俗,可是穿得破烂不堪,衣衫上的破口有的竟有一尺宽。不过他的眼睛却炯炯发亮,闪动着内心的热情。

"我是死刑犯,我是费朗泰·帕拉医生,我快饿死了,还有我的五个孩子。"

公爵夫人打量这个人,只见他瘦骨嶙峋,却有一双好看的眼睛,流动着脉脉温情,使人无法把犯罪的概念和他联系起来。公爵夫人想:"帕拉齐①倘若看到这双眼睛,准会用到他刚为大教堂画的荒漠里的圣约翰身上。"她之所以想到圣约翰,是因为费朗泰瘦得可怜。公爵夫人给了他三西昆,很不好意思地说她刚付了花匠的工钱,就剩这一点了。费朗泰激动地表示感谢。"说来惭愧,"他对公爵夫人说,"过去我住在城里,看到的都是婷婷淑女,自从我为了尽公民的责任而被判处死刑以来,我生活在树林里,我跟在您后面,不是为了向您乞讨,也不是为了抢您的东西。我是一个被美貌的天仙迷住的野人,我有很久没有见过纤纤玉手了。"

---

① 帕拉齐(1775—1860),意大利画家。

"您请起。"公爵夫人见他还跪在地上,便说道。

"您就让我跪着吧。"费朗泰说,"这样跪着,说明我没有抢劫,我自己也就放心了。您以后会知道的,人家不准我干本行,无奈便以抢劫为生。不过眼下这会儿,我仅仅是拜倒在极致之美脚下的一苍生。"公爵夫人看出来他有点癫狂,不过她并不害怕,从他的眸子里她发现他有一颗炽热、善良的心,而且她一向有点喜欢相貌特别的人。

"我真是医生。在巴马时我和药剂师萨拉金的妻子有染,被那药剂师抓住了,把她和三个孩子都赶出了门。他疑惑三个孩子是我的,他猜得不错。后来我们又生了两个孩子。我自己在树林里搭了一间破屋,离这里有一里路,我太太和孩子们就在破屋里忍饥受冻。我必须躲着宪兵,而我太太又不愿意离开我。我仇恨亲王,他是个暴君。我没有钱,想跑也跑不掉。我还有更大的痛苦,说起来我早就该了却自己的性命。可怜的女人为我生了五个孩子,毁了她自己,可是我已经不爱她了。我另有所爱。可是如果我自杀了,五个孩子和他们的母亲就非饿死不可。"这个人的口气非常诚恳。

"你们靠什么生活?"公爵夫人很受感动,说道。

"孩子母亲纺线,大女儿给全家人都是自由党的一个农家放羊,就在他家吃,我在从皮亚琴察到热那亚的路上干点打劫的勾当。"

"您又打劫,又信奉自由主义,二者如何兼顾?"

"我把被劫的人的姓名记下,等我哪天有了钱,抢了多少,都如数奉还。我认为,像我这样为民行道的人,考虑到工作的危险性,一个月应该挣一百法郎。所以我很注意,每年抢的钱不能超过一千二百法郎。

"不对,我搞错了,除了一千二百法郎,我还抢一点小钱,用于支付我的著作的印刷费。"

"什么著作?"

"《真会有议会与预算?》。"

"怎么?"公爵夫人大吃一惊道,"先生,您莫非就是当代大诗人,大名鼎鼎的费朗泰·帕拉?"

"大名鼎鼎,可能吧。很不幸的是,的确正是鄙人。"

"您这样有才有智之士,居然靠打劫为生!"

"我的才智就是为此而生也说不定。迄今为止,大凡出了名的作家,都被他们原本想颠覆的政府或者宗教收买了。我呢,首先,我不惜付出性命;其次,夫人,要知道我准备抢劫时真是思绪难平哪。我真的有理吗?我问我自己。为民行道的地位就真的值一百法郎一个月?我只有两件衬衫,外衣您已经瞧见了,还有几件破烂武器,而且我早晚要死于绞索,所以我敢说我是无私的。倘若没有这桩不幸的爱情——我在孩子母亲身边只感到痛苦,我会很开心。贫困如同丑陋,令我沮丧。我喜欢锦衣华服,纤纤素手……"

他死死盯住公爵夫人的一双手,她心里不禁咯噔一下。

"先生,再见。"她对他说,"需要我在巴马为您做点什么吗?"

"空闲时您不妨想着这一点:这个人肩负唤醒人心的使命,以免人心被专制王权制造的虚幻的、纯物质的幸福所迷惑。他为同胞所做的,一个月一百法郎究竟值不值?……我爱,所以我不幸。"他接着说,神情透着温柔,"将近两年来,我的心里只有您。不过,以前我仅仅望着您,没敢过来惊扰。"说罢,他一溜烟跑了,速度飞快,公爵夫人大为惊讶,同时也觉得放心了。"宪兵想追上他可不容易。"她暗道,"他的确是个疯子。"

"他是个疯子。"仆人们对她说,"我们早就知道这个可怜的人爱着夫人。每次夫人到这里,他就在林子里的小山包上荡来荡去,夫人一走,他准就跑过来,坐在夫人刚才待过的地方,小心地拾起可能是夫人花束上落下的花朵,插在他的破帽子上,很久都不扔掉。"

"这些疯癫癫的事情,你们从来没有跟我说过。"公爵夫人语气中带着责备。

"我们害怕夫人告诉莫斯卡首相。可怜的费朗泰是个好人!从来没有伤害过谁。他热爱我们的拿破仑,所以被判了死刑。"

这次奇遇,她半个字也没对首相讲。四年来这是她头一次有事情瞒着莫斯卡,所以她屡屡话讲到一半就不得不突然打住。她再回萨卡,带了不少钱,可是费朗泰没有露面。过了半个月她又去萨卡,费朗泰起先尾随在百步开外,在树丛里蹿上蹿下,然后像鹞子扑食般地抢到她跟前,和上回一样跪倒在她脚下。

"半个月前您上哪儿去啦?"

"到诺维那边的山里,抢了几个贩子的钱,他们赶骡子到米兰卖了油。"

"这个钱袋您拿去吧。"

费朗泰打开钱袋,取出一个西昆吻了吻,揣到怀里,然后把钱袋递还公爵夫人。

"您不要我的钱袋,可是您却去抢!"

"没错。这是我的规矩,我的钱绝对不能超过一百法郎。现在,孩子母亲已经有八十法郎,我呢,抢了二十五法郎。我已经有了五法郎的浮财。如果这会儿人家送我上绞架,我会懊悔死的。我收下这个西昆,因为是您给的,而我爱您。"

这一天费朗泰有点神情恍惚。他说巴马有人欠他六百法郎,他本来打算用这笔钱把他的破屋修一修,他可怜的孩子都着凉感冒了。

"我可以先垫付给您这六百法郎呀。"公爵夫人动容地说。

"那样一来,我这个公众活动家,岂不要被反对党泼脏水,说我卖身投靠？"

公爵夫人心里一阵感动，表示愿意为他在巴马找一个藏身之所，条件是他向公爵夫人发誓，暂时不在城里充当保民官的角色，尤其是他自己说的那些 in petto① 判处的死刑一概暂不执行。

"万一我在巴马有什么闪失，被送上绞架，那些害民的浑蛋岂不个个多活好多年？那应该怪谁？我父亲在天国看到我，会怎么对我说？"

公爵夫人跟他说，潮湿的环境会让孩子患上不治之症。拿孩子开导了他半天，他终于接受了公爵夫人提供的巴马的藏身之地。

当年桑塞维利纳公爵结婚，在巴马仅仅待了半天，却带公爵夫人看了一间不同寻常的密室，位置在桑塞维利纳府南面的一个角落。桑塞维利纳府的围墙修建于中世纪，足有八尺厚，中间掏空就成了一个长二十尺，宽却仅两尺的密室。与密室一墙之隔，便是无论哪本游记里都必定提到的水池，那水池谁见了都会流连忘返，它是十二世纪的著名工程，西吉斯蒙皇帝②围攻巴马时修的，后来圈到了桑塞维利纳府的园子里。

要进入密室，只需推动一块巨石。那石头中心有一根铁轴。公爵夫人很可怜费朗泰疯也似的单打独斗，也很可怜他的孩子跟着他受罪。她想给孩子送一点礼物，但凡贵重些的，费朗泰死活都不接受，于是她答应让他长期使用这间密室。一个月以后，她又在萨卡的树林里看到他。这一天他比平时略微平静一些。他给公爵夫人背诵了自己写的一首十四行诗，她觉得堪与两百年来意大利

---

① 意大利文：在心里。
② 西吉斯蒙皇帝(1368—1437)，德国皇帝。这里司汤达的叙述在史实上有误。西吉斯蒙显然不可能在十二世纪攻打巴马。后文又说水池修于十三世纪，仍不对。不过十三世纪巴马的确遭包围，只是包围巴马的军队是德皇腓特烈二世。

最美的诗篇相媲美,甚至胜出一筹。费朗泰和公爵夫人见了几次,他的感情越来越热糊,也越来越黏糊。公爵夫人发现,就寻找一线希望的可能性而言,他的感情循着一般的爱情规律。她叫他回到树林去,不准跟她讲话。他立刻照她的话做,驯顺得无可挑剔。就在这个时候,法布里斯被捕了。三天后,夜幕降临时分,一名方济会修士来到桑塞维利纳府大门口,口称有重大机密要亲自报告女主人。公爵夫人正心慌意乱,吩咐放他进来,来人原来是费朗泰。"此地又发生一起冤案,为民行道的人必须过问。"这个感情迷狂的人对她说,"此外,作为一介草民,"他接着说道,"我能奉献给桑塞维利纳公爵夫人的,唯有生命。我已经带来了。"

一个强盗,一个疯子,竟能如此侠肝义胆,公爵夫人深受感动。她跟意大利北方这位诗坛泰斗促膝长谈,流了不少眼泪。"这是一个能知我心的人。"她暗道。第二天,费朗泰仍旧在 Ave Maria 的时候出现,他身着制服,化装成了仆人。

"我根本没有离开巴马。我听说了一件事,骇人听闻,我不想动嘴巴复述,然而我来了,就是供您驱遣。夫人,您要拒绝,务请三思!您眼前这个人不是宫廷里那些银样镴枪头,他是一条汉子!"他跪在地上,句句话铮铮有声,"昨天我对自己说,"他又说道,"她当我的面哭了,心里可能好过些!"

"先生,您知道,您四周荆棘丛生,在这座城市里您随时可能被捕。"

"为民行道者要说的是:夫人,职责当头,性命何足惜。这个不幸的人,自从情字缠身,自觉失去了为美德奋斗的热情,他要说的是:公爵夫人,勇敢的法布里斯可能遭遇不测,另一个勇敢的人甘为犬马,您不应拒绝!他的身躯坚强如铁,他的心灵除了害怕招您烦心,别无所惧。"

"如果您继续大谈您的感情,我就要对您关上大门了。"

这天晚上,公爵夫人很想告诉费朗泰,她打算给他的孩子提供一小笔抚养金,但是她担心费朗泰听罢便去寻死。

费朗泰刚出房门,心里凄凉张皇的公爵夫人便自言自语道:"我也可能不久于人世,如果是这样倒好了,而且越快越好。问题是我得找一个真正的男子汉,好把可怜的法布里斯托付给他。"

公爵夫人灵机一动,她取过一张纸,写了一份字据。她把自己知道的有限的几个法律术语全用上了。字据称她收到了费朗泰·帕拉先生两万五千法郎,约定条件是她每年向萨拉金太太和她的五个孩子支付一千五百法郎的终身年金。她又补充写道:"另外,我个人留给五个孩子每人三百法郎的终身年金,条件是费朗泰·帕拉必须尽医生之责照顾法布里斯·台尔·唐戈,待之如手足。兹请照办。"她落了款,把时间写成一年前的日期,然后把字据仔细收藏起来。

两天后费朗泰又来了,那正是法布里斯即将被处决的流言不胫而走,巴马上上下下议论纷纷的时候。凄惨的仪式在要塞里面举行,还是在林荫大道的树下举行?当天傍晚,有些老百姓在要塞门外走来走去,看断头台是不是已经竖起来。费朗泰目睹这样的场景,心里很不是滋味。待他看到公爵夫人,只见她哭得泪人似的,朝他扬了扬手,示意他坐下。费朗泰化装成方济各会教士,这天晚上显得特别精神。他没有坐下,而是跪倒在地,喃喃低语,虔诚地向上帝祈祷。他瞅着公爵夫人似乎稍稍平静了一些,便停止了祈祷,不过仍旧跪着不动,口中吐出几个字:"他再次奉献性命。"

"您说的话,您要想好。"公爵夫人大声说道。刚刚哭过的眼睛露出凶光,可以看出愤恨已经压过了伤感。

"他奉献性命是为了阻止法布里斯的厄运,或者为他复仇。"

"遇到某种情况,您牺牲生命,我可以接受。"公爵夫人答道。

她沉着脸,全神贯注地凝视着费朗泰,眼睛里掠过一丝欣慰。他一跃而起,朝天举起双臂。公爵夫人起身,从一个核桃木大衣柜的隐秘处取出一张纸。"读一读。"她对费朗泰说。这就是上文说到的给费朗泰孩子的馈赠。

费朗泰没有读完就已经泣不成声。他咕咚一声又跪倒了。

"把字据还我。"公爵夫人说,然后当着费朗泰的面把字据在蜡烛上点着了。

"这是要掉脑袋的,"她又说,"如果你被抓住,或者被处死,不能泄露我的名字。"

"如果我的死对暴君是一种惩罚,我感到高兴。能够为您去死,更叫我快乐。这一点既已言明,您也理解,那就请您高抬贵手,莫再提钱的事。提到钱,我觉得是不信任我,是对我的羞辱。"

"如果您受到牵连,我也脱不了干系,"公爵夫人道,"然后就会牵扯到法布里斯。正因为如此——不是因为我怀疑您的胆量,那个刺伤我心的人,我要求毒杀他,而不是刺杀他。这对我来说很重要,基于同样的理由,我命令您事成之后想尽一切办法脱身。"

"我会完全照您的吩咐去做,周密计划,小心谨慎。公爵夫人,按我的预料,我既能为您报仇,也能为我自己报仇。即使不能为我自己报仇,我也一定完全照您的话做,周密计划,小心谨慎。我可能失败,但是我将竭尽全力。"

"要毒杀的是杀害法布里斯的凶手。"

"我已经想到了。自从过上悲惨的流浪生活,二十七个月来,我自己也一直在考虑采取同样的行动。"

"如果我被发现,定为同谋,"公爵夫人说,口吻中透着一股傲气,"我可不想担着拉您下水的罪名。我要求复仇行动之前您别再来看我。没有我的指令,不要动手。比如说,现在把他弄死,对我就有百害而无一利。说不定得让他苟延残喘几个月,不过他是非死不可的。我希望他被毒死,与其让他死于枪下,我倒宁可让他活着。我要求您保住性命,道理我不便多做解释。"

公爵夫人用这种颐指气使的口吻说话,费朗泰觉得很受用,眼睛兴奋得放出光来。上文说到,费朗泰瘦得脱了形,不过可以看出他年轻时曾经是一表人才,而他自己觉得现在还跟年轻时一样。"是我疯了,"他暗想,"还是公爵夫人当真有意挑选我当幸运儿,只要我能够证明对她一片忠心?说实话,为什么没有这种可能?难道我真就不如那个中看不中用的莫斯卡伯爵?现在出了事,他什么也不能替公爵夫人做,连帮助法布里斯越狱都办不到。"

"从明天起,我随时可能要他的性命。"公爵夫人继续说道,仍旧用命令的口气,"您知道我府邸角落上的那个大水池,就在您有时藏身的密室旁边。有一个秘密的方法,可以把水都放到街上去,说好了,这就是我复仇的信号。桑塞维利纳府的水池决口了,你在巴马能亲眼看见,在树林里也会听说,这时你立刻行动。记住,用毒药,最要紧的是不到万不得已,不要玩命。不许让任何人知道我染指了这件事。"

"空话就不用多说了。"费朗泰压抑不住兴奋的情绪,"用什么办法,我心中早已有数。现在这个人的性命比过去更叫我憎恨,因为只要他活着,我就不能见您。我等您水池决口的信号。"他突然向公爵夫人行了一礼,随即起身。公爵夫人望着他往外走。

他刚走到隔壁房间,公爵夫人叫住了他。

"费朗泰!"她嚷道,"好样的!"

他转回来,似乎有点不耐烦被人叫住。他的神情此时显得庄严肃穆。

"您的孩子怎么办?"

"夫人,他们会比我富有。也许您会给他们一点抚养费。"

"给您。"公爵夫人对他说,一边递给他一个橄榄木长条匣,

361

"我剩下的钻石首饰全在这里了,值五万法郎。"

"什么,夫人,您这是侮辱我……"费朗泰惊得身体一哆嗦,脸色大变。

"在您行动之前,我不会再见您了。拿着,我要您收下。"公爵夫人带着决断的神色说,费朗泰被镇住了。他接过匣子放进口袋,出门去了。

费朗泰已经把门在身后带上,可是公爵夫人又叫住他。他神情不安地回到屋里,只见公爵夫人立在客厅中央。她蓦地投入他的怀抱,一刹那间,费朗泰快乐得差点没晕过去。公爵夫人从他的胳膊里挣脱出来,用眼神示意他出门。

"世上理解我的,唯有此人。"公爵夫人自语道,"倘若法布里斯理解我,他也会这么做的。"

公爵夫人的性格有两个特点,一个是她看上了什么,就总想得到它;另一个是她决定了什么,就不再踌躇拖延。在这方面,她经常引用可爱的前夫皮埃特拉内拉将军的一句话:"我凭什么认为今天我比拿定主意那天更聪明?那岂不是跟自己过不去!"

从这时候起,公爵夫人又有了几分快活心情。在做出这个重要决定之前,她每考虑一步,每发现一个新情况,就意识到自己不是亲王的对手,力不从心,被人愚弄。照她的说法,亲王使用下流手段欺骗了她,而莫斯卡伯爵出于廷臣的本能,尽管是无心的,却干了为虎作伥的事。决定报复之后,她觉得自己生出了力量,每筹划一件事都能获得幸福感。我以为,意大利人从报复中获得的不道德的幸福感源自这个民族的想象力。严格地讲,其他民族并不更加宽宏大量,不过是遗忘得快罢了。

直到法布里斯在监狱最后的日子里,公爵夫人才重新和帕拉见面。大家可能会已经猜到,想出越狱主意的正是帕拉。在距离萨卡两里的一片林子耸立着一座中世纪的古塔楼,高百尺,已经颓败近半。帕拉没有着急和公爵夫人再次商量越狱的事情,他先请公爵夫人派路德维克带几个可靠的人,把几个梯子连接起来,架在古塔楼上。他当着公爵夫人的面顺梯子爬上古塔,然后只系了一根绳索便从塔楼上爬下来。爬上爬下,演练了三次,这才把他的计划又讲解了一遍。一个星期后,路德维克也用一根绳子从塔楼上爬下。于是,公爵夫人把计划通知了法布里斯。

在越狱前的几天里,想到越狱可能会让法布里斯丢了性命,而且有好几种丧命的可能,公爵夫人一刻也平静不下来,除非费朗泰在她身边,这个汉子的胆量使她觉得自己的胆子也壮了不少。当然,不言而喻,她不得不瞒着伯爵,不告诉他有这么一个特别的人在她身边。她忧虑的不是伯爵会生气,而是伯爵会提出许多反对意见,徒然给她惶恐的心情火上加油。"怎么回事!找这么一个人所共知的疯子,一个死刑犯来为自己出谋划策!"她在心里跟自己说话,又道,"而且这个人以后还不知道会干出什么稀奇古怪的事来呢!"当伯爵来告诉公爵夫人亲王与拉西的谈话的时候,费朗泰恰好在公爵夫人的客厅里。伯爵走了之后,她费了好大劲才阻止费朗泰立刻去实行他的报复计划。

"我现在义无反顾!"这个疯子嚷道,"我已经毫不怀疑,我的行动合情合理!"

"可是行动之后,免不了激起义愤,法布里斯就有可能被处死!"

"可是我行动之后,他就不必冒险爬下高塔了。爬下来有可能,甚至可以说很容易,"他说道,"但是这个年轻人缺乏经验。"

克莱申基侯爵妹妹的婚礼很热闹。公爵夫人在喜宴上见到了克莱莉娅,和她攀谈起来,倒没有引起上流社会那些耳目的疑心。两个女人到花园里呼吸新鲜空气,公爵夫人趁机把一包绳子交给了克莱莉娅。这些绳子一半用麻,一半用丝,编得非常仔细,还打了不少结,又细又柔软。路德维克做过试验,看绳子结实不结实,结果每一段绳子在八百斤的重量下都不断裂。绳子压得紧紧的,分成几包,每一包都像一本四开本的大书。克莱莉娅接过绳子,向公爵夫人保证在人力可及的范围内想尽一切办法把绳子送进法奈兹塔。

"不过,您生性腼腆,我有点不放心。"公爵夫人客气地说,"再说,您为什么关心一个素不相识的人?"

"台尔·唐戈先生很不幸,我向您保证,有我,他就一定可以得救!"

然而公爵夫人对一个二十岁的姑娘的应变能力将信将疑,所以她另外还有准备,不过要塞司令的女儿完全蒙在鼓里。正如大家所估计,司令也出席了克莱申基侯爵妹妹的婚礼。公爵夫人心想,可以给司令下一点厉害的蒙汗药,起初大家肯定以为是中风,那时稍微来一点花言巧语,就能够让大家赞成用轿子而不是用马车把他送回要塞。开婚宴的房子里恰巧有一顶轿子,派几个机灵人,换上喜宴上帮工穿的衣服,趁乱自告奋勇抬轿子,送病人回他那座高居半空的公馆。这些人都由路德维克指挥,衣服里面巧妙地藏了数量可观的绳子。读者可以发现,自从公爵夫人郑重思量法布里斯越狱计划以来,她的头脑就确实有点混乱。心爱的人遭难,对她的精神打击太大,更何况拖的时间又太长。下面读者就会看到,由于她顾虑太多,越狱计划差一点付之东流。一切都按计划进行,可惜在一件事情上出了岔子,蒙汗药下得重了点,在场的人,连精通此道的人在内,都以为将军确实中风了。

所幸的是克莱莉娅在伤心之余,完全没有想到公爵夫人会干出这样伤天害理的事。轿子抬着半死不活的将军回到要塞,要塞里乱成一团,路德维克和他的手下没受到什么阻拦就进去了,在奴隶桥,也仅仅例行公事地搜了搜身。他们把将军安顿到床上,有人带他们到了配餐室,那里的仆人对他们都很客气。不过,吃罢饭,天快亮的时候,有人来向他们解释说,按狱里的规矩,天亮之前他们必须被锁在公馆一层低矮的大厅里,等天大亮时司令助理会来放他们出去。

路德维克手下的人各显神通,把带来的绳子都交到他手里,但是他却怎么也趔摸不到机会让克莱莉娅注意他。最后,当克莱莉娅往另一个房间走的时候,他趁机告诉她,他在二楼一间客厅阴暗的旮旯里放了几包绳子。事情太奇怪,克莱莉娅怔住了,她心里随即产生了重重疑云。

"你是什么人?"她问路德维克。

路德维克支支吾吾,她立刻说:

"我可以叫人把你和你的人抓起来,你们给我父亲下了毒!……你立刻老实告诉我你们用的是什么毒药,好让要塞的医生对症下药。马上告诉我,否则你和你的人就休想走出要塞!"

"小姐休要惊慌。"路德维克彬彬有礼地答道,"这根本不是毒药。我们大胆给将军用的是一定剂量的阿片酊①,看起来放镇静剂的仆人多滴了几滴。我们对此深感遗憾,不过感谢老天爷,这没有任何危险。按误用过量阿片酊来给将军治疗就没事了。我有幸向小姐重申,下药的仆人绝对没有用巴博纳想毒杀法布里斯大人用的那种真正的毒药。我们绝对不是想对法布里斯大人的遭遇进行报复。我们交给仆人的就是一小瓶阿片酊,我可以向小姐起誓!不过,不用说您也知道,如果我遭到审讯,我一个字也不会承认。

"另外,万一小姐对什么人,包括好心的唐·恺撒,提到毒药或者阿片酊,那么法布里斯就将死在小姐您的手里,小姐您将叫越狱行动泡汤,而小姐比我清楚,人家给法布里斯大人下毒,用的可

---

① 一种含鸦片的镇静剂。

就不会是一般的镇静剂了。小姐还知道,有一个人下了命令,毒死大人的期限是一个月,而这个凶残的命令已经下达一个星期。所以,如果小姐派人逮捕我,或者仅仅向唐·恺撒或其他什么人透露一点风声,那么我们的计划就必须推迟一个月以上。因此我有理由说,小姐亲手杀了法布里斯大人。"

路德维克一副少有的镇静态度,把克莱莉娅吓得目瞪口呆。

"我竟然跟投毒害我父亲的人谈判,他跟我说话还那么彬彬有礼!我陷入这些罪孽,全是爱情作祟啊!……"

她好生懊悔,几乎连说话的力气都没有了。她对路德维克说:"我把你锁在这间客厅里。我去告诉医生是阿片酊。但是,伟大的主啊!我是怎么知道的,怎么跟他讲呢?我待会儿回来放你出去。

"对了,"克莱莉娅走到门边又转回身,"法布里斯知道阿片酊的事吗?"

"主啊,当然不知道。小姐,他无论如何也不会同意的。再说,为什么要毫无意义地传递消息?我们的行动绝对机密,目的是解救大人的性命,三个星期内他就要被毒死。下命令的这个人,他的意志通常是畅通无阻。我索性对小姐全说了吧,据说领了军令状的就是凶恶的总检察长拉西。"

克莱莉娅慌慌张张地跑了。她把希望都寄托在唐·恺撒刚正的性格之上,她绕了几个弯子,最后壮着胆子对他说有人给将军吃了一点阿片酊,没有别的。唐·恺撒没有回答,也没有追问,立刻跑去找医生。

克莱莉娅回到关路德维克的客厅,她把他锁在里面,盘算要追问他阿片酊的事。她扑了一个空,路德维克逃走了。只见桌子上放了一个装着金币的鼓囊囊的钱袋,还有一个小匣子,里面装了好几种毒药。看到这些毒药,克莱莉娅打了一个寒噤。"谁能保证给我父亲吃的仅仅是镇静剂?"她想,"谁能保证公爵夫人不想对巴博纳下毒实行报复?"

"伟大的主啊!"她喊道,"我居然同下毒害我父亲的人有来往!我居然还让他们跑了!把那个人拉来审问一下,除了阿片酊,也许会说出别的什么来的!"

克莱莉娅咕咚一声跪倒,泪如雨下,热忱地向圣母祈祷。

就在这个时候,要塞的大夫听唐·恺撒说将军只是服了阿片酊,感到十分惊讶,他开了一点对症的药,令人担忧的症状迅速消退了。天蒙蒙亮的时候,将军开始清醒过来。他刚恢复知觉,就把要塞的上校副司令臭骂了一顿,因为他胆敢在将军昏迷不醒的时候下了几道再平常不过的命令。

然后司令把怒火发泄到一个厨房女用人的头上,因为她胆敢说出"中风"这个字眼。

"难道我已经到了得中风的年纪啦?"他嚷道,"只有我的死敌才会散布这种鬼话。再说,竟然敢放出中风这样的谣言,难道我放血了吗?"

法布里斯正全神贯注准备越狱,半死不活的司令被抬回要塞以后,要塞里到处是奇怪的喧闹声,法布里斯感到莫名其妙。一上来他脑子里闪出的念头是他的案子改判了,来人处死他。后来他看没有人到牢房里来,又想可能是克莱莉娅被人出卖了,她十有八九带回了绳子,但是回到要塞以后被人搜走了,他的越狱计划从此成为泡影。第二天黎明时分,一个陌生人走进牢房,一句话也没说,丢下一篮子水果,水果下面藏了一封信:

我为发生的事情深感悔恨,感谢天主,这件事未经我同意,不过与我曾经有过的一个念头有关。我已经向圣母许愿,假如她代为说情,使我父亲得救的话,我以后对父亲言听计从,只要他开口,我立刻嫁给克莱申基侯爵,我与你从此不再

367

见面。但是,我认为,做事有头有尾是我的责任。经我的要求,下个星期日你会被带去望弥撒(越狱极难,你有可能丧命,所以记得清理你的灵魂)。望过弥撒回来,记着,你要尽量拖延回牢房的时间。你在牢房里会发现这次酝酿已久的行动所必需之物。倘若你出了事,我的灵魂将永无宁日。你难道不会认为我也应对你的死负一份责任?公爵夫人不是亲口多次对我说过,拉西一伙得势了吗?他们想造一起血案,把亲王与莫斯卡伯爵分开,以此束缚亲王的手脚。公爵夫人痛哭流涕地对我发誓说,这是唯一的出路。倘若你不试试运气,那只有死路一条。我已经许过愿,不能再见你。不过,星期日晚上,假如你看见我穿一身黑衣站在平素见面的那个窗口,那就是一个信号,通知你,我微薄的力量所能做到的一切,到夜里都会准备停当。十一点之后,也许就在午夜时分或者一点钟,等我的窗口亮起一盏小灯,关键的时刻就到了。把你自己托付给你的保护神,迅速穿上为你准备好的教士服,去吧。

永别了,法布里斯。当你出生入死之际,我会洒下痛苦的泪水为你祈祷。如果你出事了,我也不再活在世上。伟大的主啊,我在说什么!如果你成功了,我也不会再见你。星期天弥撒之后,你会在牢房里发现钱、毒药、绳索,都是狂热的爱你的那个女人送来的,她向我重复了三遍,必须采取这个办法。愿上帝和圣母保佑你。

法比奥·康蒂是个终日惶惶不安的狱吏,总觉得时运不济,经常梦见犯人从他手里逃之夭夭。监狱里无人不恨他,然而,狱里所有的人,全体可怜的囚徒,甚至包括那些锁在三尺高、三尺宽、八尺长的地牢里,坐不能坐、站不能站的犯人,我说的是全体囚徒,包括这些人,不约而同被悲惨的处境逼出了一个决定,在他们得知司令脱离危险之后，都想到出钱唱一次 Te Deum①。这些落难的人中有两三个还写了十四行诗献给法比奥·康蒂。唉！这些人遭了难，不得不这样做啊！有谁责骂他们，命运就该让他到高仅三尺的地牢里过上一年，每天只有八盎司面包，周五还必须斋戒。

克莱莉娅寸步不离父亲的卧室，除非到小教堂去祈祷。她宣布司令已经做出决定，一切庆祝活动都必须到星期天才能举行。星期天上午，法布里斯望了弥撒，听了 Te Deum 的演唱。晚上要塞里放焰火，在低矮的城堡大厅给士兵赏酒喝，量比平时司令给的多三倍。更有不知什么人送来了好几大桶烧酒，被士兵们喝了个底朝天。士兵们是很讲义气的，自己喝得醉醺醺，便不愿看到那五个站岗的在哨位上干着急。哨兵刚进岗亭，就有一个士兵们信得过的仆人送酒来，午夜以及后半夜上岗的哨兵也都有一杯烧酒，什么人送的就不清楚了，而且每一次酒瓶子都忘在岗亭旁边（后来审讯时得到证实）。

如此这般的热闹，时间之长出乎克莱莉娅的预料。直到将近半夜一点，法布里斯才得以开始拆卸不是朝向鸟屋的那扇窗户的挡板。在过去的一星期里，他已经锯断了窗户上的两根铁栏杆。他捣鼓这些几乎就在守卫司令公馆的哨兵的头顶上，哨兵们却什么也没听见。他要用一根特别长的绳子攀下一百八十尺这个可怕的高度，在绳子上又打了几个结，一切就算准备停当了。他把绳子斜挎在身上，绳子的体积很大，十分累赘。绳子上打的结使绳子不能十分收拢，在身上支棱开，将近两尺厚。"这倒是个大麻烦。"法布里斯想。

凑合着把这根长绳准备好之后，法布里斯抄起另一根绳子，用这根绳子，他要从窗口爬下三十五尺，落到司令公馆所在的平台

---

① 拉丁文：您，主啊。天主教感恩仪式赞歌的头两个词。

上。不论哨兵们如何酩酊大醉,法布里斯也不能直接降落到他们头顶上。所以,上文已经讲到,法布里斯是从牢房的另一扇窗子出去的,这扇窗户开在一间宽敞的警卫室房顶的上方。法比奥·康蒂将军刚能开口说话,便生出只有病人才有的怪念头,从下面调来两百士兵,让他们守在这间已经废弃了百年之久的警卫室里。他说,既然毒杀未遂,就可能到卧榻上来刺杀他,调两百士兵可以保护他。读者可以想象,这个突如其来的措施令克莱莉娅心慌意乱。她是个孝顺闺女,心里清楚为了她所爱的这个囚犯,她在背叛父亲的路上已经走得很远。两百士兵突然到来,她觉得是天意,上天不准她走得更远,不准她还法布里斯以自由。

在巴马,法布里斯就要命丧黄泉成了街谈巷议的话题。在朱莉娅·克莱申基小姐婚礼的喜宴上,就已经有人在谈论这件事了。以法布里斯这样的出身,又有首相庇护,无意中一剑刺中一个戏子,本来是小事一桩,却偏偏在蹲了九个月牢房之后还不释放,这事情肯定就和政治扯上了。大家都说,既然如此,就不必为他操心啦。如果当局觉得公开处决不合适,那他一准很快就会染病身亡。一个到法比奥·康蒂公馆干活的锁匠谈起法布里斯,好像在谈论一个早已处死的犯人,出于政治原因,法布里斯的死才秘而不宣。锁匠的话促使克莱莉娅下了决心。

第二十二章

  白天,法布里斯心里盘绕着几桩令人烦恼的大事。但是,随着报时的钟声一遍遍敲响,离行动的时刻越来越近,他感到自己越来越轻松,越来越有精神。公爵夫人的信曾经写到,突然接触室外的空气他可能不适应,刚一出牢房,可能连走路也困难;出现这种情况,宁可让人抓回去,也强似从一百八十尺的高墙上摔下。"果真出现这种情况,"法布里斯心想,"我就靠着栏杆睡一个钟头,然后再开始。我跟克莱莉娅发过誓,宁愿从围墙上摔下来——不管围墙有多高,也不愿意日复一日,把面包的味道咂摸好久才敢吃。人中了毒,死之前多么痛苦啊!法比奥·康蒂才不会讲究方式方法呢,他会把要塞里药耗子的砒霜给我吃。"

  将近午夜,升起了白茫茫的浓雾,这是波河两岸经常会出现的那种雾,起先笼罩住巴马城,然后弥漫到平台和棱堡一带——要塞的高塔就耸立在棱堡中间。法布里斯估摸着,如果从平台的栏杆望过去,应该瞧不见一百八十尺高墙脚下士兵们菜园子周围的小刺槐了。"真是天赐良机!"他暗喜。

一点半钟敲响不久,鸟屋里出现了小信号灯。法布里斯已经做好准备。他画了一个十字,把那根短绳捆在床上,准备爬到三十五尺以下公馆所在的平台上。他顺利地下到了警卫室的房顶。上文说了,从头一天起,两百增援的士兵就住进了警卫室。很不巧,到了一点三刻,士兵们还没有睡觉。法布里斯轻步从屋顶大拱瓦上走过,就听见士兵们说屋顶上有魔鬼,应该用枪打死它。有人说这个想法是对鬼神大不敬,也有人说,万一开枪什么也没打着,司令肯定会把他们关起来,说他们无缘无故惊动了整个部队。法布里斯在屋顶上听他们七嘴八舌地议论,加快了脚步,弄出的动静更大了。他悬在绳子上,从警卫室的窗子前悠荡过去,只见这些窗子戳出许多刺刀,幸好屋檐伸出很宽,他离窗子还有四五尺。后来传说,一向神经兮兮的法布里斯真的装起鬼来,向士兵们丢了一把金币。可以肯定的是,他确实扔了一些金币在牢房的地上,还在平台上,从法奈兹塔到栏杆这一路上撒了一些,这样万一有士兵追赶,可以诱使他们停下。

法布里斯到了平台上,只见四圈都有哨兵。这些哨兵平时每隔十五分钟就要吼一句"哨位一切正常"。他朝西边的石栏溜过去,寻觅新砌的石头。

石栏旁边的哨兵居然没有看见法布里斯,没有抓他,听起来简直不可思议,要不是法布里斯越狱全城人都知道,真叫人难以相信是事实。其实,上文说的雾气这时已经开始扩散,照法布里斯的说法,等他下到平台,就感到雾气已经升腾到了法奈兹塔的半腰。不过雾并不浓,他看得见哨兵,有几个哨兵还来回走动。他还说,他像中了魔似的,大着胆子径直走到两个相距并不远的哨兵中间,从容地取下斜挎在身上的那卷长绳。绳子有两个地方缠住了,为了理顺绳子,搭在石栏上,他花费了不少时间。听得四周都有哨兵在讲话,他拿定了主意,谁第一个走上来,就给他一刀。他说:"我一点也不慌,倒觉得好像是在完成什么仪式。"

他终于把绳子抖落开,拴在了石栏的一个流水口上。他跨上石栏,先诚心诚意地向上帝祈祷,又像骑士时代的英雄那样思念起克莱莉娅。他暗自道:"和九个月前锒铛入狱时的那个浮浪的法布里斯相比,如今真的脱胎换骨了!"最后,他开始从那吓人的高度向下爬。据他自己讲,他一步一步挪动,仿佛大白天打赌攀墙,下面就是自己的朋友。下到一半,他突然感到胳膊发软,刹那间他甚至觉得绳子脱手了,不过他随即又抓住了绳子。据他说,八成是滑落到灌木丛上,身体被挂住,划破了。他感到肩胛处不断地剧烈疼痛,疼得叫他喘不过气来。绳子起伏摇晃,令他感到很吃力,不时被甩到树丛上。好几只大鸟惊醒了,擦着他的身体飞起。头两回他还以为是有人抓他,那人跟他一样是从上面爬下来的,他已经做好了还击的准备。最后他终于爬到了塔底,除了双手血肉模糊,别处倒并无大碍。他说,从塔的半腰起,塔身的斜度对他非常有利。他紧贴着墙往下出溜,石头缝里长的小树不断抵住他。到得塔底,他落进了士兵的菜园子,挂在一棵刺槐上。从上面看,这些刺槐不过四五尺高,实际上却有十五到二十尺。一个醉汉在那里呼呼大睡,以为他是个偷儿。他从树上摔下来,左臂差一点脱臼。他撒腿往围墙那边跑,可是据他说,两条腿软得棉花似的,一点力气也没有。他顾不上风险,坐下来喝了几口剩下的烧酒。他打了几分钟的盹儿,一时弄不清自己在什么地方,醒来时觉得是在牢房,却不明白怎么会看见树。最后他想起身处险境,马上又朝围墙跑。他顺着一道高台阶上了围墙,附近的岗亭里,哨兵呼噜呼噜打

373

着鼾。他见草丛里卧着一尊炮筒,便把第三根绳子系在上面。绳子不够长,他掉进了泥泞的壕沟,沟里的水约莫一尺深。他爬起来,正想弄清楚自己在哪里,就感到被两个人擒住了,他心里一沉,却立刻听到耳边有声音轻轻叫道:"喂,主教大人!主教大人!"他模模糊糊知道来人是公爵夫人的手下,随即完全失去了知觉。过了一会儿,他感觉自己被几个人抬着走,这些人闷声不响,脚下如飞。后来这些人停下脚步,他感到非常恐慌,但是别说讲话,连睁眼的力气都没有。他感觉有人搂住他,刹那间他闻到了公爵夫人衣服上的香水味,他兴奋起来,睁开眼睛,说了一句话:"啊,亲爱的朋友!"说罢又昏过去了。

忠实的布鲁诺带领一队效忠伯爵的警察,在两百步以外的地方准备接应。伯爵本人藏在一间小屋里,离公爵夫人等候的地点很近,但凡有必要,他就会毫不迟疑地率领亲密的朋友——几名被解职的军官——拔剑相助。他认为,拯救法布里斯自己责无旁贷。法布里斯的性命危在旦夕,假如不是他不想让亲王签署一个愚蠢的文件,自己反倒做了一件蠢事,法布里斯早就获得亲王签字的赦免令了。

从半夜起,公爵夫人就率领全副武装的手下到了要塞的围墙下。四周一片死寂,她来回地走,没法站定不动,心里思忖着如果有人追上来,拼命也要救下法布里斯。这个女人想象力极其活跃,以防万一,她想出的办法不下百种,这里不能备细讲述,而且这些办法之轻率叫人咋舌。有人估算,那天一夜未眠,准备为完成一件大事业而战斗的有八十人。值得庆幸的是,让费朗泰与路德维克领头,警务大臣倒也不反对。不过伯爵留意的是,公爵夫人的计划滴水不漏,他作为警务大臣居然也一无所知。

公爵夫人一见到法布里斯,便完全失去了理智。她痉挛地把法布里斯搂在怀里。她发现自己身上沾满了鲜血之后,简直痛不欲生。其实这是法布里斯手上的血,但是她以为法布里斯受了重伤。她让手下人帮忙,脱掉法布里斯的外衣要给他包扎,幸好路德维克在场,不由分说把公爵夫人和法布里斯推进一辆小马车。原来在城门附近的花园里早已藏着好几辆这样的车。他们立刻策马飞奔,准备从萨卡附近越过波河。费朗泰率领二十个荷枪实弹的汉子断后,他拿自己的脑袋担保堵住追兵。两个钟头以后,伯爵见要塞里毫无动静,这才独自徒步从要塞附近撤离。"这可是叛国罪呀!"他自语道,兴奋得如痴如醉。

路德维克绝顶聪明,他事先就在车上带了一个年轻的外科大夫,这个大夫常到公爵府上出诊,和法布里斯的模样很像。

"你朝博洛尼亚的方向跑,"路德维克对大夫说,"你要做出糊里糊涂的样子,让人家抓住你。抓住你以后,问你什么都别吭声,最后承认你是法布里斯·台尔·唐戈。最重要的是争取时间。装糊涂要装得像。蹲一个月的班房你就没事了。到时候夫人会赏你五十西昆的。"

"为夫人效劳,谈什么钱呢?"

大夫走了,数小时后被逮捕。消息传来,法比奥·康蒂将军和拉西高兴得不得了。拉西觉得,倘若法布里斯飞了,他的男爵爵位也就飞了。

要塞直到早上六点才发现法布里斯越狱,到十点才敢报告亲王。公爵夫人手下做事非常利索,尽管她把法布里斯的酣睡当作深度昏迷,三次叫马车停下,她乘小船渡过波河时也才凌晨四点钟。河对岸有人接应,接着又飞快地赶了两法里路。检查护照用了一个钟头。公爵夫人早就为自己和法布里斯准备好了各种证件,但是她那天有点神志不清,竟然给奥地利的警官塞了十拿破仑金币,警官大吃一惊,又从头检查了一遍。他们乘上驿车,公爵夫人大手大脚地花钱,每到一处都引起怀疑,而在这个国家,外国人本来就是可疑分子。路德维克再次为公爵夫人解围,他解释说,巴马首相的儿子小莫斯卡持续高烧,公爵夫人急得发昏,她正带这孩子到帕维亚①去找医生看病。

过了波河又走了十里路,法布里斯这才完全清醒过来。他的一个肩膀脱臼,身上有很多擦伤。他们在一家小旅店打尖,公爵夫人花钱还是一副满不在乎的样子,店主以为碰上了一位皇家公主,打算以他认为应该有的礼节来接待她,路德维克却对他说道,假如他胆敢派人去敲钟,公主会立刻把他投入监狱。

约莫早上六点,他们终于到达了皮埃蒙特地界。到这里法布里斯才彻底安全了。大家把他带到远离大路的一个小村子里,给他包扎了手,然后他又睡了几个钟头。

就在这个村子,公爵夫人采取了一个行动,不但从道德上说令人发指,而且影响所及,使她此生再无宁静的日子可过。法布里斯越狱几星期前的一天,全巴马的人都跑到要塞去,想看看要塞院子里为法布里斯竖起来的断头台,这一天,公爵夫人向已经在府里当上总管的路德维克揭开了一个秘密。上文说到,桑塞维利纳府有一个著名的水池,是十三世纪的工程。掌握了公爵夫人说的这个秘密,就能把水池底部的一块石头从一个很不易发觉的铁框子里抽出来。法布里斯在 trattorio② 里酣睡的时候,公爵夫人唤路德维克来见她。她瞥着路德维克的眼神极其古怪,路德维克以为她真的疯了。

"你一定指望我赏你几千法郎,"她对路德维克说,"哼,你错了!我知道你,你是诗人,你很快就会把钱吃个精光。我把黎恰尔达的那块地赏给你,距离卡萨尔-马乔列只有一法里。"路德维克

---

① 意大利北方城市。
② 指意大利的廉价小饭店。

欢喜得要发疯,扑通跪倒在她脚下,指着心口发誓说他出力解救法布里斯大人绝不是冲着钱去的,从他给夫人当第三车夫,有幸为主教大人赶过一回车的那天起,他就喜欢上主教大人了。这汉子的确是个好人,他觉得耽误了公爵夫人太多的时间,准备退下,可是公爵夫人眼睛里闪着光,对他说:

"等一等。"

公爵夫人不再说话,在小酒店的房间里踱来踱去,不时用幽幽的眼神打量他。路德维克瞅着她不停地走来走去,终于觉得自己非开口不可了。

"夫人赏赐太重,远远超过像我这样一个下等人所能期望的,也远远超过了我有幸为夫人所尽的绵薄之力,我从良心上感到接受黎恰尔达这块地实在有愧。我很高兴把它还给夫人,并恳请夫人赏我四百法郎的年金。"

"你这一辈子何曾听到过,"公爵夫人以傲然的神情悻悻地说,"我宣布的事情反悔过?"

说罢,她又踱开了步子,几分钟后她忽地收住脚步,高声道:

"法布里斯捡了一条命,全是侥幸,幸亏他讨那个小姑娘的欢喜。要不是他伶俐可爱,他就死定了。这一点你能否认吗?"她朝路德维克走去,阴沉的眸子射出怒火。路德维克向后趔趄了几步,以为她疯了,同时心里为黎恰尔达这块地能不能到手忧虑起来。

"就这样!"公爵夫人突然一百八十度大转弯,换了极温柔、极欢快的声音说道,"我想让我可爱的萨卡百姓痛痛快快地乐一天,叫他们很久都难以忘怀。你这就回萨卡,有什么意见吗?你觉得会有危险吗?"

"没关系,夫人。萨卡的老百姓谁也不会把我是法布里斯大人的随从说出去。而且,我斗胆说一句,我还真有点迫不及待想看看黎恰尔达的那块地,当地主的感觉真有点奇怪呢!"

"看你高兴,我很喜欢。黎恰尔达承包人欠我的,我估摸有三四年的租金了吧。他欠我的一半,我就当礼物免了他的,另一半拖欠的租金,我赏你了,不过有个条件:你马上到萨卡去,宣布后天是我的一个主保圣女的节日,当天晚上,你要把我的庄园布置得灯火辉煌。别怕费钱,也别怕费力,就惦着一点,这关系到我一生中最大的幸福。这次灯会我已经筹划很久了,庆祝活动的一应物品,三个月来我都已经存在庄园的地窖里,一场壮观的焰火所必需的花炮,我已经交给花匠保管,你派人在朝向波河的平台上放。我的地窖里大概有八十九大桶的葡萄酒,你让他们在花园里设八十九个供酒点,假如第二天有一瓶酒没喝掉,我就说你不爱法布里斯。灯、供酒点、焰火都安排就绪之后,你就悄无声息地溜走,因为很可能,我也希望如此,巴马会觉得我们这么庆祝是不知天高地厚。"

"不是可能不可能的,而是肯定如此,检察长拉西签署了大人的判决书,也肯定会气得发疯。而且……"路德维克小心翼翼地说,"如果夫人愿意在赏赐了黎恰尔达的半数欠租之外,让她的仆人更加开心,那就请允许我和这个拉西开一个小小的玩笑……"

"你是条好汉!"公爵夫人激动地朗声说道,"不过我禁止你动拉西一根毫毛。我的安排是以后让他当众被绞死。你在萨卡要好自为之,别让人抓住,我要是失去你,一切都毁了。"

"夫人,不必为我担心!我只要说我是奉夫人之命来庆祝主保圣女节的,那警察局就是派三十个宪兵来捣乱,您也尽管放心,他们来不及到达村中心那个红十字架,就会纷纷栽下马来。萨卡的村民,他们可都是自命不凡的家伙,地地道道的走私贩,而且全都崇拜夫人。"

"好吧,"公爵夫人道,神色显得特别悠闲,"我给萨卡勇敢的百姓送酒,至于巴马的居民,我就想让他们做鱼鳖了。我的庄园大放光明的那个晚上,你骑上我马厩里最好的马,直奔巴马我的府邸,打开水池放水。"

"哈哈！夫人的计策太妙了！"路德维克喊道,哈哈大笑,"请萨卡的好汉喝酒,请巴马的市民喝水。那些卑鄙的家伙,他们还以为法布里斯大人十拿九稳会同可怜的 L 一样被毒死呢。"

路德维克兴奋极了,狂笑不止,公爵夫人很满意地瞅着他。他不停地念叨:"请萨卡人喝酒,请巴马人喝水！二十年前,有人不小心打开了水池,巴马好几条街上水淹过了脚脖子,夫人知道得比我清楚。"

"请巴马人喝水。"公爵夫人一边重复他的话,一边笑,"如果要砍法布里斯的脑袋,要塞前面的林荫道肯定人山人海……他们都把法布里斯叫作'要犯'……要紧的是,要干得机智,别让人知道淹水的事是你干的,也别让人知道是我下的命令。对这个天大的玩笑,连法布里斯,还有伯爵,都必须蒙在鼓里……唔,我把萨卡的穷人忘了。你去写一封信给我的经纪人,我来签字。你对他说,为了庆祝我的主保圣女的节日,给萨卡的穷人分一百西昆,要他在整个灯火活动中,什么焰火啦,酒啦,都听你安排,最要紧的是第二天地窖里不能有一个酒瓶是没喝过的。"

"有一件事,夫人的经纪人会感到为难,自从五年前夫人买下庄园,萨卡只剩下不到十个穷人了。"

"请巴马人喝水！"公爵夫人又想起这句话,吟唱道,"这个玩笑你打算怎么开？"

"我已经计划好了。九点钟从萨卡出发,十点半我的马就可以奔到通往卡萨尔－马乔列和黎恰尔达我那块地的路上那个叫'三傻子'的小旅店。十一点回到公馆我的房间,十一点一刻就请巴马人为要犯的健康喝水,水有的是,不怕不够喝。十分钟以后,我从通往博洛尼亚的大路出城,顺路冲要塞恭敬地鞠一躬,大人的勇气和夫人的智慧刚刚叫它名誉扫地。乡下我很熟,走小路就可

379

以回到黎恰尔达。"

路德维克抬起眼睛朝公爵夫人望去,心中不觉一惊,只见公爵夫人死死盯住六步以外那面光秃秃的墙,必须承认,她的眼睛里露出凶光。"哎呀,我的地怕是难保,"路德维克想,"她真的疯了!"公爵夫人瞟了他一眼,猜出了他的心思。

"噢,伟大的诗人路德维克先生,你需要一份馈赠书。快给我找纸来。"路德维克立刻照办。公爵夫人亲手写了一份证明,用了一年前的日期。证明说,公爵夫人收到了路德维克·桑米凯利八万法郎,以黎恰尔达的土地作为抵押,如果一年后未归还路德维克上述八万法郎,黎恰尔达的土地就归路德维克所有。

"从剩下的财产里拿出三分之一赏给忠诚的仆人,"公爵夫人暗忖道,"倒也开心。"

"就这样吧!"公爵夫人对路德维克说,"水池的玩笑开过之后,我只给你两天时间在卡萨尔-马乔列玩一玩。为了让这块地出售有效,你就说是一年前的生意。到贝尔吉拉特来找我,片刻也不要耽误。法布里斯可能要到英国去,你得陪着他。"

第二天一大早,公爵夫人和法布里斯就到了贝尔吉拉特。

他们在这个风光旖旎的村庄住下来。但是湖光水色固然秀丽,悲凉的心情却已经向公爵夫人袭来。法布里斯彻底变了。他越狱之后,一度昏睡不醒。他刚刚清醒过来,公爵夫人就发现他身上发生了不同寻常的变化。他内心深处小心掩饰的,是一种奇怪的感情,说穿了,就是他对离开监狱感到伤感。他一直不肯承认心里难过是这个原因,否则公爵夫人追问下去,他是不会回答的。

"你究竟怎么啦!"公爵夫人不解地问他,"你在监狱里吃不饱饭,为了不至于饿死,不得不吃监狱里令人作呕的饭菜,那种令人难以忍受的感觉,吃饭时要想有没有怪味道,是不是在吃毒药,那种感受,你难道觉得还没有受够?"

"我想到过死，"法布里斯回答，"我猜想就跟当兵的想到死一样：可能会发生，不过可以凭机智躲过去。"

听到这话，公爵夫人感到极度不安和痛苦！这个受疼爱，有朝气，有个性，甚至有些古怪的人，如今就在她眼皮底下变得心神迷惘，魂不守舍。他对与世上最要好的女友开怀畅谈失去了兴趣，宁可孑然独处。他对公爵夫人仍旧很亲切，很关心，充满感激，一如既往愿意为她赴汤蹈火，但是他的心却另有所思。他们经常在明媚的湖面荡舟四五里，竟然彼此不说一句话。促膝谈心，冷静地交流思想，他们也不是做不到，而且在其他人看来他们的谈话可能很有意思，但是他们，尤其是公爵夫人，还记得与吉莱蒂格斗这个不幸事件把他们分开之前，他们的谈话是怎样一种情形。法布里斯本应该把他在黑牢里度过的九个月中发生的故事告诉公爵夫人，可是他发觉，关于这段日子，他只有一些零碎的、干巴巴的话可说。

"这情况早晚要出现。"公爵夫人凄凉地自语道，"忧伤把我催老了，要不然就是他真的恋爱了，我在他心里已经降到次要地位。"巨大的忧伤使她颓唐、消沉，有时她自语道："假如当初上天叫费朗泰真的疯了，或者叫他不那么敢作敢为，我的痛苦或许反而会少一点呢。"从这一刻起，若明若暗的悔恨改变了她对自我个性的评价。"这就是说，"她想，心中充满了酸楚，"我为自己的决定后悔了，我还算台尔·唐戈家的人吗？"

"法布里斯恋爱了，"她又想，"这是天意。我有什么权利不让他恋爱？我和他之间何曾有过一句情话？"

想法合情合理，但是她却失眠了。归根结底这说明，尽管报复计划前景光明，可是人已经先老了，精神也衰弱了，她觉得在贝尔吉拉特比在巴马还要痛苦百倍。至于那个让法布里斯魂不守舍的人，肯定是克莱莉娅，这在情理之中，无可怀疑。这个姑娘很孝顺，可是她背叛了父亲，同意把卫兵全都灌得烂醉。而法布里斯对克莱莉娅居然只字不提!"如果卫兵们不是喝得烂醉,"她捶胸顿足,绝望地说,"我全部计划,全部心血,都将化为泡影。所以,是她救了法布里斯!"

公爵夫人费了很大周折才从法布里斯嘴里得知了那天夜里的一些事。她想,要是在过去,我们围绕这个题目会有说不完的话!再不起眼的一件事,只要我有兴趣,他就会滔滔不绝,兴致勃勃说上一整天。

为预防不测,公爵夫人让法布里斯住到罗卡诺港,这是马乔列湖尽头的一个瑞士城市。她每天都带他乘船在湖上遨游。有一次她上楼到他房间里,发现墙上挂了许多巴马的风景画,是他从米兰甚至巴马弄来的。对巴马,他应该恨之入骨才对呀。不大的客厅变成了画室,塞满了水彩画家各式各样的画具,她看到第三幅法奈兹塔和司令公馆的风景画即将完成。

"你就差没有根据记忆为那位可爱的司令画像了,他可是一心一意想毒死你的呀。不过,"公爵夫人继续说道,"我想你可能应该给他写一封道歉信,对你越狱逃跑,让他的要塞出丑表示歉意。"

可怜的女人,她没料到自己竟不幸而言中了。法布里斯刚到达安全地带,想到的第一件事就是给法比奥·康蒂写信。信写得礼貌周全,从某种意义上说也就是相当可笑。他请将军原谅他越狱,越狱的原因是他相信有一个下级狱吏奉命给他下毒。其实,对法布里斯来说,写什么并不重要,他只希望克莱莉娅亲眼看到这封信。他写信的时候,脸颊上挂着泪水。结尾的句子很滑稽,说他虽然获得了自由,可是他敢说,他经常怀念法奈兹塔那间不大的牢房。这才是这封信的画龙点睛之笔,但愿克莱莉娅能够心领神会。他写着写着来了兴致,心里又企盼有个人能读到他的信,便又答谢起唐·恺撒,感激这位好心的忏悔师借神学书给他。几天以后,法布里斯请罗卡诺一位小书商到米兰走一趟,书商是米兰著名藏书家雷纳的朋友。唐·恺撒借给法布里斯的那些著作最豪华的版本,法布里斯让他统统买来。好心的忏悔师收到了这些书,还有一封文辞漂亮的信,信中说,牢房里有时寂寞难耐——对一个不幸的囚徒来说这或许可以原宥,难耐之下便在书页周边胡乱涂写了一些笔记。因此他满怀深切的感激之情冒昧赠送这几本书,恳望忏悔师用以替换书柜里原来那些书。

法布里斯很聪明,他把一部对开本圣热罗姆著作页边上写下的那些龙飞凤舞的文字统称为"笔记"。当初他指望把书归还忏悔师,另外再借一本,因此就把狱中见闻逐日准确记载下来,其中记录的大事件没有别的,都是神圣爱情(说"神圣"是为了代替另一个不便使用的词)带来的欢乐。有时候这种神圣爱情让囚徒伤心欲绝,有时候空中飘来的一个声音又带来希望和幸福的喜悦。幸好这些笔记是用监狱里的墨水写的,一种由葡萄酒、巧克力和煤炭调成的墨水,唐·恺撒只浏览了一眼便把书插回书柜。如果他逐页看下去,他就会发现,有一天这个囚徒自以为中了毒,却感到庆幸,因为他能够死在离世上最亲爱的人不到四十步的地方。这一页,忏悔师没读到,但是法布里斯越狱之后,另外一个人却读到了。"死在所爱身旁"这个动人的意念以不同的方式反复出现。随后是一首十四行诗,诗中写道,灵魂在历经磨难之后,脱离了停留二十三年的虚弱的肉体。出于任何生命之物自然具备的趋福本能,他在获得自由,严酷的最后审判饶恕了他的罪过之后,没有升上天国加入天使的行列;死后,灵魂感到了生前从未有过的快乐,他走出曾经在其中长期呻吟的牢房,行及数步便与世上之所爱浑然相合。十四行诗的最后一行写道:"于是我寻觅到了我的人间天堂。"

在巴马要塞,人人都痛骂法布里斯是无耻的叛逆,践踏了最神圣的义务。不过好心的唐·恺撒收到不知是谁寄来的精美图书却很欢喜。法布里斯很小心,图书寄出几天后,他才把信寄出,因为他怕人家看到他的名字,一怒之下把包裹退回。唐·恺撒在哥哥面前,对法布里斯的信只字不提,他哥哥听到法布里斯的名字便暴跳如雷。不过唐·恺撒与可爱的侄女恢复了亲密关系,他曾经教侄女学过拉丁文,便把收到的书给她看,这正是那个游子所希望的。克莱莉娅的脸一下子涨得通红,她认出了法布里斯的笔迹。书里好几个地方夹着窄窄的黄纸条,乍看好像是书签。当着人们为金钱而蝇营狗苟的时候,当着平庸暗淡的思想充斥我们的生活,形成一片冷寂的时候,由真实感情所激发的行动很少无功而返,就仿佛冥冥之中有一只手在点拨。这样一种本能,加上世上唯一叫克莱莉娅惦念的事使她放心不下,于是她跟叔父说她想把旧的圣热罗姆著作和他刚刚收到的新书比较一下。法布里斯远去,她的心境阴郁凄凉,当她在旧的圣热罗姆著作页边看到了上文讲到的十四行诗,看到法布里斯逐日记录下来的对她的爱,她的喜悦用任何言辞都无法表达!

从这一天起,她就把这首十四行诗熟记于心。她倚在窗口,望着那扇如今孤寂无声的窗子,一边吟唱这首诗。过去有多少日子她望着挡板上的小窗口豁然洞开啊。挡板已经拆掉,放到法庭的办公桌上,当作拉西正在审理的一桩荒唐诉讼案的物证。案子指控法布里斯越狱罪,或者按检察官自己都觉得可笑的说法,叫作辜负伟大君主仁爱之心罪。

克莱莉娅做过的每一件事,都叫她悔恨不已,她越是感到凄凉,悔恨就越强烈。她为了减轻自责的痛苦,便时常想着自己"永不再见法布里斯"的愿心,这是在将军出现类似中毒的症状时她向圣母许下的,以后每天信誓旦旦,恪守不渝。

法布里斯越狱使她父亲很难堪,更糟糕的是,她父亲差一点丢了官。亲王在盛怒之下,把法奈兹塔的全体看守都撤了职,下令把他们当作犯人关进了市监狱。将军得以幸免,多半是靠了莫斯卡伯爵说情。伯爵宁可看他蹲在要塞顶上,也不愿意看他成为宫廷党争中一个活跃的、阴险的对手。

在法比奥·康蒂将军会不会失宠未见分晓的半个月里,他真病倒了。这半个月里,克莱莉娅鼓起勇气,实践她向法布里斯宣布要做出的牺牲。读者可能还记得,在监狱里大肆庆贺将军恢复健康的那天,也就是囚犯逃跑的那天,她很聪明地病了,第二天她仍旧病着。总之,她做得非常巧妙,除了专门看管法布里斯的狱卒格里罗之外,谁也没有怀疑她是同谋,而格里罗自然守口如瓶。

但是克莱莉娅一旦不再为法布里斯的安危担惊受怕,她便被悔恨折磨得死去活来。她想:"这世上有什么借口可以为背叛父亲的女儿减轻罪责?"

一天晚上,克莱莉娅已经在小教堂痛哭流涕,祈祷了整整一天,然后她求叔父唐·恺撒陪她去看父亲。父亲动不动就暴跳如雷,叫她害怕,更可怕的是他总是要咒骂那个无耻小人法布里斯。

克莱莉娅到了父亲跟前,鼓足勇气对他说,她之所以一直拒绝嫁给克莱申基侯爵,是因为她对他毫无感觉,她认为与他结婚不会幸福。将军一听到这些话,立刻光火了,克莱莉娅费了好大的劲才得以把话说完。她说,如果父亲垂涎于侯爵的财富,下死命令,要她嫁给侯爵,那她准备听从父命。将军没料到女儿最后竟说出这样的话,他怔住了,等他回过神来,不觉喜出望外。他对兄弟说:"这样的话,万一那个可恶的法布里斯的恶劣行径让我丢了饭碗,我就不至于落到只能在三层楼上安家的地步了。"

莫斯卡伯爵当然不会忘记对法布里斯这个坏蛋越狱表示深感震惊,嘴边老是挂着拉西为年轻人的劣迹发明的那句已经人所共知的话,说年轻人辜负了亲王的仁爱之心。这句俏皮话,上流社会津津乐道,在老百姓中间却行不通。老百姓凭良知说话,他们尽管相信法布里斯有罪,却对他敢于从那么高的墙上一跃而下钦佩不已。不过,这种胆量在宫廷里听不到一声喝彩。至于警察局,这次失误使它深感屈辱。按公开的说法,它发现有二十个警察被公爵夫人收买了,这个女人良心坏透了,人们都不愿意说出她的名字,代之以一声长叹。这二十个警察把四架各有四十五尺长的梯子连在一起,举给法布里斯,法布里斯只要拉住事先系在梯子上的一根绳子,把梯子拽到身边就万事大吉。有几个自由党,素以口无遮拦著称,其中就包括 C 大夫,他是亲王直接收买的探子,他们声称——其实给他们自己找了麻烦,警察当局很残酷,野蛮地枪毙了八个协助忘恩负义的法布里斯逃跑的士兵。于是那些真正的自由党人也咒骂起法布里斯来,怪他草率行事,导致八个可怜的士兵丧生。小国家的专制政府就是这样把舆论搞得一文不值。

第二十三章

在这一片鼓噪声中,只有朗德利亚尼大主教支持他年轻的朋友。他到处引用一句法律箴言,甚至跑到亲王夫人的府里去说。依照这句箴言,无论什么案子,都不能对先入为主的见解偏听偏信,这样才能倾听缺席者的辩解。

法布里斯越狱的第二天,不少人都收到了一首十四行诗。诗写得并不高明。诗里把法布里斯越狱看作本世纪最感人的事件之一,把法布里斯本人比作展翅降临人间的天使。第三天,巴马又到处传诵另一首优美的十四行诗,诗中描写法布里斯从绳索滑下时思绪万千,对一生的际遇做出评价。其中有两句诗铿锵有力,使法布里斯大受街谈巷议的推崇。内行人都辨认出这是费朗泰·帕拉的笔风。

写到这里,我大概得用一点诗史笔法了。消息传来,说萨卡庄园居然肆无忌惮地张灯结彩,一切思想端正的人心中的愤怒有如山洪一般暴发了。到哪里才能够找到合适的色彩来描绘他们的情绪?公爵夫人受到众口一词的谴责。连真正的自由党人也认为,公爵夫人这样做,残酷地连累了关押在几所监牢里的可怜的嫌疑犯,徒然叫亲王恶往胆边生。莫斯卡伯爵宣称,对公爵夫人的老朋友来说,最好的办法就是忘掉她。总之是异口同声,一齐咒骂。倘若有外国人经过这个城市,舆论的威力一定能把他吓一跳。然而话又说回来,这个国家一向懂得欣赏复仇的乐趣,所以萨卡张灯结彩,在公园里为六千农民举办联欢活动,叫人钦佩,引起了广泛的反响。巴马人都说公爵夫人散发了上千西昆给她的农户。晚会开始三十六小时之后,小村子里的人个个喝得酩酊大醉,这时警察局愚蠢地派了大约三十个宪兵去,人家对他们不太客气,实在是情有可原。宪兵们挨了一顿石头子,落荒而逃,有两个人从马上摔下来,被扔进了波河。

桑塞维利纳府蓄水池崩坏,却没有引起什么人的注意。有几条街多少进了点水,不过是在夜里,第二天人们大概以为无非是下了点雨。路德维克想得很周到,打碎了公馆一块窗玻璃,叫别人以为是出了小偷。

后来还发现了一架小梯子。只有莫斯卡伯爵明白这是他女友的杰作。

法布里斯决计一旦有可能,立刻回巴马。他派路德维克送了一封长信给大主教。尊敬的大主教用拉丁文给年轻的受保护人写了回信,忠实的路德维克回到帕维亚市西边的皮埃蒙特一个小村庄萨纳扎罗,这才把信交给邮差。有一个细节必须交代一下——在某些国家,个人已经无须处处提防,在那里这个细节就像其他一些细节一样,显得多此一举。这个细节就是,信上绝对不写法布里斯·台尔·唐戈的名字,给他的信全都寄到路德维克·桑米凯利名下,地址写瑞士的罗卡诺,或者皮埃蒙特的贝尔吉拉特。信封用粗纸,拿火漆胡乱封口,地址的字迹勉强能够辨认,有时候还加上几句嘱咐的话,口气像个厨娘。发信地址全都写那不勒斯,日期提前六天。

路德维克从帕维亚附近皮埃蒙特的小村庄萨纳扎罗赶回巴马,他要完成一个任务,法布里斯对这个任务极为重视。其实这个任务并没有什么,就是给克莱莉娅·康蒂送一条手绢,上面印了彼特拉克[①]的一首十四行诗,中间改动了一个词。克莱莉娅看到这首诗是收到克莱申基侯爵的答谢信两天之后,侯爵说自己是世上最幸福的人。克莱莉娅看到桌上放的这首十四行诗,这个永恒思念的信物,心中泛起什么样的感情,就无须细表了。

路德维克负责详细打听要塞里发生的事情,了解得越多越好。他告诉法布里斯一个坏消息,克莱申基侯爵的婚事似乎已成定局,侯爵没有一天不在要塞为克莱莉娅庆祝。关于这桩婚事,有一个重要证据,那就是侯爵有万贯家私,按意大利北方阔佬的惯例,他也很吝啬,可是现在却大肆铺张——尽管他要娶的姑娘并没有嫁妆。法比奥·康蒂将军的同胞们一上来就留意的,正是没有嫁妆这一点,这使将军的自尊心大受挫折。他最近刚买了一块地,花费三十万法郎,而且付现金。显而易见,他用的是侯爵的钱,所以他放出话去,要拿这块地当作女儿的嫁妆。不过,办理各种手续的费用,加上其他一些开支,高达一万两千法郎,在克莱申基侯爵这种做事有板有眼的人看来,这笔支出似乎有点匪夷所思。侯爵自己在里昂定做了一批华丽的五彩挂毯,设计师是博洛尼亚的著名画

[①] 彼特拉克(1304—1374),意大利著名诗人,作品中有许多以爱情为主题的十四行诗。

家帕拉齐,色彩的搭配匠心独运,赏心悦目。每一张挂毯都有克莱申基家族纹章的一部分。众所周知,克莱申基家是985年任罗马执政官的那位赫赫有名的克莱申提乌斯的后裔。侯爵府一楼的十七个客厅将用这些挂毯来装饰。运到巴马的挂毯、挂钟、枝形烛台,总值超过三十五万法郎。除了府上已有的镜子,又购置了一批新镜子,价值二十万法郎。有两间客厅的装饰画是当地仅次于画圣科勒乔的大画家巴马齐诺的名作,二楼和三楼的房间里,来自佛罗伦萨、罗马和米兰的名画家们正忙着绘壁画。瑞典的大雕塑家福凯尔伯格,罗马的泰内拉尼,米兰的马尔凯西①,为了十块浮雕已经工作了一年。浮雕表现的是真正的大人物克莱申提乌斯的十大功绩。大部分屋顶画也与这个大人物的生平有关。米兰的阿耶兹创作的屋顶画表现了克莱申提乌斯在极乐世界受到弗朗索瓦·斯佛尔查、伟大的洛伦佐、罗伯特王、保民官考拉·迪·利安济、马基雅维利、但丁和中世纪其他一些大人物的迎接,这幅画受到广泛赞誉。而赞美这些杰出人物,有人认为无异于对当权者的讥讽。

这些豪华的摆设让巴马的贵族和资产者无心顾及其他。路德维克口授了一封二十页的长信,执笔人是卡萨尔-马乔列海关的一个职员。他用天真的羡慕口吻把这些细节一五一十地告诉了我们的主人公,使他感到心如刀绞。

"我是个穷光蛋!"法布里斯自语道,"全部财产就是四千法郎年金!我爱上克莱莉娅·康蒂真是不知天高地厚,人家给她的才是神仙的日子呢。"

长信里有一段是路德维克自己写的,字迹歪歪斜斜。他告诉主人说他当天晚上碰到了原先的狱卒格里罗,他坐过牢,又放了出

---

① 福凯尔伯格(1786—1854),瑞典雕塑家,常年生活在罗马。泰内拉尼(1789—1869),意大利雕塑家。马尔凯西(1783—1858),意大利雕塑家。

来,现在过着深居简出的生活。格里罗求路德维克可怜,给他一个西昆,路德维克以公爵夫人的名义给了他四个。有十二个老狱卒新近获释,他们正商议着,接替他们的新狱卒如果在要塞外叫他们撞上,要用刀子犒劳他们一顿。格里罗说,要塞里几乎天天演奏小夜曲,又说克莱莉娅·康蒂小姐脸色苍白,经常生病,他还讲了其他许多类似的事情。路德维克这句话有点不伦不类,结果他接到吩咐,要他回罗卡诺。他回去亲口讲述了详细情况,法布里斯听罢,越发难受了。

可以想象,法布里斯对可怜的公爵夫人依然非常体贴,他宁可死上千万回,也不愿在她面前提起克莱莉娅·康蒂的名字。公爵夫人痛恨巴马,而对法布里斯来说,关于巴马的回忆都是美好动人的。

公爵夫人的复仇心比以往任何时候都强烈。吉莱蒂被阴错阳差地杀掉之前,她是何等快活,而现在竟落到了这步田地!她等待一件惊天动地的事情发生。对法布里斯,她只字不提。她跟费朗泰筹划这件事的时候,还满以为告诉法布里斯他的仇终归有一天会报,他不定有多高兴呢!

现在,对公爵夫人和法布里斯谈话有几分乐趣,大家心里大概有数了。事实上,他俩几乎总是无精打采,沉默不语。到后来,为了使他们的关系松弛下来,公爵夫人决定和亲爱的侄儿玩一点儿小心眼。那时节,伯爵差不多天天给她写信,显然他又像他们恋爱的时候那样派专人送信,因为他的信上都盖着瑞士某个小城的邮戳。可怜的人绞尽脑汁,既避免在信里过多地表露感情,又要把信写得趣味盎然。可惜,公爵夫人心不在焉地浏览一遍便作罢。唉!她有更喜欢的人,而这个人的冷淡又伤透了她的心。在这种情况下,一个受敬重的情人再真心诚意,又管什么用呢?

两个月过去了,公爵夫人只回了伯爵一封信,目的是叫他探探王妃的口风。虽说发生了无法无天的焰火事件,王妃仍旧愿意收到公爵夫人的信也说不定,倘若伯爵以为托他转递的信还算得体,就把它交给王妃。公爵夫人在信里为克莱申基侯爵请赐王妃侍从骑士职位,这个职位新近出缺,希望能把它当作结婚贺礼赏给侯爵。公爵夫人这封信堪称尺牍精品。信里感情充沛,恰如其分地表达了对王妃的敬重,任何可能引起王妃不快,哪怕是事后很久可能引起她不快的字眼,统统从这封宫廷体的书信中剔除。因此,王妃的回信也洋溢着友好感情,这种感情曾经因公爵夫人离去而经历了波折。

"自从您突然离开,"王妃在信中说道,"我和我儿子未曾参加过一次勉强说得过去的晚会。公爵夫人,难道您不记得,是您使我在任命我宫里的官员上获得了发言权?您觉得任命侯爵需要为我找一个理由,难道您的希望本身不就是最重要的理由吗?只要我说话还管用,侯爵就一定可以得到这个职位。而您,可爱的公爵夫人,您在我心里永远占有一席之地。我儿子要表达的意思和我一模一样,不过从一个二十一岁的大男孩嘴里说出,不免有点生硬。他请您从贝尔吉拉特附近的奥尔塔山谷为他找一些矿物标本。您的信——希望常收到您的信——可以寄给伯爵。他对您一直怀恨在心,不过我却因为他的这种感情而很喜欢他。大主教也一直支持您。我们大家都希望有一天和您相见。请记住,我们一定要再见面。我的女官吉斯莱里侯爵夫人行将离开这个世界,往一个更美好的世界去。可怜的夫人让我吃了不少苦,现在她又在不该走的时候离去,再一次叫我心里不痛快。她患病后,我想起了一个名字,如果用这个名字来代替她的名字,我会很高兴的,可惜我没办法让这个独一无二的女人放弃她特立独行的生活,她一走,便把我小宫廷的欢乐都带走了……"

公爵夫人每天与法布里斯见面,心里却很明白,她已经尽自己所能促成了让法布里斯伤心的婚事。所以他们经常一起在湖上荡舟四五个小时,彼此却一句话也不说。就法布里斯来说,他还是一片赤诚,但是他另有所思,而他的心地又天真纯洁,因此无话可说。公爵夫人看出这一点,真有如万箭攒心。

我们忘记交代,公爵夫人在贝尔吉拉特租了一幢房子。贝尔吉拉特是个美丽的村庄,与它的名字十分相符(湖湾览胜)。从她客厅的落地窗出来,直接迈步上船。她购置了一艘非常普通的船,四个桨手就够了,可是她却雇了十二个,这样贝尔吉拉特周边每一个村庄都有一个桨手。她第三次或者第四次和桨手们一起到了湖上时,吩咐他们停止划桨。

"我把你们当作朋友。"她对桨手们说,"可以告诉你们一个秘密。我的侄子是从牢里逃出来的,虽然他住在你们的湖边,这里是个自由村,人家还是企图悬赏抓他。你们都给我勤打听着点,有什么风吹草动立刻告诉我。不论白天夜里,你们都可以进我的屋。"

桨手们纷纷应允。她很会收买人心,其实她并不真认为法布里斯会再次被捕,她这样做是为她自己。在她下令打开桑塞维利纳府的水池之前,她是不会有这种想法的。

为谨慎起见,她又在罗卡诺港为法布里斯租了一套房间。法布里斯每天来看她,要不然她就到瑞士那边去。他们会面是否愉快,可以从下面这件事来判断:侯爵夫人和女儿来看望过他们两次,而这些外人的出现,居然让他们很开心。虽然他们有血缘关系,但是一个人倘若对你切身的利害一无所知,与你一年才见上一次,那你就可以称他是外人。

一天晚上,公爵夫人和侯爵夫人,还有侯爵夫人的两个千金,都在罗卡诺法布里斯家里,当地的总司铎和本堂神甫来拜会这些贵夫人。总司铎在一家商号有股份,自认为消息灵通,他突然想起一件事,便说道:

"巴马亲王死了!"

公爵夫人的脸唰地白了,白得可怕,她嗫嚅地问:

"有什么具体的消息吗?"

"没有,"总司铎说,"只有他死的消息,不过是千真万确的。"

公爵夫人望了望法布里斯。"我做这件事,全是为了他。"她暗道,"为了他,比这坏百倍的事情我也会去做。可你看他,在我面前一副心不在焉的样子,心里想着另一个人!"想到这里,她心如刀绞,竟支撑不住晕倒在地。大家赶紧上前搀扶。等她苏醒过来,她发现法布里斯反倒不如总司铎和本堂神甫着急,几乎动也没动,和往常一样在出神。

"他在想着回巴马,"公爵夫人暗忖,"大概想去把克莱莉娅和侯爵的婚事搅了。哼,我有法子制止他。"她想起两位教士还在跟前,赶紧说道:

"他是一个伟大的亲王。说他坏话的人太多了!对我们来说,这是一个巨大的损失!"

两位教士告辞,公爵夫人想独自待一会儿,便称准备就寝。

"为了谨慎起见,"她想,"我可能过一两个月再回巴马为好,可是看来我是没有这个耐性了。在这里住着太痛苦了。法布里斯总在冥想,总是一声不吭,他那样子我实在看不下去。我为了替他复仇,做的事连说都不敢跟他说,可谁又能想到,和他双双荡漾在这旖旎的湖光山色之中,我居然会郁郁不乐!经过这么一番折磨,死也就无所谓了。法布里斯从那不勒斯回来,我在巴马的家里迎接他的时候,我欢喜,我幸福,我激动不已,现在该为这些付出代价了。当时我只要说一句话,便万事俱备,他和我在一起,可能就不会去想克莱莉娅那个小丫头。可是这句话我无论如何也说不出口啊。现在,那小丫头占了上风,原因不是明摆着吗?她二十岁,我呢,比她大一倍,又被忧虑和疾病折磨得不成样子!……不如一死了之,一了百了吧!妙龄少女,男人都爱,一过四十,就成残花败柳!如今我除了虚荣,已经没有快乐可言,这样活着还有什么意思?这么说,我就更应该到巴马去,去给自己找一点乐趣。倘若出了什么意外,丢了性命,那又有什么不好?要死就死得轰轰烈烈,死之前,也只有到了死之前,我才会对法布里斯说:'没良心的!这都是为了你啊!……'剩下的日子不多了,我肯定能在巴马找到消遣。我要活得像个贵妇人。我过去出风头,拉威尔西很难受,如今在这方面我要是还能有灵感,那可真是太幸运了!看来,我是不是幸福,得到那些嫉妒我的人的眸子里去看……虚荣自有其乐趣。大概除了伯爵,谁也猜不出来是什么事情让我心如死灰……我爱法布里斯,为了他的前程,我可以奉献一切,但是不能让他破坏克莱莉娅的婚姻,不能让他娶克莱莉娅……不行,绝对不行!"

公爵夫人正幽幽戚戚地想着心事,忽然听到屋里传来咚咚的响声。

"好,来抓我了!"她想道,"弄不好费朗泰被捕了,招供了,那倒更好!我有事做了,我要跟他们争夺我的脑袋。嗯,首先,不能让他们抓住。"

公爵夫人来不及穿戴好,便奔出房间藏到花园深处。她正打算翻过一堵矮墙头,逃到田里去,却看见有人进了她的卧室。她认出来人是布鲁诺,伯爵的心腹,除了她的女仆,就布鲁诺一个人。她踅到落地窗旁边,听布鲁诺正在和女仆说他受了伤。她走进房间,布鲁诺扑通跪倒,几乎匍匐在她脚下,恳求她不要告诉伯爵他深更半夜才到这里。

"亲王刚死,"布鲁诺说,"伯爵先生就下令,所有的驿站都不许给巴马的臣民提供马匹,所以我赶府里的马到了波河。可是下船的时候,马车翻了,摔得七零八落。我碰伤了好几个地方,都伤得不轻,连马都骑不了,这才误了差事。"

"那好,"公爵夫人说,"现在是凌晨三点,我就说你是中午到的。你就照我的话说。"

"夫人太好了,小人感激不尽。"

政治在一部文学作品中,好比音乐会上的一声枪响,十分粗鄙,但是又不能不注意它。

下面要讲的事,件件难登大雅之堂,有千万条理由三缄其口,但是有些事情又非讲不可,它们是题中应有之义,因为它们构成了人物心灵的舞台。

"伟大的主啊,他是怎么死的,那伟大的亲王?"公爵夫人问布鲁诺。

"他到波河岸的湿地去打候鸟,离萨卡有两法里路。他跌进了草丛下的一个水坑,他原本一身大汗,一下子被冷水激了。人家把他抬进一幢房子,前不巴村,后不巴店,没过几个钟头就死了。有人说卡特纳先生和波罗内先生也死了。他们到了一个农户家,怪就怪那农户的铜锅,里面生满了铜锈,他们偏偏在这家农户吃了午饭。反正大家都昏了头,那些雅各宾党一向是希望什么就说什么,他们讲是有人下毒。我所知道的就是我的朋友托托在宫里当差,差一点也死了,多亏一个乡下人,好像精通医道什么的,慷慨地给了他一些稀奇古怪的药。不过,现在大家已经不再谈论亲王的死了。说到底,亲王这个人太凶残。我动身的时候,老百姓正汇集起来,要把拉西总检察长杀掉。他们还打算放火烧要塞,把犯人救出来。有人说法比奥·康蒂会开炮,也有人说炮手往火药上泼了水,他们不愿意屠杀同胞。不过,最有意思的是这么件事。桑多拉罗的外科大夫给我医治可怜的胳膊的时候,从巴马来了一个人,他说老百姓在街上发现了要塞那个出了名的文书巴博纳,把他活活揍死了,然后把他吊在要塞附近林荫大道的一棵树上。老百姓又向宫里进发,要砸宫廷花园里那尊漂亮的亲王塑像。但是伯爵先生已经率领一队禁卫军,在塑像前排开。他派人告诉老百姓,有谁胆敢走进花园,就甭想活着出去。老百姓害怕了。有件事有点邪门。从巴马来的那个人当过宪兵,他唠叨了好几遍,说伯爵先生踢了禁卫军司令 P 将军好几脚,揪掉了他的肩章,派两个士兵把他赶出了花园。"

"这才是伯爵的本色。"公爵夫人不觉叫起来,一分钟前连她自己都想不到会有这份高兴劲,"他绝不能容忍人家侮辱王妃。至于禁卫军司令 P 将军嘛,对合法主子他唯命是从,从来不愿意为谋反篡位的人效力,而伯爵不同,他没那么多讲究,西班牙战争,每一仗他都参加了,宫里的人为此对他有很多非议。"

本来公爵夫人已经打开了伯爵的信,可是没来得及读就连珠炮似的问了布鲁诺许多问题。

伯爵的信很有趣,用的字眼很凄凉,可是兴奋的心情却从字里行间迸发出来。在亲王的死因上,他没有多说,最后讲道:

"你肯定准备回来了,亲爱的天使!不过我劝你再等一两天,照我看来,今天或者明天王妃就会派人送信给你。你走得有种,必须回得风光。你身边那个戴罪之人,我打算让他受审,审讯的十二个法官从全国各地选。但是要让这个浪荡子受到恰当的惩戒,我必须使第一份判决书作废——倘若真有这份判决书的话。"

这封信伯爵自己拆开过,他补充写道:

"还有一件事。我刚才吩咐向两营禁卫军分发了弹药,我要去战斗了,我得配得上自由党人很久以前就送给我的绰号'铁石心肠'。P 将军这个老僵尸居然在兵营里大谈什么和蠢蠢欲动的老百姓谈判。我在街上给你写信,我正赶往王宫。除非踏着我的尸体,否则谁也甭想走进王宫。别了!我活着爱你,如果我死了,那也是怀着对你的爱死去的。别忘了到里昂 D 处去取那笔存在你名下的三十万法郎。

"拉西这个可怜虫来了,脸白得像死人,假发也没了,那副狼狈相你想象不出来!老百姓恨不得把他绞死,那可太便宜他了,他应该五马分尸。他躲在我家里,又跟着我到了街上,我真是无可奈何……我不想带他去宫里,那会叫宫里翻了天。F① 会知道我爱不爱他的。我对拉西讲的第一句话是:我必须有台尔·唐戈先生的判决书,还有你可能有的一切文件,去告诉那些歪心眼的法官——这次骚乱祸根就在他们,如果他们胆敢有一句话提到那份根本不存在的判决书,我就把他们,还有你,统统绞死。看在法布里斯的面子上,我给大主教派去了一队掷弹兵。别了,亲爱的天使!我的房子可能被烧毁,我可能失去你那些美丽的画像。我得赶紧到王宫去把那个可恶的 P 将军革职。他老毛病又犯了,过去他对亲王胁肩谄笑,现在他对老百姓胁肩谄笑。将军们都吓得要命,我想我得自己出任总司令了。"

公爵夫人多了个心眼,没有派人去叫醒法布里斯。她心中一时间涌起的对伯爵的钦佩之情,与爱情已经相差无几了。她忖道:"全面考虑,我应该嫁给他。"她立刻给伯爵写了一封信,派手下人送走。这天夜里,公爵夫人忙得没顾上自怨自艾。

第二天午时,公爵夫人看见一艘十桨手的船飞也似的破浪而来。她和法布里斯很快发现有一个人身着巴马亲王手下人的制服。来人的确是宫里的信差,没等船拢岸便高声叫道:"骚乱平息了!"信差交给公爵夫人好几封伯爵的信,一封王妃的信,还有拉努斯-艾奈斯特五世写在羊皮纸上的手谕,封公爵夫人为桑乔瓦尼女公爵和王太妃首席女官。这位精通矿物学的年轻亲王,她过去认为他很傻,可是他居然想起来给她写了一封短笺。不过,信笺末尾却透露出了爱慕之意。起首写道:

---

① 显然是指法布里斯。

公爵夫人,伯爵说他对我很满意。实际情况是,我在伯爵身边,几颗子弹朝我飞来,击中了我的坐骑。区区小事,不足挂齿,却引起这么多的议论,使我产生了强烈愿望,真想实地参加一场战役。当然它不应当是反对我的臣民的战争。我的一切都是伯爵给的。我那些将军都没有打过仗,个个胆小如鼠,有两三个人,我估计已经逃到博洛尼亚去了。自从悲剧发生,我执政掌权以来,我签署的手谕中最令我高兴的,就是任命您为母妃的首席女官。我和我母亲记得您对桑乔瓦尼 pa-lazzeto① 前面的景观赞不绝口,这个公馆从前属于彼特拉克,至少传说是这样。我母亲很乐意把桑乔瓦尼这块土地赐给您。我不知道送您什么好,我不敢把已经属于您的东西送给您,就封您为巴马的女公爵吧。不知您是否了解,桑塞维利纳是罗马的一个爵位。我最近把和我同等级的大绶带授给了大主教,他表现出的毅力对一个七旬老人来说是很罕见的。我把所有被流放的贵夫人都召回来了,希望您不要埋怨我。人家告诉我,从今往后,我在签名之前必须先写上"您亲爱的"这几个字。这样叫我不问真假乱许诺,叫我很恼火,只有对您的许诺才是真心的。

　　　　　　　　　您亲爱的
　　　　　　　　　拉努斯-艾奈斯特

　　单看这信的口气,谁不说公爵夫人将是最受宠的人?但是,两个钟头之后,她又收到伯爵的几封信,里面有些话很是蹊跷。伯爵在信里没有多解释,只劝她迟几天再回巴马,先写信给王妃说她病了。但是公爵夫人和法布里斯依然吃过晚饭便动身了。公爵夫人

---

① 意大利文:小公馆。

的目的是去催促克莱申基侯爵尽快把婚事办了,当然她嘴里并不这么说。法布里斯一路上兴高采烈,在他姑母眼里很有些可笑。他盼望很快见到克莱莉娅,倘若没有别的办法阻止她的婚事,他打算不顾她的意愿,将她劫走。

公爵夫人和她侄子一路有说有笑。在巴马前的一个驿站,法布里斯稍事停留,换上教士服装。平时他的穿戴活像在服丧。他返回公爵夫人的房间,公爵夫人对他说:

"我觉得伯爵信里有的地方很可疑,很费解。如果你相信我,就先在这里逗留几个钟头,等我跟这位重臣谈过之后,立刻派人给你送信。"

公爵夫人的意见合情合理,法布里斯接受了,不过心里很不痛快。伯爵见到公爵夫人,兴奋得像个十几岁的孩子,他径直把公爵夫人叫作"我太太"。他说了半天,一直回避政治问题,最后终于谈到了叫人伤心的事由:

"你没让法布里斯风风火火地回来,做得很对,这里正在回潮。猜猜看,亲王派谁当了司法大臣,成了我的同事?是拉西,亲爱的,是发生大事那天我把他当作癞皮狗的那个拉西。顺便告诉你,这里发生的一切都被一笔勾销了。读一读小报你就会知道,要塞里一个叫巴博纳的文书从马车上掉下来摔死了。还有,六十来个无赖扑向亲王的塑像,被我下令射杀,现在却说他们安然无恙,不过外出不在家罢了。内务大臣祖尔拉伯爵亲自造访了这些不幸的英雄的家庭,发了十五西昆给他们的家人和朋友,并且胁迫他们说家里那个死鬼出门了,明白告诉他们,谁胆敢放出话去让人知道这些人被杀了,就得蹲大牢。我自己的部,外交部里,就有一位先生被派到米兰和都灵,负责和记者接触,叫他们莫谈那个不幸事件——这已经是惯用语。这个人还得奔赴巴黎和伦敦,在所有的报纸上,差不多以官方的名义,对可能出现的关于我们骚乱的报道一概加以否认。另一位先生已经奔赴博洛尼亚和佛罗伦萨。我只能袖手旁观。

"好笑的是,以我的年纪,向士兵们讲话,扯掉 P 将军这个胆小鬼的肩章的时候,居然热血沸腾了一阵,那时节为了亲王,我毫不犹豫,万死不辞。这会儿我却感到,那样结束生命太愚蠢。现在年轻的亲王虽然心地好,却恨不得拿出一百埃居让我身染重病,一命呜呼。目前他还不敢向我提到辞职,不过我们俩都尽量少交谈,我呈给他大堆细琐的书面报告,法布里斯关进监狱之后我就是这样对付老亲王的。对了,我没有让法布里斯的判决书作废,原因很简单,拉西那个坏蛋根本没把判决书交给我。所以,你阻止法布里斯招摇过市地回来,做得很对,判决书还一直有效呢。我估计拉西还不至于今天就把法布里斯抓起来,但是半个月之后就难说了。假如法布里斯一定要回来,让他住到我家里来。"

"可是,这究竟是怎么搞的?"公爵夫人一脸困惑。

"有人向亲王告了状,说我以独裁者和国家救星自居,把亲王当作小孩子。还说我讲到亲王的时候,好像用过'孩子'这个可恶的词。这可能不假,那天我有点激动,其实我是觉得他算个男子汉,平生头一次听到放枪却毫无惧色。他不缺头脑,风度比他父亲还强一些,而且我要不厌其烦地说,他为人正派,心地好。可是,但凡有人跟他讲到什么骗局,他那颗年轻善良的心便揪紧了,以为没有黑心肠便看不透这些事。你想想,他受的是什么教育呀!……"

"阁下你应该想到他早晚要成为主子,在他身边安插一个有学问的人。"

"头一点,我们有孔狄亚克神甫①的前车之鉴。我的前任费利诺侯爵聘他来,结果把学生教成了天字第一号大傻瓜。这学生参

---

① 巴马的费迪南公爵曾经师从法国哲学家、启蒙思想家孔狄亚克。

加圣体游行,1796年不知道怎么同拿破仑周旋,否则拿破仑早就把他巴马的国土扩大三倍了。第二点,我从来没想过连续当十年首相。经过这一个多月,我现在什么都看穿了,虽然我曾经力挽狂澜,但是等我攒足了一百万,就把这烂摊子甩掉。要不是我,巴马肯定会有两个月的共和,诗人费朗泰·帕拉就会登台。"

这句话让公爵夫人脸发烧,不过伯爵完全不知情。

"现在眼看着就要回到十八世纪君主制的老套里去:忏悔师和情妇。归根结底,亲王只爱矿物学,也许还爱你,夫人。他即位以来,他的那位侍从——就是我让他入伍九个月的兄弟当上上尉的那位,成天往他脑子里灌输这么一个想法,说他应该比先王过得快活,因为钱币上就要铸上他的侧面像了。一旦这样想入非非,人就不免坐立不安。

"他现在需要的是副官,好给他消愁解闷。好吧,就算他给我一百万法郎,让我们舒舒服服在那不勒斯或者巴黎过日子,我也不愿意花四五个钟头和殿下他待在一起,去给他当开心果。再说了,我比他聪明,过上一个月他就会对我敬而远之。

"先王生性狡诈,小心眼,但是他打过仗,指挥过军队,看起来有气度,而且他是当亲王的料。这样的人我可以给他当首相,当得好坏另当别论,但是跟这个心地好得没法说的憨小子,我就非多长几个心眼不可了。你瞧,宫里最下贱的女人我都得防着,而且还防不胜防,因为许多事情虽然小却很要紧,我偏偏不在意。比如说吧,三天前,有个早上挨门送干净手巾的女人想了个鬼点子,害得亲王找不到英式书桌的钥匙了。这样一来,一应公事,只要文件在书桌里,亲王都不处理了。其实呢,只要花二十法郎,就能叫人把书桌的底板拆下来,要不配几把钥匙用也行。可是拉努斯-艾奈斯特五世对我说,这样做会使宫里的铜匠养成坏习惯。

"到今天为止,亲王从来不曾有过三天的热情。如果年轻的亲王生下来是个什么侯爵,又富甲一方,那他在宫里准会德高望重,是个路易十四式的人物。但是他现在处处被人下了套,以他的天真单纯,哪里是人家的对手?所以,你的敌人拉威尔西的沙龙现在名声大振。我曾经下令向老百姓开枪,在必要的时候,我宁可杀掉三千人,也不能让亲王的雕像受到侮辱,就我这样一个人,在拉威尔西的沙龙里居然成了疯狂的自由党,说我要签署新的宪章,种种胡说八道,不一而足。那些疯子发表的共和言论,有可能妨碍我们享受最好的君主政体……总而言之,夫人,现在我被当作自由党的首领了,这个党里唯有对你,亲王还没有表示反感。大主教生性耿直,就因为对我在不幸的日子里的所作所为讲了几句公道话,就被彻底冷落了。

"当时那一天还不叫不幸的日子,第二天还承认发生了暴动。亲王当时对大主教说要册封我为公爵,以免你嫁给我之后爵位低了一等。如今我想,倒是当初向我出卖先王的秘密,靠我当上贵族的拉西要被封为伯爵了。如果他真的晋升,我就会落到傻瓜的地步。"

"可是,可怜的亲王也会惹一身臊啊。"

"那倒是。不过人家毕竟是主子,身份不同,过半个月就无所谓可笑不可笑了。所以,亲爱的公爵夫人,让我们像玩特里特拉①一样,说我们走吧。"

"那我们就得受穷啦。"

"其实呢,不论你和我,都不追求奢华。到那不勒斯,你在圣卡尔洛剧院包厢里给我订个座,再给我一匹马,我就喜出望外了。将来你我的地位,不取决于是不是好歹能过上奢华的日子,而是取决于聪明人到你家来喝茶能不能得到乐趣。"

---

① 一种用骰子和跳棋子玩的游戏,玩的时候常说"我们走吧"。

"不过，"公爵夫人接过话茬，"不幸的日子里你如果袖手旁观——我希望你以后能够这么做，会怎么样？"

"军队会同老百姓称兄道弟，三天里会有人杀人放火（因为要等百年之后，共和在这个国家才不会是怪胎），半个月里会有人打家劫舍，直闹得外国人武装起三两个团的军队来弹压。费朗泰·帕拉就在老百姓中间，和原来一样勇气十足，气势汹汹。他肯定有十来个朋友配合他行动，这在拉西看来是不折不扣的谋反。可以肯定的一点是，费朗泰虽然衣衫褴褛，施舍钱财出手却非常大方。"

公爵夫人听到这些消息，又惊又喜，她赶紧跑去向王妃表示感谢。

她刚走进王妃的寝室，专司梳妆的女官就递给她一把金钥匙挂在腰带上，这是在王妃宫里享有最高权力的标志。克拉拉·帕奥丽娜立刻屏退了所有的人，等屋里只剩下她自己和公爵夫人，她却又踌躇不决，说话吞吞吐吐。公爵夫人不明白她的意思，答话也就非常小心。最后，王妃失声痛哭，扑到公爵夫人的怀里，她喊道："我的苦日子又开始了。我儿子对我比他老子还坏！"

"这我可不答应。"公爵夫人毫不含糊地应声说道。她接着又说："不过，首先我得请尊敬的殿下接受我真诚的谢忱和深切的敬意。"

"您什么意思？"王妃厉声道，她心里惴惴不安，生怕公爵夫人提出辞职。

"我的意思是，倘若尊敬的殿下允许我把您壁炉上那个瓷人晃动的下巴向右边转一点，那就是说您答应我，让我有话直说。"

"就这个，亲爱的公爵夫人？"克拉拉·帕奥丽娜立起身来，朗声道，亲自把瓷人摆正，"首席女官夫人，有话您只管放心说好了。"

"殿下您明察秋毫,"首席女官道,"我和您,我们俩都身临险境。法布里斯的判决书并没有作废,这也就是说,哪天人家想除掉我,也给您难堪,只要把法布里斯重新投进监狱就行了。就我个人而言,我是要嫁给伯爵的,我们打算到那不勒斯或者巴黎安家。有的人恩将仇报,最近这一次更叫伯爵彻底灰心了。要不是为尊敬的殿下您着想,我真想劝他离开这个是非之地,除非亲王给他一笔巨款。恳请殿下俯允,我想告诉亲王,伯爵就任的时候有十三万法郎,而现在却只有每年两万的收入了。我早就跟他说要想着自己的财产,可是全都白说。我不在的时候,他没来由地跟亲王的包税人顶起来,那些包税人都是浑蛋。伯爵换上了另一拨浑蛋,他们给了他八十万法郎。"

"什么!"王妃诧异地喊道,"主啊!叫人好生恼火!"

"夫人,"公爵夫人十分冷静地问,"是不是要把瓷人的鼻子转向左边?"

"别转。"王妃高声道,"主啊!我气的是,伯爵这样性情的人居然也想到捞外快。"

"可是不这么捞,贵族们都会瞧不起他的。"

"伟大的主啊,这怎么可能?"

"夫人,"公爵夫人道,"除了我的朋友克莱申基侯爵,这儿人人在捞钱。克莱申基不同,他每年有三四十万的收入。在这个国家,你的政绩再出色,最多也就一个月的彩头,叫人家怎么能不捞钱?失宠之后,只有金钱是实实在在的东西。夫人,有些事情太可怕,不知当讲不当讲。"

"就算我听了三天三夜吃不下饭,"王妃长叹了一口气,"我也让您讲出来。"

"那好吧!夫人,您的儿子,当今的亲王,为人正直无可挑剔,可是他对您的伤害,较之他父亲,将有过之而无不及。已故亲王和大多数人一样,是个有个性的人,而当今的主上呢,什么东西能否喜欢上三天,他自己都说不准。因此,必须不间断地和他待在一起,不让他同其他人接触,才能对他心中有数。发现这一点并不困难,所以新的极端保王党——为首的是拉西和拉威尔西这两个滑头,正在给亲王寻摸一个情妇。这个情妇可以捞外快,可以拿一些不打紧的官职送人情,但是她必须向着这个党,保证亲王不变心。

"我想了,为了在殿下您的宫里站稳脚跟,我希望把拉西撵走,把他搞臭。我还要求尽可能找一些正派的法官来审理法布里斯的案子,如果像我希望的那样,这些先生认为法布里斯无罪,那么理所当然就应该答应大主教,让法布里斯当他的副手,并且在以后承继大主教的职位。假如我的希望不能实现,我和伯爵就急流勇退,临走前我要留给尊敬的殿下一个忠告,您千万不可宽恕拉西,还有,千万不要离开您儿子的国家,待在这个好儿子身边,他就不会给您太大的伤害。"

"您的这番话,我听得很仔细。"王妃说道,微微一笑,"我是不是该给我儿子找一个情妇?"

"那倒不必,夫人。不过头一条,您必须让他感到只有在您的客厅才有乐趣。"

两人就这个话题又谈了很久。单纯而聪明的王妃明白了。

公爵夫人派信差告诉法布里斯他可以进城了,但是千万不要让人看见。法布里斯装扮成庄稼人,住在一个卖栗子小贩的木板房里,没有什么人发现他。那房子就在要塞大门对面,掩映在林荫大道的树丛中。

第二十四章

公爵夫人在王妃的宫里安排了好几场晚会,场场赏心悦目,气氛之欢乐在宫里闻所未闻,而公爵夫人本人也从来没像这个冬季里这样和蔼可亲。其实,严重的危机正向她合拢来。对于法布里斯奇怪的转变,她虽说心里多少有点难受,却也没有去多想。少年亲王每每很早就来参加母亲的晚会,可是母亲总是说:

"回去管理政事吧,我料定这会儿你的桌子上正摆着二三十件报告等你批复呢。我可不愿意让全欧洲的人说我把你培养成游手好闲的君王,好代你行政。"

这些话的愚笨在于总是在最不合时宜的场合说出来,比如亲王刚刚克服了羞涩心理,兴致勃勃地加入动作字谜游戏。每周还举办两次郊游。王妃恩准市民阶级的美女们参加,理由是要为新王收买民心。在这个快乐的宫里,公爵夫人是灵魂人物,她知道市民阶级这些美艳的女人对拉西飞黄腾达嫉妒得要命,指望她们从这个大臣无数丑事中挑一两件说给亲王听。亲王有许多幼稚的念头,其中之一就是他自以为有一个讲道德的内阁。

拉西何等机灵,不会不明白王妃宫里由他的敌人安排的这些精彩晚会对他来说充满杀机。他没有把判决法布里斯的那份完全合法的文书交给莫斯卡伯爵,所以他和公爵夫人必有一个得离开宫廷。

老百姓闹事的那天——现在识时务的话就要矢口否认有人闹事,曾经有人向老百姓广施钱财。拉西决定就从这里入手调查。他穿上比平时更破旧的衣服,爬上城里那些最凄惨的楼房,按计划和楼里的穷住户一谈就是几个钟头。功夫不负有心人,经过半个月的奔波,他确定费朗泰·帕拉是闹事的首领,更重要的是,这家伙虽然如同所有的大诗人一样一贫如洗,却在热那亚卖掉了十来粒钻石。

据说其中有五粒实际价值是四万法郎,可是就在亲王去世前十天,三万五千法郎就脱手了,说是等钱用呢。

司法大臣获得这个发现,他心情之激动,岂是三言两语能够描述的?他觉察到,在王太妃的宫里,每天都有人拿他当笑料,有几次亲王跟他谈公务,也带着年轻人的天真当面取笑他。应该承认,拉西确实有一些土得要命的习惯。比如说,什么话题使他产生兴趣,他就架起二郎腿,还用手抓住鞋;倘若兴趣浓厚,就会掏出红布手绢铺在小腿上,等等,等等。市民美妇人中有一位,知道自己腿长得好看,便模仿司法大臣这个高雅动作,把亲王逗得大笑不已。

拉西说有急事求见亲王。他对亲王说:

"殿下一定很想知道先王是怎么死的,不知道您是否愿意出十万法郎?有了这笔钱,司法当局就能够把罪犯给您挖出来——

如果确实有罪犯的话。"

亲王如何回答不言而喻。

过了不久,谢奇娜告诉公爵夫人,有人愿意出一大笔钱,让她把夫人的钻石首饰拿给一个珠宝商看看,她气愤地回绝了。公爵夫人怪她不该回绝,过了一星期,谢奇娜拿到了准备给人看的钻石首饰。到了约定看钻石的那天,莫斯卡伯爵在巴马城每家珠宝店门口都安排了两个心腹,午夜时分他来找公爵夫人,告诉她想看钻石的珠宝商不是别人,正是拉西的兄弟。那天晚上,公爵夫人很开心。他们正在宫里演了一场即兴喜剧,后台只贴了一张剧情提纲,每个人物在台上现编词。她在剧里扮演了一个角色,这个角色的情人由拉威尔西侯爵夫人过去的朋友巴尔蒂伯爵担任,而拉威尔西侯爵夫人当时正在场观看。亲王虽然是国内数一数二害羞的人,但是他人长得英俊,心地又温柔,他把巴尔蒂的角色琢磨了一番,很想在下一场演出里亲自出场。

"我时间不多,"公爵夫人对伯爵说,"第二幕第一场有我的戏。咱们到警卫室说。"

警卫室里,二十个警觉的卫兵全神贯注地听首相与公爵夫人谈话,公爵夫人莞尔而笑,对伯爵说:

"每次我毫无理由地泄露秘密,你总是责备我。艾奈斯特五世坐上王位,是我出的力,为的是替法布里斯报仇。当时我爱他比现在热烈得多,不过我的爱一直是非常纯洁的。我知道你不大相信,这也不要紧,因为即便我有罪,你也爱我。说实话,要说我有罪,是下面这件事:我把所有的钻石首饰都给了一个疯子,一个叫人感兴趣的人,此人叫费朗泰·帕拉。我还吻了他,叫他去除掉那个想毒杀法布里斯的人。这有什么不对吗?"

"噢!费朗泰造反的钱是这么来的!"伯爵道,不免有点惊诧,"这种事你竟然跑到警卫室来跟我谈!"

"因为我很着急,拉西已经发现了蛛丝马迹。我其实绝对没有叫他造反,我讨厌雅各宾党。你想一想,演完戏你把你的想法告诉我。"

"我现在就可以告诉你,必须用爱情打动亲王……不过,至少是规规矩矩的!"

有人叫公爵夫人上场,她一溜烟地走了。

数天后,公爵夫人收到邮差送来的一封信,信很长,莫名其妙,落款是过去一个女仆的名字,说她想在宫里找个差事。公爵夫人第一眼就看出信不是女仆的笔迹,口气也不对。她掀起第一页打算读第二页,却见一幅圣母奇迹小画像飘落到脚边,画像折在一页旧书里。她向画像瞟了一眼,便取过旧书页来读,读了几行她眼睛一亮,看到了下面这些话:

保民官按月取一百法郎,不多拿。余下的钱打算用来在那些被利己主义冻僵的心灵中重新点燃圣火。狐狸嗅到了我的踪迹,所以我不能去最后看一眼我的偶像。我对自己说,她在精神上胜我一等,论风度和相貌,也都在我之上,可是她并不热爱共和国。再说,没有共和党,共和国从何谈起?莫非是我错了?十个月后,我要徒步周游美国的小城市,用显微镜观察,看看我心中您那唯一的对手,我究竟该不该爱它。男爵夫人,如果这封信能到您手里,此前也没有污浊的眼睛读过它,那就请您把我头一次壮着胆子与您攀谈的地点二十步以外的小椴树砍断一棵,我看到之后,会叫人把一个匣子埋在花园的大黄杨树下。在我幸福的日子里,有一次您曾经留意到这株黄杨。匣子里装的是一些令我的同道遭受诽谤的东西。若不是狐狸已经在跟踪我,弄不好会牵连我的天使,我是不会给您写信的。半个月后去看看黄杨树吧。

"既然他有了自己的印刷厂,"公爵夫人道,"不久就可以读到他的十四行诗集。天知道他会在诗里怎么称呼我!"

公爵夫人想拿她的风情赌一把。一个星期她都称病在家,宫里的晚会也就失去了光彩。王妃守寡之初,由于畏惧儿子而违心做的事一直让她自己不痛快,于是她也跑到安葬先王的教堂附属的修道院里住了一星期。晚会停了,亲王猛然有了许多空闲,他对司法大臣的信任也因此大打折扣。艾奈斯特五世明白了,如果公爵夫人离开宫廷,甚至仅仅不再播撒欢乐,他就会闷死的。晚会重新举办,亲王对即兴喜剧的兴趣越来越浓,他有心演一个角色,却没有勇气宣布自己的愿望。一天,他涨红了脸,对公爵夫人道:"我何不也演一演?"

"这里的人都听殿下您吩咐。只要殿下您吩咐,我就叫人准备一出喜剧的提纲。所有的场次,有殿下出场的,我也出场,头两次上台,谁都难免迟疑,只要殿下您注意看我,我就会告诉您怎么接词。"经过精心安排,一切就绪。亲王很害羞,又觉得害羞很丢脸,公爵夫人煞费苦心,避免让亲王为自己天生腼腆而难堪,这使年轻的君主感触颇深。

亲王头一次亮相的那天,演出比平时提早半个钟头。剧场进人的时候,客厅里只有七八个上了年纪的女人等在那里。这些人在场亲王不紧张,何况她们个个都在慕尼黑接受过正规的君主制教育,所以不住地为亲王鼓掌叫好。公爵夫人以首席女官的身份,吩咐把一般廷臣进入剧场的门锁上了。亲王不乏文才,又是一表人才,头几场戏就演得不错。公爵夫人每丢个眼色暗示,或者小声提示,他都心领神会,立刻把台词说出来。正当场里稀稀拉拉的观众使劲拍巴掌的时候,公爵夫人打了个暗号,于是剧场正门洞开,宫里的美妇人纷纷入场,瞬间把场子挤得水泄不通。亲王容光焕发,喜形于色,女人们不由得鼓掌喝彩,亲王激动得面红耳赤。他扮演的角色是公爵夫人的情人,过了不久,公爵夫人非但不用再提词,反倒不得不提醒亲王把戏演得短一点。亲王吐露起爱情,热情洋溢,常常使公爵夫人感到难堪。他的台词往往要说足五分钟。公爵夫人已经没有头几年的花容月貌。法布里斯入狱,加之在马乔列湖畔陪伴法布里斯,日子越过越悒郁沉闷,给美丽的吉娜平添了十岁年纪。她脸上留下了岁月的痕迹,少了几分青春魅力,多了几分思想的成熟。

她的脸上已经很少有青春的喜庆模样,但是在台上,涂了脂粉,又有舞台表演的各种手段衬着,看上去依旧可以算宫里的头号美人。亲王的台词热情奔放,廷臣们听了都有所感悟。这天晚上他们都在嘀咕:"这是新朝的巴尔比。"莫斯卡伯爵当然觉得很别扭。待戏演完,公爵夫人当着宫里所有人的面对亲王说:

"殿下演得太棒了,弄不好有人会说您爱上了一个三十八岁的女人,伯爵的婚事怕是吹了。所以我以后不再和殿下同台演戏,除非殿下保证,冲我说话就像跟有岁数的女人说话,比如像跟拉威尔西侯爵夫人说话。"

这出戏演了三场,亲王乐不可支。可是有一天晚上,他显出闷闷不乐的样子。

"要是我没有把事情看错,"首席女官对王妃道,"那么拉西一定在动脑筋算计我们。我建议殿下明天点一出戏,亲王肯定演砸,他心里一烦闷,就会跟您说点什么的。"

亲王果然演得很蹩脚。观众几乎听不见他说什么,而他开了头就不知道收尾。第一幕演到最后,泪水已经在他的眼眶里打转。公爵夫人就在旁边,却一动不动,置若罔闻。等演员休息室里就剩他们两个人,亲王过去把门关上了。

"第二幕和第三幕绝对演不了啦。"他对公爵夫人说,"我不想听到人家为了讨好我才鼓掌。今天晚上的掌声像刀子剜我的心。

怎么办？给我出个主意吧。"

"我到前台去，学剧团经理的样子，朝王妃殿下深深鞠一躬，再给观众行个礼，告诉他们扮演雷利奥①的演员突感不适，下面以几首歌曲来结束演出。鲁斯卡伯爵和小吉索尔菲有机会在显赫的观众面前一展尖细的歌喉，不知道会怎么高兴呢。"

亲王拉起公爵夫人的手，一阵狂吻。

"虽然您不是男人，"亲王对她说道，"您也可以给我出出主意。拉西刚在我书桌上放了一百八十二份证词，举报杀害我父亲的凶手。除去证词，还有两百多页的起诉书，我都得过目，而且我答应对伯爵一个字也不提。下面的直接结果就是有人要被处死。拉西已经要求我把费朗泰·帕拉从法国抓回来。这个大诗人我很喜欢，他在法国化名彭塞。"

"哪天您下令绞死自由党，哪天拉西在内阁的位置就坐稳了，他正朝思暮想着呢。可是殿下您以后出去散步，就万不能提前两小时宣布了。您刚才吐露的痛苦，我既不跟王妃殿下讲，也不跟伯爵讲。不过，我对王妃不能隐瞒任何事情，所以希望殿下您自己把刚才跟我说的话告诉王妃。"

亲王戏没演好，像被喝了倒彩似的窝囊，公爵夫人的提议，让他暂时摆脱了苦恼。

"那好，您去告诉我母亲，我马上到她大书房去。"

亲王离开后台，穿过观众经由入场的客厅，侍从长和当值副官跟了出来，他板着面孔喝令他们回去。与此同时，王妃匆忙走出剧场，来到大书房。首席女官向王妃和她儿子恭恭敬敬行了个礼，便让他们单独留下。我们可以想象，这一下宫里何等热闹了。这一类的事情总能给宫里增添乐趣。过了一个钟头，亲王出现在书房

---

① 意大利喜剧中的类型人物，为英俊少年。

413

门口,唤公爵夫人过去。王妃哭得泪人似的,亲王脸色铁青。

"看来两个性格软弱的人也发脾气了,"首席女官暗忖道,"他们正找人发泄呢。"一上来母子二人便抢起话头,争先恐后诉说详情。公爵夫人赔着小心,只答话,不出主意。两个钟头过去了,空气沉闷得要命,这幕戏的三个演员始终照刚才我们说的角色在表演。亲王跑出去,想亲自去搬拉西放在他书桌前的两把扶手椅。他从母亲的大书房出来,只见大臣们都等候着。"都走,都走,让我安静点!"他厉声喝道,口气之粗鲁前所未有。他不愿意让人看见他动手搬椅子,一个亲王自己拿东西不免有失体统。一转眼的工夫,大臣们散尽。亲王回来,看见侍从们在灭蜡烛,他气哼哼地把他们也撵走了,连可怜的冯塔纳也不例外,他是当值副官,自作多情愣愣地待着不走。

"今天晚上,人人都跟我作对。"亲王回到书房,悻悻地对公爵夫人道。他认为公爵夫人主意多,可是她却显然想把自己的看法闷在肚子里,这使亲王气不打一处来。"看来她是铁了心不开口,除非我们特意问她的意见。"又过了足足半个小时,亲王虽说是个要面子的人,也耐不住问公爵夫人:"怎么,夫人,您没什么要说的吗?"

"我在这里是侍候王妃殿下的,别人在我面前说了什么,我都得立刻忘掉。"

"原来如此!"亲王涨红了脸道,"我命令您说说您的想法。"

"惩罚罪行,为的是防止罪行重演。先王他果真是被毒杀的吗?很可怀疑。是雅各宾党下的毒?拉西想证明这一点,因为那样一来,他对于亲王您来说就永远是一件不可或缺的工具。那时节,您这位即位不久的亲王就等着许多像今天这样的晚会吧。您的臣子们大都认为您是一位仁慈的君主,他们的看法完全合乎事实,只要您不下令绞杀自由党,您就可以保住这个名声,那样也就肯定不会有人想给您下毒。"

"您的意思很清楚,"王妃脸一沉,高声道,"您根本不愿意惩罚杀害我丈夫的凶手!"

"夫人,因为好像我和他们关系不错。"

公爵夫人从亲王的眼神看出来,他以为她和王妃的意见完全一致,想给他传授行为指南。两个女人你来我往,一阵唇枪舌剑,然后公爵夫人说道,她再也不开口了。她果然恪守诺言,可是,亲王和母亲争执多时,又命令她说说想法。

"我跟二位殿下发过誓不再说话。"

"别耍小孩子脾气!"亲王嚷道。

"说一说吧,我求您了,公爵夫人。"王妃神色凝重地说。

"夫人,我求您饶了我这回。"公爵夫人转过身,又朝亲王说道:"殿下您法语念得棒极了。我们都有点激动,为了让我们都平静下来,请殿下给我们读一首拉封丹寓言诗好不好?"

王妃听她说"我们",觉得她有点不知天高地厚,不过看到首席女官不慌不忙走向书柜,取了一卷拉封丹寓言回来,又感到半是惊奇,半是有趣。公爵夫人把书翻了一阵,然后递给亲王,说道:

"请殿下把这篇寓言从头到尾读一遍。"

园丁和老爷[①]

有一个人,半是城里人半是庄稼汉。
这个人对园艺有兴趣,
有一个相当整洁的花园,
在一个庄子里,旁边还有菜畦。
他栽了高大的树将这片土地围起,

---

① 司汤达的引文大约只有拉封丹原文的一半。

地里长着茂盛的酸模和莴苣,
大片的百里香,少量的茉莉,
可以扎个花束,给马尔戈的生日送礼。
偏有一只野兔子,搅了这桩好事。
这人到镇子里老爷那里诉苦喊屈。
"这个畜生白天黑夜来喂它那张馋嘴,
陷阱根本不在它话下,
石头砸棍子打也都白搭。
简直是个巫师。"——"巫师!我才不怕。"
老爷回答,"它就是魔鬼,它再狡猾,
米洛①很快就可以抓住它。
我为你除害,老乡,有我你就放心好啦。"
"什么时候?""明天,说干就干。"
双方就这样商定。老爷来了,带着手下人。
"好,先吃饭。"老爷说,"你的小鸡嫩不嫩?"
吃罢午饭猎人们忙乎起来。
人人拈弓挺刀,摩拳擦掌,
喇叭声、号角声此起彼伏乱哄哄,
把老乡吵得头昏脑涨。
更要命的是,可怜的园子遭了殃,
完了,整整齐齐的菜畦,
完了,莴苣和大葱,
完了,甭想再喝汤。
老乡说道:"这简直像国王开仗。"
可是说归说,没人理。

---

① 米洛,老爷的狗。

416

不到一个钟头,猎狗和猎人造下的祸殃,
把全省的野兔都叫来,
用上百年也赶不上。

小国的君主啊,有什么争端,自己解决,
求助于大国,那是犯傻。
千万莫让他们介入你们的纷争,
也莫让他们踏上你们的国家。

亲王读罢,一阵长久的沉寂。他亲自把书搁回书柜,然后在书房里踱来踱去。

"夫人,怎么样,该说话了吧?"

"夫人,殿下又没有任命我为大臣,我岂能说话!我在这里开了口,首席女官的位置就保不住了。"

又是长达十五分钟的静默。最后,王妃想起了路易十三的母后玛丽·德·美狄奇①以往扮演的角色。前一阵,首席女官天天让人朗读巴赞先生写的《路易十三纪》。王妃尽管不高兴,却还是想到公爵夫人完全可能离开巴马,到那时节,叫她害怕的拉西就会学黎希留的样子,借她儿子之手把她流放。眼下王妃恨不得不顾一切把首席女官臭骂一顿,但是她不能。她站起来,带着有点夸张的微笑,上前拉起公爵夫人的手,说道:

"行啦,夫人,看在你我情谊的分上,说吧。"

"那好吧,就两句话。就在这个壁炉里,把毒蛇拉西搜集来的材料统统烧掉。还有,别告诉拉西材料烧了。"

她凑到王妃耳边,用关切的神情低声说道:

---

① 玛丽·德·美狄奇(1575—1642),法国国王亨利四世之妻,曾将黎希留推荐给儿子路易十三,后又忌怕黎希留,结果如小说所言。

"拉西定会做黎希留!"

"什么!见鬼,这些材料花了我八万法郎呀!"亲王火冒三丈地吼叫。

"亲王殿下,"公爵夫人斩钉截铁地说,"这就是让出身下贱的流氓当官的报应。老天在上,您宁可丢掉一百万,也别相信那些下贱东西,您父王最后六年里,他们就没让他睡过安稳觉。"

"出身下贱"几个字叫王妃十分受用,她过去一直认为伯爵和公爵夫人只看重精神,和雅各宾党有不解之缘。

王妃想着心事,片刻间寂静无声。就在这时,城堡的大钟敲响了三点。王妃站起来,向儿子深鞠一躬道:"我身体不好,不能再谈下去了。出身下贱的人绝对不能当大臣。你的拉西让你出的情报费,肯定有一半叫他吞了,你怎么说我都相信这一点。"王妃从烛台上取了两支蜡烛,小心地放到壁炉里,不让烛火熄灭,然后走到儿子身边说:"在我心里,拉封丹寓言比为丈夫复仇的愿望更重要。殿下是否允许我把这些书面材料烧掉?"亲王木雕泥塑般地待着。

"好一副呆头呆脑的样子。"公爵夫人心里说,"伯爵说得对,先王决不会让大家耗到凌晨三点还拿不定主意。"

王妃一直站着,又说道:

"那个小小的检察官,如果知道他那些谎话连篇,用来向上爬的废纸,竟让这个国家两个最重要的人一夜未眠,那他一定得意得很呢。"

亲王冲上前,抓起一个公文包,将里面的文件统统倒进壁炉,层层叠叠眼看就要压灭烛火,房间里烟雾弥漫。王妃望着儿子的眼睛,明白他想抓过一瓶水,把花费他八万法郎的文件从火里抢救出来。

"打开窗户!"她生气了,朝公爵夫人喊。公爵夫人赶紧开窗,所有的文件轰的一下全着了。接着壁炉发出一声巨响,大家很快看清楚,原来壁炉也烧着了。

一碰到与钱沾边的事情,亲王的心胸就窄得插不进一根头发丝。他仿佛看到大火吞噬了他的宫殿,全部财富毁于一旦。他扑到窗口,呼叫卫兵,嗓音都变了。卫兵们应声拥进院子,亲王又跑回壁炉旁,只见风从敞开的窗户灌进壁炉,烧得噼噼啪啪,着实叫人害怕。他狂躁、诅咒,像疯子似的在书房里转了好几圈,最后撒腿跑了。

王妃和首席女官站在原地,你望着我,我望着你,一声不吭。

"火气要爆发了吧?"公爵夫人暗想,"反正我的官司赢了。"她准备很不客气地把王妃顶回去,此时脑子里却蓦然一激灵,她瞥见还有一个公文包安然无恙,"不对,才打赢了一半。"她不动声色地对王妃说:

"夫人是否要我把剩下的文件烧掉?"

"在哪儿烧?"王妃沉着脸问。

"客厅的壁炉。一张一张烧,不会出事的。"

公爵夫人把公文包往胳膊底下一夹,取了一支蜡烛,进了隔壁的客厅。她并不慌忙着动手,先看清了公文包里装的是证词。她抽出五六扎塞进披肩,把剩下的小心地烧毁,然后连招呼都不跟王妃打一声便扬长而去。

"这么做真有点无礼。"她窃笑道,"不过这寡妇很难让她开心,她拿捏作态不打紧,差一点让我上了断头台。"

王妃听到了公爵夫人的马车声。对首席女官她憋着一肚子火。

公爵夫人顾不上时间不合适,叫人去请伯爵。伯爵正在宫里救火,却还是赶过来,并且带来消息说平安无事。"这个娃娃亲王还真有胆量,不由得我不恭维他。"

"赶紧看看这些证词吧,然后立刻烧掉。"

伯爵读罢,脸色变得惨白。

"天哪,他们差不多查清楚了。这案子办得很聪明,费朗泰·帕拉的行踪已经完全被他们掌握,假如他说出来,我们就麻烦了。"

"他不会说的,"公爵夫人嚷道,"他是个讲信誉的人。快烧吧,快烧。"

"等一下,我把那十几个最危险的证人的名字记下来,假如拉西重新查,我就派人把他们弄走。"

"我提醒阁下,对我们今天夜里的行动,亲王答应过,对司法大臣绝口不提。"

"他这个人性格懦弱,生怕闹出什么事来,应该会信守诺言。"

"这么说,朋友,这一夜把我们的婚期大大提前了。我原来不想拿一桩刑事案来作为嫁妆,更何况我犯罪是为了另一个人。"

伯爵是个有情意的人,他抓起公爵夫人的手,眼里噙着泪花,连声感叹。

"你走之前帮我想一想,我应该怎样和王妃相处。我实在太疲劳了,演了一个钟头的戏,又在书房里待了五个钟头。"

"王妃的话固然尖酸,可你不辞而别就算报复了,其实她那么说是因为她软弱。你今天上午怎么跟她说话,明天还怎么跟她说话。拉西还没有关进监狱,也没有流放,法布里斯的判决书也还没有撕毁。

"你请王妃做决定,亲王,还有首相,总归就不高兴的。你终究只是王妃的首席女官,换句话说,是她的女仆,无足轻重。性格软弱的人个个朝三暮四,你瞧着吧,不出三天,拉西会更加得宠。他会找一个人安上罪名,送上绞架。只要他还没有把亲王拉下水,他就不敢稳坐钓鱼台。

"今天夜里救火,伤了一个人,是个裁缝。说实话,这个人真英勇。明天我要拉上亲王,让他跟我一块儿去探望这个裁缝。今后我当然要步步为营,枕戈待旦,不过目前亲王还不那么招人恨,我要让他养成上街散步的习惯。这么做是给拉西出难题,他肯定要接我的班,他也肯定不会赞成亲王轻率地做例如到街头散步这样的事。从裁缝那里回来,我准备带亲王从他父亲雕像前经过,他会看到愚蠢的雕塑家给他父亲穿上的罗马长袍上,石块留下的痕迹。除非他一点思想也没有,否则他自然会想到,这就是把雅各宾党送上绞架的结果。对他的想法,我会回答说:要么用绞刑架杀他一万,要么一个不杀。法国新教徒一蹶不振,靠的是圣巴托罗缪大屠杀①。

"亲爱的朋友,明天我和亲王散步之前,你到宫里去对亲王说:'昨天晚上我为您尽了一个大臣的职责,我给您出了主意,而且我照您的吩咐做了,惹得王妃不高兴。您得酬谢我。'他肯定以为你要钱,会紧锁眉头。你要让这个苦恼的念头把他纠缠得越久越好。然后你对他说:'我请求殿下下令,法布里斯必须由国内十二个德高望重的法官审判,要当庭对质(就是说法布里斯必须到庭)。'你片刻不要耽搁,马上拿出一份简短的手谕让他签字。手谕我一会儿来口授,你写得一手好字,你来写。我会写上上次宣判无效这句话。反对的理由只有一条,但是只要不容他喘气,他就想不到这一条。他如果对你说:'法布里斯应该到要塞自首。'你就回答:'他可以到市监狱自首。'(你知道,市监狱在我的手里,你侄子每天晚上都可以去看你。)如果亲王说:'那不行,他让我的要塞丢了面子,就算摆样子,他也得回到他原先的牢房里去。'你就说:

---

① 1572年8月24日,天主教徒在王后卡特琳娜·德·美狄奇的授意下,对新教徒发动突然袭击,屠杀了两千多人,包括许多新教首领,新教力量大伤元气。

'不行,因为到了要塞,他就落到了我的敌人拉西手里。'你拿一句女人擅长的话——你知道该怎么讲——暗示他,为了制服拉西,你可能把今天夜里的焚烧行动告诉拉西。倘若他还不松口,你就说要到萨卡庄园去住半个月。

"我们这么做,法布里斯可能得蹲一阵班房,你派人叫他来问问他的意思。想得再全面一些,倘若他坐牢的这些日子里,拉西等得不耐烦了,派人把我毒死,那么他的生命就岌岌可危。不过这种可能性不大。你知道,我请了一个法国厨子,他是个乐天派,喜欢讲俏皮话,而俏皮话和暗杀是水火不相容的。我跟法布里斯说过,证人能找到的我都找到了,明摆着是那个吉莱蒂想杀他,他干得好,表现得很勇敢。我没跟你说起这些证人,因为我想给你一个惊喜,可惜我的计划没有成功,亲王不愿意签字。我跟法布里斯说了,我可以让他出任高级教士,但是如果我们的敌人在罗马教廷发难,反对任命一个杀人嫌疑犯,那事情就不好办了。

"夫人,照你看来,如果法布里斯不接受法庭正式审判,吉莱蒂三个字会不会成为他一辈子的心病?假如我们肯定自己清白,害怕审判未免太没胆量了。退一步说,即便他果真有罪,我也可以让他平安无事。我同他谈过,没容我说完,这个急性子的小伙子就抓过一本官方年鉴,我们一块儿圈定十二个法官,都是又博学又廉正的人。名单确定之后,我们又划掉了六个名字,打算换上六个与我个人不和的法官,可是只找到两个,只好又找了四个投靠拉西的浑蛋。"

伯爵这个主意叫公爵夫人心里忐忑不安,她有她的想法,不过最后还是信服了伯爵的道理。伯爵口授她写,拟定了审判法官的委任状。

伯爵到清晨六点才告辞,公爵夫人想睡一会儿,但是睡不着。九点,她跟法布里斯一块儿用早餐,发现他倒是恨不得赶快开庭。

十点,她求见王妃,王妃不见任何人。十一点亲王起床后接见大臣,她入宫觐见,亲王二话没说便在委任状上签了字。她派人把委任状给伯爵送去,然后才就寝。

伯爵当着亲王的面,逼着拉西和他一起副署亲王上午已经签了字的委任状,描写一下拉西气急败坏的样子,一定很有趣,不过事情纷至沓来,容不得我们耽搁。

伯爵把法官逐个评判一番,说名单还可以变动。这场官司的详细情况,读者可能没有耐心去听,对宫里的钩心斗角,或许也觉得无趣。这一切教我们懂得,如果你生活得很幸福,接近宫廷就会毁掉你的幸福,因为归根结底,你把自己的命运维系于某个女侍从的诡计。

另一方面,在美国,在共和制度下,就得一天到晚很无聊地、郑重其事地讨好街头的商人,结果变得和他们一样呆头呆脑。那样一来,歌剧院就无从谈起了。

晚上公爵夫人起床,不见法布里斯的影子,心里好生发慌。等到半夜,宫里演戏的时分,她收到法布里斯的一封信。法布里斯没有到伯爵管辖的市监狱去蹲班房,却回到了要塞原先的牢房。与克莱莉娅近在咫尺,他很开心。

此举的后果极为严重,他在要塞被人毒杀的危险超过以往任何时候。这个疯狂的行为使公爵夫人陷入绝望,不过她又觉得情有可原,因为法布里斯爱克莱莉娅爱得发疯,而几天后克莱莉娅就要同有钱的克莱申基侯爵完婚了。这个疯狂的举动恢复了法布里斯对公爵夫人心灵的影响。

"我求亲王签字的这个该死的文件要了他的命!这些男人就知道什么荣誉不荣誉,都是疯子!在绝对王权的统治下,在拉西这样的人当司法大臣的国家,还想讲什么荣誉!反正你得承认,亲王可以随便下诏开恩,也可以随便下诏组成特别法庭。说到底,像法布里斯这等出身的人,是不是判他拿剑亲手杀了吉莱蒂这样的戏子,对他们来说又有什么要紧?"

公爵夫人一收到法布里斯的信,立刻赶往伯爵家,只见伯爵面无血色。

"伟大的主啊!亲爱的朋友,为这孩子办事真够晦气的,你可能还要埋怨我。我可以证明,昨天晚上我特地把市监狱的看守请到家里来,说好了你的侄儿天天晚上可以到你家喝茶。现在要命的是,没法跟亲王说我们担心有人下毒,更甭说担心拉西指挥下毒了。这种怀疑在亲王听来简直大逆不道。如果你要我进宫,我可以去,不过我知道我会得到什么回答。你别着急,容我慢慢说。有一个法子,如果为自己我是不用的。我在这个国家当政以来,从来没有杀过一个人。你知道,在这方面我有点迂,有时候天黑时分,我就会想起在西班牙草率下令枪毙的那两个间谍。你想不想让我为你除掉拉西?他对法布里斯的威胁大得没边,而且他觉得由此可以十拿九稳把我赶走。"

伯爵的主意让公爵夫人很受用,不过她不赞成这么做。

"我可不愿意等我们隐退之后,"她对伯爵说,"那不勒斯朗朗晴空下,每天晚上你都疑神疑鬼的。"

"可是,亲爱的朋友,恐怕除了疑神疑鬼,我们别无选择。假如法布里斯死于非命,你怎么办?我又怎么办?"

说到这里,两人激烈地争论起来。最后公爵夫人说道:

"我爱法布里斯,我更爱你,凭这一点,拉西命不该绝。不,我不愿意葬送我们晚年将要一起度过的那些日日夜夜。"

公爵夫人急急忙忙赶往要塞。康蒂将军搬出军法,其中明文规定没有亲王的手令,任何人不得进入国家监狱。他拿这一条把公爵夫人拒之门外,心里美滋滋的。

"可是克莱申基侯爵,还有他那些乐师,不是每天都到要塞里来吗?"

"那我是得到亲王手令的。"

眼前有哪些灾祸,公爵夫人并不了然。法比奥·康蒂将军一直觉得法布里斯越狱是对他个人的羞辱。法布里斯自己跑到要塞来,他本不应该接纳,因为没有接到有关指令,可是他暗忖道:"老天爷有眼,把他送还给我,让我洗刷名誉,不再成为人家的笑柄,使我的军人生涯免受玷污。机不可失,他肯定很快就会无罪释放,留给我报仇雪耻的日子屈指可数啊。"

第二十五章

我们的主人公到了要塞,克莱莉娅心急如焚。可怜的姑娘很虔诚,对自己也坦率。她不想蒙蔽自己,知道离开法布里斯就无幸福可言,但是父亲有中毒症状的时候,她向圣母起过誓,要为父亲做出牺牲,嫁给克莱申基侯爵。她发誓再也不见法布里斯。法布里斯越狱的头一天,她身不由己地在信里向他吐露了爱情,为此她深感悔恨。她忧郁地望着鸟儿盘旋飞翔,目光习惯地朝法布里斯曾经在那里凝视她的窗户深情地瞥去,竟然看到他重又出现在那里,含情脉脉地向她致意,此时此刻,她忧伤的心有什么感觉,如何才能说得清?

她怕是幻觉,是老天爷对她的惩罚,但是随即明白是活生生的事实。"他们又抓住他了,"她想,"这一下他完了!"她想起法布里斯越狱之后监狱里吵得沸沸扬扬,连最没有地位的狱卒都认为自己受到了奇耻大辱。克莱莉娅望了望法布里斯,眼光无意间把让她感到焦急的那份感情暴露无遗。

她似乎在对法布里斯说:"你以为在人家为我准备的豪华公馆里我会快乐?我父亲一而再,再而三地说,你和我们一样穷,可是苍天在上,能与你分享这份贫穷有多好啊!然而没有办法,我们不能再见面了。"

克莱莉娅已经没有力气用字母通话。她望着法布里斯,觉得周身乏力,跌倒在窗口的一把椅子上。她把脑袋倚在窗台上。她原想望着法布里斯,直到看不见为止,所以脸朝着他,这样他就看得清清楚楚。少顷,她睁开眼,目光立刻投向法布里斯,她看见他眼里噙着泪水,是极度幸福的泪水。两个年轻人怔怔相望,仿佛被对方的目光勾住了。少时,法布里斯唱起来,好像有人用吉他为他伴奏似的。他临时编词唱道:"我到牢房里来是为了看你,我就要受审了。"

唱词仿佛唤醒了克莱莉娅的道德感,她腾地站起,把目光转向一边,向法布里斯激动地比画,表示不应该再与他见面;她向圣母许过愿,刚才情急中忘记了。法布里斯却继续诉说衷曲。克莱莉娅一气之下跑出房间,心里发狠道再也不与他见面,她向圣母起誓说得明明白白,"我的眼睛再也不看他"。她曾经把这句话写在纸片上,叔父恺撒按她的请求,做弥撒的时候,拣奉献祭品的机会把纸片在祭坛上焚烧了。

可是,赌咒发誓归赌咒发誓,法布里斯回到法奈兹塔,还是让克莱莉娅恢复了旧日的举止。这一向她经常独自在房间里一关就是一天,与法布里斯意外重逢一度使她心慌意乱,可是平静下来之后,她又开始在公馆里上上下下地跑,也就是说又开始和父亲下属中她那些朋友套近乎。厨房帮工里面有一个老太太,是个饶舌妇,

427

她告诉克莱莉娅:"这一回,法布里斯老爷可走不出要塞啦。"

"他不会像上次那样糊涂,翻墙走壁地出去,"克莱莉娅说,"但是他如果无罪,就能从大门走出去。"

"我说了,我也敢对阁下您说,他要出要塞只能是脚朝前。"

克莱莉娅脸唰地白了,老太婆看在眼里,立刻收住话头,暗骂自己多嘴多舌,把这样的话说给司令的女儿听,而司令要的是到处对人讲法布里斯染病身亡。克莱莉娅上楼回房间,碰到了狱医。这是个腼腆的老实人,他很紧张地对克莱丽娅说,法布里斯病得不轻。克莱莉娅差一点站不住了。她四处寻找好心的叔叔唐·恺撒神甫,最后在小教堂里找到他,他正在虔诚地祈祷。他也惊吓得变了颜色。晚饭的钟声响了,饭桌上兄弟俩谁也不说话,直到快吃完饭,将军才对兄弟说了几句尖酸刻薄的话。唐·恺撒朝仆人们看了一眼,仆人们便都退下。

"将军,"他对司令说,"我很荣幸地通知您,我要离开要塞了,我马上辞职。"

"很好!好极了!让我担当罪名……请问,什么理由?"

"良心。"

"得了,您不过是个传教的,您根本不懂什么是荣誉。"

"法布里斯活不成了,"克莱莉娅暗忖道,"晚饭已经被人下了毒。要不然就是明天动手。"她朝鸟屋奔去,决心在钢琴前自弹自唱。"我以后再忏悔,"她想,"为了救人命而违背誓言,我会得到宽恕的。"可是,跑进鸟屋,她惊呆了,只见挡板刚被拆掉,一溜木板直接钉在铁栅栏上!她张皇失措,想唱几句歌警示法布里斯,可是听起来简直是在喊叫。听不到一星半点回音,死一般的寂静笼罩着法奈兹塔。"全完了。"她想。她失魂落魄地下楼,随即又返回,揣上她的一点钱和钻石耳环,经过餐柜时顺手拿起晚饭剩下的面包。"假如他还活着,我一定要救他。"她昂首挺胸朝塔楼的小门走去。门开着,一楼柱厅里的八个哨兵是刚刚派来的。她毫无惧色地瞅了瞅这些当兵的,想找领头的班长讲话,可是他不在。她疾步走向围绕柱子盘旋而上的小铁梯,士兵们木然地望着她,显然是被她的花边披肩和帽子镇住了,一句话也不敢跟她说。二楼阒无一人。但是上到三楼——读者也许还记得,通往法布里斯牢房的走廊有三道铁栅栏门——她看到走廊入口处有一个狱卒,她不认识,那狱卒惊慌地说:

"他还没吃晚饭。"

"我知道。"克莱莉娅傲然回答。那狱卒不敢拦她。走出二十步,克莱莉娅又看见一个狱卒,已经有一把年纪,脸色通红,正坐在通往法布里斯牢房那六级木台阶的第一级上。他口气坚定地说:

"小姐,您有司令的许可吗?"

"你难道不认识我?"

此时克莱莉娅身上激起了一股超人的力量,她把一切都置之度外了。"我要救我男人。"她心里说道。

那个老狱卒嚷道:"我有责任,我不能……"说时迟,那时快,克莱莉娅已经飞步登上六级台阶,扑到门边,一把巨大的钥匙正挂在门锁上,她费了很大的力气才转动。喝得半醉的老狱卒抓住她的裙摆,她迅速闪进牢房,关上牢门,裙子哗的一声撕裂了。狱卒想推门跟进来,门闩就在克莱莉娅手边,她顺手插上门。她朝牢房里看去,只见法布里斯坐在一张小桌子前,桌上搁着晚饭。克莱莉娅两步上前,一把掀翻了桌子,揪住法布里斯的胳膊问道:

"你吃了吗?"

一个"你"字叫法布里斯听了好生受用①。在慌乱中,克莱莉娅第一次把女人的矜持丢到了脑后,放任感情宣泄。

---

① 称"你"(tu)而不称"您"(vous),表示相互关系亲密。

法布里斯正打算用这顿置他于死地的晚餐。他搂住克莱莉娅,吻了又吻。"饭里一准下了毒。"他想,"如果我说没有碰这饭,那么信仰问题又回来了,克莱莉娅会一走了之。相反,如果她看我快死了,我就能让她不离开我。她一定希望有办法解除那可恶的婚约,现在机会来了,狱卒们马上就会集合,破门而入。动静闹大了,克莱申基侯爵不免感到难堪,婚约就非解除不可。"

法布里斯心里这么琢磨着,一边感觉到克莱莉娅已经想脱出他的怀抱。

"我还没有感到疼痛,"他对克莱莉娅说,"过一会儿我就会疼得倒在你脚下,到时候你得帮我快点死。"

"啊,我唯一的朋友!"她说道,"要死一道死。"她痉挛似的把法布里斯搂紧。

她赤肩裸背,又处在极度的激动之中,显得无比娇媚,法布里斯不由自主地冲动起来,克制不住。他没有遭遇丝毫抗拒。

在极度欢愉之后,法布里斯心潮激荡,高尚之情涌动,他不假思索地说:

"我不能让无聊的谎言玷污我们的初欢。若非你有胆量,我已经成了僵尸,要不就正在剧烈的痛苦中挣扎。不过你进来的时候,我正准备用餐,那饭却一点也没动。"

法布里斯从克莱莉娅的眼睛里看出她生气了,便竭力渲染中毒的景象,以缓和她的情绪。克莱莉娅注视他片刻,两种强烈的相互对立的情感在她心中猛烈争斗。最后她扑到了法布里斯怀里。走廊里传来一阵喧嚣,三道铁门被撞开又被关上,有人在大呼小叫。

"哎!要有武器就好了!"法布里斯嚷道,"他们让我交出武器才放我进来,现在他们肯定是来结果我的!永别了,克莱莉娅,我死得很开心,因为死亡给了我幸福。"克莱莉娅拥抱他,递给他一把象牙柄的匕首,刀身也就同一般的折刀一样长。

"别让他们伤到你,"她对法布里斯说,"拼到最后一刻。我的神甫叔叔有胆子,讲义气,听到动静会来救你的。我来跟他们理论。"说着,她向门口冲去。

"如果你没有被杀,"克莱莉娅握着门闩,扭头对法布里斯说,"宁可饿死,给你吃什么都别碰。把这块面包保存好。"吵嚷声越来越近。法布里斯拦腰抱住克莱莉娅,把她拖开,自己站到门口。他怒冲冲打开门,跳上六级木阶,挥动象牙柄匕首,差一点刺中亲王的副官冯塔纳的坎肩。冯塔纳猛地向后一跃,大惊失色地叫道:"我是来救您的,台尔·唐戈先生。"

法布里斯又跃上木阶,朝牢房里喊道:"冯塔纳救我来了。"然后他回到站在木阶上的将军身边,冷静地讲述前因后果。他再三请将军原谅他一时兴起,行为莽撞。"有人想毒死我。我面前这份晚餐,里面下了毒。幸亏我多了个心眼,没有碰它,但是老实说,这手段让我很寒心。听见您上楼的声音,我以为他们拿刀来杀我呢……将军先生,请您下令,任谁也不准进入我的牢房,否则他们会把下毒的饭扔掉的。善良的亲王应该知道这一切。"

将军面色苍白,怔怔地发呆。他照法布里斯的意思,向挑选出来跟他上楼的狱卒发话。这些人眼见下毒败露,个个不自在,争先恐后往楼下跑。表面上看他们抢先下楼是怕在狭窄的楼梯上挡了副官的道,其实是想溜之大吉。法布里斯在一楼绕柱盘旋的狭小铁楼梯上站了足足十五分钟,冯塔纳将军觉得很纳闷。原来法布里斯是想让克莱莉娅有时间躲到二楼去。

冯塔纳将军赶到要塞,多亏了公爵夫人。她费了许多周折,才得以把将军派去。说来也凑巧,当时她同莫斯卡伯爵两人急得像热锅上的蚂蚁,告别伯爵之后,她便飞奔进宫。王妃历来非常讨厌人家风风火火的,认为很粗俗,她觉得公爵夫人简直是疯了。王妃的神态说明她根本就不打算采取非常措施来帮助公爵夫人。公爵夫人已经控制不住自己，她痛哭流涕，只知道反反复复地说：

"夫人，再过十五分钟法布里斯就要被毒死了！"

她看王妃无动于衷的神情，痛苦得要发疯。一个在北方各宗教派别熏陶下长大的女人，此时会检点自己的良心："我先用了毒药，所以毁于毒药。"但是这种道德考虑与公爵夫人完全无缘。在意大利，一方面感情激动，一方面又在道德上思前想后，乃是没出息的人做的事。这就好比在巴黎，感情激动的时候还说俏皮话，就显得很无聊。

公爵夫人六神无主，糊里糊涂走到客厅，克莱申基侯爵正巧在那里值班。为了荣誉骑士这个职位，他已经在公爵夫人回巴马之后，对公爵夫人千恩万谢，不是公爵夫人帮忙，他休想有这个福分。他当然也没忘记表示要尽全力相报答。公爵夫人走上前，说道：

"法布里斯在要塞里，拉西正准备下毒杀害他。我给你一点巧克力，一瓶水，你装到衣兜里，就算成全我，到要塞去对法比奥·康蒂讲，如果他不准许你把巧克力和水亲手交给法布里斯，你就不娶他闺女。"

侯爵的脸发青了。他听了这些话，非但不显得兴奋，反而露出为难的神色。下毒这样骇人听闻的罪行，发生在巴马这样一个道德之乡，上面还有英明睿智的亲王，叫他难以相信，云云，云云，慢吞吞说了一堆废话。到头来公爵夫人发觉，这是一个正派但是软弱到极点，迟迟疑疑不敢行动的人。他没完没了地说，不断被桑塞维利纳夫人不耐烦的叫声打断。最后他灵机一动，想出一个绝妙的口实：他是荣誉骑士，发过誓的，所以不能介入反政府的行动。

公爵夫人感觉到时间在分分秒秒地流逝，她心里的焦急和绝望难以言表！

"你至少去找一下司令，对他说谁杀了法布里斯，到了地狱我也饶不了他!……"

公爵夫人越是焦急,口才越出众,但是她越激动,侯爵便越胆怯,也就越发迟疑。一个钟头以后,比起一开始,他越发不愿意采取什么行动了。

可怜的公爵夫人,一方面绝望到极点,另一方面又深信要塞司令不会拒绝这么一个有钱女婿的任何请求,最后竟至于给侯爵跪下了。克莱申基侯爵瞻前顾后的劲头却有增无减,眼前的场面让他大惑不解,生怕自己受到牵连还蒙在鼓里。但是,不同寻常的事情发生了:侯爵毕竟是个好人,看到这么美丽又这么有势力的女人,眼泪汪汪地跪在自己面前,心里大受感动。

"就说我自己吧,"他心里想,"虽然出身侯门,家财万贯,但是说不定哪一天也会跪倒在哪个共和党脚下!"侯爵不觉也潸然泪下。最后两人商定,公爵夫人以首席女官的名义把侯爵介绍给王妃,求王妃批准他把一个篮子亲手交给法布里斯,至于篮子里装的什么东西,他可以说并不知情。

头天晚上,在公爵夫人知道法布里斯头脑发昏跑到要塞去之前,宫里正在演出一场即兴喜剧。亲王一向和公爵夫人配戏,扮演情郎,他表达爱情那么投入,不免显得有点可笑,幸好在意大利,动情的男人或者亲王是不会显得可笑的!

亲王是个害羞的人,可是事关爱情他总是很认真。他在宫殿走廊里碰到公爵夫人拉着克莱申基侯爵往王妃那里去,侯爵的神情显得不知所措。首席女官因为焦急、情绪激动而显得美丽动人。亲王怦然心动,生平第一次果断起来。他威风凛凛,把手一挥,斥退了侯爵,然后便一丝不苟按规矩向公爵夫人表达爱慕之情。显而易见,亲王为此早有准备,因为话说得有条有理。

"我身处此位,按照习俗我没有福分娶您为妻,但是我指着圣体向您发誓,只要没有您书面同意,我就绝不结婚。"他又接着说,

"我明白,我这样做,您就不能和首相结为连理。他很聪明,也很可爱,但是他毕竟已经五十六岁,而我还不满二十二岁。如果我跟您谈论与爱情不相干的种种好处,我很怕触犯您,遭到您的拒绝。不过,我宫里重视金钱的人都很羡慕地谈到,说伯爵让您支配他的全部财产,表现了他的真心。在这一点上,我有幸可以效法他。我的钱财,您使用起来一定比我更妥当,大臣们上交给王室总管的年贡您也有完全的支配权,就是说,我每个月花多少钱是由您公爵夫人说了算。"公爵夫人觉得亲王这番话啰里啰唆讲得太长,法布里斯身临险境正令她心如刀绞。

"亲王,您哪里知道,"她嚷道,"这会儿正有人在您的要塞里用毒药杀害法布里斯呢!您救他出来,说什么我都信!"

这句话说得愚蠢不堪。"毒药"两个字一出口,公爵夫人就全完了,可怜的道德高尚的亲王刚才那番话里的美意顿时消失得无影无踪。等公爵夫人意识到自己失言,已经无可挽回。她的绝望又添了几分,刚才她还觉得已经绝望到无以复加的地步了。"要不是我说到毒药,"她暗想,"他一准同意释放法布里斯。"她又想道,"天哪,亲爱的法布里斯,莫非真是命中注定,要我干蠢事来夺你的性命吗!"

公爵夫人费了很大工夫,说了许多软言款语,才勉强使亲王想起刚才那番热烈的爱情表白。不过,他还是惊魂未定。他的头脑还在想,可是他的心已经凉透了。首先因为想到了"毒药",其次因为另外一个念头。毒药叫人毛骨悚然,另外这个念头叫人心里不痛快:"在我的国家,居然有人使用毒药,而且还瞒着我!拉西这是想叫我在全欧洲人面前丢脸啊!天知道下个月巴黎的报纸会怎么说!"

腼腆的亲王,感情既然冷下来,头脑里便冒出一个主意。

"亲爱的公爵夫人!我对您有多依恋,您了然于心。您说的什么毒药,令人胆寒,我宁可相信您没有什么根据。不过因此我倒有其他想法,一时间把我对您的情感都忘怀了,尽管这是我内心唯一的情感。眼下我还不可能为您所爱,我不过是个痴情的毛头小子罢了。不过,您可以考验我。"

亲王越说越兴奋。

"只要您把法布里斯救下来,我什么都信。我大概像一个为儿子担惊受怕的母亲,有点颠颠倒倒。求您即刻派人去要塞,把法布里斯带到这里来,我要见他。如果他还活着,求您把他从宫里直接押解到市监狱去,在那里关他几个月,如果殿下认为有必要,可以一直关押到开庭审判。"

公爵夫人绝望地看到,对这样一个简单的请求,亲王非但没有说可以,脸色反而越发阴沉了。亲王涨红了脸,打量着她,随后垂下眼睛,双颊转而发白。毒药的事情虽然提得不是时候,却使亲王心生一计,虽然足以和他父亲或者菲利普二世①的心计相媲美,却有点难以启齿。

"这样吧,夫人,"他仿佛下了很大的决心,终于开口道,口气却很不宽和,"您把我当作小孩子,不拿我当回事,甚至还把我看作厌物。那好吧,我要对您说一件事,虽然不中听,却是因为我对您怀有一份真诚深切的情感,这会儿才想起来的。对下毒这件事,哪怕我有一丁点儿相信,我也会采取行动,我有我的职责,素来按章办事。可是,您的请求,在我看来不过是感情冲动,异想天开,而且如果您不介意,我要说它让我有点摸不着头脑。按您的意思,我不必咨询众位大臣的意见就可以自作主张,可是我执政才不过三个月呀!我做事有一定之规,而且我承认,我认为这规矩合情合理,而您却要我坏了我的规矩。现在您在这里俨然君临一切,您让

---

① 可能指西班牙国王菲利普二世,建立了庞大的官僚体制。

我感到我可以对那件关乎我整个生命的事抱有希望,但是一个钟头之后,您胡思乱想出来的下毒噩梦一旦烟消云散,见到我您就会觉得晦气,您就会讨厌我。所以,您必须向我起誓。您保证,夫人,如果法布里斯毫发无损,从现在起三个月内,我的爱情希望得到的幸福我都能够得到。您必须把您一个小时的生命交给我支配,让我终身幸福。您必须完全属于我。"

就在这时,王宫的大钟敲响了两点。"坏了!可能已经来不及了。"公爵夫人暗忖道。

"我向您起誓。"她嚷道,露出迷惘的眼神。

亲王立刻像变了一个人,他朝走廊尽头副官室跑去。

"冯塔纳将军,您火速赶往要塞,尽快上楼到关押台尔·唐戈先生的牢房,带他来见我,二十分钟内我要同他讲话,最好是十五分钟。"

"求您了,将军,"公爵夫人跟着亲王跑过来,嚷道,"每一分钟都关系到我的死活。我接到报告——也可能是假的,我很害怕有人要毒死法布里斯。只要他能够听见您的声音,您就大声喊叫,叫他不要吃饭。如果他已经吃了,让他吐出来,就说是我说的,如果需要,可以强迫他。告诉他我随后就到。请您相信,我对您终身感恩戴德。"

"公爵夫人,我的马没有卸鞍,我本人是好骑手,我骑马飞奔,能比您提前八分钟赶到要塞。"

"至于我,公爵夫人,"亲王高声道,"请从八分钟里匀给我四分钟。"

副官已经不见了。这个人长处不多,但是骑马是个好手。他刚关上门,似乎有了勇气的亲王立刻抓住公爵夫人的手。

"夫人,"他急切地说,"请您移步,随我去小教堂。"公爵夫人生平头一次没了主意,一声不吭跟着亲王走了。小教堂在宫殿长廊的另一端,她和亲王快步走过整条走廊。进了教堂,亲王就跪下了,半朝祭坛半朝公爵夫人。

"把您的誓言再说一遍。"他口气热烈地说,"如果您行事公正,如果我不是受到亲王身份的牵累,您就应该看在我爱您的分上,把您欠我的现在就给我,因为您是发了誓的。"

"如果我见到法布里斯,如果一星期之后他还活着,如果殿下任命他为副总主教,并且有权继承朗德利亚尼总主教职位,什么名誉,什么女人的尊严,一切都可以弃之如草芥,我就属于殿下您了。"

"不过,亲爱的朋友,"亲王道,扭捏不安中带着几分温柔,显得很滑稽,"我害怕遭到算计,毁了我的幸福,那我就活不下去了。倘若总主教提出什么教会方面的理由,让事情拖上几年不得解决,那我怎么办?您看得出来,我是诚心诚意的,您不会跟我玩耶稣会那一套吧?"

"怎么会,我也是诚心的。只要法布里斯得救,只要您让他当上副总主教,将来当上总主教,我就豁出去跟您了。殿下您还得保证,一星期后总主教给您递什么呈文,您一定在边上批个'准'字。"

"我先给您签一张空白文件,我听您的,我的国家听您的。"亲王兴奋得涨红了脸,大叫道。他的确有点忘乎所以了。他又叫公爵夫人把誓言说了一遍。他太激动了,竟然把自己与生俱来的羞怯心抛到九霄云外。小教堂里只有他们两个人,他向公爵夫人叽叽咕咕说了许多事。这些事若是三天前说出来,公爵夫人对他的看法就不是今天这个样子了。不过现在她心里痛恨的是亲王胁迫她发誓,这种情绪一时间压过了她对法布里斯生命的担忧。

公爵夫人被自己刚才说的话搅得心烦意乱。不过这些话究竟会带来什么撕心裂肺的痛苦,眼下她并没有完全意识到,因为她满

437

脑子想的是冯塔纳将军是不是能及时赶到要塞。

眼前这个大孩子絮絮叨叨地吐露感情,为了叫他打住,换一个话题,公爵夫人对小教堂主祭坛上巴马齐诺那幅名作啧啧赞叹。

"我把它送给您了,请万勿推辞。"亲王道。

"您的情我领了。"公爵夫人道,"不过实在抱歉,我得去接法布里斯了。"

公爵夫人忧心忡忡地吩咐车夫立刻驾车,奔驰而去。待她到了要塞,早已见冯塔纳将军和法布里斯从壕沟的吊桥上逶迤步行而出。

"吃饭了吗?"

"没吃,若有神助。"

公爵夫人跳上前,搂定法布里斯的脖子,接着便晕死过去,一个钟头都未苏醒,大家起先担心她有生命危险,后来又害怕她失去理智。

要塞司令法比奥·康蒂见到冯塔纳将军,气得脸都变了色。他磨磨蹭蹭,迟迟不执行亲王的命令,最后把副官给惹火了。照副官看来,用不了多久公爵夫人就要成为亲王的情妇。康蒂司令估摸法布里斯熬不过两三天,心想:"好哇,将军来了,有了一个宫里的人,他可以亲眼看见那小子疼得满地打滚,越狱之仇我终于可以报了。"

法比奥·康蒂脑子里盘算着,走进法奈兹塔一楼的警务室,一进门便把士兵们全都打发走了,他不想叫士兵们看见酝酿多日的这一幕。可是五分钟后,他却听到了法布里斯说话的声音,接着又看到他精神抖擞地出现在眼前,正跟冯塔纳将军讲毒药的事。康蒂惊得目瞪口呆,立刻溜走了。

法布里斯晋见亲王,摆出十足的 gentleman① 派头。他不想叫

---

① 英文:绅士。

人觉得他像个孩子,碰到芝麻大一丁点事情就张皇失措。亲王亲切地问他感觉如何,他答道:"尊敬的殿下,我的感觉是像一个既没有吃午饭,也没有吃晚饭的人,不过幸亏没有吃。"他表示能够面谢亲王,深感荣幸,并请求亲王允许他在去市监狱之前见一见总主教。亲王幼稚的头脑此时想到,原来下毒并非公爵夫人疑神疑鬼,他的脸色一下子变得惨白。这件事太可怕了,纠缠着他的思想,所以法布里斯请求见一见总主教,他没有立刻回答,随后觉得应该对自己一时心不在焉表示歉意,便显得格外宽容。

"先生,您可以独自出宫,在我这座都城的街道上行走,不必有人解送。您十点或者十一点前后到监狱。我希望您在那里不会待很久。"

这一天是亲王一生中一个重要的日子,的确不同凡响。第二天他便觉得自己简直就是小拿破仑了,他从书里读到过,拿破仑受到宫里好几个漂亮女人的青睐。既然在情场上和拿破仑一样交了桃花运,他便想起在枪林弹雨中,他已经堪与拿破仑相提并论了。他与公爵夫人较量,态度能够坚定不移,这使他心潮起伏,难以平静。想到一个难题竟然在自己手里解决了,他便像变了个人。如此持续了半个月,这半个月里他从善如流,很有了几分丈夫气概。

第二天,他做的第一件事就是把册封拉西为伯爵的上谕烧了,这份上谕在他书桌上已经搁了一个月。他撤了法比奥·康蒂将军的职,下令继任朗热上校调查毒药事件。朗热是波兰籍军官,为人刚正,狱卒们都怕他。他向亲王报告说,有人本来想在台尔·唐戈的午饭里下毒,可是那样知情人太多,因此觉得稳妥的办法是在晚饭里下毒。倘若不是冯塔纳将军及时赶到,法布里斯就完了。亲王大吃一惊,不过由于他的确爱公爵夫人,所以这消息也使他感到一点宽慰,他可以对自己说:"看来我的确救了台尔·唐戈先生的命,公爵夫人对我许诺的事情就不能反悔了。"他又想,"我干的这行当比当初设想的要困难得多,既然人人都认为公爵夫人有头脑,那么在我这里治国和情感就可以兼得了。她若肯出任首相,那岂不大妙。"

亲王对下毒的事情非常愤怒,晚上演戏的时候他觉得自己无法上台。

"您管辖着我的心,如果您还能管辖我的国家,那我就太高兴了。"他对公爵夫人说,"我先跟您讲一讲我这一天是怎么过的。"于是他把一天里做的事原原本本告诉公爵夫人:烧掉册封拉西伯爵的诏书,任命朗热,朗热关于毒药的报告,等等。"我觉得自己很缺乏治国的经验。伯爵他看不起我,总是取笑,连开会的时候也开玩笑。他在公开场合说的那些话,是不是真的你会知道的。他说我是个孩子,听由他摆布。夫人,我虽然是一国之君,却也是个男子汉,岂能容他如此胡言乱语。为了让莫斯卡先生的那些无稽之谈不攻自破,有人让我把拉西这个危险的无赖安排到内阁,所以那个康蒂将军,他到现在还认为拉西的权势炙手可热,不敢承认要您侄儿的性命是拉西或者是拉威尔西的意思。我考虑不如索性把法比奥·康蒂将军送上法庭,让法官来决定下毒案中他是否有罪。"

"可是,亲王,您有法官吗?"

"什么意思?"亲王莫名其妙。

"您有的是学问高深,在街上昂首阔步的法官,但是他们判起案子,看的是您宫廷里占上风的党派是否高兴。"

亲王听了很恼火。他说了许多话,显示出他还很天真,没有多少真知灼见。公爵夫人心里想道:

"听任康蒂颜面扫地是否合适?不合适,肯定不合适,因为那样一来,他女儿和克莱申基侯爵这个好好先生的婚事就吹了。"

公爵夫人和亲王就这个问题磋商良久。亲王对公爵夫人钦佩得五体投地。为了不影响克莱莉娅·康蒂和克莱申基侯爵的婚事,亲王宽恕了前任司令下毒的罪行,不过他气愤地向前任司令宣布,这完全是看他女儿的面子。亲王听从公爵夫人的意见,把前任司令逐出巴马,不到他女儿结婚不能回来。公爵夫人觉得自己对法布里斯已经没有爱情,然而对克莱莉娅·康蒂和侯爵的婚姻,她依然乐观其成,因为她还依稀地希望法布里斯对克莱莉娅的依恋能够逐渐淡薄下去。

亲王心中欢喜,不觉有些冲动,恨不得当天晚上就撤换拉西,好让朝野震动。公爵夫人嘻嘻一笑,说道:

"拿破仑有句话您知道吗?一个身居高位、万众瞩目的人绝对不能莽撞行事。今天太晚了,明天再说吧。"

公爵夫人是想征询伯爵的看法。她把晚间的谈话原原本本说给伯爵听,亲王反复暗示要信守诺言的那些话,自然统统隐去了。这个诺言是她生活中的一剂毒药。她聊以自慰的是,她现在已经成了必不可少的人物,因而可以无限制地拖延下去,只消对亲王说:"如果您耍横,强迫我忍辱受屈,我会恨您一辈子,第二天我就离开巴马。"

公爵夫人问伯爵拿拉西怎么办,他显得很大度,说法比奥·康蒂和拉西可以到皮埃蒙特去旅行。

法布里斯的审判遇到了特殊的难题:法官们想在首次开庭的时候就一致高声宣布无罪开释。伯爵不得不软硬兼施,要求审判至少进行一周,法官们务必耐着性子听完全部证言。"这些人真是本性难移。"伯爵暗道。

无罪开释的翌日,法布里斯·台尔·唐戈终于坐上了好心的朗德利亚尼总主教总代理的位置。同一天,亲王签署了任命法布里斯为副总主教并在未来继承总主教的文件。不到两个月,法布里斯正式上任。

人人都在公爵夫人面前夸奖她侄儿为人严肃,实际上他是心灰意冷。法布里斯被释放,接着是法比奥·康蒂将军丢官流放,公爵夫人一跃而权倾朝野,第二天,克莱莉娅住到了姨妈肯塔利尼伯爵夫人家。这个女人年事已高,很有钱,什么也不关心,只想着颐养天年。克莱莉娅当然能够与法布里斯见面,可是看她现在的态度,设若又知道她先前的保证,人们一定以为她的情人脱离了危险,她也挣脱了情网。只要于情理无碍,法布里斯总是尽可能地从肯塔利尼府门前过,后来又煞费苦心地在肯塔利尼府二楼窗户对面找了一小套住房。有一回,克莱莉娅冒失地站到窗口看圣体游行的队伍,但是她立刻缩回身,好像被人击了一下,原来她看见法布里斯穿一袭黑衣,活脱一个穷工人,正站在对面破房子的一扇窗户后面朝她望。那房子的窗户上全都糊着油纸,和法奈兹塔的牢房一样。法布里斯当然很愿意相信,克莱莉娅是因为父亲丢了官——舆论认为根子在公爵夫人——才躲着他的,但是他心里很明白,克莱莉娅疏远他其实另有缘由,所以他终日忧伤,开心不起来。

　　自己被无罪开释;生平第一次担任要职,在上流社会又有了优越地位;所有的教士和教区的信徒都对他百般逢迎,对这些事,法布里斯统统漠然视之。他在桑塞维利纳府的那个套间已经不够用,三楼整个一层外加二楼的两个豪华客厅都不得不让他使用。这让公爵夫人有说不出的欢喜。两个客厅里一天到晚高朋满座,人人都等待机会拍副总主教的马屁。享有未来继承权这一条在国内引起轰动。人们对法布里斯鲜明的个性品质交口称颂,而过去这些品质却招来可怜而愚蠢的廷臣们一片谩骂。

　　对荣华富贵做到彻底无动于衷,这在法布里斯是人生哲理的重要一课。置身于金碧辉煌的公馆,被十个穿制服的仆人簇拥着,那感觉比在法奈兹塔的木牢房里,被穷凶极恶的狱卒包围着,见天为生死担忧还要痛苦得多。他在巴马有说不尽的荣耀，母亲和姐姐 V 公爵夫人来看望他，却发觉他情绪低落，不禁愕然。如今台尔·唐戈侯爵夫人在女人中间已经算是最少有浪漫情调的，却连她也非常担心，害怕是法奈兹塔里有人下慢性毒药造成的。虽然她是个很知趣的人，但是总觉得自己有责任问问儿子为何郁郁寡欢，结果法布里斯除了流泪，什么也没说。

有了显赫的地位，好运滚滚而来，但是法布里斯丝毫不为所动，唯一的结果是让他心烦。他哥哥，那个被卑劣透顶的利己思想腐蚀、虚荣透顶的家伙，写来一封相当正式的贺信，随信附了一张五万法郎的支票。新近继承了封号的侯爵说，这是为了让法布里斯购买马匹和车辆，好配得上他的姓氏。法布里斯把钱寄给了二姐，她没能嫁到好人家。

莫斯卡伯爵叫人把瓦尔塞拉·台尔·唐戈家族祖上的巴马总主教法布里斯用拉丁文写的家谱翻译成意大利文，译文漂亮，版本也精致，还有拉丁文对照。插图在巴黎用上等石版复制。照公爵夫人的意思，在祖上总主教画像的对页，放上了一幅精美的法布里斯画像。书出版时，译文托称是法布里斯第一次囚居时的作品。但是，我们的主人公已经万念俱灰，包括一个人生而有之的虚荣心，对这本据称出自他之手的书，他根本不屑一读。不过以他在上流社会的地位，却必须向亲王呈献一部精装本。亲王觉得法布里斯曾经与死亡擦肩，为了对这一点做出补偿，便赐予法布里斯自由出入亲王寝宫的特权，凡享有这项特权的人都可以被称为"阁下"。

第二十六章

　　法布里斯能够摆脱内心深处忧郁的唯一时刻,是他在肯塔利尼府对面他那套房间里的时候。大家都知道,克莱莉娅就住在肯塔利尼府里。法布里斯叫人把窗户的一块油纸换上了玻璃,他便隐身在这块玻璃后面。自从他打要塞出来,见到克莱莉娅的次数屈指可数,但是他却发现克莱莉娅产生了惊人的变化,这令他深感震动,这在他看来不是什么好兆头。前次克莱莉娅失误之后,脸上便终日带着高贵而严峻的神情,叫人感到她已经三十岁了。法布里斯从这个巨大的变化中看出,她已经暗下决心。"白日里不管什么时候,她一定都在发誓,"他心里想,"要信守对圣母的愿心,永远不再见我。"
　　克莱莉娅的痛苦,法布里斯只猜对一半。克莱莉娅明白父亲已经彻底失宠,在她和克莱申基侯爵完婚之前,父亲回不了巴马,更回不了宫廷(对父亲来说,回不了宫廷就活不下去)。她写信告诉父亲,她盼望尽快成亲。将军此时正在都灵避难,伤心过度,害了一场大病。事实上,这样一个重大的决心产生的反作用,使克莱莉娅老了十岁。

她早就发现法布里斯的房间在肯塔利尼府的对面,不幸看到法布里斯却只有一回。平日里她一瞥见与法布里斯相似的面孔或者身影,便立刻闭上双眼。她别无依靠,只有深切的孝心和对圣母保佑的信心。她并不敬重父亲,为此她很痛苦。说到她未来的夫婿,她认为这个人的品格极其平庸,也就是让人感到他是上流社会的人而已。总之,她深爱着一个人,可是她没有权利再见他,而这个人却有权利见她。遭遇到这种种灾祸,她觉得自己不幸到极点,我们得承认,她这么想有一定的道理。结婚以后,她大概应该到离巴马两百里开外的地方生活才好。

法布里斯知道克莱莉娅骨子里是很害羞的,知道不管他采取什么非常举动,如果这举动被发现以后会成为街谈巷议的口实,那肯定会惹恼克莱莉娅。但是他已经忍受不了内心的忧愁,克莱莉娅的目光又总是闪烁不定地躲避他,于是他终于大着胆子收买了克莱莉娅的姑妈肯塔利尼夫人的两个仆人。一天,天刚擦黑,他打扮成一个乡下商人,来到肯塔利尼府大门口。他收买的两个仆人有一个正在门口等候他。他自称从都灵来,克莱莉娅父亲有信转交。仆人进去通报,然后把他领到二楼一个宽敞的前厅。在这里,法布里斯度过了平生最焦虑惶恐的一刻钟,倘若克莱莉娅不理睬他,他将永远得不到安宁。"我现在的地位叫我谨小慎微,我已经烦透了。为了赶紧结束这一切,我应该找一座修道院隐居起来,为教会除掉一个坏教士。"仆人终于回来禀告,克莱莉娅小姐可以接见他。我们的主人公却一下子失去了勇气,上三楼的时候紧张得差一点摔倒在楼梯上。

克莱莉娅坐在一张小桌子后面,桌子上只点了一支蜡烛。她一认出乔装打扮的法布里斯,立即离开桌子,躲避到客厅尽头。

"你就是这样来帮我赎救灵魂的。"她双手捂脸,朝法布里斯嚷道,"你很清楚,我父亲因为下毒而倒霉之前,我向圣母许过愿心,决不再见你。我仅仅在那一天违背了愿心,那是我一生中顶顶痛苦的一天,那天我的良心叫我无论如何也要救你出虎口。现在如果我勉强找一个肯定有罪的理由听你讲话,那已经很够意思了。"

最后这句话叫法布里斯深感惊诧,过了一会儿他才明白自己应该欢喜才对。他原以为克莱莉娅会大发脾气,要不就逃走,等他恍然大悟,便去熄灭了仅有的那支蜡烛。他虽然自认为领悟了克莱莉娅的意思,但是他往客厅里面走,还是不由自主地浑身哆嗦。克莱莉娅藏在一个长沙发后面,他亲吻她的手,心里却在嘀咕是不是会冒犯她。卡莱莉娅也激动得周身发抖,一下子扑到他怀里。

"亲爱的法布里斯,"她对他说,"你怎么拖这么久才来!我只能跟你讲几句话,因为跟你讲话无疑有违天命。我许愿不再见你,当然也就意味着不再同你讲话。我父亲的确有报复你的念头,可是你怎么能够这样狠心地落井下石呢?为了帮助你越狱,第一个差一点被毒死的竟是他。我为了救你,置自己的清白于不顾,你看在我的面上,难道不该做点什么吗?何况你如今被神职套住,即便我想出办法,可以离开那个讨厌的侯爵,你也不能娶我了。你又怎么可以在圣体游行的那天傍晚,公然大胆地朝我这里张望,成心破坏我对圣母许下的愿心?"

法布里斯又惊又喜,情不自禁地把她紧紧搂在怀里。

一上来他们彼此就有说不完的话,这场谈话自然一时片刻完不了。法布里斯向克莱莉娅讲了她父亲遭流放的实情,告诉她公爵夫人与此事绝无牵连。道理很简单,公爵夫人从来不曾认为下毒是康蒂将军的主意。她一向认为这是拉威尔西一伙人的诡计,为的是赶走莫斯卡伯爵。事情的前因后果原原本本讲清楚了,克莱莉娅感到很欣慰,她也为自己身不由己地恨过一个与法布里斯有关系的人感到歉意。现在她不再用嫉妒的眼光看待公爵夫人了。

这天晚上两人沉浸在幸福中,然而好景不长。

善良的唐·恺撒从都灵来到巴马。他心地坦荡,所以无所顾忌,直找到公爵夫人门上来。他要求公爵夫人保证对他推心置腹的谈话不加以利用,然后他承认,他哥哥受到一个根本不存在的荣誉问题的折磨,认为法布里斯越狱是向他挑衅,让他在舆论面前脸面扫地,因而觉得非报仇不可。

唐·恺撒说了不到两分钟就大功告成。他高尚的情操打动了公爵夫人。这样的场面她很少见到,好似碰到了什么新鲜事,感到心情舒畅。

"叫将军的女儿尽快与克莱申基侯爵成婚。我向您保证尽我所能让将军回来会受到礼遇,就好像出门旅行回来一样。我可以请他吃饭。这下您满意了吧?刚开始人们对他可能会有点冷淡,将军不要急于回到要塞司令的职位。不过您是知道的,我同侯爵关系很好,不会对侯爵的岳丈心怀芥蒂。"

有了公爵夫人这些话,唐·恺撒便去对克莱莉娅说,她父亲非常颓唐,是死是活在她手里捏着。已经有好几个月任何一个宫廷里都看不到她父亲的身影了。

克莱莉娅决定去看望父亲。她父亲隐居在都灵附近一个村庄里,用的是假名,因为他估摸巴马宫廷正在同都灵宫廷交涉,要引渡他回国受审。克莱莉娅见到父亲,父亲生着病,而且有点疯疯癫癫。当天晚上,她给法布里斯写了一封信,宣布与他永久绝交。法

447

布里斯的性格与克莱莉娅的性格越来越接近,他接到这封信以后,便隐居到山里的韦莱雅修道院去了,距离巴马十里开外。克莱莉娅又给他写了一封信,长达十页。过去她曾经发誓没有法布里斯同意她不与侯爵结婚,现在她请他同意这桩婚事。法布里斯从韦莱雅修道院给她写了回信,信里充满了纯真的友情。

接到回信——必须承认,信中表达的友情令克莱莉娅心里十分不快——她亲自挑选了婚庆日。婚庆活动使巴马宫廷在这年冬天越发光彩夺目。

拉努斯-艾奈斯特五世骨子里是很吝啬的,但是他疯狂地爱着公爵夫人,要把她牢牢地拴在自己的宫廷里。于是他求母亲答应接受一笔可观的钱,用来举办各种庆筵。这笔额外的收入,首席女官把它花得妥妥帖帖。这年冬天的这些庆筵叫人不由得回想起米兰宫廷在和蔼的总督欧仁亲王治下的风光岁月,许多人现在还惦记着欧仁亲王的好处。

身为副总主教,法布里斯有他的职责,不得不返回巴马。但是他宣布,由于他的保护人朗德利亚尼大人一定要他住进总主教府,他将使用府上的一个小套间,为虔诚修行计,他将一如既往深居简出。他果真足不出户,身边只留一个仆人。宫廷里那些流光溢彩的庆筵典礼,他概不参加,这给他在巴马和未来的教区赢得了圣徒的好名声。他因为内心深处有解脱不了的忧愁,故而闭门不出,不料却节外生枝。朗德利亚尼总主教一直很喜欢他,事实上让他当副总主教也是总主教的主意,但是总主教现在却产生了嫉妒心。照总主教看,各种庆筵典礼他自己是必须出席的。他这么想自有他的道理,因为在意大利这是惯例。这种时候他身着重大宗教典礼的服装,和他在大教堂祭坛前的装束差不多。上百的仆人聚集在宫殿有柱廊的接待大厅里,看见主教大人纷纷起立,乞求大人祝福,主教大人也很愿意停下脚步,满足他们的要求。就在这种肃穆的时分,朗德利亚尼大人听到一个声音说道:"台尔·唐戈大人足不出户,而我们的总主教却去参加舞会!"

从这时候起,法布里斯在总主教府处享有的那份优待便结束了。好在他的翅膀已经硬了。他的举止本来是克莱莉娅完婚让他绝望而造成的,却被认为是质朴高尚的信仰的反映。信女们像读感化读本似的阅读法布里斯家谱的译本,那本充满了疯狂虚荣心的书。书商印了一批石版的法布里斯肖像,几天间就被抢购一空,买的人大多是老百姓。雕版的工匠由于无知,在他的头像周围添了一些图案,这些图案只该用在正职主教头像四周,一个副职主教是不能僭用的。总主教看到肖像,气得火冒三丈,派人把法布里斯唤来,说了许多很不客气的话,激动之中有些措辞还不免流于粗野。我们可以想象,法布里斯在这种场合的表现,俨然一个费纳隆,而且毫不费力就做到这一点。他委曲求全,毕恭毕敬听总主教训斥。待总主教说完,他便把这家谱的翻译过程原原本本告诉他,说那是莫斯卡伯爵的主意,当时他正第一次被关进要塞监狱。出版这本书是为了迎合社交需要,他自己一直感到对他这种身份的人,这本书并不合适。至于肖像,不管是第一版还是第二版,都和他完全没有关系。他隐居在家的时候,书商把二十四张第二版的头像送到总主教府。他打发仆人又去买了一张,得知每张像定价三十苏,便送去一百法郎作为二十四张像的售款。

尽管法布里斯心里为其他事情苦恼不堪,尽管他把理由摆得头头是道,总主教却越发不依不饶,居然还责骂法布里斯表里不一。

"瞧,平民出身的人就是这样,"法布里斯暗忖道,"再聪明也不管用!"

此时法布里斯正有一件更加烦心的事。他接到姑妈好几封信,斩钉截铁地要求他要么住到桑塞维利纳府去,要么至少经常去

449

看望她。法布里斯心里有数,到姑妈那里肯定会听到人们议论克莱申基侯爵结婚庆典的盛大场面,他不知道自己是否能够泰然处之,生怕闹出什么事来。

婚庆举行的时候,法布里斯吩咐仆人和总主教府里有关的人都不要同他讲话,而后的一个星期里他整日缄默不语。

朗德利亚尼总主教大人得知法布里斯又弄出新花样,便更加频繁地召见他,要跟他长谈,甚至勉强他去和乡下的一群议事司铎谈话,这些人埋怨总主教府侵犯了他们的特权。法布里斯想着别的事,处理这些公务完全不上心。"不如去当修士,"他想,"在韦莱雅的山崖上,痛苦比这里还少一点。"

他去看望姑妈,和姑妈拥抱时泪水不禁夺眶而出。公爵夫人发现他变了许多,因为特别消瘦,眼睛便显得出奇地大,简直好像长到了脸庞外。他看上去很虚弱,凄凄惨惨的,再配上那身普通教士穿的破旧的黑衣,使得公爵夫人刚一见他也不禁落下泪来。但是片刻之后,她想到这么一个英俊少年如今形销骨立,仅仅是因克莱莉娅结婚了,她便有些愤然,情绪的激烈程度与朗德利亚尼总主教不相上下,只不过掩饰得巧妙些罢了。她狠下心来,大谈特谈克莱申基侯爵家宴席的盛况,在一些重要的细节上更是绘声绘色。法布里斯反应木然,但是眼皮跳了一下,微微闭合,脸色变得比平时更加苍白——乍听起来这似乎不可能。在这内心极度痛苦的时刻,他惨白的脸上泛出了铁青色。

莫斯卡伯爵突然到来。眼前的景象叫他不敢相信,同时也让他心里对法布里斯怀有的猜忌涣然冰释。他是个精明人,又委婉又细密地讲了一通道理,劝说法布里斯回心转意,对尘世的事情多几分眷恋。伯爵对法布里斯一向很器重,也不乏友情。现在嫉妒心没了,少了干扰,这份友情便充满了真诚。"他的好前程来之不易呀。"伯爵回想法布里斯遭受的种种苦难,在心里叹道。他借口叫法布里斯看看亲王送给公爵夫人的巴马齐诺的画,将他拽到一旁。

"嗯,朋友,咱们作为男子汉好好谈谈。我可以为你做点什么吗?你不必担心,我不会问你什么,不过我想知道,钱对你是否有用?权力对你是否有帮助?说吧,我愿意为你效劳,如果你觉得写信更好,那给我写信也行。"

法布里斯亲切地拥抱他,然后便谈论巴马齐诺的画。

"你的行为举止堪称老谋深算的杰作。"伯爵恢复了平常谈话的轻松口气,对他说道,"经过你自己的努力,你现在前程似锦。亲王器重你,老百姓尊敬你,你这身破旧的黑衣叫朗德利亚尼总主教彻夜难眠。我是久于官场的人,可是说实话,对你的做法,就我所见,还真提不出什么改进意见。你二十五岁步入社会,第一步就迈得很好,将来不可限量。宫廷里人们经常谈起你,你知道在你这个年纪便脱颖而出,得益于什么吗?得益于你的破黑衣。彼特拉克的故居现在属于我和公爵夫人,这你知道。房子离波河不远,在一座风景优美的山岗上,四周是大森林。倘若哪一天你对争风吃醋、钩心斗角感到厌倦了,我想你无妨去做彼特拉克的继承人,你们俩的名声可以相得益彰。"伯爵挖空心思想让这个隐士的脸上现出一丝笑意,但是白费力气。从这一点说,法布里斯的变化越发显得不可思议,因为前不久,要说法布里斯的面相有什么缺陷的话,那就是有时候不合时宜地露出欢悦欣喜的表情。

伯爵和法布里斯分手前对他说,不论他如何深居简出,下星期六是王妃的诞辰,假如他不在宫里露面,那不免显得矫情作态。法布里斯听到这话,仿佛挨了一刀子。"伟大的主啊!"他想道,"我何苦到公爵夫人府里来!"想到在宫里会碰到什么人,他哪能不紧张得发抖。这桩心事把其他心事都挤跑了。他想,唯一的办法就是赶在客厅开门的时候到达王宫。

果然,在盛大的晚会上,头一批通报的人名中,就有台尔·唐戈主教大人。王妃对他礼遇有加。法布里斯的眼睛紧盯着座钟,他到达后指针刚移动二十分钟,他便起身准备告退,恰好在这时候,亲王到母亲宫里来了。法布里斯向亲王致意之后,已经不动声色地挨到门口,却偏偏被首席女官最擅长安排的那种宫廷小技拦住了:当班侍从跑来告诉他,他被指定陪亲王玩惠斯特牌。在巴马,这份荣誉非同小可,不是一个副总主教的头衔可以相比的。即便对总主教,与亲王玩牌也是一种特殊恩遇。听到侍从的话,法布里斯感到心被刺疼了,尽管他非常讨厌在公众场合张扬,却还是想去对亲王说自己突然感到头晕。但是他转念又想,如果他这么说,亲王就会问长问短,还会祝福他早日恢复健康,这比玩牌更叫他难以忍受。今天他特别害怕说话。

幸好,前来向王妃献殷勤的达官显贵中有小兄弟会①的一位长老,这是个学识渊博的修士,便是冯塔纳、杜瓦赞②之辈与他也难分高下。他远远地躲在客厅的一个角落里,法布里斯走过去,站在长老对面,这样他就看不见大门了。两人就神学问题攀谈起来。虽然法布里斯看不见入口,却不能塞住耳朵,就听得通报克莱申基侯爵与夫人到了。连他自己都没有意料到的是,他竟然感到一股怒气冲上心头。

"如果我是博尔索·瓦尔塞拉(第一代斯佛尔查手下的将军),"他在心里说,"我就上去给侯爵这个蠢货一刀,就用克莱莉娅在那个幸福的日子里给我的象牙柄匕首,让他知道,胆敢带他夫人到有我出席的场合会是什么结果!"

他的脸完全变了颜色,小兄弟会长老见了不禁说道:

---

① 小兄弟会,即方济各会。
② 冯塔纳(1750—1822),意大利神甫,红衣主教。杜瓦赞(1744—1813),法国神甫,南特主教。二者均是著名神学家。

"阁下您不舒服吗?"

"我头疼得厉害……灯光叫我难受……我被指定陪亲王玩惠斯特牌,不然我哪里会留在这儿。"

小兄弟会长老出身市民阶级,听到法布里斯的话,茫然不知所措,只能向法布里斯鞠躬敬礼。其实法布里斯这边也为了别的事心乱如麻,于是他高谈阔论,不知哪来这么多话。他发觉身后寂静下来,但是他不愿意回头看。忽然有琴弓敲击谱架,接着响起一段前奏,著名的 P 夫人演唱了契玛罗萨①那首风行一时的歌曲:

Quelle pupille tenere!② 演唱前面几个小节,法布里斯还能撑得住,但是不一会儿他的怒气便消散了,感到泪水就要夺眶而出。"伟大的主啊!"他暗道,"让人见了笑掉大牙! 还是这身打扮!"他觉得聪明的办法是自解自嘲一番。

"这种剧烈的头疼,"他对长老道,"我如果强忍着,像今天晚上这样,到最后眼泪就会一阵一阵涌出来。像您和我这样的身份,这会授人以柄,遭人嘲弄,所以我求您,可敬的大人,让我一边流泪一边望着您,而您却跟没事一样。"

"我们在卡坦扎拉地区的长老也有这个毛病。"兄弟会的长老说。他放低声音,拉拉杂杂讲了一段故事。

故事讲到可笑处,涉及这位外省长老晚餐上的一些趣闻,法布里斯不禁绽出笑容,很久以来他没有这样笑过了。但是不一会儿他就不再听兄弟会长老讲故事,P 夫人正一展美妙的歌喉,咏唱佩戈莱兹③的一首歌曲(王妃喜欢听老歌)。离法布里斯几步远的地方发出轻微的响动,晚会开始以来法布里斯头一次掉转了目光。原来是一张扶手椅与地板摩擦发出的吱吱声,而扶手椅上坐的正

---

① 契玛罗萨(1749—1801),意大利作曲家。
② 意大利文:多么温柔的目光。
③ 佩戈莱兹(1710—1736),意大利作曲家。

是克莱申基侯爵夫人,她眼泪汪汪地瞅着法布里斯,正好和他同样泪汪汪的眼睛相遇。侯爵夫人低下头,法布里斯却仍旧盯着她望了一阵,好像要认识一下这张珠光宝气的面孔。他的目光里流露出愤怒和不屑。他一边忖道:"我的眼睛再也不瞧你了。"一边就回过头去,望着兄弟会长老说道:

"我的头疼得更加厉害了。"

果然,他泪如泉涌,流了半个多钟头。幸好莫扎特的一首交响曲按照意大利人的习惯演奏得面目全非,这给他解了围,帮他止住了眼泪。

他克制自己,硬是不回头看克莱申基侯爵夫人。P夫人又唱起来。法布里斯流了一通眼泪,感觉轻松了,完完全全平静下来。生活于是又有了光明。"我难道指望立刻把她忘却不成?"他想道,"这可能吗?"转念又想,"我再不幸,还能比过去两个月还不幸吗?既然没有什么可以让我烦恼上加烦恼,我何苦压制自己的愿望,不看她呢?她忘掉了誓言,她轻佻,可是女人不都这样吗?再说了,谁不说她貌似天仙?她目光流盼,令我神魂颠倒,我干吗反倒强迫自己去看那些所谓的国色天香?就是嘛,我干吗不今朝有酒今朝醉?至少可以得到一时的解脱吧!"

法布里斯对人情世故懂得几分,对爱情却毫无经验,否则他就会告诉自己,倘若对这片刻的欢愉让步,那么他两个月以来为忘却克莱莉娅所做的努力都将付之东流。

可怜的克莱莉娅是被丈夫逼到晚会上来的。她原想借口身体不适,待上半个小时就告辞,可是侯爵对她说,许多马车正陆续到达,这时候备车准备走,不但于礼仪上完全说不过去,而且说不定会被理解成对王妃的晚会间接表示不满。

"我身为王妃近侍,"侯爵又说,"必须留在客厅,听候王妃吩咐,一直到人走完为止。王妃可能有,而且一定会有事情要人去做,而她手下那些人一个个漫不经心的样子!你总不至于愿意让一个普通的侍从抢我的功劳吧?"

克莱莉娅只好听丈夫的。她没有看见法布里斯,心里希望他最好不来参加晚会。音乐会快开始的时候,王妃请夫人们入座,克莱莉娅在这类事情上比较迟钝,眼看靠近王妃的座位都被人抢光了,便只好到客厅后面找了一张扶手椅,正好靠着法布里斯躲藏的这个僻静角落。她走到椅子旁边,小兄弟会长老的衣服在这种场合显得很突出,吸引了她的目光。起初她没有注意和长老说话的那个瘦瘦的黑衣男子,但是那人做了一个不易觉察的动作,使她的目光落到男子身上。"这里人人都身着礼服或者华丽的绣花服装,是谁居然穿了这么一身简朴的黑衣?"她关注地望着男子,正在这时,一个女人走过,撞了一下克莱莉娅的椅子,法布里斯回过头来。他的变化太大,她竟然没有认出来。起初她想:"这个人很像法布里斯,大概是他哥哥。可是我一直以为他哥哥仅比他大几岁,而这个人足有四十岁了。"突然,从男子嘴角的一个动作,她认出他就是法布里斯。

"可怜的人,他受苦了!"她暗忖道,低下了头。这倒不是信守誓言,而是因为难过。怜悯在她心里掀起了波澜:"他蹲了九个月牢也没有变成这样子啊!"她不再看法布里斯。可是,眼珠子虽然不朝法布里斯的方向,他的一举一动却都看在眼里。

音乐会结束,她看到法布里斯朝亲王的牌桌走去,牌桌与亲王的座位相隔只有几步。等法布里斯走远了,克莱莉娅才松了一口气。

但是克莱申基侯爵看见夫人被挤到离亲王那么远的地方,心里很恼火,一个晚上都在动员一位与王妃只相隔两三个座的夫人和他妻子调换一下座位。那女人的丈夫欠着他的钱。可怜的女人自然不答应,侯爵便去找欠债的丈夫。男人给女人讲了一番可悲的道理,侯爵终于如愿以偿,调换了座位。他跑去找夫人。

"你总是太害羞。"他对她说,"干吗要低着眼睛走路?人家会把你当成市民阶级的女人,那些女人到了这里什么都新鲜,别人看她们到这里来也感到新鲜。首席女官这个疯女人就会干这种事!说什么这样做是为了阻止雅各宾思想的传播!记着,在王妃的宫里,地位最高的男人就是你丈夫。即使共和党扫荡了宫廷,扫荡了贵族,你丈夫仍旧是这个国家最富有的人。这个思想还没有在你的脑袋瓜里安家。"

侯爵兴致勃勃为他夫人安排的座位与牌桌相距仅仅六七步。虽然她只能看见法布里斯的侧影,却依然能够发现他十分消瘦。他过去不管看到什么事都要发议论,现在却一副超然物外的神情。这使她得出一个可怕的结论:法布里斯完全变了,他已经把她忘掉,他这么瘦,是出于虔诚的信仰而苦行斋戒的缘故。听周围人谈话,副总主教的名字挂在每一个人嘴边,她越发相信自己这个伤感的结论。众人看法布里斯受到特殊的恩宠,都想弄明白原因何在。他那么年轻,居然能陪亲王打牌!他出牌的时候,甚至在吃进殿下的牌的时候,那种又客气又漠然的态度,还有那种傲然的神气,众人看了无不惊愕。

"简直太不可思议了!"几位老臣高声道,"他姑母受宠,他就不知天高地厚了……不过,老天有眼,他这样是长不了的。我们的君王可不喜欢人家自命不凡的样子。"公爵夫人走到亲王身旁。那些大臣恭敬地坐在离牌桌比较远的地方,听不清亲王讲话,只能捕捉到只言片语。他们注意到法布里斯脸色涨得通红。"他摆出那么冷漠的态度,"大臣们暗道,"他姑母教训他了。"法布里斯刚才听到了克莱莉娅的声音。原来王妃在舞场上转,见到侍从骑士的夫人便与她寒暄,克莱莉娅应对了几句。牌桌上该换座位了,法布里斯正好坐到了面对克莱莉娅的座位上。他屡屡放肆地端详克莱莉娅。侯爵夫人感觉到法布里斯在打量自己,心里不由得发慌。她很想知道法布里斯脑袋里在想什么,因此竟多次忘记自己许过的愿,把目光朝法布里斯投去。

亲王打完牌,夫人们纷纷起身,往吃夜宵的大厅走,客厅里一时间有点嘈杂。法布里斯同克莱莉娅靠得很近。他本来还能把持得住,可是他闻出了克莱莉娅长裙常有的清香,这种感觉让他心里一下子就乱了方寸。他移步到她身旁,低声地,好像自言自语似的吟诵了彼特拉克十四行诗中的两句。他在马乔列湖时,曾经把这两句诗印在手绢上寄给她:"凡夫俗子可怜我,其实我自在悠闲,但是现在,命运真是多变!"

"我错了,他根本没有忘记我。"克莱莉娅暗道,心高兴得怦怦跳,"他心灵高尚,绝不是见异思迁之徒!"

不,美丽的眼睛,是你们教会我爱,
你们永远不会看到我变心!

克莱莉娅不觉自言自语背诵了彼特拉克的这两句诗。

吃完夜餐,王妃立刻退席,亲王一直把王妃送到房间,自己也没有再返回客厅。消息一传开,客人们都恨不得立时就走,前厅一片混乱。克莱莉娅就在法布里斯身边,望着他脸上悲戚的表情,怜惜之情油然而生。"过去的事就把它忘掉吧,"她对他说,"这东西留给你,做个友谊的纪念。"她把自己的扇子放在法布里斯伸手可及的地方。

在法布里斯的眼里,一切都变了,刹那间他自己也换了个人。第二天他宣布隐居结束,又回到桑塞维利纳公馆豪华的套房。总主教琢磨而且深信,是亲王叫法布里斯打牌这样的恩宠让这个小圣徒乐昏了头,公爵夫人觉察出,法布里斯和克莱莉娅心灵相通,又想到自己那个凶多吉少的诺言,越发感到悲从中来,于是她决定离开巴马。这个异乎寻常的举动让许多人惊诧莫名。怎么回事，明明受到了无以复加的恩宠，反倒要离开宫廷！伯爵自从发现法布里斯和公爵夫人之间并无爱情可言，便成了天底下最快活的人，他对公爵夫人道："我们的新君简直就是道德的化身，可是我说了他一句'那个孩子'，你看他还能原谅我吗？我感到要和他和解，走是唯一的办法。我先摆出大度恭敬的样子，然后我就告病，接着就告退。我想你会同意我这么做，因为法布里斯的前程已经有了保证。不过，"他笑着说道，"你是不是真的愿意为我做出巨大牺牲，放着高贵的公爵夫人封号不要，反倒要一个低得多的头衔？我一走了之，听任这里的事一团乱麻解不开，这一定很有意思。我有四五个能干的人在我管的几个部里供职，最近我让他们全都退休了，理由是他们读法国报纸，我派去接替他们的人个个笨得不可思议。

"我们走了以后，亲王一定手忙脚乱，虽说他讨厌拉西的为人，我相信他一准会把拉西召回去。我呢，我就静候左右我命运的暴君那一纸命令，以便给拉西写一封情真意切的信，对他说我有充分理由相信，他的功劳早晚会得到报答。"

第二十七章

这次严肃的谈话,时间是法布里斯回到桑塞维利纳府的第二天。法布里斯举手投足间都透着喜庆,叫公爵夫人很受打击,到谈话时还没有缓过劲来。她暗自琢磨:"这个虔诚的小丫头骗了我,不理她的情人才三个月,就耐不住了。"

少年亲王认为自己的事十拿九稳有美满的结局。本来他是个畏畏葸葸的人,现在倒来了爱的勇气。他隐约闻说桑塞维利纳府正在打点行装。他的法国侍从一向不相信上流社会的女子有什么贞节,所以他鼓励亲王放大胆子对付公爵夫人。艾奈斯特五世采取行动,亲自登门看望公爵夫人。对此,王妃和宫里知书达理的人都大不以为然,老百姓则认为这明摆着说明,公爵夫人受到的宠幸非同一般。

"您要出门,"他对公爵夫人说,一本正经的口气叫她厌恶,"您要出门,您背弃了我,也违背了您的誓言!可是,我当初要是晚十分钟再答应您赦免法布里斯,他早就一命呜呼了。可是您却要让我受罪!要不是您发了誓,我哪来的勇气像现在这样爱您。您果真不守信用!"

"亲王,您好生想一想,您有生以来,有过以往四个月一样快活的日子吗?您作为君主,从来没有这样风光过。再斗胆说一句,您虽然可爱,可也从来没有过这样的福气!我建议我们定一个协议,如果您同意,我就不会仅仅为一个在恐惧中发的誓言而与您结萍水之好,而是将我一生中的每时每刻都用来为您谋福祉。四个月来我是什么样,以后我也永远会是什么样。友谊到最后成为爱情也说不定,我不敢说这样的事一定不会发生。"

"既然如此,"亲王十分欢喜,说道,"那您就再担任另外一个角色,起更重要的作用,来当我的首相,既管辖我,又管辖我的国家。我答应您,我们的婚礼,按我亲王的身份,只要那些可恶的习俗允许,能怎么办就怎么办。眼前就有一个榜样,那不勒斯的国王新近刚娶了帕尔塔纳公爵夫人。我答应您尽我所能,办一个同样的婚礼。我还要告诉您一个想法,是关于讨厌的政治的,我要向您证明我不再是小孩子,一切问题我都已然想到。为了当好家族的末代君王我如何勉为其难,在有生之年亲眼看到大国决定我的继承权,这多么令人悲哀,这些我就不多说了。我庆幸有这些非常现实的难题,因为这使我得以换一个角度向您证实我的敬意和感情。"

公爵夫人片刻也没有动摇。亲王令她生厌。她觉得伯爵可爱得多,比伯爵强的人,这世上独一无二。再说,她控制着伯爵,而亲王出于地位的需要,多多少少控制着她。更何况亲王可能变心,亲王与她年龄悬殊,过不了几年就可以名正言顺另觅新欢了。

打从头一天起,公爵夫人就料定她与亲王彼此厌倦是早晚的事情,所以主意她早就拿定了,只不过她不愿意撕破脸,才请亲王让她考虑一下。

公爵夫人软言款语,好话说尽,婉转地拒亲王于门外,这些无须赘言。亲王急了,他觉得幸福正在溜走。万一公爵夫人真离开宫廷,自己如何是好?再说,遭人拒绝,脸往哪里搁!还有:"等我把失败的经过告诉法国侍从,他会怎么说?"

公爵夫人懂得怎样让亲王平息怒火,她一步一步把话说得有了商量的味道。

"如果殿下俯允,不急于兑现那个叫我发怵、叫我自己瞧不起自己的诺言,那我就终身留在您宫里。您的宫廷会永远保持今年冬天的样子,我会每时每刻为您个人的幸福和您王位的荣耀殚精竭虑。如果您强迫我信守诺言,我的余生就毁在您手里了,那我马上离开您的国家,永不回来。我名誉扫地的一天,也就是我与您见最后一面的一天。"

但是亲王和所有怯懦的人一样顽固不化。而且,求婚遭到拒绝,他无论作为一个人还是一个君主,脾气都被挑起来了。他想到过,叫公爵夫人接受这桩婚事,有许多障碍需要扫除,但是他铁了心要征服她。

三个钟头过去了,两人都拿同样的理由颠来倒去地说,时不时还夹着刻薄话。亲王嚷道:

"夫人,莫非您真要我相信,您根本无信用可言?如果法比奥·康蒂给法布里斯下毒的那天,我像您现在这样迟疑不决,那今天您就得忙着在巴马哪个教堂给法布里斯修墓了。"

"要修也不会在巴马这个以下毒闻名的国家。"

"您要这么说,您就走吧,公爵夫人,"亲王气冲冲地说,"您带走的是我的蔑视。"

亲王临走,公爵夫人对他轻声说道:

"那好,您晚上十点过来,绝对不能暴露身份。对您来说,这是一桩蚀本的买卖,晚上是您最后一次见到我。您要不这么做,我本可以奉献出一生,让您在这个雅各宾党的时代成为专制君主中最幸运的人。我不在这里,没有人再努力清除宫廷里沉闷恶毒的空气,您的宫廷会变成什么样,好好想一想吧。"

"那您呢,您放弃的是巴马的王权,而且不只是王权,因为您和一般的王妃不一样,她们嫁给君主是政治需要,得不到爱情,而我的心是属于您的,今生今世我的一举一动,我的政府都唯您之命是从。"

"不错,可是王妃您母亲就有理由把我当作忘恩负义的小人。"

"那我就给她一笔赡养费,把她送得远远的。"

他们又唇枪舌剑,争了大约四十五分钟。亲王是个感情脆弱的人,既下不了决心使用自己的权力,又不愿意放公爵夫人走。他听人说过,不管用什么手段,只要弄到手,女人都会回心转意的。

亲王被怒气冲冲的公爵夫人撵走了。不过到十点差三分的时候,他还是硬着头皮、战战兢兢,一脸苦相地回来了。十点半钟,公爵夫人登上马车,动身去了博洛尼亚。一出巴马地界,她就给伯爵写了一封信:

> 我已经做出了牺牲,一个月内别指望我会开心。我在博洛尼亚等你,法布里斯我不再见了。你什么时候乐意,我什么时候就是莫斯卡伯爵夫人。只求你一件事,别强迫我回到那个我已经离开的国家。你将要拿到的不是十五万法郎的年金,最多只能有三四万法郎,这一点你务必想好。过去那帮白痴在你面前一个个呆若木鸡,今后却没有人会再敬重你,除非

你不惜降贵纡尊,去领悟他们那些猥琐的思想。你可是心甘情愿的啊,乔治·唐丹①!

八天后,婚礼在佩鲁贾的一座教堂里举行,伯爵先人的陵寝就在这座教堂里。亲王非常沮丧。公爵夫人收到亲王三四封信,统统未拆封就退回去。艾奈斯特五世给伯爵送了一份厚礼,又把与自己同级的大绶带颁发给伯爵。

"与亲王告别,叫我愉快的是,我们像最要好的朋友那样分了手。"伯爵对新婚的莫斯卡·台拉·洛维雷伯爵夫人说,"他授予我西班牙大绶带,又赠给我几粒钻石,和绶带的价值不相上下。他说要封我为公爵,不过他还想把这步棋留着,以便把你召回巴马。所以我奉命向你宣布——对当丈夫的来说这是个好差事,如果你不怕委屈,回巴马一趟,哪怕只回去一个月,我就会成为公爵,至于用什么姓氏由你来定,你还可以得到一块土地。"

公爵夫人拒绝了,而且现出厌恶的神情。

宫廷舞会上发生的那一幕似乎很关键,但是过后克莱莉娅却仿佛记不起曾与法布里斯有片刻的感情分享。她贞节虔诚的心被无比强烈的悔恨占据了。法布里斯对此很清楚,尽管他不断给自己寻找抱希望的理由,可是他心里却充满了哀伤。不过这一次,他并没有像克莱莉娅结婚时那样因为痛苦而闭门不出。

伯爵请他的侄儿把宫里发生的事一五一十写信告诉他。法布里斯知道他欠伯爵许多情,所以他打算按正派贵族的作风完成伯爵的使命。

法布里斯跟宫里人和城里人一样,相信伯爵会东山再起,到时候他的权力会更大。伯爵的预言很快得到证实,他走了不到六个

---

① 法国剧作家莫里哀同名喜剧中的人物,羡慕贵族,娶穷贵族小姐为妻,妻子又不忠。"你可是心甘情愿的啊,乔治·唐丹!"是他对自己说的一句话。

星期,拉西就当上了首相,法比奥·康蒂当上了国防大臣。伯爵当政期间,监狱差不多空了,现在又变得人满为患。亲王认为把这些人找来掌权,是对公爵夫人的报复。他被爱情折磨得要发疯,他恨死莫斯卡伯爵,认为伯爵是他的情敌。

法布里斯很忙。七十二岁的朗德利亚尼总主教已经老态龙钟,几乎足不出户,所有的事务都落到了副总主教身上。

克莱申基侯爵夫人受到悔恨的煎熬,又受到忏悔师的恫吓,终于想出一个好办法躲避法布里斯的目光。她以怀有身孕为借口,把自己关在府里。可是她府上有一个大花园,法布里斯想办法潜入花园,在克莱莉娅常走的小路上摆上一束束鲜花,按一定的顺序排列,就像在法奈兹塔监狱最后的日子里每天晚上克莱莉娅给他送花一样,他要说的话便尽在不言中。

法布里斯这么做,侯爵夫人很恼火。她思绪翻腾,时而悔恨,时而又被爱情控制。数月里,她一次都没有下楼到花园去,甚至小心翼翼不朝花园看一眼。

法布里斯开始意识到他与克莱莉娅算是永久分离了,绝望情绪在心里弥漫开来。他生活的这个世界,他从心底里厌恶,要不是他私下里认为,伯爵不在内阁,其心灵便不得安宁,他早就躲进总主教府他那套房间里隐居起来了。对他来说,独居幽思,除了处理公务便远离人声,是何等惬意!

"但是,"他思忖道,"替伯爵和伯爵夫人效劳,谁也顶替不了我。"

亲王对法布里斯仍旧礼遇有加,把他置于宫里最显赫的地位上。他获得这样的宠幸,一半靠的是他自己。他身上那种极端的矜持,来自他对充斥一般人生活的那些虚情假意的冷漠甚至厌恶,这种矜持态度刺激了少年亲王的虚荣心,他常常说法布里斯和他姑妈一样聪明。亲王固然心地单纯,真实情况却也看出一半,那就是接近他的人,谁都没有抱着法布里斯那样的感情。亲王对法布里斯的器重,通常绝非副总主教所能奢望,即便对总主教,亲王也没有这样重视,这一点连一般廷臣都看在眼里。法布里斯在信里告诉伯爵,倘若有朝一日亲王醒悟过来,发现拉西、法比奥·康蒂、祖尔拉这帮子大臣把国事搞得一团糟,那么亲王就可以自然而然地利用法布里斯这个渠道,同时不会过分伤害他的自尊心。

"一个天才管一个贵人唤作'那孩子',害了他自己。"法布里斯在信里对莫斯卡伯爵夫人说,"贵人对这个字眼耿耿于怀,否则他早就对天才喊道:'快回来吧,把这帮无赖赶走。'如今,倘若这天才的夫人愿意稍做表示,哪怕再微不足道,亲王也会兴冲冲地把天才召回宫。如果天才能等候水到渠成,那么回来的时候当然越发风光。在王妃的客厅里,人人感到厌倦得受不了,能够拿来消遣的只有拉西干的那些蠢事。此人自从封了伯爵,就变成了贵族狂。他刚刚下了命令,不论什么人,如果不能证明是八代世袭贵族,就不准大胆出席王妃的晚会(这是法令中的原话)。所有已经享受早上进入王宫长廊,侍奉亲王望弥撒这个权利的人,继续享有这份特权。至于新来的,就必须查他们的八代。难怪有人说,谁都清楚,拉西本人连一代也算不上。"

大家能够想到,法布里斯的这类信件是绝不会交付邮寄的。莫斯卡伯爵夫人从那不勒斯回信道:"我们每周四举办音乐会,每个礼拜天聚会聊天,几个客厅都挤得不能动弹。伯爵对考古挖掘着了迷,每个月花费上千法郎。最近他刚从阿布鲁威山里招了一批工人,每天只付二十三个苏。你应该来看看我们,负义先生,这个请求我已经说了无数次了。"

法布里斯根本无意听从劝告。单是每天给伯爵或者伯爵夫人写信,对他而言已经不堪重负了。等他们知道他整整一年没有和侯爵夫人说过一句话,他们就会原谅他的。他想了许多办法,想和侯爵夫人联系,但是都被她愤然拒绝了。由于对生活感到厌倦,除却办理公事和进宫的时候,法布里斯不论到哪里都一贯沉默不语,加上他品行端正,这使他受到异乎寻常的尊敬,也促使他最终决定听从姑母的劝告。

"亲王对你如此器重,"姑母写道,"这就意味着早晚你会失宠。他会对你表示冷淡,甚至粗鲁地表示轻蔑,而廷臣们马上会亦步亦趋。小国的专制君主,哪怕再正直也是变幻莫测的,这就好比时尚,而且变化的原因也一样,那就是厌倦。对反复无常的君主,防范的力量只能来自布道。你即兴赋诗的能力很强,尝试一下花半个小时来谈宗教信仰问题。刚开始你不免会有离经叛道的言论,不过你可以聘一位博学但是口风紧的神学家,让他听你布道,然后告诉你有什么错误,第二天你就纠正过来。"

爱情受到挫折给人的心灵造成痛苦,往往叫人觉得任何一件需要专心致志去做的事都是沉重的负担。不过法布里斯心里想,如果他赢得了老百姓的信任,不定哪一天对姑母和伯爵会有所帮助。随着他从公务活动中逐渐洞悉了人的险恶,他对伯爵便越来越敬重。他决定去布道。他瘦削的身材和一领破旧的黑衣,使他的布道大获成功。听众觉得他的布道词散发着一种深沉的忧郁气息,而且他形容英俊,传说在宫里很受宠幸,便把女人们的心都征服了。她们编造故事,说他曾经是拿破仑军队里一名勇敢的上尉,不久这荒诞不经的传说便成了不容置疑的事实。他到哪个教堂布道,哪个教堂的座位就得事先占下。清晨五点就来占位子成了穷人赚钱的买卖。

见自己的布道这么受欢迎,法布里斯便产生一个想法,克莱申基侯爵夫人哪怕纯粹出于好奇呢,说不定哪一天会来听他布道。这个想法一下子改变了他的情绪。聚精会神的听众发现法布里斯突然才思迸发,感情激动时候描绘出的图景,再有经验的演说家也会为这些图景大胆的想象而战栗。有时候他忘掉了自我,心醉神迷,若有神灵附身,此时全场便泣不成声。但是,在无数朝向讲坛的面孔中,他 aggrottato① 的眼睛枉然地寻找那一张脸。这张脸的出现对他来说至关紧要。

"话又说回来,万一这个福分果真来了,"他心里暗道,"我肯定会浑身发软,要不然就可能呆若木鸡。"为了预防这种尴尬局面,他写了一篇情真意切的祝祷词,每次都放在讲坛的一个矮凳上,准备万一侯爵夫人真来了,他一时间张口结舌找不到话,就拿这份祝祷词来念。

一天,他从侯爵府上被他收买的仆人那里听说,府里吩咐下来,第二天要把大剧院克莱申基家的包厢收拾好。侯爵夫人已经一年没看过戏了,这一次听说来了一名男高音,非常轰动,剧院场场爆满,决定破个例。"我终于能够好好看她一晚上了!"听说侯爵夫人脸色苍白,法布里斯开始猜想她那张漂亮但被内心斗争折磨得失去红润的脸现在会是什么样子。

他的朋友路德维克吓了一跳,认为主人简直发疯了。路德维克费了九牛二虎之力才订到四楼的一个包厢,几乎正好和侯爵夫人的包厢面对面。法布里斯灵机一动:"我得让她想起去听我布道,我挑一个特别小的教堂,可以清清楚楚地看见她。"侯爵夫人去看戏的那天上午,法布里斯叫人传出话去,说他公务在身,一整天都必须留在主教府,晚上八点半做一次特别宣讲,地点在圣母往见会的小教堂。这个教堂坐落在克莱申基府侧楼的对面。路德维克跑到教堂去,送了许多大蜡烛给圣母往见会的修女们,请她们把教堂照得通明。他从城防请了一个连的掷弹兵。教堂每一个侧殿口都有士兵站岗,枪口上了刺刀。

---

① 意大利文:紧锁眉头的。

布道定在晚上八点半钟，可是两点钟教堂就已经挤得水泄不通。可以想象，威严的克莱申基府前那条僻静的街道上人声鼎沸。法布里斯叫人传话，为了向慈悲的圣母致敬，他宣讲的题目是心灵高尚的人应该怜悯不幸的人，哪怕他是有罪的。

剧院的大门刚一打开，灯还没亮，精心乔装打扮的法布里斯便溜进了包厢。八点左右戏开场。几分钟以后，法布里斯体验到了任何人只要未曾亲身经历便体验不到的欢乐，只见克莱申基家包厢的门开了，片刻之后，侯爵夫人进入包厢。自从那天侯爵夫人给他扇子，他还没有这样清楚地看到过她。法布里斯觉得自己快活得喘不过气来，体内有一种很特殊的感觉，他不禁暗忖道："我大概快死了！这灰暗的生活这样结束倒不失为好办法！我兴许会倒在包厢里，聚在往见会教堂里的信徒们永远等不到我了。明天他们便知道，未来的总主教死在歌剧院的一间包厢里，而且还扮作仆人，穿一身号衣。我的声望完了。不过声望对我又有何用！"

不过，到八点三刻时分，法布里斯努力控制住自己，离开了四层的包厢。他使出吃奶的劲才走到换衣服的地方，脱掉有点像号衣的服装，换上一身合适的装束。九点左右他才到达教堂。他的脸色苍白，显得很虚弱。教堂里交头接耳，都认为副总主教今天晚上不能布道了。不难想象，法布里斯躲进里间修女们的谈话室，修女们如何纷纷隔着铁栅栏对他表示关心。这些女人七嘴八舌说个没完，法布里斯求她们让他独自安静一会儿。随后他大步流星向讲坛走去。下午三点他的一个副手曾经告诉他，往见会教堂里人山人海，不过来的都是最下层的百姓，他们显然是被教堂里灯火辉煌的场面吸引过来的。然而法布里斯走上讲坛，却发现所有的座位都被时髦青年和最有身份的人占了，他很诧异，也很高兴。

布道之前，他先讲了几句话表示歉意，有人低声夸赞。然后他开始绘声绘色地描述不幸的人，说应该怜悯他们，这样才无愧于慈悲的圣母,圣母本人也曾在人间受苦受难。他情绪激动,有时候他说的话,即便在这样小的教堂里,角落里也只能勉强听见。他脸色白得吓人,所有的女人和许多男人都觉得他就是一个不幸的人,值得怜悯。开始演讲的时候那几句道歉的话说完刚几分钟,人们就感觉到他不像平时那样心静神宁。今天晚上他抑郁的神色显得比平日更加深沉,也更加富有情感。忽然间,听众看到他眼里闪出泪花,场里立刻到处都有人放声抽泣起来,把布道完全打断。

此后,布道又被打断了不下十次。有人发出赞美的叹息,到处有泪花在闪动,不断听到呼叫:"啊,圣母在上!啊,伟大的主啊!"激动的情绪在上流社会的听众中弥漫,无法控制,谁也不为自己高声呼喊而脸红,谁听见左右的人大呼小叫也不觉得有什么可笑。

布道讲到一半照例要休息。此时有人告诉法布里斯,剧院里观众已经走光,只看见一位太太留在包厢里,那就是克莱申基侯爵夫人。法布里斯正歇着,蓦地听见大堂里喧哗起来。原来是信徒们正在投票,要为副总主教立一尊塑像。下半时,对他演说的反应太疯狂,太世俗,宗教忏悔的热情完全被偏离宗教的赞美声所代替,这使得法布里斯认为在离开讲坛之前非说几句训诫的话不可。经他一说,听众们走出教堂时都显得特别拘谨,可是一到街上,所有的人都狂热地鼓掌欢呼:"E viva del Dongo!"①法布里斯急忙看了看表,然后便跑进连接管风琴室和修道院内部的过道,站定在一扇带栅栏的小窗前。克莱申基府的看门人,见街上人山人海,欢声雷动,为了向人群表示友好,点着了十几个火炬,插在这座中世纪建筑正墙的手形铁架上。数分钟后,法布里斯忐忑不安的等待终于有了结果,侯爵夫人的马车从剧院回来,驶进街道。此时人群的欢呼声还远未平息,车夫不得不停下马车,然后费力地吆喝,好不

---

① 意大利文:台尔·唐戈万岁!

容易才一步一步挪到府门口。

侯爵夫人和所有不幸的人一样,为美妙的音乐所打动,但是更令她感动的是剧院变得空荡荡的缘由。第二幕演到一半,那位杰出的男高音正在台上,突然间就连池座的观众都纷纷离席,向往见会教堂跑,想碰运气挤进教堂。侯爵夫人见自己的马车在府门口被人群阻挡,不禁热泪沾衣。"我的选择没有错!"她心里暗忖道。然而也正因为自己动了情,所以侯爵夫人坚决拒绝听从侯爵和朋友们的劝说。他们没料到,她竟然不想看一看这位罕见的传道者。大家说:"你看,意大利最优秀的男高音都不是他的对手!"侯爵夫人心想:"我要是去看他,我就完了!"

法布里斯的才华似乎一天胜似一天,他又在克莱申基府旁边这个小教堂布道好几次,但是都归于枉然,他一次也没见到克莱莉娅。到头来,克莱莉娅甚至不高兴了,法布里斯如此作态,非但使她不敢进花园,而且搅乱了小街的宁静。

法布里斯的目光天天从听布道的女人们的脸上扫过。许久以来他就注意到一张漂亮的小脸,棕褐色的皮肤,双眼闪闪放光。通常布道词讲到头十句,这双美丽的眼睛就已经闪动泪花。有时候,法布里斯觉得自己的话冗长无聊,却又非讲不可,他便愿意将眼睛盯在这张脸上,那种青春的活力让他心旷神怡。他打听出来,姑娘名叫安奈塔·马利尼,是巴马最富有的布商的独生女和继承人,父亲数月前过世了。

不久,人人都把布商女儿安奈塔·马利尼的名字挂在嘴边,听说这个姑娘疯狂地爱上了法布里斯。法布里斯声名远播的讲道刚开始的那会儿,姑娘已经许给了司法大臣的长子贾柯莫·拉西。小伙子并不招她讨厌,可是她听法布里斯主教大人讲道才听了两次,便宣布不结婚了。这变故令人不解,问她原因,她说一个有身份的姑娘不能嫁给一个人,心里却深爱着另一个人。她家里想弄清楚这"另一个"是谁,却毫无头绪。

但是,安奈塔听布道流下的热泪道出了实情。她母亲和叔父们问她是不是爱上了法布里斯主教大人,她毅然答道,既然他们已经发现了真相,她也就不绕圈子,说假话反而丢脸。她又说,她固然没有希望嫁给自己崇拜的人,不过至少她不让拉西 contino① 那张可笑的脸在眼前晃得惹人烦。拿可笑这个字眼来形容一个受到满城市民嫉恨的人的公子,不出两天就成了全城人的谈资,安奈塔·马利尼的回答听了叫人畅快,很快就一传十,十传百,传遍街头巷尾,克莱申基府里自然也议论开了。

在客厅里,克莱莉娅对这个话题小心地三缄其口,不过她向自己的侍女探问了许多事。又到了星期天,她在府里的小教堂望过弥撒之后,叫侍女上了自己的马车,又到马利尼小姐所在的教区去望弥撒。只见城里的美男子被同样的原因所吸引,齐刷刷地聚集到这里,守在大门口。不一会儿,他们骚动起来,克莱莉娅明白,是马利尼小姐进了教堂。克莱莉娅发现自己的位置很好,可以把马利尼小姐看个一清二楚。虽说克莱莉娅是很虔诚的,当下却完全无心望弥撒。她看到这个美丽的市民女子脸上有一种小家子气的说一不二的神情,照克莱莉娅看来,换了结婚数年的女子,这种神情还说得过去。不过姑娘娇小的身材倒是楚楚动人。一双眼睛,就像伦巴第人说的,无论看什么都流波顾盼。侯爵夫人不等弥撒结束就离开了。

第二天,天天晚上到克莱申基府聚会的朋友们说起安奈塔·马利尼的另一件趣事。安奈塔母亲担心女儿任性胡来,给她的零花钱很少,她便将一枚漂亮的钻石戒指——那是父亲留给她的礼物,拿去赠给了著名的海耶兹。海耶兹当时正在巴马为克莱申基

---

① 意大利文:小伯爵。

府的客厅作画,安奈塔求他画一幅台尔·唐戈像,她希望画像上的人不要穿教士服,穿黑衣就行。及至昨天,安奈塔的母亲发现女儿的卧室里挂了一幅精美的台尔·唐戈画像,她吃惊之余,觉得气不打一处来。画框镀金之精细在巴马二十年来未曾见过。

第二十八章

　　故事一波三折,使得我们一直没有时间介绍巴马宫廷里廷臣这个人数众多的滑稽一族。他们对我们讲述的故事有许多奇谈怪论。在这个国家,一个小贵族,哪怕每年只有三四千法郎的收入,也有资格在亲王起床时穿着黑袜子晋见。头一条凭的是从来不读伏尔泰和卢梭的书,做到这一条并不难。第二条凭的是,凡亲王有个头疼脑热,或者刚从萨克森搞到一箱矿石标本,谈起这些事情能够献媚巴结。除此而外,假如你一年到头都去望弥撒,一天不落,假如你的好友中有两三个地位显赫的教士,那么亲王在一年中就会赏脸跟你谈一回话,不在元旦前半个月,就在元旦后半个月。那样的话,你在自己的教区里就会身价倍增,你那小小的田庄每年应该缴纳的一百法郎税款就算拖欠着,税务官也不敢过分找你麻烦。

贡佐先生就是这样一个可怜虫。本是名门出身,家境却已经败落,靠了克莱申基侯爵的情面,才捞到一个美差,每年有一千一百五十法郎的进项。这位先生本来可以在家吃晚饭,可是他有一个癖好,不到哪个大人物家做客,听大人物不断地说"贡佐,闭上你的嘴,你这个笨蛋",他就觉得不自在,不快活。人家说他笨蛋,是因为不高兴,其实跟大人物相比,贡佐差不多一准要更聪明些。无论什么话题他都能谈上两句,而且谈得很得体。非但如此,但见宅主人脸上不悦,他便立刻看风使舵。说实话,事关切身利益,他算是有城府的,但是他没有思想,如果亲王没有伤风,他走进某一家人的客厅便多少有几分不自在。

贡佐在巴马小有名气,靠的是一顶硕大的三角帽,帽子上插了一根黑翎毛,已经有点残缺。这帽子他老戴着,连穿燕尾服时也不例外,不过要紧的是看他拿这顶黑翎帽怎么办,或是戴在头上,或是抓在手里,学问全在这里。他听说侯爵夫人的小狗健康欠佳,实心实意感到忧虑。设若克莱申府着火,他一定会置生死于度外,把金线织锦蒙面的漂亮扶手椅抢一把出来,多年以来他曾经壮着胆子在上面坐过两回,黑绸套裤老是被椅子钩住。

贡佐之类共有七八位,每天晚上七点到克莱申侯爵夫人的客厅来。他们刚一落座,便有一个仆人,身着漂亮的缀着银色绦带的淡黄色号衣,又罩上一件红外套,越发显得气派,他上来接过这些可怜虫的手杖和帽子。跟着便有用人送上咖啡,杯子十分小巧,银杯脚上还嵌了金丝。每隔三十分钟就有一位身穿华丽法式制服的管家,佩着剑,给大家端冰淇淋。

这些衣衫寒酸的小廷臣到达半小时以后,五六个军官便到了。他们是地道军人模样,讲话高声大嗓,通常他们争论的是士兵军服上的纽扣应该是什么形状,应该有几颗,才能保证总司令打胜仗。

在克莱申基家的客厅千万莫提法国报纸,那是自找没趣。因为即使提到的消息很叫人振奋,比如说西班牙枪毙了五十个自由党,说这个消息的人还是难免被认定读过法国报纸。这帮子人的看家本领是每十年就能把自己的年金提高一百五十法郎,亲王和他的贵族们就这样分享统治农民和市民的愉悦。

克莱申基家客厅的首要人物,无可争辩的是佛斯卡利尼骑士。此人绝对正派,所以不论怎么改朝换代,他都得蹲班房。他是米兰那个有名的议会的成员,这个议会曾经否决过拿破仑提交的税收法案,这在历史上实属罕见。佛斯卡利尼骑士和侯爵母亲做了二十年的朋友,所以至今在侯爵家说话还是很算数的。他有一肚子逗乐的故事,又有明察秋毫的本领。年轻的侯爵夫人一直有负疚感,在他面前总是战战兢兢。

贡佐对那些对他说粗话,一年里要让他哭上一两回的大贵族有真挚的感情,他的乐趣是千方百计为他们帮个小忙。若不是他穷得叮当响,不免被穷人的习惯掣肘,说不定有时候还真能帮上忙。他并不是一点心计也没有,而且脸皮又很厚。

贡佐的为人既然如此,他便很有些瞧不起侯爵夫人,为的是侯爵夫人不曾跟他说过一句失礼的话。不过,她毕竟是王妃的侍从骑士、大名鼎鼎的克莱申基侯爵的夫人,侯爵每个月都要对贡佐说一两次:

"贡佐,闭上你的嘴,你这个笨蛋。"

贡佐发现,只要一说到小安奈塔·马利尼,侯爵夫人便暂时丢掉沉吟冷漠的神气,而平时她老是这么一副神气待着,直到十一点钟,这时她便去煮茶,然后给每一位客人端上来,一边还叫着客人的名字。上完茶,她打算回房间的时候,神情总是显得很高兴,大家便也都挑这个时候给她念几首十四行讽刺诗。

这种十四行讽刺诗,在意大利不乏上乘之作,在各类作品里,

475

也唯有十四行讽刺诗还略具生气，原因是它没有受到官方检查。克莱申基府上的廷臣们要背诵十四行诗，总有这样的开场白："侯爵夫人能允许我为她背诵一首拙劣的十四行诗吗？"碰到十四行诗激起笑声，而且背诵了两三遍，军官中便会有人朗声说道："司法大臣先生真应该管一管，把写出这种可耻玩意儿的人送几个去受绞刑。"相反，市民阶级对这些十四行诗大声喝彩，律师事务所的文书们还抄了拿去卖。

贡佐见侯爵夫人对小马利尼很好奇，估摸是大家当她的面把姑娘的美貌吹得有点过分，再说这姑娘还有百万家产，这都不免叫侯爵夫人妒忌。贡佐对任何一个不是贵族出身的人都能赔着笑脸，一副没羞没臊的样子，凭着这一点他无孔不入，所以第二天他到侯爵夫人的客厅来，那顶翎毛帽戴得特别张扬，他这样戴帽子一年里只有两三回，那是亲王对他说"再见，贡佐"之后。

贡佐向侯爵夫人深深一鞠躬，然后没有像平常那样走开，往人家推给他的扶手椅上落座，却往客人圈子中间一站，冷不丁地嚷道："我瞧见台尔·唐戈主教大人的画像了。"对克莱莉娅来说，这一惊非同小可，她赶紧抓住椅子的扶手。她有心泰然处之，最后却还是不得不离开客厅。

"可怜的贡佐，你得承认，你真是笨得少有。"一个军官嚷道，他正在吃第四份冰淇淋，"副总主教在拿破仑军队干过，是个勇敢的上校，他跟侯爵夫人的父亲开了一个十恶不赦的玩笑，从康蒂将军管辖的要塞监狱逃出去，就像从斯泰卡塔（巴马最大的教堂）走出去似的。这些你难道不知道？"

"亲爱的上尉，许多事我的确不知道。我是个可怜的傻瓜，一天要出几次丑。"

贡佐的回话很对意大利人的口味，惹得大家哄笑，倒叫那位神气十足的军官下不了台。不一会儿侯爵夫人返回客厅，她又鼓起了勇气,而且她心里依稀希望亲眼看一看法布里斯的肖像,据说这幅肖像很出色。对作画的海耶兹的才华,她是很赞许的。她不经意地冲贡佐笑了笑,笑容迷人,贡佐便朝那军官投去意味深长的一瞥。在府里的其他廷臣都跟贡佐一样快活,那军官只得溜之大吉,把个贡佐恨得咬牙切齿。贡佐扬扬得意。晚上告辞的时候,主人邀请他第二天来吃晚饭。

"又有一件奇事!"第二天晚饭后,仆人们出去之后,贡佐嚷道,"谁说副总主教不会爱上小马利尼!……"

我们可以想象到,听到这样重要的消息,克莱莉娅心里像打翻了五味瓶,连侯爵也激动起来。

"嘿,贡佐,我的朋友,你老毛病又来了,张口就胡说!对一个有幸和殿下玩过十一次惠斯特牌的人,你总应该稍微收敛点吧!"

"侯爵先生,听您的就是了。"贡佐用他这种人惯有的粗野口吻答道,"我敢向您担保,他也很想同小马利尼玩一玩呢。不过,详细情况您要是不想听,我就不说了。只当没这回事,对我这个人,顶要紧的是别惹我可敬的侯爵生气。"

饭后,侯爵通常要回房间睡一小觉,这一天他却压根不想睡。贡佐宁可割掉舌头,也不想在小马利尼的事情上多说一个字,不过他每次开口说话,都经过盘算,好让侯爵以为他就要回头说这个市民阶级小姑娘的风流韵事了。贡佐深谙意大利人说话卖关子的机巧。可怜的侯爵急得心里痒痒的,到后来竟不得不先央求起来,他对贡佐说每次他有幸和贡佐一起进餐,都比平时多吃一倍。贡佐没听懂,却扯到了老亲王的情妇巴尔比侯爵夫人那些精美藏图上去。有三四回他的话头转到海耶兹身上,口气慢悠悠的,带着深沉的敬意。侯爵暗忖道:"好了,总算要讲到小马利尼了。"可是贡佐却全然没有此意。时钟敲响五点,侯爵心里很窝火,他有个习惯,先睡个小觉,然后五点半钟就该乘车到大街去了。

"行啦,你真是废话连篇!"他恨恨地对贡佐说,"你害得我到大街比王妃晚了,我是她的侍从骑士,她会有事要我做的。得了,得了,赶快,最好三言两语告诉我,你所说的副总主教大人恋爱了到底是怎么回事?"

照贡佐的意思,他想把故事留着说给侯爵夫人听,请他来吃饭的毕竟是侯爵夫人。于是乎他三言两语赶快把侯爵要听的故事说了。侯爵已经昏昏欲睡,听完便跑去休息。等贡佐跟可怜的侯爵夫人说话,口气就完全变了。侯爵夫人虽然有权有势,却依然年轻天真,她觉得适才侯爵对贡佐说话太粗鲁,她应该弥补一下。贡佐看到侯爵夫人的态度,心中大喜,口齿复又变得伶俐起来,他觉得把事情一五一十说给侯爵夫人听,非但是他的义务,而且简直就是一大乐趣。

小安奈塔·马利尼请人为她在布道的地方订位子,竟出到一个席位一西昆的价。她总是跟两位婶娘和父亲过去的账房先生一起去,请人订的位子都在头一天就占下,差不多总是选在讲坛的对面,略偏向祭坛,因为安奈塔留意到,副总主教讲道的时候经常转向祭坛一侧。公众也注意到一件事,那就是年轻布道人传神的眼睛很喜欢停留在年轻女继承人身上,次数可不算少。那姑娘的确美艳绝伦,而布道人神情之关注也是一望即知,因为他的目光一落到姑娘身上,他便才思喷涌,广征博引,不过发自心底的激情却消失了。太太小姐们立时感到兴味索然,一齐望着安奈塔说她的不是。

这些奇闻琐事,克莱莉娅叫贡佐重复了三遍。说到第三遍,她陷入沉思。她数了数,和法布里斯整整十四个月没见面了,她思量道:"到教堂坐一个钟头,不是去看法布里斯,而是去听一个有名的布道人讲道,这能有什么大碍?再说,我可以坐在离讲坛很远的地方,看到法布里斯只有两次,进教堂一次,布道结束一次……"

她在心里说:"对,我肯定不是去看法布里斯,是去听令人惊叹的布道!"侯爵夫人一边这么思量着,一边又有些懊恼,十四个月来她的行为一直很端正啊!最后,为了求得内心的太平,她暗忖道:"今天晚上头一个到的夫人如果听过台尔·唐戈布道,那我也去,如果她从来没听过,我就不与这布道沾边。"

侯爵夫人既然把主意想定,便对贡佐说了几句话,令贡佐十分欢喜。

"您打听一下,副总主教哪一天布道,在哪个教堂。今天晚上您走之前,我可能会托您办件事。"

贡佐奔大街去了。他刚走,侯爵夫人便到府里的花园去透气。她并没有因为已经十个月没去花园而嘀咕。她激动,亢奋,脸上泛起红潮。晚上,每一个讨厌的客人进入客厅,她的心都要慌乱地怦怦直跳,好不容易等到通报说贡佐到了。贡佐一眼就看出,一周之内他将是不可少的角色。"侯爵夫人对小马利尼有醋意,妙极了,有好戏看了。"他想,"这出戏里侯爵夫人是女主角,小安奈塔是侍女,台尔·唐戈是情人!妙啊,一张门票卖两法郎算不上贵。"他兴奋得昏了头,整个晚上谁讲话他都插嘴,净讲一些无聊透顶的趣闻逸事(比如关于著名女戏子和佩奇尼侯爵的传闻,那是头天他从一个法国游客那里听来的)。侯爵夫人有点坐不住了,在客厅里不停地踱步。她踱进隔壁的画廊,凡是价值不到两万法郎的画,侯爵就不让挂在里面。今天晚上这些画的语言非常清楚,让她激动得心力俱疲。后来她听到两扇门开了,便跑进客厅。来的是拉威尔西侯爵夫人!克莱莉娅跟她客套寒暄,直觉得嗓子发干,她的话拉威尔西侯爵夫人起先竟听不到,她不得不又问了一次:

"您对那位风头十足的布道者怎么看?"

"我起初觉得他是一个小阴谋家,真不愧是大名鼎鼎的莫斯卡伯爵夫人的侄子。但是,他最近一次布道,就在贵府对面的往见会教堂,讲得太出色了,我对他恨不起来了,我觉得我见过的人中间,就数他口才好。"

"这么说,您听过他布道?"克莱莉娅问,激动得浑身发抖。

"怎么啦?"拉威尔西侯爵夫人嘻嘻一笑道,"您没听我说话?说什么我也得去听。据说他肺部出了毛病,很快就不再讲了!"

拉威尔西侯爵夫人刚走,克莱莉娅就把贡佐叫到画廊里。

"我的决心就算下了,"她对贡佐说,"吹得那么神,我要去听听这人布道。他什么时候讲?"

"下周一,也就是说,三天后。他好像猜到夫人您的安排,布道的地点是往见会教堂。"

还有一些事要交代,但是克莱莉娅觉得嗓子说不出话来。她在画廊里转了四五圈,一声也不吭。贡佐暗忖道:"得,她在琢磨怎么报复了。一个人再胆大妄为,也不能从监狱逃跑哇,何况管监狱的还是法比奥·康蒂这样一条好汉!"

"再说了,他必须争分夺秒,"贡佐略带嘲讽地说道,"他染上了肺病,我听朗波大夫说他活不到一年。他刑期未满就可耻地从要塞逃跑,现在上帝惩罚他了。"

侯爵夫人坐到画廊的长沙发上,打手势让贡佐也坐过去。少顷,她交给贡佐一个小钱袋,里面有几个西昆。"替我占几个座位。"

"可怜的贡佐是否可以叨光奉陪?"

"当然可以,那就占五个座位……"她又道,"靠近不靠近讲坛倒无所谓,不过我想看看马利尼小姐,人家说她美若天仙呢。"

布道的日子,即那个重要星期一的前三天,侯爵夫人不知道是怎么过来的。对贡佐来说,在公众场合跟随如此显赫的夫人,这是无上的荣光。他炫耀地穿上在法国定做的衣服,带上佩剑。这还不算,他利用住在侯爵府附近的便利,叫人把一张巨大的描金扶手椅搬进教堂,市民们见了无不觉得张狂得过分。可怜的侯爵夫人,当她看见这张扶手椅,看见它不偏不倚放在讲坛的正前方,她心里是什么滋味,我们可以想象。她非常尴尬,垂下眼睛,蜷缩在巨大扶手椅的角落里,连贡佐把小马利尼指给她看,她都没有勇气瞅一眼。贡佐放肆的样子更叫她无地自容。在贡佐看来,谁要不是贵族,谁就一钱不值。

法布里斯登上讲坛。他十分消瘦,脸上毫无血色,克莱莉娅见了,泪水立刻在眼眶里打转。法布里斯刚说了几句便停下来,似乎突然哽咽住了。他想再往下说,但是说不出,他转身取过一张写了字的纸。

"兄弟们,"他说,"一个可怜的灵魂,一个值得你们怜悯的灵魂,借我的声音,求你们为他解脱痛苦而祈祷。他摆脱痛苦之日,也就是他生命终结之时。"

法布里斯把字条念下去,念得极其缓慢。他的声音极富感染力,没等念到一半,全场的人都落泪了,连贡佐都哭了。"这样倒好,至少没人注意我了。"侯爵夫人一边流泪,一边想道。

法布里斯一边念,一边想出了两三个话题,可以放在刚才请众人为之祈祷的苦命人身上说一说。片刻之后,各种话题在他头脑里纷至沓来。他看起来是面对公众讲话,其实只是说给侯爵夫人听。演讲结束得比平日早,因为他怎么努力也抑制不住涟涟的泪水,最后连话都说不清楚了。眼尖的人都说,这次布道有点特别,不过就感染力而言,足以与上次著名的烛光布道相媲美。克莱莉娅刚才听法布里斯念祈祷词,没念到十行,她便感到十四个月不与他见面太残酷了,是个罪过。她回到家,立刻上床就寝,以便能够自由地想念法布里斯。第二天一大早,法布里斯就收到了一封短笺,上面写道:

全靠你的信义了。找四个有胆量的人,口风严实,又是你信得过的。明日斯泰卡塔教堂午夜钟声响起的时候,到圣保罗街上那扇小门来,门牌十九号。记住你可能遭到攻击,千万别只身前来。

法布里斯认出了这神明般的字迹,扑通一声双膝跪倒,失声痛哭,叫道:"终于来了,十四个月零八天哪!再也不用布道了。"

这一天,法布里斯和克莱莉娅的心灵经历了怎样的狂风暴雨,为了节省篇幅,这里不一一叙述。信笺里说的那扇小门,正是克莱申基府橘园的门。白天里法布里斯到那里探风不下十次,将近午夜时分,他带上武器,独自前往。他疾步走近小门,猛听到一个熟悉的声音,让他欣喜若狂,那声音低语道:

"从这里进,我心灵的朋友。"

法布里斯小心进门,果然到了橘园。面前是一扇窗子,装了结实的铁栅栏,高出地面三四尺。周围一片漆黑,他听到窗子里面有动静,伸手触摸一下铁栅栏,忽地感到另外一只手从栅栏里探出,抓住他的手,拉过去贴在两片嘴唇上亲吻。

"是我。"一个亲切的声音说道,"我来对你说我爱你,还想问你愿不愿意听我的。"

法布里斯怎样回答的,他怎样兴奋,怎样惊奇,大家都可以猜到。一阵狂喜之后,克莱莉娅对他说:

"你知道的,我向圣母许了愿心,永远不再见你,所以我约你在这样黑漆漆的夜晚相会。我想让你知道,如果你强迫我在大白天与你会面,那你我之间的一切从此了结。眼下我希望你不要再当着安奈塔·马利尼的面布道,另外你别误会,把扶手椅搬到教堂不是我的主意。"

"心爱的天使,我不在任何人面前布道了,我讲道不为别的,就为了有一天能看到你。"

"别这么说,记着,对我来说,是不允许看见你的。"

写到这里,请允许我们略去三年时间,对其间发生的事情只字不表。

我们的故事重新开始的时候,莫斯卡伯爵早已经回到巴马,又当上了首相,权势比过去更加炙手可热。

三年里法布里斯过得幸福美满,三年后他的心突然被一种感情所牵动,于是一切都改变了。侯爵夫人这时已经有了一个两岁的男孩,叫桑德利诺,很招人疼爱,给母亲带来许多欢乐。他不是和母亲在一起,就是盘坐在克莱申基侯爵的膝头。法布里斯却几乎没有见过这孩子,他觉得长此以往,孩子便和另一个父亲有了感情,这是他不愿意看到的。他开始盘算不等孩子的记忆成形便将孩子夺走。

白天时分,侯爵夫人不能与朋友见面,不过有桑德利诺在身边,漫长的时间里她便有所寄托。我们得承认一件事,在阿尔卑斯山北边的人①看来,这事可能有点不通情理。侯爵夫人虽然触犯了妇道,却依然恪守愿心。大家或许还记得,她向圣母承诺的是永远不看法布里斯,准确地说就是这几个字,所以她只在夜里与法布里斯约会,而且房间里从来不点灯。

每天夜里法布里斯都和女友见面。令人惊叹的是,宫里的人百无聊赖,什么都想刺探,可是由于法布里斯很谨慎,安排得很周密,他们的友谊——用伦巴第惯常的语言说——居然没有人发觉。两人卿卿我我过了头,便难免产生龃龉。克莱莉娅生性好嫉妒,不过两人的争吵却经常是为了别的事情。有一次举行仪式,法布里斯居然在众目睽睽之下站到侯爵夫人身边,还朝她望着,侯爵夫人不得不找个理由赶紧走开,以后很长时间没让法布里斯接近她。

巴马宫里,大家都很奇怪,这么一位美娇娘,才智又出众,居然

---

① 指法国人。

没闹出什么绯闻。许多人倾慕她,为她神魂颠倒,这回就轮到法布里斯心里酸溜溜的了。

善良的朗德利亚尼总主教过世很久了。由于法布里斯很虔诚,行为端正,口才又好,总主教就逐渐被遗忘了。法布里斯的哥哥也死了,家里的财产尽数归到法布里斯名下。从这个时候起,法布里斯每年都把在总主教职位上收入的十几万法郎分给教区的那些代理主教和本堂神甫。

很难想象还有什么样的生活比法布里斯的生活更值得昭彰,更为人所昭彰,也更有意义,可惜他突如其来萌动的感情把一切都搅乱了。

"对你的愿心,我很尊重,但是它造成了我生活的痛苦,因为白天你不让我与你相会,一整天里我形影相吊,除了工作,了无生趣。再说我也没有多少工作可做。每天一个钟头又一个钟头,黯然打发枯燥的时光,这时我脑子里便闪出了一个念头。半年来这个念头缠着我,摆脱不掉,让我十分苦恼。我儿子将来根本不会爱我,他从来没听我叫过他。他在克莱申基府里养尊处优,几乎不认识我。我没有见过他几次,而且每次见到他,我就想到他母亲,想到我不能正视的那天仙般的容貌。我儿子一定觉得我神情严峻,对孩子来说,也就是神情凄凉。"

"行了,行了,"侯爵夫人道,"你到底想说什么?听你的话音,我心里发慌。"

"我想说的是,我要讨回我的儿子,叫他与我同住,我每天看到他,让他学会爱我,我也无拘无束地疼爱他。既然因为绝无仅有的厄运,天下有情人都能享受到的福分偏偏与我无缘,明明有心上人,却不能一起生活,那么我只求身边能有一个人叫我心中时常惦记起你,说白了也就是替代你。我无可奈何地独处蜗居,所有的公事,所有的人,我都感觉是负担。你知道,自从我有幸让巴博纳在犯人名册上登录下我的姓名,雄心对我来说就成了一个空洞的字眼。在远离你的地方,忧郁压迫着我。在这样的心境中,事无巨细,但凡与心灵的感觉无关,在我看来都是可笑的。"

不难理解,法布里斯低沉的情绪,叫克莱莉娅柔肠寸断。她觉得法布里斯说的有一定道理,唯其如此,她越发觉得悲哀。她甚至产生了怀疑,反问自己是不是应该把愿心抛开,那样她就可以跟接待社交圈的其他人一样,在白天接待法布里斯。她早就有了贤惠的名声,料想不会有人说长道短。她思量花上一大笔钱,或许能够解除愿心。然而她又想,这个办法世俗气太浓,自己未见得能心安理得,况且说不定老天爷会发怒,为这桩新罪过惩罚她。

另一方面,即便她答应法布里斯这个天然合理的要求,即便她竭力避免伤害她再熟悉不过的这颗多情的心——这颗受到她特殊愿心莫名其妙的牵累而失去安宁的心,要想拐走意大利一位大贵族的独生子,又不被揭穿,这谈何容易?克莱申基侯爵会不惜千金,会亲自带头追查,事情早晚要暴露。要想不被发现,唯一的办法是将孩子送得远远的,比如送到爱丁堡,或者送到巴黎。但是,下这样的决心,对疼爱孩子的母亲来说太难了。法布里斯提出另一个办法,的确更加可行,却蕴含着不祥之兆,叫忧心忡忡的母亲觉得更加可怕。"可以装病,"法布里斯说,"让孩子的病越来越重,在克莱申基侯爵出门的时候死掉。"

克莱莉娅对这个办法很反感,后来竟至于感到惊骇,于是两人断绝了来往,不过关系破裂的时间并不长。

克莱莉娅认为不能试探上帝。被她视为掌上明珠的孩子原本就是孽种,倘若再犯神怒,上帝肯定会把孩子从她身边带走。法布里斯又抱怨自己命途乖舛:"命运给我安排的地位,还有爱情,都决定我永世孤独。我无法像多数同事那样享受与亲人团聚的乐趣,因为你只愿意在黑夜与我相会,无妨说,这把我生命中和你共度的时间压缩成了短暂的瞬间。"

两人洒下不少眼泪。克莱莉娅病倒了。她太爱法布里斯,对法布里斯要她做出的重大牺牲,她不忍心一再拒绝。桑德利诺像是病了,侯爵赶紧请来最有名的大夫。这时,克莱莉娅遇到了一个大难题,先前没有预料到。她必须阻止爱子服用医生开的任何一剂药,这可不是件容易事。

孩子在床上躺得时间太长,健康受到损伤,真的生起病来。生病的原因怎么对医生讲呢?这两个人都连着克莱莉娅的心,可是对他们的关心却没办法兼顾。克莱莉娅左右为难,痛苦得简直要发疯。是不是应该假装说病治好了,从而把那么长时间苦心伪装的成果付之东流?在法布里斯那边,他既不能原谅自己给克莱莉娅心灵造成伤害,又不愿放弃自己的计划。他想出各种办法,每天晚上潜入生病孩子的房间。这又带来了一个麻烦。克莱莉娅来照料孩子,法布里斯难免与她在明亮的烛光下相会,在苦命的克莱莉娅破碎的心里,这是可怕的罪过,预示桑德利诺不久于人世。克莱莉娅向专司在宗教问题上答疑解惑的著名人士请教,问他们如果信守愿心必然造成伤害,那应该怎么办,这些人回答说,如果一个人违背了愿心,但不是为了追求虚幻的感官享乐,而是为了避免发生显而易见的伤害,那么就不能认为这个人的愿心被以罪恶的方式放弃了。可是这些话并没有起作用,侯爵夫人依然绝望。法布里斯发现,他异想天开,眼看就要断送克莱莉娅和儿子的性命。

他去向好朋友莫斯卡伯爵求助。对这段爱情故事,年事已高的首相并不甚知情,听完之后他被打动了。

"我可以帮你让侯爵离开家,至少五到六天,你想要他什么时候出门?"

过了一阵,法布里斯来对伯爵说,一切都准备停当,单等侯爵出门了。

两天后，侯爵骑马从芒托瓦的领地返回，被一群强盗绑架了，似乎是专为寻仇而来。绑匪并没有怎么难为侯爵，只是将他架上一条船，沿波河顺流而下，走了三天，路线和吉莱蒂事件后法布里斯走的路线一模一样。第四天，绑匪特意把侯爵洗劫一空，没留下半分钱，也没留下任何稍微值点钱的物件，然后便将他丢在波河的一个荒岛上。侯爵用了整整两三天时间才回到巴马的府邸。他看到府里挂起了黑纱，上上下下的人一片悲哀。

这次精心策划的绑架，结局很悲惨。桑德利诺被悄悄地安顿在一幢高大华丽的房子里，克莱莉娅几乎天天来照看，但是数月后他就死了。克莱莉娅认为自己没有恪守对圣母的愿心，遭了报应。桑德利诺生病期间，她与法布里斯经常在灯下相会，有两次甚至在白天，而且是那么温情脉脉！她比心爱的儿子只多活了几个月，不过她很幸运，是在法布里斯的怀抱中走的。

法布里斯又痴情又虔诚，所以没有选择自杀来了断。他希望到一个更加美好的世界里与克莱莉娅重逢，但是他头脑还很清楚，明白自己还有许多事需要补赎。克莱莉娅去世后没有几天，法布里斯便签署了好几份证书。这些证书确保每个仆人一年能得到一千法郎，也给他自己留了同样数目的年金。他把每年大约有十万法郎进项的田亩赠给了莫斯卡伯爵夫人，相同的收入留给了他母亲台尔·唐戈侯爵夫人。父亲的财产剩余部分留给了没嫁到好人家的姐姐。第二天，他向有司辞去了总主教职位，因为艾奈斯特五世的宠幸和莫斯卡首相的关系而陆续担任的其他职务也统统辞去。然后，他退隐到了巴马修道院。修道院在波河边的一片林子里，离萨卡两里路。

当年莫斯卡伯爵夫人非常赞同丈夫再度就任首相，但是她自己不愿意回到艾奈斯特五世的国家。她在维尼阿诺接待宾客。维尼阿诺距离卡萨尔-马乔列有四分之一里的路程，在波河的左岸，因而在奥地利境内。在伯爵为她修建的这座宏伟的府邸里,她每星期四接待巴马上流社会的全体人士,她众多的朋友则是每天都聚到这里来。法布里斯要是没死,肯定会天天来的。总之,从表面上看,伯爵夫人集天下之幸福于一身,然而她并没有比她疼爱的法布里斯多活多久,而法布里斯在修道院只过了一年便去世了。

  巴马的监狱空了。伯爵成了巨富。艾奈斯特五世受到臣民的爱戴,他们把他的朝代与托斯卡尼①历代大公的朝代相提并论。

TO THE HAPPY FEW②

---

① 托斯卡尼在意大利北部,曾是公国,据说历代大公治国有方。
② 英文:献给少数幸福的知音。